KB199735

이광수 장편소설

흙

책임 편집 · 이경훈
연세대학교 국어국문학과와 같은 과 대학원 졸업.
현재 연세대학교 국어국문학과 부교수.
저서로는 『이광수의 친일문학연구』『어떤 백년, 즐거운 신생』『이상, 철천의 수사학』『오빠의 탄생』 등이 있고, 역서로는 『유머로서의 유물론』『해체론과 변증법』(공역) 『포스트모더니즘 이후의 정치와 문화』(공역) 등이 있음.

한국문학전집 17
흙
이광수 장편소설

초판 1쇄 발행 2005년 6월 20일
초판 8쇄 발행 2022년 10월 5일

지 은 이 이광수
책임 편집 이경훈
펴 낸 이 이광호
펴 낸 곳 ㈜문학과지성사
등록번호 제1993-000098호

주 소 04034 서울 마포구 잔다리로7길 18(서교동 377-20)
전 화 02)338-7224
팩 스 02)323-4180(편집) 02)338-7221(영업)
전자우편 moonji@moonji.com
홈페이지 www.moonji.com

ISBN 89-320-1606-2 04810
ISBN 89-320-1552-X(세트)

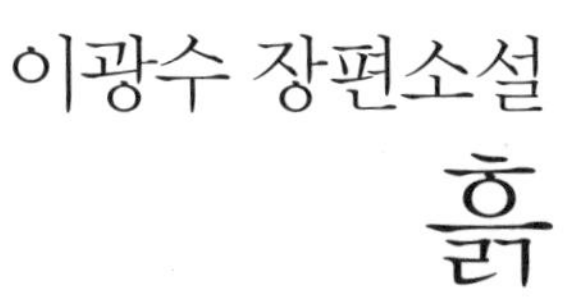

이광수 장편소설

흙

이경훈 책임 편집

문학과지성사 한국문학전집 17

차례

| 일러두기 |

1. 이 책은 1936년 한성도서주식회사의 제4판을 주 판본으로 하여 동아일보 연재본과 삼중당 전집본을 참고하였다. 한성도서본과 연재본은 거의 일치하지만, 차이가 나는 부분이 있는 경우, 그에 대해 지적하였다. 신문 연재 시 삽화는 청전(靑田) 이상범이 그렸다.
2. 이 책의 맞춤법은 1988년 1월 19일 문교부 교시 '한글 맞춤법'에 따르는 것을 원칙으로 하였다. 단 작품의 분위기에 영향을 준다고 판단되는 방언이나 구어체 표현, 의성어 의태어 등은 그대로 두었다.

   예) 내년 여름에 오께.

   예) 이렇게 늙은 부인들은 정선의 숭을 보았다.
3. 원본의 한자는 가급적 한글로 바꾸었으며, 작품 이해에 도움이 될 만한 한자는 그대로 두고 괄호 안에 넣었다(예 ①). 반복적으로 등장하는 한자어는 최초에만 괄호 안에 한자를 병기하고 후에는 한글로만 표기하였다. 또 책임 편집자가 독자들의 이해를 위해 필요하다고 판단되어 부가적으로 병기한 한자는 중괄호(〔 〕)를 사용하여 표기하였다(예 ②).

   예) ① 夫書→부서(夫書)

   예) ② 부명→부명〔富名〕
4. 대화를 표시하는 『 』 혹은 「 」은 모두 " "로 바꾸었고, 대화가 아닌 강조의 경우에는 ' '로 바꾸었다. 또 책 제목은 『 』로, 영화 단편소설 등의 제목은 「 」로 표시했다. 말줄임표 '…' '..' '.....' 등은 모두 '……'로 통일시켰다. 단 원문에서 등장인물의 머릿속 생각을 표시하는 괄호는 작은따옴표(' ')로 바꾸었고, 작가가 편집자적인 논평을 붙인 부분은 원문대로 괄호(( )) 안에 표시해두었다.
5. 외래어 표기는 1986년 1월 7일 문교부 교시 '외래어 표기법'에 따라 바꾸었다(예 ①). 단 의미상 혼동을 일으킬 수 있는 경우에는 원본을 그대로 살렸다(예 ②). 그리고 일본어의 경우에는 원문대로 표기하고 일본어 원문은 주에 표시해주었다.

   예) ① 칼추아→컬처

   예) ② 유쾌한 씬(현 외래어 표기법으로는 '신')
6. 책임 편집자가 부가적인 설명이나 단어 풀이가 필요하다고 판단한 경우에는 본문에 중괄호(〔 〕)로 표시해놓거나 책의 뒤쪽에 미주로 설명을 붙여놓았다.

흙

1-1

야학을 마치고 돌아온 허숭(許崇)은 두 팔을 깍지를 껴서 베개 삼아 베고 행리에 기대어서 비스듬히 드러누웠다. 가만히 누워 있노라면 모기들이 앵앵하고 모깃불 연기를 피하여 돌아가는 소리가 멀었다 가까웠다 하는 것이 들린다. 인제는 음력으로 칠월에도 백중을 지나서 밤만 들면 바람결이 선들선들하는 맛이 난다.

이태 동안이나 서울 장안에만 있어서 모깃소리를 들어보지 못한 허숭은 고향에서 모깃소리를 다시 듣는 것도 대단히 반가웠다.

'어쩌면 유순이가 그렇게 크고 어여뻐졌을까.'
하고 숭은 혼잣말로 중얼거렸다. 그럴 때에 숭의 앞에는 유순(兪順)의 모양이 나타났다. 그는 통통하다고 할 만하게 몸이 실한 여자였다. 낮은 자외선 강한 산 지방의 볕에 그을어서 가무스름한 빛이 도나 눈과 코와 입이 다 분명하고 그러고도 부드러운 맛을 잃지 아니한 처녀다. 달빛에 볼 때에는 그 얼굴이 달빛 그것인 것 같이 아름다웠다. 흠을 잡자면 그의 손이 거친 것이겠다. 김을 매고 물일을 하니 도회 여자의 손과 같이 옥가루로 빚은 듯한 맛은 있을 수 없다. 뻣뻣한 베치마에 베적삼 그 여자는 검정 고무신을 신었다. 그는 맨발이었다. 발등이 까맣게 볕에 그을었다. 그의 손도, 팔목도, 목도, 짧은 고쟁이와 더 짧은 치마 밑으로 보이는 종아리도 다 볕에 그을었다. 마치 여름의 햇빛이 그의 아름답고 건강한 살을 탐내어 빈틈만 있으면 가서 입을 맞추려는 것 같았다.

허숭은 유순을 정선(貞善)과 비겨보았다. 정선은 숭이가 가정교사로 있는 윤참판 집 딸이다. 정선은 몸이 가냘프고 살이 투명할 듯이 희고 더구나 손은 쥐이면 으스러져버릴 것같이 작고 말랑말랑한 여자다. 그는 숙명에서도 첫째 둘째를 다투는 미인이었다.

물론 정선은 숭에게는 달 가운데 사는 항아[1]다. 시골, 부모도 재산도 없는 가난뱅이 청년인 숭, 윤참판 집 줄행랑에 한 방을 얻어서 보통학교에 다니는 아이를 가르치고 있는 숭으로서는 정선 같은 양반집, 부잣집, 미인 외딸은 우러러보기에도 벅찬 처지였다.

그러나 유순이 같은 여자면 숭의 손에 들 수도 있다. 지금 처지로는 유순의 부모도 숭이에게 딸을 주기를 주저할 것이지마는 그래도, 학교나 졸업하고 나면 혹시 숭을 사윗감으로 자격을 붙일는지도 모르는 것이다.

이렇게 생각하고 숭은 자기 신세를 생각하여 한숨을 쉬었다.

숭은 이 동네에서는 잘산다는 말을 듣던 집이었다. 숭의 아버지 겸(謙)은 옛날 평양 대성학교(大成學校) 출신으로 신민회 사건이니, 북간도 사건이니, 서간도 사건이니 만세 사건이니 하는 형사 사건에는 빼놓지 않고 걸려들어서 헌병대 시절부터, 경무총감부 시절부터 붙들려 다니기를 시작하여 징역을 진 것만이 전후 팔 년, 경찰서와 검사국에 들어 있던 날짜를 모두 합하면 십여 년이나 죄수 생활을 하였다.

이렇게 기나긴 세월에 옥바라지를 하고 나니 가산이 말이 못되어 숭의 학비커녕 집을 보존하기도 어려웠다. 그래서 겸은 남은 논마지기, 밭날갈이를 온통 금융조합에 갖다 바치고 평생에 해 보지도 못한 장사를 한다고 돌아다니다가 저당한 토지만 잃어버리고 홧김에 술만 먹다가 어디서 장질부사를 묻혀서 자기도 죽고 아내도 죽고 숭의 누이동생 하나도 죽고 숭이 한 몸뚱이만 뎅그렇게 남은 것이다.

현재의 숭에게는 집 한 칸 없다. 지금 숭이 잠시 와서 머무는 집은 숭의 당숙 성(誠)의 집이다.

유순의 집은 이 집에서 등성이 하나 넘어가서 있다. 순의 부모는 순전한 농부다. 순의 아버지 진희(鎭熙)는 아직도 젊었거니와 그 늙은 조부 유초시는 글을 공부하여 초시까지 한 사람이다. 원래 이 동네는 수백 년래로 허씨가 살고 등성이 너머 동네에는 유씨가 살았는데 허씨나 유씨나 다 이 시골에서는 과거장이나 하고 기와집칸이나 쓰고 살아왔다. 그러나 유초시의 말을 빌리면, "갑오경장 이후에야 글이나 양반이 다 쓸데 있나."

하여 이 두 동네도 점점 쇠퇴하여서 용감한 사람들은 모두 관을 벗어버리고 수건을 동이고 책과 붓대를 집어던지고 호미를 들고 들로 나갔다. 그러나 그중에는 여전히 옛 영화를 생각하여 관을 쓰고 꿇어앉는 이도 한둘은 있고, 또 숭의 아버지 모양으로 '개화에 나서'서 머리를 깎고 양복을 입고 다니다가 옥살이를 하는 이도 이삼 인은 있었다. 이를테면 유순의 집은 약아서 제 실속을 하는 패의 대표요, 허숭의 집은 세상일을 합네, 학교를 다닙네 하고 날뛰는 패의 대표였다.

1-2

예정한 일주일의 야학이 끝나고 내일은 허숭이가 서울로 올라간다는, 마지막 날 야학에 허숭은 더욱 정성을 다하여 남은 교재를 가르치고 또 강연 비슷하게 여러 가지 권유를 하였다.

야학은 부인반과 남자반 둘로 갈렸었다. 부인반에는 숭의 아주머니, 할머니뻘 되는 사람도 있고 숭의 누이뻘 되는 사람들도 있었다. 그들은 숭이가 설명하는 위생 이야기, 땅이 둥글다는 이야기, 해가 도는 게 아니라 땅이 돌아간다는 이야기, 비행기, 전기 등 이야기, 무엇이 비가 되고 무엇이 눈이 되는 이야기 같은 것을 다 신기하게 들었다.

"그 원 그럴까."

하고 혹 의심 내는 이도 있었으나 반대하는 이는 없었다.

그러나 남자반은 이와 달라서 질문하는 이도 있고 반대하는 이도 있었다.

"대관절, 어째서 차차 세상이 살아가기가 어려워만 지나."

이러한 질문을 하는 이도 있었다.

"요새는 대학교 졸업을 하고도 직업을 못 얻는대."

하는 세상 소식 잘 아는 이도 있었다.

"너도 그만큼 공부했으면 인제는 장가도 들고 살림을 시작해야지, 공부만 하면 무엇 하니?"

하고 할아버지뻘, 아저씨뻘 되는 이가 말 듣다 말고 교사인 숭에게 뚱딴지 훈계를 하기도 하였다.

대부분이 허씨들인 중에 간혹 등 너머 유씨네들도 와서 섞였다. 여자반에도 그러하여서 유순이도 이렇게 와 섞인 이 중의 하나였다.

유순이는 보통학교를 졸업했지마는 야학에 출석하였다. 그는 가장 정성 있게 듣는 이 중의 하나였다.

내일이면 떠나는 날이라고 생각하니 허숭은 자연 서운한 맘이 생겼다. 숭은 이야기하는 중에도 될 수 있는 대로 자주 순을 바라보았다. 순의 눈도 숭의 눈과 가끔 마주쳤다. 숭은 이야기를 끝내기가 싫었다.

남녀반의 야학이 끝난 뒤에 늙은 느티나무 밑에 남자들만 수십 명이 모여서 숭의 송별연을 열었다. 참외도 사 오고 술도 사 오고 옥수수도 삶아 오고, 모두 둘러앉아서 이야기판이 벌어졌다.

"너 이번 가면 또 언제 올래?"

"글쎄요. 내년에나 오지요."

"조럽(졸업)이 언제야?"

"내후년입니다."

"법과라지?"

"네."

"그거 조럽하문 경찰서장이나 되나?"

"……"

"군서기도 되겠지. 군수는 얼른 안 될걸."

"변호사를 하면 돈은 잘 버나 보더라마는——그건 또 시험이 있다지?"

"네."

"게야 재주가 있으니까 변호사도 되겠지."

"변호사는 사뭇 돈을 번대."

"돈벌이는 의사가 제일이야."

"큰돈이야 그저 금광을 하나 얻어야."

"조선에야 돈이 있어야 벌지. 물 마른 것 모양으로 바짝 마른걸."

"우리네같이 땅이나 파먹는 놈이야 십 원짜리 지전 한 장 손에 쥐어볼 수 있다구."

"자 참외 한 개 더 먹지."

"아압. 밤이 꽤 깊었는걸."

이러한 회화였다. 숭은 이러한 말을 들을 때마다 혹은 낮도 후끈후끈하고 혹은 한숨도 쉬었다. 그러나 숭은 이 무지한 듯한 사람들이 한없이 정답고 귀중하였다. 그들의 말 속에는 한없는 호의가 있는 듯하였다. 저 인사성 있고, 눈치 밝고 쏙쏙 뺀 도회 사람들보다 도리어 사람다움이 많은 것이 반가웠다.

이 밤에 숭은 협동조합 이야기를 하여 다수의 찬성을 얻었으나 조직하기에까지는 이르지 못하고 이곳을 떠나게 되었다.

새벽차를 타려고 가방과 담요를 들고 당숙의 집을 떠나 길가 풀숲에 우는 벌레 소리를 들으며 정거장을 향하고 나갈 때에 무너미[2]로 갈리는 길에서 숭은 깜짝 놀랐다.

"내야요."

하고 나서는 유순을 본 까닭이었다. 숭은 하도 의외여서 깜짝 놀랐다가 부지불식간에 유순의 손을 잡았다.

"언제 와요?"

"내년 여름에 오께."

하고 숭은 자기의 가슴에 이마를 대고 기대어 선 유순의 머리를 쓸었다.

떠날 때에 순은 숭에게 삶은 옥수수 네 이삭을 싼 수건을 주었다.

숭이가 탄 기차가 새벽 남빛 어둠 속으로 씩씩거리고 지나 무너미 모루[3]를 돌아가는 것을 바라보며 순은 손을 내두르며 눈물을 지었다.

1-3

숭은 무너미 모루를 돌아갈 때에 행여나 순이가 보일까 하고 승강대에 나와서 바라보았다. 그러나 새벽빛은 반 마일이나 떨어져 산그늘에 서 있는 처녀의 몸을 숭의 눈에서 감추었다. 숭은 순이가 섰으리라고 생각하는 방향을 향하여 손을 두르며,

"순이, 내 내년 여름에 오께."

하고 혼잣말로 중얼거렸다.

차는 살여울[4]의 철교를 건넌다. '살여울!' 어떻게[5] 정다운 이름이냐, 하고 숭은 철교 밑으로 흐르는 물을 들여다보았다. 아직도 여름밤을 머금은 검은 물. 눈이 그 물줄기를 따라 올라가면 초가을의 특색인 골안개가 뽀얗게 엉긴 것이 보인다. 촉촉하게 젖은 땅 위에, 들릴락 말락 한 소리를 내고 흘러가는 물 위에 꿈같이 덮인 뽀얀 안개, 그것은 자연의 아름다움 가운데 가장 인정다운 아름다움의 하나다.

살여울의 좌우 옆은 살여울 물을 대어서 된 논이다. 한 마지기에 넉 섬씩이나 나는 논이다. 본래는 그것은 풀이 무성한 벌판이었을 것이다. 혹은 하늘이 아니 보이는 수풀이었을 것이다. 사슴과 여우가 뛰노는 처녀림 속으로 살여울의 맑은 물이 흘렀을 것이다. 지금도 흰하늘이고개라는 고개가 있지 아니하냐. 그 고개에를 나서서야 비로소 흰 하늘을 바라보았다는 말이라고 숭은 어려서 그 아버지에게 설명받은 일이 있었다.

그것을 숭의 조상들이—아마 순의 조상들과 함께 개척한 것이다. 그 나무들을 다 찍어내고 나무뿌리를 파내고, 살여울 물을 대느라고 보를 만들고 그리고 그야말로 피와 땀을 섞어서 갈아놓은 것이다. 그 논에서 나는 쌀을 먹고 숭의 조상과 순의 조상이 대대로 살고 즐기던 것이다. 순과 숭의 뼈나 살이나 피나 다 이 흙에서, 조상의 피땀을 섞은 이 흙에서 움 돋고 자라고 피어난 꽃이 아니냐.

그러나 이 논들은 이제는 대부분이 숭이나 순의 집 것이 아니다. 무슨 회사, 무슨 은행, 무슨 조합, 무슨 농장으로 다 들어가고 말았다. 이제는 숭의 고향인 살여울 동네에 사는 사람들은 마치 뿌리를 끊긴 풀과 같이 되었다. 골안개 속에서 한가하게 평화롭게 울려오던 닭, 개 짐승,[6] 마, 소의 소리도 금년에 훨씬 줄었다. 수효만 준 것이 아니라 그 소리에서는 한가함과 평화로움이 떠나갔다. 괴롭고 고달프고 원망스러웠다.

차가 가는 대로 숭은 가고 오는 산과 들과 촌락을 바라보았다. 알을 밴 벼와 누렇게 고개를 숙인 조와 피와, 머리를 풀어헤치고 피를 흘리는 용사와 같은 수수를 보았다. 새벽 물을 길어 이고 가는 여자들을 보았다. 아침 햇빛이 물 묻은 물동이를 비춰 금빛을 발하였다. 물동이를 인 여자는 한 손으로 물동이에서 떨어지는 물방울을 쳐내어버리고 한 손으로는 짧은 적삼 밑으로 나오려는 젖을 가렸다. 기차가 우렁차게 달리는 소리를 듣고 빨강댕이[7] 아이들이 만세를 부르고 내달았다. 긴 장마를 겪은 초가집들은 마치 긴 여름일을 치른 농부들 모양으로 기운이 빠져서 축 늘어졌다. 그 속에 사는 사람들의 속이 썩은 모양으로 지붕의 영[8]도 꺼멓게 썩었다. 그 집들 속에는 가난에 부대끼고, 벼룩, 빈대에 부대끼고, 빚에 졸리고, 병에 졸리고, 희망을 빼앗긴 사람들이 눈살을 찌푸리고 뭉개는 것이다.

정거장에를 왔다. 역장과, 차장과 역부와 순사의 모자의 붉은 테와, 면장인 듯한 파나마 쓴 신사와 서울로 가는 듯싶은, 바스켓 든 여학생과 그의 부모인 듯싶은 주름 잡힌 내외와……

호각 소리가 나고 고동 소리가 나고……

큰 도회와 작은 정거장을 지나 숭은 배고픔을 깨달았다.

순이가 싸다 준 옥수수를 꺼내었다. 두 이삭을 뜯어 먹고는 좀 창피한 듯하여 도로 싸놓았다.

경성역에 내린 때에는 숭은 꿈에서 깬 것 같았다. 바쁜 택시의 떼, 미친년 같은 버스, 장난감 같은 인력거, 얼음 가루를 팔팔 날리는 싸늘한 사람들.

숭은 전차를 타고 삼청동 윤참판의 집으로 들어왔다. 방에 짐을 놓고 큰사랑에 가니 윤참판은 없고 웬 갓 쓴 사람만 이삼 인이 앉았다. 작은사랑에 가니 윤참판의 맏아들 인선(仁善)도 없다. 돌아 나오다가 찌개 뚝배기를 든 어멈을 하나 만났다.

"학생 서방님 오셨어요?"

하고 반갑게 인사를 하고는,

"맏서방님이 대단히 편찮으시답니다. 영감마님도 안에 계셔요."

한다.

1-4

원체 일개 가정교사, 시골 학생 하나가 다녀왔기로 윤참판 집에 대하여서는 이웃집 고양이 하나 들어온 이상의 중요성이 있지 아니할 것이다. 더구나 맏아들 인선이 중병으로 죽을지 살지 모르는 이 판에, 온 집안이 난가가 된 이 판에 허숭이 따위가 왔대야 아랑곳할 사람은 밥 가져다주는 어멈 하나밖에 없다.

허숭은 어멈을 통하여 인선의 병 증상을 대개 들었다.

원래 인선은 체질이 허약하였다. 그의 어머니는 인선이가 난 지 몇 달이 아니 되어서 폐병으로 죽었다. 본래 폐병이 있는 이가 아이를 낳고는 죽은 것이었다. 인선은 그 어머니의 체질을 받아 살빛이 희고 피부가 엷고 여자같이 부드럽고 기슴이 좁고 몸이 가늘고 길었다. 미남자는 미남자이지마는 퍽 약하였다. 그러나 재주는 있어서 학교에서는 성적이 좋았다.

인선과는 반대로 그 아내는 몸이 건강하고 또 육감적인 여자였다. 숭도 그를 가끔 보았거니와 눈웃음을 치고 교태가 있는 여자였다. 인선의 친구들은 인선이가 아내 때문에 몸이 늘 허약한 것이라고 말하였다.

그러던 것이 인선이가 금년에 석왕사에 피서를 갔다가 설사병을 얻어가지고 돌아와서부터는 신열이 나고 소화불량이 되고 잠을 못 잤다. 윤참판은 이것을 성화하여 의사도 불러대고 한방의도 불러대었으나 병은 낫지 아니하였다. 그러다가 약 일주일 전에 어느 유명하다는 (지리산에서 이십 년 공부했다는) 한방의를 불러다가 보인 결과 녹용과 무슨, 뽕나무 뿌리 같은 약과를 달여 먹였다. 이것을 먹고 병자는 전신이 빨갛게 달고 정신을 잃고 헛소리를 하고 웃고 날뛰었다. 그러기를 일주야나 한 뒤에 의사가 와서 주사를 놓고 약을 먹여서 잠이 들었으나, 그로부터 영 말도 못하고 먹지도 못한다고 한다.

지금도 사랑에는 갓 쓰고 때 묻은 두루마기 입은 무슨 진사, 무슨 사과[9] 하는 한방의가 이삼 인이나 모여 앉아서 서로 금목수화토〔金木水火土〕[10] 오행을 토론하고 갑을병정〔甲乙丙丁〕의 육갑을 주장하여 병인 머리 둘 방향을 날을 따라 고치고, 약 달이는 물을 혹은 동쪽에서, 혹은 서쪽에서 방위를 가리어 길어 오게 하고, 혹은 약물을 붓는 시간을 묘시니 진시니 하여 큰 문제나 되는 듯이 논쟁을 하였다.

약을 달일 때에도 제가 처방한 것은 제가 지키고 앉아서 달이고 그 곁에는 심부름하는 계집애 종이 시중들고 섰었다. 갓 쓴 의원은 그 계집애더러 담배를 붙여 들이라고 연해 명령하였다.

인선은 윤참판의 맏아들일뿐더러 어려서 어미 잃은 아들이요, 또 허약한 아들이기 때문에 특별히 맘에 늘 두었다. 더구나 윤참판이 나이 환갑을 지나면서부터는 재산에 관한 사무, 가사에 관한 사무를 거의 다 인선에게 맡기고 자기는 다만 최고 권위자로 비토권만 가지고 있었다. 인선도 다른 부잣집 아들 모양으로 허랑방탕하지 아니하고 적어도 돈 아낄 줄을 알았다. 윤참판에게는 그 아들의 돈 아낄 줄 아는 것이 가장 기쁘고 믿음성 있는 일이었다.

이러하던 인선이가 앓는 것을 보는 윤참판은 화를 내어 조석도 잘 아니 먹고 담배와 술만 마셨다.

허숭이가 돌아온 이튿날 아침에 큰사랑에 가서 윤참판을 만나 절을 하였다. 윤참판은,

"오, 당겨왔냐."

한마디를 하고는 돌아앉은 갓 쓴 의원들에게,

"어디 그 약이 효험이 있나."

하고 화를 내었다.

또 의원들 간에는 상초가 어떻고 하초가 어떻고 명문이 어떻고 수기니 화기니 하는, 말하는 자기들도 잘 알지 못하는 토론이 시작되었다.

마루의 약탕관에서는 꼬르륵꼬르륵하는 소리가 나고 덮은 종이를 통하여 야릇한 향기를 가진 김이 올랐다.

날은 맑고 더웠다.

1-5

인삼도 녹용도 쓸데없이, 허숭이가 온 지 닷새 만의 새벽에, 인선은 마침내 죽어버렸다. 인선이가 위태하단 말을 듣고 초저녁부터 친척들이 모여들어서 안팎이 웅성웅성하였다. 그중에는 참판의 삼종형이요 사회에 명망이 높은, 한은(漢隱) 선생이라고 세상

이 일컫는 이도 오고 또 죽은 이의 재종[11] 삼종[12] 되는 혹은 일본 유학도 하고 혹은 구미 유학도 한 젊은이들도 오고 또 숭이 알지 못하는 사내들과 부인들도 왔다. 또 허숭과는 고등보통학교 선배 동창이요 지금 경성제대 법과에 다니는 김갑진(金甲鎭)이라는 학생도 왔다. 갑진은 칠조약[13] 때에 관계있어 남작을 받은 김남규(金南圭)의 아들로서 보통학교 시대부터 교만한 수재로 이름이 높았다. 다만 그 아버지 남규가 주색과 투기사업으로 돈을 다 깝살리고, 마침내는 파산을 당하고 또 사기로 몰려, 불기소는 되었으나 남작 예우는 정지되고 죽었기 때문에 갑진은 가난하고 또 습작[14]도 못하였을 뿐이다. 그는 아버지와 윤참판과 막역한 친구이던 인연으로 윤참판이 학비를 대어서 지금까지 공부를 시키고 그러한 까닭으로 마치 친척이나 다름없이 세배 때나 기타 무슨 일이 있을 때에는 윤참판 집 안에도 출입하였다.

인선이가 죽은 뒤로 사람들의 시선──부러워하는 듯한 시선은 윤참판의 딸 정선에게로 쏠렸다. 오빠의 죽음을 슬퍼하는 정선의 모양은 더욱 아름다움을 더한 듯하였다.

정선은 윤참판의 둘째 아내의 몸에서 난 딸이다. 정선의 어머니는 윤참판이 전라감사로 갔을 때에 도내에 제일 부호라는 말을 듣던 남원 김승지의 딸에게 장가들어 얻은 아내로 인물이 아름답기로, 재산을 많이 가져오기로 유명한 부인이다. 그때 서울에서는 윤참판이 돈을 탐내어서 시골 상놈의 딸에게 장가든 것이라고 비웃었거니와 그 비웃음은 사실에 가까웠다.

이 김씨 부인은 만 석을 가져왔다고도 하고 오천 석을 가져왔다고도 하거니와 어쨌거나 윤참판이 전라감사 이태에 약 만 석의 재산이 불은 것만은 사실이었다. 그중에는 뇌물 받은 것, 학정한[15] 것도 있겠지마는 적어도 그중에 삼분지 이는 김씨 부인이 가지고 온 것이었다.

김씨 부인에게 장가를 듦으로, 또는 전라감사를 다녀옴으로부터 윤참판은 일약 장안에서 부명〔富名〕을 듣게 되었고 세상이 바뀌고 호남철도가 개통됨으로부터는 곡가가 지가가 몇 갑절을 올라서 윤참판의 재산은 무섭게 늘었다.

김씨 부인은, 그러나, 아들 하나 딸 하나를 낳아놓고 아직 사십이 다 못 되어서 죽었다. 아들은 얼마 아니하여 죽고 그의 유일한 혈육으로 남은 것이 정선이다.

정선은 그 모습이 천연 그 어머니를 닮았다고 한다. 키가 호리호리하고 살이 희고 부드럽고, 그러면서도 죽은 오라버니와 같이 허약한 빛이 없고 부드러운 중에도 단단한 맛이 있었다. 코가 너무 오뚝하고 눈에 젖은 빛을 띠어 여염집 처녀로는 너무 애교가 있는 것이 흠이면 흠이랄까.

정선은 숙명에서도 두어 번 수석을 한 일이 있고 이화전문학교 음악과에 들어간 뒤에도 미인, 수재의 평이 높다. 천만장자요 양반의 따님이었다, 미인이었다, 수재였다, 그 어머니가 친정에서 가지고 온 재산의 적어도 한 부분은 상속할 수 있다는 정론이 있는 사람이었다. 아들 가진 사람, 재주 있는 청년의 시선이 그리로 모일 것은 물론인 데다가, 이제 윤참판의 맏아들 인선이 죽으니 윤참판의 평소의 성미로 보아서 이 딸의 남편이 될 사위가 윤참판의 작은아들 예선이 자랄 때까지 윤참판 집에 채를 잡을[16] 것이 분명한 줄을 미루어 알 수 있는 사람들의 시선이 정선의 몸으로 쏠리는 것은 당연한 일이다.

누가 이러한 정선의 남편이 되는 행운의 제비를 뽑을 것인가— 사람들에게는 이런 것이 중대 문제였다.

1-6

아들이 운명하는 것을 본 윤참판은 사랑으로 뛰어나와서 갓 쓴 의원이며, 음양객[17]들을 모두 몰아내었다.

"이놈들, 아무것도 모르고, 내 아들 죽인 놈들!"

하고 호령하는 서슬에 갓 쓴 무리들은 혼이 나서 쫓겨 나갔다. 나가다가 한 사람이 돌아와서,

"집으로 갈 노자나 주시지요."

하고 애걸하였으나 윤참판은,

"저놈들이 또 기어 들어와! 네 저놈들 몰아내어라. 파출소에 전화를 걸어서 저놈들 깡그리 묶어가게 하여라."

하는 바람에 다시 입도 벙끗 못하고 다 달아나버리고 말았다.

윤참판은 화로에 놓인 약탕관을 집어 던졌다. 약탕관은 사랑 마당에 끓는, 검은 물을 토하며[18] 데굴데굴 굴렀다.

문 뒤에 붙어 섰던 허숭은 윤참판의 성난 것이 가라앉기를 기다려, 윤참판의 앞에 나서며,

"무어라고 여쭐 말씀이 없습니다."
하고 조상하는 인사를 하였다.

"응, 인선이 죽었어."
하고 윤참판은 허숭을 바라보았다.

허숭은 더 할 말이 없었다.

"그 귀신 같은 놈들 잘 내쫓으셨습니다."
하고 안으로부터 나오는 것은 김갑진이었다. 갑진은 안에서 밤을 새운 모양이었다. 이러한 때에도 그는 J자[19] 붙인 검은 세루[20] 대학 정복을 입고 손에 '대학(大學)'이라는 모장[21] 붙인 사각모자를 들기를 잊지 아니하였다.

"인선이가 죽었다."
하고 윤참판은 갑진을 보고도 같은 소리를 하였다.

"글쎄올시다. 그런 변고가 없습니다. 그 귀신 같은 놈들이 독약을 먹여서 그랬습니다. 애초에 제 말씀대로 입원을 시키셨더라면 이런 일은 없는 것을 그랬습니다. 그런 귀신 같은 놈들이 사람이나 잡지 무엇을 압니까."
하고 갑진은 모든 것을 아는 듯이 단정적으로, 훈계적으로 말을 한다. 안하무인한 그의 성격을 발로한다.

"왜 의사는 안 보였다던?"
하고 윤참판은 갑진의 말에 항변한다.

"의사 놈들은 무얼 안다더냐. 돈이나 뺏으려 들지."

"애초에 조선 의사를 부르시기가 잘못이지요. 그깟 놈들, 조선 놈들이 무얼 압니까. 요보[22] 놈들이 무얼 알아요? 등촌[23] 박사나 이등[24] 박사 같은 이를 청해 보셔야지요. 생사람을 때려잡았습니다."

하고 갑진은 여전히 호기를 부린다.

윤참판은 갑진을 한번 흘겨보고 일어나서 무어라고 누구를 부르면서 안으로 들어간다.

허숭은 차마 갑진의 말을 들을 수가 없어서,

"거 무슨 말을 그렇게 하나."

하고 갑진을 나무랐다.

"왜? 자네 따위 사립학교 부스러기나 다니는 놈들은 가장 애국자인 체하고, 흥, 그런 보성전문학교 교수 따위가 무얼 알아? 대학에 오면 일년급에도 붙지 못할 것들이. 자네도 그런 학교에나 댕기려거든 남의 집 행랑 구석에서 식은 밥이나 죽이지 말고 가서 조상 적부터 해먹던 땅이나 파. 괜시리 아니꼽게 놀고먹을 궁리 말고……"

하고는 입을 삐죽, 고개를 끄떡하고 나가버린다. 아마 밤을 새웠으니까 졸려서 어디로 자러 가는 모양이었다.

허숭은 그만한 소리는 갑진에게서 밤낮 듣는 것이니까 별로 노엽게도 생각하지 아니하였다. 다만

'서울 사람, 시골 놈, 양반, 상놈이 아직도 남았구나.'

하는 것을 한 번 더 생각하고 한숨을 지을 뿐이었다.

그러나 허숭의 맘은 자못 편안치를 못하였다. '행랑 구석에서 남의 집 식은 밥이나 죽이고' 하는 것이나, '아니꼽게 놀고먹어보겠다고' 하는 것이나, '조상 적부터 해먹던[25] 땅이나 파!' 하는 것

이나 갑진의 이런 말들은 갑진이가 생각하고 한 것과는 다른 의미로, 그의 경멸적인 의도와는 다른 의미로, 허숭의 가슴을 찌르는 바가 있었다.

1-7

그것은 사실이다. 조상 적부터 해먹던 땅 파기가 싫어서 아니꼽게 놀고먹어보겠다고 시골 남녀 학생들이 서울로 모여드는 것은 사실이었다. 선조 대대로 피땀 흘려 갈아오던 논과 밭과 산—그 속에서는 땀만 뿌리면 밥과 옷과 채소와 모든, 생명의 필수품이 다 나오는 것이다—을 혹은 고리대금에 저당을 잡히고 혹은 팔고 해서까지 서울로 공부하러 오는 학생이나 자녀를 보내는 부모나 그 유일한 동기는 땅을 파지 아니하고 놀고먹자는 것이다. 얼굴이 검고 손이 크고 살이 거칠고 발도 크고, 눈이 유순하고 몸이 왁살스러운, 대대로 농촌의 자연에서 근육노동을 하던 집 자식이 분명한 청년 남녀가 몸에 잘 어울리지 아니하는 도회적 옷을 입고 도회의 거리로 돌아다니는 꼴—아무리 제 깐에는 도회식으로 차린다고 값진 옷을 입더라도 원 도회 사람의 눈에는 '시골 무지렁이, 시골뜨기' 하는 빛이 보여 골계에 가까운 인상을 주는 그러한 청년 남녀들이 땅을 팔아가지고, 부모는 굶기면서 종로로, 동아,[26] 삼월,[27] 정자옥[28]으로 카페로 피땀 묻은 돈을 뿌리고 다니는 것을 보면 일종의 비참을 느끼지 아니할 수 없지 아니하냐.

그렇게까지 해서 전문학교나 대학을 마친다 하자. 그러고는 무엇을 하여 먹나. 놀고먹어보자던 소망도, 벼슬깨나, 회사원, 은행원이나 해먹자던 소망도 이 직업난에 다 달하지 못하고, 얻은 것이 졸업장 한 장과 고등 소비생활의 습관과 욕망과, 꽤 다수의 결핵병, 화류병,[29] 자연 속에서 생장한 체질로서 부자연한 도시 생활에 들어오기 때문에 생기는 건강의 장애와—이것뿐이 아닌가. 조상 적부터 해먹던 땅을 파자니 싫고 직업은 없고 그야말로 놀고먹자던 것이 놀고 굶게 되지 아니하는가.

'나도 그중에 하나다.'

하고 숭은 낙심이 되었다. 도리어 갑진의 기고만장한 어리석음이 유리한 듯도 하였다.

안에서는 이따금 세 줄기 여자의 곡성이 흘러나왔다. 하나는 정선의 소리요 또 하나는 죽은 인선의 아내 조정옥(趙廷玉)의 소리였다. 그리고 하나는 아마 인선의 계모의 소리일 것이다.

인선의 아내 조정옥은 재동 조판서라면 지금도 양반 계급에서는 모르는 이가 없는 이의 손녀요 남작 조남익(趙南翊)의 딸이다. 재동 여자고보를 졸업하고, 또 기모노에 하카마[30]를 입고 제이고등여학교[31]를 졸업하고 이왕직[32] 인연으로 동경도 한 일 년 다녀온 여자다. 윤참판 집은 아들 복은 없어도 미인 복이 있다는 말을 들느니만치 정옥은 미인이었다. 다만 위에 말하였거니와 그가 눈웃음을 치고 여염집 부녀로는 너무 애교가 많았다. 그리고 그가 받은 교육에는—가정에서는 물론이거니와 보통학교나, 고등보통학교나, 또 고등여학교나—개인주의, 이기주의 이상의 아무 자

극과 훈련이 없었다. 애국이라는 말은 원래 조선 교육에서 찾을 수가 없거니와 전 인류를 사랑하는 그리스도교적 인도주의라든지, 또 삼세 중생을 다 동포로 알고 은인으로 알아 그것을 위하여 제 몸을 희생하여 봉사하는 석가모니의 사상이라든지, 또는 조선 사람이니 조선 사람의 불행을 조금이라도 덜어주고, 그들에게 조그마한 기쁨이라도 더하여주기 위하여 네 몸을 희생하라는 말이라든지, 또는 실제적 훈련이라든지 받아보지 못하고 기껏 부모에게 효도를 하라든지, 남편을 수종하라든지, 돈을 아껴 쓰라든지, 자녀를 사랑하고 깨끗이 거두라든지 이러한 개인주의 내지 가족주의 이상의 교육과 훈련을 받아본 일이 없었다. 게다가 그의 친정인 조남작 집은 가정이 문란하기로 이름이 있는 집이요, 그의 시집인 윤참판 집도 금전에 대한 규모밖에는 아무 높은, 깊은, 넓은 인생의 이상이 없는 집이요, 정옥이가 교제하는 사람들도 거의 다 정옥과 어슷비슷한 개인주의자 이기적 향락주의자들이었다.

이러한 정옥이가 삼십이 넘을락 말락 해서 남편을 잃어버린다는 것은 인생의 모든 것을 잃어버린다는 것과 다름이 없는 일이다.

1-8

정옥은 절제를 잃었다. 그의 남편의 숨이 넘어간 뒤 시간이 지나면 지날수록 슬픔이 더하였다. 그는 마침내 완전히 절제력을 잃어 통곡하였다. 방바닥을 두드리고 풀어놓은 머리채로 목을 매려 들고 한없이 울었다.

"언니, 언니."

하고 올케를 말리던 정선도 같이 울었다. 집안 어른들이,

"아버지 계신데 그렇게 우는 법이 아니다."

하고 책망하였으나 정옥의 귀에는 그런 말이 들어오지 아니하였다.

"요새 계집애들은 저래서 병야. 부모도 모르고 남부끄러운 줄도 모르고."

이렇게 늙은 부인들은 정선[33]의 숭[34]을 보았다. 그 늙은 부인들은 자기네가 젊었을 때에 지키던 엄격한 풍기가 깨어지는 것을 슬퍼하고 '요새 계집애'들의 방종한 것을 불쾌하게 생각하였다.

윤참판의 슬픔은 돈이 구제할 수 있었다. 돈은 윤참판 삼위일체신 중에 제일위다. 첫째가 돈, 둘째가 계집, 셋째가 아들. 비록 인선이가 죽었다 하더라도 아직 미거하나마 예선이가 있고 또 돈이 있지 아니하냐. 백만 원 가까운 돈을 주고 받아들이고 지키고 하는 사무는 용이한 일이 아니었다. 비록 밑에 부리는 사람이 많다 하더라도 사람도 유만부동이다. 은행 통장이나 도장이라도 맡길 만한 사람은 인선이밖에 없었는데 이 충실한 사무원 하나를 잃은 것이 아들을 잃은 데 지지 않는 큰 타격이었다. 그래도 윤참판은 아들의 장례가 끝나자 곧 예사대로 생활을 계속하고 사무를 계속하였다. 비록 아들을 잃은 아버지의 슬픔은 있다 하더라도.

그러나 인선의 처 정옥에게는 무엇이 있느냐. 이러한 가정에 자라고 이러한 교육을 받은 여자로, 특별한 천품이나 있기 전에는, 남편과의 재미와 새 옷 만드는 낙밖에 있을 수 없지 아니하냐. 새 옷도 남편을 위하여 입는 것이 주라 하면 남편 인선을 잃은 정옥에게는 슬픔, 캄캄함, 막막함밖에 아무것도 남는 것이 없을 것이다. 게다가 예전에는 늙은이의 마누라인 시어머니(학교 시대에는 서너 반 윗 동무다)라 하여 속으로 멸시하던 이가 도리어 청승스러운 청년 과부라고 자기를 멸시할 것을 생각하면 가슴이 미어지는 것 같았다. 게다가 자식이라도 있으면 그것으로 잊기도 하련마는 정옥은 일남 일녀를 낳아 다 말도 하기 전에 죽이고 한 번 낙태를 하고는 다시 소생이 없었다.

무시로 정옥의 방에서 들리는 울음소리——그것은 차마 못 들을 것이었다. 그를 위로하는 이로는 오직 정선이가 있을 뿐이나 구월 새 학기가 되어서 정선이마저 낮이면 온종일 학교에 가게 되어서부터는 정옥은 혼자 한없이 울 뿐이었다. 친정이나 가까우면 거기라도 가련마는 그의 친정은 충청남도 예산(禮山)이었다. 게다가 아버지도 어머니도 다 돌아가고 간댔자 난봉 오빠와 올케가 있을 뿐이었다.

허숭은 그럭저럭 이 집에는 없지 못할 사람이 되었다. 한 가지, 두 가지 심부름을 시켜본 윤참판은 차차 숭을 신임하게 되어 은행 예금, 서류 정리, 통신을 맡게 되어 마치 윤참판의 비서 모양으로 되고 마침내는 가장 비밀한 장부까지도 맡아서 아들이라는 자격을 제하고는 인선이가 보던 사무 전부를 맡게 되었다. 윤참판은 숭을 줄행랑에서 옮겨서 인선이가 있던 작은사랑에 있게 하고 하인들도 차차 '시굴 서방님'이니 '학생'이니 하는 칭호를 고쳐서 작은사랑 서방님이라고 부르게 되었다.

숭은 이 복잡한 사무가 공부에는 방해를 줌이 적지 아니하였지마는 늙은 윤참판의 신임이 결코 불쾌하지는 아니하였다. 더구나 예전 같으면 인사를 해도 잘 받지도 아니하던 문객들까지도 이제는 제 편에서 먼저 인사를 하는 양이 통쾌도 하였다.

1-9

하루는 큰사랑에서 윤참판의 지휘로 장부 정리를 하고 있는데 김갑진이가 들어왔다.

갑진은 일본식으로 윤참판의 앞에 인사를 하고는,

"자네 요새 승격했네그려."

하고는 장부를 기입하고 앉아 있는 숭을 보고 빈정거렸다.

숭은 여전히 붓을 움직이며 픽 웃었다.

"이놈을 반또[35]로 쓰십시오?"

하고 갑진은 윤참판을 향하였다.

윤참판은

"내 비서관이다."

하고 빙그레 웃었다.

"명년에 내 판사 되거든, 재판소 서기로 써주까."

하고 갑진은 "허허허허" 하고 웃었다.

"시굴 놈이 양반 댁 청지기가 되면 명정[36]에 고이고[37] 위패에 고이지 않나."

하고 갑진은 여전히 빈정대었다.

장부가 다 끝난 뒤에 숭은 갑진을 끌고 작은사랑으로 왔다.

갑진은 작은사랑에 숭의 모자와 외투가 걸리고 책상이 놓인 것을 보고 깜짝 놀랐다. 숭이가 작은사랑으로 승차한 것을 처음 보는 것이다.

"이게 자네 방인가."

하고 갑진은 눈이 둥그레졌다. 그는 진정으로 놀란 것이었다.

"아니. 예선군 방이지. 방이 비니까 나더러 같이 있으라시데그려."

하고,

"왜 섰어? 앉게그려."

하고 갑진에게 자리를 권하였다.

갑진은 숭이가 앉으라는 자리에 앉았다. 그러나 숭이가 행랑으로부터 이 방에 올라오게 된 것을 보고 놀란 갑진의 심장은 용이히 진정되지를 아니하였다. 과연 윤참판의 말마따나 숭은 반또나 청지기가 아니라 '비서관' 대우였다.

"그러나 설마—"

하고 갑진은 숭을 바라보았다. 숭의 손발이 크고 얼굴이 좀 거친 맛이 있는 것이 비록 시골 태가 있다 하더라도 아무리 시골 사람을 낮추보는 갑진의 눈에도 숭은 당당한 대장부였다.

체격뿐 아니라 숭의 두뇌(이것은 갑진이 심히 존중하는 것이었다)는 고보 시대로부터 좋기로 이름이 있었다. 또 숭은 풋볼 선수(이것은 갑진이가 부러워하지 아니하는 것이었다)요, 일본말을 썩 잘하였다(이것은 갑진이가 심히 존중하는 것이었다). 만일 숭도 갑진과 같이 대학에를 다닌다 하면 갑진은 시골, 상놈이라는 것밖에는 숭을 낮추볼 아무 조건도 없었을 것이었다. 그러나 갑진의 눈에는 조선 사람이 하는 것은 (자기가 하는 것을 제하고는) 다 낮게 보이고, 값없이 보였다. 그래서 숭을 사립 전문학교 생도라고 보면 자기보다 한없이 떨어지게 보였다.

'그러나 설마, 윤참판이 허숭이로 정선의 사위야 삼을라고.'

이렇게 생각하고 갑진은 한 번 더 숭을 바라보았다.

'나, 김갑진을 두고 누가 정선의 남편이 되랴.'

이렇게 갑진은 속으로 믿어왔던 것이다. 대학만 졸업하는 날이면 자기는 정선과 혼인을 하고, 그리되면 정선은 적더라도 천석 하나는 가지고 올 것이요 또 그리고 또 그리고—이렇게 다 셈쳐놓았던 것이다. 혹시 갑진에게 청혼하는 집이 있더라도 갑진이가,

"아, 나는 아직 혼인할 생각 없소. 공부하는 사람이 혼인이 무슨 혼인이오?"

하고 뽐낸 것도 다 이러한 배짱이 있기 때문이었던 것이다. 갑진에게 있어서는, 가난한 귀족의 아들인 그에게 있어서는, 혼인이란 재물을 의미하는 것이었다. 여자야 어디는 없느냐. 카페에 가도 수두룩하고 여학생을 후려내더라도 미처 주체를 못할 형편이

다. 오직 돈 있는 아내──그것이 갑진에게는 가장 귀하고 또 필요품이었다.

1-10

그런데 윤참판 집 작은사랑을 독차지한 대장부 허숭을 대할 때에는 갑진의 분홍빛 장래에는 일종의 회색 안개가 낌을 아니 깨달을 수 없었다.

"자네 한턱내야겠네그려."

하고 갑진은 소침[38]한 기운을 억지로 회복하여 농치는 웃음을 웃으며 숭을 정면으로 바라보았다.

"한턱? 줄행랑에서 이리로 승차한 턱인가."

하고 숭도 웃었다.

"암 자네 조상 적에야 윤참판 집에 오면 정하배[39]할 처지 아닌가. 이만하면 자네 고향에 가면 소분[40]해야겠네그려."

하는 갑진의 말은 농담을 지나서 일종의 독기를 품었다.

"마찬가지지."

하고 숭도 농담으로 대꾸를 하였다.

"무엇이 마찬가지여?"

"우리 조상같이 시골 사는 상놈은 자네네 같은 양반집에 정하배를 하였지마는, 그 대신에 자네네 같은 양반은 호인[41]의 집에 정하배를 하였거든. 지금은 일본 사람의 집에 정하배를 하고……안 그런가."

갑진의 얼굴에 떠돌던 빈정거리는 웃음이 사라지고 낯빛은 파랗게 질리려 하였다.

"갑진군. 자네는 너무도 양반에 관심을 가지는 모양이야. 지금 우리 조선 사람은 모조리 세계적 시골뜨기요 상놈이 아닌가. 그런데 이 조그마한 조선, 몇 명 안 되는 조선 사람 중에서 양반은 다 무엇이고 상놈은 다 무엇인가. 서울 사람은 다 무엇이고 시골 사람은 다 무엇인가. 또 관립학교는 다 무엇이고 사립학교는 다 무엇인가. 김갑진이나 허숭이나 다 한 가지 이름밖에 없는 것일세—'조선 사람'이라는."

"상놈인 걸 어쩌나. 자네 같은 사람은 특별하지만 시골 놈은 원체 무지하거든. 내흉[42]하고. 또 시골 놈들이란 지방열이 강해서 서울 사람이라면 미워하고 배척한단 말야. 안 그런가. ○○학교로 보더라도 교장이 시골 놈이니깐으로 교원들도 시골 놈이 많거든. ○○은행도 안 그런가. ○○신문사도 안 그런가. 그러니깐으로 시골 놈들이 고약한 게지 우리네 서울 사람 탓이 아니란 말야. 그야말로 인식 착오, 자네의 인식 착올세, 인식 착오."
하고 갑진의 말은 연설 구조[43]다.

"그건 말 안 되는 말야. ○○학교에 시골 사람이 많다고 하나 ○○학교에는 서울 사람뿐이 아닌가. ○○은행에는 시골 사람이 있던가. ○○신문사에는 대부분이 서울 사람이 아닌가. 그러면 그 기관들이 다 서울 사람들의 지방열로 나온 기관이란 말인가. 자네 눈에는 시골 사람만 눈에 띄는 게지. 서울 사람들만 있는 것은 당연한 일로 보이고 시골 사람이 한두 사람 섞이면 아마 수상하게 보이는 겔세. 아마 옛날부터 조정에는 시골 상놈은 하나도 아니 섞이고 뉘 집 자식이라고 알 만한 사람들끼리만 모여 있다가 보학[44]에 들지 아니한 시골 사람이 하나 옥관자[45]라도 얻어 붙이면 변괴로나 알던 그 인습이 남아 있는 게지. 그렇지만 자네 같은 고등교육을 받는 사람까지 그런 생각을 가져서 쓰겠나. 자네와 나와 같이 친한 경우에야 무슨 말을 하기로 허물이 있겠나마는 시골 놈, 상놈 하고 입버릇이 되어 말하면 민족 통일상 불미한 영향을 준단 말야. 자네나 내나, 더구나 자네와 같이 귀족의 혈통을 받은 사람이 나서서 양반이니 상놈이니, 서울 놈이니 시골 놈이니 하는 걸 단연히 깨뜨리고 오직 조선 사람이라는 한 이름 밑에 서로 사랑하도록 힘써야 될 것 아닌가."

숭의 말에는 정성과 열이 있었다.

갑진은 눈을 멀뚱멀뚱하고 듣고 앉았었다. 숭은 그가 의외에 빈정대지도 않고 듣는 것을 기쁘게 여겼다. 그러나 숭의 말이 다 끝난 뒤에 갑진은,

"인제 시조 다 했니? 이런 전 쑥[46]이. 누굴 보고 강의를 하는 게냐, 훈계를 하는 게냐."

1-11

익선동 한선생이라면 배재학당 계통과 보성전문학교 학생들에

게만 이름이 있는 것이 아니라 시내 중등 이상 학교 학생 간에는 아는 이가 많았다. 그는 본래 배재고보에 영어 교사로 있다가 보성전문학교 강사로 와 있게 된, 그러면서도 여전히 배재와 이화에 영작문 시간을 맡아보는 한 오십 된 사람이다. 그는 계통적으로 공부한 학력이 없기 때문에 전문학교에도 교수가 되지 못한 것은 물론이거니와 고등보통학교에서도 교원 자격이 없다. 그래서 월급이 싸다.

한선생의 이름은 민교(民敎)다. 그는 한민교라는 그 이름이 표시하는 대로 조선 청년의 교육 지도로 일생의 사업을 삼는 이다. 그는 일찍이[47] 동경에서 중학교를 마치고는 정칙영어학교[48]에서 영어를 배우면서 역사, 정치, 철학 이러한 책을 탐독하였다. 그리고 조선에 와서는 그러한 조선 사람이 밟는 경로를 밟아 감옥에도 들어가고 만주에도 가고, 교사도 되고 예수교인도 되었다. 그가 줄곧 교사 노릇을 하기는 최근 십 년간이다.

한선생의 집은 익선동 꼬불꼬불한 뒷골목에 있는 조그마한 초가집이다. 대문이 한 간, 행랑 겸 사랑이라고 할 만한 것이 한 간, 안방이 간 반, 건넌방이 한 간, 그런데 웬일인지 마루만은 넓어서 삼 간, 그리고는 고왕[49]이라고 할 만한 것이 뒷간 아울러 두 간, 그리고 장독대, 손바닥만 한 마당, 부엌이 있을 것은 말할 것도 없다. 익선동 조그만 초가집이라면 한선생 집이다.

방이 좁고 내객은 많으니까 턱없이 넓은 삼 간 마루에는 당치도 아니한 유리 분합[50]을 들였다. 이 방을 놀러 다니는 학생들은 한선생네 양실[51]이라고 일컫는다. 딴은 양실이다. 조선식 방은 아니니까 양실이다. 그리고 학생들이 하나씩 기부한 교의[52]가 너덧 개 있다. 혹은 졸업하고 가면서 제가 앉던 교의, 혹은 초전골 고물전에서 사 온 교의, 그러니까 둘도 같은 것은 없고 형형색색이다. 나무만으로 된 놈, 무늬 있는 헝겊을 씌운 놈, 가죽으로 된 놈, 그중에 한 개는 아주 빨간 우단으로 싼 놈까지 있다.

선생의 부인은 벌써 백발이 다 된 할머니다. 선생보다 사오 년은 더 늙어 보였다. 가족이라고는 내외밖에는 금년 고등보통학교에 입학한 딸 하나가 있을 뿐이요 아들은 기미년[53]에 의전에 다니다가 해외로 달아나서 이따금 편지가 있을 뿐이었다.

허숭도 물론 이 집에 다니는 학생 중의 하나다. 김갑진도 배재시대 관계로 가끔 놀러 온다. 이화의 여학생들도 간혹 놀러 온다.

하루는 한선생 집에 만찬회가 열려서 학생이 십여 명이나 모였다. 눈 오는 어느 날, 한선생네 양실에는 방울만 한 난로가 석탄불이 달아서 방이 우럭우럭하고 난로 뚜껑 위에 놓인 주전자에서 하얀 김이 소리를 지르고 올랐다.

부엌에서는 한선생의 부인이 이웃집 행랑어멈을 임시로 청하여다가 음식을 만들고 한선생의 딸 정란(廷蘭)은 들며 나며 심부름을 하고 있다.

이때에,

"문 열어라."

하는 이는 한선생이다.

"아버지."

하고 정란은 앞치마로 손을 씻으며 뛰어나간다.

"아이. 아버지 외투에 눈 봐요."
하고 정란은 하얀 조그만 손으로 한선생의 외투 가슴과 어깨에 앉은 눈을 떤다.
"아직 아무도 안 오셨니?"
하고 한선생은 쿵쿵하고 발에 묻은 눈을 떤다.
"어느새에."
하고 정란은 아버지의 모자를 받고 신끈을 끄른다.
"내 끄르마."
"아녜요. 내 끄르께요."

1-12

한선생은 '양실'에 들어가서 외투를 벗어 정란에게 주고 정란이가 오늘 손님을 위하여 애써 차려놓은 방을 둘러보고 만족한 듯이 웃었다.

정란은 아버지의 책상과 이 양실을 아버지의 뜻에 맞도록 차려놓는 것을 자기의 임무로 알았다. 분합문의 문장은 정란이가 손수 자수한 것이었다. 아직 솜씨는 서투르다 하더라도 아버지를 기쁘게 하려는 정성을 담은 것이다. 한선생은 딸의 그 정성을 잘 알아줄 만한 아버지였다.

또 정란은 나무때기 교의에는 수놓은 방석을 만들어 깔았고 테이블에는 테이블보를 수놓아 깔았다. 그리고 아버지의 책상(이것은 또 집에 어울리지 않게 큰 서양식 데스크였다)에는 잉크병 놓는 쿠션, 팔 짚는 쿠션, 필통 놓는 쿠션, 벼루 놓는 쿠션 등 큰 것, 작은 것 귀찮으리만치 많은 쿠션이 있었다. 정란의 생각에는 난로 뚜껑에까지 무엇을 짜서 깔고 싶었을는지도 모른다. 그러나 그러면 무지한 난로는 정란이가 정성 들여 만든 예술품을 탐내어 집어먹었을 것이다.

한선생이 정란이가 아버지를 위해서 난로 앞에 놓은 나무때기 팔 놓는 의자에 앉았다. 수척한 한선생에게는 바깥날이 추웠던 것이다.

"과히[54] 덥지 아니하냐."
하고 한선생은 난로 문을 열어보며 안방에서 아버지의 조선 옷을 내어 아랫목에 깔고 있는 정란에게 물었다.

"아녜요. 바로 아까 육십오 도[55]던데."
하고 양실로 뛰어나와서 아버지 책상에 놓은 한란계[56]를 본다—

"칠십 도[57]야."
하고 정란은 웃는다.

"건넌방 문을 좀 열어놓아요?"
하고 아버지 뜻을 묻는다.

한선생은 퍽 수척하였다. 광대뼈가 나오고 볼은 들어갔다. 약간 벗어진 머리는 반 넘어 희었다. 오직 그 눈만이 힘 있게 빛난다. 본래는 건장한 체격이던 것은 그의 골격에만 남았다. 그는 일생의 고생—가난의 고생, 방랑의 고생, 감옥의 고생, 노심초사의 고생, 교사 노릇의 고생, 청년과 담화하는 데 고생으로 몸은 수척하고 용모에는 약간 피곤한 빛을 띠었다.

그러나 아무도, 그와 일생을 같이한 부인도 일찍이 그가 낙심하거나 화를 내거나 성을 내는 빛을 보지 못하였다. 그는 언제나 태연하고 천연하였다. 그는 도무지 감정을 움직이는 빛이 없었다. 그렇다고 그는 야멸치거나[58] 냉정한 사람은 아니었다. 그는 아내를 사랑하고 딸을 사랑하고 친구와 후배를 사랑하였다. 더구나 그는 조선이란 것을 뜨겁게 사랑하였다. 그의 책상머리 벽에는 조선 지도가 붙고 책상 위에는 언제든지 『삼국유사』, 『삼국사기』 같은 조선의 역사나 또는 조선 사람의 문집을 놓고 있었다. 그는 매일 반드시 단 한 페이지라도 조선에 관한 무엇을 읽는 것으로 규칙을 삼고 있었다.

손님들이 모이기를 시작하였다. 손님은 다 학생들이었다. 맨 처음 온 이가 경성대학 문과에 다니는 김상철(金相哲)이었다. 그는 키가 작고 얼굴이 가무잡잡한 사람이었다.

이어서 경성 의전, 세브란스 의전, 보성전문, 고등상업, 고등공업 등 정모와 정복을 입은 학생들이 오고 이화전문의 여학생이 둘이 왔다. 한 여학생은 미인이라고 할 만하였으나 한 여학생은 체조 선생이라고 할 만하게 다부지게 생긴 여자였다. 그들은 심순례(沈順禮), 정서분(鄭西芬)이라는 이름이었다.

전기가 들어오고 시계 바늘이 여섯 시를 가리킬 때에 세비로[59] 입은 두 청년이 왔다. 하나는 키가 후리후리하고 혈색이 좋은, 눈이 어글어글한 서양식 하이칼라[60] 신사요, 하나는 키가 작고 몸이 가냘프고 눈만 몹시 빛나는 사람이었다. 그들은 이건영(李建永)

박사와 윤명섭이라는 발명가였다.

1-13

곰국을 끓이고 갈비와 염통을 굽고 뱅어저냐까지도 부쳐놓았다. 정란은 수놓은 앞치마를 입고 얌전하게 주인 노릇을 하였다.

"자 변변치 않지마는 다들 자시오."

하고 한선생이 먼저 숟가락을 들었다.

"오래간만에 조선 디너를 먹습니다."

하고 미국으로부터 십여 년 만에 새로 돌아온 이건영은 극히 감격한 모양으로 감사하는 인사를 하였다.

"미국 계실 때에도 조선 음식을 잡수실 기회가 있어요?"

하고 체조 교사같이 생긴 정서분이가 입을 열었다.

"예스 프롬 타임 투 타임(네에, 이따금)."

하고 이박사는 분명한 악센트로, 영어로 대답을 한다. 그러고는 이어서 조선말로,

"서방(캘리포니아 등지)에 있을 때에는 우리 동포 가정에서 조선 음식을 먹을 기회가 있습니다. 김치도, 그렇지마는 이렇게 김치 맛이 안 나요. 선생님 댁 김치 맛납니다."

하면서 김칫국을 떠서 맛나게 먹는다.

"김치 맛이 아마 조선 음식에 있어서는 가장 조선 정신이 있지요."

하고 대학 문과에서 조선 극을 전공하는 김상철[61]이 유머러스한 말을 한다.

"브라보우!"

하고 이박사가 영어로 외치고,

"참 그렇습니다. 김치는 음식 중에 내셔널 스피릿[62](민족정신)이란 말씀이야요."

하고 그 지혜를 칭찬한다는 듯이 상철을 보고 눈을 끔적한다. 상철은 픽 웃고 갈비를 뜯는다.

"갈비는 조선 음식의 특색이지요."

하고 어떤 학생이,

"갈비를 구워서 뜯는 기운이 조선 사람에게 남은 유일한 기운이라고 누가 그러더군요."

"응 그런 말이 있지."

하고 한선생이 갈비 뜯던 손을 쉬며,

"영국 사람은 피 흐르는 비프스테이크 먹는 기운으로 산다고."

하고 웃는다.

"딴은 음식에도 각각 국민성이 드러나는 모양이지요."

하고 또 한 학생이,

"일본 요리의 대표는 사시미(어회)지요, 청요리의 대표는 만두, 양요리의 대표는 암만해도 로스트 치킨[63](닭고기 구운 것)이지요."

"여기는 토스티드 하트[64](염통 구운 것)가 있습니다. 하하."

하고 이건영 박사는 염통 구운 것 한 점을 집어먹으며 서분과 순례 두 여자를 본다.

순례의 입에는 눈에 띌 듯 말 듯 작은 웃음이 피었다가 번개같이 스러진다.

"김군, 어째 오늘 그렇게 얌전하오?"

하고 한선생이 김갑진을 바라본다.

"제야 언제는 얌전하지 않습니까."

하고 커다란 배추김치를 입에 넣고 버적버적 요란하게 소리를 내고 씹는다.

"이 사람은 변덕쟁이가 되어서 그렇습니다."

하고 어느 동창이 웃는다.

다들 따라 웃는다. 사람들—더구나 처음 보는 두 손님의 시선이 갑진에게로 향한다.

"그런데" 하고 갑진은 입에 물었던 밥을 김칫국과 아울러 삼키며,

"그런데 미국 유학생들은 왜들 다 쑥이야요? 그놈들 영어 한마디 변변히 하는 놈도 없으니 웬일이야요?"

하고 아주 천연스럽게 이박사를 본다. 이박사는 하도 의외의 말에 눈이 둥그레지고 순례는 제가 창피한 꼴이나 당하는 듯이 고개를 푹 수그린다. 다른 학생들은 픽픽 웃는다.

"이 사람아."

하고 허숭이가 갑진의 옆구리를 지른다.

"선생님. 제 말이 잘못되었어요? 이 사람들이 픽픽 웃으니."

하고 갑진은 더욱 천연스럽다.

"그야 미국 유학생이라고 다 공부를 잘하겠소, 이런 사람도 있

고 저런 사람도 있지."
하고 한선생도 빙그레 웃는다.

1-14

"어디, 미국서 박사니 무엇이니 해가지고 온 사람 치고 무어 아는 사람은 어디 있고, 하는 사람은 어디 있어요? 다들 쑥이지."
하고 갑진은 이박사를 바라보며,
"아마 이박사는 안 그러하시겠지마는."
하고 그도 웃는다.
다들 웃는다.
"미국도 하버드나 예일 같은 대학은 그래도 괜찮다지요?"
하고 갑진은 여전히 미국을 낮추보는 주의자다.
"프린스턴 대학도."
하고 갑진은 이박사, 프린스턴 출신[65]인 것을 생각하고 한마디를 첨부한다.
다들 갑진의 말을 어떻게 수습할지를 모른다.
이박사는 아직도, 이 경우에 무슨 말을 해야 옳을는지 몰라서, 마치 방망이로 되게 얻어맞은 사람이 미처 정신을 차리지 못하는 모양으로 우두커니 앉아서 밥만 먹는다.
"선생님, 안 그렇습니까."
하고 갑진만 혼자서 기운이 나서

"그 박사 논문이란 것들을 보니까는 우리들 보통학교에 다닐 때에 작문한 것만밖에 더해요? 그런 논문으로 박사를 한다면 이 애들도 박사 다 됐게요?"
하고 동창들을 가리킨다.

"그건 또 싸구려 박사라고 있다네."
하고 연극 학생 김상철이가 한마디 던진다.

갑진의 말로 해서 깨어진 흥은 용이하게 회복할 도리가 없었다. 마치 탈선하여 철교에서 떨어진 열차와 같아서 원상회복은 절망이었다. 그러는 동안에 밥도 거진 끝이 났다.

한선생은 밥숟가락을 주발 위에 뉘어놓고 인사말을 시작하여 이 파열된 원탁회의를 계속하려 하였다——

"오늘 저녁 여러분을 오시게 한 것은 다들 아시겠지마는 존경할 만한 친구 두 분을 소개하기 위함이외다. 한 분은 이건영 박사, 또 한 분은 윤명섭씨. 이박사는 배재고보를 졸업하시고 미국으로 가셔서 스탠퍼드 대학에서 에이 비,[66] 프린스턴 대학에서 엠 에이[67]와 피 에이치 디[68] 학위를 얻으셨습니다. 전공은 윤리학과 교육학, 그리고 예일 대학에서 신학사의 학위도 얻으셨습니다. 놀라운 독학자시요, 또 십여 년을 고학으로 공부하신 이입니다. 우리 조선에 이러한 큰 학자와 일꾼을 얻은 것은 참으로 큰 힘이요 기쁨입니다."

이 말에 이박사는 한선생과 여러 사람을 향하여 골고루 목례한다. 갑진은 코가 밥상에 닿도록 고개를 숙인다.

"또 이 윤명섭씨는" 하고 한선생은 눈에 일층 빛을 내며,

"윤명섭씨는 조선에서는 보통학교도 고등보통학교도 다닌 일이 없으십니다. 그 대신 윤명섭씨는 종교와 실인생의 학문을 하셨습니다. 윤명섭씨는 혹은 농가의 머슴이 되시고 혹은 상점의 사환, 혹은 도장을 새기고 혹은 인력거를 끌고, 혹은 자동차 운전수가 되어 어디까지든지 희망과 자신과 신앙으로 조선을 위하여 무슨 큰 공헌을 하려고 힘을 쓰셨습니다. 윤명섭씨는 '모세의 지팡이'를 구하는 것으로 일생의 임무를 삼으신다고 합니다. 모세의 지팡이는 여러분 다 아시는 바와 같이 바다를 치면 바다가 갈라지고 바위를 치면 샘물이 솟아서 이스라엘 백성을 구원한 지팡입니다.

그렇게 믿고 힘쓴 결과로 윤명섭씨는 벌써 삼십여 종의 발명을 하여 전매특허권을 얻으셨고 그보다도 세계를 놀랠 만한 대발명, 그것은 아직 비밀이나 거의 완성된 대발명을 하시는 중입니다. 금후 일 년이면 이 발명이 아주 완성되어서 다만 세계의 학계를 놀라게 할 뿐 아니라 전 세계 인류의 생활에 대혁명을 일으킬 것이라고 합니다. 우리는 이러한 위대한 발명가를 낳은 것을 민족의 자랑으로 기쁨으로 알지 아니할 수 없습니다."

일동의 시선은 윤명섭의 초라한, 조그마한 몸으로 쏠렸다.

1-15

한선생은 무엇을 적은 종잇조각을 꺼내어 들고,

"나는 이 윤명섭씨의 일상생활 좌우명을 여러분께 읽어드리려 합니다. 내가 깊이 감동을 받았기 때문에 여러분께도 그 감동을 나누려 하는 것입니다.

하느님께 맹세한 나의 일상생활

1. 아침에 삼 분간 기도(자리 속에서 하루의 계획).

2. 밤에 삼 분간 점고. 그날을 반성하여 기도. 성경 낭독.

3. 과거의 고생을 생각하여 삼 분간 묵상(위인의 과거를 생각). 더욱 분투를 결심. 모든 이의 은혜를 잊지 아니할 것.

4. 사명?(이상과 희망을 실현하기에 노력하고 평생 노력하고 평생 생각할 일)

5. 연구와 범사에 충실할 일.

6. 기회로 생각하면 주저치 말고 할 일.

7. 물건을 살 적에는 삼 분간 생각할 일.

8. 건강에 주의할 일.

나의 시간

1. 학교 수업 7시간.

2. 통학, 식사, 편지 회답 기타 3시간.

3. 학교 학과 복습 예습 3시간.

4. 돈벌이 3시간.

5. 발명 연구 4시간.

6. 수면 4시간.

도합 24시간.

일요일은 교회, 오락, 독서, 방문, 이러합니다."

한선생의 이박사와 윤명섭 소개가 끝나자 일동은 이상하게 고요한 침묵 속에 있었다. 저마다,

'나도 한 가지 조선을 위해서 무슨 큰일을 해야겠다. 그리하자면 이씨나 윤씨와 같은, 또는 한선생과 같은 극기, 헌신, 분투의 생활을 해야겠다.'

하는 심히 단순한, 그러나 심한 감격 깊은 생각을 하였다.

'옳다, 어려운 일이 아니다!'

하고 허숭은 생각하였다.

'농민 속으로 가자. 돈이 없으면 없는 대로 몸만 가지고 가자. 가서 가장 가난한 농민이 먹는 것을 먹고, 가장 가난한 농민이 입는 것을 입고, 그리고 가장 가난한 농민이 사는 집에서 살면서 가장 가난한 농민의 심부름을 하여주자. 편지도 대신 써주고, 주재소, 면소에도 대신 다녀주고, 그러면서 글도 가르치고 소비조합도 만들어주고 뒷간, 부엌 소제도 하여주고 이렇게 내 일생을 바치자.'

이러한 평소의 결심을 한 번 더 굳게 하였다. 대규모로 많은 돈을 얻어가지고 여러 사람을 지휘하면서 신문에 크게 선전을 하면서 빛나게 하자는 꿈을 버리기로 결심하였다.

'나부터 하자!'

하는 한선생의 슬로건의 맛을 더욱 한 번 깨달은 것같이 느꼈다.

대학에서 극 연구를 하는 김상철이나, 이전[69]에서 음악을 배우는 심순례나, 다 저대로 조선 사람의 생활을 돕기에 일생을 바치기 위하여 한 번 더 결심을 굳게 하였다. 조선 민중 예술—가장 가난한 조선 민중을 기쁘게 할 만한 소설과 극과 음악을 지어내는 것, 이것도 한선생의 말에 의하건댄 큰일이요 필요한 일이요 새로운 조선을 짓는 데 각각 한 주추요 기둥이었다.

김갑진은 우선 명재판관이 되어 이름을 높이고 다음에 조선에 일등가는 변호사가 되어 돈도 많이 벌고 인권을 옹호하는 큰 인물이 되자는 것으로 자기의 천직을 삼는다고 하였다. 한선생의 말에 의하면 그것도 조선에 필요한 일이라고 하였다.

무릇 조선과 조선 사람을 생각하여 저를 희생하고 하는 일이면, 그리하고 그것을 동일한 이데올로기와 동일한 조직 하에서 하는 일이면 다 좋은 일이라고 하였다. 더구나 부패하고 마비된 양반 계급에서 갑진과 같이 활기 있고 야심 있는 청년을 찾은 것을 한선생은 기뻐하였다.

1-16

심순례의 맘은 차라리[70] 윤명섭에게로 끌렸다. 만일 어느 편으로 끌린 사람이 있다고 하면. 그러나 정서분의 맘은 단정적으로 이건영 박사에게로 끌렸다.

순례의 맘이 명섭에게로 끌린 데는 여러 가지 이유가 있다. 대개 그의 아버지는 본래[71] 가난한 집 유복자로서 그 어머니조차 일찍 여의고 외가로 고모의 집으로 불쌍하게 자라나서 종로 어느 지물전에 사환으로 다니다가 점원이 되었다가 그가 삼십이나 되어서 월수로 돈을 좀 얻어가지고 독립하여 지물전을 내어서 이래 근 이십 년간 신용과 근검과 저축으로 볏 백이나 하고[72] 남부럽지 않게 살게 된 사람이었다. 그러므로 그는 치부책에 치부를 할 만한 글밖에 몰랐다.

그는 술도 아니 먹고 놀러도 아니 다니고 재산이 생긴 뒤에도 첩도 아니 얻고 (종로 상인은 열에 아홉은 중년에 돈이 생기면 첩을 얻는다) 아침부터 저녁까지 꼭 가게와 안방을 세계로 삼고 왔다 갔다 할 뿐이었다.

순례의 어머니 역시 그 남편과 근검, 저축이라는 점에서는 일치하였다. 그의 동무들이 모두 금비녈세, 비취 비녈세, 하부다엘세,[73] 굿일세, 물맞으럴세[74] 하건마는 그는 소화불량(그의 본병이었다)이 심하기나 해야 악박골[75] 약물에나, 그것도 다른 사람들 오기 전에 이른 새벽에 다녀올까, 그러고는 시흥 사는[76] 친정에도 큰일이나 있기 전에는 가지 아니하였다. 오직 내외가 늦게 얻은 딸 순례 하나를 기르는 것을 유일한 낙으로 삼을 뿐이었다.

그래서 순례는 여자 보통학교, 여자 고등보통학교를 거쳐서 남들은 그만하면 시집을 보내라는 것도 물리치고 순례에게 음악 재주가 있다고 하여 이화전문학교의 음악과에 넣은 것이었다.

"내야 음악이 무엇인지 전문학교가 무엇인지 아오? 그저 재산 물려줄 것도 없으니깐두루 나중에 무슨 불행한 일이 있더라도 굶어 죽지나 말라고 자격이나 하나 얻어주려고 그러지요."
하는 것이 순례의 아버지의 순례 전문교육에 대한 의견이었다.

이러한 자립, 근검, 절제하는 가정에서 자라난 순례는 예술적 천품을 가지면서도 마치 시골 농가에서 세상모르고 귀히 자라난 처녀와 같이 모양낼 줄도 모르고 말솥[77]도 없고, 천연스럽고 정숙스러웠다. 처음 보면 무언하고[78] 유치한 것도 같지마는 속에는 예술가의 예민한 감정이 있었다.

이러하기 때문에 순례는 호화로운 이박사보다도 저와 같이 검소하고 겸손한 어찌 보면 못생긴 듯한 명섭이가 도리어 맘을 끈 것이었다.

순례는 아직 학교 선생 외에는 (그것도 교실에서만) 일찍이 남자와 교제해본 일이 없었다. 있었다면 전차 차장일까. 간혹 그의 뒤를 따르는 남자 학생들이 없음이 아니었지마는 그는 천연하게 본체만체하였다. 그 남학생들은 얼마를 따라다니고 건드려보다가는 실망하고 달아났다.

순례가 한선생을 알게 된 것은 이화에 들어가서부터이었다. 순례는 이화에 들어가서 비로소 조선 사람 남자 선생을 대해보았다. 그 전에는 보통학교에서나, 고등보통학교에서나 늘 조선 남자 선생 담임 밑에 있을 기회가 없었다.

순례는 그 부모에게 한선생 말을 하였다.

"아주 점잖으시고, 엄하시고도 친절하시고 잘 가르치시고, 또 사회에 명망도 높대."

이것이 순례가 그 부모에게 한, 한선생에 대한 보고였다.[79] 그 부모는 교육계나 사회에 나와 다니는 인물을 알 리가 없었다. 그리고 그들은 딸 순례를 믿기 때문에 그의 말을 믿었다. 그래서 한번은 순례의 아버지가 한선생을 찾아가서 딸의 장래를 부탁하였다.

1-17

"제야 장사나 해먹는 놈이 무얼 압니까. 그저 공부가 좋다니, 자식이라고 그것 하나밖에 없구 해서, 학교에를 보냅지요."
하고 순례의 아버지는 한선생에게 말을 붙였다. 그는 얼굴이 둥그레하고 눈이 크고 턱이 둥글고 아래와 위에 조선식 수염이 나고 골격이 크고 뚱뚱하다고 할 만한 조선 사람 타입의 신사였다.

한선생도 순례 아버지의 꾸밈없는, 순 조선식인 성격에 많이 호감을 가졌다. 조선식 겸손, 조선식 위엄, 조선식 대범, 조선식 자존심, 조선식 점잖음(태연하기 산 같은 것)—이런 것은 근래에 바깥바람 쏘인 젊은 사람에게서는 찾아보기 어려운 것이라고 한선생은 생각하였다. 그리고 오늘날 청년 남녀들의 일본 도금, 서양 도금의 경망하고 조급하고, 감정의 움직임이 양철냄비 식이요, 저만 알고, 잔소리 많고, 위신 없는 양을 불쾌하게 생각하였다.

순례의 아버지의 이 간단한 말 속에는, 순례가 학교에 있는 동안 잘 감독하고 훈육할 것과 또 부모에게는—특히 옛날 조선식 부모에게는 가장 큰 관심사가 되는 혼인까지도 맡아서 해달라는 뜻이 품겨 있었다.

한선생은 순례 아버지의 청을 쾌하게 받았다.

며칠 뒤에 순례 아버지는 한선생 집에 강원도에서 온 것이라 하여 꿀 한 항아리를 보내었다. 한선생이 담배도 아니 먹고 술도 아니 먹는다는 말을 들은 순례 아버지는 생각하고 생각한 결과로 꿀을 보낸 것이었다. 오늘 이박사와 윤명섭을 주빈으로 이 만찬회를 베푼 데는 순례의 신랑 될 이를 고르는 뜻도 있었던 것이었다.

그러면 한선생의 심중에 있는 후보자는 누구던가. 그것은 이건영 박사였다. 한선생은 순례를 지극히 믿고 사랑하기 때문에 그를 자기가 지극히 믿고 사랑하는 남자에게 시집보내고 싶었던 것이었다. 그런데 건영은 배재에 있을 때에 가장 재주 있고, 얌전하기로 한선생의 사랑을 받은 학생이요 또 서양 간 뒤에도 몇 대학에 있는 동안에 항상 뛰어난 성적을 가졌을뿐더러 일찍이 남녀간에든지 무엇에든지 좋지 못한 풍문을 낸 일이 없었다. 또 그 학식이나 표현 능력으로 말하면 그곳 일류 신문과 잡지에 여러 번 기서[80]하여 칭찬을 받을 정도였었다. 그래서 한선생은 이박사를 일변 보전[81]이나 연전[82]이나, 이전의 교수로 추천하는 동시에 순례의 남편을 삼았으면 하고 내념[83]에 생각한 것이었다.

며칠 후에 한선생은 건영과 단둘이 만나서 순례에 대한 인상을 물었다. 건영은 백 퍼센트로 좋다는 뜻을 표하였다. 그리고 건영의 청으로 순례는 건영과 십여 차나 만나서 단둘이서 이야기할 기회도 얻었다. 이삼 차는 단둘이서 호텔에서 저녁도 같이 먹고, 극장에서 활동사진도 보았다.

순례는 그리 뛰어난 미인은 아니라 하더라도 그 아버지와 같이 얼굴이 둥그스름하고 눈이 조선식으로 인자하고 유순함을 보이고 피부가 희고 윤택하고 사지가 어울리고 특히 손과 코가 아름다웠다. 건영의 말을 듣건댄 그 목소리와 웃음소리가 가장 좋고, 그보다도 맘이 가장 아름다웠다.

순례는 일찍이 누구와 다툰 일이 없고 큰소리한 일이 없고 많이 웃지도 아니하고 우는 것은 본 사람이 없다고 한다. 그는 그의 아버지와 조선의 선인들과 같이 좀처럼 희로애락을 낯색에 나타내지 아니하고 마치 부처의 모양과 같이 항상 빙그레 웃는 낯이었다. 그의 말은,

"네."

"아니요."

가 대부분이었다. 그는 옛날 조선의 딸이었다.

"순례의 값과 아름다움은 아는 사람만 알지."

하는 한선생의 말에 건영은

"참 그렇습니다. 이건영이 저 하나만 압니다."

하였다.

1-18

봄이 되어 허숭은 졸업 시험을 막 치르고 집으로―윤참판 집으로 돌아왔다.

이날은 웬일인지 윤참판이 사랑에 혼자 앉아 있었다.

"댕겨왔습니다."

하는 허숭의 인사에 윤참판은,

"이리 들어오게."

하고 친절하게 불렀다.

허숭은 들어가서 윤참판의 앞에 읍하고 섰다. 윤참판은 양실 사랑에 난로를 피워놓고 테이블 앞 안락의자에 앉아 있었다.

"거기 앉게."

하고 윤참판은 턱으로 맞은편 교의를 가리켰다.

허숭은 앉았다.

"시험 다 치렀나?"

"네 마지막 치르고 왔습니다."

"내가 오늘은 자네에게 할 말이 있네."

하고 윤참판은 턱수염을 한번 만졌다. 그 수염은 하얗다.

허숭은 다만 윤참판을 바라볼 뿐이었다.

"이렇게 말하면 어떻게 들을지는 모르겠네마는, 나는 오래전부터 생각하고 있던 일이야. 인제는 자네도 졸업을 했으니 혼인도 해야 아니하겠나?"

하고 윤참판은 허숭의 눈치를 보았다.

“아직 혼인할 생각은 없습니다.”

하고 허숭은 분명히 말하였다.

“혼인할 생각이 없어? 왜?”

하고 윤참판은 눈을 크게 떴다.

“공부도 더 하고 싶구요.”

하고 허숭은 누구나 하는 말로 대답을 하였다. 직업도 없고 재산도 없이 어떻게 혼인을 하느냐고 말하기는 싫었다.

“공부는 또 무슨 공부를?”

하고 윤참판은 물었다.

“이왕 법률을 배웠으니 변호사 자격이나 얻어두고 싶습니다.”

“암, 그래야지.”

하고 윤참판은 뜻에 맞는다는 듯이,

“변호사가 되려면 고등문관 시험을 치러야 한다지?”

“네.”

“갑진이도 금년에 고등문관 시험을 치르러 간다니까 자네도 같이 가 치르지. 칠월이라지?”

“네.”

“그럼, 유월쯤 해서 동경으로 가지.”

허숭은 동경 갈 노자가 없다는 말을 하기가 어려웠다. 동경에 가서 시험을 치르고 오자면 안팎 노자 쓰고 적어도 이백 원은 있어야 할 것이다. 그렇다고 윤참판을 보고 그 돈을 달라고 할 명목은 아무것도 없었다.

허숭이 대답을 못하고 앉아 있는 뜻을 윤참판도 짐작하였다. 그래서 허숭을 괴로운 생각에서 건져주려는 듯이,

"그럼 동경은 가기로 하고……"

하고 잠깐 머물렀다가,

"그런데 내가 자네보고 하자는 말은 그것이 아니고, 또 하나 중대한 말일세. 내 딸자식 말이야 정선이 말일세. 그거 변변치는 않지마는 자네 혼인해주지 못하겠나. 나도 인선이 죽은 뒤로는 도무지 의탁할 곳이 없고, 또 자네가 두고 보니까 요새 젊은 사람들 같지는 아니해. 그래서 내가 오래 두고 생각했어. 내 자식을 내가 말하는 것도 무엇하지마는 그리 못쓸 자식은 아니구, 또 자네를 보고 직접 말하는 것이 도리가 아니지마는 어디 말할 데가 있나. 그러니까 자네도 어떻게 알지 말게."

하였다.

이 말은 허숭에게 있어서는 과연 청천에 벽력이었다. 일찍이 이런 일은 몽상도 아니 한 일이었다.

허숭은 기실 어떻게 대답해야 옳은지를 몰랐다. 다만 저도 모르게,

"변호사 자격을 얻기까지는 혼인 문제를 생각하지 아니하겠습니다."

하고 물러나왔다.

1-19

윤참판은 이날 아침에 그가 가장 존경하는 재종형 윤한은 선생을 찾아갔다. 가서, 정선의 혼인 문제를 말하고 허숭이가 사위로 어떠랴 하고 뜻을 물었다. 한은 선생은 깜짝 놀라며,

"자네 어찌 그 사람과 혼인을 할 생각이 났나?"

하였다.

"두고 보니까 사람이 진실하고, 문벌은 없지마는 양반다운 점이 보이더군요."

하고 윤참판은 자기의 지인지감[84]을 자랑하였다.

"허게, 해!"

하고 한은 선생은 당장에 찬성하였다. 기실 한은 선생은 자기의 손녀 은경(恩卿)과 허숭과 혼인할까 하는 생각을 가졌던 것이었다. 한은 선생의 손녀 은경은 지금 동경 성심여학원에서 영문학을 배우고 있는 이였다.

이렇게 한은 선생의 찬성을 얻은 윤참판은 집에 돌아오는 길로 딸 정선을 불러 허숭에 대한 의향을 물었다. 정선은 아무 대답이 없었다. 실상 정선은 일찍이 허숭에 대해서 깊이 생각해본 일이 없었던 것이다. 다만 자기를 허숭 같은 시골 사람에게 주려는가 하는 아버지의 뜻을 알 수 없다 하였을 뿐이었다. 그러나 윤참판은 딸의 말 없음을 이의 없는 것으로만 해석하였고, 그뿐더러 딸이 혼인에 대하여 가부를 말할 것이 아니라고 생각하였다. 그리

고 이 혼인은 되는 것으로 혼자 작정한 것이었다. 허숭이가 윤참판의 청혼에 거절할 리가 있느냐고 생각하였다.

그러나 허숭에게는 이 문제는 그리 단순하지 아니하였다. 왜 그런고 하면 허숭에게는 두 가지 의리가 있었으니 그것은 졸업하고 변호사 자격을 얻으면 농촌에 돌아가 농민을 위하여 일생을 바친다는 것과 또 하나는 유순에 대하여 그의 어깨를 안고 머리를 만지며,

"내 또 오께."

한 약속이었다. 이 약속은 물론 약혼을 의미한 것은 아니었다. 그러나 그 순간에 허숭은 속으로,

'이 여자와 일생을 같이하자.'

하고 생각도 하였거니와, 적어도 유순은—꾸밈도 없고 옛날 조선식 여성의 맘을 가진 유순은, 허숭의 가슴에 제 이마를 대었다는 것이,

'나는 이 몸을 당신께 바칩니다. 일생에, 죽기까지 나는 당신의 사람입니다. 나는 이것으로써 맹세를 삼습니다. 내 맹세는 변함이 없습니다.'

하는 것을 표한 것이었고, 이러한 조선식 신의 관념을 가진 유순으로는 반드시 자기는 허숭의 처가 된 것으로 생각하고 있을 것이다.

이것을 생각하매 허숭은 자기는 이미 혼인한 사람과 같은 책임감을 아니 가질 수 없었다.

또 한 가지 이유 즉 농촌으로 가자는 이유도 정선과의 혼인을

불가능케 하는 것이었다. 서울서 여러 백 년 동안 흙이라고 만져 본 일도 없는 정선이 농촌으로 들어가기는 불가능보다 더한 일이라고 생각한 것이었다.

그래서 허숭은 단연히 윤참판의 통혼을 거절할 것으로 생각하였다. 다시 윤참판이 말하거든 자기는 단연히 거절하리라고 결심하였다.

그러나 이와는 반대로 윤참판은 허숭은 벌써 자기의 사위가 된 것으로 자신하고 있었다. 그러하기 때문에 다시 허숭에게 말도 하지 아니하였다.

유월 어느 날. 허숭은 김갑진과 함께 동경역을 향하여 경성역을 떠났다. 허숭은 윤참판이 해 입으라는 양복도 거절하고 학교 시대 옷을 그냥 입고 새 맥고모자[85] 하나를 사 쓰고 윤참판이 주는 가방 하나를 들고 길을 떠났다. 김갑진은 세비로에, 스프링코트를 입은 훌륭한 신사였다. 역두에는 두 사람의 동창들의 정성스럽고도 유쾌한 전송이 있었다.

1-20

날은 맑고 더우나 차창으로는 서늘한 바람이 들어왔다. 차가 차차 남쪽으로 내려올수록 모내는 일이 바쁜 듯하였다. 어제, 그제 이틀 연해서 온 비가 넉넉지는 못해도 모를 낼 만하게는 논에 물이 닿았다. 해마다 모낼 때에는 가문다, 죽는다는 소리가 난다.

그러나 사흘만 더 가물면 죽겠다 할 만한 때에는 대개는 비가 오는 법이다. 금년에도 그러하였다. 마치 하느님이 나는 나 할 일을 다 한다, 너희들만 너 할 일을 하여라, 하는 것 같았다. 내가 없는 줄 알지 마라, 나는 있다, 너희가 하느님이 없나 보다 할 만한 기회에 내가 있다는 것을 보인다, 하는 것 같다.

허숭은 나불나불 바람에 나부끼는 모를 보고, 허리를 굽히고 모를 심는 농부들을 볼 때에 하늘에 찬 별과, 땅에 찬 생명이 모두 그들을 위하여 있는 것 같았다. 사람이 하는 모든 일 중에 오직 농사하는 일만이 옳고, 거룩하고 참된 것만 같았다. 그리고 이 차에 올라앉은 사람들은 다 저 농부들의 땀으로 살아가는, 그러면서도 저 농부들의 공로를 모르고, 그들에게 감사할 줄을 모르는 사람들같이 보였다.

"자네 무얼 그리 내다보고 앉았나."

하고 김갑진은 어디로 돌아다니다가 자리에 돌아와서 허숭의 무릎을 턱 친다. 그리고 허숭이가 바라보는 곳을 바라본다. 갑진의 눈에는 아무것도 보이는 것이 없었다.

"저 모내는 것을 보고 있네."

하고 숭은 갑진에게로 고개를 돌렸다.

"그건 무엇 하러?"

하고 갑진은 한 번 더 허숭이가 바라보던 곳을 내다보았으나 이때에는 벌써 열차는 벌판을 다 건너와서 어떤 산 찍은 틈바구니를 달리고 있었다.

"자네네 조상이 대대로 해오던 짓이니까 그리운가 보네그려.

그러니까 개꼬리 삼 년이란 말이거든."

하고 또 빈정대기를 시작했다.

"자네 눈에는 농사가 그렇게 천해 보이나?"

하고 숭은 약간 감상적이었다.

"그럼, 요새 상공업 시대에 농사라는 게야 인종지말〔人種之末〕이 하는 게지 무에야. 다른 건 아무것도 해먹을 노릇이 없으니까 지렁이 모양으로 땅을 파는 게 아닌가. 이를테면 자네 같은 사람은 똥개천에서 용이 오른 심이고. 하하 지렁이 속에서 용이 올랐다는 게 더 적절할까. 하하."

갑진은 차바퀴 굴러가는 소리보다도 더 큰 소리로 떠들었다. 곁에 앉은 사람들도 갑진의 말을 듣고 빙긋빙긋 웃었다. 그래도 갑진의 천진난만한 태도에 악의나 미운 생각이 섞이지 아니하였다.

"자네 그게 진정인가."

하고 허숭은 엄숙하게,

"그렇게도 농사와 농민을 이해하지 못하나. 자네 눈에는 그처럼 농민이 버러지같이 보이나. 만일 진실로 그렇다면 참말로 큰 인식 착오일세."

"어렵쇼. 이건 또 훈계를 하는 심이야. 흥, 농자는 천하지대본야라, 그것을 설법을 하는 심야. 아따, 이놈아 집어치워라. 우리 집에도 시굴 마름 놈들이 오지마는 그놈들 모두 음흉하고 돼지 같고 어디 사람 놈들 같은 것 있더냐. 시굴 구석에서 땅이나 파먹는 놈들이 순실키나 해야 할 텐데 도무지 그놈들 서울 사람 한번 못 속여먹으면 삼 년 동안 복통을 한다더라. 그저 그런 놈들은 꾹

꾹 눌러야 해. 조금만 느꾸면[86] 버릇이 없어지거든. 안 그러냐 이 놈아. 너는 인제는 전문학교깨나 졸업을 했으니 좀 시굴 놈 껍질을 벗어보아. 괜시리 없는 가치를 붙이려고 말고…… 뭐 어째? 네가 농촌에 들어가서 농민들과 같이 살 테야? 그럴 테면 공부는 무얼 하러 해? 허기는 그렇기도 하겠다. 고등문관 시험에 낙제나 하는 날이면 그밖에는 도리가 없겠지. 아하하."

1-21

기차는 산 끊은 데를 지나고 산굽이 돌아서 게딱지 같은 농가들이 다닥다닥 붙은 촌락을 지나고 역시 남녀가 바쁘게 모를 내는 논들을 바라보며 달아났다.

갑진도 숭의 말에 자극이 되어 그, 대단히도 가난해 보이는 농가들과, 대단히도 힘들어 보이는 모심는 광경을 주목해 보았다. 갑진은 장안 생장으로 이러한 농촌의 광경은 마치 자기와는 전혀 관계가 없는, 어떤 외국의 것과 같이 보였다.

갑진은 낯을 숭에게로 돌리며,

"그러니 저런 집에서 어떻게 하룬들 사나?"

하고 탄식하였다.

"겉으로 보기보다 속에 들어가면 더하다네."

하고 숭은 갑진이 농가에 대하여 새로운 흥미를 느끼는 것이 신기한 듯이,

"저 집 속에를 들어가면 말야. 담벼락에는 빈대가 끓지, 방바닥에는 벼룩이가 끓지, 땟국이 흐르는 옷이나 이불에는 이가 끓지, 여름이 되면 파리와 모기가 끓지. 게다가 먹을 것이나 있다던가. 호좁쌀 죽거리도 없어서 풀뿌리, 나무껍질을 먹고 사네그려……"
하는 숭의 말을 다 듣지도 아니하고 갑진은,

"아따, 이 사람. 초근목피라는 옛말은 있다데마는 설마 오늘날, 풀뿌리, 나무껍질 먹는 사람이야 있겠나. 자네도 어지간히 풍을 치네그려 하하."
하고 숭의 어깨를 아파라 하고 철썩 때린다.

숭은 깜짝 놀랐다. 어깨를 때리는 데 놀란 것이 아니라, 갑진이가 조선 사정을 모르는 데 놀란 것이었다. 숭은 이윽히 벙벙히 갑진을 바라보고 있다가,

"자네 신문 잡지도 안 보네그려?"
하고 물었다.

"내가 신문을 왜 안 보아? 대판조일,[87] 경성일보,[88] 국가학회 잡지, 중앙공론,[89] 개조[90] 다 보는데 안 보아? 신문 잡지를 아니 보아서야 사람이 고루해서 쓰겠나?"
하고 갑진은 뽐내었다.

"그런 신문만 보고 있으니까 조선 농민이 요새에 풀뿌리, 나무껍질 먹는 사정을 알 수가 있겠나? 자네는 조선 신문 잡지는 영 안 보네그려?"
하고 숭은 기가 막혀 하였다.

"조선 신문 잡지?"

하고 갑진은 도리어 놀라는 듯이,

"조선 신문 잡지는 무엇 하러 보아. 무엇이 볼 게 있다고. 그까진 조선 신문기자 놈들, 잡지 권이나 하는 놈들이 무얼 안다고, 그런 걸 보고 있어. 백주에 낮잠을 자지."

숭은 입을 딱 벌리지 아니할 수 없었다. 그리고 말문이 막혀버렸다.

갑진은 더욱 신이 나서,

"그, 어디, 조선 신문 잡지야 또 보기나 하겠던가. 요새에는 그 쑥들이 언문을 많이 쓴단 말야. 언문만으로 쓴 것은 도무지 희랍말 보기나 마찬가지니 그걸 누가 본단 말인가. 도서관에 가면, 일본문, 영문, 독일문의 신문, 잡지, 서적이 그득한데 그까진 조선문을 보고 있어? 그건 자네같이 어학 힘이 부족한 놈들이나, 옳지 옳지! 저기 저 모심는 시골 농부 놈들이나 볼 게지, 으하하."

하고 갑진은 유쾌한 듯이 좌우를 바라보며 웃는다.

"왜 자네네 대학에도 조선문학과[91]까지 있지 아니한가."

하고 숭은 아직도 갑진을 어떤 방향으로 끌어보려는 뜻을 버리지 아니하였다.

"응, 조선문학과 있지. 나 그놈들 대관절 무얼 배우는지 몰라. 원체 우리네 눈으로 보면 문학이란 것이 도대체 싱거운 것이지마는 게다가 조선 문학을 배운다니, 좋은 대학에까지 들어와서 조선 문학을 배운다니, 딱한 작자들야. 저 상철이 놈으로 말하더라도 무엇이—춘향전이 어떻고, 시조가 어떻고, 산대도감이 어떻고 하데마는 참말 시조야. 미친놈들."

하고 갑진은 가장 분개한 빛을 보인다.

1-22

"미치기로 말하면,"

하고 숭은 기가 막혀 몸을 흔들고 웃으면서,

"미치기로 말하면 자네가 단단히 미쳤네."

"누가 미쳤어?"

하고 갑진은 대들 듯이 눈을 부릅뜬다.

"자네 말야."

"자네가 누구야?"

"법학사 김갑진 선생이 단단히 미쳤단 말일세."

"어째서?"

"모든 것을 거꾸로 보니 미치지 아니하고 무엇인가. 자네 눈에는 모든 것이 거꾸로 비친단 말야."

"무엇이?"

하고 갑진은 대들었다.

"글쎄 안 그런가."

하고 숭은,

"자네는 가치 비판의 표준을 전도한단 말일세. 중하게 여길 것을 경하게 여기고 경하게 여길 것을 중하게 여긴단 말야. 조선 하면 농민 대중이 전 인구의 팔십 퍼센트가 아닌가. 또 사람의 생활

자료 중에 먹는 것이 제일이 아닌가, 그다음은 입는 것이요—하고 보면 저 농민들로 말하면 조선 민족의 뿌리요 몸뚱이가 아닌가. 지식 계급이라든지 상공 계급은 결국 민족의 지엽이란 말일세. 그야 필요성에 있어서야 지엽도 필요하지, 근간 없는 나무가 살지 못한다면 지엽 없는 나무도 살지 못할 것이지, 그렇지마는 말일세, 그 소중한 정도에 있어서는 지엽보다 근간이 더하지 않겠나. 그러하건마는 조선 치자〔治者〕 계급은 예로부터—그 예라는 것이 언제부터인지는 말할 것 없지만—지엽을 숭상하고 근간을 잊어버렸단 말일세. 단도직입적으로 말하면 고래로 조선의 치자 계급이던 양반 계급이 말야, 그 양반 계급이 오직 자기네 계급의 존재만을 알았거든, 자기네 계급—그것이야 전 민족의 한 퍼센트가 될락 말락 한 소수면서도—자기네 계급이 잘살기에만 몰두하였거든. 그거야 어느 나라 특권 계급이나 다 그러했겠지마는 조선의 양반 계급이 가장 심하였던 것이 사실이 아닌가. 그래서는 국가의 수입을 민중의 교육이라든지, 산업의 발달이라든지 하는 전 국가적, 민족적 백년대계에는 쓰지 아니하고 순전히 양반 계급의 생활비요, 향락비인—이를테면 요샛말로 인건비에만 썼더란 말일세. 그 결과가 어찌 되었는고 하면 자네도 아다시피 전 민족은 경제적으로나, 도덕적으로나, 지식적으로나, 기술적으로나, 예술적으로나, 모든 방면으로 다 쇠퇴하여져서 마침내는 국가 생활에 파탄이 생기게 하고, 그리고는 그 결과가 말야, 극소수, 양반 중에도 극히 권력 있던 몇십 명, 백 명은 넘을까 하는 몇새 양반 계급을 남겨놓고는 다 몰락해버리지 않았느냐 말야.

어느 서양 사람이 조선을 시찰하고 비평한 말을 어디서 보았네마는, 그 사람의 말이, 나무 없는 산, 물 마른 하천, 좋지 못한 도로, 양의 우리 같은 백성들의 집, 어리석고 쇠약한 사람들, 조선에서 눈에 띄는 것이 모두 다 maladministration[92]의 자취라고.

이 사람의 말에 자네 반대할 용기가 있나. 조선의 모든 쇠퇴가 정치를 잘못한 자취라는 말을? 그것이 다 양반 계급의 계급적 이기욕과 가치 판단의 전도에서 나온 것이 아니고 무엇인가.

그런데 말야. 아냐, 내 말을 끝까지 듣게. 그런데 말야. 자네와 같은 지식 계급이 아직도 그러한 전도된 가치 판단을 한다는 것은 심히 슬픈 일이 아닌가. 우리네 새로 교육을 받은 사람들은 여러 백 년 동안 잊어버렸던, 아니 잊어버렸다는 것보다도 옳지 못하게 학대하던 농민과 노동 대중의 은혜와 가치를 깊이 인식해서 그네에게 가서 봉사할 결심을 가지는 게 옳지 아니하겠나?"

숭은 말을 끊었다.

1-23

두 사람이 부산 부두에 내린 때에는 여름의 긴 날도 저물었다. 낮에 날이 좋던 모양으로 밤도 좋았다. 바다로 불어오는 바람은 온종일 차중에서 부대끼던 허숭, 김갑진 두 사람에게는 소생하는 듯한 상쾌함을 주었다. 더구나 오륙도 위에 달린 여름의 보름달은 상쾌 그 물건이었다.

두 사람은 짐을 들고 연락선으로 향하였다. 정거장에서 부두까지에는 일본으로 향하는 노동자가 떼를 지어 오락가락하였다. 머리를 깎은 이, 상투 있는 이, 갓 쓴 이조차 있었고, 부인들도 여기저기 보였다. 그중에는 방적 여공으로 가는 듯한 처녀들도 몇 떼가 있었다.

고무신을 신은 이, 게다를 신은 이, 운동 구두를 신은 이, 잘 맞지도 않고 입을 줄도 모르는 시마[93] 유카타(일본 여름 옷)를 입은 이, 도무지 형형색색이었다. 말씨도 대개는 경상도 사투리지마는 길게, 가냘프게 뽑는 호남말도 들리고, 함경도말, 평안도말도 들리고, 이따금은 단어의 첫 음절과 센텐스의 끝 음절을 번쩍번쩍 드는 경기도 시골 사투리도 들렸다. 각 지방에서 모여든 모양이다.

쓰메에리,[94] 무르팍 양복[95]을 입고 왼편 팔에 붉은 헝겊을 두른 사람들이 위압적 태도와 언사로 군중을 지휘하는 것은 이른바 노동 귀족인 패장[96]인가 하였다.

배에 오를 때에는 보통 여객과 노동자는 특별한 취급을 받는 모양이었다. 사다리 밑에 좌우로 늘어선 사복형사는 용하게도 조선 사람을 알아내어서는 붙들고 여행증명서를 검사하였다. 허숭도 김갑진도 증명서를 내보였다.

"여행권 검사요?"

하고 갑진은 불쾌한 듯이 경관에게 물었다.

"여행권이 아니야, 증명서야, 신분증명서야!"

하고 형사는 굳세게 여행권이라는 말을 부인하였다. 그리고 갑진을 눈을 흘겨보았다.

"어서 가세."

하고 허숭은 또 갑진이가 무슨 말썽을 부리지나 아니할까 하여 소매를 끌었다.

갑진은 형사에게 대꾸로 한번 눈을 흘기고 허숭의 뒤를 따랐다.

갑진이가 배만은 이등을 타자고 하는 것을 숭은 삼등을 주장하여 뒷 갑판 밑 삼등실로 내려갔다.

삼등실에서는 후끈하는 김이 올랐다. 구역나는 냄새가 올랐다. 벌써 들어와서 자리를 잡은 객들—그중에 반수 이상은 조선 노동자였다—은 저마다 좋은 자리를 차지하려고 담요 조각을 깔고 드러누웠다. 뒤에 들어가는 사람은 먼저 들어간 사람이 잡은 자리의 한 부분을 얻어서 궁둥이를 붙였다.

숭도 한편 구석에 자리를 잡았으나 갑진은 아무리 하여도 여기는 있을 수 없다는 듯이 눈살을 찌푸리고 서 있었다. 숭은 갑진의 가방을 빼앗아다가 제 가방 곁에다가 놓고 갑진의 팔을 잡아 잡은 자리로 끌어다가 어깨를 눌러서 앉혔다. 갑진은 숭이가 하는 대로 복종하였다.

사람은 많건마는 다들 떠들지는 아니하였다. 마치 앞날의 알 수 없는 운명을 바라보는 듯이, 또 두고 온 고향의 산천과 이웃—그것은 그다지 유쾌한 기억을 자아낼 재료도 못 되련마는—을 생각하는 듯이 눈을 껌벅껌벅하고 앉았을 뿐이었다.

"자, 이 사람."

하고 숭은 갑진의 모자를 벗겨서 가방 위에 놓으며,

"오늘은 자네 평생에 처음 조선 대중과 함께하는 날일세. 저 사람들이 얼마나 가난한지, 얼마나 영양불량인지, 얼마나 무식한지, 또 얼마나 더러운지, 또 무엇을 생각하는지, 또 어찌하여 고향을 버리고, 처자를 버리고 떠나는지, 저 사람들의 장래가 무엇인지 좀 알아보게."

하고 웃었다.

갑진은 끄덕끄덕하였다.

1-24

삼등 선실은 찌는 듯이 더웠다——무더웠다. 배가 떠나기도 전에 벌써 땀이 흐르기 시작하였다.

처음 배를 타보는 모양인 노동자들과 그중에도 여자들은 멀미 나기 전에 잠이 들려고 베개에다가 이마를 박고 애를 쓰지마는 애를 쓰면 쓸수록 잠이 들지 아니하는 모양이었다. 그들이 전전반측하는 불안의 상태는 그들 자신의 생명의 불안 그 물건을 상징하는 것 같았다. 더구나 젖먹이가 어미의 젖에 매달려서 보채는 양이 실내의 공기를 더욱 암담하게 하였다. 반백이나 된 늙은이가 멀거니 허공을 바라보고 앉아 있는 양도 갑진에게 무겁게 내리누르는 무엇으로[97] 느껴졌다.

쿵쿵쿵쿵 하고 배는 진동하기 시작하였다. 쇠사슬 마찰되는 소리가 울려왔다. 가만히 앉아서도 배가 방향을 돌리는 것이 감각되었다. 여러 번 이 뱃길을 다녀본 듯한, 이들 중에는 개화꾼인 듯한 젊은 패 몇 사람이 일본 사람 식으로 다리를 꼬고, 두 팔로 무릎을 짚고 앉아서 서투른 일본말로 떠드는 것만이 있고는 모두 고요하였다. 다른 사람들은 갑판에 올라가서 해풍을 쏘인다든지, 또는 멀어가는 고향 산천을 바라본다든지 할 맘의 여유도, 기운도 없는 것 같았다. 그저,

'나를 어디나 편안히 살 곳으로 실어다 주오. 그저 살려주오. 못 살 데로 데려다 주더라도 또한 어찌할 수 없소.'

하는 것 같았다.

"나가세, 좀 밖으로 나가세."

하고 갑진은 도저히 못 견디겠다는 듯이 벌떡 일어났다. 그는 몸의 더움에 맘의 압박에 견딜 수가 없었다.

숭도 갑진을 따라 갑판으로 나왔다. 갑판에도 사람들이 많았다.

"에이 시원하다."

하고 갑진은 체조할 때 모양으로 두 팔을 활짝 벌렸다. 시원한 해풍은 그의 명주 와이셔츠를 보기 좋게 팔랑거렸다.

검푸른 바다, 밝은 달, 시원한 바람, 드문드문 반짝거리는 하늘의 별과 바다의 어선. 때때로 보이는 하얀 물결의 머리.

"어, 시원해."

하고 갑진은 구조정〔救助艇〕 밑, 조용한 난간에 가슴을 기대고 서서 바다를 바라보았다.

부산항의 불이 신기루 모양으로 보였다. 오륙도 작은 섬들도 물결 틈에 앉은 갈매기와 같았다. 동으로 보면 망망대해다. 어디까

지 닿았는지 모르는 물과 물결.

숭도 가슴에 막혔던 것이 쏟아져 나온 것같이 가벼워짐을 깨달았다.

"참 바다는 좋으이그려. 밤바다는 더욱 좋은데."

하는 갑진의 긴 머리카락도 기쁨에 넘치는 듯이 춤을 추었다.

"바다에 나와보면 우주도 꽤 크이."

하고 숭은 맘 없는 대꾸를 하였다.

두 사람은 가지런히 서서 한참이나 말이 없었다. 선실에서 보던 모든 무거운 생각을 해풍에 날려 보내고 잠시 신선이나 되려는 듯이.

이때에 뒤에서,

"여보세요!"

하는 여자의 말이 들렸다.

숭과 갑진은 깜짝 놀라서 돌아섰다. 눈앞에는 머리를 땋아 늘인 십오륙 세[98]나 되었을까 한 여자가 서 있다. 달빛에 비친 그 얼굴은 마치 시체와 같이 창백하였다. 바람에 펄렁거리는 그 치마는 분명 남 인조견이었다.

숭과 갑진은 대답할 바를 모르고 멍멍히 섰다.

"저를 살려주셔요."

하고 여자는 두 사람을 번갈아 바라보며 속삭였다. 어느 사람에게 의지할 것인가 하는 듯하였다.

여자는 사람의 눈을 피하는 듯이 염치 불고하고 두 사람이 섰는 틈에 들어와 끼어 섰다. 숭은 두어 걸음 물러나서 여자의 설 자리를 비켜주었다.

1-25

갑진은 곧 놀란 것을 진정하고 그 여자와 가지런히 서서 갑진의 특색인 쾌활하고 익숙한 어조로,

"웬일이요?"

하고 물었다.

여자는 또 한 번 좌우를 돌아보았다. 숭은 여자를 안심시키려는 듯이 큰 갑판에서 바라보이는 곳을 막아섰다. 여자는 그제야 안심하는 듯이,

"저는 밀양 삽니다."

하고 여자는 억양 있는 경상도말로 시작하였다.

"제 아버지가 어떤 사람의 빚을 져서 빚값에 저를 팔았어요. 아버지는 일본으로 시집을 간다고 속이지마는 다른 사람들의 말을 들으니까 갈보로 팔려가는 게래요."

하고 말이 아주 분명하다.

"빚은 얼마나 되오?"

하고 갑진이가 묻는다.

"촌에 농사하는 사람치고 빚 없는 사람 어디 있나요? 울 아버지 빚은 일백오십 원이랍니다. 소를 한 마리 사느라고 오십 원을 꾼 것이 자꾸만 이자는 늘고, 농사는 안 되고 해서 그렇게 많아진 게

래요, 소는 빼앗기고도 일백오십 원이랍니다. 그러니 죽으면 죽었지 일백오십 원을 어떻게 갚습니까. 그래서 저를 빚값에 팔았습데다. 오십 원 더 받고……"
하고 부끄러운 듯이 여자는 고개를 숙인다.

갑진의 맘에 '이만하면 갈보로 살 생각이 나겠다' 하리만큼 그 여자는 이쁘장하였다.

"학교에 다녔소?"
하고 숭이가 물었다.

"네, 우리 게[99] 보통학교 졸업했습니다."

갑진과 숭은 고개를 끄덕거렸다. 그만하기에 말이 이렇게 조리가 있는 것이다 하였다.

"대관절, 그럼 어떡허란 말요?"
하고 갑진은 성급한 듯이 결론을 물었다.

여자는 어린 듯이, 또 애원하는 듯이 갑진을 쳐다보았다. 그러나 말은 없었다.

"그럼 날더러 이백 원을 내어서 물러달란 말요?"
하고 갑진은 또 물었다.

"네."
하고 여자는 더욱 고개를 숙이면서,

"선생님 댁에 가서 무엇이든지 시키시는 일은 다 해드릴게 저를 물러주세요. 밥도 질 줄 알고 방도 치울 줄 압니다. 갈보 되긴 싫어요!"
하고 여자는 울기를 시작했다.

"어, 이거 큰일 났군."
하고 갑진은 숭을 돌아보며 기막힌 웃음을 하였다.

이때에 웬 작자가 무르팍 바지를 입고 허둥거리며 오는 것이 달빛에 보였다. 그 작자는 분명 무슨 소중한 것을 찾는 모양이었다.

"저 사람야요, 저 사람야요."
하고 여자는 두 주먹을 가슴에 꼭 대고 갑진의 곁에 바싹 다가선다, 마치 무서운 것을 보고 숨는 어린애 모양으로.

그러나 그 작자는 마침내 바람에 펄렁거리는 여자의 치맛자락을 보았다. 그러고는 붉은 헝겊을 본 소 모양으로 길을 막아선 숭을 떠밀치고 여자의 곁으로 달려들어 여자의 팔을 꽉 붙들었다.

"이년이 왜 여기 나와 섰어?"
하고는 불량한 눈으로 갑진과 숭을 둘러보며, 일본말로,

"웬 사람들인데 남의 계집애를 후려내어, 고얀 놈들 같으니."
하고 여자를 끌고 가려 하였다.

여자는 안 끌리려고 난간을 꼭 붙들었다. 여자의 모시 적삼 소매가 끊어져서 동그스름한[100] 팔이 나왔다.

여자는 소리를 내어서 울며,

"살려주세요, 네."
하고 갑진과 숭을, 애원하는 눈으로 바라보았다.

1-26

"이건 웬 놈이야."

하고 갑진은 그 작자를 때릴 듯이 주먹을 겨누었다. 그러나 분이 난—갑진이가 그 여자를 꼬여내는 줄만 안 그 작자는 다짜고짜로 갑진의 따귀를 때렸다. 그러는 동안에 옷소매를 찢긴 여자는 숭의 곁으로 와서 숭의 등에 낯을 비비며 울었다.

숭은,

"여보!"

하고 그 작자의 멱살을 잡아 홱 끌어내었다. 그 작자는 숭의 주먹에 끌려 비틀거리며 갑진에게서 물러났다.

숭은 그 작자의 목덜미를 꽉 내리누른 채로,

"왜 말로 못하고 사람을 때린단 말요? 세상에 당신한테 얻어맞고 가만있을 사람 있는 줄 알았소? 우리가 이 여자를 꼬여낸다고 하니 누가 꼬여냈단 말요. 이 여자가 설운 사정을 하니까 우리가 듣고 있었을 뿐요."

하고 타이를 때에 갑진은 분을 못 이겨,

"이놈은, 이것은 웬 도둑놈야. 남의 집 딸을 도적하여다가 숫제 갈보로 팔아먹으려 들어. 이놈! 너는 좀 콩밥 먹지 못할 줄 알았디?"

하고 들이대어도 그 작자는 암말도 못하고 눈만 껌벅거렸다.

"여보."

하고 숭은 그 작자의 목덜미를 놓아주며,

"이 여자가 당신을 따라가기를 싫어해. 또 법률로 말하더라도 제 뜻에 없는 것을 창기 노릇은 못 시키는 법이오. 허니까, 이 여자를 제 집으로 돌려보내시오. 우리가 이 일을 안 이상에 하관[101]에 가서라도 동경까지 가서라도 가만있지는 아니할 것이니까, 어서 이 여자를 돌려보내시오."

하였다.

"나도 돈 주고 샀소. 돈 주고 산 것을 어느 법률이 내놓으란단 말요?"

하고 그 작자는 숭에게 꼭 달라붙은 여자의 손목을 잡아끌며,

"가자, 들어가!"

하고 되살았다.

"여보."

하고 숭은 그 작자의 팔을 꽉 붙들며,

"당신이 이백 원에 이 여자를 샀다지? 옜소. 이백 원 줄 테니 이 여자를 돌려보내시오."

하고 숭은 지갑에서 돈을 꺼내어 주었다. 이백 원은 숭이가 가진 돈의 전부였다.

그 작자는 깜짝 놀라는 빛을 띠더니 싱글싱글 웃으며,

"하하, 당신 이 여자가 퍽 맘에 드시는 모양입니다그려. 그렇지마는 본값에 파는 장사가 어디 있어요? 하나만 더 내시오."

하고 왼손 식지를 내밀었다.

"삼백 원?"

하고 숭은 물었다.

"계집애 이만하면 삼백 원도 싸지요. 열여섯 살이야요, 다 길렀지요."

하고 아주 흥정하는 상인의 어조였다.

그러나 숭에게는 백 원은 없었다. 숭은 갑진을 바라보았다. 갑진은 픽픽 웃더니,

"옜다, 이 더러운 놈아 백 원 더 받아라."

하고 십 원 지폐 열 장을 세어 주려다가,

"가만있어라, 이 여자를 사 올 때에 무슨 증서가 있겠지. 그걸 받아야지."

하고 돈 든 손을 옴츠렸다.

그 작자는 내밀었던 손을 다시 거두어 적삼 단추를 끄르고 그 속주머니에서 쇠사슬 맨 지갑을 꺼내어서 달빛에 비친 여러 가지 서류를 뒤져 인찰지에 쓰고 수입인지 붙인 종이 한 장을 꺼내어 달빛에 읽어보고,

"자 여기 있습니다. 당신은 대단히 분명하신데 헤헤."

하고 누구를 줄까 하고 갑진과 숭을 둘러보다가 돈을 쥐고 있는 갑진에게 내주었다.

1-27

배에서 내릴 때에는 아침 별이 하관의 시가에 찼다. 또 형사의

조사가 있었다. 그때에는 숭과 갑진을 따른 어린 계집애에 대한 조사가 더 까다로웠다. 갑진은 어젯밤 배에서 삼백 원을 주고 샀다는 말을 웃음 섞어 말하고 그 표시까지 내보였다. 형사도 웃고 감복한 듯이 두 사람을 번갈아 보았다. 그리고

"그래, 이 여자를 어찌하시랴오?"

하고 형사는 직업의식을 버린 듯이 은근하게 물었다.

"글쎄 나도 모르겠소이다."

하고 갑진은 숭을 건너다보며,

"이 사람이 이백 원을 내고 내가 백 원을 내서 샀는데 이 계집애를 어떻게 분배를 했으면 좋겠어요. 우리도 법률깨나 배우고 지금 사법관 시험을 치르러 가는 길이지마는 아직 실제 경험이 없으니 어디 당신이 판결을 내려주시구려."

하고 시치미 떼고 말하는 바람에 형사 두 사람은 픽 웃고 다른 데로 가고 말았다.

"이 사람 웬 수다야?"

하고 숭이 갑진의 팔을 끌었다. 형사들은 웃으며 두 사람을 힐끗힐끗 돌아보았다. 형사들 생각에 갑진과 숭과 계집애와 셋이 걸어가는 꼴이 우스웠던 것이었다.

"얘."

하고 갑진은 가방을 벤치 위에 놓으며 숭더러,

"이놈아 돈을 다 없앴으니 동경 가서 무얼 먹고 사니? 이 색시를 잡아먹고 살 수도 없고."

하고 정말 걱정이 되는 듯이 고개를 기울였다.

"자네 아직도 백 원은 있지?"
하고 숭도 미상불 걱정이 되었다.
"백 원은 있지마는 백 원을 가지고 둘이—둘이라니 이 색시도 먹고야 살지. 애, 이거 뭣이고 큰일 났다."
하고 갑진은 머리를 득득 긁더니,
"아무려나 통쾌하기는 했다."
하고 숭의 어깨를 두들기며,
"글쎄 이 시골뜨기 놈의 속에서 어떻게 그렇게 통쾌한 생각이 났어? 나도 애, 모두 이백 원밖에 없는 돈에서 백 원 타메[102] 꺼내려니까 손이 떨리더라. 뽐내기는 했지만두. 한 번 뽐낸 값이 일금 삼백 원야라는 좀 비싼데, 하하하하."
하고 갑진은 유쾌하게 웃는다.
"헌데 이 색시를 동경으로 데리고 갈 수야 있나?"
하고 숭은 그 여자더러,
"집으로 가오. 표 사주께."
하고 물었다.
"싫어요. 집에 가면 아버지가 또 팔아먹을걸요."
하고 여자는 한숨을 쉬었다.
"아버지가 의붓아버지야?"
하고 갑진이가 물었다.
"아니야요, 친아버지입니다."
하고 여자는 낯을 붉히며 대답하였다.
"아 친애비가 제 자식을 팔아먹는담."

하고 갑진은 눈을 부릅떴다.

"울 아버지만 그런가요. 우리 동네에서 딸 안 팔아먹은 사람이 몇이나 돼요? 빚에 몰리면 다 팔아먹는답니다. 장사 밑천 할라고도 팔구, 먹을 거 없어서도 팔구, 빚에 몰려서도 팔구……"

"제 몸뚱일 팔지 그래 백줘[103] 제 자식을 판담 에익!"

하고 갑진은 더욱 분개하며,

"그러니까 시굴 놈들은 무지하단 말야. 안 그런가."

하고 발을 탕탕 구르며 성냥을 빽 그어서 담배를 피워 문다.

"자식을 팔아먹는 아비의 맘은 어떠하겠나. 무엇이 그들로 하여금 그렇게 하나를 생각해보게."

하고 숭은 추연해진다. 숭의 눈앞에 눈에 익은 농촌의 참담한 모양이 나뜬다.[104]

1-28

할 수 없이 숭과 갑진은 그 여자(이름은 옥순이었다)를 데리고 차를 탔다. 도무지 어울리지 아니하는 일행이었다.

그러나 벤또[105]를 사도 셋을 사고 과일을 사도 세 개를 사지 아니하면 아니 되었다. 옥순은 얌전한 계집애였다. 아무쪼록 적게 먹고 잠도 적게 자고 두 사람에게 매양 미안한 빛을 보였다. 그것이 가련하여 옥순이 듣는 곳에서는 두 사람은 돈 걱정은 아니 하였다. 그래도 속으로는 여비가 걱정이 되었다. 무어라고 무슨 체면에 윤참판에게 돈을 더 청하나, 그러지 아니하여도 본래 넉넉하게 준 돈을 무엇에다가 다 써버리고 무슨 염치에 돈을 더 달라나.

*

구월 어느 날 아침. 허숭은 윤참판의 심부름으로 예산에 가고 없을 때, 저녁때나 되어 윤참판이 내객 몇 사람과 이야기를 하고 있을 때에 전보 한 장이 왔다.

"거 웬 전보냐."

하고 윤참판이 물을 때에, 문객은,

"기오수우, 기오수우."[106]

하고 가타가나를 그냥 읽었다.

"오 허숭에게 왔구나, 이리 주게."

하여 윤참판은 전보를 받아서 뜯어보았다.

"고문 시험, 본일 발표, 귀하 입격."[107]

이라고 하였다. 허숭은 고문시험에 입격한 것이었다.

"응, 허숭이가 고등문관 시험에 급제했네그려."

하고 윤참판은 자기 아들의 일이나 되는 듯이 기뻐하였다.

"허숭이가 누구오니까."

하고 어떤 객이 물을 때에, 윤참판은,

"내 사월세 사위야."

하고 안으로 들어갔다.

"정선이 어디 갔느냐."
하고 노인은 안대청을 바라보고 불렀다.

"아가씨 후원에 계십니다."
하고 계집 하인이 뒤꼍으로 뛰어갔다.

윤참판은 대청 안락의자에 앉아서 딸이 오기를 기다렸다.

정선은 학교 동창인 동무 두 여자와 함께 후원으로부터 돌아왔다. 정선은 형의 복도 벗어서[108] 하늘빛 하부다에 남치마에 은조사[109] 깨끼저고리[110]를 입었다. 날은 구월이지마는 아직 더웠다.

정선의 두 동무는 윤참판을 보고 경례하고 건넌방으로 들어갔다. 동무들과 같이 건넌방으로 들어가려는 정선을 불러, 윤참판은,

"숭이가 고등문관 시험에 급제했다는 전보가 왔다. 옜다 보아라."

정선은 마지못하여 아버지의 손에서 전보를 받아 들고 읽었다. 건넌방에 있는 두 동무들은 정선을 향하여 눈짓을 하고 아웅을 하였다.

"잘됐어요."
하고 그 전보를 탁자 위에 놓았다.

윤참판은 정선의 표정을 보려는 듯이 빙긋 웃는 눈으로 정선을 바라보았다. 정선은 아무 감동도 없는 듯이 건넌방으로 들어갔다.

"애, 숭이가 누구냐."
하고 한 동무가 정선의 귀에다 입을 대었다.

"누구는 누구야, 정선이 하스반[111]이겠지."

하고 다른 동무가 코를 흥, 하였다.

"이 애는."

하는 정선은 코 흥 하는 동무의 콧등을 손가락으로 때렸다.

"그러냐. 네 서방님 될 사람이냐."

하고 귀에 대고 말하던 동무가 묻는다.

"아냐. 우리 집에 있는 학생야——고학생야."

하고 정선은 시들하게 대답하였다.

"오. 그, 저, 행랑에 있던 그 사람이로고나, 보성전문학교 학생?"

하고 한 동무가 눈을 크게 떴다.

"에."

하고 코 맞은 동무가 놀란다.

"너 그 사람헌테 시집가니?"

하고 또 한 동무가 눈을 크게 뜬다.

"이 애들은."

하고 정선은 몸을 뿌리친다.

1-29

그날 저녁차에 허숭이가 왔다.

"전보 왔다."

하고 윤참판은 숭이가 인사도 다 하기 전에 서랍을 열고 전보를 꺼내어 숭에게 주었다.

숭은 그 전보를 받아 읽었다. 숭은 기뻤다. 그의 숨결은 높았다. 그것이 무엇이 그리 끔찍한 것이길래, 하면서도 역시 기뻤다. 숭은 팔백여 명 수험생, 전 일본에서 모인 수재 중에서 뽑힌 소수 중에 자기가 든 것이 기뻤다.

"갑진군은 어찌 되었습니까."

하고 숭은 자기의 기쁨을 감추고 물었다.

"갑진인 아직 소식이 없다."

하고 윤참판은 숭의 손에서 다시 전보를 받아들었다.

"거기 앉아."

하여 윤참판은 숭을 앉힌 뒤에,

"인제 고등문관 시험도 지났으니 혼인 일을 작정해야지."

하고 혼인 문제를 꺼내었다.

"저를 지금까지 공부를 시켜주시고 또 일본 갈 여비까지 주시고, 또 따님과 혼인 말씀까지 하시니 그 은혜를 무어라고 말씀할 수가 없습니다마는 저같이 집 한 칸도 없고 돈 한 푼도 없는 놈이 지금 혼인을 어떻게 합니까. 시험에 합격을 했댔자 곧 취직이 되는 것도 아니요……"

하고 숭은 거절하는 뜻을 표하려 하였다.

"그건 염려할 것 없지. 내가 그것을 모르는 배가 아니고, 그러니까 그것은 염려할 것 없고, 만일 내 딸이 맘에 안 들면 그것은 할 수 없지마는……나는 접때에도—인제 작년이지마는—접때에도 말한 것과 같이 너를 자식같이 믿으니까, 아다시피 내가 나이 많고 집일을 보살펴줄 사람이 없거든. 사람이야 얼마든지 있겠지마는 어디 믿을 사람이 쉬운가. 또 정선이도 인제 이십이 다 되었으니 혼인을 해야지. 도무지 안심이 안 되어. 요새 이십이 넘도록 시집 안 가는 계집애들이 많지마는 어디 다들 믿고 맘을 놓을 수가 있다고. 나는 사람만 보지, 문벌이나 재산이나 도무지 보지 않아."

하고 윤참판은 아버지로의 걱정, 재산가로의 걱정, 세상을 위한 걱정까지도 하여가며 숭의 승낙을 구하였다.

숭은 한마디로,

"고맙습니다. 그러나 저는 따님과 혼인할 수는 없습니다. 제게는 유순이라는 여자가 있고, 또 저는 일생을 농촌에서 농민 교육 운동을 하기로 작정하였습니다. 그러니까 따님과는 혼인할 수가 없습니다. 만일 따님과 혼인을 하면, 첫째로 유순이라는 여자에 대한 의리를 저버리게 되고, 둘째는 농촌에, 농민에 대한 의리를 저버리게 됩니다. 저는 단연히 농민에게로 돌아가야 하고 저를 믿고 기다리고 있는 유순에게로 돌아가야 합니다."

이렇게 대답해야 할 것이다. 이것이 숭의 인격의 명령이요, 양심[112]의 명령이었다. 만일 이렇게 대답했다면 숭은 얼마나 갸륵하였을까. 그러나, 그러나……

그러나 숭에게는 그만한 용기가 없었다. 그의 눈앞에는 서울에서도 미인으로 이름 있는 정선이가 있지 아니하냐. 정선은 숭의 맘을 아니 끌지 아니하였다. 지금까지는 종과 상전과 같아서 평등의 지위에서 교제한 일은 없지마는 이삼 년간 숭이가 이 집에 있는 동안에는 먼빛에 가까운 빛에 볼 기회도 많았고, 인선이가 죽고 숭이가 이 집 살림의 대부분, 그중에도 회계 사무를 맡은 뒤로부터는 숭과 정선이 마주 서서 이야기할 기회도 없지 아니하였거니와 정선의 옥 같은 살빛, 조그맣고 모양 있는 손, 무엇을 생각할 듯한 눈, 양반집 아가씨다운 기품, 그것은 울려나오는 피아노 소리와 아울러 숭의 맘을 끌지 아니할 수 없었다──그러한 정선이가 있지 아니하냐. 게다가 그는 재산이 있다. 누구나 말하기는 정선에게는 삼천 석 이상이 돌아오리라고 한다, 그 어머니가 전주 친정에서 가지고 온 재산의 절반은 당연히 정선에게로 오리라고 한다.

어디로 보면 이 청혼에 거절할 이유가 있나. 숭은 속으로는 백 번 승낙하였다. 그러나 숭은 무슨 말이나 한마디 거절하는 말을 아니 할 수 없었다. 그러나 그 거절하는 말은 정말 거절이 아니 될 정도의 말이 되지 아니하면 아니 된다.

1-30

숭은 한참이나 말을 못하고 가만히 앉았다. 그는 고향에 있는 유순이를 생각하였다. 유순이가 옥수수 삶은 것을 치맛자락에 싸 가지고 아직 어두운 새벽에 정거장 길에 나와서 자기를 기다리던 것, 말은 못하면서도 자기의 가슴에 안기던 것, 자기가 그 등을 만지고 머리를 만진 것, "내 내년에는 오께" 하고 자기가 그에게 약속을 준 것과, 순진한 유순은 그 가슴에 자기의 모양을 그리고 기다리고 있을 것을 생각하였다. 숭은 동경에 가서 고등문관 시험을 치르느라고, 또 서울 돌아와서는 성적 발표를 기다리느라고 구월이 되도록 고향에를 못 갔다. 유순은 얼마나 숭을 기다렸을까. 몇 번이나 아침저녁으로 서울서 오는 차를 바라보고 이번에나, 이번에나 하고 기다렸을까. 만일 숭이가 윤참판의 딸 정선과 혼인을 하여버린다 하면 유순은 얼마나 슬퍼할까. 얼마나 실망하고 울고 인생을 원망할까. 조선의 딸의 매운 맘으로 혹은 물에 빠져 죽지나 아니할까. 그뿐 아니라 숭 자신은 의리를 배반하는 것이 아닐까.

또 농민에게 간다던 맹세는 어찌하나. 일생에 내 한 몸의 고락을 생각지 아니하고, 이 몸을 가루를 만들어서라도 불쌍한 농민——조선 민족의 뿌리요 줄거리 되는 농민을 가르치고 인도하여 보다 힘 있고 보다 안락한 백성을 만들자던 맹세는 어찌하나. 한선생과 여러 동지들에게 큰소리하던 것은 어찌하나. 아니다. 아니다. 나는 윤참판의 청혼을 거절하여야 한다. 그리고 유순과 혼인을 해가지고 농촌으로 들어가야 한다!

이렇게 숭은 속으로 부르짖었다. 그러나 고개를 들어서 윤참판을 바라볼 때에는 그러한 담대한 말이 나오지를 아니하였다.

'싱거운 일이다!'

하고 숭은 다시 생각을 돌려본다.

'내가 유순과 약혼을 하였느냐. 그의 몸을 버렸느냐. 내가 유순에 대하여 지킬 의리가 무엇이냐. 내가 유순을 사랑하는 것은 내

맘밖에 아는 이가 없고, 유순이가 나를 사랑하는 것은 유순의 맘밖에 아는 이가 없지 아니하냐. 하느님? 신명? 그런 것이 정말 있느냐. 있기로니 내가 유순에게 죄를 지은 것이 무엇이냐.'

또 숭은 이렇게 생각해본다—

'유순은 좋은 여자다. 얼굴이나 몸이나 또 맘이나 다 든든하고 아름다운 여자다. 그러나 정선은 더 아름답지 아니하냐. 유순은 보통학교밖에 다닌 일이 없는 시골 계집애, 정선은 신식으로 구식으로 모두 다 컬처[113]가 높은 서울 양반집 딸……'

하고 숭은 여기서 스스로 제 생각에 아니 놀랄 수 없었다. 왜 그런고 하면 평소에 갑진이가, 시골, 서울, 상놈, 양반 하는 것을 비웃고 못마땅하게 생각하던 자기에게도 시골보다도 서울을, 상놈보다도 양반을 좋아하는 생각이 뿌리 깊이 숨은 것을 깨달은 까닭이다.

'나와 같이 고등한 교육을 받고, 고등한 정신생활을 하는 사람이.'

하고 숭은 생각을 계속한다.

'일개 무식한 시골 여자하고 일생을 같이할 수가 있을까. 불만이 아니 생길까. 아니다! 도저히 불만이 아니 생길 수가 없을 것이다! 내가 유순과 혼인을 할 생각을 하는 것은 일종의 호기심이다 실수다. 그것은 다만 나 자신을 불행하게 할 뿐이 아니라, 그보다도 더 유순이라는 죄 없는 여자를 불행하게 하는 것이다. 그렇다, 내가 나를 불행하게 할 권리는 있다 하더라도 남, 유순을 불행하게 할 권리는 없지 아니하냐. 그렇고말고!'

숭은 마치 큰, 무서운 꿈에서 깨어난 듯한 기쁨과 가벼움을 깨달았다. 이러한 분명한 진리를 어떻게 지금까지 생각지 못하였던가, 하고 앞이 환하게 열림을 깨달았다.

'그렇지만 농촌사업은?'

하고 숭은 또 양심의 한편 구석에서 소리를 침을 깨달았다. 그러나 숭의 머리는, 양심(?)은 마치 지금까지 가려졌던 모든 운무가 걷긴 것같이 쾌도〔快刀〕로 난마〔亂麻〕를 끊듯이 모든 문제를 해결할 수가 있었다.

'농촌사업은 정선이하고 하지. 정선이야말로 훌륭한 동지요 동료가 될 수 있는 짝이 아닌가. 아아, 모든 문제는 해결되었다.'

하고 숭은 한번 한숨을 내쉬었다. 가슴에 막힌 것이 다 뚫린 듯이 시원하였다. 그리고 자기 전도가 백화가 만발한 꽃동산같이 보였다. 그의 양심, 의리감, 진리감, 이러한 것들은 그 분홍 안개 속에 낯을 감추어버리고 말았다.

"어서 대답해."

하는 윤참판의 말이 떨어진 것을 다행으로 허숭은,

"그처럼 말씀하시니 저를 버리시지 아니하신다면 하라시는 대로 하겠습니다."

하고 분명히 승낙하는 뜻을 표하였다.

1-31

허숭과 윤참판의 딸 정선과의 약혼은 성립되었다. 정선으로 말하면 원래 숭을 사랑한 것이 아닐뿐더러 집에 와서 심부름하던 시골 사람을 제 남편으로 삼으려는 아버지의 처사가 불쾌하기조차 하였다. 그렇지마는 정선은 아버지의 뜻이 곧 제 뜻인 것을 안다. 딸은 혼인지사에는 아버지의 명령에 복종할 것이라는 조선의 딸의 전통적 생각을 가졌으므로 그는 이에 반항하려는 생각은 없고 도리어 숭을 사랑하려고 힘을 썼다. 숭의 좋은 점을 종합해 보았다. 숭의 건강, 도저히 서울 양반 계급에서는 찾아볼 수 없는, 차라리 야만적이라고 할 만한 건강, 그의 남성적인 행동, 힘 있게 다문 입, 보기에는 좀 숭업지마는[114] 억센 손, 어깨, 가슴통, 그의 재주, 그의 아첨하는 빛 없는 솔직한 표정과 음성, 여자에 대하여 심히 범연한 듯한 것, 그의 거무스름한 살빛, 좀 과히 많은 듯한 눈썹, 두툼한 입술, 얼른 보기에 둔하다고 할 만하도록 체격과 태도가 무거운 것, 이런 것들을 종합하여 정선은 숭을 남성적이요 영웅적인 남편을 만들었다. 숭의 깊이 있는 눈과 힘 있게 뻗은 코는 더구나 정선에게 인상이 깊었다. 다만 꺼리는 것은 그가 고래로 천대받던 시골 사람이라는 것이다. 이것이 마치 외국 사람과 같은 생각을 주었다. 시골 사람이라면 물지게장수, 기름장수, 마름, 산소 주인,[115] 이런 것밖에 더 상상할 수 없는, 해라나 하게 이상으로 말할 사람이 없는 듯한 그런 관념을 가진 정선이, 더욱이

나 그의 어머니가 문벌 낮은 시골 여자라는 것을 일가 간에서도 수군거리는 것을 아는 정선에게는 이것이 고통이 아니 될 수 없었다.

다만 한 가지 위로되는 것은 윤씨 집에서 가장 존경받는 어른인 한은 선생이 그 딸들을 모조리 시골 사람에게 시집보낸 것이었다. 한 사위는 함경도, 한 사위는 평안도, 한 사위는 황해도, 그리고 한은 선생이 가장 사랑하는 손녀 은경도 시골 사람에게 시집보낸다고 노[116] 말하고 있는 것을 보는 것이었다. 한은 선생은 계급 타파, 지방 감정 타파를 위하여서도 이러한 혼인 정책을 쓰지마는, 또 한 가지는 강건한 혈통을 끌어들이려는 것도 한 까닭이었다.

이 모양으로 정선은 그 아버지의 자기 혼인에 대한 처분을 순복하였다.[117]

정선보다도 이 약혼에 타격을 받은 이는 갑진이었다. 갑진은 떼놓은 당상으로 정선은 자기의 아내로 생각하였고, 또 윤참판 집 재산의 반분은 으레 제게로 올 것으로 믿고 있었다. 그리하던 것이 그는 고문 시험에 불합격이 되고(이것은 갑진의 변명에 의하면 자기가 치른 행정과 시험이, 숭이가 치른 사법과 시험보다 어렵다는 것과, 또 자기는 원래 학자 되기를 지원하기 때문에 시험을 도무지 중대시하지 아니하였다는 것이었다), 이제 또 그것이 이유가 되어(갑진은 이렇게 생각한다) 아름다운 정선과 그 재산을 허숭에게 빼앗긴다는 것은 차마 못할 일이었다.

사실상 숭이라는 경쟁자가 아니 나섰던들 정선은 갑진의 것이 되었을 것이다. 숭이가 고문 시험에 합격을 못하였더라도 아마 그러하였을 것이다.

"이놈아. 국으로 있지, 백줴 네깟 놈이 고문 시험을 치러?"

하고 동경 가는 차 속에서 뽐내던[118] 갑진의 코가 납작한 것은 말할 것도 없다. 배에서 삼백 원에 산 계집애도 동경에 있는 동안에 숭보다도 갑진을 따랐다. 그래서 마침내 갑진의 것이 되어버렸다. 이 계집애는 지금 밀양 제 친정에 있거니와 불원에 갑진의 혈육을 낳을 것이다. 갑진이가 이 울고불고 안 떨어진다는 이 여자를 밀양으로 쫓아 보내고 서울로 온 것은 이 말이 윤참판의 귀에 들어갈 것을 두려워함이었다.

허숭과 윤정선과의 약혼이 발표된 후로 갑진은 윤참판 집에서 발을 끊어버렸다.

1-32

혼인날은 시월 보름이었다. 시월 보름은 공교하게도 음력으로는 구월 보름이었다. 시월 십오일 오후 세 시, 정동 예배당에서 허숭과 윤정선은 만인이 다 부러워하는 혼인식을 하기로 되어 시월 초승에 벌써 청첩이 발송되었다. 허숭 측 주혼자로는 숭의 청에 의하여 한민교의 이름을 썼다.

한선생은 속으로 숭의 이 혼인에 반대의 생각을 가졌으나 이왕 약혼이 된 것을 보고는 오직 내외 일생에 행복되기를 빌었다.

"허군."
하고 한선생은,
"그리되면 서울서 변호사 생활을 하시오."
하고, 약혼했다는 보고를 듣는 날 숭에게 질문의 뜻을 품은 권고를 하였다.

숭은 한선생의 이 간단한, 평범한 말이 심히 가슴을 찌름을 깨달았다. 마치 한선생이 자기의 비루한 속을 꿰뚫어 보고 조롱하는 것같이도 생각하였다.

"농촌으로 갑니다."
하고 숭은 대답하지 아니할 수 없었다.

"그럴 수 있나. 서울서 생장한 부인이 농촌 생활을 견디오? 또 농촌사업만이 사업의 전체는 아니니까, 변호사 생활을 하는 것도 민족 봉사가 되지요. 돈 벌기 위한 변호사가 되지 말고 백성의 원통한 것을 풀어주는 변호사가 된다면 그것도 민족 봉사지요. 또 변호사란 사람을 많이 접촉하는 직업이니까 좋은 사람을 많이 고를 기회도 있겠지요. 링컨도 변호사 아니오?"
하고 한선생은 숭의 맘을 안정케 하였다.

숭은 마치 연기가 자옥하여 숨이 막힐 듯한 방에 갇혀 있다가 환하고 시원한 바깥으로 나아갈 문을 찾은 듯하였다. 한선생의 이 말은 숭 자기의 맘을 안정시키는 말임을 잘 안다. 그러하기 때문에 숭은 한선생의 발 앞에 엎드려 그 발등을 눈물로 씻고 싶도록 고마웠다.

나중에 한선생은,

"무엇이든 개인주의로, 이기주의로만 마시오. 허군 한 몸의 이해와 고락을 표준하는 생각을 말고 조선 사람 전체를 위하여 이하겠다는[119] 일만 하시오. 그 생각으로만 가시면 서울에 있거나 시골에 있거나 또 무슨 일을 하거나 허물이 없을 것이오."
하였다.

이 말에 허숭의 가벼워졌던 몸은 다시 무거운 짐으로 눌리는 것 같다.

'과연 내 이 혼인이 조선 사람 전체를 위하여 내 몸을 바치기에 가장 적당한 혼인일까.'
하고 허숭은 생각하고 거기 대한 대답을 아니 하기로 힘을 썼다.

허숭이 집에——윤참판 집에, 지금은 처가에 돌아왔을 때에는 양복집에서 와서 기다리는 지가 오래였다.

"글쎄, 어딜 갔다가 인제 오시우?"
하고 정선이가 숭을 대하여 눈을 흘겼다. 벌써 그만큼 친밀하여진 것이었다.

"왜? 걱정하셨어요?"
하는 허숭의 말에,

"하셨어요? 는 다 무에야? 했소? 그러지. 그저 시골뜨기 티를 못 버리는구려."
하고 정선은 서양 부인이 하는 모양으로 숭을 향하여 손가락질을 했다. 허숭은 약혼한 뒤에도 정선에게 극존칭을 썼다. 말이 갑자기 고쳐지지를 아니한 것이다. 정선은 그럴 때마다 오금을 박았다. 정선은 아무도 다른 사람이 없을 때에는 숭에게 와서 안기기도 하고 제 조그마한 손을 숭의 큼직한 손에다가 갖다 쥐여주기도 하였다.

"자 견양해요.[120] 감은 내가 골랐으니."

하고 정선은 숭의 저고리 단추를 끌렀다. 귀에 연필을 끼인 젊은 양복장이는 권척[121]을 들고 빙그레 웃으면서 사랑하는 두 남녀의 하는 양을 보았다.

"무슨 양복이오?"

하고 숭은 저고리를 벗으며 웃었다.

"아이, 참! 자 어서!"

하고 정선도 기가 막히는 듯이 웃었다.

1-33

숭은 연미복과, 모닝과, 춘추복 한 벌, 동복 한 벌, 딴 바지 하나씩 껴서 춘추 외투 한 벌 겨울 외투 한 벌을 맞추고 정선도 혼인식에 입을 드레스 기타 철찾아 입을 양복 일습[122]을 맞추었다.

그리고 안에서는 집에 있는 침모 외에 임시로 여러 침모들을 고용하여 신랑, 신부의 의복 금침을 마련하고 또 서양식 장롱과 조선식 장롱과 침대 같은 것도 마련하였다. 그것뿐 아니라 윤참판은 허숭이가 장차 변호사를 개업할 것을 고려하여 재판소도 가깝고, 조강[123]도 한 정동에 한 사십 간 되는 집을 사서 일변 수리도 하고 일변 도배하고 살림 제구를 준비하였다. 살림 제구뿐 아니라 남녀 하인들까지도 준비하였다.

"너희들이 살 집이니 너희들의 맘대로 꾸며라" 하여 윤참판은 숭과 정선에게 집을 수리하는 전권을 주었다.

정선이 학교에서 돌아올 때쯤 하여서는 숭이 미국 영사관 모퉁이에서 기다리다가 둘이 나란히 새 집으로 들어가서 이것은 이렇게, 저것은 저렇게 하고 도배장이와 하인들에게 잔소리를 하였다. 그러고는 장차 어떻게 할 것까지도 의논을 하였다. 그 계획은 거진 날마다 변하는 것이었다.

정선은 이 집이 친정집만 못한 것이 불평이었다. 더구나 양실이 없는 것과 넓은 정원이 없는 것이 불평이었다.

"이 집이 협착해서 어떻게 살어!"

하고 정선은 가끔가다가 짜증을 내었다. 그럴 때에는 숭은 놀랐다. 사십 간 집, 이렇게 좋은 집이 협착하다는 정선을 어떻게 섬겨가나 한 것이었다.

"가만있으우, 내 변호사 노릇 해서 돈 벌어서 저 석조전만 한 집을 하나 지어 드리리다."

하고 웃었다. 그러나 이 말을 한 끝에는 숭은 스스로 놀랐다. '어느새에 나는 내 집만을 크게 꾸미려는 생각이 났는가, 이것이 과연 개인주의 이기주의가 아니요, 조선 전체를 생각함인가'고.

둘째로 정선이가 이 집에 대하여 불평하는 것은 대문이 평대문인 것과 바로 대문 앞까지 자동차가 들어오지 못한다는 것이었다. 그것도 숭은 변호사로 돈을 벌어서 해결하기로 하였다.

서울에서는 숭과 정선의[124] 약혼은 청년 남녀간에 상당한 센세이션을 일으켰다. 일개 시골 고학생과, 서울 양반 만석꾼[125]의 딸과의 배필, 청년 수재와 미인 재원과의 배필, 어느 점이나 센세이션거리 아니 되는 것이 없었다.

모모 잡지의 시월호에는 숭과 정선의 사진이 나고 시와 같이 아름다운 기사가 났다.

이 혼인과 한 쌍이 되는 혼인이 동일 동처에서 거행되게 되었으니, 그것은 곧 한은 선생의 손녀 은경과 청년 발명가 윤명섭의 혼인이다.

이 혼인에도 한민교가 관계가 되었다. 그것은 한선생이 한은 선생에게 윤명섭을 소개하고 그 연구비 보조를 청촉하였더니 한은 선생은 윤명섭의 인물과 내력을 듣고 내념에 사위의 후보로 생각한 것이었다.

그러나 여기는 복잡한 이유가 있었다. 그것은 이건영 박사 문제. 이건영 박사와 심순례라는 여자와 의혼[126]이 되어 서로 사랑의 말을 주고받고, 또,

"선생님, 심양은 참으로 제가 바라던 여자입니다."

라고까지 하다가 약 일 개월 전부터 돌연히 태도가 변하였다. 이박사는 순례에 대하여 피하는 태도를 취하였다.

이 태도를 본 순례는 그 아버지 심주사에게 말하고 심주사는 위해[127] 한선생을 청하여 말하였다.

한선생은,

"그럴 리 없으니 염려 마시오."

하고 심주사를 돌려보내고는 곧 이박사를 찾아서 그 연유를 물

었다.

그때 이박사의 대답은.

“제가 생각한 바가 있습니다——그것은 심양과의 혼인이 저보다도 심양에게 큰 불행일 것을 깨달은 것입니다. 그러니까 저로는 관계가 더 깊이 들어가기 전에 끊는 것이 심양을 위한 도리인가 합니다.”

함이었다.

1-34

이박사의 말을 들은 한선생은 크게 놀랐다. 이 일은 도저히 있을 일이 아니었다. 그가 믿던 이건영은 이러한 사람은 아니었다. 이건영이가 심순례에 대한 약속을 헌신짝같이 내버리는 것은 그가 의리라는 관념을 잃어버렸거나 또는 여자를 희롱한 것이거나 둘 중에 하나였다. 이 중에 어느 것도 한선생이 평소에 믿고 있던 이건영 박사로는 할 수 없는 일이었다.

“그게 정말요?”

하고 한선생은 하도 어이가 없어서 이박사에게 물었다.

“네. 그것이 옳다고 생각하였습니다.”

하고 이박사는 자신 있는 듯이 대답하였다.

“그러면 이박사는 심순례를 사랑하지 아니한단 말이오?”

하고 한선생은 다시 물었다.

"심순례를 사랑은 하였습니다."

"그런데?"

"그렇지마는 순례씨와는 아직 혼인을 약속한 일은 없었습니다."

"여자를 사랑하는 것과 혼인을 약속하는 것과는 다른 일이오?" 하고 한선생은 다시 물었다.

"사랑이 혼인의 전제는 되겠지요. 그러나 사랑과 혼인과는 전연 다른 것인가 합니다."

"그러면 심순례를 사랑은 하지마는 혼인은 못하겠단 말씀이오?"

"그렇습니다."

"그 이유는 무엇이오?"

"이 혼인이 두 사람에게 행복되지 못하겠다는 것입니다."

"왜 행복되지 못해요?"

"……"

"그러면 처음부터 이 여자와는 혼인할 생각을 아니 두고 사랑을 시작하셨소?"

"그런 것은 아닙니다."

"그러면 혼인할 생각을 가지고 사랑하였소?"

"네."

"그러면 어째서 그 사랑이 변하였소?"

"사랑이 변한 것은 아닙니다."

"그러면 무엇이 변하였소?"

"……"

"그 여자와 혼인해서는 아니 될 무슨 사정이 생겼나요?"

"그런 것도 아닙니다."

"그러면 어찌해서 그동안 거진 반년이 가깝도록 그 여자에게는 혼인한다는 신념을 주어놓고, 그 여자의 집에서는 혼인 준비까지 하고 있는 이때에 돌연히 그 여자와 교제를 끊는다고 하시오?"

"기실은 부모가 반대를 하십니다."

하고 이박사는 고개를 숙인다.

"부모께서?"

"네."

"부모께서 무어라고 반대를 하시는가요?"

"이 혼인이 합당치 아니하다고요."

"무슨 이유로?"

"그것까지는 말할 수가 없습니다."

"그러면 이박사는 부모의 반대를 예상하지 아니하고 심순례와의 혼인을 목적하고 심순례라는 여자를 사랑하였는데, 불의에 부모께서 반대를 하시니까, 못한단 말씀이오?"

"그렇습니다. 자식 된 도리에, 십여 년이나 못 뫼시던 부모님의 뜻을 거역하여서까지 제가 사랑하는 여자와 혼인을 할 수야 있습니까."

하고 이박사는 가장 엄숙한 태도를 취하였다.

한선생은 이윽히 이건영을 바라보며 그의 얼굴과 눈에 나타난 양심의 말을 읽으려는 듯이 가만히 생각하고 있더니 비창하다고

할 만한 어조로,

"나도 이박사를 지사로 믿고 또 친구로 사랑하오. 그러니까 나는 이박사에게 생각하는 바를 꺼리지 아니하고 말하오마는 이박사의 이번 일은 크게 잘못된 일이오. 이박사는 자기의 인격의 약점을 부모에 대한 의리라는, 듣기에 매우 노블[128]한 말로 꾸미려는 것이라고밖에 생각되지 아니하오."

1-35

"선생님. 그것은 저를 너무 무시하시는 것입니다."

하고 이건영은 분개하였다.

"내가 이박사를 크게 믿던 바와 어그러지니까 하는 말이오."

하고 한선생은 이건영을 책망하는 눈으로 정면으로 바라보았고,

"제가 부모에 대한 의리를 지키는 것은 어찌해서 이해하시지 아니합니까."

하고 이건영은 자못 강경한 어조로 항의하였다.

"이박사는 그러면 심순례라는 여자가 부모께서 반대하시는 바와 같이 이박사의 배필이 될 가치가 없다고 생각하시오?"

하고 한선생은 다시 부드러운 음성으로, 물었다.

"그렇지는 않습니다. 절대로 저는 심양을 부족하다고 생각하는 것은 아닙니다. 다만 부모가 반대하시니까, 자식이 되어서 부모의 뜻을 거역하고까지 제가 좋아하는 여자를 사랑할 수 없다는

것뿐입니다. 그것이 어찌해서 옳지 아니합니까. 저는 요새 청년들이 연애에는 자유라고 해서 부모의 의사를 무시하는 것에 반감을 가집니다. 자식 된 자는 혼인 같은 중대사에 있어서는 부모의 의사를 존중할 것이라고 믿습니다."

하고 건영은 뽐내었다.

"이박사의 말씀이 대단히 옳소이다."

하고 한선생은 앉은 자세를 고치어 몸을 교의에 기대고,

"허지마는 이박사에게는 두 가지 과실이 있소이다. 첫째는 만일, 그렇게 부모의 의사를 존중한다 하면 심순례를 사랑하기 전에 먼저 부모의 의향을 듣지 아니한 것이외다. 둘째는 이박사가 부모의 받으실 타격과 심순례라는 여자가 받을 타격과의 경중을 잘못 판단한 것이외다. 만일에 이박사가 부모께서 반대하심도 돌아보지 아니하고 심순례와 혼인을 하신다면 부모께서는 응당 불쾌하심을 가지실 것이니 그만한 정도의 타격을 받으실 것이외다. 그러나 이제 이박사가 심순례와 혼인을 아니 하신다면 심순례는 여자의 일생에 그 이상이라고 할 것이 없는 대타격을 받을 것이외다. 혹 그 여자는 자살을 할는지도 모르고 혹 그 여자는 일생에 혼인을 아니 하고 혼자서 불행한 생활을 할는지도 모를 것이외다. 그렇다 하면 부모께서 받으실 타격은 가벼운 타격, 스러질 수 있는 타격이지마는 심순례가 받을 타격은 회복할 수 없는 무거운 타격일 것이외다."

하고 한선생은 다시 어조를 고치어

"그뿐 아니라 원래 의리란 사회 존립을 중심으로 보면 가까운

데보다 먼 데가 더 무거울 것이외다. 가령 채무로 본다 하면 형제간에, 또는 친우간에 갚을 빚보다도 서투른 이에게 갚을 빚이 더 무거운 빚이외다. 왜 그런고 하면 가까운 이는 여러 가지 사정을 이해할 수도 있고 용서할 수도 있지마는 서투른 남은 그러할 수가 없는 것이외다. 원래 도덕이란 나 및 내게 속한 이를 위하여나 이외의[129] 사람에게 손해를 주지 않는 것이 본이니까 윤리학을 연구하신 이박사는 나보다도 그 점을 잘 아실 줄 압니다."

하고 한선생은 한층 소리를 높이고 한층 힘을 더하여

"별로 이유도 없는(부모께서는 심순례라는 여자를 모르시니까 심순례 개인에 관한 무슨 반대할 이유는 없을 것이오), 별로 이유도 없는 부모의 반대를 이유로, 혼인을 믿게 하는 모든 말과 행동을 한 뒤에 그 여자를 차버린다는 것은 아무리 생각하여도 칭찬할 행동이라고 할 수는 없다고 생각합니다. 그렇게 생각지 아니하시오?"

"저는 그렇게 생각지 아니합니다. 행복될 가망이 없는 혼인은 미리 아니 하는 것이 옳다고 생각합니다."

하고 이건영은 대항하는 어조였다.

"이박사는 조선의 지도자가 되려거든 그 개인주의 행복설의 도덕관을 버리시오!"

하고 한선생은 자리에서 일어났다.

1-36

한선생은 일어나서 마루 끝에 서서 남산을 바라보면서도 가끔 고개를 돌려 이건영을 엿보았다. 그는 이건영의 입에서

'제 생각이 잘못되었습니다.'

하는 말이 나오기를 바라는 것이었다. 한선생은 이미 누구에게 들은 말이 있었다. 그것은 한은 선생이 이건영으로 그 손녀 은경의 사위를 삼으려 한다는 말이었다. 한은 선생은 그 집에 이건영을 청하여 만찬을 대접하고 그 석상에서 그 부인 이하 모든 가족을 이건영에게 소개하였고 그 자리에서 은경도 소개하였다.

은경은, 그날 이건영이 보기에, 대단히 귀족적이었다. 몸이 가냘프나 그 가냘픈 것이 도리어 건영에게는 귀족적으로 보였다. 그 얼굴이나 몸맵시나 이 세상 사람은 아닌 듯한 우아함이 있었다. 이건영의 생각에 이 우아함은 도저히 심순례에게서 찾을 수 없었다고 하였다. 그때에 이건영은,

'아아 내가 왜 벌써 심순례라는 여자와 깊이 사귀었나. 그를 내 아내로 알고 있었나. 내게는 그보다 더 훌륭한 아내가 있지 아니한가. 아아 내가 경솔하였다!'

이렇게 후회하였다.

그러나 이건영은 다시 도망할 길을 찾아내었다——

'그렇지만, 그렇지만, 내가 심순례와 약혼한 것은 아니거든, 약혼을 발표한 것은 아니거든.'

하고 혼자 다행으로 여겼다.

딴은 이건영은 심순례와 약혼은 아니 하였다. 한선생이 심주사의 뜻을 받아 이건영에게 약혼을 청할 때에, 이건영은,

"선생님, 그것은 일편의 형식이 아닙니까. 약혼은 다 무엇입니까."

하였다. 이 말을 한선생은 그대로 믿고 심주사 내외와 심순례도 그대로만 믿었다. 그러고 이박사의 취직 문제가 해결이 되는 대로 혼인식은 거행될 것으로 믿었다. 사실상 심주사 집에서는 혼인 준비를 하고 있었다. 더구나 이건영이가 공주에 가 있는 동안에 순례에게 하루건너 한 장씩 보내는 편지를 보고는 아무도 이 혼인을 의심할 사람은 없었던 것이다. 그 편지들 중에 아무것이나 한 장을 골라 눈에 뜨이는 대로 읽어보자——

"어젯밤은 도무지 잠을 이루지 못하였소. 그것은 웬일인지 아시오? 그대 때문이오. 그대를 내 품에 품어 영원히 놓지 아니하고 싶은 때문이오."

또 어떤 곳에는,

"아아 내 순례여. 이 세상에 오직 하나인 내 순례여. 그대는 어떻게 이렇게도 내 피를 끓이는가, 내게서 사라졌다고 생각하였던 정열이 어떻게도 그대의 고운 눈자위, 보드라운 살의 감촉으로 이렇게도 불이 타게 하는가, 아아 그대의 살의 감촉, 그 체온!"

이 모양이었다.

그러나 이러한 편지가 온 뒤로는 통신이 뚝 끊겼다. 그가 공주를 떠나 광주로 목포로 다니는 동안에는, 그가 여행을 마치고 서

울로 올라온 뒤에도 그는 순례에 대해서는 편지 한 장 말 한 마디 없었다.

이것이 곧 은경에게 관한 말을 들은 뒤였다. 이 말을 들은 것은 공주에서였다. 한은 선생은 공주에 있는 그의 족질[130]을 시켜 이건영에게, 서울 오는 대로 만날 것을 말하였고, 그 족질은 이것이 혼인에 관한 일이라는 것을 말하였다. 한은 선생의 족질이라는 이는 미국에서 이건영과 동창이었던 사람이다.

한선생은 이러한 사정을 자세하게 알지는 못하나 대강은 들었다.

'그러나 설마.'

하고 한선생은 이건영을 믿어서 스스로 부인하였다. 은경과 건영의 혼인 말이 심주사 집에까지 굴러들어가서 심주사가 위해서 한선생을 찾아왔을 때에도 한선생은,

"이박사는 그럴 리가 없습니다. 십 년을 못 볼 곳에 있더라도 그럴 리가 없습니다."

하여 굳세게 부인하였다.

"선생님 저는 갑니다."

하고 이건영이 일어났다.

"내게 더 할 말이 없소?"

하고 한선생은 힘 있게 물었다.

"없습니다."

하고 이건영은 퉁명스럽게[131] 대답하고 대문 밖에 나섰다.

한선생은 이건영을 따라 대문 밖에 나설 때에 무심코 한선생 집

을 향하고 걸어오던 심순례가 이건영을 보자마자,

"악!"

한마디 소리를 지르고는 비틀비틀 땅에 쓰러지려 하였다. 한선생은 얼른 순례를 안아 일으켰다.

1-37

순례가 한민교의 팔에서 기절하는 것을 보고 이건영은 손에 들었던 지팡이를 땅에 떨어뜨리도록 놀랐다. 그러나 그는 곧 지팡이를 집어 들고 빠른 걸음으로 골목을 빠져나가버렸다.

한민교는 순례를 안아 방에 들여다 뉘었다. 부인과, 한선생의 딸 정란은 놀라 어안이 벙벙하였다.

"냉수 떠와!"

하고 한선생은 소리를 질렀다. 한선생은 해쓱한 순례의 낯에 냉수를 뿌리고 손발을 주물렀다.

이때에 허숭이가 말쑥한 스코치 춘추복에 스프링코트를 벗어 팔에 걸고 들어왔다. 그는 학생복을 입었을 때보다 훨씬 훌륭한 신사가 되었다. 아무도 그를 바로 몇 달 전까지 남의 집 심부름을 하고 고학하던 사람으로는 볼 수가 없었다. 그러나 그의 얼굴에 벌써 만족의 빛이 나타나고 분투하려는 힘이 줄었었다.

허숭은 혼인에 관한 의논을 하려고 한선생을 찾아온 것이었다.

허숭은 순례의 꼴을 보고,

"웬일입니까."
하고 한선생에게 물었다.

이때에 순례는 정신을 돌려서 눈을 떴다.

한선생은 허숭의 말에는 눈으로만 대답하였다. 그 눈에는 눈물이 흐르고 있었다.

허숭은 안동 네거리에서 이건영을 만난 것을 연상하여 얼른 이건영과 심순례와의 사이에 일어난 비극을 연상하였다. 그도 어디서 얻어들은 이건영과 은경의 혼인 말도 연상하였다. 그러고는 한선생의 대답을 들을 필요가 없이 다 의문이 해결된 듯하였다.

허숭은 가슴에 무엇이 찔림을 깨닫고 이 자리에 있는 것이 합당치 아니함을 느껴 한선생의 집에서 나왔다.

'유순!'
하는 생각이 허숭의 가슴을 찌른 것이다. 만일 자기가 정선과 혼인하는 것을 안다고 하면 유순도 저렇게 되지나 아니할까, 저보다 더한 비극을 일으키지나 아니할까 할 때에 허숭은 전율을 깨달았다. 허숭은 정처 없이 발 가는 대로 걸었다.

정신을 차린 순례는 한선생 앞에 엎드려서 울기를 시작했다.

"순례!"
하고 한선생은 손으로 순례의 어깨를 흔들었다.

순례는 억지로 고개를 들었다——

"선생님 저는 어떡하면 좋습니까."
하고 물었다.

"큰사람이 되지!"

하고 한선생은,

"지금까지는 이건영이란 사람의 아내가 되는 것으로 목적을 삼았지마는, 이제부터는 조선의 아내가 되고 어머니가 되기로 목적을 삼아. 내가 사람을 잘못 보아서 순례에게 소개한 것을 가슴이 아프게 생각하지마는, 그것도 다 순례를 큰사람을 만들려는 하나님의 뜻으로 알고 새로운 큰길을 찾을 수밖에 없지 아니한가."

하고 한선생은 잠시 말을 끊었다.

"그래도 제게는 너무도 견디기 어려운 아픔입니다."

하고 순례는 또 느껴 울기를 시작하였다. 순례의 어깨가 흔들리는 것을 볼 때에 한선생도 눈을 감아 눈에 맺힌 눈물을 떨어버렸다. 정란도 구석에 서서 울었다.

순례는 오랫동안 오랫동안 건영에게서 소식이 없는 것을 이상하게 알았고 또 여러 가지 풍설도 들었지마는 그는 한선생을 믿는 것과 같이 건영을 믿었던 것이다. 그러다가 오늘 아침에 학교 동무로부터 건영과 은경이가 오늘 저녁에 은경의 집에서 약혼식을 한다는 말을 들은 것이었다.

1-38

순례는 그저 울다가 돌아갔다.

"너 이박사를 한번 만나보련?"

하고 한선생이 물으면, 순례는,

"만나면 무얼 합니까."
하고,
"그러면 네 생각에는 어찌하면 좋으냐."
고 물으면,
"어떡합니까."
할 뿐이었다.

순례의 말은 오직 눈물뿐이었다. 불완전한 말로는 이 짓밟힌 처녀의 가슴의 아픔을 도저히 발표할 수 없는 듯하였다.

"그까짓 녀석을 무얼 생각하니?"
하고 그 어머니가 위로할 때에도, 순례는 다만,
"그래두."
한마디를 할 뿐이었다.
"한번 만나보고 실컷 야단이나 쳐주렴."
할 때에도, 그는,
"그건 그래서 무엇 하오?"
할 뿐이었다.

순례는 이건영으로 하여서 받은 아픔을 아무에게도 말하지 아니하고 오직 제 가슴에 싸두고 혼자 슬퍼할 작정이었다. 그러나 그는 밤중이면 제 방에서 일어났다 누웠다 부스럭거리는 양을 볼 때[132] 그 부모는 가슴이 미어지는 듯이 아팠다고 한다.

순례는 한선생의 집에서 돌아오는 길로 이건영에게서 온 편지와 사진을 꺼내어 모두 불살라버렸다.

"그건 왜 살라버리니? 두었다가 증거품으로 그놈을 한번 혼을 내지."

하면, 그는,

"그건 무얼 그러우?"

할 뿐이었다. 그러고는 혼자 울 뿐이었다.

순례가 돌아간 뒤에 한민교는 한참이나 괴로워하였으나 마침내 모자를 쓰고 나가버렸다.

"아버지, 저녁 잡수세요?"

하고 대문까지 따라 나가서 묻는 정란에게, 한선생은,

"오냐."

하고 가버렸다.

한은 선생은 사랑에 있었다.

"아 청오시오?"[133]

하고 한민교를 반가이 맞았다. 청오라는 것은 한민교의 당호였다.

"아, 참, 마침 잘 오셨소이다."

하고 한은 선생은 희색이 만면하여 하얀 아랫수염을 만지며,

"그렇지 아니해도 지금 사람을 보내서 오시랄까 하였던 길이외다."

하고 한은은 매우 유쾌하였다.

"오늘 이건영군과 내 손녀와 약혼을 하기로 되어서, 약혼 피로할 것도 없지만 집안사람들끼리 저녁이나 같이 먹으려고 해서 들으니까 건영군은 선생께 수학도 하였고 또 많이 지도를 받았다고도 하고……어, 그런데 마침 잘 오셨소이다."

하고 한선생은 말을 꺼낼 새도 없이,

"이 애, 저 이박사 이리 오시라고 하여라."
하고 곁에서 놀고 있는 칠팔 세나 되었을 손자를 시킨다. 손자는 조부의 명령을 듣기가 바쁘게 안으로 뛰어 들어갔다.

"그래 건강은 어떠시오?"
하고 그제야 한은은 한민교에게 인사를 하였다.

"괜치 않습니다."
하고 한민교는 모든 말하기 어려운 사정을 누르고,

"그런데 제가 선생께 온 것은 약혼이 되기 전에 한 말씀 여쭐 말씀이 있어서 온 것입니다. 그러나 벌써 약혼이 되었다면 저는 이 말씀을 아니 하는 것이 옳을까 합니다. 벌써 약혼은 되었습니까."

한은 선생은 그 큰 눈을 더욱 크게 뜨고 놀라는 빛을 보였다.

"이 약혼에 대한 말씀이오?"
하고 한은은 겨우 물었다.

"그렇습니다."
하는 말은 더욱 한은에게 큰 충격을 주었다.

이날 밤에 탑골공원 벤치에는 어떤 젊은 신사 하나가 고개를 푹 수그리고 앉아 있었다—그는 이건영이었다.

1-39

공원 벤치에 앉은 이건영—그는 마치 구만리나 높은 하늘에서 나락의 밑으로 떨어진 듯하였다. 그에게는 이제 재산 있고, 양반이요, 명망 높은 집 딸인 은경도 없고, 그를 따라올 재산도 없고, 또 아마도, 열에 아홉은, 다 될 뻔하였던 연전 교수의 자리도 틀어져버렸다. 왜 그런고 하면 한은 선생은 연전의 이사요 아울러 유력하게 이건영을 추천한 사람이었기 때문이다.

이러한 장래 일도 장래 일이거니와 아까 한은 집에서 일어난 일 자기의 망신을 생각할 때에 건영은 마치 앉은 벤치와 함께 땅속으로 들어가고 싶었다.

한민교가 한은과 같이 앉은 것을 보고 건영은 가슴이 내려앉았었다. 그러나 설마 하고 건영은 다만 하회를 기다릴 수밖에 없었다.

손님들이 오고 나중에는 시골서 위해 올라온 건영의 아버지까지도 왔다. 저녁상이 나왔다.

한은 선생은 아무 일도 없는 듯이 이런 이야기, 저런 이야기로 세상 이야기를 꺼내었다. 마치 약혼에 관한 것은 잊어버리기나 한 듯이. 건영은 초조한 맘으로 한은 선생의 입에서 오늘 모임의 목적인 혼인 말이 나오기를 바랐으나 식사가 거진 다 끝이 나도록 아무 말이 없는 것을 보고는 한은 선생의 입에서 무슨 무서운 선고나 아니 내릴까 하여 도리어 그 음성이 무서워서 감히 한은 선생 쪽으로 눈을 향하지를 못하였다. 건영도 남과 같이 수저를 움직이기는 하였지마는 무엇을 집었는지, 무엇이 입에 들어갔는지 말았는지를 알지 못하였다.

식사가 다 끝난 뒤에 한은 선생은 한참이나 입을 우물우물하고 침묵을 지켰다. 손님들도 어리둥절하였다.

마침내 한은 선생의 입이 열렸다.

"오늘 이건영 박사와."

하고 한은 선생의 말이 열릴 때에 건영은 등에다가 모닥불이 끼얹히는 듯하고 눈이 아뜩하였다.

"오늘 이건영 박사와 내 손녀와 약혼을 하려고 하였는데 의외의 사정이 생겨서 아니 하기로 되었소이다. 그 사정이 무엇인지는 내가 말하기를 원치 아니하지마는 다만 내가 분명치 못해서 그리된 것만은 사실이외다."

하고 냉랭하게, 그러나 엄숙하게 말을 맺고, 특별히 건영의 아버지 되는 이장로를 향하여,

"모처럼 먼 길을 오셨는데, 일이 이렇게 되니 미안하기 그지없소이다."

하였다.

건영의 등에서는 기름땀이 흐르고 이장로의 낯은 파랗게 질렸다. 이장로도 벌써 이 일이 무엇인지를 알기 때문이었다. 사실상 이장로는 건영과 순례와의 관계를 알았고 또 기뻐하였던 사람이다. 그러나 한은 선생의 손녀인 은경과의 혼인 말이 있다는 것을 그 아들 건영에게서 듣고는 그 아들과 함께 순례로부터 은경에게로 맘이 옮아온 것이었다.

이장로는 그래도 체면상, 이 망신에 대해서 한마디 항의를 아니할 수 없었다.

"지금 선생께서 영손애[134]와 제 자식과 혼인 못할 사정이 있다

하시니, 그 사정을 말씀해주셨으면 좋겠습니다."
하였다. 그의 음성은 심히 냉정하지마는 떨림을 먹은 것은 숨길 수가 없었다.
"그것은 아니 들으시는 것이 좋겠소이다. 만일 군이 묻고 싶으시면 자제에게 물으시는 것이 좋겠습니다."
하고 한은 선생은 대답을 거절하였다.
이러는 광경을 보고 건영은 슬며시 자리에서 일어나서 밖으로 나와버렸다.
나와가지고는 발이 가는 대로 가는 것이 탑골공원이었다. 그가 나온 뒤에 어떤 광경이 연출된 것을 건영은 모른다. 그러나 건영의 일생이 파멸된 것만은 분명히 느꼈다.

1-40

이리하여 건영과 은경과의 혼인이 틀어지고 말았고, 그 결과로 발명가 윤명섭과 은경과의 혼인이 맺어지게 된 것이었다. 그것이 또 우연한 인연으로 허숭과 정선과의 혼인과 한날인 시월 십오일에 정동 예배당에서 거행되게 된 것이었다.
탑골공원 벤치에 앉은 건영은 이른바 윗절에도 못 미치고[135] 아랫절에도 못 미치는 격이어서 순례와 은경을 둘 다 잃어버리고 말았다. 이것이 모두 한민교의 책동인 것을 생각하면 한민교를 찾아가서 그 다리라도 분질러주고 싶었다. 그러나 건영에게는 그런 용기도 없었다. 다리를 분지르기는커녕 한선생과 면대하여 톡톡히 항의를 할 용기도 없었다. 그것은 제 잘못도 잘못이거니와 원체 그만한 기력이 없었다.

건영은 가슴이 텅 빈 것 같아서 도무지 맘을 둘 곳이 없었다. 조선에는 젊은 여자가 많다. 순례나 은경이 아니기로 여자 없어서 사랑 맛 못 보랴—이렇게도 생각해보았다. 그러나 아무리 생각하여도 순례나 은경이만 한 여자는 쉽사리 만날 것 같지를 아니하였다.

'그러면 순례한테로 다시 돌아갈까'—이렇게도 건영은 생각해보았다.

'순례는 참된 여자라, 만일 내가 돌아간다면 반드시 모든 것을 용서하고 환영해줄 것이다. 그렇고말고, 순례는 그렇게도 맘이 착하고 너그러운 여자다. 한번 맘을 작정하면 변할 줄 모를 여자다. 그렇고말고, 나는 순례한테로 돌아갈까.'

건영은 이렇게 생각하매 맘이 가벼워지고 캄캄한 앞길에 한 줄기 빛이 비쳐옴을 깨달았다.

"요, 이거 누구요? 이박사 아니오?" 하는 술 취한 소리와 함께 건영의 어깨를 치는 사람이 있었다. 그것은 김갑진이었다. 그리고 모를 청년 둘이었다.

건영은 비밀히 하던 생각을 들키기나 한 듯이 일변 놀라고 일변 낯을 붉히며 벌떡 일어났다.

"그런데 웬일이야."

하고 갑진은 건영의 목에 팔을 걸어 앞으로 잡아끌며,

"들으니까 윤은경[136]이하고 약혼을 했데그려. 자 오늘 한잔 내게."

하고 두 동행을 한 팔로 끌어당기며,

"이놈들 다 이리 와. 이 양반은 누구신고 하니 말이다. 저 아메리카 가셔서 닥터 오브 필로소피를 해가지고 오신 양반이란 말이다. 하하 이박사, 여보 이박사 이놈들은 내 동문데 대학을 졸업하고도 소학교 교사 하나 못 얻어 하고 꼬르륵꼬르륵 밥을 굶는 못난 놈들이란 말요. 내님도[137] 그렇지마는 하하."

"이놈아."

하고 동행 중에 하나가 갑진의 뺨을 손가락으로 찌르며,

"이놈아, 네놈은 계집까지 빼앗기지 않았어? 못난 놈 같으니 우리는 직업은 못 얻고 카페 사진[138]은 할망정 오쟁이는 안 졌단 말이다. 오라질 놈."

"이놈들아."

하고 갑진은 고개를 숙이고 머리를 득득 긁으며,

"아서라, 이놈들아, 그 말일랑 제발 말아라. 하하하헛[139] 이런 제길. 이박사, 이놈들의 말 믿지 마시오? 내가 어디로 보면 오쟁이 질 양반이오? 하하하흡. 자 이박사, 폐일언〔蔽一言〕하고 우리 카페 가서 한잔 먹읍시다. 이박사와 같이 만사가 순풍에 돛을 달고 뜻대로 되는 이는 우리네 같은 룸펜을 한잔 먹여야 한단 말이오. 경칠 것, 가자."

하고 갑진은 두 팔로 세 사람의 목을 멍에를 메어 끌었다. 건영은 후배인 갑진에게 이러한 대접을 받는 것이 불쾌하였으나 갑진의

팔을 뿌리칠 기운이 없었다.

1-41

갑진은 공원을 나와서 이박사와 두 동무를 끌고 낙원동 어느 카페로 들어갔다.

붉은 등, 푸른 등, 등은 많으나 어둠침침한 기운이 도는 방에는 객이라고는 한편 모퉁이에 학생인 듯한 사람 하나 웨이트레스 하나를 끼고 앉아서 이야기를 하고 있을 뿐. 아직 손님은 많지 아니하였다.

"이랏샤이."[140]

하는 여자,

"어서 오십시오."

하는 여자, 사오 인이나 마주 나와서 네 사람을 맞았다. 모두 얼굴에는 회 됫박을 쓰고 눈썹을 길게 그리고 입술에는 빨갛게 연지를 발라 금시에 쥐를 잡아먹은 고양이 주둥아리 같고 눈 가장자리에는 검은 칠을 해서 눈이 크게 보이려고 애를 썼다. 그들은 고개를 갸우뚱거리고[141] 엉덩이를 내두르고, 사내 손님에게 대해서는 마치 남편이나 되는 듯이, 적어도 오라비나 되는 듯이 응석을 부렸다.

"아이, 왜 요새에는 뵙기가 어려워요?"

하고 양복 입은 계집애는 갑진의 손을 두 손으로 잡아다가 제 뺨에 비볐다.

"요것이 언제 보던 친구라고 요 모양이야?"

하고 갑진은 주먹으로 그 여자의 볼기짝을 소리가 나도록 때렸다.

"아야, 아야, 사람 살리우!"

하고 그 여자는 갑진의 뺨을 꼬집어 뜯고 성낸 모양을 보이며 달아났다.

네 사람은 테이블 하나를 점령하였다. 의자는 푸근푸근하였다. 테이블에는 오일 클로스[142]를 깔아서 살을 대기가 불쾌하였다.

"위스키, 위스키!"

하고 갑진은 집이 떠나갈 듯이 호령하였다. 그러고 나서는 갑진은 예쁘장한 계집애 하나를 무르팍 위에 앉히고 으스러져라 하고 꼭 껴안았다. 다른 사람 곁에도 계집애들이 하나씩 앉아서 껴안아주기를 기다리는 듯하였다.

유리잔에 위스키 넉 잔이 테이블 위에 놓였다.

"이년들아, 너희들은 안 먹니?"

하고 갑진은,

"에이 멘도쿠사이![143] 병째로 가져오너라. 백마표 응?"

"오라이."[144]

하고 한 여자가 술 벌여놓은 곳으로 갔다. 거기는 회계 당번인 여자와 남자 사무원 하나가 점잔을 빼고 앉아 있었다.

여덟 잔에 노르끄므레한[145] 위스키가 따라진 뒤에 갑진은, 술잔을 들며,

"제군! 미국 철학박사 이건영 각하와 윤은경[146]양의 약혼을 축

하고 두 분의 건강을 빕니다."
하고 잔을 높이 들었다. 다른 두 사람도 갑진과 같이 잔을 높이 들었다. 오직 이박사만이 잔을 들지 아니하였다.

"드세요!"

하고 한 친구가 재촉하였다.

갑진은 술잔을 든 채로 로봇 모양으로 물끄러미 건영을 바라보았다. 그러나 갑진의 눈은 '이놈!' 하는 빛을 띠고.

"나, 나, 나는."

하는 건영의 입술은 떨렸다.

"나는 약혼한 것이 아니야요. 또 장차도 약혼할 생각도 없고, 또……"

"이건 왜 이래."

하고 갑진은 들었던 잔을 도로 놓으며,

"대관절 어찌 된 심판야. 약혼 축하 건배를 하다 말고 정전이 되니 이거 될 수 있나."

다른 사람들도 들었던 잔을 도로 내려놓았다.

"아, 약혼하셨어요?"

하고 건영은 곁에 앉은 계집애가,

"나는 멋도 모르고 짝사랑야."

하고 팔을 들어 건영의 목을 안는다.

"약혼 아니오."

하고 건영은 힘없이 말하였다.

1-42

"대관절 웬일이오?"

하고 갑진은 아주 점잖게 건영을 보고 동정 있는 음성으로

"그래 정말 약혼을 아니 했단 말요?"

하고 묻는다.

"아니 했어요."

하는 건영의 음성은 비창했다. 두 친구와 계집애들의 시선은 건영에게로 옮았다. 다들 이상하구나 하는 듯하였다.

"그럼 오쟁일 졌구려?"

하고 갑진의 눈은 빛났다.

건영은 픽 웃었다.

다른 사람들도 웃었다.

"아따, 그러면 오쟁이 진 위로로 건배. 자 다들 이박사의 오쟁이 진 위로로 잔을 들어 하하하."

하고 갑진은 위스키를 죽 들이켰다.

다른 사람들도 들이켰다.

건영만 가만히 앉았다.

"이건 사내가."

하고 갑진은 건영의 잔을 들어 건영의 입에다가 대며,

"사내가 오쟁이를 졌다고 여상고비하게 기운이 죽어서야 쓰나. 자 벌떡벌떡 들이켜보우. 세상에 계집애가 그 애 하나밖에 없나.

수두룩한데 무슨 걱정야. 자 이년아, 이건 무얼 하고 있어? 자 이 양반 입을 벌리고 이 술을 좀 흘려 넣어!"

하고 건영의 곁에 앉은 시즈코라는 계집애를 향하여 눈을 흘긴다. 시즈코라는 계집애는 물론 조선 계집애지마는 다른 카페 계집애들 모양으로 일본식 이름을 지었다. 시즈코는 한편 눈이 좀 작은 듯하지마는 하얗고 부드러운 살결이라든지, 통통한 몸매라든지, 꽤 어여쁜 편이요, 또 천태[147]도 적은 편이었다. 건영은 그 손이 순례의 손 비슷하다고 생각하였다.

"아, 잡수세요!"

하고 시즈코는 건영의 목을 껴안고 갑진에게서 받은 위스키를 건영의 입에 부어 넘겼다. 술은 건영의 입으로 흘러들어갔다.

한 잔, 두 잔, 독한 위스키는 사람들의 양심이라는, 알코올에는 심히 약한 매균[148]을 소독하여버렸다. 그들은 더욱 노골적으로 동물성을 폭로하였다. 계집애들을 껴안고 음담을 하고 못 만질 데를 만지고 입을 맞추고……

"원체 혼인이란 것이 시대착오거든──약혼이란 것은 시대착오의 자승〔自繩〕이고. 안 그런가, 이 사람들아."

하고 갑진이가 또 화제를 꺼낸다.

"암 그렇고말고."

하는 것은 지금까지 침묵을 지키던 문학사〔文學士〕다. 눈이 가늘고 입이 좀 빼뚜름한, 약간 간사기[149]가 있을 듯한 사람이다.

"혼인은 해서 무얼 하나. 천하에 여성을 다 아내로 삼으면 고만이지. 오늘은 시즈코, 내일은 야스코, 안 그러냐 요것아."

하고 문학사는 시즈코의 허리를 껴안는다. 그는 시즈코를 못 잊는 모양이었다.

"왜 이래?"

하고 시즈코는 문학사의 팔을 뿌리치며,

"나는 이 양반하구 약혼할 테야. 이박사하고──무슨 박사, 김박사? 아니, 이를 어째 용서하셔요. 응 이박사. 나구[150] 약혼하세요, 응? 혼인은 말구 약혼만 해, 응?"

"얘 시이짱.[151] 너는 대관절 몇 번째나 약혼을 하니?"

하고 의학사가 묻는다.

"나요? 이 양반과는 첫 번이지."

하고 시이짱이라는 시즈코는 의학사인 거무스름한, 건장한, 키 작은 사람을 향하여 눈을 흘긴다.

"요것도 오쟁이를 졌다나."

하고 문학사는 시이짱의 뺨을 손가락으로 찌른다.

"여자도 오쟁이를 지우?"

하고 시이짱은,

"사내한테 오쟁이를 지우지."

"요것이."

"왜 사람더러 요것이라우? 난 이박사가 좋아. 우리 약혼해요, 응. 자 이 술잔 드셔요. 반만 잡숫고 날 주셔야지."

하고 시이짱은 건영의 입에 술잔을 대어준다.

1-43

윤참판 집에서는 내일이 혼인날이라 하여, 손님도 많이 오고 예물도 많이 들어와서 바쁘기가 짝이 없었다.

그날 저녁때에 허숭은 들러리 설 친구, 기타의 주선을 위하여 밖에 돌아다니다가 늦게 윤참판 집에 돌아왔다.

방에 돌아온 숭은 의외의 광경을 발견하였다. 그것은 정선이가 잔뜩 성을 내어가지고 들어오는 자기를 노려보는 것이었다.

사람이란 성을 내면 흉악한 모상[152]으로 변하는 것이지마는 이때 정선의 얼굴은 실로 무서웠다. 숭은 그 눈초리가 좌우로 쑥 올라가고 입귀가 좌우로 축 처진 정선의 상을 볼 때에 몸에 소름이 끼침을 깨달았다. 그것은 평상시에 보던 정선은 아니었다. 그 맘에는 독한 불이 붙고 눈에서는 수없는 독한 칼날이 빛발같이 쏟아져 나와서 허숭의 가슴을 쏘는 듯하였다.

허숭은 어안이 벙벙하여 섰다. 섰다는 것보다도 다리의 근육이 굳어지고 말았다.

"웬일이오?"

하고 허숭은, 마침내, 이 의문을 해결하는, 처음으로 입을 열 사람은 자기라는 것을 깨닫고 말을 붙였다.

"에익, 더러운 놈!"

하는 것이 정선의 입에서 나오는 말이었다.

"더런 놈!"

이 말에 숭은 한 번 더 진저리를 쳤다. 그리고 일종의 모욕과 분노를 깨달았다.

"말을 삼가시오."

하고 허숭은 남편의 위엄을 부려보았다.

"말을 삼가, 흥?"

하고 정선은 코웃음을 쳤다. 그 얼굴은 분노의 형상에서 조롱의, 냉소의 형상으로 변하였다.

"대관절 무슨 일이오?"

하고 허숭은 교의에 앉았다. 그때에 허숭은 정선의 손에 쥐여진 종잇조각을 보았다. 숭은 거의 반사적으로 '유순'을 생각하였다.

"그건 무엇이오?"

하고 숭은 손을 내밀었다.

"자, 실컷 잘 보우."

하고는 정선의 낯에는 경련이 일어나더니 테이블 위에 엎어져 울기를 시작한다.

숭은 정선의 손에 꾸기었던 편지를 펴가며 읽었다 그리 익숙지 못한 연필 글씨로 보통학교 작문 책장을 찢어서 잘게, 잘게 그러나 선생에게 바치는 작문 글씨 모양으로 분명하게, 오자는 고무로 지워가며 쓴 편지다. 안팎으로 쓴 것이 석 장, 여섯 페이지요, 끝에는 '유순(兪順)'이라고 비교적 자유로운 글씨로 서명을 하였다.

그 편지는——

"처음이요 마지막으로 이 편지를 올립니다."

를 허두로,

"그동안에도 편지라도 자주 드리고 싶은 마음 간절하였사오나 여자가 남자에게 편지하는 것이 옳지 않을까 하와 편지도 못 올렸나이다. 그러하오나 재작년 여름에 작별하온 후로 작년 여름에도 여름이 다 가도록 서울서 오는 차마다 바라보고 기다렸사오나 마침내 오시지 아니하시고, 금년에도 여름이 다 가도록 기다렸사오나 소식이 없사와 혼자 어리석은 마음을 태우고 있사옵던 차에 일전 어떤 동무의 집에서 잡지를 보고야 이번 어떤 유명한 부잣집 따님과 혼인을 하시게 되었다는 말을 보았나이다.

당신께서 고등문관 시험에 급제하셨단 말을 신문으로 볼 때에는 온 동네와 함께 저도 기뻐하였사오나 이번 어떤 부잣집 따님과 혼인을 하시게 되었다는 소식을 듣고는 동네는 다 기뻐하지마는 저와 제 부모님은 슬픔에 찼나이다."

1-44

유순의 편지는 계속된다.

"제 어리석음을 용서하셔요. 저는 재작년 여름에 당신께서 저를 특별히 사랑하여주시길래 그것을 꼭 믿고 저는 당신의 아내거니 하고 꼭 믿고 있었나이다. 그러다가 작년부터 아버니께서 자꾸만 시집을 가라고 조르실 때에 저는 어리석게도 당신께 허락하였다고 말씀하였답니다. 제 부모께서도 그러면 작히나 좋으냐고 기뻐하셨나이다. 작년에는 꼭 오실 줄 믿고 작년 여름에 오시면 부모님께서 약혼만이라도 하여준다고 하시고 기다렸사오나 도무지 오시지를 아니하시니 부모님께서는 그 사람이 너를 잊었으니 다른 데로 시집을 가라고, 또 조르시기를 시작하였사오나 저는 울면서 아니 갑니다, 아니 가요, 하였나이다.

당신께서도 아시는 바어니와 우리 동네에서는 아직 한번 맘으로 허락하였던 남편을 버리고 다른 남자에게로 시집을 간 사람은 없었나이다. 내 조고모께서는 사주만 받고도 그 남자가 죽으매 일생을 그 집에 가셔서 늙으셨고 당신 댁에도 남편이 죽은 뒤에 소상[153]을 치르고는 뒷동산 밤나무 가지에 목을 달아 돌아가신 이가 있다 하나이다. 그것을 다 구습이라고 동네에서는 말하는 이가 없지 아니하나 어리석은 제 맘은 그 본을 따를 수밖에 없다 하나이다. 부모님께서 정해주신, 한번 얼굴도 대해보지 못한 남자를 위해서도 절을 지키거든, 저와 같이 제 맘으로 사랑하고 또 비록 잠시라도 당신의 품에 안겨본 당신께서 저를 잊어버리신다고 저마저 당신을 잊고, 이 몸과 이 맘을 가지고 또 다른 남자를 사랑할 생각은 없나이다.

그러하오나 당신께서는 부자 댁 아름다운 배필과 혼인을 하시게 되시었으니 저는 멀리서 두 분의 행복을 빌겠나이다.

저는 쓸 줄도 모르는 솜씨로 이런 편지를 쓸까 말까 하고, 쓰려다가는 말고, 썼다가는 찢고 하기를 오륙 일이나 하다가 그래도 두 분이 혼인 예식을 하시기 전에 이러한 말씀이나 한번 드리고 싶어서 이 편지를 쓰나이다. 두 분이 혼인하신 뒤에는 다른 여자가 당신께 편지를 드리는 것이 옳지 아니하리라고 생각한 까닭이로소이다.

10월 5일 유순 상(兪順上)"

이라고 쓰고 그 끝에 추고 모양으로 이렇게 썼다—

"이 편지를 써놓고도 부치는 것이 죄가 되는 것 같아서 못 부치고 일주일 동안이나 끼고 있었습니다. 그러다가 오늘이야 기운을 내어서 체전부[154]에게 부탁해 보냅니다. 유순."

숭은 편지를 다 읽고 나서는 힘없이 방바닥에 떨어뜨렸다. 그리고 그날 밤이 새도록 잠을 못 이루고 고민하였다.

'밤중으로 달아나서 유순에게로 갈까.'

—이렇게도 생각해보았다.

'차라리 정선과 윤참판에게 남아답게 혼인을 거절하고 유순에게로 갈까.'

—이렇게도 생각해보았다.

이러한 생각은 하기만 해도 맘이 시원해지는 것 같았다.

'그러나 내일이 혼인 예식인데, 내일 오후 세 시만 지나면 만사는 해결되는데—행복(?)된 길로 해결되는데.'

—이렇게도 생각하였다.

숭은 이 세 가지 생각을 삼각형의 세 정점으로 삼고 개미 쳇바퀴 돌듯이 그 석 점 사이로 뱅뱅 도는 동안에 밤이 새고 혼인 예식 시간이 왔다.

숭은 예복을 갈아입으면서도 자동차로 식장에 가면서도 이 석 점 사이로 방황하였다. 그리고 목사의 앞에 정선과 나란히 서서

서약을 할 때에도 그러하였고, 반지를 끼울 때에는 숭의 눈은 정선의 손가락을 바로 찾지 못하여 반지를 땅에 떨어뜨릴 뻔하여 깜짝 놀란 일도 있었다.

혼인 마치나 회중〔會衆〕이나 모두 숭의 감각에는 들어오지 아니하였다. 신부의 팔을 끼고 마치에 발을 맞추어 식장에서 나올 때에도 숭은 신부의 발을 밟을 지경으로 무의식하였다.

1-45[155]

허숭과 윤정선과의 혼인식은 끝이 났다. 그러나 이 부부는 과연 행복되게 살아갈 수가 있었는가. 만일 이 부부 생활에 파탄이 생겼다 하면 무슨 이유로, 어떤 모양으로 생겼으며 그 결과는 어찌 되었을까.

유순은 어찌 되었을까.

이건영 박사, 김갑진은 어찌 되었을까. 한선생은 무슨 일을 하고 이건영에게 버림이 된 심순례는 어떠한 길을 걸었는가.

발명가 윤명섭과 윤은경은[156] 어찌 되었나. 정서분은 어찌 되었나.

농촌으로 돌아가려던 허숭의 이상은 마침내 죽어버리고 말았나.

필자는 이 모든 문제를 제2편으로 밀고 단군 유적을 찾는 길을 떠나게 되어, 약 삼 주간 이 소설을 중지하지 아니하면 아니 되게 되었다.

그러나 필자의 생각에는 이번 단군의 유적—옛날옛날 우리 조상이 처음으로 조선 문화를 이루노라고 애쓰던 자취를 찾아 태백산으로, 비류수로, 강동, 강서로, 반만년 역사의 증인인 대동강으로, 당장경으로, 강화로 헤매는 동안에는 오늘날 조선의 사람과 흙을 그리려 하는 나에게는 수십 년 도회 생활만 하고 농촌을 등졌던 나에게는 반드시 많은 느낌과 재료를 얻으리라고 믿는다. 나는 이러한 느낌과 재료를 제2편 이하의 『흙』을 그리는 데도 쓰려고 한다.

이러한 사정으로 『흙』의 제1편을 끝내고 잠시 중단하는 기회를 타서 나는 독자 여러분께 내가 『흙』을 쓰는 동기와 포부를 고하여 두려 한다.

나는 오늘날 조선 사람—특히 젊은 조선 사람—그중에도 남녀 학생에게 고하고 싶은 것이 있다. 그중에는 민족의 현상과 장래에 대한 이론도 있고, 또 내가 우리의 현재와 장래에 대하여 느끼는 슬픔과 반가움과 기쁨과 희망도 있고, 또 여러분의 속속 맘과[157] 의논해보고 싶은 사정도 있다. 나는 이 모든 것을 서투른 소설의 형식을 빌려 여러분의 앞에 내놓는 것이다.

이 소설 『흙』이 재미가 없을는지도 모른다. 예술적으로 보아서 가치가 부족할는지도 모른다. 어떠한 분의 비위에는 거슬리는 점도 있을 것이다. 그러나 또한 여러분 중에 내 감정에 공명하시는 이도 없지는 아니할 것이다. (나는 사실상 『흙』을 쓰기 시작한 이래로 이십여 장의 편지를 받았다. 그것은 나에게 깊은 감격을 주는 편지들이었다. 다 모르는 분들의 편지거니와 그러할수록 나에게는 더욱 깊은 감격을 주었고 또 힘을 주었다.) 어찌하든지 『흙』은 나라는 한 조선 사람이 그가 심히 사랑한 같은 조선 사람에게 보내는 사정 편지다. 비록 여러 가지 부족한 점은 있을 법해도 진정으로 진정으로 쓴 편지다—이것 하나만은 독자 여러분께 고백하는 바다.

위에도 말한 바와 같이 허숭, 윤정선, 이건영, 한민교, 김갑진, 심순례, 유순, 정서분, 이러한 인물들은 내가 보기에 조선의 현대를 그리는 데 필요한 타입의 인물로 본 것이다. 나는 이 모든 인물로 하여금 비록 처음에는 서로 미워하는 적도 되고, 또는 인생관과 민족관의 인식 부족으로 생활에 많은 흠이 있다 하더라도 그것은 다 목자 잃은 양, 지남철 없는 배와 같은 오늘날의 조선 청년계의 혼돈하여 갈피를 잡을 수 없는 시대의 탓이요, 그들 다 서로 사랑하고, 서로 한 목표, 한 이상, 한 주의를 위하여 한 팔이 되고 한 다리가 되어 마침내는 한 유기적 큰 조직체의 힘 있는 조성분자가 될 사람들이요, 또 되지 아니하면 아니 될 사람들이 되게 하고 싶다.

독자 여러분은 작자의 이 부족하나마 참된 동기만은 동정의 양해를 주시고 이 한 사람의 편지(『흙』이라는 소설)의 하회를 기다려주시기를 바란다.

6월 21일 동아일보 편집국에서 작자

2-1

살여울[158] 보에 오래 기다리던 물이 늠실늠실 불었다. 삼사 일 이어 오는 비에 살여울 강물이 소리를 내며 흘러 오랜 가물에 늦었던 모를 내게 된 것이다.

논마다 허리 굽힌 사람들의 움직이는 양이 보였다. 길게 뽑는 메나리[159] 가락도 들렸다. 비록 배는 고프더라도 젊은이에게는 기운이 있었다.

아침나절까지도 비가 와서 부인네들은 삿갓을 등에 지고 모를 내었다. 그러나 인제는 비도 개고 파란 하늘조차 여러 조각이 흰 구름에 어울려 홍건하게 닿은 논물에 비치었다. 그래서 부인네들이 등에 졌던 삿갓은 동둑[160]에서 노는, 엄마 따라온 아이들의 장난감이 되었다.

혹은 뻘거벗고 혹은 적삼만 입고 혹은 고쟁이만 입은 사내, 계집애들은 물장난을 하고 소꿉장난을 하였다. 그들의 몸은 볕에 그을려서 검었다. 그러나 도회 애들 모양으로 기름기는 없었다. 기름기가 있을 리가 있나. 그들은 만주 조밥에 구더기 끓는 된장밖에 먹는 것이 없거든. 젖먹이로 말하여도 절반이나 굶은 어머니의 젖은 젖이라는 것보다는 젖 묻은 그릇을 씻은 물이었다. 다만 물과 일광만이 아직 불하, 대하, 공동 판매도 아니 되어서 자유로 마시고 쪼이기를 허하였다. 그래서 이 아이들은 맘껏 볕에 그을고 맘껏 물배가 불렀다. 인제는 비가 와서 마른다 마른다 하던 우물도 물이 늠실늠실 넘었다.

모를 내는 여자들의 무릎까지 올려 걷은 다리. 그것은 힘은 있을망정 살이 비치는 흰 명주양말에 굽 높은 흰 구두를 신은 그러한 서울 아가씨네 다리와 같은 어여쁨은 있을 리가 없다. 모내는 아씨네, 아가씨네 다리들은 띵띵 부었다. 너무 오래 서 있어서, 너무 오래 물에 담겨서, 또 너무도 굶어서 부황이 나서. 만일 이 아씨네, 아가씨가 아픈 허리를 펴느라고 고개를 들고 두 손의 물이 옷에 묻지 말라고 (젖을 옷도 없건마는) 닷 가지 모양으로 좌우로 약간 벌리고 선다 하면 그 얼굴도—일생에 한 번밖에(그것도 시집간 여자라야) 분 맛을 못 본 얼굴은 볕과, 굶음과, 피곤과, 너무 오래 고개를 숙임으로 퉁퉁하게 붓고, 또 찌그러져 보일 것이다. 땀과 때와 빗물과 흙물과 더위에 뜨고 쉬인 옷 냄새, 쉬지근한 냄새, 이 냄새가 농촌 모내는 사내의 코에는 모기장 같은 상긋한 옷에 볼그레, 뽀얀 부드러운 살이 비치는 서울 아씨네, 아가씨네의 몸에서 극성스럽게도 나는 향내와 같을까.

늙은이도 젊은이도, 여편네도 처녀도 한 손에는 못줌을 쥐고 한 손으로 두 대씩, 석 대씩, 넉 대씩 갈라서는 하늘과 구름 비친 물을 허치고 말랑말랑한 흙 속에 꽂는다. 꽂힌 볏모는 바람에 하느작하느작[161] 어린잎을 흔든다. 인제 그들은 며칠 동안 뿌리를 앓고 노랗게 빈혈이 되었다가 생명의 새 뿌리를 애써 박고는 기운차게 자라날 것이다. 그러한 뒤에 알을 배고 꽃이 피고 열매를 맺고 누렇게 익어서 고개를 숙여, 일생의 사명을 끝낸 뒤에는 아마도 모내던 손에 깎여 알곡은 알곡 따로, 짚은 짚 따로 나고, 알곡은—아아 그 알곡은 모낸 이, 거두는 이의 알곡은 반은 지주의 곡간을 반은 빚쟁이의 곡간을 다녀서 차를 타고 배를 타고 몇 상인의 이익을 준 뒤에 논바닥 물에 상은커녕 그림자 한 번도 못 잠가본 사람들의 입에 들어가는 밥이 되고, 술이 되는 것이다. 그리고 논바닥에서 썩는 이 생명들은 영원한 가난뱅이, 영원한 빚진 종, 영원한 배고픈 사람으로 남아 있는 것이다.

'빵' 하고 고동 소리가 들린다. 서울서 봉천으로 달아나는 기차다.

이 고동 소리에 모내던 사람들은 고개를 들었다. 그 사람들 중에는 유순이도 있었다.

2-2

유순은 재작년 초가을 허숭에게 안길 때보다 커다란 처녀가 되었다. 그는 기다란 머리꼬리를 한편으로 치우려다가 치마끈에 껴 졸라매어서 늘어지지 아니하게 하고 풀이 다 죽은 광당포 치마를 가뜬하게 졸라매고 역시 풀죽은 당포 적삼은 땀난 등에 착 달라붙어서 통통한 젊은 여성의 뒤태를 보인다. 비록 옷이 추하고 낯이 볕에 그을었다 하더라도 순의 둥그스름한 단정한 얼굴의 선, 수심을 띤 듯한 큼직한 검은 눈, 쭉 뻗고도 억세지 아니한 코, 더욱이 특색 있는, 맺혔다고 할 만한 입, 그리고 왼손에 파란 잎 하얀 뿌리의 나불나불 어린 아기와 같은 맛이 있는 볏모를 들고 논에 우뚝 서서 허리를 펴는 양으로 아무리 무심히 보더라도 눈이 끌리지 아니할 수 없었다.

순의 얼굴에 약간 수척한 빛이 보이는 것은 여름 때문인가, 피곤 때문인가, 못 먹어서인가, 그렇지 아니하면 속에 견디기 어려운 무슨 근심을 품음인가, 아마 그것을 다 합한 것이겠다.

실상 유순은 허숭이가 혼인한 기별을 들은 후로는 넋이 없는 사람이었다. 그처럼 맘에 탐탁하게 믿었던 허숭의 맘이 그렇게도 쉽사리 변할 줄을 유순은 생각지 못하였던 것이다. 유순의 생각에 허숭은 이 세상에 가장 완전한 남자, 그러니까 가장 믿음성 있는 남자였다. 유순의 참되고 단순하고 조그마한 가슴은 오직 허숭으로, 허숭에 대한 믿음과 존경과 사랑으로 찼던 것이다. 허숭이가 곧 유순의 하늘이요 땅이요 해요 달이요 생명이었던 것이다. 이 남자 저 남자 입맛을 보고 살맛을 보아 물었다, 뱉었다 하는 도회 신식 여성과 달라 유순에게는 허숭은 유일한 남편이요 남자였던 것이다. 허숭 이전에도 남자가 없고 허숭 이후에도 남자가 없었던 것이다.

허숭의 맘이 변하여 다른 여자에게 장가든 것을 본 유순은 하늘, 땅, 해, 달, 목숨을 한꺼번에 잃어버렸다. 그가 조선의 딸의 맘을 그대로 지니지 아니하였다 하면 그가 도회식, 이른바 신식 여자라 하면 울고 원망하고 미쳐 날뛰고 혹은 서울로 달려 올라가 허숭의 결혼식에, 또는 가정에 한바탕 야료라도 하였을 것이다. 그러나 유순은 가슴에 에이는 듯한 아픔을 품고도 겉으로는 아무 일도 없는 듯한 태연한 태도를 가졌다. 그 부모나 형제에게도 괴로워하는 빛 하나 보이는 일이 없었다. 또 밤낮에 한가한 겨를이라고는 도무지 없는 유순은 어느 으슥한 구석에서 맘 놓고 슬퍼할 새도 없었다. 다만 하루 몇 번 앞들로 지나가는 기차 소리에 한 번씩 긴 한숨을 쉬고 시커먼 기차가 요란히 떠들면서 지나가는 것을 바라다볼 따름이었다.

여름이 되면, 방학 때가 되면, 이 차에나 이 차에나 하고 허숭을 바라고 기다리던 그 버릇이 남은 것일까. 아직도 그래도 행여나 허숭이가 자기를 찾아올까 하고 바라고 기다리는 것일까.

유순은 터덜거리는 기차가 지나가는 것을 잠깐 바라보고는,

'내가 기다릴 사람이 누구인가.'

하는 적막한 한숨을 쉬고는[162] 오래 한눈을 팔고 섰는 것이 여자의

도리답지 아니하다고 생각하고 남들은 여전히 차를 바라보며 지루한[163] 일에 새로운 자극 얻는 것을 기뻐하는 듯이 지껄일 때에 유순은 다시 허리를 구부리고 모내기를 시작하였다.

"이거 모들 안 내고 무엇들 하고 있어?"

하는 소리가 뒤에서 들려왔다. 그것은 이 논 임자 신참사의 음성이었다. 이 사람들은 남자 삼십 전 여자는 이십 전씩 하루에 삯전[164]을 받고 신참사 집 논에 모를 내는 것이었다.

"허, 잠깐만 아니 보면 이 모양이거든."

하고 신참사는 노기가 등등하여 단장을 내두르고 잠자리 날개 같은 모시 두루마기를 펄렁거리며 달려온다. 그 뒤에 따라오는 양복 입고 키 작은 사람은 농업기수다. 정조식[165] 감독하러 다니는 관원이다.

2-3

"도오모 시오노나이 야쯔라다나."[166]

하고 신참사는 도야지 모가지와 같이[167] 기름지고 밭은[168] 모가지를 돌려 농업기수를 돌아본다. 참 할 수 없는 놈들이라고 모내는 사람들을 비평하는 것이었다.

사람들은 찌는 듯한 더위에 쉴 새도 없이 모를 내고 있었다. 그들은 지금 내는 모가 신참사의 것이라는 것도 잊고 있었다. 그들이 단군 이래로 제가 심은 것은 제가 먹을 것이라는 생각을 가지고 온 버릇이 있으므로 제가 심는 모가 남의 모라고는 생각하기가 서툴렀다. 여기 있는 사람들도 오륙 년 전만 해도 대개는 제 땅에 제 모를 내었다. 비록 제 땅이 없더라도 지주에게 반을 갈라 주더라도 그래도 반은 제가 먹을 것이었다. 그러나 사오 년래로는 점점 지주들이 작인에게 땅을 주지 아니하고 사람을 품을 사서 농사짓는 버릇이 생겼다. 품이란 한량없이 있는 것이었다. 하루에 이십 전, 삼십 전만 내던지면 미처 응할 수가 없으리만큼 품꾼이 모여들었다. 이십 년래로 돈이란 것이 나와 돌아다니면서, 차란 것이 다니면서, 무엇이니 무엇이니 하고 전에 없던 것이 생기면서 어찌 되는 셈을 모르는 동안에 저마다 가지고 있던 땅마지기는 차차 차차 한두 부자에게로 모이고 예전 땅의 주인은 소작인이 되었다가 또 근래에는 소작인도 되어먹기가 어려워서 혹은 두벌 소작인(한 사람이 지주에게 땅을 많이 얻어서, 그것을 또 소작인에게 빌려주고 저는 그 중간에 작인의 등을 쳐 먹는 것. 마름도 이 종류지마는 마름 아니고도 이런 것이 생긴다)이 되고 최근에 와서는 세력 없는 농부는 소작인도 될 수가 없어서 순전히 품팔이만 해먹게 되는 사람이 점점 늘어가는 것이다. 그도 그럴 수밖에 없지 아니한가. 지주들이 모두 평양이니 서울이니 하고 살기 좋은 곳에 가 살고 보니 누가 귀찮게시리 일일이 성명도 없는 소작인과 날날이 응대를 할 수가 있나. 제가 믿는 놈 하나에게 맡겨 버리고 받아들일 만큼 해마다 받아만 들인다면 그런 고소한 일이 어디 있으랴.

신참사는 아직 큰 부자는 못 되어서 기껏 읍내에 가서 살지마는, 그 까닭에 이 사람은 자기의 소유 토지를 직영을 하여서 소작 문제니, 농량 문제니 하는 귀찮은 문제를 해결해버린 것이다. 그러나 신참사 한 사람이 자기의 귀찮은 문제를 해결하기 때문에 이 살여울에 밥줄 떼인 가족이 이십여 호나 된다.

"글쎄 이 사람들아."

하고 신참사는 사람들이 모를 심는 줄에 가까이 와서 단장으로 논두렁을 두드리며,

"저러니까 일생에 입에 밥이 아니 들어가지. 모를 내면 모를 낼 게지 왜들 우두머니 서서 기차 지나가는 것을 보아. 그따위 내 눈을 속이다가는 내일부터는 일을 아니 줄걸. 내가 일을 아니 주면 흙이나 집어먹고 살 텐가. 흙은 누가 주나. 산은 국유지요 논밭은 임자가 있는걸. 괜시리 그따위로 하다가는 다들 밥 굶어 죽을걸. 게들 사는 집터도 내 땅야 굶어 죽더라도 내 땅에서는 못 죽을걸. 허, 고얀 사람들 같으니, 아 그래 하루 종일 낸 것이 겨우 요게야. 저런 여편네 계집애 년들은 일도 못하고 방해만 하거든. 젊은 녀석들이 계집애들 사타구니만 들여다보느라고 어디 일을 하겠나. 내일부터는 계집애와 여편네는 다 몰아내거나 그렇지 아니하면 따로따로 일을 시켜야겠군. 여보게, 문보. 자네는 무얼 하느라고 이것들이 핀둥핀둥 놀고 있어도 말 한마디도 아니 하나? 내가 돈이 많아서 자네를 삯전 세 갑절이나 주는 줄 아나. 허, 고얀 손 다 보겠고."

신참사의 말은 갈수록 더 사람들의 분노감을 일으킨다. 제 것 남의 것을 잊고, 다만 흙을 사랑하고 볏모를 사랑하는 단군 할아

버지 적부터의 정신으로 버릇으로 일하던 이 농부들은, 아아 우리는 종이로구나 하는 불쾌한 생각을 금할 수 없었다.

2-4

모를 내는 사람들은 갑자기 흥이 깨어지고 일하는 것이 힘이 들게 되었다. 물에서 오르는 진흙 냄새 섞인 김, 볏모의 향긋한 냄새, 발과 손에 닿는 흙의 보드라움, 이마로부터 흘러내려서 눈과 입으로 들어오는 찝찔한 땀, 숨을 들이쉴 때마다 콧속으로 들어오는 제 땀 냄새, 남의 땀 냄새, 쉬지근한 냄새, 굵은 베옷을 새어서 살을 지지는 햇빛, 배고픔에서 오는 명치끝의 쓰림, 오래 꾸부리고 있기 때문에 생기는 허리 아픔조차도 즐거운 것이었건마는 신참사의 말 한마디에 이런 것도 다 괴로움이 되고 말았다.

'망할 녀석 어찌어찌하다가 돈푼이나 잡았노라고—아니꼽게.'

'염병할 자식. 제 집에는 계집도 없고 딸자식도 없담. 그 말버릇이 다 무엇이람.'

'성나는 대로 하면 그저 그 뚱뚱한 놈을 논바닥에다가 자빠뜨려놓고 그놈의 양도야지 배때기를 그저그저 힘껏 짓밟아주었으면.'

'그래도 목구멍이 원수가 되어서 이 욕을 참고……'

모내는 사람들은 저마다 속으로 이러한 생각을 하면서도 마치 말할 줄 모르는 짐승 모양으로 왼손에 쥔 볏모를 세 줄기, 네 줄기 갈라서는[169] 꽂고 꽂고 하였다.

"이거 어디 쓰겠나. 들숭날숭해서 쓰겠나."

하고 농업기수가 혼자 논 가장자리로 돌아다니다가 중얼거린다.

"볏모라는 것이 줄이 맞고 새가 고로와서[170] 쓰는 게지 이게 다 무엇이람."

농업기수는 점점 사람들이 모여 있는 논머리로 와서 신참사를 보고,

"이거 어디 쓰겠어요? 저것 보세요. 모가 들숭날숭 오불꼬불 갈지자걸음을 하였으니 이거 어디 쓰겠어요? 그중에도 이 이랑은 사뭇 젬병인걸."

하고 유순이가 타고 온 이랑을 단장으로 가리킨다.

모내던 사람들은 농업기수가 못쓰겠다는 말에 모내기를 쉬고 허리를 펴고 일어선다.

"도무지, 이것들이 도야지지 사람은 아니라니까."

하고 신참사가 단장으로 땅바닥을 두드리며,

"글쎄, 이 사람들아. 남의 금 같은 돈을 받아먹고 글쎄, 모를 낸다는 게 이따위야. 지금 이 나리 말씀 들었지. 저게 무에람. 들락날락, 아 저게 손모가지로 모를 낸 게야."

하고는 농업기수를 향하여,

"그저 쇠귀에 경 읽는 것이지요. 아무리 이르니 들어를 주어야지요. 정조식, 정조식 하고 천 번은 더 일렀겠소이다."

하고는 다시 사람들을 향하여,

"글쎄 짐승들이라니까, 굶어 죽기에 꼭 알맞아. 만주 조밥은커녕 죽 국물도 아깝다니까."

또 농업기수를 향하여,

"그러니 어쩌면 좋습니까. 내가 저것들을 데리고 농사를 짓자니 피가 마를 지경이오. 허, 참. 사람의 종자들은 아니라니까. 어디 나리께서 좀 잘 타일러주시고 이왕 모는 그냥 두시더라도 이 앞으로 고랑은 다시 아니 그러도록[171] 좀 가르쳐주시오. 이걸 다시 내자면 수십 원 돈이 또 없어진단 말씀야요. 나리 잘 양해를 하시오."

하고 애걸한다.

농업기수는 신참사에게 오늘 점심에 한턱 얻어먹은 것을 생각하고 또 저녁에 한턱 잘 얻어먹을 것을 생각하였다. 또 이 사람들이 낸 모는 뽑아버리고 다시 내지 아니하면 아니 될 정도는 아니었다. 다만 감독하는 관리로서 현장에 왔다가 한마디 없을 수 없고(한마디 없으면 자기의 위신에 관계될 것 같았다) 또 신참사에게 잔뜩 생색을 낼 필요도 있고 그뿐더러 시골서는 얻어보기 드물 듯한 유순의 아름다움을 보매 무슨 말썽을 일으켜서라도 유순에게 가까이하고 싶었다.

"다들 이리 와!"

하고 농업기수는 모내던 사람들을 불렀다.

남자들은 기수의 앞으로 가까이 왔으나 부인네들은 내외하느라고 돌아선 채 오지 아니하였다.

"다들 이리 나와! 관리가 명령을 하시거든 복종하는 법이야!"

하고 신참사가 호령을 하였다.

2-5

부인네들도 신참사의 호령에 마지못하여 절벅절벅 기수의 앞으로 왔다. 신참사의 뜻을 어기는 것은 곧 당장 밥줄을 끊는 것임을 그들이 잘 인식한 것이다. 저쪽에서 삿갓을 가지고 놀고 있던 아이도 웬일인가 하고 달려와서 근심스러운 눈으로 자기네 부모와 무서운 사람들과를 번갈아 보았다.

부인네들은 내외성[172] 있게 혹은 제 남편의, 혹은 오라비의 등 뒤에 숨어 섰다. 유순은 그 과수 아주머니 뒤에 숨어 섰다.

사람들이 다 앞에 모여 선 것을 보고 농업기수는 연설 구조로, 반말로, 어, 아, 으, 하고 마치 조선말이 서투른 외국 사람의 발음 모양으로 효유[173]를 시작하였다. 그는 얼굴이 검고 코가 납작하고 머리 뒤가 넓적하게 찌그러진, 천하게 생긴 사람이었다. 어떤 농부의 아들이라고 한다.

"모를 내는 데는 정조식이라는 것이 있단 말야."

하고 그는 자기도 잘 알지 못하는 어려운 말을 섞어가며, 가끔 일본말을 섞어가며 일장 설명을 하였다.

그러고는 말이 끝나자 유순을 가리키며,

"이리 나서!"

하고 농업기수가 호령을 하였다.

유순은 아니 나섰다.

"무슨 말씀이셔요? 그 애가 부끄러워서 그럽니다."

하고 유순의 과수 아주머니가 대신 말하였다.

"웬 잔말야? 게더러[174] 하는 말이 아냐!"

하고 기수는 성을 내었다.

과수 아주머니는 한숨을 쉬고 입을 다물었다.

"이리 나와. 어른이 나오라면 나오는 것이야!"

하고 이번에는 신참사가 호령을 하였다. 그래도 유순은 과수 아주머니 등 뒤에서 나오지를 아니하였다.

"조런 년 보았겠나."

하고 농업기수는 더욱 성을 내어 발을 굴렀다.

"그래 내가 이리 나오라는데 아니 나올 테야. 내가 이를 말이 있어서 나오라는데. 방자한 계집애년 같으니. 내가 누군 줄 알고 요년 그래도 아니 나와."

하고 기수는 막아선 과수 아주머니를 한편으로 밀어제치고 유순의 볏모 든 팔목을 잡아당겼다. 유순의 볏모에 묻었던 흙물이 기수의 흰 양복과 신참사의 모시 두루마기에 수없는 얼룩을 주었다.

"이년, 네가 낸 모를 다 뽑아서 다시 내어라."

하고 농업기수는 손바닥으로 유순의 빰을 때렸다. 기수와 신참사는 옷에 흙물 튄 것이 더욱 열이 났다.

"여보!"

하고 한 청년이 기수의 앞으로 나서며 유순의 팔목을 잡은 기수의 팔을 으스러져라 하고 꽉 쥐어 비틀었다.

"관리면 관리지, 남녀유별도 모른단 말요? 남의 집 과년한 처녀의 손목을 잡고 빰을 때리는 법은 어디서 배웠단 말요? 당신 집에는 어미도 없고 누이도 없소?"

하고 대들었다. 그 청년은 키가 크고 콧마루가 서고 음성이 큰 건장하고도 다부진 사람이었다.

"허, 이놈 보았나. 관리에게[175] 반항한다."

하고 기수는 손을 들어서 청년의 빰을 갈겼다. 그 서슬에 청년의 코가 기수의 손길에 맞아 코피가 흘러내렸다.

기수는 청년의 코에서 피가 흐르는 것도 상관없이 연해 서너 번 청년의 이 빰 저 빰을 후려갈겼다. 청년은 처음에는 참으려 하는 듯하였다. 그는 기수가 때리는 대로 말없이 맞았다. 그러나 기수의 구둣발길이 청년의 옆구리에 올라오려 할 때에 청년의 몸이 한번 번쩍 보이며 청년의 손은 기수의 목덜미를 눌러버렸다. 청년의 코에서 흐르는 피는 기수의 양복저고리에 뚝뚝 떨어졌다.

2-6

"이놈아."

하는 그 청년의 목소리는 떨렸다.

"이놈, 남의 처녀의 손목을 잡고 빰을 갈기고—넌 이놈, 하늘 무서운 줄도 모르느냐."

하고 청년은 기수를 홱 잡아내어 둘러서 반듯이 자빠뜨렸다.

"그놈을 죽여라."

하고 다른 사람들이 덤볐다.

청년은 두 팔을 벌려서 모여드는 사람을 밀어내며,

"다들 가만있어요. 이깟 놈 하나는 내가 없애버릴 테니. 너 죽고 나 죽자. 이 개 같은 놈 같으니."

하고 청년은 발길로 기수의 허구리와 꽁무니와, 머리를 닥치는 대로 질렀다.

"아이구구, 아이구구."

하고 죽는소리를 하였다.

"이 사람 이게 무슨 짓인가."

하고 신참사가 청년의 팔을 붙들 때에는 벌써 기수는 청년이 가만히 있는 틈을 타서 모자도 다 내버리고 허둥지둥 달아날 때였다.

"저놈 잡아라."

하고 일꾼들이 소리를 지를 때에 기수는 황겁하여 논물에 엎어졌다. 그러고는 다시 일어나서 달음박질을 쳤다.

청년은 기수를 더 따라가려고도 아니 하고 볼일 다 보았다는 듯이 논에 들어서서 여전히 모내기를 시작하였다.

분함과 무서운 광경에 덜덜 떨고 섰던 부인네들도 일을 쉬었다가는 삯을 못 받을 것을 생각하고 그 청년의 뒤를 따라 모내기를 시작하였다.

그렇지만은 어느 사람의 맘에나 무서운 후환이라는 검은 그림자가 있었다. 유순도 자기 하나 때문에 이런 일이 생긴 것을 생각하고는 심히 미안하였다.

신참사는 그 청년이 기수를 더 때리지 아니한 것, 자기까지도 때리지 아니한 것만 다행으로 알고 아무 말도 아니 하고 씨근벌떡거리며 기수의 뒤를 따라갔다.

사람들이 손에 오르지도 아니하는 일을 억지로 하고 있을 때에 끝이 없는 듯하던 여름 해도 독장이라는 산마루에 올라앉게 되었다.

오늘 할 일은 다 되었다. 사람들은 손을 씻고 세수를 하고 발을 씻고 집을 향하고 무거운 다리를 끌었다. 배는 고프고 허리가 아파서 몸이 앞으로 굽혀지려고 하고 눈알 힘줄이 늘어나서 눈알은 쏟아질 듯이 달리고 다리는 남의 것과 같았다. 입을 다시어 마른 입술을 축이려 하나 침도 나올 것이 없었다.

순사가 나올 텐데, 하고 연해 읍으로 뚫린 길을 돌아보고는 그 청년을 돌아보았다. 그러나 아직 순사가 오는 모양은 보이지 아니하였다.

살여울 동네 앞에 일행이 가까이 왔을 때에는 다른 논에서 모를 내던 사람들도 들어오는 것을 만나고 소를 먹여가지고 타고 오는 아이들이며 주인을 따라 나오는 개들도 만났다. 모두 배가 고프고 피곤하여 마치 상여를 따라가는 사람들과 같이 고개를 푹 숙이고 도무지 말이 없었다. 어린애들까지도 뛰고 지껄일 기운이 없었다. 개들도 얻어먹지를 못하여 뼈다귀가 엉성하였다. '주린 무리,' '기쁨 없는 무리'—이렇게밖에 보이지 아니하였다.

집들에서는 그래도 저녁 연기가 올랐다.

허리 꼬부라진 할머니, 여남은 살밖에 안 된[176] 계집애들이 발은 말할 것도 없고, 치마도 웃통도 다 벗고 땟국을 흘리며 부엌에서 먹을 것을 끓였다. 찐 조밥이면 상등이다. 만주 좁쌀 한 줌에 풀잎사귀 한 줌, 물 한 사발을 두고 젖은 나뭇개비를 때어서, 불이라는 것보다도 썩은 연기로 끓인 것이 그들의 먹을 것이다.

2-7

구더기 움찔거리는 된장도 집집마다 있는 것은 못 된다. 모래알 같은 호렴[177]도 집집마다 있는 것은 못 된다. 이렇게 참혹한 것을 먹고 나도 어슬어슬해오면 모기가 아우성을 치고 나오고, 곤한 몸을 방바닥에 뉘어 잠이 들 만하면 빈대와 벼룩이가 침질을 한다. 문을 닫자니 찌고, 열자니 모기가 덤비지 않느냐. 아아, 지옥 같은 농촌의 밤이여! 쑥을 피워 눈물이 쏟아지도록 연기를 피우면 모기는 아니 덤비지마는, 쑥이 꺼지기만 하면 우와 하고 총공격을 하지 않느냐. 아아, 지옥 같은 농촌의 밤이여.

'그래도 옛날에는.'

하고 노인들은 한탄할 것이다.

'그래도 옛날에는 제 집에, 제 땅에, 제 낙도 있더니만.'

하고 집도 땅도 낙도 다 잃어버린 노인들은 한탄할 것이다.

'옛날에는 늙은이, 계집애들은 논밭일 아니 하고도 배는 곯지 아니하였건마는.'

이렇게 배고픈 노인은, 과년한 유순이 같은 처녀를 사내들 틈에 섞어 삯모 내러 보내지 아니치 못하는 유순의 아버지는 한탄할 것이다.

'배만 부르면야, 모기 빈대가 좀 뜯기로니.'

'논과 밭이 내 것이면야, 허리가 아프기로니——내 곡식이 모락모락 자라는 것만 보아도 귀한 자식 자라는 것을 보는 것같이 기뻤건마는. 내가 심어 내가 거두어 내가 먹는 그러한 날을 한 번 더 보고 죽었으면.'

모길래, 빈댈래, 빚 근심일래 잠을 이루지 못하는 늙은 농부들은 지나간 날을 생각하고 하룻밤에도 몇 번씩 이러한 한탄을 할 것이다.

'어찌하다가 우리는 땅을 잃고 집을 잃고 낙을 잃었을까.'

이렇게 늙은 농부는 유시호[178] 자기네가 가난하게 된 원인을 생각하게 된다. 그러나 그들의 머리에는 이 문제를 설명할 만한 지식이 없다.

'별로 전보다 더 잘못한 일도 없건마는——술을 더 먹은 것도 아니요, 담배를 더 피운 것도 아니요, 도적을 맞은 것도 아니요, 무엇에 쓴 데도 없건마는——여전히 부지런히 일하고 아끼고 하였건마는, 새 거름 새 종자로 수입도 더 많건마는.'

이렇게 땅을 잃은 늙은 농부는 자탄한다. 그리고 이 수수께끼를 풀지 못해서 애를 쓴다.

'비싸진 구실, 비싸진 옷값, 비싸진 교육비, 비싸진 술값, 담뱃값.'

그는 이러한 생각도 해본다. 채마 한편 귀퉁이에다가 담배 포기나 심으면 일 년 먹을 담배는 되었다. 보릿말이나 누룩을 잡아, 쌀되나 삭히면 술이 되어 사오 명절이나 제삿날에는 동리 사람 술잔이나 먹였다. 그렇지마는 지금은 담배도 사먹어야, 술도 사먹어야. 내 손으로 만든 누에고치도 내 맘대로 팔지를 못한다. 그는 이러한 생각도 해본다.

넓게 뚫린 신작로, 그리로 달리는 자동차, 철도, 전선, 은행, 회사, 관청 등의 큰 집들, 수없는 양복 입고 월급 많이 타고 호강하는 사람들, 이런 모든 것과 나와 어떠한 관계가 있나 하고 생각도 하여본다. 그렇지마는 이 모든 것이 다 이 늙은 자기와 어떠한 관계가 있는 것인지 그는 해득하지 못한다.

'다 제 팔자지, 세상이 변해서 그렇지.'

그는 이렇게 생각하고 스스로 단념한다. 그에게는 자기의 처지를 스스로 설명할 힘이 없는 것과 마찬가지로, 자기의 장래를 위하여 어떻게 할 것을 계획할 힘도 없다. 그는 모를 내고 김을 매고 거두고 빚에 졸리고, 모기, 빈대에게 뜯기고, 근심 많은 일생을 보내기에 정력을 다 소모해버리고 다른 생각이나 일을 할 여력이 없다. 마치 늙은 부모가 오직 젊은 자녀들을 믿는 모양으로 그는 어디서 누가 잘살게 해주려니 하고 희미하게 믿고 있다. 그에게는 원망이 없다. 그것은 조선 맘이다.

2-8

유순의 아버지 유초시는 그날 유순의 말을 듣고 분노하여 잠을 이루지 못하였다.

"내일부터는 모내러 가지 말어라. 그러길래 내가 뭐라더냐, 굶어 죽기로니 내 딸이 논에 들어서려고, 다실랑 가지 마라. 도시 내 탓이다."

이렇게 유초시는 분개하였다.

유순도 맘이 괴로웠다. 더구나 한갑이(기수를 때린 청년)가 자기 때문에 장차 일을 당할 것을 생각할 때에 미안하였다. 한갑이는 유순이를 사랑하는 청년으로, 그는 늙고 가난한 과부의 아들이었다. 유순은 한갑이가 자기에게 맘을 두고 있는 줄을 잘 안다. 그는 유순이가 보통학교에 다닐 적에 세 반이나 위에 있던 아이로서 학교에도 매양 동행하였다. 개천을 업어 건네어주는 일도 있었다. 한갑이는 말이 없고, 진실하고 어떠한 괴로운 일이든지 싫다거나, 힘들다거나 하고 핑계하거나 앙탈하는 일이 없었다. 아직 나이 젊지마는 동네 어른들도 한갑이를 존경하였다. 이를테면 살여울 동네에서 제일 믿음성 있는 사람이었다. 문벌로 말하면 유순의 집에 비길 수가 없었다. 그의 아버지가 타관에서 어떻게 굴러들어와서 이 동네에 살게 되었으나 그 아버지는 벌써 죽은 지가 오래여서 유순은 그 얼굴도 잘 기억하지 못한다. 한갑의 어머니가 한갑이 하나를 길렀다. 남의 집 일을 해주고, 겨울이면

길쌈[179]을 하고—그 과부는 누구에게나 환영을 받는 이였다. 한갑이는 그 아버지보다도, 성질에 있어서는 어머니를 많이 닮았다. 그 어머니도 말이 없고 부지런하고 믿음성이 있었다.

이러한 한갑이다. 그는 속으로는 유순이를 사모하건마는 감히 그 말을 유초시에게 하지는 못하였다. 돈이 없고 문벌이 낮기 때문에 유순의 오라범이 글자나 읽었노라고 도무지 일을 아니 하고 술이나 먹고 돌아다니기 때문에 유순의 아버지는 집안에 어려운 일을 많이 한갑에게 부탁하였다. 이 집에 장을 보아주는 이는 늘 한갑이였다.

이러한 한갑이를 죄에 빠뜨리게 한 것을 유순은 퍽이나 슬퍼하였다.

유순은 아침에 일찍 일어나 물동이를 들고 물 길으러 나갔다. 우물이 동네 서편 끝, 정거장으로 질러가는 길가에 있기 때문에, 또 서울서 오는 새벽차가 여름에는 새벽 물 길으러 갈 때에 오기 때문에 유순은 여름이면 물 길으러 우물에 나와서는 무너밋목을 바라보는 것이 버릇이 되었다. 행여나 허숭이가 오나 하고. 허숭은 벌써 서울 부잣집 딸과 혼인을 해버렸지마는 그래도 유순의 이 버릇은 아직 빠지지 아니하였다.

우물 위에는 거미줄이 걸리고 그 거미줄에는 눈물방울과 같은 이슬이 맺혀서 새벽빛에 진주같이 빛났다. 마치 유순이가 첫 물을 긷기 전에는 이 우물을 거룩하게 지키려는 것 같았다.

유순은 거미줄에 걸린 이슬을 물끄러미 바라보다가 바가지로 그 거미줄이 상하지 아니하도록 물을 떠서 손에 받아 낯을 씻고 치맛자락을 수건 삼아 썼다. 밤에 잠을 잘 못 잔 유순의 피곤한 낯에 찬 샘물이 닿는 것이 시원하였다.

유순은 물 한 동이를 길어놓고 똬리를 머리에 이고 똬리 끈을 입에 물고 물동이를 이기 전에 무너미를 바라보았다. 아직 이슬에 목욕한 풀빛은 짙은 남빛이었다. 구름을 감은 독장이 높은 봉우리에는 불그레 햇빛이 비치었다. 오지 못할 사람을 아침마다 기다리는 유순의 가슴은 무거웠다.

유순은 휘유, 한번 한숨을 쉬고 허리를 굽혀 물동이를 이려 하였다. 물동이에 엎어서 덮은 바가지 등에 푸른 메뚜기 한 놈이 올라앉았다가 유순의 손이 가까이 오는 것을 보고 뛰어 달아나서 이슬에 젖은 풀숲으로 들어가고 말았다.

유순이가 바로 물동이를 들어서 머리에 이려 할 때에, 유순의 앞에는 양복을 입고 큰 슈트케이스를 든 남자가 나타났다. 유순은 물동이를 떨어뜨릴 뻔하도록 놀랐다.

2-9

유순은 물동이를 든 채 어안이 벙벙하였다. 그 남자는 허숭이었다. 허름한 학생복 대신에 흰 바지 흰 조끼에 말쑥한 양복을 입은 것만이 다르고는 분명히 허숭이었다.

그러나 허숭인 것을 분명하게 본 유순은 물동이를 이고 돌아보지도 아니하고 집을 향하여 걸었다. 남의 남편인 남자를 대해서는 이리하는 것이 조선의 딸의 예법인 까닭이었다.

"나를 몰라보오?"

하고 허숭은 슈트케이스를 이슬에 젖은 풀 위에 내버리고 유순의 뒤를 빨리 따르며,

"내가 숭이외다."

하였다.

"네."

하고는 순은 여전히 앞으로 걸어갔다.

"아버지 안녕하시오?"

하고 숭은 다른 말이 없어서, 말을 하기 위해서 물었다.

"네."

하고 순은 여전히 외마디 대답이었다.

숭은 그만 더 따라갈 용기를 잃어버리고 우뚝 섰다, 마치 장승 모양으로.

순은 한 손으로 연해 물동이에서 떨어지는 물방울을 떨어버리며 뒤도 아니 돌아보고 간다.

해가 솟았다. 순의 물동이의 한편 쪽이 햇빛에 반사하여 동이의 맺힌 물방울에서 수없는 금빛 줄기가 난사하였다.

순의 고무신 신은 두 발이 촉촉하게 젖은 흙을 밟고, 때로는 길가에 고개 숙인 풀대를 건드리며 점점 작아가는 양, 검은빛인지 붉은빛인지 분별할 수도 없는 때 묻고 물 날고[180] 떨어진 댕기, 그것이 풀죽은 광당포 치마에 스쳐 흔들리는 양을 숭은 이윽히 보고 섰다가 그것조차 아니 보이게 된 때에 숭은 힘 빠진 사람 모양

으로 길가 돌 위에 걸터앉았다.

숭은 한 손으로 머리를 버티고 가만히 눈을 감았다. 숭의 눈에서는 눈물이 흘렀다. 집 잃은 사람, 길 잃은 사람, 모든 희망을 잃은 사람인 것을 스스로 느낀 것이었다.

숭은 어젯밤 가정을 버리고 서울을 떠나던 일을 생각하였다. 그의 아내 정선이가 "에끼 시골뜨기, 에끼 똥물에 튀길 녀석" 하고 자기에게 갖은 욕을 퍼붓고, 나중에는 세숫대야를 자기에게 뒤쳐 씌우던 것을 생각하였다. 그 직접 이유는 숭이가 이남작 집 소송 의뢰를 거절하였다는 것이었다. 이 소송은 이남작과 그 부인과 이남작의 아들과 기타 친족들이 관련된 간음, 이혼, 동거 청구, 재산 다툼 같은 것을 포함한 추악하고 복잡한 사건으로서 착수금이 이천 원이라는, 변호사 직업 하는 사람들이 침을 흘리는 소송이었다. 그뿐더러 이 소송은 윤참판의 소개로 허숭에게로 돌아온 것이요, 또 허숭이가 김자작 집 재산 싸움 소송에 이겼다는 것이 서울 사회에 이름이 높아진 까닭이었다. 만일 이 소송을 이기는 날이면 십만 원 가까운 사례금이 오리라는 것인데, 숭은 김자작 집 소송에 양심의 가책을 받은 관계로 다시는 이런 추악한 사건에는 관계 아니 한다고 맹세하여 이것을 거절해버려서, 그 사건은 마침내 어느 일본 사람 변호사와 조선 사람 변호사 두 사람에게로 넘어가게 된 것이었다. 이것이 정선의 감정을 격분시킨 것이었다.

"그저 그렇지, 평생 남의 집 행랑방으로나 돌아댕겨. 원체 시골 상놈의 자식이 그렇지, 그래."

하고 정선은 남편이 굴러들어오는 복을 박차 내버리는 것이 그가 시골 상놈의 자식이기 때문이라고 단언하였다.

그러나 이것은 오직 근인〔近因〕에 지나지 못하였다. 숭과 정선이[181] 가정생활을 하는 날이 깊어갈수록 두 사람의 생각에는 점점 배치되는 점이 많아졌다. 대관절 두 사람의 인생관이 도무지 용납할 수가 없는 것이었다——그것이 점점 탄로가 된 것이었다.

2-10

'이 세상에 돈이 제일이지.'

하는 것이 정선의 근본 사상의 제일조였다. 둘째는 그가 말로 발표는 아니 하더라도 또 한 가지 근본 사상이 있는 것을 숭은 정선에게서 발견하였다——그것은 성욕을 중심으로 한 향락 생활이었다. 마치 정선의 호리호리한 어여쁜 몸이 전부 성욕으로 된 듯한 생각을 줄 때가 있었다. 이것이 숭에게는 못마땅하였다. 숭의 생각에는 고등한 교육을 받지 아니하였더라도 인격의 존엄을 믿는 사람——이라는 것보다도 음란하다는 말을 듣지 아니하는 사람으로는 성적 욕망이라는 것은 비록 부부간에라도 서로 억제할 것이라고, 서로 보이지 아니할 것이라고 믿었다. '서로 대하기를 손같이 하라' 하는 동양식 부부 도덕에 젖은 때문인가 하고 숭은 혼자 저를 의심해보았다. 그래서 아내가 원하는 대로 되어보려고도 하였다. 그러나 그것은 숭에게는 자기를 낮추는 듯한 심히 불쾌한 일이었다. 그가 애써서 수양해온 인격의 존엄이라는 것을 깨뜨려 버리는 것이 싫었다.

그러나 숭이 인격의 존엄을 지키려 할 때에 정선은 이것이 사랑이 없는 까닭이라 하여 원망하고 심하면 유순이라는 계집애를 못 잊는 까닭이라고 해서 바가지를 긁었다.

원망하는 여자의 얼굴, 질투의 불에 타는 여자의 얼굴은 숭의 눈에는 심히 추하였다. 아내의 눈에서 질투의 불길이 솟고 그 혀 끝에서 원망의 독한 화살이 나올 때에 숭은 몸서리가 나도록[182] 불쾌하였다. 자기의 사랑하는 어여쁜 아내의 속에 이런 추악한 것이 있는 것이 슬펐다. 이런 일이 한두 번이 아니요 여러 번 거듭할수록 숭이 눈에서는 아내의 아름다움이 점점 스러졌다. 순결한 청년 남자로서 그리던 여자의 아름다움, 여자의 몸을 쌌던, 여자의 아름다운 맘에서 증발하는 증기라고 믿던 분홍빛 안개가 걷혀버리고 여자는 마치 육욕과, 질투, 원망과 분노를 뭉쳐놓은 보기[183] 싫은 고깃덩어리로 보였다. 그렇게도 아담스럽고 얌전하고, 정숙하게 보이던 정선이가 이 추태를 폭로하는 것을 볼 때에 숭은 여자의 허위, 가식이라는 것을 아프게 깨달았다. 왜 내 아내 정선이가 얌전, 정숙, 그 물건이 아닌가 하고 울고 싶었다. 미소가미[184](여자를 미워하는 성질)를 자기가 가졌는가고 스스로 의심하여 아내 정선을 재인식하려고 힘도 써보았다. 그러나 정선은 갈수록 더욱 평범 이하의 여성에 떨어지는 것같이 숭의 눈에 비치었다.

숭은 마침내 자기의 정성을 가지고 정선의 정신 상태를, 도덕 표준을, 인생관을 보다 높은 곳으로 끌어올리려고도 결심을 해보았다. 그러나 숭의 정성된 도덕적 탄원은 정선의 비웃음거리만 되고 말았다. 정선에게는 남편인 숭에 대한 우월감이 깊이깊이 뿌리를 박은 것 같았다. 숭의 말이면 무엇이나 비웃고 반대하였다. 그러할뿐더러 정선은 적극적으로 빈정대고 박박 긁어서 숭을 볶는 것으로 한 낙을 삼는 것같이도 보였다.

재판소에서 돌아오기만 하면 숭의 맘에는 조금도 화평과 기쁨이 없었다. 대문 안을 들어서기가 끔찍끔찍하였다. 요행 웃는 낯으로 맞아주는 때가 있다 하더라도 그것을 잘 때까지 사오 시간 어떻게나 유지하나 하고 숭은 애를 쓰지 아니하면 아니 되었다. 그러다가 무슨 일만 생기면 이 무장적〔武裝的〕 평화는 순식간에 깨어지고 집안은 찬바람이 도는 수라장이 되고 마는 것이었다.

'아 못 견디겠다. 이러다가는 내 일생은 내외 싸움에 다 허비해 버리고 말겠다'고 자탄을 발하게 되었다.

이런 일을 수없이 하다가 어젯밤에 대파탄이 일어나 숭은 단연히 집을 버리고 뛰어나온 것이었다.

이러한 생각을 하고 앉았을 때에 숭의 곁에는 서슬이 푸른 경관 세 명이 달려왔다.

2-11

숭은 깜짝 놀라서 벌떡 일어났다.

셋 중에서 가장 똑똑해 보이는 순사가 바싹 숭의 가슴 앞에 와

서며,

"당신 무엇이오?"

하고 무뚝뚝하게 물었다.

'무엇이오?' 하는 말에 숭은 좀 불쾌했다.

"나 사람이오."

하고 숭도 불쾌하게 대답하였다.

"그런 대답이 어디 있어?"

하고 곁에 섰던 순사가 숭에게 대들었다.

"사람더러 무엇이냐고 묻는 법은 어디 있어?"

하고 숭도 반말로 대답했다.

"이놈아. 그런 말버릇 어디서 배워먹었어?"

하고 곁에 섰던 또 다른 순사가 숭의 따귀를 갈겼다. 연거푸 두 번을 갈기는 판에 숭의 모자가 땅에 떨어졌다.

처음에 숭에게 "당신 무엇이오" 하던 순사가 수첩을 꺼내어 들고,

"성명이 무어?"

하고 신문하는 구조다.

"내가 무슨 죄를 지은 것이 아니거든 왜 까닭 없는 사람더러 불공하게 말을 하오?"

하고 숭은 뻗대었다.

"아마 이놈이 동네 농민들을 선동을 하여서 농회 기수에게 폭행을 시켰나 보오. 이놈부터 묶읍시다."

하고 한 순사가 일본말로 하였다.

숭은 어쩐 영문을 몰라서 어안이 벙벙하였다. 그러나 이 순사들은 자기를 따라온 것이 아니요 이 동네 농민과 기수 새에 무슨 갈등이 생겨서 농민들을 잡으러 오는 것임을 짐작하였다. 그리고는 일변은 변호사인 직업의식으로, 또 일변은 자기가 일생을 위해서 바치려는 살여울 동네 농민에게 무슨 중대 사건이 생겼다 하는 의식으로 이 자리에서 쓸데없는 말썽을 일으키는 것이 옳지 아니한 것을 깨달았다.

"나는 오늘 아침차로 서울서 내려온 사람이오. 지금 내 고향인 살여울로 가는 길이오."

하고 역시 일본말로 냉정하게 대답하였다.

숭의 유창하고도 점잖은 일본말과 또 냉정한 어조에 수첩을 내든 순사는 좀 태도를 고쳤다.

"오늘 차에서 내렸소?"

하고 일본말로 좀 순하게 물었다.

"그렇소."

"그랬으면 자네네들 이 사람 보았겠지?"

하고 두 조선 순사를 돌아보았다.

두 순사는 물끄러미 숭을 바라보았다. 그중에 한 사람이,

"응, 본 것 같소."

하고 싱겁게 대답하였다.

이리해서 급하던 풍운은 지나갔다. 더구나 변호사라는 명함을 보고는 경관들은 좀더 태도를 고쳤다. 숭의 따귀를 때린 순사는 약간 머쓱하기까지 하였다. 숭은 불쾌한 생각이 용이히 가라앉지

않지마는 이것은 시골에 으레 있는 것으로 생각하고 꿀떡 참았다—아니 참기로 별수가 있으랴마는.

숭은 짐을 들고 순사들의 뒤를 따라갔다.

동네 개들이 요란하게 짖었다.

목적한 범인 여덟 사람들은 반 시간이 못 되어서 다 묶였다. 그들은 반항도 아니 하고 변명도 아니 하고 어디 구경 가는 사람 모양으로 열을 지어서 묶여 섰다. 다만 아들을, 남편을 잡혀 보내는 부인네들이 문 앞에 서서 울 따름이었다.

이 사건의 주범 되는 맹한갑[185]은 잡힐 때에 매를 맞고 발길로 차여서 그러한 자리가 있었다.

숭은 우두커니 서서 이 광경을 보았다.

경관대는 담배 한 대씩을 피우고는 범인 여덟 명을 끌고 읍으로 향하였다.

2-12

허숭은 와 있기를 바라는 일갓집을 다 제치고 한갑의 집으로 갔다. 이전에는 쓴 외 보듯 하던 일가 사람들도 숭이가 변호사로 부잣집 사위로 훌륭한 옷을 입고 돌아온 것을 보고는 다투어서 환영하였다.

"네가 귀히 되어 왔구나."

하고 할머니 아주머니뻘 되는 부인네들까지도 환영하였다.

"아이, 올케가 썩 미인이라더구나."
하고 누이 항렬 되는 여자들도 대환영이었다. 그러나 숭은 이러한 환영도 다 뿌리치고 이 동리에서 제일 작고, 가난한 한갑이네 집을 택하였다. 한갑이 어머니는,

"아이, 자네같이 귀한 사람이 어떻게 우리 집에 있나."
하고 걱정하였다.

"쌀이 없는데, 반찬이 없는데."
하고 한갑 어머니가 애를 썼다.

"자제 먹던 대로만 해주세요."
하고 숭은 한갑 어머니에게 안심을 주었다.

한갑 어머니는 잡혀간 아들이 무사히 돌아올까 하고 부엌에서 숭을 위하여 밥을 짓는 동안에도 몇 번이나 나와서 숭에게 물었다.

"그 애가 글쎄 그놈을 때렸다네그려. 순이 손목을 그놈이 잡고 또 순이를 뺨을 때렸다구, 그 애가 글쎄 그런 애가 아닌가. 학교에 다닐 적에도 남의 일에 참견을 노 하지 않았나. 글쎄 어쩌자고 관인(관리라는 받든 말)을 때리나. 그런 철없는 녀석이 어디 있어? 아이, 그 녀석이 이 늙은 에미 속을 이렇게 아프게 하나."
하고 한갑 어머니는 들락날락하며 어떤 때에는 부엌에서 머리만 내밀고 또 어떤 때에는 부지깽이를 들곤 몸까지 내놓고, 어떤 때에는 소리만 나왔다.

"왜 한갑군이 잘못했습니까."
하고 숭은 진정으로 한갑의 행동에 감격하여서,

"그럼 남의 여자의 팔목을 잡고 빰을 때리는 놈을 가만두어요— 두들겨주지요."

"그야 그렇지."

하고 한갑 어머니는 숭의 칭찬에 만족하는 듯이 부엌문 밖에 나와서 허리를 펴며,

"그렇지만두 요새 세상에 농사나 해먹는 놈이야 어디 사람인가. 귀밑에 피도 아니 마른 애들이 무슨 서깁시요, 무슨 나립시요 하고 제 애비 할애비뻘 되는 어른들을 이놈, 저놈 하고 개 어르듯 하지. 걸핏하면 따귀를 붙이고. 글쎄 일전에도 전매국인가 어디선가 온 사람이 담배가 어쨌다나 해서."

하고 마나님은 비밀한 말이나 되는 듯이 소리를 낮추며,

"저 홰나무 댁 참봉 영감을 구둣발로 차서 까무러쳤다가 피어는 났지마는 아직도 오줌 출입도 못한다오. 그 양반이 지금 환갑 진갑 다 지내고 일흔이 넘은 어른이 아니신가. 말 말어. 그나 그뿐인가. 그놈의 청결 검사, 담배 적간, 술 적간, 농회비 무엇이니 무엇이니 하고 읍내서 나오는 날이면 어디 맘을 펴보나. 글쎄 남의 집 안방, 부엌 할 것 없이 시퍼렇게 젊은 놈들이 막 뛰어 들어와가지고는 젊은 아낙네까지 붙들고 힐거[186]를 하는 수가 있으니 요새 법은 다 그런가, 서울도 그런가. 나라 법이야 어디 그럴 수가 있나. 이래서야 어디 백성들이 살아먹을 수가 있나. 또 그놈의 신작로는 웬걸 그리 많이 닦는지, 부역을 나라,[187] 조약돌을 져오너라, 밭 갈 때나 김맬 때나 나라면 나야지 아니 났다가는 큰일 아닌가. 우리 같은 것도 그래도 한 집을 잡고 산다고 남 하는 것

다 하라네그려. 이거 원 어디 살 수가 있나. 서울도 그런가. 우리 면장이 몹쓸어서 그런가, 구장이 몹쓸어서 그런가. 나라 법이야 어디 그럴 수가 있나."

하고 마나님은 길게 한숨을 지며,

"아무려나 우리 한갑이나 무사히 돌아왔으면 좋겠지마는 그 녀석이 왜 글쎄 관인을 때려! 망할 녀석!"

하고 눈물을 떨어뜨린다.

2-13

한갑 어머니는 속으로 무한한 슬픔과 불안을 가지면서도 도회 여자 모양으로 그것을 말이나 몸짓으로 발표하지는 아니하였다. 그에게는 조선의 어머니의 자제력이 있었다.

그러나 숭을 위하여 밥상을 들고 나오는 한갑 어머니의 모양은 차마 바로 볼 수 없도록 초췌하였다. 나이는 아직 육십이 다 못 되었건마는 이가 거의 다 빠져서 볼과 입술이 오므라지고 눈은 움쑥 들어가고, 몸에 살이 없어서 치마허리 위로 드러난 명치끝 근방은 온통 뼈다귀에다가 꼬깃꼬깃 꾸겨진 유지를 발라놓은 것 같았다. 게다가 굳은살과 뼈만 남은 손──그것은 일생에 쉼 없는 노동과 근심과 영양불량으로 살아온 표적이었다.

숭은 일어나서 밥상을 받아놓고 서울서 보던 몸 피둥피둥하고 머리 반드르르한[188] 마님네를 연상하였다. 그네들에게는 일생에 하인들에게 잔소리하는 고생밖에 노동이라는 것은 없었고, 그러고도 고량진미에 영양은 남고도 남아서, 먹은 것이 미처 다 흡수될 수가 없어서, 끄륵끄륵 소화불량이 되어, 보약입시오, 약물입시오 하고 애를 쓰는 사람들이었다.

밥상! 숭의 밥상은 몇백 년째나 한갑의 집이 대대로 물려오는 팔모반이었다. 본디는 칠하였던 것이 벗어지는 동안이 반세기, 벗어지는 한편으로 다시 때와 먼지로 칠하기 시작하여 완전히 칠해지기까지 반세기, 가장자리를 두른 여덟 개였을 장식[189] 언저리 중에는 겨우 세 개가 남았을 뿐이다. 이 소반은 그래도 한갑의 집이 옛날에는 점잖게 살던 집인 것을 표시하는 대표적 유물이다. 한갑 어머니는 지금도 자기 집 가장의 밥상이, 비록 은반상, 고기 반찬은 못 오를망정 모반(네모난 소반)이 아니요 팔모반인 것을 큰 자랑으로 알고 있다. 이 소반은 한갑 할머니가 한갑의 할아버지에게 시집올 때에, 그 시조부의 밥상이 되었던 것이었다. 그 전에는 몇 대를 전하여왔는지 모르지마는 그 후에 한갑의 조부, 그 후에는 한갑의 아버지, 그러고는 한갑의 밥상이 된 것이었다. 이 밥상은 이 집 가장 이외에는 받지 못하는 거룩한 가보였다. 이 상에 밥을 주는 것이 숭에 대한 더할 수 없는 큰 대접이었다.

상만 아니라 대접과 주발도 옛날 것이었다. 대접은 여러 대 이 집 가장이 써오는 동안 밑이 닳아져서—그 두꺼운 밑이 닳아져서 뻥 하고 구멍[190]이 뚫려서 여기서 사십 리나 되는 유기전에 가서 기워 왔다.

"요새에는 이런 좋은 쇠는 없소."

하고 유기점 사람이 말하였다는 것은 결코 이 고물을 보고 빈정댄 것만이 아니었다. 사실상 옛날 조선 유기는 요새 것보다 쇠도 좋고 살도 있고 모양도 점잖아서 요새 것 모양으로 작고 되바라지지를 아니하였었다. 숭은 이 비록 다 닳아진 것이나마 그 후덕스럽고 여유 있는 바탕과 모양을 가진 기명〔器皿〕과 한갑이 어머니와를 비겨보고 옛날 조선 사람과 오늘날 조선 사람과의 정신과 기상을 비교해보는 것같이 생각하였다.

그렇지마는 그 그릇에 담은 밥은 불면 날아갈 찐 호좁쌀이요 반찬이라고는 냉수에 간장을 치고 파 한 줄기를 썰어서 띄운 것 한 그릇(이것이 유기점에서 기워 온 고물 대접에 담은 것이다), 그리고는 호박잎 줄거리의 껍질과 실을 벗기고 숭숭 썰어서 된장에 섞어서 호박 잎사귀에 담아서 화롯불에, 글쎄 굽는달까 찐달까 한 찌개 한 그릇뿐이었다. 이 호박잎 찌개에는 두 가지 이유가 있었다. 하나는 찌개를 찔 그릇이 없는 것, 또 하나는 호박잎을 찌노라면 된장에 있던 구더기가 뜨거운 것을 피해서 잎사귀 가장자리로 기어 나오기 때문에 구더기를 죄다 집어낼 수 있는 편리가 있는 것이었다.

조밥 한 그릇(듬뿍 꾹꾹 눌러서 한 그릇), 파 찬국[191] 늠실늠실 넘게 한 그릇, 그리고 구더기 없는 된장 호박잎 찌개 한 그릇—이것이 숭이가 농촌에 돌아온 첫 밥상이었다.

2-14

"아주머니 안 잡수세요?"
하고 숭은 한갑 어머니를 바라보았다.
"어서 먹게. 나 먹을 건 부엌에 있지."
하고 한갑 어머니는 마른 호박잎을 쓱쓱 손바닥에 비벼서 아마 한갑이와 공동으로 쓰는 것인 듯한 곰방대에 담아서 화로에 대고 빤다. 이것이 호박잎 담배라는 것이다. 가을이 되면 콩잎 담배가 생기거니와 그때까지는 호박잎 담배로 산다. 정말 담배를 사먹는 사람이 이 동네에 몇 집이나 될까. 얻어만 먹어도 대접으로 한 줌을 주기만 하여도 죄가 되는 이 세상이거든. 한갑이가 짚세기[192]를 삼아서 장에 내다 팔아서 장수연[193] 한 봉지를 사다가 주면 어머니는,
"돈 없는데 이건 왜 사 왔니?"
하고 걱정은 하면서도 맛나게 피웠다.

숭은 목이 메어서 밥이 넘어가지를 아니하였다. 그것은 찐 호좁쌀 밥이 되어서 그런 것만이 아니었다. 찬국의 장맛이 써서 그런 것도 아니었다. 된장찌개에 구더기 기어 나오던 생각을 해서 그런 것도 아니었다. 한갑 어머니의 말이 하도 참담해서 그런 것도 아니었다. 한갑 어머니라는 비참한 존재, 그를 보는 것, 그러한 사람이 있다는 생각만으로 목이 메었던 것이다.

그래도 숭은 이 밥을 맛나게 먹어 보이는 것이 이 불쌍한 노인

에 대한 유일한 위로로 알고 냉수에 밥을 말아서 아무 감각도 없이 반 그릇이나 넘게[194] 퍼먹었다.

"잘 먹었습니다."

하고 숭이 숟가락을 놓을 때에 한갑 어머니는 곰방대를 놓고 일어나면서,

"어디 건건이[195]가 있어야 먹지. 그래도 물에 다 놓지 않고. 자 한 술만 더 뜨게."

하고 자기 손으로 숟가락을 들어서 밥을 물에 떠 넣으려고 한다.

"아이구, 그렇게 못 먹습니다."

하고 숭은 한갑 어머니의 팔을 붙들었다.

"이걸 원 어떡허나. 서울서 호강만 하던 손님을 쓴 된장에 호좁쌀 밥을 대접하니 이거 어디 되겠나. 죽은 목숨야 죽은 목숨."

하고 한갑 어머니는 숭이가 남긴 밥에 물을 부어 그 자리에서 된장찌개 아울러 먹기를 시작한다.

숭은 한 번 놀랐다. '이 노인이 밥을 한 그릇만 지어서 내가 남기면 먹고 아니 남기면 자기는 굶을 작정이었구나' 하였다. 기실은 이 노인은 끼니마다 밥 한 그릇을 지어서는 아들을 주고, 아들이 먹다가 남기면 자기가 먹고 아니 남기면 숭늉만 마시었다. 아들이 혹,

"어머니 잡술 것 없소?"

하고 물으면 그는,

"없긴 왜? 부엌에 담아놓았지. 지금 먹기가 싫어서 이따가 먹으려고 그런다."

이렇게 대답하였다. 이 모양으로 한갑 어머니는 춘궁[春窮]이 되어서부터는 햇곡식이 날 때까지 하루 한 끼도 먹고 반 끼도 먹고 살아간다. 밖에 나가서 힘 드는 일을 하는 아들만 든든히 먹여 놓으면 집에 가만히 있는 자기는 굶어도 좋다고 생각하였다. 이렇게 이 늙은 부인은 피부 밑에 있어야 할 기름을 다 소모해버리고 아마 내장과 뼈 속에 있는 기름도 다 소모해버리고 오직 뼈와 껍질만이 남아서 목숨을 부지하고 있는 것이다. 그의 눈은 흐리고 입술은 검푸르다. 피가 부족한 것이다. 피 될 것이 없는 것이다——이렇게 허숭은 생각했다.

한갑 어머니는 그 밥과 된장과 찬국을 하나 아니 남기고 다 먹어버린 뒤에 상을 들어 옮겨놓으며,

"그런데 베노사 벼슬을 해서 귀히 되었다는데 어떻게 이렇게 왔나 이 더운데? 그래도 고향이 그리워서 왔지? 얼마나 있다 가려나? 오늘 밤차로는 아니 가겠지."

하고는 늙은 부인은 불현듯 한갑이를 생각하고,

"어떻게 우리 한갑이 무사하게 해주게. 이 늙은 년이 그놈을 잃구야 어떻게 사나. 하느님이 도우셔서 베노사가 오게 했지."

하고 혀를 끌끌 찬다.

2-15

"서울 안 갑니다. 여기 살러 왔어요."

하고 숭은 귀머거리에게 말하는 높은 음성으로 힘 있게 말하였다. 한갑 어머니가 귀가 먹은 것은 아니지마는 그 초췌한 모양이 보통 음성으로는 알아들을 수 없을 것만 같이 보인 것이었다.

"여기서 살다니? 베노사같이 귀한 사람이 무얼 하러 이런 데 사나. 죽지를 못해서 이런 시골구석에 살지. 쌀밥을 먹어보나. 대관절 담배 한 대를 맘대로 먹을 수가 없단 말야. 그도 옛날 같으면야 이따금 떡도 해 먹고 술도 해 먹고 돼지도 잡아먹고 한 집에서 하면 여러 집에서 노나도 먹고, 하지마는 요새야 밥을 땅땅 굶고, 노나 먹다니 인심이 박해져서 없네 없어. 또 쌀독에 인심이 난다고, 어디 노나 먹을 것이나 있다든가. 웬일인지 우리 동리도 요새에는 다 가난해졌거든. 신구 상계나 하고 농량이나 아니 떨어지는 집이 우리 동리에 초시네 집하고 구장네 집하고나 될까. 다 못살게 되었지. 글쎄 유초시네 순이가 삯김을 매네그려, 말할 거 있나. 그 순이가 어떻게 귀엽게 자라난 아가씬데. 다들 못살게 되었단 말야. 글쎄 베노사 같은 사람이 어떻게 이런 데서 사나."

하고 한갑 어머니는 숭의 농담을 믿은 것이 부끄러운 듯이 싱그레 웃는다. 그러나 그 웃음은 연기와 같이 희미하고 연기와 같이 힘없어 스러지고 만다.

"정말입니다."

하고 숭은,

"여기 살러 왔습니다. 어디 집이나 한 칸 짓고 농사나 지어 먹고 살러 왔습니다. 인제는 서울 안 가구요."

하고 다졌다.

"그럼 댁네도 이리로 오나."
하고 한갑 어머니도 그래도 반신반의로,
"왜 벼슬이 떨어졌나?"
하고 근심하는 빛을 보인다.
"댁네가 따라오면 할 수 없겠지마는 웬걸 오겠어요."
하고 숭은 아내에 관한 말을 길게 하기가 싫었다.

"아니 댁네가 아주 부잣집 양반집 따님이라던데. 또 순이가 그러는데 아주 예쁘게 생긴 사람이라던데. 그리고 처가댁에서 좋은 집도 사주고 땅도 여러 천 석 하는 것을 갈라주었다두구먼. 오, 그럼 여기 땅을 사러 왔나. 오, 그렇구먼. 살여울 논을 사러 왔구먼. 베노사가 논을 사거든 우리 한갑이도 좀 주라고. 지금 논을 사려면 얼마든지 산다네. 모두 척식회사라든가 금융조합이라든가에 잡혔던 것이 경매가 되게 된다고 다만 몇 푼이라도 남겨먹게만 준다면 팔아버린다구들 그러는데, 한 마지기 둘셋 나는 거를 삼십 원이니 사십 원이니 부르고 있다데. 그렇게라도 팔아야 단돈 십 원이라도 내 것이 된단 말야. 머 금년까지나 팔면 이 동리에 제 땅 가진 사람 별로 없을 겔세. 그러면 작[196]까지 떨어지거든. 왜 금 같은 돈 주고 산 사람이 이전 작인 붙여둔다든가, 제 맘에 드는 사람 떼어주지. 그러니깐 이 동리에서는 사람 못 산다니까 그러네그려. 모두 떼거지 나구야 말지. 다른 데서들은 다들 서간도로 간 사람도 많지마는 우리 살여울 동리야 어디 고래로 타도타관(他道他關)으로 떠난 사람이야 있었나. 다들 그래도 제 집 쓰고 제 땅 가지고 벌어먹었지. 몇 해 전만 해두 살여울 땅[197]을 놓으면 맘을 놓는다고 안 했나. 우선 베노사네 집은 작히나 잘살았나. 부자 아니었나. 베노사는 명당손이니까 또 더 큰 부자가 되었지마는, 다른 사람이야 한번 땅을 팔면 모래 위에 물 엎지르는 것 아닌가, 다시는 못 주워 담지, 우리 집도 베노사네만은 못했지만 그래도 이렇지는 않지 않았나……"

이날 밤 숭은 저녁을 먹고 초시네 홰나무[198] 밑으로 갔다. 이 홰나무는 본래 숭의 집 것이었다. 지금은 집 아울러 초시라는 사람의 것이 되었다. 이 홰나무 밑은 여름이 되면 밤이나 낮이나 동리 사람의 회의실이요 휴식소요 담화실이었다. 오늘 저녁에도 모깃불을 피워놓고 사람들이 모여 앉았다. 늙은이 젊은이 아이들 여러 떼로 모여 앉았다. 숭도 그 틈에 끼었다. 끼이자마자 이야기의 중심이 되었다.

2-16

홰나무는 난 지가 몇백 년이나 되는지 아무도 아는 이가 없다. 살여울에 배가 올라오던 시절에 이 나무에 닻줄을 매었다 하나, 그 배 올라오던 시절이 어느 때인지는 더구나 아는 사람이 없다. 지금은 배 올라오는 데를 가자면 여기서 남쪽으로 시오 리는 가야 한다. 옛날 산에 나무가 많을 때에는 달내강에 물이 깊어서 배가 살여울 동네 앞까지 올라왔을 법도 한 일이요, 이 동네에 처음 들어온 시조들이 배를 타고 이리로 올라왔을 법도 한 일이다. 그

때에 이 살여울 동네에는 삼림이 무성하고 노루, 사슴, 호랑이가 들끓었을 것이다. 그 조상들은 우선 나무를 찍어 집을 짓고 땅을 갈아서 밭을 만들고 길을 내고 우물을 파고 그리고 동네 이름을 짓고 산 이름을 짓고 모든 이름을 지었을 것이다. 물이 살같이 빠르니 살여울이라고 짓고 강에 달이 비치었으니 달내라고 짓고 달내가 가운데 흐르니 이 젖과 꿀이 솟는 벌을 달내벌이라고 하였을 것이다. 그때에 이 골짜기 그것을 두른 산, 달내강, 거기 나는 풀과 나무와 고기와 곡식과 개구리 소리, 꽃향기가 모두 이 사람들의 것이었다. 아무의 것이라고 패를 써 박지 아니하였지마는 패를 써 박을 필요가 없었던 것이었다.

이 홰나무도 그 나무가 선 땅이 근년에 몇 번 소유권이 변동되었지마는 이 나무는 말없는 계약과 법률로 이 동네 공동의 소유였다. 이 동네에 사는 이는 누구든지 이 나무 그늘의 서늘함을 누릴 수가 있었다. 사람뿐 아니라 소도 말도 개도 병아리 거느린 닭들도 이 홰나무 그늘 밑에서 놀든지 낮잠을 자든지 아무도 금하는 이가 없었고, 혹시 지나가는 사람이 이 늙고 점잖은 홰나무 그늘을 덮고 아픈 다리를 쉰다 하더라도 누가 못하리라 할 이가 없었다.

이 말이 믿기지 아니하거든 이 경력 많은 홰나무더러 물어보라. 그는 적어도 사오백 년 동안 이 살여울 동네의 역사를 목격한 증인이다. 이 동네에서 일어난 기쁨을 아는 동시에 슬픔도 알았다. 더구나 이 동네 수염 센 어른들이 짚방석을 깔고 둘러앉아서 동네일을 의논하고, 잘못한 이를 심판하고, 훈계하고 하는 입법, 행정, 사법의 모든 사무가 처리된 것을 이 홰나무는 잘 안다. 비록 제일조, 제이조 하는 시끄럽고 알아보기 어려운 성문율이 없다 하더라도 조상 적부터 입에서 입으로 전해오는 거룩한 율법이 있었고 영혼에 밝게[199] 기록된 양심률이 있었다. 그들은 어느 한 사람의 이익을 위하여 어느 한 사람에게 손해를 지우는 것은 말할 것도 없거니와 무릇 온 동네의 이익이라든지 명예에 해로운 일을 생각할 줄 몰랐다. 그것은 이 홰나무가 가장 잘 안다. 개인과 전체, 나와 우리의 완전한 조화——이것을 이상으로 삼았다.

또 이 홰나무는 그 그늘에서 일어난 수없는 연회를 기억한다. 혹은 옥수수, 혹은 참외, 혹은 범벅, 혹은 막걸리, 혹은 개장, 이러한 단순한 그러나 건전한 메뉴로 짚세기를 결어[200]가며, 새끼를 꼬아가며, 치룽[201]을 결어가며, 꾸리[202]를 결어가며, 어린애를 달래어가며, 고양이까지도 참석을 시켜가며 즐거운 연회를 한 것을 이 홰나무는 잘 기억한다.

면할 수 없는 죽음이 이 동네 어느 집을 찾을 때, 이 홰나무 밑에서 온 동네의 뜨거운 눈물의 영결식을 하는 것도 아니 볼 수 없었지마는, 정월 대보름날 곱닿게 차린 계집애들이 손길을 마주 잡고 큰 바퀴를 만들어가지고,

"어딧 장차?"[203]

"전라도 장차."

"어느 문으로?"

"동대문으로."

하고 추운 줄도 모르고 웃고 노는 양을 더 많이 보았다.

간혹 이 그늘에서, '이놈, 저놈' 하고 싸우는 소리도 날 때가 있지마는 그러한 충돌은,

"아서라."

하는 동네 어른의 점잖은 소리 한마디에 해결이 되는 것이었다.—숭은 이러한 공상을 하고 있었다.

2-17

"글쎄 이놈들아 왜 불장난을 하느냐."

하고 '든덩집 영감님'이라는 긴 이름을 가진 이가 짚세기를 삼으면서 모깃불에서 불붙은 쑥대를 뽑아서 내두르는 웃통 벗은 아이들을 보고 걱정한다.

"이놈들아, 불장난하면 밤에 오줌 싸."

하고 젊은 사람 하나가 주먹을 들고 아이들을 위협한다. 위협받은 아이들은 빨갛게 타는 쑥대를 내둘러 어두움 속에 수없이 붉은 둘레를 그리면서 사방으로 흩어져 달아난다, 깨득깨득[204] 웃는 소리만 남기고. 그러나 그 애들은 쑥대에 불이 꺼지면 다시 모깃불 곁으로 살살 모여든다.

"어떻게 될 모양인고?"

하고 든덩집 영감님은 한편 발뒤꿈치에다가 신날을 걸고 끙끙 힘을 써서 조이면서,

"다들 무사하기는 어렵겠지?"

한다. 누구를 지명해 묻는 것은 아니나 허숭을 향해서 묻는 것이 분명하다.

"아 관리를 때렸는데 무사하기를 어떻게 바라요."

하고 깨어진 이남박을 솔뿌리로 꿰매고 앉았던 이가 대답을 가로챈다.

"아무리 관리기로 남의 처녀의 손목을 잡고 뺨을 때리는 법이야 어디 있나."

하고 든덩집 영감님은 끼뼘[205]으로 신바닥을 재면서,

"옛날 같으면 될 말인가. 그놈의 정강이가 안 부러져?"

하고 분개한다.

"옛날은 옛날이요 오늘은 오늘이지요. 관리라는 관자만 붙으면 남의 내외 자는 안방에라도 무상출입을 하는 판인데, 처녀 팔목 한번 쥐고 뺨 한 개 붙인 것이 무엇이야요?"

하고 이남박 깁는 이도 아니 지려고 한다. 그는 나이가 사십가량되고 머리도 깎고 세상 경력이 많은 듯한, 적어도 고생을 많이 한 듯한 말법이다.

"때린 것이야 잘못이지."

하고 어디서 점잖은 음성이 온다. 구장 영감이다. 그는 홰나무 밑둥을 기대고 앉아서 담배를 빤다. 냄새가 정말 담배다.

"어디 때리는 법이야 있나. 아무리 잘못한 일이 있더라도 때리면 구타거든. 황기수가 잘못했더라도 말로 승강이를 하는 게지 손질을 해서 쓰나. 한갑이가 잘못했지."

하고 심판하는 어조다.

"누가 먼저 때렸는데요? 황가 놈이 한갑이를 먼저 때려서 코피가 쏟아지니깐 한갑이가 황가 놈의 목덜미를 내리누르고 두어 번 냅다 질렀지요. 아따, 어떻게 속이 시원한지, 나도 이가 득득 갈리더라니."

하고 약고 약해 보이는, 무슨 병이 있는 듯한 청년이 구장의 말에 항의를 한다.

"그래도 손질을 한 것은 잘못야."

하고 구장은 불쾌한 듯이,

"내가 모르겠나. 이제 한갑이는 몇 해 지고야 마네. 아까도 주재소에 들르니까 소장이 그러데. 공무집행방해죄와 폭행죄로 한갑이랑 단단히 걸리리라고. 왜 손질을 해? 어디다가 손질을 해? 백성이 관리에게 손질을 하고 무사할 수가 있나. 다시는 그런 일 없도록 다들 조심해."

하고 구장은 자리에서 일어나서 한번 크게 가래침을 뱉고 어디론지 어두움 속으로 사라져버린다.

"아니꼽게시리."

"구장이면 큰 벼슬이나 한 것 같아서."

"되지못하게."

하고 젊은 패들이 구장의 발자국 소리가 아니 들릴 때가 되어 한 마디씩 숭을 본다.

"숭이 자네 생각은 어떤가. 자네야 변호사니까 잘 알지 않겠나. 한갑이랑 이 사람들이 얼마나 죄를 질까."

하고 든덩집 영감님이 묻는다.

"글쎄요, 벗어나기 어려울 것 같습니다."
하고 숭은 이러한 경우에 만족한 대답을 주지 못하는 것이 슬퍼서,
"그렇지마는 별로 큰 죄 될 것은 없겠지요."
하고 위안을 주었다.

2-18

"거, 원, 어떡헌단 말인고."
하고 듣덩집 영감님은 신 삼던 손을 쉬고 호박잎 담배를 담으면서,
"그날 벌어 그날 먹던 사람들이 저렇게 오래 붙들려가 있으면 거, 원, 어떡헌단 말인고."
이 노인은 아직도 상투가 있다. 몸은 늙은 소나무와 같다.
"무얼 어떡해요? 징역이나 지면 상팔자지, 먹을 걱정, 입을 걱정 없고. 설마 죽이기야 하겠어요, 콩밥이라도 굶는 것보다 안 날라고."
하고 병 있는 듯한 젊은이가 역시 병 있는 듯한 젖먹이를 기어 나가지 못하게 붙들면서 웃는다.
"집안 식구들은 다 어떡허고?"
하고 이남박 깁던 이가 무릎을 들고 칼을 찾는다.
"집에 있으면 별수 있던가요. 빚에나 졸렸지. 이왕 잡아다 가둘

것이면 집안 식구를 다 가두어주었으면 좋지."
하고 병 있는 듯한 이는 자기의 의견을 고집한다.

"그래도 집이 좋지, 비럭질을 해먹어도 집이 좋지."
하고 아직도 스무 남은 살박에 아니 된 얼굴 검은 청년이 언권을 청한다, 마치 어른들 말 참견하는 것이 미안하다는 듯한 수줍은 태도로.

"응, 너도 좀 고생을 해봐라. 집도 먹구야 집이지, 배때기에서 쪼르륵 소리가 나는데 집은 다 무에야?"
하고 병 있는 이가 선배인 체한다.

"얼마나들 있으면 걱정 없이 살아갈 수가 있을까요?"
하고 숭은 화제를 돌리려 하였다.

'걱정 없이 살아간다'는 말에 사람들은 귀가 번쩍 뜨였다.

"그게야 식구 나름이지."
하고 이남박 깁던 이가 지혜 있는 양을 보인다.

"식구는 댓 식구 잡고."
하고 숭이 말을 첨보〔添補〕하였다.

"다섯 식구도 식구 나름이지마는 일할 어른이 둘만 있으면야, 글쎄 논 댓 마지기, 밭 이틀갈이, 한 부엌 땔 산 한 조각이면야 거드럭거리구 살지."
하는 이남박 영감의 말에,

"논 닷 마지기만 있으면야 밭 이틀갈이 다 가지군들──하루갈이만 가지군들."
하고 짚세기 노인이 수정을 한다.

"그럼은요, 논 닷 마지기만 있으면야 부자 부럽지 않지그려."
하고 여태껏 아무 말도 아니 하고 치룽 결던 중늙은이가 한몫 든다.

"그리구두 벼름[206]이 적어야. 요새처럼 벼름이 많아서야 농사나 해가지고야 평생 빚지기 알맞지요."
하고 병든 이가 불평한다.

"그래도 논 닷 마지기 밭 이틀갈이면 살아, 나뭇갓[207] 있고."
하고 이남박 영감님이 자기의 주장을 보증한다.

"그야, 그럼, 그렇지요."
하고 대개 의견이 일치하였다.

"내가 모르겠나."
하고 이남박 영감님이 자기의 의견이 선 것을 만족하게 여긴다.

숭은 생각하였다. 논이 닷 마지기면 두 섬 내기 잡고 오 팔은 사십 사백 원, 밭이 이틀갈이면 육백 원, 나뭇갓 백 원, 도합 일천백 원, 천 원 돈이면 다섯 식구가 일생만 사는 것이 아니라 영원히 뜯어먹고 살 수가 있는 것이었다.

'논 닷 마지기 밭 이틀갈이.'
하고 입속으로 외면서 숭은 집으로(한갑 어머니 집으로) 돌아왔다.

"인제 오나?"
하고 한갑 어머니는 어두움 속에서 소리를 내었다. 그가 빠는 곰방대에서 호박잎 불이 번쩍한다.

2-19

한갑 어머니는 숭을 위하여 '윗간'이라는 방(건넌방에 비길 것이다)에 모기를 다 내쫓고 문을 꼭꼭 닫아놓았다. 숭은 방에 들어가 손으로 더듬어서 자리 있는 곳을 찾고 베개 있는 곳을 찾아서 드러누웠다. 몸이 대단히 곤하다.

'아이 더워!'

하고 숭은 제일 먼저 더위를 깨달았다. 말만 한 방에 문을 꼭꼭 닫아놓았으니 이 복염〔伏炎〕에 아니 더울 리가 없다. 숭의 몸에서는 땀이 흐르기 시작하였다. 숭의 눈에는 서울 정동 집에 앞뒷문 활짝 열어놓고도 선풍기를 틀어놓던 것을 생각하였다.

숭은 더위를 참고 잘 생각을 하고 눈을 꼭 감았다. 그러나 갑자기 변한 환경은 숭의 맘을 도무지 편안치 못하게 하였다.

'집을 버리고 아내를 버리고—'

하는 생각은 그리 유쾌한 생각은 아니었다. 비록 아내가 숭의 뜻을 몰라주고 또 숭에 대하여 현숙한 아내가 아니라 하더라도 아내를 버리고 나온 것은 옳은 일이라고 할 수는 없었다. 그뿐인가. 싸울 때에는 원수같이 밉더라도 애정도 그만큼 깊었다. 애정이 깊기 때문에 싸움도 심한 것이 아닐까.

"내가 잘못하더라도 왜 참지를 못하우? 내가 잘못하는 것까지도 왜 사랑해주지를 못하우? 어머니도 없이 자란 년이 남편 앞에서나 응석을 부리지 어디서 부리우?"

하고 싸우고 난 끝에 울며 하던 아내의 말을 생각하면 뼈가 저리도록 아내가 불쌍해진다.

"내가 악인은 아니유. 내가 당신을 미워하는 것도 아니유. 당신이 내게 소중하고 소중한 남편이지만두 내가 철이 없으니깐 그렇게 당신을 못 견디게 굴지. 그걸 좀 용서하고 참아주지 못하우? 그래두 내 정선이 하구 귀애주지[208] 못하우?"

하고 정선은 싸우던 끝에 가끔 숭의 품에 안겨서 원망하였다.

목덜미에서 빈대가 따끔 한다.

겨드랑이에서 벼룩이가 스멀거린다.

쑥내를 먹고 어지러뜨렸던 모기들이 앵앵하고 나와 돌아다닌다. 어디를 뜯어먹을까 벼르고 노린다. 발등이 갑자기 가려워진다.

'이놈의 모기가.'

하고 숭은 손으로 발등을 때렸다.

서울 정동 집에 안방에 생초[209] 모기장, 안사랑 침대에는 하얀 서양 모기장이 걸리어 있는 것을 숭은 생각하였다. 모기장이 없기로니 정동에 무슨 모기가 있나.

불의에 남편을 잃어버린 정선은 얼마나 애를 태울까——숭은 모기, 빈대, 벼룩, 더위의 총공격을 받으면서 생각하였다.

어젯밤에 숭이가 가방을 들고 다시 이 집에를 아니 들어온다고 뛰어나올 때에, 정선은 비록 분김에 제발 다시 돌아오지 말라고 말은 했지마는 그래도 자정을 땅땅 치는 소리를 듣고는 왜 아직도 아니 올까 하고 기다리기를 시작하였다.

"영감마님 사랑에 들어오셨나 보아라."
하고 정선은 몇 번이나 하인에게 물었다.

정선은 눈을 감았다가 뜰 때에는 그동안 자기가 잠이 들지 아니하였던 것을 잘 알면서도 혹시나 곁에 숭이 누워 있는가 하고 돌아보았다. 그러다가 빈 베개만이 있는 것을 보고는 금할 수 없이 눈물이 흘렀다.

혼인한 지 일 년이 가깝도록 한 번도 곁을 떠나본 적이 없는 내외다. 정선은 어쩌다가 잠깐 잠이 들었다가 눈을 떴을 때에는 벌써 전깃불이 나가고 동창에 빛이 비치었다.

"영감마님 아니 들어오셨니?"
하고 정선은 저도 놀랄 만치 소리를 질렀다. 그러나 이때는 벌써 숭이가 살여울 동네 우물가에 몸이 있을 때였다.

정선은 남편의 베개에 엎드려 울었다.

2-20

이튿날 정선은 재판소로 전화를 여러 번 걸었다.

"허변호사 오셨어요?"

"아직 안 들어오셨습니다."
하는 급사의 대답이 들릴 때에는 정선은 전화기를 내동댕이를 치고 싶었다.

지금 살여울서 숭이가 모기와 빈대와 벼룩에게 뜯기어 잠을 이루지 못할 때에도 정선은 서울 집에서 이제나저제나 하고 남편이 돌아오기를 기다리고 있었다.

'아마 석왕사로 간 게지.'

하고 정선은 억지로 안심을 하려 하였다. 계집애도 부끄럽고 하인들도 부끄러웠다. 만일 남편이 아주 달아나고 말았다 하면 무슨 면목으로 행길에를 나서고 무슨 면목으로 사람들을 대할까 하였다.

숭도 잠을 이루지 못하고 아내를 생각하였다. 밉던 점을 다 떼어버리고 생각하면 정선은 아름다운 아내였다. 얼굴도 아름답고 몸도 아름답고 맘도 아름답고 목소리도 아름다웠다. 다만 숭의 뜻을 알아주지 아니하였다. 정선이가 만일 갑진에게 시집을 갔으면 얼마나 좋은 아내가 될까 하고 숭은 여러 번 생각하였다. 정선의 머리 속에는 도저히 민족이라든지, 인류라든지 하는 생각은 용납할 수가 없는 것 같았다. 그에게는 오직 제가 있고 남편이 있고 제 집이 있을 뿐인 것 같았다. 세상을 위해서 제 몸을 고생시킨다든가, 제 재산을 희생한다든가 하는 것은 믿을 수가 없는 듯하였다. 숭은 이것이 슬펐다. 숭은 정선에게 이 생각을 넣어주려고 퍽 애를 써보았으나 되지 아니하였다. 그리고 숭의 말이나 행동이 정선이가 인식하는 범위 동정하는 범위를 넘어갈 때에는 정선은 무슨 큰 모욕이나 당하는 듯이 발끈 성을 내어서 숭에게 들이대었다. 그는 남편인 숭을 자기의 범주에 우겨넣으려는 듯하였다. 사실 숭이가 정선과 같은 범주 속에 들어가기만 하면 숭과 정선은 화합한 부부가 되어 행복된 가정생활을 할 수 있을 것 같았다.

그러나 숭은, 정선의 말법을 빌리면, 시골 벽창호가 되어서 정선의 주먹에 들지를 아니하였다. 정선의 인생관은 대체로, 오랜 세월을 두고 계급적으로 흘러진[210] 것이 아니냐, ―이렇게 숭은 생각하였다.

숭은 한갑 어머니가 코를 고는 소리를 들었다. 아들을 잡혀 보내고도, 속에 지극한 슬픔을 가졌으련만도 태연한 여유를 보이는 한갑 어머니를 숭은 부럽게 생각하였다.

일생에 너무도 슬픔을 많이 경험하여서 감수성이 무딤인가 인생 만사를 다 팔자로 여겨서 운명에 맡겨버리고 맒인가, 그보다도 기쁨이나 슬픔을 남에게 보이지 아니하려는 조선 사람의 성격인가.

숭은 문을 열었다. 약간 서늘한 바람과 함께 모기떼가 아우성을 치고 들어왔다. 마치 이 동네에서 보지 못한 인종 숭을 들어내기나 하려는 듯이.

숭은 밖에 나갔다.

하늘은 파랗게 맑고 별이 총총하다. 가을이 멀지 아니한 표다. 시루봉, 먹고개, 흰하늘이고개 등, 독장산 줄기, 산들이 푸른 하늘 면에 검은 곡선을 그었다. 숭은 발이 가는 대로 집 없는 벌판을 향하고 걸어나갔다. 고요하다. 아직 벌레 소리가 들리기에는 너무 철이 일렀다. 살여울 물소리도 들릴 것같이 그렇게 천지는 고요하였다.

숭은 살여울 물가에 나섰다. 숭이 어릴 때까지도 이 물가에는 늙고 붉은 소나무들이 있었지마는 그것마저 찍어먹고 인제는 한 두 길 되는 갯버들이 있을 뿐이다. 검은 밤 들에 물빛은 그래도 희끄무레하였다. 쨉, 짭, 짭, 짭 하고[211] 소리를 내며 물이 흐르는 소리가 들렸다. 저 위, 살여울에 물이 굴러내리는 소리가 은은하게 울려온다.

숭은 이 물에 연상되는 어린 때의 꿈, 한없는 하늘, 땅, 쉼 없이 흘러가는 강물, 인생, 이 물가에 고달픈 잠을 들어 있는 살여울 동네, 서울에 두고 온 아내…… 끝없는 생각을 하면서 물가로 오르락내리락하였다.

2-21

닭이 울었다. 닭은 무엇을 먹고 사나, 닭도 한갑 어머니처럼 기름기가 없을 것이다——이렇게 숭은 생각하였다.

동편 하늘에 남빛이 돈다. 이것은 서울서는 못 보던 빛이다. 그 남빛이 점점 짙어져서 자줏빛으로 변해온다. 산들의 모양이 더욱 분명하게, 그러나 아직도 검은 한 빛으로 푸른 하늘 면에 나타난다. 흐르는 물조차도 좀더 소리를 내는 것 같았다.

늦은 여름 새벽에 보는 골안개가 일어났다. 아직 저 안개가 일어나기에는 이른 때지마는 높은 산과 강이 있는 탓인가, 여기저기 부유스름한 안개가 피어올랐다. 오른다는 것보다도 소리 없이 끼었다.

살여울 물이 하늘의 남빛을 받아 아청빛[212]을 보인다.

어디서 벌써 말방울 소리가 들린다.

무너미로부터 살여울을 건너 방아머리, 굿모루를 돌아 검은오리 장으로 통한 큰길이 바로 이 동네 옆으로 지나가게 된다. 아마 무너미서 자고 검은오리 장을 보러 가는 장돌림꾼의 짐 실은 당나귀 방울 소릴 것이다. 그 당나귀 등에는 인조견, 광목, 고무신, 댕기, 얼레빗, 참빗, 부채 등속이 떨어진 보자기에 싸여서 실렸을 것이요, 그 뒤에는——숭의 생각은 막혔다.

그 뒤에는 예전 같으면 짚세기 감발에 갓모[213] 씌운 갓을 쓴, 흔히는 꽁지 땋아 늘인 사람이 따를 것이다. 그러나 지금이야 원[214] 그렇게 차렸을라고. 숭은 그 당나귀 뒤를 따르는 사람의 모습이 도무지 생각에 들지를 아니하였다.

"딸랑, 딸랑."

당나귀 방울 소리가 골안개 속으로 멀어간다. 숭의 생각은 그 소리를 따라갔다.

신작로가 나고 자동차가 다니고, 짐 트럭까지 다니게 된 오늘날에는 조선 땅에 말과 당나귀의 방울 소리도 듣기가 드물게 되었다. 그것이 문명의 진보에 당연한 일이겠지마는 숭에게는 그것도 아까웠다. 그 당나귀를 끌고 다니던 사람은 무얼 해서 벌어먹는지, 심히 궁금하였다.

살여울 동네는 미투리[215]를 삼는 것을 부업을 삼았으나 고무신이 난 뒤여서 그렇지마는[216] 미투리 틀을 못 보았다.

동편 하늘은 더욱 밝아지고 붉어진다. 멀지 아니해서 둥그런 빛에 차고, 열에 차고, 영광에 찬 해가 올라올 것이다.

'그 해가 오르는 것이나 보고 가자.'

하고 숭은 물가에 쑥 내민, 산코숭이[217]에 올라갔다. 여기도 숭이가 서울로 가기 전에는 늙은 소나무가 많이 있어서 여름이면 늙은이와 아이들이 올라와 놀더니 지금은 오직 꾸부러진 소나무 한 개만이 서 있을 뿐이다. 아마 몹시 꾸부러진 덕에 찍히기를 면한 모양이다.

'팔아먹을 수 있는 것은 다 팔아먹었구나!'

하고 숭은 늙은 소나무 뿌리에 걸터앉으면서 혼자 중얼거렸다.

몸은 밤새도록 흘린 땀에 아직도 끈적끈적한데 그래도 새벽바람이 선들선들하다. 이틀 밤째 새우는 숭의 머리는 퍽 무거웠다. 눈도 아팠다. 그러나 가슴속은 형언할 수 없는 불안과 괴로움으로 끓었다.

'나는 장차 어찌할 것인고?'

하고 숭은 굉장하게 빛을 발하고 거드름을 피우면서 휜하늘이고개로 올리솟는 햇바퀴를 바라보았다. 여러 해 막혔던 자연의 아침 해! 숭의 가슴은 눈과 함께 환하게 트이는 것 같았다.

'그 빛, 그 힘!'

하고 시인 아닌 숭은 간단히 찬미의 단어로 아침 해를 찬탄하였다.

독장산, 살여울 벌, 달내강물—모두 빛과 힘에 깨었다. 환하다. 강과 논의 물, 풀잎 끝에 이슬 구슬이 모두 황금빛으로 빛났다. 더위와 물것과 근심으로 밤새에 부대낀 살여울 동네도 학질 앓고 일어난 사람 모양으로 빛 속에 깨어났다.

'인제 동네로 내려가자.'

하고 숭은 일어났다.

2-22

숭은 살여울 동네에 온 뒤로 이틀 밤을 새웠다. 밤에는 물것일래, 낮에는 파릴래 도무지 잠을 잘 수가 없었다.

또 이틀 동안에 이 동네에 관하여 이러한 지식을 얻었다.

징질부사 앓는 이가 셋, 이질 앓는 아이가 넷, 학질 앓는 이가 다섯, 무슨 병인지 알지 못하고 앓는 이가 둘, 만삭이 되어서 배가 아픈 부인이 하나. 만일 의사를 대어 진찰을 한다면 이 동네에 완전한 건강을 가진 이가 몇이나 될까. 비록 큰 병이 안 들린 사람이라 하더라도 혹은 기생충, 혹은 영양불량에서 오는 모든 병, 낮빛을 보면 건강해 보이는 이는 몇이 아니 보인다. 숭은 이틀 밤만 이 동네에서 지내어도 정신이 하나도 없고 몸은 죽도록 앓고 난 사람과 같다. 못 먹고, 과로하고, 잠 못 자고, 심려하고, 그러고도 용하게 이만한 건강을 부지해왔다. 참말 목숨이란 모질구나, 하고 한탄하지 아니할 수 없었다. 이질이나 장질부사 환자의 똥에 앉았던 파리들은 그 발에 수없는 균을 묻혀가지고 부엌으로 아우성을 치고 돌아다니며 음식과 기명과 자는 아기네의 입과 손에 발라놓는다. 밤이 되면 학질의 스피로헤타[218]를 배껏[219] 담은 모기가 분주히 이 사람 저 사람의 혈관에 주사를 하고 발진티푸스균을 꼴깍꼴깍 토하는 이와 빈대는 이 방에서 저 방으로, 이 집에서 저 집으로 이 동네에서 저 동네로, 여행을 다닌다.

농촌에 의사가 있느냐. 가난한 농촌의 병은 현대의 의사에게는 학위 논문 재료로밖에는 아무 흥미가 없는 것이다. 그 병을 고친대야 돈이 나오지 아니한다. 농촌에서 도시에 있는 의사 하나를 데려오자면 오막살이를 다 팔아 넣어야 하지 않는가. 자동차빕시요, 출장빕시요, 진찰룝시요, 약값입시요, 이렇게 돈 많이 드는 의사를 청해다 보느니보다는 죽었다가 다시 태어나는 것이 편안한 일이다. 그렇다고 의사도 현대에는 병 고치는 것은 수단이요, 돈벌이가 목적이거늘, 돈 안 생기는 농촌 환자를 따라다니라는 것은 실없는 소리다. 국비로 하는 위생 설비조차, 위생 경찰조차 도시에 하고 남은 여가에나 농촌에 미치는[220] 이때거늘. 만일 한 도시의 수도에 들이는 경비를 농촌의 우물 개량에 들인다 하면 몇천 동네의 음료를 위생화할는지 모르지 않느냐.

이리해서 농촌 사람은 병 많고, 일찍 늙고, 사망률 높고, 어린애 사망률이 더욱 높고, 그들의 일생에 땀을 흘려서 모든 사람의 양식과, 모든 문화의 건설 비용을 대면서도 자기네는 굶고 자기네는 문화의 혜택을 못 보지 않느냐.

이렇게 생각할 때에 숭은 일종의 비분을 깨달았다.

'옳다, 그래서 내가 농촌으로 오지 아니하였느냐.'

하고 숭은 주먹을 불끈 쥐었다.

'어디 해보자. 내 힘으로 살여울 동네를 얼마나 잘살게 할 수 있는가. 맑스주의자들의 계급투쟁 이론의 가부는 차치하고 어디 건설적으로, 현 사회 조직을 그대로 두고, 얼마나 나아지나 해보자—이것은 내가 동네 사람들과 더불어 할 수 있는 일이 아니냐. 장래의 천국을 약속하는 것보다 당장 죽을 농민을 살릴 도리, 아주 살릴 수는 없다 치더라도, 고통을 감하고, 이익을 증진할 도리—이것은 내 자유가 아니냐.'

이렇게 숭은 생각하였다. 그리고 숭은 일종의 자신과 자존과 만족을 깨달았다.

'내 일생을 바치어 살여울 백여 호 오백 명 동포를 도와보자!'

이렇게 결심하고 숭은 일할 프로그램을 만들기 시작하였다.

맨 처음 해야 할 일이 무엇일까. 이 동네 사람들의 고통 중에 어느 것을 먼저 덜어주어야 할까. 그리하고 어떠한 방법, 어떠한 경로로 매호에 논 닷 마지기, 밭 하루갈이를 줄 수가 있을까, 그리고 숭이 자신은 어떠한 생활을 해야 될까.

2-23

첫째로 할 일은 읍내에 가서 의사를 데려오는 것이었다. 둘째로 할 일은 양식 없는 이에게 양식 줄 도리를 하는 것이었다. 셋째로 할 일은 파리와 모기와 빈대를 없이하는 것이었다. 그리고 넷째로는 잡혀간 사람들—한갑이 아울러 여덟 사람을 나오게 하는 것이었다. 이 네 가지 일은 우선 금명간에 하지 아니하면 아니 될 일이었다.

숭은 아침 일찍이 읍내로 갔다.

읍에는 여기저기 옛날 성이 남아 있었다. 문은 다 헐어버리고 사람들이 돌멩이를 가져가기 어려운 곳에만 옛날 성이 남아 있고 총구멍도 남아 있었다. 이 성은 예로부터 많은 싸움을 겪은 성이었다. 고구려 적에는 수나라와 당나라 군사와도 여러 번 싸움이 있었고 그 후 거란, 몽고, 청, 아라사, 홍경래 혁명 등에도 늘 중요한 전쟁이 되던 곳이다. 을지문덕, 양만춘, 선조대왕 이러한 분들이 다 이 성에 자취를 남겼다. 일청 일로 전쟁에도 이 성에서 퉁탕거려 지금도 삼사십 년 묵은 나무에도 그 탄환 자국이 혹이 되어서 남아 있는 것을 본다. 마치 조선 민족이 얼마나 외족에게 부대꼈는가를 말하기 위하여 남아 있는 것 같은 성이었다.

읍내 한 오백 호 중에 이백 호 가량은 일본 사람이요, 면장도 일본 사람이었다. 읍내에 들어서면서 제일 높은 등성이에 있는 양철 지붕 한 집이 아사히라는 창루〔娼樓〕다. 이것은 숭이가 어렸을 적부터 기억하는 것이었다. 그담에 큰 집은 군청, 경찰서, 우편국, 금융조합, 요릿집 등이었다. 보통 조선 사람 민가는 태반이나 초가집이었다. 그래도 전등도 있고 전화도 있고 수도도 공사 중이다. 전화 칠십 개 중에 조선인의 것이 십칠 개라고 한다.

숭은 먼저 경찰서를 찾았다. 옛날 질청[221]이던 것을 고쳐 꾸민 집이다.

"무슨 일 있어."

하고 문 앞에 섰는 순사가 숭의 앞을 막고 물었다.

"서장을 만나려오."
하고 숭은 우뚝 서며 대답하였다.
"서장?"
하고 순사는
'이것이 건방지게 서장을 만나려 들어?'
하는 듯이 숭을 훑어보았다. 그러나 숭에게 서장을 만나지 못할 아무러한 이유도 없다는 듯이 길을 비켜주었다. 그리고 다시 따라와서 명함을 내라고 하였다.
숭은 명함을 내어 주었다. 그것은
"변호사 허숭"
이라고 쓴 명함이었다.
이 명함은 그 순사에게 적지 아니한 감동을 준 모양이었다. 변호사가 되려면 판검사를 지냈거나 고등문관 시험을 치러야 되는 줄을 아는 그는 숭에 대하여 다소의 존경을 깨달았다.
"잠깐 기다리서요."
하고 그 순사는 서장실로 뛰어 들어갔다.
"이리 들어오시오."
할 때에는 그 순사는 약간 고개까지도 숙였다.
서장은 앉은 채로 고개를 숙여 숭의 인사를 받고 의자를 권하였다.
"언제 내려오셨습니까?"
하고 뚱뚱한 서장은 숭에게 물었다.
"이삼 일 되었소이다——나도 여기가 고향입니다."

하고 숭은 말의 실마리를 찾으려 하였다.

"아 그렇습니까. 대단히 출세하셨습니다그려."

하고 서장은 이 골 태생으로 변호사까지 된 것이 신기하다는 듯이 놀라는 빛을 보이고,

"학교는? 어디 내지서 대학을 마치셨나요? 동경? 경도?"

하고 친밀한 어조를 보였다.

"학교는 보성전문이외다."

하고 숭은 서장의 표정을 엿보았다.

"보성전문?"

하고 서장은 또 한 번 놀라는 빛을 보였다. 그러나 그 끝에는 시들하다는 빛이 따랐다.

2-24

"퍽 젊으신데…… 어쨌든지 장하시오."

하고 서장은 내 관내 백성이라는 의식으로 칭찬하였다. 서장은 아부[222]라는 경부[223]였다.

서장은 규지[224]를 불러 차를 가져오라고 분부하고,

"그래 어째 이렇게?"

하고 부채를 부치며 일을 물었다.

"다름이 아니라, 시탄리〔矢灘里〕(살여울) 농민 사건에 대하여 서장께 청할 것이 있어서 왔소이다."

하고 숭은 말을 열었다.

서장은 안경 위로 물끄러미 숭을 바라보았다. 그리고 대답은 없었다.

"시탄리는 내 고향이외다. 이번 오래간만에 고향에 오던 날에 바로 그 일이 생겼는데, 여기 잡혀온 사람들은 다 내가 잘 아는 사람들이외다. 평소에 양같이 순한 사람이외다."

할 때에, 서장은 픽 웃으며,

"양? 도우모 아바테루 히쓰지데스나(거 어지간히 왈패한 양들인걸)."

하고 담배 한 대를 피워 문다.

"잠깐 내 말씀을 들으세요. 사건의 진상이 어찌 된고 하니 황기수가 유순이라는 열아홉 살 되는 처녀의 손목을 잡아끄는 것을 그 여자가 항거한다고 해서 황기수가 그 여자의 뺨을 때린 것이 사건의 시초외다. 서장은 물론 조선 사정을 잘 아시겠지마는 조선서는 남의 부녀에게 모욕을 하거나 손을 대는 것이 용서할 수 없는 일로 아는 것입니다. 그래서 맹한갑이라는 청년이 황기수의 팔을 붙들고 제지를 했는데 황기수가 맹한갑의 면상을 세 개나 때렸다고 합니다. 그래도 맹한갑은 폭력을 쓰지 않고 말로만 승강을 하다가 황기수가 주먹으로 맹한갑의 면상을 질러서 코피가 쏟아질 때에 맹한갑은 비로소 황기수를 넘어뜨렸다고 합니다. 그것은 자기에게 오는 위해를 면하려는 정당방위라고 생각합니다. 그리고 다른 일곱 사람은 두 사람이 마주 붙은 것을 뜯어말리려고 모여들었던 것이라고 합니다. 그 증거로는 첫째 황기수의 양복저고리 등에 밖으로 묻은 피가 있다는데 이것이 맹한갑의 코에서 흐른 피요, 그것이 등에 떨어진 것은 맹한갑이가 황기수 뒤통수를 눌러 황기수의 손이 다시 자기의 낯에 오지 못하게 한 것이라는 가장 확실한 증거가 된다고 믿습니다. 또 만일 맹한갑이나 다른 일곱 사람이 황기수를 모둠매[225]를 쳤다고 하면 황기수가 제 발로 뛰어 달아날 수가 없었을 것입니다. 그러므로 이상에 말한 사실로 보아서 맹한갑 등 여덟 사람은 벌할 만한 죄는 없는 것이라고 믿습니다.

또 맹한갑 등 여덟 사람은 그날 벌어서 그날 먹는 사람들이니 그들이 오래 집을 떠난다는 것은 그 가족들의 굶어 죽음을 의미하는 것입니다. 그렇더라도 현저한 죄상이 있으면야 그야 무가내하지마는 사실 이 사건의 책임은 전혀 황기수에게 있는 것이 분명합니다. 서장께서는 이러한 점을 밝히셔서 이 동정할 만한, 제 속에 있는 말도 다 할 줄 모르는 가련한 사람들을 하루라도 바삐 청천백일의 몸이 되게 하시기를 바랍니다. 이것이 내가 서장께 간곡하게 청하는 바입니다."

"황기수의 말은 그와는 좀 다른데."

하고 서장은 책상 위에 있는 초인종을 누른다.

그 소리에 응하여 들어오던 순사(기실 순사부장)는 숭을 보고 깜짝 놀란다. 그것은 일전 살여울에서 숭의 따귀를 떨던 사람이다. 숭도 한번 눈을 크게 떴다.

2-25

"그 황기수 구타, 공무집행방해 사건 어찌 되었나. 아직 자백들을 아니 하였나."

하고 서장은 부장에게 물었다.

"네. 다른 놈들은 다 자백을 했는데 한 놈이 아직도 아니 합니다, 맹한갑이 한 놈이. 그놈은 아주 흉악한 놈입니다. 자기는 먼저 맞았노라고, 자기는 절대로 정조식하라는 명령에 반항한 것은 아니라고 합니다. 하지만 오늘 안으로는 끝을 내겠습니다."

하고 자신 있는 듯이 말한다.

"배후에 선동자는 없나?"

하는 서장의 물음에 부장은,

"선동은 맹한갑이가 한 모양이고 맹한갑이를 누가 선동했는지는 도무지 자백을 하지 아니합니다. 맹한갑은 보통학교를 졸업했을 뿐이니까 무산대중이니 부르주아 제국주의 정부니 하는 말을 할 지식이 없겠는데, 황기수의 증언을 보면 그런 계급투쟁적 언사를 하고 부르주아 제국주의의 주구인 관리를 타도하라고 하더라니 필시 지식 계급에 있는 불량배의 선동이 있는 것이라고 믿어집니다."

하고 부장은 허변호사를 곁눈으로 미움과 악의가 가득한 눈으로 힐끗 보며,

"요새 서울 가서 전문학교깨나 댕긴 조선 사람들은 모두 건방

지고, 불온사상을 가지니까요."
한다.
"신참사는 뭐라나?"
하는 서장의 말에, 부장은,
"황기수의 고소장과 증인을 우라가끼[226]합니다."
"응 알았네. 가게."
하여 부장을 내보내고 서장은 눈에 가득한 승리의 웃음을 보이며,
"농민들의 말을 믿을 수가 있어요? 당신도 목격한 것은 아니니까."
하고 인제는 허변호사에 대하여 볼일은 다 보았다는 듯이 서류를 보기 시작한다.
"경찰 당국에서 어련히 하시겠어요마는 한 말씀만 참고로 드리렵니다."
하여[227] 숭은 서장의 주의를 끌고 나서,
"만일 황기수라는 사람이 자기의 허물을 싸기 위하여 허위의 증언을 하였다면 어찌 될까요?"
하였다.
서장은 잠깐 불쾌한 듯이 허숭을 바라보더니,
"증거가 있지요? 증거가. 황기수는 옆구리에 타박상이 있어 치료 이 주간을 요한다는 의사의, 공의의 진단서가 있지요."
한다.
"황기수의 저고리 등과 맹한갑의 옷에 묻은 피는 증거가 아닐

까요? 또 그 격투가 일어난 원인이 황기수가 유순이라는 여자에 대한 폭행이라는 것과 정조식 장려의 공무집행방해라는 것과에는 죄의 구성에 큰 차이가 있다고 믿거니와 거기 대한 증거는 어떠합니까?"

하고 반문할 때에 서장은 더 참을 수 없다는 듯이,

"당신은 변호사니까 후일 법정에 나서서 그런 이론을 하시는 것이 좋겠지요, 경찰이나 검사청에서는 변호사의 변론은 없는 법이외다."

하고 고개를 돌렸다.

"그렇게 감정으로 하실 말씀이 아니외다. 나도 변호사로 여기 온 것이 아니요, 다만 피의자들이 내 동네 사람이요, 따라서 그들의 평소의 성격이며, 이번 사건의 진상을 잘 안다고 믿기 때문에 아무쪼록 이 사건이 간단하게 해결이 되기를 바라서 말씀하는 것입니다. 만일 내 말이 당신의 감정을 해하였다면 심히 유감됩니다."

그러나 숭의 이 푸는 말은 서장에게는 아무러한 효과도 주지 못하였다.

"당신이 그 농민들을 잘 아느니만큼 나는 황기수, 신참사 같은 사람들을 잘 압니다."

하고 서장은 어디까지든지 공격적이었다.

2-26

숭은 더 논쟁할 필요가 없는 것을 깨달았다. 그러나 숭은 자기가 서장을 찾아본 것이 전연 실패라고는 생각지 아니하였다. 그것은 첫째 서장이 비록 자기 말을 안 듣는 체하였다 하더라도 자기가 말한 사건의 진상이 서장의 기억에는 남아 있을 것이요, 둘째로는 자기가 장차 그들을 위해서 법정에 설 때에 변론에 쓸 유력한 재료를 얻은 것이다. 그것은 서장과 부장과의 문답에서 황기수의 고소와 증언의 내용을 짐작하게 된 것이었다. 서장과 부장의 말을 종합하면 황기수의 주장은, 자기는 농업기수로 공무를 행하기 위하여 정조식을 권장할 때에 맹한갑을 수모자〔首謀者〕로 한 농민 팔 명의 일단이 공산주의적 사상을 가지고 자기에게 반항하고 마침내 맹한갑을 선두로 자기를 모욕하고 구타하였다 하는 것이요, 이에 대하여 신참사는 황기수의 편을 들어서 증언하였고 의사 공의는 황기수가 이 주일 이상의 치료를 요하는 타박상을 받았다고 증명하였고, 이에 대하여 경찰서의 심증은 농민의 반항이라면 으레 공산주의적, 또 농민의 말과 관리의 말이 있으면 둘째 것을 믿을 것, 이런 모양이라고 숭은 판단하였다.

이것은 일종의 공식이었다. 숭은 경찰서에서 나와서 공의의 병원을 찾았다. 병원은 객사 (지금은 보통학교) 울툭불툭한 넓은 마당 (장보는 데) 한편 끝 남문으로 통하는 홍예[228] 튼 돌다리 못 미쳐서였다. 본래는 조선집인 것을 일본식인지 양식인지 비빔밥으로 고쳐 꾸민 집인데 ○○의원이라는 간판이 붙고 또 일본 적십자사 사원 ○○의학사 이○○이라는 문패가 붙었다.

문 안에 들어서니 고무신과 구두가 놓이고 대합실(待合室)[229]이라고 패가 붙은 구석(방이 아니다)에는 안질 난 부인과 머리 헌 사내와 다리에서 고름 흐르는 농부 하나가 앉았다. 웬 기생인가 갈보인가 한 남 보이루[230] 치마 입고 머릿기름 발라 쪽 찐 여자 하나가 왼편 손 둘째 손가락과 장손가락 새에 연기 나는 궐련을 끼우고 깔깔대고 엉덩이를 휘젓고 나온다. 그것은 보통 환자는 아닌 모양이다.

수부(受付), 약국(藥局)이라고 쓴 구멍을 들여다보니 나이 사십이나 되었을 듯한 궁상스러운 여윈 남자가 오이 채쳐 친 냉면을 먹고 앉았다.

"선생 계시오?"

하는 숭의 말에 그 남자는 냉면은 입에 문 채로 눈을 돌리며,

"병 보러 오셨소?"

한다.

"네, 병자가 있어서 선생을 좀 뵈이러 왔소이다."

"병자 데리고 오셨소?"

하고 그 작자는 냉면 그릇을 놓고 병자 구경을 하려는 듯이 구멍으로 고개를 내민다.

"왕진을 청하러 왔소이다."

하고 숭은 수건으로 이마에 땀을 씻었다. 수부와 약국을 겸한 이 방은 한 간이 될락 말락, 약병이 몇 개 있고 녹슨 저울이 놓였다.

더울 듯한 방이다.

"무슨 병이오?"

하고 또 묻는다.

숭은,

"당신이 의사요?"

하고 좀 성을 내었다.

"어디서 오셨소."

하고 또 묻는다.

"어서 선생을 보게 하시오."

하고 숭은 호령조를 하였다.

그 남자는 별로 무안해하지도 아니하고 안으로 들어갔다.

숭은 진찰실(診察室)이라고 써 붙인 방을 들여다보았다. 거기는 빈 의자와 테이블이 있을 뿐이었다.

"의사 계시다오?"

하고 다리에서 고름 흐르는 농부가 숭에게 묻는다.

"당신은 언제 오셨소?"

하고 숭이 물었다.

"우리는 온 지가 보리밥 한 솥 지을 때나 되었는데 의사가 있는지 없는지 그 사람이 대답도 아니 합니다."

하고 부스럼에 붙은 파리를 날린다.

2-27

“물어도 대답을 아니 해요. 우리네같이 촌에서 온 사람이야 성명 있나요?”
하고 농부는 분개한다.

“우리 온 댐에도 몇 사람이 댕겨갔게.”
하고 안질 난 부인이 잘 떠지지 않는 눈을 뜨려고 애를 쓴다.

“돈이 없는 줄 알고 그러지마는 나도 이렇게 돈을 가지고 왔다오.”
하고 농부는 꼬깃꼬깃한 일 원배기 지전을 펴 보인다. 그는 그 지전을 손에다가 꼭 쥐고 있다.

의사가 슬리퍼를 끌고 나와서 숭을 보고 숭의 의복과 태도에 놀란 듯이,

“네, 어디서 오셨습니까.”
하고 경의를 표한다. 그는 가무스름한 얼굴에 콧수염이 나고 금테 안경을 코허리에 걸어서 보기는 안경으로 안 보고 안경 위로 본다. 지금 술과 고기를 먹다가 나오는지 얼굴이 붉고 기다란 금 많이 박은 이 새를 쭉쭉 빨고 있다.

“선생이세요?”
하고 숭은 고개를 숙였다.

“예, 제가 이○○올시다.”
하고 의사도 답례를 한다.

깔깔대고 저쪽 복도로 가던 여자가 와서 의사와 숭을 번갈아 보더니,

"황주사 안 가셨지?"

하고 의사에게 추파를 보낸다.

의사는 눈을 꿈적해서 그 여자를 책망한다.

"글쎄 황주사가, 옆구리를 이 주일이나 치료해야 된다는 양반이 술이 글쎄 무슨 술야?"

하고 그 여자가 깔깔대고 웃는다.

"병원에서 먹는 술은 약이 되지."

하고 의사는 참다못해서 그 여자의 농담에 끌려 들어가고 만다.

"비켜요! 나 황주사 좀 놀려먹게."

하고 여자는 의사의 와이셔츠 입은 팔을 꼬집고 떼밀고 진찰소 다음 방으로 들어간다.

"요년! 어디 가서 또 서방을 맞고 왔어?"

하는 남자의 소리가 들린다.

"여보, 서방은 그렇게 일 분도 못 되게 맞는답디까."

하고 또 깔깔댄다.

"그럼. 오, 이년 너는 서방을 맞으면 밤새도록 맞니?"

하는 남자의 소리가 또 들린다.

"이년은 누구더러 이년이래. 아야, 아파! 황주사도 계집이라면 퍽 바치는구려. 그러나 하길래로 볏모 내는 땀내 나는 계집애를 다 건드리려다가 무지렁이들한테 경을 쳤지. 에, 데럽다! 여보 비켜요! 아야 아야, 남의 사타구니를 왜 꾀집어. 숭해라!"

하고 어디를 때리는 듯한 철썩하는 소리가 들린다.

"아야, 요것이 사람을 치네."

하는 것은 남자의 소리다.

"치면 어때, 맞을 일을 하니깐 맞지. 하하하하."

"아 요런 맹랑한 년이 안 있나?"

"맹랑함 어때, 또 이의사더러 진단서 내달래서, 이번에 한 삼 년간 치료를 요함, 하고 고소를 해보구려."

하고 여자의 종알대는 소리.

"그렇게만 해? 이리 와 입 한번 맞추자."

하는 것은 남자의 소리.

"싫소. 그 시골 모내는 계집애 입 맞추던 입에서는 똥거름 냄새가 난다나."

하는 것은 여자의 소리.

"얘. 입 한번도 못 맞추고 봉변만 했다마는 이쁘기는 이쁘더라. 네 따위는 명함도 못 들여. 내 언제라도 고것을 한번 손에 넣고야 말걸."

하는 것은 남자의 소리.

"흥 잘 손에 들어오겠소. 이제 고소까지 해놓고, 괜히 칼 맞으리다, 그 동네 사람들한테."

하는 것은 여자의 소리.

이러한 소리가 들릴 때마다 이의사는 대단히 맘이 조급한 듯이 연해 뒤를 돌아보며,

"왜들 이리 떠들어?"

하였다. 그러나 숭은 아무쪼록 의사를 오래 붙들었다. 그것은 의외의 소득이 있는 까닭이었다.

2-28

"환자는 누구세요?"

하고 이의사는 숭을 바라본다.

"환자가 한 칠팔 인 되는데요, 모두 불쌍한 사람들입니다. 차마 볼 수가 없어서 선생의 왕진을 청하러 왔습니다. 바쁘시겠지마는 좀 같이 가시지요."

하고 숭은 이의사의 맘을 떠보았다.

환자가 불쌍한 사람들이란 말에 이의사 눈에는 지금까지 보이던 존경의 빛이 없어지고 조소하는 빛이 보였다.

"왕진은 일체 선금입니다. 아시겠지요?"

하고 이의사의 말은 빳빳하였다.

"선금이오?"

하고 숭도 분개하여,

"선금이라면 선금 내지요. 왕진료는 얼마 받으시나요?"

하고 물었다.

"매 십 리에 오 원이지요. 차비는 환자가 부담하고. 자동차가 통하지 못하는 곳이면 갑절 받지요."

이때에도 진찰실 다음 방에서는 황기수하고 기생하고 가댁질[231]

하는 소리가 들린다.

"그렇게 돈을 많이 내고도 왕진을 청하는 사람이 있습니까."
하고 허숭은 공격하는 어조로 물었다.

"왕진료 안 받고 왕진 가는 의사는 어디 있습니까."
하고 이의사도 곧 대항한다.

"그러면 가난한 농민들이 병이 나면 어떡하나요? 급한 병이 나도 안 가보아 주십니까. 와서 청해도 안 가십니까."
하고 숭은 이의사의 눈을 바라보았다.

"그거 할 수 없지요. 나는 자선사업으로 병원을 하는 것이 아니니까요. 원래 촌사람들의 병은 그리 보기를 원치 아니합니다. 촌사람들이란 진찰료 약값 낼 줄도 모르고 도무지 인사를 모르고 한약 첩이나 사다 먹으라지요, 돈도 없는 것들이 의사는 왜 청해요? 건방지게."

이의사는 아주 전투적이었다.

"그렇지마는 환자가 청하면 진찰을 거절할 수는 없을걸요, 의사법에 있으니까. 나는 선생께서 거절을 하시려고 하더라도 진찰료 선금 안 내고 왕진을 청하려고 합니다. 환자가 한 사람뿐 아니라, 칠팔 인, 근 십 명 되니까요. 환자들 중에는 중병 환자도 있으니까 곧 가주시기를 바랍니다. 자동차는 내가 불러오지요."
하고 숭은 명령적으로 말을 끊었다.

이의사는 다른 정신으로 숭을 바라보았다. 그러고 분이 떠올라옴[232]을 깨달았다. 술기운도 오르기 시작하였다.

"웬 말씀이오. 노형이 이를테면 누구와 트집을 잡으러 온 심이

오, 어떤 말이오. 내가 가고 싶으면 가고 싫으면 안 가는 게지 노형이 무엇이길래 나더러 가자 말자 한단 말이오. 온. 벨일을 다 보겠네. 그래 내가 안 간다면 어떡헐 테요?"
하고 이의사는 획 돌아서려 한다.
숭은 이의사의 팔을 붙들며,
"나는 급한 환자를 위하여 의사를 청하러 온 사람이오. 만일 선생이 가기를 거절한다면 나는 부득이 경찰의 힘을 빌릴 수밖에 없겠소."
하고 대합실에 기다리고 앉았는 눈 앓는 노파와 다리에서 고름 흐르는 농부와 머리 헌 아이를 가리키며,
"저이들이 수십 리 밖에서 선생을 찾아온 지가 오래다고 하니 저이들 병을 얼른 보아주시고, 그동안에 내가 자동차를 부를 테니 어서 나하고 같이 가실 준비를 하시지요."
하고 숭은 어조를 좀 부드럽게 하여 타이르는 듯이 말하였다.
큰소리가 왔다 갔다 하는 것을 듣고, 간호부, 황기수, 기생도 나오고 수부에 앉았던 냉면 먹던 말라깽이 친구도 나와서 의심스러운 듯이 염려되는 듯이 이의사와 허숭을 번갈아 보았다.

2-29

숭은 황기수라는 자를 뚫어지게 보았다. 그 검은 얼굴, 찌그러진 머리, 교양 없는 얼굴에도 교활한 빛을 띤 것, 게다가 눈초리

가늘게 처진 것이 색욕이 많고 도덕심이 적은 것을 보였다.

이의사는 숭의 말에—이치에 맞는, 이치에 맞는다는 것보다도 법률에 맞는 숭의 말에[233] 또 아무리 보아도 시골뜨기 같지는 아니한 숭의 모양에 겁이 나서 간호부를 보고,

"저 환자들 무슨 병으로 왔나 물어보고, 차례차례 진찰실로 불러들여."

하고 명령을 내리고 자기는 숭에게는 인사도 아니 하고 진찰실로 들어간다.

황기수와 기생은 일이 심상치 아니한 줄을 눈치 채고 숭을 힐끗힐끗 돌아보며 방으로 들어간다.

간호부는 환자들을 향하여 퉁명스럽게 몇 마디를 묻고는,

"누가 먼저 왔소?"

하고 차례를 묻는다.

"이 아즈머니 먼저 보시소."

하고 농부가 안질 난 부인에게 차례를 사양한다.

"아이그, 내가 나종 왔는데. 어서 가보슈."

하고 늙은 부인이 사양한다.

"누구든지 어서 와요."

하고 간호부가 화를 낸다.

"그럼 내가 먼저 봅니다."

하고 농부가 아픈 다리를 끌고 진찰실로 들어간다.

간호부는 의사에게 수술복을 입히고 등 뒤에 끈을 매어주었다.

"왜 이렇게 되었어."

하고 의사는 농부의 고름 흐르는 다리 부스럼을 들여다본다.

“모기가 물었는지, 가렵길래 긁었더니 뻘개지면서 그렇게 되었어요. 좋다는 약은 다 발라보아도 도무지 낫지 아니해요.”

하고 농부는 애원하는 소리를 한다.

“긁어 부스럼이란 말도 못 들었어? 긁기는 왜 해?”

하고 의사는 부스럼 언저리를 손가락으로 꾹꾹 눌러본다.

“아야 아야!”

하고 농부는 소리를 지른다.

“커단 사람이 아야는 다 뭐야?”

하고 의사는 더 꾹꾹 눌러본다.

“째지 않고는 안 나아요?”

하고 농부는 떨리는 목소리로 묻는다.

“안 째고 나을 수 있나.”

하고 의사는 숭 때문에 난 화풀이를 병자에게 하고 앉았다.

“조금 스치기만 해두 아픈데.”

하고 농부는,

“아니 아픈 주사가 있다는데 그것이나 놓아주세요.”

“주사 한 대에 이 원인걸. 돈 얼마나 가지고 왔어?”

하고 의사는 흥정을 시작한다.

“지금은 돈이 없어서 이것만 가지고 왔습니다. 추수만 하면야, 모자라는 것은 그때에 드리지요.”

하고 손에 꼭 말아 쥐었던 일 원배기 조선은행권을 이의사의 눈앞에 내보인다.

이의사는 그 돈을 받아 간호부의 손에 쥐여주고

"돈 일 원 가지고 무슨 주사를 해달래? 진찰료밖에 안 되는걸. 이걸 째기만 해도 수술비가 삼 원야."

농부는 수술비 삼 원, 주사료 이 원이란 말에 눈이 둥그레진다. '벼 한 섬,' 하는 생각이 번쩍 머리 속에 지나간다. 그렇지마는 이 다리를 아니 고치고는 농사를 할 수가 있나, 이렇게도 생각하였다.

"일 원만 내께 그럼 수술을 해주세요. 수술비는 추수 때에 드릴께요."

하고 농부는 겨우 결심을 한다.

"수술은 내일 해도 괜찮으니, 수술비만이라도 변통해 가지고 오지."

하고 이의사는 일어나 소독물 대야에 손을 씻는다.

"다른 환자 불러. 돈 가지고 왔느냐고 묻고. 안 가지고 왔거든 내일 오라고."

하고 이의사는 황기수 방으로 들어간다.

2-30

허숭은 다리에서 고름 흐르는 농부에게 돈 육 원을 주어 수술을 받고 하룻밤 자고 가라고 하였다.

농부는,

"이것을 이렇게 받아서 되겠습니까."

하고 눈에 가득 감사한 빛을 띠고 그 돈을 받았다.

농부는 돈을 받아 들고는 쓰기가 아까운 듯이 한참이나 보고 섰더니 고름 흐르는 다리를 끌고 절뚝거리며 어디로 가버린다. 손에 육 원이나 되는 큰돈을 들고(일 년에 한 번도 쥐어볼까 말까 한)는 차마 쓸 수가 없었던 것이다. 그는 이 돈 중에서 조고약[234]이나 사가지고 집으로 가려고 한 모양이다——이렇게 생각하고 숭은 눈이 뜨거워짐을 깨달았다.

숭은 빈대약 모기장 감, 석유 유제, 기타 소독 약품들을 사가지고 자동차를 얻어가지고 한 삼십 분 후에 이의사 병원으로 돌아왔다.

이의사는 마지못하여 하는 듯이 자동차에 올랐다. 숭은 간호부의 손에서 의사의 가방을 받아서 자기가 들고 차에 올랐다.

살여울 동리에 오기까지 두 사람은 한마디도 말을 아니 하였다. 숭의 속에는 오늘 경찰서와 병원에서 보던 일을 생각하고 의사는 숭이 때문에 불쾌하던 일을 생각하고 있었다.

무너미에서 자동차를 내려 두어 시간 뒤에 맞으러 오기를 명하고, 이의사는 잠깐 주재소에 들러 무슨 이야기를 하고는 숭을 따라 살여울 동리로 들어갔다.

우물가에서는 또 유순을 만났다. 유순은 낮 물을 길으러 왔던 것이다. 숭은 오던 날 아침에 유순을 만나고 이번이 처음이었다.

유순은 숭과 의사를 보고는 고개를 돌려버렸다. 의사도 유순에게 눈이 끌리는 모양이었다. 그는 숭과 동행하는 것도 잊어버린 듯이 순을 바라보았다. 순은 똬리를 인 채로 사내들이 지나가기를 기다리고 있었다.

"그 여자가 문제의 여자지요."

하고 숭은 웃으면서 의사를 돌아보았다.

"네?"

하고 의사는 순에게 맘을 빼앗겨 숭의 말을 듣지 못하였던 것이다.

"그 여자 때문에 황기수 문제가 났단 말씀이에요."

하고 숭은 이의사의 안경 뒤에 있는 눈을 바라보았다.

"네에?"

하고 의사는 어떻게 대답할 바를 몰랐다.

"황기수가 저 여자의 손을 잡는 것을 저 여자가 뿌리치니까 황기수가 저 여자의 뺨을 때린 것이 이 사건의 시초지요."

"네에."

하고 이의사도 할 수 없이 웃었다. 그러고는 병원에서 황기수와 기생이 하던 말을 이 사람이 들은 것을 생각할 때에 이의사는 등골에서 찬땀[235]이 흘렀다.

이 자리에서야 비로소 두 사람은 명함을 바꾸었다. 이의사는 이 사람이 변호사 허숭인 줄을 알 때에 한 걸음 뒤에 물러서도록 놀랐다. 놀랄 뿐 아니라 일종의 공포를 느꼈다. 변호사 허숭에 관한 말은 신문에서 보았고 말로도 들었다.

"네 그러세요? 허변호사세요?"

하고 겨우 놀람을 진정하였다. 그러고는 이의사의 허숭에 대한 태도는 갑자기 변하여서 친절을 지나 겸손에 가까웠다.

이의사는 숭과 같이 온 동리 병자의 집을 돌아보고 농담을 할 지경까지 친하였다.

"치료비는 내가 다 담당을 할 테니 어떻게 좋도록 해주세요."

하고 숭은 진찰이 다 끝난 뒤에 강가 정자나무 밑에서 쉬며 이의사에게 말하였다.

"내 힘껏은 하지요. 이 동리가 경치가 좋은데요."

하고 이의사는 강을 바라보았다.

2-31

숭은 강을 바라보는 곳에 집터를 하나 잡고 초가집 한 채를 짓기로 작정하고 곧 동네에 일 없는 사람들을 모아서 공사를 시작하였다. 임금은 하루에 일 원. 그것은 숭이가 자신으로 작정한 것이 아니라 동네 사람이 회의를 열고 의논한 임금 팔십 전에 숭이가 이십 전을 더하여서 일 원으로 한 것이었다.

동네 사람들은 즐겁게 일을 시작하였다. 그중에서 제일 집 짓는데 경험 있는 노인이 자청해서, 자청이라는 것보다도 자연히 공사감독이 되었다.

집터는 처음에는 강가 높은 곳 정자나무 밑으로 하려고 하였으나 온 동네 사람들이 공동으로[236] 쉬는 터를 삼는 곳을 독점하기가 미안해서 그것은 사양하고 동네에서 북쪽으로 조금 떨어진 등성이 동남쪽에 터를 잡기로 하였다. 여기서 보면 달내강 한 굽이가 바로 문 앞에 놓이고 그것을 주움 차서 동으로 달내벌을 바라보게 되었고, 달내벌을 건너서 돌고지 흰하늘이고개, 시루봉 등의 산을 바라보게 되었다. 집터에서 강까지는 이십 미터나 될까 비스듬하게 언덕으로 내려가게 되었다.

동네 노인들은 이것은 정자 터는 되나 살림집 터는 되지 못한다고 반대하였으나 숭은 이것만은 고집하였다.

그리고 숭은 파리 잡는 약과 빈대, 벼룩 잡는 약과 파리채를 집집에 돌리고 쓰는 법을 가르쳐주고 손수 두엄 구덩이라고 일컫는 구더기 끓는 곳에 구더기 죽이는 약을 뿌렸다.

집터를 다지는 날에는 온 동네가 떨어나왔다.

"동네에 집을 지으며[237] 삯전을 받다니."

하고 삯 받을 때마다 노 말하던 동네 사람들은 이날에는 삯을 아니 받기로 거절하였다. 그래서 숭은 떡과 술과 참외를 많이 장만해서 동네 사람들을 먹였다.

"달구질[238]은 저녁이 좋아."

하여 낮에는 터만 치고 달구질은 달밤에 하기로 하였다.

이날은 어느새에 칠월 백중 더위도 거의 다 지나고 해만 지면 서늘한 바람이 돌았다. 이 동네에는 달은 흰하늘이고개로 올랐다. 달이 오를 때쯤 하여 동네에서는 남녀노소가 숭의 새 집터로 모였다. 달빛은 달내강물에 비치어 금가루를 뿌린 듯하였다.

"아하 어허 당달구야."

"어허여차 당달구야."

달구 소리가 높이 울렸다. 달구 소리를 따라서 동아줄을 열두

가닥이나 맨 커다란 달굿돌이 달빛을 받으며 공중으로 올랐다가는 '쿵!' 하고 땅으로 떨어졌다.

"이 집 한번 지은 뒤엔"

하고 한 사람이 먹이면,

"아하 어허 당달구야."

하고 다른 사람들은 일제히 받으면서 동아줄을 힘껏 당기었다. 그러면 달굿돌은 공중으로 솟아올랐다.

"아들이 나면은 효자가 나구"

"아하 어허 당달구야."

"딸이 나면은 열녀가 나구"

"아하 어허 당달구야."

"닭을 치면은 봉황이 나구"

"아하 어허 당달구야."

"소를 치면은 기린이 나구"

"아하 어허 당달구야."

"안 노적에 밖 노적에"

"아하 어허 당달구야."

"논곡식 밭곡식 썩어를 나고"

"아하 어허 당달구야."

"달내벌에 쌓인 복은"

"아하 어허 당달구야."

"이 집으로 모여든다."

"아하 어허 당달구야."

갈수록 사람들의 흥은 높아졌다. 배부른 것, 막걸리 먹은 것, 달 오른 것, 유쾌하게 일하는 것, 이런 것들이 합하여 사람들의 흥을 돋우었다. 인생의 모든 괴로움을 잊게 하는 것 같았다.

2-32

숭은 유순이가 왔는가 하고 휘휘 돌아보았다.[239] 이 집에는 유순이가 주인이 되지 아니하면 아니 될 것 같았다. 이렇게 경치 좋은 곳에 유순과 둘이 조그마한 가정을 지었으면, 숭은 이러한 생각을 아니 할 수 없었다.

숭은 무엇을 돌아보는 척하고 사람들 앞으로 다녀보았다. 유순의 아버지 유초시는 담배를 피우고 앉았는 양이 보였으나, 동네 처녀들도 더러 와 있는 것이 보였으나, 유순의 모양은 보이지 아니하였다

숭은 실망하였다. 유순이 없으면 하늘에 달도, 달이 비친 달내 물도 빛이 없는 듯하였다.

숭은 슬그머니 빠져서 동네를 향하고 걸음을 걸었다.

동네에는 떠들 만한 사람들은 다 숭의 집터 치는 데로 나오고 조용하였다. 숭의 걸음은 점점 빨라졌다. 그는 순식간에 유순의 집 앞에 섰다.

유초시 집은 반은 기와요 반은 초가였다. 사랑도 있고 대문도 있었다. 예전에는 사랑문을 열어놓고 (오는 가는 손님을 접한다는

뜻) 살던 표가 있었다. 유초시의 조부는 찰방[240]도 지내고 집의[241]까지도 지내어서 이 시골에서는 이름이 높았다. 유집의의 시와 글을 모아 『월천문집』이라는 문집까지도 발간하였다. 그러나 지금은 세상도 바뀌고 재산도 다 없어져서 유지평의 제삿날,

'현조고 통정대부 행사헌부집의.'

하는 축[242]을 부를 때에만 유초시는 맘이 흐뭇하였다.

옛날 같으면 관속이 나오더라도 사랑 뜰에서 허리를 굽혔지마는 지금은 순사들이나 전매국 관리들이나 유집의 댁을 알아볼 줄을 몰랐다. 유초시도 처음에는 이것이 가슴이 아프도록 분하였지마는 지금은 그것조차 예사로 되고 말았다.

숭은 달빛이 가득 찬 마당에서 배회하였다. 대문은 반쯤 열려 있지마는, 어려서는 무상출입을 하였지마는, 지금은 들어갈 수는 없었다.

이윽고 대문으로부터 순의 얼굴이 보였다. 숭은 채마 곁에 선 늙은 오동나무 그늘에 몸을 숨겼다.

숭은 대문을 나서서 높은 층층대(이 집은 터가 비탈에 있어서 대문 밖이 층층대가 되었다)로 사뿐사뿐 내려왔다. 그는 멀거니 달을 바라보더니 사뿐사뿐 걸어서 오동나무 곁으로 오다가 숭을 보고 깜짝 놀라 우뚝 섰다. 순의 가슴이 울렁거리는 것은 오직 놀람뿐만 아니었다.

"내요, 숭이외다."

하고 숭은 나무 그늘에서 나섰다.

"네."

하고 순은 잠깐 고개를 숙여 인사를 하고,

"집터 치신다는데 어떻게 여기 와 계셔요."

하고 순은 일전 우물가에서 만났을 때와는 다르게 반갑게 말하였다.

"동네 사람이 다 왔는데도 순씨가 아니 오셨길래 찾아왔지요."

하고 숭은 제 손으로 제 손을 만지면서 정성을 기울여,

"천하 사람이 다 있어도 순씨가 없으면 천지가 빈 것 같아서……"

"고맙습니다."

하고 순은 한 번 더 고개를 숙였다.

"나는 아주 이 동네에서 살려고—일생을 이 동네에서 살려고 서울을 버리고 내려왔지요. 집을 짓는 것도 그 때문예요. 이 동네가 고향이 되어서 그런 것이 아닙니다. 이름이 고향이지 집도 없고 아무것도 없고 생각을 하면 이 사이에 신물이 도는 고장이지마는 이 동네에서 일생을 보내려고 작정한 것이 무슨 때문인지, 누구 때문인지 아세요?"

하고 숭은 흥분한 눈으로 수그린 순의, 오래 빗질도 아니 한 머리를 바라보았다.

2-33

순은 고개를 수그리고 섰을 뿐이요 아무 대답이 없었다. 순은

숭의 말이 무슨 말인지를 짐작하였다. 그러나 숭은 벌써 아내 있는 사람이 아니냐 하고 생각하면 의아한 생각이 일어나지 아니할 수 없었다.

숭은 순의 대답이 없는 것을 보고,

"내가 누구 때문에 여기 온지 아시오?"

하고 다시 물었다.

"제가 압니까. 아마 우리 동네 사람들 때문에 오신 게지요."

하고 발자취에 놀라는 듯이 뒤를 돌아보았다. 순의 집 개가 자다가 깨어서 순을 찾아 나오는 것이었다. 그 개는 낯선 숭을 보고 두어 마디 짖다가 순이 한 번 손을 들매 짖기를 그치고 순의 치맛자락에 코를 비볐다. 그것은 얼굴이 길고 눈이 크고 순하게 생긴 조선식 개였다.

"네, 동네 사람들을 위해서 왔다면 왔달 수도 있습니다. 그렇지마는 순씨가 없으면 나는 여기 오지 아니하였을 것입니다. 저 집을 지으면 무얼 합니까."

하고 숭은 있는 속을 다 털어놓았다.

"부인께서 오시겠지요. 그리고 댁에서 삯 주고 시키실 일이 있으면 가서 해드리지요."

하고 순은 한 번 고개를 숙여 인사를 하고는 개를 데리고 집으로 들어가버리고 만다.

숭은 비통한 생각을 가지고 일터로 돌아왔다. 사람들은 여전히 홍이 나서,

"아하 어허 당달구야."

를 부르고 있었다. 그러나 숭의 귀에는 그 소리가 잘 들어오지 아니하였다. 마치 귀도 막히고 눈도 막히고 오관이 다 막힌 듯하였다. 머리 속도 가슴 속도 꽉 막힌 듯하였다. 그러나 그는 다른 사람들에게──자기를 위하여 힘써주는 사람들에게 불편한 기색을 아니 보이려고 쾌활한 태도를 강작[243]하였다.

하루 이틀 지남을 따라서 주춧돌이 놓이고 기둥이 서고 보가 오르고 서까래가 걸렸다. 가늘고 둥근 나무를 그대로 재목으로 쓰는 일이라 치목〔治木〕에도 품이 안 들고 흙을 붓고 영을 올리는 일이라 지붕이 되는 것도 쉬웠다. 방도 놓이고 마루도 깔렸다. 치석〔治石〕할 필요도 없이 산에서 메주 덩어리 같은 돌을 주워다가 축대를 쌓으니 그것은 하루 안에 다 되어버렸다. 문, 미닫이는 장에서 미리 사다가 그것을 견양해서 문얼굴[244]을 들였다. 뒷간은 바자를 두르고 봇돌[245] 두 개를 놓으면 그만이었다. 여기서 동네로 통하는 길과 강으로 내려가는 길도 순식간에 되었다. 도배, 장판도 이틀에 끝났다. 집터를 친 지 보름이 다 못 되어서 집은 완성하였다. 담까지도 둘렀다. 담은 기다란 싸리와 참나무 가지로 삿자리[246] 결듯 결은 것이었다. 이런 것은 저녁 먹은 뒤에 담배 두어 대 태우는 동안씩 이용해서 사흘에 다 완성하였다. 우물까지도 하나 팠다. 집이 방 둘, 마루 하나, 부엌 하나, 광 하나, 장독대, 우물, 담, 마당, 뒤꼍 널찍널찍하게 훤칠하게 해놓고 돈 든 것이 모두 이백 원이 못 되었다.

"선화당[247] 같다."

하고 새로 지어진 집을 보는 사람들은 이 집이 깨끗함을 칭찬하고 부러워하였다.

숭은 트렁크에 빈대 묻은 것을 말끔 잡아가지고 칠월 그믐날 새 집으로 떠나왔다. 마루에서는 나무 냄새가 나고 방에서 기름 냄새가 났다. 동네 사람들이 다 돌아간 것은 자정이 넘어서였다. 숭은 혼자 방에 앉아서 망연히 지나간 일, 올 일을 생각하였다. 생각이 벌레 소리에 끊기고 벌레 소리는 생각에 끊겼다. 부모를 잃고 집을 잃은 지 오 년 만에 제 손으로 돈을 벌어 제 집을 짓고 들어앉은 것이 대견도 하였다. 그러나 혼인한 지 일 년도 다 못 되어 파탄이 생기고 사랑하여서는 아니 될 여자를 사랑하여 가슴을 태우는 자기가 밉기도 하였다. 외람되이 힘에 부치는 일(농민운동)을 시작하여 몸과 맘이 어느새에 피곤한 것을 느낌이 막막도 하였다. 벌레 소리는 빗소리 같고 어지러운 생각은 벌레 소리와 같았다. 숭은 앉을락, 누울락, 들락날락하며 새 집 온[248] 첫 밤을 새웠다. 그것이 숭의 일생의 모형인 것만 같았다.

2-34

숭은 집을 짓기에, 동네 사람들의 병을 구원하기에, 서울에 두고 온 아내에 대한 뉘우침, 유순에 대한 새 사랑의 괴로움, 아직 자리 잡히지 아니한 생활과 사업에 대한 불안과 초조, 동네 사람들이 잘 알아듣지 못하고, 더러는 비웃음과 악의로 자기를 훼방하고 방해함에 대한 분한 맘, 이런 시름, 저런 근심으로 몸과 맘이 심히 가빴다. 몸이 노곤하고 눕고는 싶으면서도 누우면 잠이 들지 아니하였다. 이따금 자기의 결심에 대하여 의심까지도 생겼다. 그러나 숭은 이 모든 것을 의지력으로 눌렀다. 한선생을 생각하고 참았다.

동네 사람들의 병도 한 사람만 죽이고는 다 나았다. 뼈와 껍질만 남은 병자들이 귀신같이 들락날락하는 것을 보게도 되었다. 이의사는 약속대로 사흘에 한 번씩 한 이 주일 동안 와서 치료해 주었다. 이의사가 이 동네에 부지런히 오는 데는 순을 보고 싶은 맘이 반 이상은 되었다. 그는 병을 다 보고 나서도 동네로 휘휘 돌아다니며 어떻게 해서든지 순을 한번 보고야 돌아갔다.

그러나 그동안에 숭은 장질부사 치료하는 법을 대강 배웠다. 해열제를 써서 안 되는 것, 땀을 내려고 애쓰는 것이 해로운 것, 약이라고는 소화제와 강심제와 지갈[249]하는 것을 먹일 뿐인 것, 오줌 똥을 잘 소독해야 하는 것, 미음과 비타민을 먹여야 되는 것, 장출혈을 주의해야 되는 것, 안정해야 되는 것, 위험이 어디 있다는 것, 이런 것들을 대강은 배웠고 관장하는 것, 피하주사 하는 것도 배웠다. 그래서 간호부가 가질 만한 지식은 가지게 되었다.

병자의 집에서는 밤중에라도 겁이 나면 숭에게로 뛰어왔다. 그러면 숭은 집에 준비해두었던 약품과 기구를 가지고 달려갔다. 병이 위태한 경우에는 숭은 병자의 곁에서 밤을 새우는 일도 가끔 있었다. 이런 일이 숭의 건강을 많이 해하였다.

다른 병자들이 거의 다 완쾌할 때가 되어서 순의 고모(과부로 와 있는 이)가 발병하였다. 한참 시름시름 앓다가 마침내 신열이 높았다. 숭의 소견에 그것도 티푸스였다.

유초시는 자기 손으로 처방을 내어서 한약을 몇 첩 지어다 먹였으나 물론 효과가 없었다.

그러는 동안에 유초시 자신도 열이 나서 머리를 동이고 드러눕게 되었다. 이때 전후하여 난봉으로 돌아다니던 순의 오라버니가 읍내에서 황기수를 때리고 잡혀서 갇히었다. 황기수를 때린 것은 물론 그 누이에게 한 폭행에 대한 보복이었다.

이러한 소식이 유초시의 맘을 더욱 불편하게 하였다.

유초시는 친정에 가 있는 며느리를 불렀다. 그러나 그는 앓는다 칭하고 오지 아니하였다. 이 며느리는 남편에게는 소박을 맞고 시집에 먹을 것은 없고 한 데 화를 내어서 먹기는 넉넉한 친정으로 달아나버린 지가 반년이나 되어도 시집에는 발길도 아니 하였다. 팔집의공 제사(유초시가 가장 존경하는 조부의 기일)는 유초시 집에서는 가장 중대한 일이었다. 집의공 제삿날에도 며느리가 아니 온다고 유초시는 소리를 지르고 화를 내었다. 이때에는 유초시는 반드시 광 속에 몰래 술 한 항아리를 빚었다. 집의공 제사에 사 온 술을 써서 쓰느냐 하는 고집에서였다. 유초시는 열 있는 몸을 가지고 일어나서 술 항아리를 꺼내어 손수 청주를 떠서 제주〔祭酒〕를 봉하고 순을 지휘하여 제물을 차리게 하였다. 유초시의 눈은 붉고 몸은 가누어지지를 아니하였다.

유초시는[250] 허둥허둥하는 걸음으로 아랫방에 내려가 앓는 누이 동생을 들여다보았다.

"웬만하면 좀 일어나보려무나. 순이 년이 무얼 할 줄 아니?"

하였다. 이것은 억지였다. 그러나 조부의 제사에는 모든 것을 다 희생하여도 좋았다——유초시의 생각에는.

2-35

숭이가 저녁을 먹고 유초시네 집에 문병을 왔을 때에는 유초시는 소세하고 새 옷을 갈아입고 망건을 쓰고 앉았고 순도 새 옷을 갈아입고 부엌으로 들락날락하고 있었다.

"웬일이세요, 어쩌자고 일어나십니까."

하고 숭은 유초시를 보고 깜짝 놀랐다.

"오늘이 집의공 기일이야."

하고 유초시는 행전[251]을 치고 떨리는 손으로 끈을 매고 있었다.

숭은 유초시의 손을 쥐어보고 맥을 짚어보았다. 노인의 맥이건만 세기가 어려울 만큼 빨랐다.

"이렇게 밤바람을 쏘이고 몸을 움직이시면 병환이 더하십니다. 좀 누워 계시지요."

하고 숭은 앞에 꿇어앉아서 간절히 권하였다.

"어, 그럴 수가 있나. 내 집에서는 제삿날 눕는 법이 없어. 내가 정신을 잃고 쓰러지면 몰라도 내 정신이 있으면서 제사를 아니 지내어."

숭은 유초시의 지극한 정성에 꿋꿋한 의지력에 눌려 더 말할 용기가 없었다.

"에그, 아주머니가 왜 나오시어?"

하는 유순의 소리에 숭은 앞뜰을 바라보았다. 달빛에 비틀거리는 순의 고모의 모양을 보았다. 숭은 그가 삼십구 도 이상의 열을 가진 줄을 잘 안다.

그 부인은 부엌을 향하고 서너 걸음 비틀거리다가 순의 어깨에 매달려 쓰러졌다.

"응, 젊은것이."

하고 유초시는 창으로 내다보며 혀를 찼다.

숭은 뛰어 내려가 병자를 붙들어 아랫방으로 인도하였다.

"제사를 차려야 할 텐데."

하고 병자는 기운 없이 숭에게 몸을 던져버렸다. 그는 의식을 잃은 것이었다.

숭은 병자를 번쩍 들어서 누웠던 자리에 뉘었다. 그의 몸은 불이었다.

"냉수하고 수건하고."

하고 숭은 순에게 명령하였다.

"대단한가."

하고 유초시가 마루 끝에서 외쳤다.

"대단하십니다."

하고 숭이 대답하였다.

"그렇거든 누워 있거라. 순이더러 다 하라지."

하고 유초시는 가래를 뱉었다.

"이거 큰일 났소."

하고 물과 수건을 가지고 온 순에게 숭은,

"아버지도 대단하시오. 이거 큰일 났소."

하였다.

"어떻게 해요?"

하고 순은 울음이 터졌다.

"일가 댁에서 누구를 한 분 오시라지요."

하는 것은 숭의 말.

"누가 오나요?"

하고 순은 억지로 울음을 삼켜버리고 부엌으로 간다.

순의 고모는 헛소리를 하고 앓는 소리를 하였다.

"나고[252] 같이 가요. 나는 싫어요!"

이런 소리도 하였다.

숭은 길게 한숨을 쉬었다. 동네 인심이 어떻게 효박[253]해졌는지 염병을 앓는 집과는 이웃과 일가도 수화를 불통하였다. 게다가 경찰이 교통 차단을 명한다는 것이 박정한 현대 사람들에게 좋은 핑계를 주었다. 숭은 유초시 집에서 나와서 한갑 어머니를 데리고 다시 유초시 집으로 왔다. 한갑 어머니는 그동안 간호부 모양으로 염병 앓는 집에 다니면서 미음도 쑤어주고 빨래도 해주고 부인네의 오줌똥도 받아주었다. 숭은 한갑 어머니로 하여금 순의 고모 간호를 하게 하였다.

유초시는 기어이 제사 때까지 꿇어앉았다가 합문[254]까지 하였다. 그러나 합문을 하고 뜰에 내려서 하늘을 한번 바라보고는 정신을 잃어버렸다.

유초시는 방으로 들어다 누이고 제사의 남은 절차는 숭이 대신 하였다.

2-36

유초시는 의식은 회복하였으나 병이 대단히 중하였다. 제사를 지내느라고 억지로 몸을 가진 것이 대단히 나빴다. 유초시의 과수 누이는 영 정신을 못 차렸다.

날이 훤하게 밝자, 숭은 동네 사람들을 읍내에 보내어 이의사를 청하였다. 오정 때나 되어서 이의사가 왔다. 이의사는 숭을 대하여 두 사람의 증상이 다 험악하다는 것을 말하고 특히 순의 고모가 더욱 중태라는 것을 말하였다.

유초시는 이의사더러,

"죽지나 않겠습니까."

하고 물었다.

"염려 없으십니다."

하고 이의사는 환자에 대한 의사의 으레 하는 대답을 하였다.

"아니, 내야 늙은것이 죽으면 어떻소마는 내 누이는 대단치나 않소오니까."

하고 병중에도 점잖은 사람이라는 체면을 유지하려고 애를 쓰는 것이 보였다.

"좀 중하신 모양입니다마는 설마 어떨라구요."

하고 이의사는 친절하게 위로하였다.

"어떻게 좀 죽지 않게 해주시오."

하고 유초시는 힘이 드는 듯이,

"나도 죽고 저도 죽으면, 자식놈은 감옥에 가고 저 어린것을, 저 어린 딸년을 뉘게 부탁한단 말이오? 집이 가난해서 보수를 드릴 것도 없지마는 어떻게 이선생께서 내 누이만이라도 살려주시오."

하고 유초시는 눈을 감았다. 감은 눈에서는 눈물이 흘러내렸다.

"네. 내 힘이 미치는 데까지는 하지요."

하고 이의사는 연해 눈을 마당으로 향하여 무엇을 찾았다. 그것은 물을 것 없이 순의 모양을 찾는 것이었다.

유초시는 한참이나 눈을 감고 있더니 고개는 약간 창으로 돌리며,

"순아, 아가, 순아."

하고 불렀다. 그것은 속으로 잡아당기는 소리였다. 그 소리가 아랫방에 있는 순에게 들릴 것 같지 아니하였다.

그래도 순은 아버지의 부르는 소리를 알아듣고,

"네에."

하고 뛰어나와서 창밖에 서서,

"아버지 저 여기 있어요."

하고 고개를 숙였다.

순의 얼굴에는 잠 못 자고 피곤한 빛이 보였다. 그러나 그것이 더 어여뻤다.

"그 술. 제주 남은 것, 따뜻하게 데워다가 이 손님 드려. 앓는 집에서 음식을 잡숫기가 싫으시겠지마는 술이야 어떠오. 안주는 과일이나 놓고 다른 것은 놓지 말어, 익은 음식은 놓지 말어. 익은 음식은 앓는 집에서는 손님께 아니 드리는 법이야. 알아들었니?"

순은,

"네에."

하고 공손하게 대답하고 물러갔다. 이의사의 눈은 순의 몸을 따라 광으로 마당으로 부엌으로 굴렀다. 그리고 오 분이나 지났을까 순이가 술상을 들고 들어오는 것을 염치도 없이 뚫어지게 보았다. 금니 많이 박은 이의사의 입은 벌어졌다.

순은 술상을 윗목에 앉은 이의사와 숭의 새에 놓고 아버지가 덮은 이불을 바로잡고 치맛자락이 펄렁거리지 않도록 모아 쥐고 나가버린다.

숭은 주전자를 들어 놋잔(옛날 것으로 굽 높은 잔대에 받친)에 노란 청주를 따라서 이의사에게 권하였다.

"영감 먼저 드시지."

하고 이의사는 숭에게 한번 사양하고 받아 마신다. 한 모금 마시고 입을 쩝쩝 다시고, 두 모금 마시고 쩝쩝 다시고는 비위에 맞는 듯이 죽 들이켠다.

"거 술 좋은데——정종보다도 나은데."

하고 이의사가 칭찬한다.

"시지나 않습니까."

하고 유초시가 만족한 듯이 묻는다.

"참 좋습니다. 이런 술 처음 먹어봅니다. 이거 어디서 파는 술입니까."

하고 입에 침이 없다.[255]

"어제 저녁이 내 왕고[256] 집의공 기일이지요. 세사가 빈한하니까 양주 허가를 낼 수도 없고, 그저 한 해에 한 번 이날에만 가양[257]으로 조금 빚지요."

하고 유초시는 눈을 감는다.

2-37

"따님이 당혼[258]이 되셨군요."

하고 술을 석 잔이나 먹은 뒤에 이의사는 순에 관한 문제를 제출하였다.

"뭐, 아직 어린애지요."

하고 유초시는 눈앞에 귀여운 막내딸을 그려본다. 머리가 아픈 듯이 양미간을 찌푸렸다.

"따님이 아주 준수하신데요."

하고 이의사는 마당으로 눈을 굴려서 순을 찾는다. 순은 보이지 아니하였다.

"배운 게 있소?"

하고 유초시는 기침을 하고 담을 꿀꺽 삼킨다. 불쑥 내민, 살멱[259]

이 올라갔다가 내려온다.

"따님을 내게 주실 수는 없겠습니까. 뭐 잘이야 하겠습니까마는 간대로[260] 고생은 아니 시킬 작정입니다."

하고 이의사는 마침내 불을 놓았다. 너무 당돌한 염려도 있었지마는 이 노인이 내일까지 살아 있을는지도 염려가 되기 때문에 유여할 새가 없었다.

이의사의 말에 유초시는 눈을 떠서 한참이나 이의사를 물끄러미 바라보았다. 마치 과연 내 사윗감이 될 사람인가를 검사나 하는 듯이,

유초시는 "끙" 하고 이의사 쪽으로 몸을 돌리려고 애를 쓰다가 실패하고 그대로,

"아직 혼인을 아니 하였던가요?"

하고 묻는다.

"하기는 했지요."

"그러면 상배[261]를 하였던가요?"

"그런 것도 아닙니다마는 상배나 다름이 없지요."

"그럼 이혼을 하셨소?"

하고 유초시의 눈은 더욱 커진다.

"아직 이혼도 아니 했습니다마는 적당한 혼처만 있으면 이혼을 해도 좋지요. 이혼을 아니 한다손 치더라도 딴살림이니까 무슨 상관 있습니까."

하고 이의사는 수줍은 듯 웃는다.

"아니, 그럼 내 딸을 당신의 첩으로 달라는 말이요?"

하고 유초시의 어성은 높고 떨린다.

"장가처[262]지 첩 될 거 있나요? 그리면 영감께도 야속치 않게는 해드리지요, 일시금으로든지, 매삭 얼마씩이라든지, 그것은 원하시는 대로, 또……"

유초시는 어디서 난 기운인지, 이의사의 말을 다 듣지도 아니하고, 벌떡 일어나 앉으면서,

"이놈. 이 고이얀 놈 같으니. 그래 나더러 내 딸을 네 첩으로 팔아먹으란 말이야. 어, 이놈. 냉큼 일어나 나가거라. 죽일 놈 같으니!"

하고 호령을 뺀다.

유초시는 잠깐 숨이 막혔다가,

"요놈, 요 방자한 놈 같으니. 내 딸이 네놈과 네 계집년을 종으로 사다가 부리는 것을 내 눈으로 보고야 죽을 테다. 어, 발칙한 놈 같으니."

하고 베개를 집어 던지려고 베개를 향하고 뼈만 남은 다섯 손가락을 어물거린다.

"이놈 저놈이라니? 누구더러 이놈 저놈이래!"

하고 이의사는 벌떡 일어나면서,

"늙은것이 하늘 높은 줄을 모르고, 앓지만 아니하면 당장에 잡아다가 콩밥을 먹이겠다마는."

하고 발악을 한다.

"웬 말버릇이야?"

하고 숭은 이의사의 팔을 꽉 붙들어 마루 밖으로 내둘렀다.[263]

"노인을 보고 원 그런 말법이 어디 있소?"
하고 숭은 쓰러지려는 이의사를 다시 붙들어서 바로 세웠다.

순과 한갑 어머니가 이 소리에 뛰어나와서 떨고 섰다.

숭의 억센 주먹심과 위엄에 이의사는 불불 떨기만 하고 더 말이 없이 구두끈도 아니 매고 가방을 들고 나가버렸다.

대문 밖에 나가서야, 이의사는,

"어디 이놈들 견디어보아라."
하고 중얼거렸다.

숭은 이의사가 나가버리는 것을 보고 들어와 유초시를 안아 뉘었다. 유초시는 마치 죽은 지가 오랜 시체와 같이 몸이 굳었다.

순은 유초시의 머리맡에 꿇어앉아서,

"아버지, 아버지."
부르고 울었다.

2-38

의사가 나간 지 한 시간이 못 되어서 경관 두 사람이 유초시의 가택을 수색하였다. 그래서 항아리에 남은 술을 압수하고 유초시와 그 누이가 둘이 다 장질부사라 하여 대문에,

"이 집에 장질부사 환자 있으니 교통을 엄금함."
하는 나무패를 갖다가 붙이고 숭이를 대하여서는,

"당신은 왜 여기 와 있소?"

하고 물러나가기를 청하였다.

"내가 없으면 병 간호할 사람이 없소."

하고 또 예방주사를 맞은 것을 말하여 숭은 이 집에 출입하는 양해를 얻었다.

이날 밤, 이라는 것보다도 이튿날 새벽에 유초시는 그만 세상을 떠나버렸다. 그는 죽기 얼마 전에 한 번 정신을 차려서 허숭을 바라보고,

"숭이,[264] 내가 죽거든 이 애는 자네가 맡아서 시집을 보내주게."

하고 또 순을 보고,

"내가 죽거든 숭이를 네 친오라범으로 알고 믿고 살아라. 그리고 숭이가 골라주는 사람한테 시집을 가거라."

하는 유언 비슷한 것을 말하였다.

유초시는 끝끝내 그 아들을 믿지 아니하였다. 그가 감옥에서 나온다 하더라도 믿을 것이 못 된다고 생각하였다. 유초시 자기가 죽으면 유가 하나가 망해버리는 것만 같아서 퍽 맘이 슬펐다. 그것이 자기의 큰 불효인 것 같았다. 그렇지마는 그는 이러한 슬픔을 낯색에 나타내는 것이 옳지 아니함을[265] 알기 때문에 괴로움이나 슬픔이나 모두 삼켜버린다.

이렇게 유초시는 아들, 며느리, 어린 손녀, 다 보지 못하고 딸과 숭의 간호를 받으며 마지막 숨을 쉬었다.

유초시가 죽은 지 나흘, 장례가 나갈 날에 순의 고모는 치마끈으로 목을 매어서 죽어버렸다.

며느리는 머리를 풀고 삿갓가마[266]를 타고 왔었으나 장례를 치르고는 도로 친정으로 가버렸다. 젖먹이를 두고 왔다는 핑계였다.

숭은 이 모든 일을 혼자서 다 치렀다.

물론 장례 비용도 숭이 대었다. 장례가 끝나매 이 집은 채권자에게 넘어가고 말았다. 유초시의 집은 아주 망해버리고 말았다.

그러나 유초시의 아들 정근(正根)은 가독[267] 상속인이니 그 사람의 말을 듣지 아니하고는 남은 재산(재산이래야 세간)을 처리할 방도가 없었다. 마침 황기수 구타 사건의 공판 기일이 임박했으니 숭이가 변호하러 가는 길에 정근을 면회하고 법적 수속을 하기로 하고 우선 한갑 어머니로 하여금 순을 데리고 숭이가 새로 지은 집 건넌방에 거처하게 하였다.

그러고는 숭은 곧 ○○으로 떠났다.

공판정에는 방청도 별로 없었다. 검사는 주범 맹한갑에게 공무집행방해 폭행죄로 육 개월, 그 나머지 일곱 사람에게 각각 삼 개월 징역의 구형이 있었다. 피고들은 맹한갑 하나를 제하고는 다 황기수를 때린 사실을 부인하였다.

숭은 변호사복을 입고 한 손에 연필을 들고 검사의 논고 중에 주요한 구절을 적다가 일어나 피고들의 평소에 정행이 어떻게 순량하였던 것을 들고 황기수가 유순이라는 여자의 손목을 잡고 뺨을 친 데서 사건이 발단된 것과 또 맹한갑은 다만 황기수의 폭행을 제지하려 그 팔을 붙든 것이요, 먼저 황기수가 맹한갑에게 폭행을 가한 증거는 맹한갑에게 목덜미를 눌린 황기수의 저고리 등에 피가 묻은 것이 증거하는 것과 또 숭이가 우연히 공의 이○○의 병원에서 이 주일 치료를 요할 타박상을 당하였다는 황기수가 기생을 희롱하며 술을 먹고 가댁질한 것을 목격하였다는 것과 또 황기수가 기생에게,

"얘, 입 한번도 못 맞춰보고 손목 한번 쥐어보고 봉변만 했다."

하는 말을 들은 것과, 또 ○○ 경찰서장이 '농민의 말보다도 공의의 말을 믿는다'던 것을 인용하여 무죄를 주장하고 증인으로 황기수, 이공의, 기생 최강월, 숭과 함께 그 말을 들은 농부 김모를 소환하기를 청하였다.

2-39

재판장은 허변호사의 변론은 중대하게 듣는 빛이 보였다. 그는 가끔 연필로 무엇을 적기까지 하였다.

그러나 재판장은 허변호사의 증인 신청은 그러할 필요가 없다 하여 각하하고 판결 기일은 다시 정할 것을 선언하고 폐정하였다. 재판장이 고려하려 하는 용의는 넉넉히 보였다.

허숭은 법정의 흥분이 깨자마자 견딜 수 없이 몸이 괴로움을 깨달았다. 억지로 형무소에 가서 유정근을 면회하고 만사를 다 맡긴다는 위임을 받아 가지고는 허둥지둥 정거장으로 나와서 저녁차를 잡아타고 살여울 집으로 돌아왔다.

허숭이 돌아오는 것을 보고 동네 사람들, 그중에도 자식을 보낸 사람들은 어찌 되었느냐고 허숭을 에워싸고 물었다.

한갑 어머니와 유순은 개 짖는 소리를 듣고 동네와 허숭의 집 사이에 있는 등성이까지 뛰어나왔다.

"우리 한갑이 잘 있더냐?"

하고 한갑 어머니는 허숭의 손을 잡았다. 손은 불같이 더웠다.

"네, 잘 있어요."

하는 허숭의 대답은 들릴락 말락 하였다.

허숭은 머리가 핑핑 도는 듯 괴로웠다.

"또 순이 오빠는?"

하고 한갑 어머니는 순을 대신하여 물었다.

"다들 잘 있어요. 정근이는 만나보았지요. 다들 잘 있어요."

하고 숭은 내 집 마루 끝에서 구두를 끌렀다.

"다들 나오게 되었나?"

"판결은 아직 안 났어요."

동네 사람들 중에서도 자식이나 남편의 소식을 한마디라도 더 들어보려고 숭의 집까지 따라온 사람이 십여 명 되었다.

이동안에 순은 숭의 방에 들어가 불을 켜고 자리를 펴고 모기장을 달았다. 순은 직각적으로 숭의 몸이 대단히 불편한 줄을 깨달은 것이었다. 순은 베개까지도 손으로 떨어서 바로잡아놓고 마루로 나왔다.

"나 냉수 한 그릇 주시오."

하고 숭은 방에 들어가는 길로 양복바지도 아니 벗고 자리에 쓰러졌다. 그러고는 숭은 앓는 소리를 하고 정신을 차리지 못하였다.

"어디 아픈가."

하고 한갑 어머니는 그때에야 숭이 편치 아니함을 알고 머리를 만져보았다. 그리고 깜짝 놀랐다.

"무어 좀 자셔야지. 미음을 쑬까."

해도 숭은 대답이 없었다.

숭은 마침내 장질부사에 붙들린 것이었다. 아침에는 조금 정신이 나고 저녁에는 헛소리를 하였다. 팔다리가 쑤신다는 헛소리를 할 때에는 한갑 어머니와 순이가 번을 갈아 주무르고 머리가 깨어진다는 헛소리를 할 때에는 한갑 어머니와 순은 번을 갈아가며 수건을 축여서 머리를 식혀주었다.

한갑 어머니와 순은 어머니와 누이동생 모양으로 번갈아서 자고 번갈아서 간호하였다.

어떤 때에는 흔히 새벽 두 시나 세 시가 되어서 숭이 눈을 뜨면 앞에 한갑 어머니가 앉았기도 하고 순이가 앉았기도 하였다. 그러다가는 까맣게 탄 숭의 입술에다가 숟가락으로 물을 흘려 넣었다.

순은 숭이가 이 동네 사람을 위하여 나중에는 자기의 아버지와 고모를 위하여 제 몸을 잊고 애를 쓰다가 이렇게 병이 들린 줄을 잘 안다. 그리고 자기의 아버지와 고모 때문에 여러 날을 잠을 못 자고 피곤한 끝에 성치 못한 몸을 가지고 재판소에 가서 삼사 일이나 고생하다가 온 것을 잘 안다. 그래서 순은 자기의 생명을 끊어서라도 숭의 생명을 붙잡아야 할 의무를 느낀다.

2-40

숭의 병은 열흘이 되어도 보름이 되어도 낫지를 아니하였다.

이때에 정선은 남편을 잃어버리고 혼자 화를 내어 집에서 울기만 하였다.

동무를 만나기도 부끄럽고 친정아버지를 보기도 부끄러웠다. 설사 제가 좀 잘못했기로니 어쩌면 저를 버리고 달아나서 수삭이 되어도 소식이 없느냐고 숭을 원망도 하였다.

그동안에 김갑진이가 가끔 와서는,

"숭이 여태 안 들어왔어요?"

하고 혹은,

"그놈, 시굴 놈이라 시굴로 달아났나 보외다."

하고 빈정대기도 하였다.

정선의 맘에도 유순이라는 계집애가 가끔 맘에 걸리기도 하였다. 그러나 설마 하고 항상 스스로 부인해버렸다. 그러다가 신문에서 숭이가 ○○지방법원에서 농민을 위하여 변호하였다는 기사를 보고 마침내 숭은 김갑진의 말과 같이 그의 고향인 시골에 달아나버린 것을 확실히 알았다. 그러고는 유순에 대한 질투와 숭에 대한 반감의 불길이 타올랐다. 그래서 정선은 포도주 한 병을 사다가 먹고 혼자 취하여서 고민하고 만일 지금 김갑진이가 오기만 하면 그에게 안기리라고까지 화를 내었다. 그러나 다행히 그 밤에 김갑진은 오지 아니하였다.

이러할 때에 어느 날 아침 편에 정선에게 편지 한 장이 배달되었다. 그것은 언제 한 번 본 글씨였다. 피봉에도 분명히 유순이라고 서명을 하였다.

정선은 질투와 불쾌와 도무지 형언할 수 없는 감정의 불길에 타면서 그 편지를 내동댕이쳤다.

"에그, 욕이다 욕이야!"

하고 정선은 소리를 질렀다.

그러나 정선은 그래도 궁금하여 그 편지를 떼어 보았다. 이번에는 연필 글씨가 아니요 펜글씨로

"허숭 선생께서 병환이 중하오니 곧 내려오시기를 바랍니다. 허숭 선생께서는 우리 동네에 오셔서 가난한 동네 사람들의 병을 구원하시고 모든 어려운 일을 대신 보시느라고 몸이 대단히 쇠약하신 데다가 제 아버지와 고모가 병으로 신고하시는 동안에도 여러 날 밤을 새우시고 아버지와 고모가 돌아가신 뒤에 쉬실 새도 없이 또 ○○에 가셔서 재판소에서 변호를 하시고 돌아오셔서는 신열이 높으시고 오후면 정신을 못 차리시고 헛소리를 하시고 앓으십니다. 곧 선생님께 편지를 드리려 하였사오나 놀라실까 보아서 편지를 못 드리다가 할 수 없어서 제가 지금 편지를 드립니다.

허선생님은 헛소리로 선생님의 이름을 부르시고 어떤 때에는 번쩍 눈을 뜨시고는 '여보 정선이' 하고 찾으시다가 섭섭한 듯이 다시 눈을 감으십니다. 심히 뵈옵기 딱하오니 부디부디 이 편지 받으시는 대로 내려오시기 바랍니다. 내려오실 때에는 고명한 의사를 한 분 데리고 오시기를 바랍니다.

저는 허선생님을 은인으로 있는 정성을 다하여 구완[268]해드리려 하오나 어리석은 것이 무엇을 압니까. 다만 다만 선생님이 곧 오시기만 고대합니다. 유순 상서."
라고 하였다.

편지를 본 정선은 지금까지 타던 질투와 불쾌의 불길이 다 스러지고 그의 속에 숨어 있던 가리어 있던 감추어 있던 깨끗한 혼, 사랑과 동정으로 된 혼이 깨었다. 아아, 그러면 남편은 역시 그가 노 말하던 농촌사업을 위해서 달아났는가. 아아, 그러면 남편은 여전히 나를 사랑하는가. 아아, 그러면 유순이라는 여자는 결코 남편을 유혹하는 요물은 아니던가.

'내가 잘못했소. 다 내가 잘못했소. 내 곧 가께요 내 곧 가께요. 내 곧 가서 병구완하께요.'
하고 정선은 오직 사랑이 넘치는 맘으로 저녁차로 떠날 준비를 하였다.

'아, 차보다도 비행기로 갈까.'

정선의 맘은 조급하였다.

2-41

정선이가 처음으로 할 일은 아버지에게 전화를 거는 것이었다—

"아버지. 정선이야요. 네. 허서방이 시골 가서 병이 중하다고 의사를 하나 데리고 저더러 오라구요. 네. 네. 저 저녁차에 갈 텐데 아버지, 의사를 하나 구해주세요. 네, 돈은 있어요. 그럼 아버지가 어떻게 가십니까. 네. 떠나기 전에 집에 갈 테야요."
이러한 전화다.

윤참판은 일변 놀랐지마는 또 일변 기뻐하였다. 이혼을 염려하던 그는 숭의 부처간에 아직도 애정의 연결이 있는 것을 본 까닭이다. 딸이 이혼하는 것—시집에서 쫓겨 오는 것을 보는 것보다는 차라리 과부가 되는 것이 나을 듯하였다.

그날 밤에 정선은 그 친정 동생들의 전송을 받으며 남대문 정거장에 섰다. 의사 곽박사가 정선과 동행하기로 하였다. 곽박사에게 여비를 준 것은 물론 윤참판이었다. 윤참판은 간호부 하나까지 얻어서 뒤따라 정거장으로 내보냈다.

이리하여 정선의 일행은 세 사람이었다.

봉천으로 가는 차. 오후 열 시 사십 분.

차는 떠났다. 정선은 승강대에서 동생들과 작별 인사를 하고 전송 나온 사람들이 아니 보이게 될 때까지 서 있었다. 정선은 이 가을밤에는 너무도 선선해 보이는, 살이 비치는 은조사 적삼에 둥근 남 무늬 있는 보일 치마를 입고 구두만은 검은 칠피[269]를 신었다. 머리는 가마 있는 데 약간 속을 넣어 불룩하게 하고 쪽이 있는 듯 없는 듯하게 틀었다. 그리고 금테 안경을 썼다. 그는 아직 여학생 같았고 남의 부인 같지를 아니하였다. 전깃불빛에 보는 그의 살빛은 마치 호박으로 깎은 듯하였다. 엷은 옷을 통하여 살까지도 뼈까지도 투명한 듯하였다. 그의 짧은 회색 치마폭이 살빛 같은 스타킹에 싸인 길쭉한 두 다리를 펄렁펄렁 희롱하였다.

별로 집을 떠나본 일이 없는 정선은 이렇게 차를 타고 나서는 것이 큰일 같았다. 더구나 경의선이라고는 개성까지밖에는 못 와 본 정선이라 알지 못하는 나라로 들어가는 것만 같았다. 그뿐인가. 앓는 남편을 찾아가는 길이다.

정선이가 자리에 돌아오는 길에,

"아 미세스 허!"

하는 소리에 고개를 돌렸다.

"어디 가십니까."

하고 손을 내미는 이는 천만뜻밖에도 이건영 박사였다.

정선은 억지로 웃음을 지으면서 이박사에게 손을 주었다.

이박사는 정선의 손을 흔들며,

"미세스 허. 미스 최, 소개합니다. 최영자 씨신데 내랑[270] 여자고등사범학교를 졸업하시고 이번 ○○여자고등보통학교에 부임하시게 되었습니다."

하고 이박사는 고개를 기울여 미스 최영자라는 여자의 얼굴을 들여다본다. 애정을 보이려 함인 듯하였다.

"최영자올시다."

하고 미스 최라는 이는 일본식으로 읍하고 허리를 굽혔다.

"네, 저는 윤정선이야요."

하고 정선은 서양식으로 잠깐 고개를 숙였다.

"이 어른은 변호사 허숭씨 영부인, 이화의 천재시요 미인이시죠."

하고 이건영 박사는 얼굴 근육을 씰룩하였다.

정선은 이것들은 또 언제부터나 만났나 하고 두어 번 두 사람을 보았다. 이건영 박사는 심순례를 차버린 후에도 같은 학교의 여자를 둘이나 한꺼번에 희롱하였다. 그러다가 인제는 이화에서는 완전히 신용과 명성을 잃어버리고 일본 갔던 여학생들을 따라다닌다는 소문을 정선도 들었다. 미스 최도 그중에 하나로 아마 이번에 한차를 타고 유혹을 하는 모양이로구나 하였다.

2-42

"그런데 혼자 가시는 길입니까."

하고 이건영 박사는 정선에게 자리를 내어주며 물었다.

"네, 의사 한 분하고 같이 갑니다."

"의사!"

하고 이건영은 얼른 남편을 잃은 정선과 어떤 의사의 사랑, 달아남을 연상한다.

"저 그이가 시골서 병이 나서 그래서 의사를 청해가지고 갑니다."

하고 정선은 남편한테 간다는 것이 맘에 흡족하였다.

"그이? 미스터 허가?"

하고 이박사는 한 번 더 놀란다.

"네. 농촌사업 한다고 시골 가 있었지요. 변호사는 다 집어치고."

하고 정선은 유순의 편지에서 얻은 지식을 가지고[271] 이 기회에 자기의 남편이 자기를 떠난 까닭을 합리화하고 변명하는 것이 기뻤다. 실상 세상에는 허숭이가 종적을 감춘 데 대하여 여러 가지 불미한 풍설이 있었기 때문이었다. 그중에도 가장 정선의 귀에 듣기 싫은 풍설은 허숭이가 정선을 버리고 달아난 것은 정선과 김갑진의 추한 관계를 안 때문이라는 것이다.

"네, 농촌사업 좋지요."

하고 이건영은 자기도 일찍이 농민운동을 하기로 결심하였던 것을 생각하고 그리고 오늘날 죽도 밥도 못 된 것을 생각하고 감개가 없지 아니하였다. 사실상 이건영은 귀국한 지 근 일 년에 계집애들의 궁둥이를 따르고 살맛과 입술맛을 따른 것 외에 그러하느라고 다른 일은 한 것이 없었다. 인제는 교회에도 신용을 잃고 교육계에서도 신용을 잃어서 아직 아무 데도 취직도 못하였지마는 그래도 닥터 리를 따르는, 그에게 몸을 만지우고 입을 맞추는 여자는 자취를 끊지 아니하였다. 예수교회 계통의 여자들 중에는 이박사는 색마라는 평판이 났지마는 그래도 그 예쁘장한 얼굴, 좋은 허우대, 말솜씨, 박사 칭호에 홀려지고 싶은 여자가 노상 없는 것이 아니요, 더구나 교회 이외에 여자들에게는 이박사는 전혀 온전한 새 사람이었다. 미스 최는 그중에 가장 재산이 있고 얼굴도 얌전한 여자였다. 이박사는 조선에서 월급 생활로는 도저히 넉넉한 생활을 할 수 없는 것을 알기 때문에 자기가 독신인 것을 밑천으로 부잣집 딸에게 장가를 들어 처가 덕으로 거드럭거려보겠다는 계획을 세운 것이었다. 심순례를 사랑한 것은 그가[272] 상인의 딸이라는 것이요, 그를 차버린 것은 순례의 집에 재산이 없음을 안 까닭이었다. 미인이요 부자인 여자—이것이야말로 이건영 박사의 부인이 될 자격이 있는 것이었다. 그러나[273] 교회 안에는 이러한 자격을 구비한 이가 드물었다. 그는 욕먹는 귀족의 딸이라도, 부잣집 딸이면 얼굴과 살이 밉지만 아니하면 장가를 들고 싶었다. '돈이 제일이다. 욕은 먹으면 어떠냐. 돈이 제일이다' 하는 것이 요새의 이박사의 철학이 되고 말았다. 미스 최는 어떤 술 회사 하는 도 평의원의 딸이었다. 미스 최라는 여자 자신은 맑은 정신 가진 이박사가 탐할 만한 곳은 아니었다.

"부모가 상관있소? 본인만 보면 고만이지."

하고 이박사는 미스 최 교제에 반대하는 옛 친구에게 장담하였다. 그러나 실상은 그가 보는 것은 미스 최 본인보다도 그의 아버지의 돈이었다.

싫다는 곽박사를 침대차로 들여보내고 정선은 혼자 좌석에 앉아 있었다. 젊은 여자가 혼자 침대에 들어가는 것은 하물며 다른 남자와 함께 침대로 들어가는 것은 마땅치 아니하게 생각한 까닭이었다.

정선이가 바라보니 이박사는 미스 최를 침대로 가자고 유인하나 최도 정선과 같은 이유로 거절하는 모양이었다. 이박사는 무안한 듯이 혼자 세면소에 가서 세수하고 머리에 빗질을 하고 돌아와 앉는 양이 보였다.

2-43

정선은 잠깐 졸다가 정거하는 고요함에 깨었다. 유순의 편지를 받은 후로 하루 종일 흥분되었던 까닭에 몸이 몹시 피곤하였다. 이건영 박사가 빨간 넥타이를 펄펄거리며[274] 왔다 갔다 하는 양이 보였다. 개성이다. 개성이면 알 사람도 많으리라 하고 차창으로 내다보았다. 꽤 많은 사람들이 짐을 들고 왔다 갔다 하였다.

"굿바이."

하는 서양 여자의 소리, 그도 귀 익은 소리에 정선은 고개를 안으로 돌렸다. 그것은 오래 이화에 있다가 지금은 평양에 교장으로 가 있는 홀 부인이었다. 조선 사람들은 그를 홀 부인이라고 부르지마는 기실은 그는 아직 시집 가본 일도 없는 미스 홀이었다. 그는 문에서 들어온 첫 창 앞에 서서 전송 나온 사람들에게 인사를 하고 있었다.

차가 떠났다.

미스 홀은 조그마한 가방 하나를 들고 빈자리를 찾아 두리번거렸다.

정선은 마주 가서 홀 부인의 가방을 받았다.

"아 정선이!"

하고 홀 부인은 반가운 듯이 정선의 손을 잡고 어깨를 만졌다.

이박사는 홀 부인을 몰랐기 때문에 두어 자리 건너서 이 광경을 바라보고 있었다.

"언니!"
하고 홀 부인의 등 뒤에 정선의 어깨를 치는 이가 있었다.
"아이 순례야."
하고 정선은 어깨를 치는 손을 잡았다.
"언니 어디 가우?"
하고 순례는 반가움을 못 이기어 하는 듯이 정선에게 매달렸다.

순례라는 말에 이박사는 얼굴에 피가 모였다. 순례의 얼굴이 눈에 번쩍 나타나자 이박사는 바깥을 바라보는 것처럼 창 있는 쪽으로 고개를 돌려버렸다.

미스 최도 이박사의 황당한 양이 눈에 띄었다.
"이리 오세요. 여기 자리 있어요."
하고 정선은 순례의 눈에 이박사가 보이지 아니하도록 순례를 한편 옆에 끼고 제자리로 걸어가려 하였다.

그러나 순례의 눈에는 이박사의 뒷모양이 눈에 띄었다. 그것만으로도 이것이 이건영인 줄을 알기에 넉넉하였다.

순례의 발은 땅에 붙었다. 순례의 눈에는 유리창에 비친 이건영의 얼굴이 보였다. 아무것도 모르는 순례를 실컷 희롱하고 돈이 없다고 박차버린 이건영이다. 순례의 가슴에 일생 가도, 삼생을 가도 미래 억만 생을 가도 고쳐질 수 없는 아프고 쓰리고 아린 생채기를 내어놓고 달아난 이건영이다. 슬픔을 모르는 순례에게 피가 마르는 슬픔을 박아준 이박사다. 사람은 다 천사로 알던 순례에게 사내는 모두 짐승이요 악마라는 쓰디쓴 생각을 집어넣고 달아난 이박사다. 순례는 이박사가 그동안 이 여자, 저 여자, 살맛과 입술맛을 보며 돌아다닌다는 소문을 들었다.

그러한 이건영 박사를 오늘 여기서 만날 줄이야.

순례는 그 일이 있음으로부터 도무지 밖에를 나오지 아니하였다. 그것은 이박사를 만날까 두려워함이었다. 도무지 이건영 박사를 만나는 것이 무서웠다. 맘 한편 구석에는 이박사를 그리워하는 생각이 있으면서도 이박사를, 그 얼굴을, 그 눈을, 이 입술을, 자기의 몸을 두루 만지는 그 손을 보기가 무서웠다. 그 사람을 만나기만 하면 자기는 귀신을 만난 것과 같이 맹수를 만난 것과 같이 기색[275]해버릴 것 같았다. 그렇지 아니하면 자기가 정신을 잃어버리고 미친 사람이 되어서 이건영의 모양낸 양복을 찢고 빨간 넥타이로 목을 매어 죽이든지, 그 말 잘하는, 거짓말 유혹하는 말 잘하는 혓바닥을 물어 끊어버리든지, 그 여러 여자의 입술을 빨기에 빛이 검푸르러진 입술을 아작아작 씹어버리든지, 그 여러 처녀의 살을 맘대로 만지던 손을 톱으로 잘라버리든지 결단을 내고야 말 것 같았다.

2-44

정선은 순례를 안다시피 하여서 자리에 끌어다가 앉히고,

"글쎄 그 사람은 왜 보니. 그까진 건 잊어버리고 말지. 또 미스 최라나 한 여자를 후려 데리고 가는구나. 일본 유학생이래, ○○여학교에 교사로 간다는데 귀축축하게[276] 따라가는걸."

하고는 해쓱해지는 순례의 낯을 본다.

순례는 본래 연약한 여자는 아니지마는 이건영 박사를 생각하면 곧 빈혈을 일으키고 기절할 듯하였다. 오늘도 뜻을 굳게[277] 먹고 참았으나 눈앞이 노랗게 됨을 깨달았다. 순례는 정선의 어깨에 머리를 기대고 조는 듯이 눈을 감았다. 이것이 견딜 수 없는 고통을 억제하는 도리였다.

홀 부인은 순례의 맞은편에 말없이 앉아서 한참이나 기도를 올리는 모양이었다.

홀 부인은 이화에 있는 동안 순례를 딸같이 사랑하였다. 그는 순례를 부를 때에 사실상 딸이라고 불렀다. 그는 순례가 조선 처녀답게 순진하고 말없고, 무겁고, 그러고도 지혜가 밝고 감정이 예민한 것을 사랑하였다. 순례가 이건영 박사에게 농락을 받았다는 말을 듣고 홀 부인은 한선생을 찾아가서 크게 항의를 하였다. 순례는 이박사와의 혼인에 대한 말을 일절 아무에게도 홀 부인에게도 알리지 아니하였던 것이었다.

"정선. 그 사람 닥터 리요?"

하고 홀 부인은 비로소 입을 열어서 정선에게 물었다.

"네."

하고 정선은 고개를 끄덕였다.

홀 부인은 몸을 기울여서 이박사가 앉은 곳을 흘겨보았다. 그러고는 치미는 감정을 억제하는 듯이 두 손을 깍지를 껴서 틀었다. 입속으로는 무슨 말을 중얼거렸다.

한참이나 세 사람은 말이 없었다.

“나 이박사 그저 둘 수 없소. 말 한번 해야겠소.”

하고 홀 부인은 모자를 벗어놓고 일어났다.

홀 부인은 이박사의 곁으로 걸어갔다.

“이박사시오?”

하고 말을 붙였다.

이박사는 벌떡 일어났다.

“나 미스 홀이오.”

하고 홀 부인은 미스 최에게 대하여 잠깐 목례하고 그 곁에 앉았다. 이박사는 악수를 기다리고 손을 내밀었으나 홀 부인은 손을 내밀지 아니하였다.

“이박사, 심순례 사랑한 일 있습니까?”

하는 홀 부인의 어성은 칼날 같았다.

“네, 잠시, 저, 어떤 사람의 소개로 교제한 일 있지요.”

하고 이박사는 좀 당황하였다. 상대편인 심순례가 지척에 지키고 있으니 이박사의 웅변도 나올 예기〔銳氣〕를 꺾임이 되었다.

“내가 다 압니다. 한선생 이박사를 믿고 사랑해서 이박사에게 심순례 소개하였고, 이박사 한선생께 말씀하기를 그 여자 심순례 맘에 든다고, 혼인한다고 말하여, 이박사 심순례 두 사람 밤에 같이 놀러 나가고, 혼인식 아니 했으나 혼인한 부부 모양으로 팔 끼고 다니고 심순례 마음에 이박사 내 남편이라고 믿게 하고, 그러하나 다른 여자—그 여자 나 잘 아오, 내 학생이오마는 나 이름 말 아니 하오, 다른 여자 부잣집 처녀 욕심나서 심순례 교제 끊고, 또 다른 여자 둘, 아니 셋 심순례 한가지로 사랑하는 줄 그들로 하여금 믿게 하였다가, 또 미스 최."
하고는 미스 최를 바라보며,
"용서하시오. 나 미스 최 누구신지 잘 알고, 잘 알므로 미스 최 듣는 데서 이 말씀하오."
하여 미스 최에게 변명을 한 후에 다시 이박사를 대하여,
"또 미스 최, 돈 보고. 이박사 사람 보고 사랑 아니 하오, 돈 보고 사랑하오. 내가 잘 아오. 미스 최 돈 보고 또 사랑하오. 그러할 수 없소. 하나님, 하나님 보시고 있소. 사람 속여도 하나님, 전지전능하신 하나님 도무지 속일 수 없습니다. 나 심순례 딸같이 사랑하오. 심순례 참으로 좋은 여자요. 그 심순례 이박사 때문에 병났소. 병나서 공부 못 하고 불쌍해서 내가 평양으로 데리고 가오. 당신 만나는 것 심히 무서워하오. 당신 서울 돌아다니니까 만날까 무서워하므로 내가 집에 데리고 가오. 이박사 회개하시오. 하나님 믿고 예수 말씀 잘 생각하시오."
하고는 이박사의 대답도 안 듣고 일어나버렸다.

2-45

홀 부인은 일어나면서 이박사와 미스 최를 한번 돌아보았다. 이박사의 낯빛은 파랗게 질리고 입술은 보랏빛이 되어 떨었다. 미스 최는 이마를 창틀에 대고 우는 모양이었다.
"오해요, 오해요."

하는 뜻을 이박사는 영어로 소리쳤다. 그러나 그 소리는 목 밖에 잘 나오지를 아니하였다.

"오해?"

하고 홀 부인 돌아섰던 몸을 다시 돌려서 한 걸음 이박사의 곁으로 다시 가 서며,

"오해요? 내가 이박사 오해했습니까. 대단히 기쁜 말씀입니다. 이박사 그렇게 악한 사람 아니라고 내가 믿게 되기 바랍니다. 이박사 젠틀맨이요, 크리스천이요, 조선 동포의 리더―지도자 되어야 할 양반이오. 나 이박사 그렇게 인격 없는 사람이라고―그렇게 남의 집 딸 유혹이나 하고 그러한 사람으로 믿고 싶지 아니합니다. 내 생각 다 오해라고 하시면 대단히 감사합니다. 그 오해 풀리도록 심순례와 나 있는 앞에서 말씀해주실 수 있습니까."

하고 빙그레 웃었다.

그러나 이박사는 따라오려고 아니 하였다. 그는 다만 힘없는 소리로,

"홀 부인 전혀 오햅니다."

한마디를 되풀이할 뿐이었다.

"오해라는 말씀만으로 오해 도무지 풀리지 아니합니다. 지금 오해 푸실 기회 마지막 기회 드려도 그 기회 아니 쓰시면 이박사 변명할 아무 재료 없는 것을 내가 알 것입니다."

하고 홀 부인은 자리에 돌아와버렸다.

이등 차실에는 손님이 없었다. 만주가 뒤숭숭하고 또 병이 든다고 하여 객이 적은 데다가, 있는 이도 침대로 들어가버리고 남은

것은 홀 부인, 정선, 순례, 이박사 일행밖에는 두어 사람밖에 없었다.

홀 부인이 이박사와 말하는 동안에 정선은 순례에게 여러 가지로 위로하는 말을 주었다.

"글쎄. 그까짓 녀석을 왜 못 잊어버리니? 그 녀석이 사람이냐 개지."

이렇게도 정선은 말해보았다. 그러면 순례는,

"그래도 어디 그렇소. 나는 안 잊히는데."

하였다.

"무섭다면서?"

"무섭긴 해도 안 잊히는 걸 어찌하오? 세상 사람들이 그이를 숭보면 듣기가 싫여."

하고 순례는 웃는 듯 우는 듯 낯을 감춘다. 그는 웃는 체 우는 것이었다.

"네가 그렇게 생각하기로 그 녀석이 너한테 다시 오려던?"

"그야 그렇지, 언니. 그래두."

"도루 오기로 네가 받자하겠니?"

"도루 오면 받지 어떡허우? 내가 이제 다른 데로 시집 못 갈 바에야."

"시집은 못 가니? 혼인했다가 이혼도 하는데, 무어 어쨌다고 너 그 녀석께[278] 몸은 아니 허했지? 처녀는 아니 깨뜨렸지?"

"처녀란 어디까지가 처녀요 언니? 나 처녀 같지가 아니하고 꼭 그이의 아내가 다 된 것만 같은데."

"이 애도. 처녀가 무엇인지 우맨이 무엇인지 모르니?"

"난 모르겠어. 난 이만하면 벌써 처녀가 아니라고 생각하우. 내 맘이 그런 걸 어떡허우."

하고 순례는 또 운다.

이러한 때에 홀 부인이 돌아왔다. 홀 부인은 우는 순례를 본체만체하고 창을 바라보나 그의 눈에 눈물이 있었다.

홀 부인은 일부러 화제를 돌리느라고,

"정선이 어디 가오?"

하고 물었다. 이박사 사건 때문에 정선이가 어디 가는 것도 물을 새가 없었던 것이다.

"남편이 시골 가서 병이 나서, 의사를 데리고 갑니다."

하였다. 그리고 정선은 이 대답을 하는 자기의 신세를 순례보다 퍽 행복되게 생각하였다.

2-46

정선에게 허숭의 뜻을 들은 순례는 감탄하는 듯이,

"나도 그런 일이나 했으면."

하였다. 그 말이 퍽 간절하였다.

"이 애는."

하고 정선은 어린 동생이나 딸을 귀애하는 듯이 제 손수건으로 순례의 눈물을 씻고 얼굴에 흩어진 머리카락을 쓸어 올려주며,

"네가 그래 그 시골을 가서 살아? 오줌똥 냄새가 코를 바치고 빈대, 벼룩이가 끓고, 도배도 장판도 없는 흙방에서 전등이 있나, 전화가 있나, 아침저녁 만나는 사람이라고 시골 무지렁이들인데 네가 그래, 서울서 생장한 애가 그 속에서 살아?"

하고 정선은 순례의 슬픔을 잊게 할 겸 깔깔 웃었다.

"왜 못 사우? 시골 사람들이 서울 사람들보다 더 순박하고 인정이 많다는데―난 시골 가서 살고 싶수―할 일만 있으면."

하고 순례는 제 손을 본다. 그것은 세숫물밖에는 개숫물도 못 만져본 손이다. 낫자루, 호미자루는커녕 부지깽이 한 번도 못 잡아본 손이다. 정선의 손은 더구나 그러하였다. 그들의 손은 노동이라고 하면 끼니때에 수저 잡는 것, 학교에서 연필 잡고, 피아노 치는 데나 썼을까. 분결같이 희고, 붓끝같이 고운 손이다. 굳은살 하나, 거스러미 하나 없는 살이다. 그 손들은 도회에 있으면 사내들에게 장난감밖에 아니 되는 손이다. 오곡이 되고 백과가 되고 피륙이 되고 하는 농촌 여자의 손―그것은 검고, 거칠고, 크고, 굳은살이 박이고, 모기가 앉아도 주둥이 침이 아니 들어가고, 거머리가 붙어도 피가 아니 나오는 손이다.

"흥."

하고 순례는 기껏 어멈의 손을 상상하여 제 손과 비교해보았다. 도회 여자는 손으로 벌어먹지 아니한다. 그는 이쁘장한 얼굴과 부드러운 살과 아양으로 사내의 총애를 받아서 벌어먹는다. 이 세 가지만 구비하면 그 여자는 가만히 누워서 보약과 소화약이나 먹고 남편이라고 일컫는 남자의 장난감이 되면 일생 팔자가 늘어진 것이다(만일 그러한 팔자를 늘어진 팔자라고, 늘어졌다는 팔자가 좋은 팔자라고 할 양이면 말이다).

"그럼 언니는 어떡하려우? 허선생은 시골 가셔서 농촌사업을 하시는데 언니는 혼자 서울 있수?"

하고 순례는 아까보다 원기를 회복한 모양이었다. 적어도 억제력, 슬픔과 괴로움을 누르는 억제력만은 회복한 모양이었다.

"그럼. 왜 나 혼자 서울 못 있니?"

하고 정선도 제 말에 의심이 없지 아니하면서 대답하였다.

"아이 참."

하고 순례는,

"그게 말이 되우?"

하고 가엽게 웃었다.

홀 부인은 순례가 웃는 것만이 기뻤다.

"왜 말이 안 돼?"

하고 정선은 여전히 자신 없는 항의를 하였다.

"어디 두고 보까."

하고 순례는 이번에는 좀더 쾌활하게 웃었다.

정선도 웃고 홀 부인도 웃었다.

정선이가 ○○역에 내린 것은 이튿날 새벽, 아직 해도 뜨지 아니한 때였다. 이박사는 어디서 내렸는지 알 수 없고 미스 최만이 눈이 붉어서(울고 잠 못 잔 탓인 듯) 부끄러운 듯이 그러나 정숙스럽게 정선에게 인사를 하였다. 홀 부인과 순례는 물론 벌써 평양에서 내렸다.

정선은 일본식으로 허리를 굽히는 미스 최의 손을 힘 있게 잡으며,

"이박사와 약혼하셨어요?"

하고 물었다.

"아니요. 아버니는 약혼을 하라지마는…… 아직 아니 했어요."

하고 낯을 붉힌다.

정선은 이박사가 어디서 내렸느냐 하는 말도 묻지 아니하였다. 아마 미스 최에게 물리침을 받고 평양에서 내려서 또 어떤 부잣집 딸을 고르기로 작정하였으리라고 생각하였다. 혹은 순례의 뒤를 따른 것이나 아닌가 하였다.

"실례 말씀이지마는 이박사 주의하세요. 못 믿을 남자입니다."

하고[279] 손을 흔들었다.

미스 최의 눈에서는 새로운 눈물이 쏟아짐을 정선은 보았다.

2-47

정거장에는 살여울 동네 사람 하나가 나와서 등대하고 있었다. 정선이가 어제 아침에 허숭에게 전보를 놓았던 까닭이다. 그 동네 사람은 이등차에서 내리는 사람을 바라고 섰다가 마주 와서,

"서울서 오시는 윤정선씨시우?"

하고 물었다.

그렇다는 대답을 듣고 그 사람은 정선의 짐과 곽박사의 짐을 받아들었다.

그러고는 정거장 밖으로 앞서서 나왔다. 밖에는 동네 사람이 이삼 인이나 나와 있었다. 그들은 다 이번 황기수 사건에 잡혀갔다가 일심에 무죄 판결을 받아 나온 사람들이었다. 주범 맹한갑만 삼 개월 징역의 언도를 받아 공소하고 다른 일곱 사람은 혹은 무죄로 혹은 집행유예로 다 나왔다. 그들은 이것이 다 허변호사의 덕이라 하여 나온 뒤에는 숭의 집 일을 제 일같이 보았다.

그들은 정선과 곽박사의 묻는 말에 대하여 허숭의 병이 중하지마는 그리 위험치는 아니하다고 하였다.

무너미 고개에는 남녀 군중이 삼사십 명이나 마중을 나와 있었다. 이번 재판이 있은 후로, 사람들이 무사히 나온 후로, 동네 사람들의 숭에 대한 존경이 갑자기 더하였다. 더구나 숭이 제 일가 사람들도 아랑곳 아니하는 동네 사람들의 염병을 구완하다가 병이 든 것을 보고는 동정이 심히 깊었다. 그들은(그중에 돈푼이나 지니고 사는 거만한 몇 집을 빼고는) 하루에 한두 번씩 숭의 집에 문병을 가고, 숭은 정신을 잘 못 차리지마는 양식과 나무와 일습을 대었다.

정선은 이렇게 동네 사람들이 많이 마중을 나온 것에 놀랐다. 구경을 나온 것이 아닌가고 생각도 해보았다. 그러나 그들의 얼굴에는 마치 오래 멀리 가 있던 친족이나 만나는 듯이 반가워하는 빛이 보였다.

동네 사람들은 처음에는 서먹서먹하여 마치 외국 사람이나 대하는 듯이, 내외나 하는 듯이 말도 잘 붙여보지 못하였으나 정선이가 차차 한 마디 두 마디 말대답하는 것을 보고는 친해져서,

"차에서 밤잠을 못 자서 곤하겠군."
하고 반말을 하는 아주머니조차 나서게 되었다.

정선은 그러는 동안에도 눈을 돌려서 유순이라는 계집애가 어디 있나 찾아보았다. 그러나 그럼직한 아이는 없었다.

"자 어서 가보아야지. 이러구 있으문 되나."
하는 어떤 노인의 재촉으로 정선을 에워싼 진이 풀리고 정선은 동네를 향하여 걸음 걷기를 시작하였다.

주재소에서 경관이 나와서 정선과 곽박사를 붙들고 몇 마디 물었다.

정선의 일행이 우물 앞에 다다랐을 때에 유순이가 마주 나왔다.

유순은 앞선 곽박사를 위하여 옛날식으로 길가에 돌아서 길을 피하였다. 그러고는 몇 걸음을 더 걸어오다가 정선을 바라보고는 머뭇머뭇하다가 아무 말도 없이 정선에게 길을 피하였다.

"순아. 이이가 허변호사 댁이다."
하고 어떤 부인네가 유순에게 말하였다.

이 말에 정선은 기회를 얻어 발을 멈추고 돌아섰다.

정선은 손을 내밀어 유순의 손을 잡고,

"유순씨세요? 나 윤정선이야요. 편지 주신 거 고맙습니다."
하고 웃어 보였다.

"유순입니다."
하고 유순은 학교에서 선생 앞에 하듯이 경례를 하였다.

"이 애가 여태껏 허변호사 병구완을 한다네, 어디 친부모형제를 그렇게 할 수가 있나."

하고 옆의 노인이 유순을 위하여 말하였다.

"고맙습니다."

하고 정선은 유순의 인사에 답례로 고개를 숙였다.

유순은 낯을 붉혔다.

2-48

동네를 지나가는 동안에도 사람들이 많이 나와서 정선을 맞았다. 그리고 남편의 병을 위하여 근심하고,

"가만히 호강을 해도 좋을 사람이 우리를 위해서."

하여주는 사람도 많았다.

정선은 자기 남편의 사업이란 것의 뜻이 알아지는 것 같았다.

정선이 남편의 집 마루에 발을 올려놓을 때에는 곽박사는 벌써 숭의 병을 보고 있었다.

숭은 마침 정신이 좀 났다.

열은 삼십구 도. 복부가 창하여[280] 의사는 관장의 필요를 말하였다.

정선은 병실 문 안에 들어서서 앓는 남편을 바라보았다. 남편의 탄 입술, 거뭇거뭇하게 난 수염, 흐트러진 머리, 그것은 차마 못 볼 광경이었다.

곽의사는 정선을 위하여 병자의 곁으로부터 물러앉았다.

정선은 곽의사가 내준 자리에 앉으며 남편의 여윈 손을 두 손으

로 잡았다. 그러고는 걷잡을 수 없이 울었다. 무조건으로 울었다.

숭도 아내를 물끄러미 바라보더니 눈에서 눈물이 흘렀다.

두 사람은 말이 없었다.

이로부터 이 주일 후 숭은 정선에게 부축을 받아 마당으로 거닐게 되었다.

정선은 전심력을 다하여 남편을 간호하였다. 병중에 있는 남편에게서 정선은 전에 몰랐던 아름다움을 발견한 것도 적지 아니하였다. 숭도 정선의 속에 있는 아름다운 정선을 발견하였다.

"병이 낫거든 서울로 갑시다."

하고 하루는 정선이가 달내강 가에 앉아서 늦은 가을의 볕을 쪼이며 이야기하였다.

"나더러 서울로 가자고 말고, 당신이 여기 있읍시다."

하고 숭은 팔을 들어 정선의 허리를 안았다. 정선은 끌리는 대로 남편의 몸에 기대었다. 남편의 몸에는 벌써 그만한 힘이 생겼다.

"그래두."

하고 정선에게는 아직도 시골에 있을 결심이 생기지를 아니하였다.

"그래 이 달내강의 맑은 물이 청계천 구정물만 못하오?"

하고 숭은 아내의 낯을 정답게 들여다보았다.

"그야 달내강이 낫지."

하고 정선은 웃었다.

"또 저 벌판은 어떻고, 산들은 어떻고, 대관절 이 공기와 일광이 서울 것과 같은 줄 아오? 당신같이 몸이 약한 사람은 이런 조용하고 공기 일광 좋은 곳에 살아야 하오. 당신 오라버니도 호흡기병으로 안 죽었소? 여기 있읍시다.

우리 여기서 삽시다. 여기서 농사하는 사람들과 함께 삽시다. 그리고 우리 힘껏 이 동네 하나를 편안한 새 동네를 만들어봅시다. 이 동네 사람들이 서울서 내라고 하는 사람들보다 인생 가치로는 더 높소. 또 조선은 십분지 팔이 농민이란 말요. 이천만이면 일천 육백만이 농민이란 말요. 나머지 사백만은 농민의 등을 긁어먹고 사는 사람들이고 우리도 농민의 땀으로 지금까지 살아왔으니까 만일 양심이 있다고 하면, 좀 갚아야 아니하겠소. 정선이 서울 갈 생각 마오, 응."

하고 숭은 이번 만나서 처음으로 정선의 입을 맞추었다.

정선은 마치 처음으로 이성에게 키스를 당하는 처녀 모양으로 낯을 붉혔다. 그리고 누가 보지나 않는가 하고 사방을 둘러보았다. 사람은 없고 강 건너편에 아직 코도 꿰지 아니한 송아지가 이쪽을 바라보고 있었다.

"당신이 있으라면 있지요."

하고 정선은 숭을 바라보고 웃었다. 숭의 얼굴에는 살이 붙었으나[281] 아직도 병색을 놓지 아니하였다.

2-49

정선은 남편에 대해서 시골에 있으마고 말을 해놓았으나 도무지 서울이 잊히지를 아니하였다. 서울은 정선에게 잔뼈가 굵은 데일뿐더러 수십 대 살아오던 고향이라고 할 수 있다. 비록 예산이 집이라고 하지마는 벼슬하는 조상들은 만년에나 예산에서 한 일월[282]을 보냈을 뿐이요 일생의 대부분을 서울에서 산 것이다. 게다가 정선은 시골 생활이라고는 삼방, 석왕사의 피서지 생활밖에 해본 일이 없었다. 그러므로 시골은 외국 같았다. 외국이라 하더라도 야만인이 사는 외국, 도무지 서울 사람이 살 수 없는 오랑캐 나라와 같았다. 그 발 벗고 다니는 촌 여편네들, 시커먼 다리를 내놓고 남의 집을 막 드나드는 사내들, 걸핏하면 무엇을 집어가는 아이 놈들, 이 무지하고 상스러운 사람들 틈에서 어떻게 사나 하는 생각이 있었다.

"그런데 왜들 그렇게 무지스럽소 사람들이? 어디 그리 순박이나 하우? 애들은 도적질이 일쑤고. 그 사람들이 오면 무시무시해. 그 사람들 속에서 당신 같은 사람이 어떻게 났소? 호호, 노여워하지 말아요. 당신은 시골 사람 숭을 보면 노여워합디다[283] 호호."

하고 정선은 앓고 난 남편을 괴롭게나 하지 아니하였는가 하여 숭의 기색을 엿보았다.

"그야."

하고 숭은 점잖게,

"농촌 사람의 성격 중에는 우리보다 나은 점도 있지마는 또 못한 점도 있지요. 바탕은 좋지마는 원체 오랫동안 윗 계급에 시달려 지냈거든. 게다가 근년에는 먹을 것조차 없으니 인심이 몹시 박해졌지요. 그걸 누가 다 그렇게 만든지 아시오?"

하고 숭은 정선의 아름다운 얼굴과 고운 몸매를 들여다보았다.

"누가 그랬을까."

하고 정선은 어리광하듯, 생각하는 양을 보였다.

"양반들. 서울 양반들 시골 양반들. 조선은 모두 양반들이 망쳐 놓았지요."

"또 양반 공격이로구려."

하고 정선은 새뜩하는 양을 보인다.

"당신네 양반은 큰 양반이지. 내 조상 같은 양반은 작은 양반이고. 죄야 큰 양반 작은 양반이 다 같이 지었지요."

하고 숭은 말을 좀 눅였다.

"그야. 양반이란 것들이 나라 정사를 잘못해서, 이를테면 국민을 바로 지도하지를 못해서 조선을 망쳐버린 것이야 사실이겠죠. 그렇지만 백성들은 왜 남 모양으로 혁명을 못 일으키우? 그놈의 양반 계급을 다 때려 부수고 왜 상놈 정치를 해보지 못했소?"

하고 정선은 상놈 공격을 시작한다.

"도무지 교육을 안 주었거든. 그리고 유교, 그중에도 노예주의인 주자학만 숭상해서 그 생각만 무지한 백성들에게 집어넣었거든. 그래서 양반, 중인, 상놈을 금을 그어가지고는 벼슬은 양반만 해먹고 중인은 역학이나, 의학이나, 수학 같은 기술 방면에밖에 못 나가고 나머지 상놈 계급은 자자손손이 아전 노릇이 아니면 농, 상, 공업밖에 못 해먹고——농, 상, 공업이 천한 것이 아니겠지마는 조선 양반들은 그것을 천한 것으로 작정을 해놓았거든. 그러고는 나랏일은 양반들만 맡아두고 했는데 그 나랏일이란 무엇인고 하니 나랏일이 아니라 기실은 자기네 집안이 잘살 길, 요샛말로 하면 제 지위와 재산을 마련하는 데 이용을 해먹었단 말이오. 그분들이 농사 개량을 했겠소. 상공업 발전을 생각했겠소. 국방을 생각했겠소? 생각이라고는 어떡하면 높은 벼슬을 많이 하고 어떡하면 돈을 많이 벌까 하는 것뿐이었소. 그중에는 정말 나라를 위한 사람도 있겠지마는 근대에는[284] 그런 사람은 별로 없었지요. 그러니까 말이오. 양반들이 죄를 지어서 농촌을 저 모양을 만들었으니 양반이 그 죄를 속해야 하지 않겠소. 어디 당신 양반을 대표해서 한번 농민 봉사를 해보구려."

하고 숭은 웃었다.

"난 큰 양반 대표고, 당신은 작은 양반 대표로?"

하고 정선도 웃었다.

3-1

숭의 건강은 날이 갈수록 회복되었다. 정선은 서울로[285] 떠나기 전 사흘 동안 비로소 남편과 한자리에서 잤다. 그들은 마치 신혼한 내외 모양으로 새로운 정을 느꼈다. 정선은 숭에게 서울까지 동행하기를 청했으나 숭은 듣지 아니하였다. 정선은 혼자 식전차를 타고 서울로 올라왔다. 숭은 앓고 나서 처음 정거장까지 먼 길을 걸었다.

"이렇게 걸음을 걸어도 괜찮을까."

하고 정선은 정거장까지 가는 동안에도 퍽 여러 걱정을 하였다.

"괜찮지."

하고 장담은 하면서도 숭의 이마와 등에는 식은땀이 흘렀다.

정거장에는 한갑 어머니와 유순이와 기타 동네 사람 남녀 십여 명이나 전송을 나왔다.

"내 아버지더러 집이랑 다 팔아달래 가지고 오리다."

하고 정선은 남편의 싸늘한 손을 꼭 쥐면서 맹세하였다. 정선의 눈에서는 눈물이 흐르고 코와 눈과 입의 근육이 씰룩거렸다. 어쩐 일인지 정선은 참을 수 없이 슬펐다.

차가 떠날 때에 정선은 창을 열고 내다보려 하였으나 겹창이 열리지를 아니하였다. 정선은 앉아서 울었다.

정선은 지나간 오십 일이 십 년이나 되는 것 같았다. 그동안에 숭이가 죽을 뻔한 일도 두어 번 당하고 감정과 의견의 충돌도 무수하였다. 그러나 그러는 동안에 정선은 숭을 좀더 알았다. 숭은 뜻이 굳고 맘에 그리는 생활이 자기의 것과는 달라서 적어도 전 조선을 목표로 삼고, 정은 있으면서도 정에 움직이지 아니하려고 애를 쓰고, 이런 모든 점을 발견하였다. 그 결과로는 숭이가 결코 못생긴 시골뜨기만이 아니요 존경할 여러 가지, 정선으로는 미치지[286] 못할 여러 가지가 있는 것도 발견했지마는 또한 숭은 정선이가 맘으로 원하는 남편의 자격이 없는 것도 발견하였다. 정선이가 맘으로 원하는 남편은 이 세상 많은 사람, 상류 계급의 많은 사람과 같이 이기적이요, 아내만 알아주는 사람(정선 자신은 이렇게 이름을 짓지 아니한다 하더라도 그 생각을 사정없이 해부한다면)이었다. 숭은 위인이 될는지 모르거니와 좋은 남편은 될 것 같지 아니하였다. 정선은 어떤 날 달냇가에서 하던 이야기를 생각했다——

"그래 당신은 혼자서 그러면 조선이 건져질 것 같소?"

이렇게 정선이가 물을 때에,

"글쎄, 나 혼자 힘으로 온 조선을 어떻게 건지겠소? 나는 살여울 동네 하나나 건져볼까 하고 그러지. 살여울 동넨들 꼭 건져질 줄 어떻게 믿소. 그저 내 힘껏 해보는 게지. 그밖에는 다른 도리가 없지 아니하오?"

이렇게 숭은 대답하였다.

"그러니깐 말요. 그렇게 될 둥 말 둥 한 일을 하노라고 어떻게 일생을 바치오? 그것은 어리석은 일 아니오?"

하고 정선이가 항의할 때에, 숭은,

"정선이 말과 같이 어리석은 일이겠지. 그러니까 약은 사람들은 이런 일은 아니 하지요."

하고 숭은 웃었다.

아무리 생각해도 숭이가 하려는 일은 공상이었다. 어리석은 공상이었다.

"왜 당신 배운 재주론들."

하고 정선은 다시 숭의 어리석은 생각을 돌리려고 애를 써보았다.

"변호사론들 조선 사람을 위하여 얼마든 좋은 일을 할 수가 있지 아니하오. 이런 시골구석에서 고생 아니 하고도 돈 벌어가면서 일류 명사 노릇 해가면서도 좋은 일 얼마든지 할 수 있지 않소?"

할 때에도 숭은,

"변호사 노릇을 아무리 잘하기로 굶어 죽는 농민을 도와줄 수야 없지 않소? 기껏 부잣집 비리 송사 대리인밖에 할 것이 무엇이오. 차라리 불쌍한 농민들의 대서를 해주는 것이 얼마나 좋은 일이오? 면소나 경찰서 심부름을 해주는 것이 얼마나 그들에게 도움이 되겠소?"

하고 듣지 아니하였다.

3-2

정선의 귀에도, 아니 양심에도 숭의 말은 진리에 가까운 듯하고 종교적 거룩함까지도 있는 듯하였다. 정선도 이 진리감과 정의감을 학교에서 배양을 받기는 받았다. 그러나 지금 세상에 누가 그런 케케묵은 진리와 정의를 따른담. 베드로와 바울이 이 세상에 다시 태어나더라도 그들은 정선과 뜻을 같이할 것같이 생각되었다. 숭은 분명히 어리석은 공상가였다. 남편으로 일생을 믿고 살기에는 너무도 맘 놓이지 아니하는 사내였다.

기차가 숭이가 있는 곳에서 차차 멀어갈수록, 서울이 가까워갈수록, 정선은 숭의 모양이 자기의 가슴속에서 점점 희미하게 됨을 깨달았다.

'인생의 향락!'

이 절대명령이 정선에게 저항할 수 없는 압력을 주었다. 정선은 그 아버지, 오빠, 모든 일가 사람들, 또 모든 동무들, 그들의 가정 어느 곳에서나 숭과 같이 어리석은 공상가의 본을 찾아낼 수가 없었다. 정선은 한선생을 안다. 정선의 삼종숙[287] 한은 선생이 이 한민교라는 선생을 위인처럼 칭찬하는 것을 여러 번 들었다. 그러나 한선생이 다 무엇이냐. 그 궁하게 생긴 얼굴, 초라한 의복. 만일 숭이가 한선생과 같이 된다면? 싫여! 싫여! 누가 그 아내 노릇을 해! 나이 오십이 넘도록 셋방살이가 아니냐. 한 달에 백 원 내외의 월급을 받아가지고, 아아, 생각만 해도 소름이 끼쳤다. 그것이 사람 사는 거야?

신촌역을 지나서, 굴을 지나서 서울의 전깃불 바다가 전개될 때에 정선은 마치 지옥 속에서 밝은 천당에 갑자기 뛰어나온 듯한 시원함을 깨달았다. 기쁨을 깨달았다.

경성역의 잡답,[288] 역두에 늘어서서 손님을 기다리는 수없는 택시들. 그들은 손님을 얻어 싣고는 커다란 두 눈을 부릅뜨고 소리를 지르며 달아났다.

이것이 인생이었다. 살여울, 달내, 초가집, 농부들——그들은 정선에게는 마치 딴 나라 사람들이었다. 도무지 공통된 점을 못 찾을 듯한 딴 나라 사람들이었다. 무의미를 지나쳐서 불쾌한 존재였다.

"아이, 아씨."
하고 집에서는 어멈, 유모, 침모, 유월이(계집애)가 나와 반갑게 맞았다.

"어쩌면 이렇게 오래 계셔요? 그래 영감마님은 아주 나으셨어요? 그런데 어째 같이 아니 오시고?"
하고 정선에게 물었다.

정선은 반가운 내 집을 돌아보았다. 이것들이 집을 어떻게 거두는고 하고 남편의 병구완을 하면서도 그것이 맘에 잊히지를 아니하였다. 비록 믿고 믿는 유모가 있지만도. 방에 있는 모든 세간들—장, 의걸이, 양복장, 체경, 이불장, 이불, 책상, 전화, 모든 것이 다 반가웠다. 남편보다도 더 반갑고 소중한 듯하였다. 정선은 마치 무엇이 없어지지나 아니했나 하는 듯이 옷을 갈아입기도 전에 한번 장문들을 열어보았다. 그 속에는 자기의 옷도 있고 남편의 옷도 있었다. 마침내 그는 피곤한 듯이 남편의 방인 안사랑의 책상 앞 교의에 앉았다. 그 방에는 담뱃내가 있고 책상 위에는 궐련 끝이 재떨이에 수없이 있었다.

"이 방에 누가 왔던가."

하고 정선은 의심스러운 듯이 따라온 하인들을 향하여 물었다.

"저 잿골 김서방님이 가끔 오신답니다."

하고 유월이가 대답하였다.

"잿골 김서방님이?"

하고 정선은 눈을 크게 뜨며,

"김서방님이 왜?"

하고 정선은 놀란다.

"지나가다가 들어오시는 게죠, '아직 안 돌아오셨니?' 하시고, '사랑문 열어라' 하시고는 들어오셔서 놀다가 가시지요."

하고 명복 어멈이 설명을 한다. 이 어멈은 얼굴도 깨끗하고 말재주도 있는 어멈이다.

"어떤 때에는 친구들 죽 끌고 오신답니다."

하고 유월이가,

"오셔서는 청요리를 시켜라, 술상을 보아라, 귀찮아서 죽겠어요."

하고 입을 비쭉한다.

3-3

"조것이!"

하고 명복 어멈은 유월을 흘겨보며,

"한 번 그러셨지, 무얼 가끔 그러셨어?"

하고 꾸짖는다.

"무엇이 한 번요. 접때에는 자정이 넘도록 지랄들을 아니 했수?"

하고 유월이는 명복 어멈을 책망하는 눈짓을 한다.

정선은 자기도 없고, 더구나 남편도 없는 빈집에 갑진이가 사람들을 끌고 와서 밤이 깊도록 놀았다는 것이, 그것도 한두 번만이 아니었다는 것이 심히 불쾌하였다. 큰 모욕을 당한 것 같았다.

그날 밤 정선은 남편과 같이 자던 자리에 혼자 누워보았다. 그리고 시골에 있는 남편을 그립게 생각해보려고 애를 썼다. 그러나 웬일인지 애를 쓰면 쓸수록 남편이 점점 멀어가는 것만 같았다. 그리고 도리어 갑진의 소탈한 모양이 눈에 어른거리고, 그뿐만 아니라 갑진에 대하여 억제할 수 없는 어떤 유혹을 깨달았다.

정선은 갑진과 숭을 비교할 때에 숭의 인격의 가치가 갑진의 그것보다 높은 것을 의심 없이 인식한다. 그렇지만 숭이 정선에게—아무 일반적으로 젊은, 사랑에 주린, 취할 듯한 애욕에 주린 여성에게 만족을 주는 남편이 아닌 것같이도 인식되었다. 정선은 숭의 인격을 노상 사모하지 아니함은 아니나 그것만으로 만족할 수 없는 가슴의 빔[289]을 깨닫는다. 그 빔은, 정선이가 아는 한에서는 갑진일 것 같았다. 갑진은 무척 재미있는 남편—적어도 성적으로는—일 것 같았다. 이것은 정선이 그 아버지의 호색하는 피를 받음일는지는 모르나 어느 젊은 여자든지 다 그러하리라고 정선은 스스로 변호하였다.

하루 종일 차 속의 피곤과 자리 속의 번민과 공상과 오뇌로 정선은 퍽 늦게야 잠이 들었다가 늦게야 잠이 깨었다.

이튿날 정선이 친정에 가서[290] 저녁을 먹고 밤 아홉 시나 되어서 집에 돌아온 때에 유월은 대문에 마주 나와서,

"마님, 저 잿골 서방님이 또 오셨어요. 안방에 떡 들어가 드러누웠겠지요."

하였다.

정선이가 돌아오는 것을 보고 갑진은 마루 끝에 나서며, 동네방네 다 들어라 하는 듯이,

"아 돌아오셨어요? 나는 어떻게 기다렸는지요? 또 정선씨도 숭이 놈같이 미쳐서 시골 무지렁이가 되어버리셨나 했지요. 그렇다 하면 그것은 서울을 위하여 슬퍼할 것이요 전 인류를 위하여 슬퍼할 것이란 말야요. 더구나 이 갑진을 위해서는 통곡할 일이란

말씀야요."

아주 갑진은 무대 배우의 말 모양으로, 농담 같기도 하고 진담 같기도 한, 아마도 농담 속에도 진담을 섞은 말이었다.

정선은 불쾌한 듯이 새침하고 고개를 숙여서 인사를 하고는 갑진을 뒤에 두고 방으로 들어가버렸다.

갑진은 좀 무안한 듯이, 이번에는 점잖게,

"숭이는 아니 온대요?"

하고 정당하게 물었다.

"안 온대요."

하고 정선은 시들하게 대답을 하였다.

"아, 그놈이 시골에 웬 때 묻은 계집애 하나를 고이[291]를 한다니 정말야요. 어디 유력한 증거를 잡으셨어요?"

하고 갑진은 다시 기운을 얻었다.

"모르지요, 누가 알아요?"

하고 정선은 여전히 뾰로통했다.

"그런 쑥이. 글쎄 뭣 하러 시골구석에 가 자빠졌어. 그놈이 그 무어라든가 하는 계집애의 때 냄새에 취하지 아니하면 무얼 하고 거기 가 있어요? 미친 자식. 그 자식 암만해도 쑥이라니까."

하고는 정선이가 멍하니 앉았는 안방에 들어가서 모자와 스프링을 집어 들고,

"갑니다, 실례했습니다."

하고 나와 구두를 신는다.

3-4

갑진이가 무안하게 나가는 것을 보고 정선은 미안함을 깨달았다. 그래 따라서 마루 끝까지 나가며,

"왜 어느새 가세요?"

하고 어성을 부드럽게 하였다.

갑진은 구두끈을 매다 말고 벌떡 일어서면서 마치 얼빠진 사람과 같은 표정으로,

"미워하시니까 가지요."

하고 물끄러미 정선을 바라본다.

"미워는요?"

하고 정선은 웃어 보였다.

"그럼 가지 말고 도로 올라가요?"

하고 갑진은 외투를 마루에 놓는다.

정선은 소리를 내어 웃어버렸다. 어멈과 유월이도 웃어버렸다.

갑진은 마루 끝에 걸터앉았다.

정선은 올라오란 말은 하지 않는다.

"글쎄 그 쑥이 왜 아니 온대요?"

하고 갑진은 마치 숭에게 흥미가 있는 것같이 말한다.

"글쎄 농촌운동 한다고, 나더러도 내려오라고 그러는걸요."

하고 정선도 문지방에 팔을 걸고 앉는다.

갑진은 신이 나서,

"농촌운동이라는 게 무어야요? 무지렁 놈들 데리고 엇둘엇둘 한단 말야요? 원, 원, 요새 직업 못 얻은 놈들이 걸핏하면 농촌운동, 농촌운동 하지마는 그래 그깟 놈들이 운동 아니라 곤두[292]를 서보시오. 척, 척, 경제학의 원리 원칙대로 되어가는 세상이 그깟 놈들이 지랄을 하기로 눈이 깜짝하나. 다 쓸데없어요. 숭이 놈도 변호사나 해먹지 국으로, 괜히 꼽살스럽게, 오, 간디 좀 돼볼 양으로. 간디 노릇도 수월치 않던걸요. 요새도 또 밥을 굶는다나. 밥을 굶으면 잡아 가두었다가도 내놓아주는가 봅디다마는, 그놈의 노릇을 해먹어. 세 끼 더운밥을 먹고도 눈에 불이 확확 나서 못 살 놈의 세상에 감옥이 아니면 밥 굶기, 그리고 궁상스럽게 물레질을 왜? 아니 숭이 녀석 물레질은 아니 해요? 이렇게 이렇게 붕, 붕, 붕 하고,"
하고 오른편 팔을 두르고 왼편 팔을 뒤로 당기어 물레질하는 시늉을 한다.

"하하하하."
하고 정선은 유쾌하게 웃었다.

"아니 물레질하는 건 어디서 다 보셨어, 아이 서방님두."
하고 명복 어멈이 뚱뚱한 몸을 주체할 수가 없는 듯이 허리를 굽히락펴락하고 웃는다.

정선은 엄정하게,
"그럼 농촌운동을 아니 하면 오늘날 조선에서 또 무얼 할 일이 있어요?"
하고 남편의 역성을 들려고 한다.

"돈 벌지요."
하고 갑진은 말할 것도 없다는 듯이 눈을 크게 뜬다.
"돈은 벌어서?"
하고 정선은 다시 농담 어조로 변한다.
"우리처럼 술 먹고 카페 댕기구요."
"또?"
"또 할 일 많지요. 남자 같을 양이면 계집애들도 후려내고 맘 나면 아편쟁이 아편도 사주고, 아따, 함, 이렇게 인단도 사먹구요."

이런 소리를 하다가 열 시나 되어서 갑진은 정선의 집에서 나왔다.

갑진을 보낸 정선은 갑자기 텅 빈 듯한 생각을 가지지 아니할 수 없었다.

갑진이라는 생각은 정선을 못 견디게 괴롭게 하였다. 그는 마치 갑진이가 정선에게 무슨 마취약을 먹여서 갑진만을 그리워하도록 술〔術〕을 피운 것 같았다.

집 처분, 재산 처분을 해가지고 살여울 남편에게로 가려는 생각은 자꾸 스러져버리려고도 들었다. 정선은 이에 반항하려고 했으나 그 반항은 도무지 힘이 없는 반항이었다. 정선의 몸과 맘은 보이지 않는 동아줄에 얽히어 더욱더욱 갑진에게로만 끌려가는[293] 듯하였다.

3-5

정선의 집에는 밤마다 여자들이 모여서 놀았다. 그들은 대개는 정선의 동창이나 동무들이었다. 혹 직업을 가진 이도 있지마는 대개는 이것이라고 내놓을 만한 직업이 없는 여자들이었다. 나이로 말하면 이십이삼으로부터 삼십 세 안팎 간혹 삼십사오 세 된 여자도 있었다. 정선이 모양으로 혼인한 이도 있으나 대개는 혼인 아니 한 여자들이요, 그중에는 소박데기, 이혼당한 이도 한둘 있었다.

먹을 걱정은 없고 별로 바쁜 일도 없는 그들은 정선의 집 같은 데를 좋은 놀이터, 이야기터로 알아서 모여들었다. 정선도 마음의 적막과 괴로움을 이것으로 잊으려 하였다.

그들이 모여서 하는 말은 잡담이었다. 가장 많이 나오는 화제는 가십과 연애 이야기였으나 가끔 직업 이야기도 나왔다. 이를테면 일본말에 이른바 에로, 그로, 넌센스에 사는 종교는 조선의 인텔리겐챠 여성까지도 완전히 정복하고 말았다.

십 년 전 여성들의 입에 오르내리던 애국이니 이상이니 하는 도덕적 말들은 긴치마, 자주댕기와 같이 영원한 과거의 쓰레기통에 집어던지고 말았다. 가끔 이 자리에 오는 심순례까지도 이러한 에로, 그로, 넌센스에 한 마디 두 마디 대꾸를 하게 되었다. 그것이 현대인의 비위에 맞는지도 모른다. 또는 이것이 병균이라고 하면 현대인은, 현대의 시골인 조선 여성도 거기 대한 저항력을 잃어버렸나 보다.

이 여자들의 가십거리에 나오는 인물은 교사, 의사, 신문기자, 총각, 여자 꽁무니 따라다니는 사람, 첩으로 간 여자, 사내들과 같이 다니는 여자, 이러한 사람들이었다. 그러나 무슨 서적이나 학술이나 예술에 관한 화제는 나오는 일이 없었다. 그들이 말하는 연애도 십 년 전의 '연애신성'이라던 연애와는 딴판이었다. 그들의 문제 삼는 연애는 모든 봉건 시대적 의식, 예절과 떼어버린, 악수, 포옹, 키스, 랑데부, 동거, 별거 등등을 프로세스로 하는 단도직입적인 연애였다. 실로 과학적이요 비지니스적인 연애였다.

'혼인?'

하고 입을 삐쭉하는 그들인 듯하였다. 만일 혼인을 한다면 시부모는 재산만 남겨놓고 죽고, 돈 있고 몸 건강하고, 이야기 재미있게 하고, 누구 하면 사람이 알아줄 만하고 그리고 총각이요, 이러한 신랑이 소원인 듯하였다. 그러나 그러한 신랑은 현모양처식 여자가 드문 모양으로 드물었다. 그러하기 때문에 그들은 시집을 못 가고, 아마 아니 가고 소위 남자 교제라는 방법으로 이 남자에서는 얌전을 맛보고 저 남자에서는 시원시원의 내를 맡고, 또 다른 남자에서는 육체의 미를 감상하고, 그리고 또 다른 남자에서는 자동차값과 저녁값의 재원을 찾았다. 이렇게 여러 남자에게서 분업적으로 부분적으로 이성에 대한 만족을 찾았다. 남자들도 그러한 이가 많았다. 이렇게 여러 남성에게서 조각, 조각, 부스러기, 부스러기의 만족을 얻는 오늘날 조선의 여성은 자연히 맘이 가라앉을 날이 없었다. 그들의 맘은 네온사인의 불줄기 모양으로 늘 흔들리고 늘 움직이고 있다. 밤이 늦도록 무엇을 구하고 헤매던 그들은 새로 한 시나 두 시에 자리에 누워도 꿈이 편안치 못하고 이것저것 불규칙하게 집어먹은 그들의 장위〔腸胃〕는 마치 산란한 그들의 머릿속 가슴속 모양으로 평안치를 못하다. 이리 뒤척, 저리 뒤척 아침 늦게야 잠을 깨는 그들의 입은 쓰고 눈은 텁텁하고 입술은 마르고 그리고 수없이 하품이 나온다.

정선의 집에 모이는 여자들은 대개 이러한 생활을 하는 사람들이었다.

3-6

심순례의 가슴에 박힌 못은 갈수록 더욱 깊이 박히는 것만 같았다. 그는 맘에는 없으면서도 동무들과 같이 밀려다니면서 시름을 잊으려는 생각을 내었다. 더구나 이건영 박사가 이 여자를 따라다닌다, 저 여자와 약혼을 한다, 할 때마다 맘에 폭풍우가 일어남을 금할 수가 없었다. 순례는 스스로 이 맘이 옳지 아니한 맘이라 하여 누르려 하였으나 그것이 잘 눌러지지를 아니하였다. 그럴 때마다 순례는 자기의 맘이 착하지 못함을 한탄하였다.

'내가 이[294]를 사랑할 양이면 왜 진심으로 그의 행복을 빌지 못할까.'

이렇게 순례는 혼자 애를 썼다.

'질투는 추한 것'

이란 말을 순례는 어느 책에서 보고 그 말이 순례의 맘을 몹시 괴롭게 하였다. 순례는 이 추한 맘을 뽑아버리려고 많이 애를 썼으나 그는 마침내 자기의 약한 것에 절망하지 아니할 수 없었다.

순례는 실연의 슬픔과 질투의 불길이 일어날 때마다 피아노의 건반을 아무렇게나 힘 있게 두들겼다. 그것이 버릇이 되어 마침내 한 곡조를 이루게 되었다.

"듣기 싫다."

하고 어머니가 역정을 낼 때에는 순례는 어린애 모양으로 하하 웃었다. 그런 뒤부터는 어머니의

"듣기 싫다!"

하는 소리가 아니 나면 섭섭해서 그 소리가 들릴 때까지 두들겼다.

한번은 학교에서 동무들에게 불쾌한 소리를 듣고는 피아노 연습하는 방에 혼자 돌아와 앉아서 화날 때에 치는 곡조를 쳤다. 학교 피아노는 집 피아노보다 좋은 것이기 때문에 소리가 심히 웅장하였다. 어머니의 듣기 싫다는 소리도 아니 들리는 곳이라 몇 번을 되풀이하여 어깻짓, 몸짓도 하여가면서 건반을 부서져라 하고 두들겼다.

이때에 문이 열렸다. 순례는 깜짝 놀라 피아노를 그치고 돌아보았다. 그것은 미스 엠이라는 음악 선생이었다.

"지금 피아노 순례 쳤소?"

하고 미스 엠이 순례를 바라보고 물었다.

순례는 무슨 죄나 지은 것같이 낯을 붉히며,

"네!"

하고 고개를 숙였다.

미스 엠은 구두 소리를 내고 순례 곁으로 걸어와 손가락으로 순례의 어깨를 누르며,

"내 딸! 그거 무슨 곡조요? 어느 책에서 보고 배웠소?"

하고 물었다. 미스 엠의 부드러운 음성은 순례의 죄지은 무서움을 얼마쯤 완화하였다.

"아냐요. 장난으로 함부로 쳤어요."

하고 순례는 잠깐 눈을 들어 엠을 우러러보았다.

"아니오."

하고 미스 엠은 고개를 좌우로 흔들며,

"나 순례 잘못했다고 책망하는 것 아니오, 지금 친 그 곡조 대단히 힘 있고, 열정 많소. 어떤 때, 어떤 곳 좀 규칙 아니 맞는 것 있어도 그 곡조 베리 나이스(대단히 좋소)."

하고 어깨에 놓았던 손으로 순례의 턱을 만졌다. 귀엽다는 뜻이다. 순례는 눈물이 쏟아짐을 금할 수가 없었다. 얼른 고개를 돌리고 소매 속에 있던 손수건으로 코를 푸는 체하고 눈물을 씻었다.

미스 엠은 손을 순례의 어깨 위로 넘겨서 순례의 눈물에 젖은 뺨을 만지며, 순례의 머리에 자기의 뺨을 대고,

"내 딸, 순례. 내 말이 순례를 슬프게 했소? 나 그런 생각 조금도 없소."

하고 미안한 뜻을 표하였다.

3-7

순례가 우는 것이 미스 엠의 말에 노여워서 하는 것이 아님은 말할 것도 없다. 미스 엠은 순례가 사모하는 선생이요, 또 순례를 사랑하는 선생이다. 미스 엠은 과년한 여자들만 모여 있는 학교에서 가장, 젊은 여성들의 고민과 몽상을 동정하는 선생이다. 순례는 일찍이 이 선생에게 자기의 가슴속의 고민을 하소한 일은 없지마는 (순례가 어느 사람에게도 그리한 일이 없는 것과 같이) 미스 엠은 홀 부인(저번 순례를 평양으로 데리고 가던)을 통하여 순례의 슬픔을 대강은 짐작할는지도 모른다. 왜 그런고 하면 홀 부인과 미스 엠은 한집에 사는 의좋은 벗이기 때문에.

그러면 순례가 우는 것은 무슨 까닭일까. 맘을 깎고 저미는 슬픔을 잊자고 함부로 치는 피아노가 어느덧 한 곡조를 이룬 것만 해도 설운 일이거늘,[295] 그것이 잘 지어진 곡조라고, 마치 무슨 명곡이나 같이 칭찬받는 것이 아니 서러울 수가 없지 아니하냐.

"아냐요."

하고 순례는 강잉[296]하여 웃는 낯을 지어가지고 일어나며,

"선생님 말씀으로 그러는 것이 아닙니다. 공연히 딴생각을 하고……"

하며 피아노를 덮었다.

"으흥, 내 아오, 내 아오."

하고 미스 엠은 가슴에 매달린 금 만년필을 들어 피아노 위에 얹

흰 보표 종이에, 'An Angel's Lamentation'(천사의 슬픈 가락) 'The Morning Storm'(아침의 폭풍우) 'Virgin's Sorrow'(처녀의 설움) 이러한 것을 적어서 순례에게 보이며,

"아까 그 곡조, 순례 지은 곡조 이름 무엇이오?"

하고 물었다.

"이름 없어요. 아무렇게나 친 것이어요, 장난으로."

하고 웃음을 지었다.

"그러면 내 그 곡조 이름 짓겠소. 이 세 가지 중에 가장 순례 맘에 맞는 것 고르시오."

하였다.

순례는 그 종이를 받아 이윽히 들여다보다가 'Sorrow'(슬픔)이라는 글자에만 줄을 그었다.

미스 엠은

"Sorrow, Sorrow."

하고 고개를 끄덕끄덕하며 순례의 등을 두어 번 가볍게 두드리고 그 곡조 이름 적은 종이를 들고 나가버렸다.

순례는 방에서 나왔다. 포플러 잎사귀들이 늦은 가을바람에 버석버석 소리를 내며 학교 구내의 잔디판[297]과 길과 돌 층층대에 굴렀다. 테니스를 치던 학생들도 배고픔과 가을 석양의 엷은 빛에 불안을 깨달은 듯이 라켓을 들고 기숙사로 들어왔다.

순례는 교문을 나서 집을 향하고 걸어 나왔다. 가슴의 슬픔은 약간 흩어졌으나 묵직하고 얼얼한 것은 잊을 수가 없었다.

순례는 바로 집을 가려다가 아직 밥도 아니 되었을 것 같고 또

심사도 산란하여 이야기나 좀 하고 가려고 정선의 집을 찾았다.

"안 기신데요."[298]

하는 유월의 말을 듣고, 순례는

"어디 가셨니?"

하고 물었다.

"저 잿골 서방님하고 경성 운동장에 야구 구경 가셨어요."

하고 유월은 앞서서 길을 인도하며,

"들어오시지요. 인제 곧 돌아오실걸요, 머."

하고 시계를 바라본다. 대청에 걸린 시계는 여섯 시를 가리키고 있다.

3-8

순례는 유월의 말대로 마루 끝에 앉아서 정선이 돌아오기를 기다리기로 하였다. 그리고 마치 하늘이 일어나는 구름에게 자리를 맡기는 모양으로 순례는 지나가는 생각에 머리를 내맡겼다. 동무들 중에 행복된 이가 누구냐. 더구나 시집가서 잘 사는 이가 누구냐. 정선도 자기 말을 듣건댄 불행한 사람이었다. 정선의 집에 모이는 시집간 여자들도 자기들의 사정을 듣건댄 다 잘 살지는 못하였다. 혹은 남편이 직업이 없고, 혹은 남편이 약하여 부부의 낙이 없고, 혹은 남편이 돈과 건강은 있으나 지식과 교양이 부족하고, 혹은 다른 부족은 없으나 맘이 허랑하여 다른 여자를 따르고,

혹은 점점 애정이 줄고, 혹은 돈을 잘 안 주고, 또 혹은 시부모가 좋지 못하고 도무지 가지각색의 이유로 행복된 사람은 하나도 없는 모양이다.

'행복은 오직 남자를 사랑해보지 아니한 숫처녀의 것인가.'

하고 순례는 한숨을 지었다.

이때에 전화가 왔다.

유월이가 뛰어가 수화기를 떼어 들었다.

"어디세요? 네. 마님이세요? 네. 유월입니다. 네. 네. 손님 오셨어요. 네 저—, 저녁 잡수시고 오세요? 네. 이박사도 네 시에 오셨다가, 저녁에 오신다고요? 그리고 또 저 심순례 아씨께서도 오셔서 기다리시는데, 네."

하고 유월은 수화기를 순례에게 주며,

"아씨, 전화 받으시라고요."

한다.

"아니, 나 일 없다고. 어서 저녁 잡수시고 오시라고. 나는, 나는 간다고."

하고 순례는 속으로,

'오 정선이가 김갑진이하고 베이스볼 구경하고 어디 밥 먹고 놀러가는구나. 남의 아내가 그래도 좋은가.'

하고

"나 간다."

하고는 대문으로 걸어 나갔다.

이박사가 저녁에 정선의 집에 온다는 말이 겁이 났다.

이박사가 무엇 하러 또 정선의 집에를 올까. 인제는 또 남의 유부녀를 호리기로 작정인가? 하고 순례는 일종의 분노를 깨달았다. 순례는 대문까지 갔다가 다시 안으로 들어갔다. 마침 유월이가 전화를 다 받고 순례를 전송하러 나오는 것을 만나,

"얘, 이박사가 가끔 오니?"

하고 물었다. 순례는 이 말을 묻는 것이 천착스러운 것 같아서 스스로 부끄러웠다. 낯이 후끈함을 깨달았다.

"요새 가끔 오세요. 오셨다가도 잿골 서방님이 오시면 곧 가시겠죠."

하고 자기가 영리해서 모든 관계를 다 아는 것을 자랑하는 듯이,

"잿골 서방님이 이박사를 여간 놀려먹어야죠. 그건 차마 못 들을 말씀을 다 하시죠."

하고 재잘대었다.

순례는 그들의 화제에 자기도 올랐을 것을 생각하고 이 유월이라는 계집애가 자기가 이박사라는 빤질빤질한 색마에게 버림받은 것을 들어 알 것을 생각하매 머리로 피가 몰려 올라와서 앞이 아뜩아뜩함을 깨달았다.

'아아, 왜 내가 그 악마의 기억을 완전히 떼어버리지 못하는고? 이 악마가 나를 버린 것과 같이 이 악마의 그림자는 왜 나를 버리지 아니하는가. 내 영혼을 죽여버리고도 부족하여 내 육체까지 빼빼 말려서 죽이고야 말려는가.'

하고 순례는 견딜 수 없이 괴로워 대문을 나섰다. 대문을 나서서 고개를 숙이고 몇 걸음 걸어가다가 딱 마주친 사람이 있었다. 순

례는 깜짝 놀라서 고개를 들었다. 그것은 이건영이었다.

3-9

이건영 박사도 한순간은 멈칫하였으나 곧 방그레 웃으며 모자를 벗고,

"아, 순례씨. 오래간만입니다. 어디 댕겨오세요? 댁도 다 안녕하세요?"

하고 아주 아무 특별한 과거의 관계없는 친구 모양으로 냉정하게 인사를 한다. 털끝만치도 미안해하는 양도, 겸연쩍어하는 빛도 없다.

그와 반대로 순례는 마치 몸과 맘의 관절이 다 찌그러지고 머리는 큰 바위에 부딪친 것같이 정신을 차릴 수가 없었다. 다음 순간 순례가 의식을 회복할 만한 때에는 순례의 전신은 분노의 불길로 탔다. 그는 벌써 이박사를 보고 기절하여 한민교의 팔에 붙들리던 계집애는 아니었다. 그동안의 괴로움과 슬픔—처녀로서 순례가 처음 당하는 이 시련은 순례를 얼마큼 굳세게 하였다. 저항력이 있게 하였다. 이를테면 이건영은 순례를 슬프게 하였으나 동시에 굳세게 하였다. 순례는,

"좀 부끄러울 줄을 아시오! 회개할 줄 모르고 미안해할 줄을 모르더라도 좀 부끄러워할 줄을 아시오! 여러 계집애들을 후리고 돌아다니다가 이제 또 남의 혼자 있는 유부녀를 엿보고 다녀요?

학자는 그렇소? 인격 높은 사람은 그렇소? 당신이 미국까지 가서 배워온 재주가 그것뿐이오? 그렇게 뻔뻔스러운 것뿐이오? 그 빨간 넥타이는 다 무엇이오? 그 빤질빤질한 머리는 다 무엇이오? 다른 모든 것보다도 죄를 짓고도 부끄러운 일을 저지르고도 붉힐 줄을 모르는 그 뻔뻔한 상바닥[299]은 다 무엇이오?"
하고 막 윽박질렀다.

이박사는 조금도 불쾌한 빛도 없이, 그렇다고 빈정대는 웃음도 없이, 마치 무슨 사무적 보고나 듣고 있는 모양으로, 극히 침착하게 냉정하게, 듣고 있었다. 그곳에 이박사의 '영웅적' 기상이 있는 것도 같았다.

이박사는 순례의 말이 다 끝나기를 기다려서 다 끝난 뒤에도 마치 지금까지 들은 말을 한 번 더 요량하고 해석하는 듯이, 또 마치 순례가 더 할 말이 없도록 다 해버리기를 기다리는 듯이 잠깐 간격을 둔 후에야 극히 평정한 어조로,

"좀 잘못 생각하고 하시는 말씀이십니다. 나는 어느 여자를 후려낸 일은 없고, 하물며 어떤 유부녀를 엿본 일도 없습니다. 지금 하신 말씀은 아마 무엇을 잘못 생각하시고 하신 말씀인 듯합니다. 순례씨는 너무 흥분되셨습니다. 댁에 가셔서 좀 드러누우시지요."
하고 순례를 두고 걸어가려는 기색을 보였다.

순례는 지금 듣는 이박사의 말에 분명히 궤변이 있고 허위가 있고 가식이 있고 악마적인 악의가 있는 것까지도 잘 알았다. 그러나 유치한 순례의 논리적 숙련은 그중에 어떤 점을 집어내어서

반격[300]을 하여야 이박사의 악마적 심장을 꿰뚫을지를 몰랐다. 그리고 다만 가슴만 터질 듯이 아팠다. 발을 동동 구르고 가슴을 쥐어뜯고 싶도록 안타까웠다.

'이놈을 칼로 찔러 죽여버릴까. 그리고 그 빤빤한 소리를 하는 주둥이를 찢어버리고 그 이기적이요 음욕이 꽉 찬 배때기를 찢어버릴까.'

이런 무서운 생각까지도 지나갔다.

순례는 제 생각에 저 스스로 놀랐다. 그리고 순례 편이 먼저 걸음을 빨리하여 가버렸다.

이박사는 눈을 감고 고개를 숙이고 이윽히 생각하다가 정선의 집으로 향하던 발을 돌려 순례의 뒤를 따라섰다.

순례는 빨리 걸었다. 그의 검은 치마는 어둠에 사라지고 지붕을 넘어서 흘러오는 전등불빛에 그 흰 저고리와 목과 어깨의 선이 걸음을 걷는 대로 빠른 리듬을 이루었다.

3-10

순례가 자기를 바라보지 아니하게 된 순간에 이건영의 몸은 갑자기 떨리기를 시작하였다. 마치 전신의 피가 다 분통으로 모여들고 사지와 피부에는 한 방울도 남지 아니한 것 같았다. 손발이 식고 눈에서만은 불이 나올 듯하였다. 만일 밝은 데서 본다고 하면 그의 입술은 파랗게 질렸을 것이다. 바짝 마른 입술을 축이려

하여도 입 안에 도무지 침이 없었다.

'흥, 고약한 계집년이!'

하고 건영은 두 주먹을 한번 불끈 쥐었다. 어떻게 이 분함을 참고 순례의 앞에서는 태연하고 평정함을 꾸몄던고?

그러나 다음 순간에 건영은 순례가 그리움을 깨달았다. 그의 부드러운 음성, 포근포근한 손, 따뜻한 입김, 이런 것을 회억〔回憶〕하면 순례를 놓쳐버린 것이 아까웠다. 그렇게 유순하게 마치 목자에게 맡기는 양 모양으로 자기에게 전신과 전심을 주던 순례를 아주 놓쳐버린 것이 아깝기도 하였다. 그때에는 비록 부잣집 딸 은경에게 맘이 쏠린 때문이었지마는 인제는 그 은경도 없지 아니하냐. 그 뒤에도 누구, 누구 돈 있는 집 딸을 삼사 인이나 따라다녔으나 다 놓쳐버리지를 아니하였느냐. 인제는 친구의 아내로서 혹시 이혼을 할 듯도 싶은 정선을 따라다니지마는 정선에게는 벌써 김갑진이 있지 아니하냐. 차라리 순례나 그냥 가지고 있었더라면—건영은 이런 생각을 하였다.

건영의 눈에는 오직 돈이 있었다. 아무리 해서라도 돈이 있고 싶었다. 그렇지마는 건영의 재주로는 돈을 모을 가망이 없었고, 또 자기가 여러 해, 아마 여러 십 년을 두고 돈을 모으기에 각고면려〔刻苦勉勵〕할 생각도 근기도 없었다. 그에게 있는 것은 오직, 그가 호적상으로 독신인 것과, 박사인 것과, 외양이 여자의 맘을 끌게 생긴 것을 밑천으로, 아니 미끼로 재산과 아름다운 아내를 한꺼번에 낚아 올리는 것뿐이었다. 이박사가 미국서부터, 태평양을 건너올 때에도 그의 일편단심은 돈 있는 미인한테 장가를 드는 것이었다. 그러나 불행히 이 소원은 이루어지지[301] 못하고 간데마다 망신만 하고 인제는 좋지 못한 소문——계집애들 궁둥이를 따라다니는 놈이란——이 퍼져서 다시는 따라올 여자는 없었던 판에 오늘은 천만의외에도 순례한테 이렇게 톡톡한 망신을 한 것이다. 이건영 박사의 운수도 인제는 다하였는가 하며 분한 중에 일종의 실망을 느끼고, 다음 순간에는 순례를 다시 제 것을 만들어볼 욕망을 일으킨 것이다.

'순례는 어리석은(순례의 순진한 성품이 이건영에게는 어리석음으로 보였다) 계집애니까 내가 다시 귀여워해주기만 하면 따라오리라.'

이렇게 생각하매 건영은 적이 맘이 편안해져서 그 바짝 마른 파랗게 질린 입술에는 웃음조차 떠돌았다.

'어떻게 할까. 무슨 물건을 사가지고 순례의 집에를 찾아가 볼까. 찾아가서 과거의 잘못한 것을 말하고 정식으로 혼인을 정할까. 그러기만 하면 대번에 되기는 되겠지마는.'

건영은 이렇게 생각하였다.

'그러나 순례의 집에는 돈이 없다는데, 순례에게 장가를 들기로니 무엇으로 양옥을 짓고 피아노를 사나. 그것도 없는 살림도 살림인가. 이것은 나의 일생의 이상이 아닌가.

그렇고말고, 순례와 혼인을 해버리면 어느 부잣집에서 나를 사위를 삼으려 하더라도 못 삼을 것이 아닌가. 그리되면 나는 영영 일생의 이상을 버리는 것이 아닌가.

그나 그뿐인가 인제는 나는 직업도 잃어버리고, 무엇으로 생활을 하나. 다시 한선생한테 가서 과거의 잘못을 회개하고 직업을 주선해달랄까. 순례와 혼인을 하고 한선생께 회개를 하면 어디 취직이 될 듯도 싶지마는. 비록 본래 소원인 여자 전문학교의 선생은 못 된다 하더라도 남자 학교라도……그것이 바른길이 아닐까.

이 꼴을 하고 돌아다니면 장차는 무엇이 될 것인고?'
하고 건영은 어디를 어떻게 걷는지도 모르고 망연히 발을 옮겼다. 눈을 들어보니 순례는 어디로 사라지고 말았다.

3-11

'순례의 맘이나 돌리기야.'
하고 쉽게 생각하니 맘이 약간 만족하였다.

'정선이나 찾아가 보고.'
하고 이박사는 발을 돌려 다시 정선의 집으로 향하였다.

'순례가 나오는 것을 보니 정선이가 집에 있는 듯도 하다. 갑진이만 아니 와 있으면 정선의 아름다운 모양을 실컷 즐기기로니 순례와 혼인하는 데 무슨 방해가 되랴. 내일은 순례 집에를 가기로 하고 오늘 밤에는 정선의 집에서 놀자. 만일 정선이가 있고 갑진이만 없으면 공회당 무용 구경을 데리고 가보자.'

이러한 분홍빛 생각을 하며 정선의 집 골목으로 걸어 들어갔다. 이박사는 정선을 곁에 놓고 벌거벗은 젊은 여자들이 춤을 추는 양을 그려볼 때에 순례에게 받은 모욕도 다 잊어버렸다. 오직 유쾌하기만 하였다.

"이리 오너라."

하고 이박사는 정선의 집 대문에 섰다. 전등불빛에, '허숭(許崇)'이라고 하얀 나무패에 써 붙인 문패가 보였다. 그 문패는 아직 때도 묻지 아니하였건마는 이 부부는 벌써 낡아빠져서 틈이 났구나 하였다. 그러나 자기는 계집애들의 입술을 따라서 이 꼴을 하고 돌아다닐 때에 허숭이가 (돈 있는 어여쁜 아내도) 다 내던지고 농촌에 들어가 농민들과 함께 고락을 같이하고 있는 것을 생각하면 그의 히로익한 것이 더욱 숭고해 보이는 대신에 자기의 생활이 너무도 무가치함을 느끼지 아니할 수 없었다.

이박사는 역사를 배우고 사회학을 배우고 윤리학까지 배우고 성경까지도 배웠다. 무엇이 사람의 일로서 숭고한 것인지를 스스로 분별할 지식의 힘이 있을뿐더러 청년 남녀로 하여금 그것을 깨닫게 할 만한 능력을 얻기 위하여 논리학과 수사학과 웅변학과 심리학까지도 배웠고 또 문학도 배웠다. 그렇지마는 그의 타고난 이기적이요 향락적인 천성은 이 모든 공부 때문에 그리 큰 영향을 받지 못하였다. 그는 이 모든 값비싼 지식과 수양과 능력을 오직 돈 있는 미인을 후리기에만 이용하였다. 만일[302] 조선이 그에게 돈 있는 미인을 아내로 주기만 하면 그담에는 이 능력을 그가 노말하는 바와 같이 조선과 조선 민족을 위하여 쓸는지도 모를 것이다. 그렇다 하면, 진실로 그렇다 하면, 조선의 미인 딸 둔 부자는 다 조선의 죄인이다. 이박사로 하여금 위대한 민족적 사업을 하지 못하게 하는 것이 그들이니까. 은경을 이박사에게 주지 아니한 한은 선생도 죄인이다.

"누구세요."

하고 문을 여는 것은 유월이었다.

"시골서 올라오셨니?"

하고 이박사는 허숭을 찾아온 모양을 보이려 하였다.

"영감마님입시오? 안 올라오셨습니다."

하고 유월이는 터지려는 웃음을 참았다. 그것은 이박사가 올 때마다 그렇게 묻는 까닭도 있거니와 네 시에 다녀가고 아직 경의선 차 시간도 아니 되었는데 어떻게 그동안에 허숭이가 올라올 수가 있으리라고 빤히 속이 보이는 소리를 하는 것이 우스웠던 것이다.

"거, 원, 어째 안 올까. 아씨는 계시냐."

하고 이박사는 있다는 대답을 기다렸다.

"아씨…… 우리 댁 마님입시오?"

하고 유월이는 이박사의 말을 교정한다. 영감의 부인이 아씨실 리가 있나, 유월이는 괘씸스럽게 생각하였다.

"어디 젊으신 어른을 마님이라고 부르려니까 말이 잘 아니 나오는구나, 미안스러워서."

하고 유월의 뺨을 만지려 하는 것을 유월이는 뾰루퉁하고 고개를 돌린다. '이 뻔뻔스럽고 추근추근한 녀석이' 하고 유월이는 속으로 침을 뱉었다. 갑진이, 이박사, 곽의사, 그 밖에도 몇 '녀석,' 정선을 찾아와서 시시덕거리는 사람들이 모두 개와 같이 미웠다.

유월이는 개를 싫어한다.

"마님 아직 안 들어오셨세요. 늦게나 들어오신다고 전화가 왔던걸요."

하고 유월이는 이박사가 다시 오지 못할 예방선을 쳤다.

3-12

"얘, 유월아 내 돈 주랴."

하고 이건영은 돈지갑을 꺼내었다.

"싫여요. 제가 왜 돈을 달랬세요?"

하고 대문 그늘로 몸을 비키며,

"모르시는 양반한테 제가 왜 돈을 받아요?"

하는 유월의 소리는 퍽 야멸찼다.

이박사는 오십 전배기 은전 한 푼을 유월이의 손에 쥐여주며,

"얘, 아씨가, 아니 너희 마님이 누구하고 나가던? 어디로 가신다던?"

하고 겨우 들릴락 말락 한 음성으로 물었다.

유월이는 이박사가 쥐여주는 돈을 내던지지는 아니하였다. 그리고 '옳지, 어멈도 잿골 서방님에게 이렇게 돈을 받았구먼. 그래서 잿골 서방님이라면 사족을 못 쓰는구먼' 하였다.

"응, 누구하고 나가셨니?"

하고 이박사는 또 한 번 물었다.

"저 잿골 서방님허구 나가셨어요. 훈련원 나가셨다가 어디 저녁 잡수시러 가셨어요. 늦게 들어오신다고요."

오십 전 은화의 효과는 당장에 났다.

그러나 그 효과가 정선을 집에 혼자 있게는 못하였다.

이박사는 낙심하고 돌아섰다. 인제는 어디로 가나. 순례의 집으로 갈까. 정서분의 집이나 찾아갈까.

정서분은 독자도 기억하실는지 모르거니와 체육 교사다. 뚱뚱하고 얼굴빛이 푸르고 목소리가 좀 쉰 여자다. 그는 정선에게도 선생이요 순례에게도 선생이다. 그리고 이박사를 짝사랑하는 사람이다. 그러나 이박사는 싫어하는 사람이다. 싫어하면서도 자기를 따르는 여자에게 달콤한 말 한마디와 한번 껴안아주는 것쯤의 적선을 아낄 이박사는 아니다. 그 때문에 정서분은 행여나 하고 이박사의 사랑을 바라고 있는 것이다.

이박사는 하릴없이 정서분의 집을 찾았다.

정서분은 이박사를 반가이 맞았다. 그리고 허겁지겁으로 과일을 사 오고 차를 준비하였다. 그 정경은 차마 볼 수 없으리만큼 애처로웠다. 돈 없고 인물 없는 정서분 그리고 나이 많은 정서분에게는 이박사에 대한 사랑이 첫사랑이었다. 아마 이박사가 그의 사랑을 알아주지 아니한다면 그는 다시 남자를 사랑하지 못할 것이다. 또는 그의 굳은, 그리스도교적 도덕관은 그가 이박사 이외 다른 남자를 사랑하기를 허치 아니할 것이다.

아무리 정서분이라도 밤 전기등 밑에 단둘이 마주 앉아서 보면 여성적인 점, 여성적인 아름다움이 없지도 아니하였다. 이박사의 예민한 눈이 이것을 못 발견했을 리가 없었다. 더구나 정선을 찾아서 실패하고 순례에게 창피를 당하고 근래에 도무지 여성의 부드러운 맛을 못 본 이박사는 '정서분이라도' 하는 가엾은 생각을 아니 할 수 없이 되었다.

정서분이 사과를 벗겨 쪼개어서 삼지창에 꿰어,

"잡수세요."

하고 이박사에게 줄 때, 이박사는 웃으면서 손을 아니 내밀고 입을 내밀었다. 정서분은 잠시 주저하였으나 얼른 사과 쪽을 이박사의 입에 넣어주고는 마치 십육칠 세의 어린 처녀 모양으로 수삽[303]하여 고개를 숙여버렸다.

그 순간에 이박사의 팔은 정서분의 목으로 돌아, 서분의 몸이 이박사의 가슴에 안겼다. 물론 서분은 반항하지 아니하였다. 서분의 숨결은 높고 가슴은 뛰었다. 서분은 지극한 기쁨과 감격에 어린 듯[304] 정신이 거의 몽롱함을 깨달았다.

이날 서분은 삼십삼 년 만에 처녀를 잃었다. 그는 혼인 예식 없는 남녀의 관계를 죄로는 알았으나 그러나 서분에게 있어서는 사랑하는 남자—일생의 남편에게 몸을 허하는 것이라고 생각하였다. 누구누구 말이 많던 여자들 중에서 자기만이 이박사를 자기 것을 만들었다고 기뻐하였다.

"이박사."

하고 서분은 흐트러진 머리와 매무시로 가려는 이박사를 붙들고 불렀다.

"이박사! 인제 나는 당신의 아내입니다. 영원히, 부활한 뒤까지도 당신의 아내입니다."

"……"

이박사는 말이 없었다.

3-13

정선의 집 앞에 택시 하나가 와 닿은 것은 밤 새로 한 시쯤이었다. 그 자동차 속에서 나온 것은 물을 것도 없이 정선과 갑진이었다. 그들은 오류장에서 목욕을 하고 저녁을 먹고 그리고 놀다가 막차도 놓쳐버리고 자동차를 불러 타고 경인가도를 올리[305] 몰아 이때에야 집에 돌아온 것이다. 두 사람의 입에서는 술냄새가 나고 걸음걸이조차 확실하지를 못했다. 갑진은 다시 자동차에 올랐으나 운전수가 보는 것도 꺼리지 아니하고 정선의 목을 껴안고 소리가 나도록 입을 맞추기를 잊지 아니하였다. 갑진은,

"재동으로 가!"

하고 운전수에게 명령을 하고는 눈을 감고 쿠션에 몸을 던지고 눈을 감았다. 그리고 자동차가 가는 대로 고개를 꺼떡거리다가 미친 사람 모양으로 깔깔 웃었다. 운전수는 깜짝 놀라는 듯이 뒤를 돌아보았다.

"예가 어딘가."

하고 갑진은 운전수에게 물었다.

"안동 네거리요."

하고 운전수는 귀찮은 듯이 대답하였다.

"안동 네거리라, 종로로 가."

하고 갑진은 바깥을 내다보았다.

"재동으로 가자 하셨지요."

하고 운전수는 차의 속력을 줄인다.

"하하하하. 이 좋은 날 집으로 가? 어디로 갈까. 어디 카페로 가자."

차는 섰다.

"어느 카페로 가세요?"

"아따, 어느 카페로나 가? 어디나 우리 정선이 같은 미인 있는 데로. 어여쁘고 살 부드럽고 말 잘 듣는 계집애 있는 데로만 가!"

하고 갑진은 뽐내었다.

네거리 파출소 순사는,

"이놈 웬 놈인가?"

하는 듯이 차를 흘겨보며 걸어 나왔다.

운전수는 겁이 나서 차머리를 돌려 경복궁 앞을 향하고 달렸다.

"이건, 대관절 어디로 가는 게야?"

하고 갑진은 눈을 떴다.

"어디 가실 데를 말씀을 하셔야지요. 카페라고만 하시니 서울 장안에 카페가 몇인데 그러시오? 어디로든지 가실 데를 말씀하세요."

하는 동안에 차는 도청 앞을 나섰다.

갑진은 눈을 멀뚱멀뚱하며 몽롱한 머리로 생각하였다. 그의 머

리 속에는 여러 카페의 여러 계집애들이 떠올랐다. 조선 계집애, 일본 계집애, 이 애, 저 애,

"아리랑으로 가자."

하고 갑진은 길게 트림을 한다.

운전수는 명령대로 차를 몰아 장충단으로 향하였다.

아리랑에는 손님이 거의 다 가고 술 취한 사람 두엇, 카페 계집애에 미친 중늙은이 하나가 있을 뿐이었다. 갑진은 이층으로 비틀거리고 올라가며,

"오—이, 아이꼬꾸—웅."[306]

하고 불렀다.

"마, 긴상."

하고 여자들은 갑진을 에워쌌다. 쾌활하고 말 잘하고 팁 잘 주고, 그리고 '앗사리'하다기로 이 카페의 웨이트리스 간에 이름난 김갑진이었다.

"마아, 한지산나노?(아, 판사 영감이셔!)" 하고 아이코상이라는 키 작고 토실토실한 계집애가 갑진의 손을 잡아끌었다. 갑진은 얼른 아이코상의 입을 맞추었다.

"이야! 손나 고토 이야!(싫어! 그런 것 싫어!)"

하고 아이코상은 수건으로 입을 씻고 손을 뿌리치고 달아났다. 달아나서 갑진이가 앉을 테이블을 치웠다.

"오이, 위스키이이."

하고 소리를 질렀다.

3-14

갑진은 위스키를 단숨에 들이켰다.

"마아."[307]

하고 옆에 앉은 계집애들이 놀랐다.

"애, 위스키, 병으로 가져와!"

하고 갑진 좌우에 앉았던 계집애들의 어깨에 한 팔씩 걸치고 잘 돌아가지도 아니하는 가락으로,

"사께와 나미다까, 다메이끼까."[308]

라는 일본 속요를 소리껏 불렀다. 다른 애들도 따라서 부른다. 계집애들은 제 어깨 너머로 늘어진 갑진의 손을 잡고 갑진이가 몸을 흔드는 대로 함께 끌려 좌우로 흔들었다. 저쪽 병풍 넘어서 낯이 동그스름한 열칠팔 세나 되었을 듯한 계집애를 끼고 귀찮게도 조르고 있던 머리 벗어진 중늙은이 손님이 고개를 돌려 병풍 너머로 갑진이 편을 바라본다. 그는 낯이 넓적하고 눈이 떨어져 붙은 싱겁게 생긴 작자였다. 아마 큰 부자나 높은 지위는 없고 어찌어찌하다가 돈푼이나 모은 사람인 듯하였다.

"아, 영감님."

하고 갑진은 물론 일본말로,

"영감님 벗어진 머리에 털이 나고 희끗희끗한 머리가 검어집소사고 축배를 듭니다. 자, 애들아 너희들도 들려무나."

하고 위스키 잔을 높이 들었다.

그러나 그 중늙은이는 면괴한 듯이 몸을 움츠러뜨렸다. 그리고 그 벗어진 머리만이 원망스러운 듯이 이쪽을 향하였다.

"영감님, 여보 영감님!"

하고 갑진은 술을 흘리면서 불렀다.

"축배를 든다는데 왜 사람 본 자라 모양으로 목을 움츠러뜨리시오?"

"아스세요! 노여십니다."

하고 한 계집애가 갑진의 옆구리를 지르며 귓속[309]을 한다.

"노여기는."

하고 갑진은 술잔을 테이블에 놓으며,

"누가 뭐랬길래 노해. 늙은이가 손녀 같은 계집애를 끼고 앉아서 무엇을 장시간 두고 졸라대는 것이 보기에 장이 거북하니까 좀 젊어지라는데 노해?"

하고 아주 엄숙한 어조다.

"어따, 그만두어라, 자 우리끼리나 축배를 들자."

하고 갑진은 또 잔을 쳐든다.

"무슨 축배?"

하고 한 계집애가 잔에 손을 대며,

"영감이 판사 된 축배?"

하고 아양을 떤다.

"판사는……"

하고 갑진은 으으 하고 땅을 내려다보며 트림을 한다.

"그럼 무엇?"

"검사야 검사."

하고 갑진은 점점 더 취한 태를 보이며,

"검사가 되어서 너희 같은 계집애들을 모조리 잡아간단 말이다, 하하하하."

하고 귀여운 듯이 몽롱한 눈으로 계집애들을 둘러보다가,

"무섭지?"

하고 무서운 눈을 해 보인다.

"조금도 무서울 것 없지. 우리가 무슨 죄 있던가."

하고 한 계집애가 입을 삐쭉한다.

"참 그래."

하고 다른 애들이 대꾸를 한다.

"너희들이 죄가 없어?"

"어디, 무슨 죄요?"

하고 한 애가 대든다.

"너희들의 죄를 들어보련?"

하고 갑진은 죽 술을 들이켜고,

"없는 정도 있는 듯이 사내들을 후려내고, 우리네 같은 서생의 돈을 빨아먹고, 또 있지 또 있어. 어, 머리가 벗어진 늙은이 무릎에 앉아서 아양을 떨고, 어, 형법 제 이천이백이십이 조에 의하여……"

머리 벗어진 중늙은이는 불쾌한 듯이 일어나서 갑진이 쪽을 한 번 흘겨보고 나가버리고 만다.

3-15

이튿날 아침 아홉 시나 되어서 갑진은 신마치[310] 이태리 계집의 집에서 나왔다. 정선에게서 어제 얻은 돈 오십 원 중에서 지전은 한 장도 아니 남고 은전과 백동전과 동전만이 이 주머니 저 주머니에서 철렁거렸다. 아리랑에서 셈을 얼마를 치르고 계집애들에게 얼마를 주었는지도 기억이 없었다. 이태리 계집애 집에서 멀건 홍차 한 잔을 얻어먹고 밖에를 나서니 햇발이 천지에 찼으나 갑진의 맘은 좀 어두웠다.

갑진은 늦은 가을 아침 바람에 으스스한 것을 깨달으면서 누가 볼까 두려워 달음질로 샛골목으로 들어 장충단 전차 종점으로 갔다.

갑진은 서대문 노리카에[311]를 받았다. 정선의 집으로 가려는 것이다.

갑진이가 정선의 집에 왔을 때에는 정선은 아직 자리에 누워 일어나지[312] 아니하고 있었다. 한 시에 갑진과 작별하고 집에 돌아온 정선은 곧 양심의 가책을 당하였다. 정선이가 갑진에게 안겨서 입맞춤을 당하고 나자 곧 대문이 열리고 어멈과 유월이가 뛰어나온 것을 생각하니 자기가 갑진이와 하던 모든 모양을 다 보았으리라고 생각하매 그들의 낯을 대하는 것이 대단히 부끄러웠다. 만일 술기운이 없었다고 하면 그는 밤 동안에 괴로움으로 죽어버렸을 것이다. 그러나 술김이다.

'그럼 어때, 그랬기로 어때?'
하고 정선은 스스로 제게 대해서 뽐내었다. 그래서 항의를 제출하는 양심의 입을 틀어막아버렸다. 또 만일 술김이 아니었다면 남의 아내인 정선이가 오류장에서 갑진에게 몸을 허하지도 아니하였을 것이다. 정선은 한 잔 두 잔 받아먹는 술이 모든 도덕적 속박을 끊어주는 것이 재미있어서 더욱 한 잔 두 잔 받아먹었다. 그래서 술이 양심의 옷을 다 벗겨버린 뒤에 정선은 남의 사내 앞에서 제 옷을 벗어버린 것이다.

정선이 잠이 깨매 술도 깨었다. 술이, 잠이 한꺼번에 깬 정선은 열두 방망이로 몰아치는 듯한 뉘우침의 아픔을 당하였다. 하필 이때에 아침 우편이 남편의 편지를 전하였다.

정선은 자리 속에서 유월의 손에서 허숭의 편지를 받았다. 겉봉에 쓰인,

'윤정선씨(尹貞善氏)'
라는 글씨를 보고 정선은 편지를 이불 위에 내던지고 두 손으로 눈을 가리었다. 그러고는 몸을 뒤쳐 베개에다가 낯을 대고 울었다. 정선은 혼자 몸부림을 하였다.

유월은 정선의 하는 양을 보고 정선의 옷을 요 밑에 묻어놓고는 살그머니 나가버렸다.

마루 끝에 어멈이 가만히 와서 울음소리를 엿듣다가 유월이가 나오는 문소리를 듣고 깜짝 놀라 고양이 걸음으로 뒤로 물러서다가 유월이를 향하여 손짓을 하며 부엌으로 간다.

유월이는 어멈을 따라갔다. 부엌에는 벌써 상이 다 보여 있고

찌개만이 화로에서 보글보글 소리를 내며 주인이 일어나기를 기다렸다.

"얘! 왜 우시던?"

하고 어멈이 유월이의 어깨를 손으로 누르며 묻는다.

"모르겄어. 편지 겉봉을 보시더니 두 손으로 낯을 가리고 우시는걸."

하고 유월이는 부뚜막에 놓인 누룽지를 집어먹는다.

"응, 아마 시골서 편지가 온 게지."

하고 다 알았다는 듯이 큰 소리로,

"에그, 찌개가 다 조네."

하고 픽 웃는다. 그러고는 또 고양이 걸음으로 부엌문 밖에 나서서 안방으로 귀를 기울이고 엿듣는다.

3-16

정선은 얼마를 혼자 몸부림을 하고 발버둥질을 하고 울다가 이불 위에 떨어진 허숭의 편지를 찾아서 들고 일어나 앉았다. 그리고 편지 겉봉을 한 번 더 앞뒤로 보았다. 뒷옆에는,

"부서(夫書)" (남편은 쓰노라)

라고 이름이 씌어 있다. 그 지아비 '부'자의 모든 획이 날카로운 칼이 되어서 정선의 온몸을 찌르는 것 같았다.

정선은 그 편지를 떼었다. 거기는 이렇게 써 있다.

"사랑하는 내 아내여."

를 허두로 하고, 허숭의 습관으로 순 한글로,

"올라가신 뒤로 도무지 소식 없어 궁금하오. 내가 한 두 편지는 받았을 줄 아오. 나는 정선이 갈 때에 비겨 훨씬 건강해졌소. 요새는 동네 여러분이 다 내 말을 잘 믿어주셔서 이번 추수한 것으로 조그마한 협동조합 하나를 만들었소. 내게 남았던 돈 팔백 원도 전부 이 조합 기금으로 부쳤소. 나는 이 협동조합이 살여울 동네 백성들에게 밥과 옷을 넉넉히 주게만 되면 내가 났던 보람은 하는 것이오.

그러나 일은 이제 겨우 시초요. 시작이 절반이라고도 하지마는 다 잦힌 밥도 입에 넣어야 먹어지는 것이오. 아직 시작할 것도 많고, 할 일도 많고, 또 겪어내어야만 할 어려운 일도 많소.

그렇지마는 나의 사랑하는 아내 정선! 정선이 나와 같이 이 일을 한다고 약속해준 말을 믿고 나는 큰 힘과 큰 기쁨을 얻소. 나는 정선에게 부족한 것이 많은 남편이지마는 정선은 내게 사랑이 많은 아내가 되어줄 것을 믿소. 정선은 혹 나와 순이 사이에 무슨 애정 관계가 있는 것같이 의심하신 모양이지마는 절대로 그런 일은 없소. 예전에 순을 귀엽게 생각한 일도 있은 것은 사실이나 내 아내는 오직 정선뿐이오. 정선 이외에 아무러한 여자도 나를 사랑하지 못하고 또 내 눈이나 맘이 가지 아니할 것을 믿소. 정선도 그리 믿으시오.

비록 정선이 나보다 먼저 죽는다 하더라도 나는 다시 다른 여자를 사랑하지 아니할 것이오. 내가 만일 정선보다 먼저 죽는다 하더라도 정선은 나밖에 다른 남자를 사랑하지 아니할 것을 나는 믿소. 또 믿으려 하오.

정선…… 이런 생각을 세상은 구식이라고 할는지 모르나 나는 모든 배반과 모든 의리 없는 것을 미워하오. 나는 천하 사람을 다 사랑하고 용서할 수 있지마는 의리를 저버리는 사람을 용서할 수는 없소. 만일 내 아내가 내게 대하여 변심하는 일이 있다 하면 나는 어찌할까. 그러나 만일 내가 남편으로서 아내인 정선을 배반한다 하면, 그런 일이 있거든 정선은 내 심장을 칼로 찌르시오. 나는 거기 합당한 죄를 지었으니까.

모두 부질없는 소리를 하였소. 나는 요새 대단히 정선이 그립소. 마치 새로 연애하는 사람과 같이 맘 둘 곳이 없이 정선이 그립소. 왜 편지를 아니 하시오? 요새에 날마다 무엇을 하고 있소? 아마 어서 내게로 오고 싶어서 재산 정리를 하기에 바쁜 줄 아오. 너무 애쓰지는 마시오. 아니 팔리거든 그냥 장인께 맡기고 내려오시오. 내가 기다리는 것은 정선의 몸뿐이오, 맘뿐이오.

만일 일주일 안에 정선이 아니 오면 나하고 같이 내려올 수 있소. 내가 우리 동네 사람들 상고 사건으로 내월 중순에는 상경하게 되겠소.

이 동네 여러 부인네들이 다 정선을 보고 싶어 하오.

부디 몸조심하고 교제를 삼가시오."

하고 끝에,

"시월(十月) 이십팔일(二十八日) 밤 정선의 숭(崇)."

이라고 썼다.

3-17

편지를 보는 동안에도 몇 번이나 정선은 손으로 낯을 가리고 엎드렸다. 차마 그다음에 쓴 글귀를 읽을 수 없는 까닭이었다. 마치 남편이 어젯밤 자기가 한 일을 다 보고 가서 자기를 책망하느라고 쓴 편지인 것 같았다.

편지를 다 보고 나서 정선은 이불 위에 푹 엎드려버렸다. 그러나 이때에는 정선에게는 뉘우침보다도 무서움이 힘이 있었다.

'내가 만일 정선을 배반하거든 정선은 칼로 내 심장을 찌르시오.'

하는 것을 생각할 때에, 정선의 눈앞에는 시퍼런 칼을 들고 선 숭의 모양이 보인 것이다.

바로 이때다. 이때에 유월이가,

"마님 잿골 서방님이 오셨어요."

하였다.

"아직 안 일어났다고 그래!"

하고 고개도 들지 아니하고 화를 내어 소리를 질렀다.

그러나 유월이가 나가기도 전에,

"아직 안 일어났소?"

하고 반말지거리를 하며 영창을 확 열고 들어왔다.

"들어오지 말아요…… 나가요!"

하고 정선은 이불 위에 엎어진 대로 몸을 흔들며 부르짖었다.

갑진은 그런 소리는 들은 체 만 체,

"어, 이건 왜 이러오? 허기는 정선씨 그 포즈도 어여쁜데. 미인이란 아무렇게 해도 어여쁜 법이야. 아 코닥[313]을 가지고 올 걸 그랬는걸. 애, 유월아, 너는 나가! 왜 거기 버티고 섰어?"
하고 유월을 향하여 눈을 흘긴다.

"나가요? 왜 남이 일어나지도 않았는데 남의 방에를 들어오시오? 어서 나가라면 나가시오!"
하고 정선은 눈물과 홍분으로 어룽어룽한 낯을 번쩍 뒤로 돌려 갑진을 노려보며 물어뜯기라도 할 듯이 화를 낸다.

갑진은 비로소 정선이가 울고 있는 것을 알고 참으로 성낸 것을 알았다. 그래서 의외로다 하는 듯이 잠깐 눈을 둥그렇게 뜨고 정선의 심상치 아니한 양을 바라보고 섰더니,

"하하하하."
하고 갑진은 무슨 크게 우스운 일이나 보는 듯이 껄껄 웃고는,

"오 알았소. 예수교당에서 그 쑥들이 무어라 무어라 하는 양심이란 것이 발작했구려. 응, 옳지. 하나님의 딸이 회개의 눈물을 흘리는 판이로구려. 어, 우리 정선씨 천당 가겠는걸, 허지마는 천당에는 고이라는 것이 없다던걸. 모두 쑥들만 모여서 주여, 주여 하고 정선이 모양으로 물보다도 싱거운 눈물이나 짜고……"
하고 웃음 절반 말 절반으로 지절대는 것을, 정선은,

"무엇이 어쩌고 어째요? 그런 말법 어디서 배웠소? 이 악마 같으니!"
하고 몸을 부르르 떤다.

"악마? 거, 좋은 말이오. 나는 원래 악마니까. 허지만 남편 있는 여편네가 서방질하는 것도 천사라고 쑥들은 아니 하던 모양인데."
하고 또 한 번 갑진은 껄껄 웃는다.

유월이는 갑진이가 전에 없이 마님에게 버릇없이 구는 것을 보고 또 정선이가 분해서 치가 떨리는 것을 보고,

"그게 다 무슨 말씀이셔요?"
하고 쇳소리 같은 소리를 빽 지르며 갑진을 흘겨본다. 유월이는 평소에 갑진이가 정선을 엿보고 추근추근하게 다니는 것이 절치부심하게 미웠었고, 더구나 유월이가 가장 미워하는 어멈이 갑진의 편이 되는 것이 미웠던 판이라 갑진을 칼로 찔러 죽이고도 싶었다.

"요년! 요 발길 년 같으니."
하고 갑진은 주먹을 들어 유월을 위협하고,

"흥, 악마. 하룻밤 서방도 서방이거든 날더러 악마."
하고 빈정대기를 계속한다.

3-18

"아이구, 저런 악마가—저런 사람 잡아먹을 악마가,"
하고 정선은 말이 꺽꺽 막히며,

"저 악마가 나를 유혹해서 몸을 버려놓고는…… 아니, 저 악마

가…… 예끼…… 저 악마가."
하고 기색하려 한다.
"유혹? 아니 누가 누구를 유혹했단 말야?"
하고 갑진은 정선의 곁으로 한 걸음 대들며,
"제가 살려주 하고 매달렸지, 누가 강○을 했단 말야, 웬 말야?"
하는 것을 유월이가 갑진의 뒤로 가서 그 외투 자락을 잡아끌며 우는 소리로,
"나가세요! 아이, 큰일 나겠네, 나가세요!"
하고 매달린다.
"요년은 왜 요 모양이야."
하고 갑진은 유월의 머리 꽁지를 끌어 내두른다. 유월이는 방바닥에 쓰러진다.
"아이그, 저 뻔뻔한 악마가."
하고 정선은 입으로 거품을 뿜으며,
"당신이 날더러 야구 구경 가자고 안 했소? 구경하고 집으로 오려니까 저녁 먹으러 가자고 안 했소? 저녁 먹고는 집으로 오려니까 택시로 바라다 주마고 안 했소? 택시를 태워놓고는 한강까지 드라이브나 하자고 안 했소? 한강 갔다가, 내가, 늦었으니 가야겠다니까 좀더 가자고 안 했소? 요렁조렁 오리골까지 끌고 가서는 이왕 왔으니 오류장 구경이나 하고 가자고 안 했소? 내가 거기서 얼마나 싫다고 했소? 그러니까 한 시간만 있으면 인천서 오는 막차가 있으니 자동차는 추우니, 자동차는 돌려보내고 기차로 오자고

안 했소? 그러고는 막차 시간이 되었으니 정거장으로 내가, 나가자고 암만 졸라도 듣지 아니하고 나를 꼭 붙들고 막차를 놓쳐버리지[314] 아니했소? 그러고는 내가 앙탈을 하니까 그러면 자동차를 부른다고 안 했소? 자동차 오는 동안에 자동차에서는 추울 테니 위스키를 몇 잔 먹자고 안 했소? 그러고는, 내가, 안 먹는다는 것을 억지로 먹여놓고는…… 나를 취하게 해놓고는 그러고는 인제 와서는 나를 유혹하지 아니했다고. 응, 그러면 내가……"
하고 정선은 "아으 아으" 하기만 하고 기색하여 쓰러진다.

갑진은 지금까지 부리던 호기도 어디 갔느냐 하는 듯이,

"유월아 냉수 떠와, 냉수."
하고 정선을 일으켜 안는다. 그리고 숨이 막히는 정선의 입에 제 입을 대어 거품 나온 것을 핥아먹고 뺨을 비비고 만지고 젖을 만지고 발을 만지고 마치 귀여운 어린애나 만지는 듯이 갖은 짓을 다 한다. 그러다가 유월이와 어멈과 기타 하인들이 들어온 때에야 그 짓을 그친다.

이윽고 정선이 다시 정신을 차린 때에 정선은 주먹으로 갑진의 안경 쓴 상판을 갈기고 몸을 뿌리쳐 갑진의 품에서 나왔다.

갑진의 안경이 깨어지며 그 깨어진 유리 조각에 갑진의 양미간에 생채기가 나서 피가 조금 흐른다.

"나가! 나가!"

정선은 두 팔에 경련을 일으키며,

"나가아아!"[315]
하고 책상 위의 책을 집어 갑진을 향하여 던졌다. 갑진은 몸을 비

켜서 피하고 그 책은 쌍창을 뚫고 마루로 나가 자빠졌다.

"오, 가마."

하고 갑진은 모자를 들고 일어나며,

"허지마는 네 뱃속에 내 자식이 들었는지 몰라. 그 애가 나거든 날 찾아라. 그 전에라도 보고 싶거든 만나주지."

하고 나와버렸다.

갑진이가 대문 소리를 요란히 내고 나가버린 뒤에 정선은 정신없이 쓰러져버리고 말았다. 우는 유월이는 정선의 머리에 베개를 베우고 이불로 정선을 덮어주었다. 정선은 그것도 모르는 듯하였다.

3-19

정선이 일어나 세수를 하고 밥 한 술을 뜬 것은 오후 네 시가 넘어서였다.

정선은 그래도 밖에 나가는 단장을 할 정신은 있었다. 그것은 여자의 본능으로였다. 머리도 빗고 분도 발랐다. 그리고 옷도 갈아입었다. 그가 양복장을 열고 갈아입을 옷을 고르려 할 때에 어젯밤에 입었던 자주 저고리와 고동색 치마를 보고는 그것을 찢어버리고 싶었다. 정선은 양복을 입을까 하다가 그것도 귀찮다고 해서 그만두고 검정 세루 치마에 흰 저고리, 눈에 아니 띄는 옷을 입고 게다가 검정 나단[316] 두루마기를 꺼내 입었다. 옷을 입고 체경에 비춰 볼 적에 자기의 얼굴의 아름다움이나 의복의 아름다움이나 모두 허사요 귀찮은 것만 같이 생각되었다.

정선은 이 모양을 하고 집에서 나와서 정동 성공회 앞을 걸어서 다방골 현 ○○이라는 여의의 병원으로 향하였다.

성공회 교당 꼭대기에 선 십자가가 석양의 하늘에 파스텔로 그린 그림 모양으로 정선의 눈에 보였다. 정선이는 성공회 속에 사는 검은 장삼 입고 흰 고깔 쓴 수녀들을 생각하였다. 그 싸늘하고 적막한 생활로 일생을 보내는 수녀들의 심정이 좀 알아지는 것같이도 생각하였다. 그 수녀들도 다 자기와 같은 과거를 가진 사람들이 아닌가 하였다.

'성공회(聖公會)'라고 흰 글자로 크게 쓴 문패 문 안으로 엿보이는 조용한 마당과 집들, 모두 죽음의 고요함을 연상시키는 것 같았다. 저러한 속에서 찬미와 기도와 회개의 눈물로 일생을 보내는 수녀들이 그립기도 하여 들어가 보고 싶었다. 예전 같으면 수녀원 같은 것은 거들떠보지도 않던 것, '피이' 하고 비웃던 것, 그런 것이 자기의 흥미를 끌고 관심을 끄는 것을 정선은 스스로 놀라지 아니할 수 없다.

'죄인에게 종교'

라는 어디서 들은 구절이 가슴을 찌른다.

"아이 정선이로구나."

하고 힘없이 걸어가는 정선의 어깨를 치는 사람이 있었다.

"응."

하고 정선은 돌아섰다. 그들은 자기와 동반 동창인 석○○, 여○

○ 두 여자였다.

"아머니나."

하고 석이 정선의 차림차림을 보고 놀라는 듯이,

"너 이 꼴을 하고 어딜 가니? 꼭 자다가 쫓겨난 며느리 같구나. 어디 남의 집 살러 가는 침모도 같고. 글쎄 부자 댁 마님이 이게 웬일이냐."

하고 혼자 웃어댔다.

정선도 부득이하여 빙그레 웃기는 하면서도 석의 농담의 말이 모두 맘에 찔렸다.

"어딜 가우?"

하고 여도 반가운 듯이 손을 잡으며 물었다. 그는 방글방글 웃는, 수줍어하는 여자다.

정선은 힘없이,

"나, 저, 다방골."

하고 아무리 불평한 빛을 안 보이려 하여도 정신이 땅 밑으로만 가라앉았다.

"너 어디 아프냐."

하고 석이 정선을 껴안으면서 걱정스럽게 묻는다.

"아니."

하고 상긋 웃었다.

"허선생은 언제나 오시오?"

하고 여가 묻는다. 여와 석은 바로 전에 정선의 이야기를 하던 끝이었다.[317] 정선이가 허숭과 이혼을 한다는 둥, 하였다는 둥, 갑진이와 관계가 있다는 둥, 같이 산다는 둥, 동무들 간에는 이야깃거리가 되어 있는 까닭이었다. 그런 이야기를 듣던 끝에 정선의 모양이 수상한 것을 보니 두 동무는 의심과 호기심을 일으키게 된 것이었다.

정선은, 여의 묻는 말에,

"모르지요."

하고 웃음 섞어 대답할 뿐이었다.

"얘, 저어."

하고 석은 농담조 다 제쳐놓고, 말을 내기가 어려운 듯이,

"저어, 세상에는 이야기가 많더라. 네가 이혼을 한다느니, 또 뭐, 별말 다 많지. 우리야 그런 소리를 다 믿겠니마는, 그야 안 믿지, 안 믿기는 하지만두, 저어 그이 말이다, 그, 저 김갑진인가 한이하고 이러쿵저러쿵 말이 많더라. 말없는 것만은 못하거든, 그 말이 허선생 귀에라도 들어가면 안됐지."

하고 정선의 눈치를 보았다.

3-20

정선은 석, 여 두 동무가 자기의 비밀을 죄다 알고 못 견디게 구는 것만 같았다. 그 둘의 눈이 무섭고 입이 무서웠다. 정선이 두 동무의,

"우리 저녁에 가마."

하는 작별의 말을 듣고 부청 앞을 향하고 걸어갈 때에는 그 두 동무가 뒤에서 자기를 향하여 손가락질하고 비웃는 것만 같았다. 그래 힐끗 뒤를 돌아볼 때에는 두 동무의 모양은 벌써 어디론지 사라지고 말았다.

정선은 감시하는 눈을 벗어난 죄인 모양으로 걸음을 빨리 걸었다. 정선은 아직 혼인 아니한 두 처녀의 순결함, 자유로움이 부러웠다. 자기는 거기 비기면 마치 때 묻은 옷, 부스럼 난 몸, 더러운 오라로 얽힌 꼴같이 생각되었다. 내가 세상에 제일 잘나고 제일 행복된 사람이라고 자긍하던 것이 어제 같건마는.

다방골 천변으로 들어서서 소광교를 향하고 천변을 내려가노라면 조선집을 반양제〔半洋製〕로 꾸민 집이 있고, 거기는 '부인과(婦人科), 소아과(小兒科)'를 두 줄로 갈라 쓰고 그 밑에 큰 글자로 '○○의원(醫院)'이라고 쓰고, 또 곁에는 '원장(院長) ○○의학사(醫學士) 현(玄)○○'라고 좀 작은 글자로 쓴 현판이 걸렸다. 그 현판의 중간 이하의 물이 난 것이 이 병원이 선 지 여러 해 된 것을 보였다.

대문 안에는 인력거 하나가 서 있었다.

정선은 사랑채인 병원으로 아니 들어가고 안대문으로, 따라오는 사람이나 피하려는 듯이, 빠른 걸음으로 들어갔다.

"언니!"

하고 정선은 안마루 유리 분합 앞에서 불렀다.

마당도 넓고 깨끗도 하고 꽤 큰 집이건마는 식구가 없어서 조용하였다.

정선의 소리에 건넌방 문이 열리며 열댓 살 된 계집애가 내다보고,

"아이 오셔 겝쇼? 선생님 지금 병자 보십니다."

하고 분합을 열고 맞아준다. 여의 현○○는 하인들로 하여금 아씨니 마님이니 하는 말을 못 쓰게 한다. 그러므로 하인들은 현을 선생님이라고 부른다.

정선이 구두를 끄르고 올라오는 동안에 계집애는 사랑으로 통하는 일각문으로 댕기꼬리를 나풀거리며 쪼르르 뛰어나간다.

정선은 마루에 놓인 등교의에 몸을 던졌다.

'아이, 그 말을 어떻게 묻나?'

하고 집에서 몇 시간이나 두고 한 생각을 또 되풀이한다.

정선이가 현의사에게 물으려는 것이 무엇인가.

계집애가 나간 지 얼마 되지 아니하여 현이 들어온다. 현은 머리를 물결이 지게 지지고 자줏빛 좀 짙은 듯한 양복을 입었다. 얼른 보기에는 이십이 될락 말락 한 처녀 같지마는 가까이 보면 얼굴에 삼십 넘은 빛이 보였다.

현은,

"어 정선군 왔나?"

하고 사내가 사내에 대해 하는 어조를 흉내 낸다. 현에게는 이런 버릇이 있었다.

"하우 두 유 두?"[318]

하고 현은 역시 사내 모양으로 정선의 손을 잡아 흔들고, 그러고는 남자가 제 애인에게나 하는 모양으로 정선을 한 번 껴안고, 그

이마에 키스를 하고 그러고는 담요를 덮어놓고 눕는 교의에 턱 드러누워,

"복아, 담배 가져온!"

하고 명령한다. 그 어조는 여자다.

3-21

"그래."

하고 현은 청지연 한 개를 피워 맛나는 듯이 연기를 내뿜으며,

"에니 뉴스(무슨 새 소식 있나)? 그 어른 아직 안 올라오셨나. 대관절 우리 정선이같이 꽃 같은 마누라를 두시고 무얼 하고 안 올까. 나 같으면 산보를 나가도 꼭 데리고 다니겠네."

하고 뚫어지게, 귀여운 듯이 정선을 바라보며, 스며드는 연기를 피하느라고 눈을 한 쪽씩 감았다 떴다 하며,

"참 내 동생이 예뻐. 언제 보아도 예쁘지마는 오늘은 특별히 더 예뻐. 무슨 좋은 일이 있었나 봐. 네 남편 올라오셨구나, 그렇지?"

하고 담배 연기를 일부러 정선에게로 불어 보낸다. 정선의 코에 그 부드러운 향기가 들어오는 것이 싫지 아니하였다.

"나도 담배나 한 대 먹을까."

하고 정선은 파란 레테르로 싼 동그란 스리캐슬[319](청지연) 통을 물끄러미 보고 앉았다. '좋은 일이 있었느냐, 남편이 왔느냐' 하는

현의 말에 가슴이 뜨끔하였다. 현도 내 속의 비밀을 들여다보는가 하여 무서웠다.

그러나 정선은 얼른 대답하였다.

"응, 그이가 왔다 갔어."

하고 정선은 빙그레 웃었다. 그리고 수 났다 하는 생각과 아아 거짓말쟁이, 하는 생각이 풀숲에서 나오는 양두사〔兩頭蛇〕 모양으로 일시에 고개를 들었다.

"왔다 가셨어?"

하고 현은 놀라는 표정을 하며,

"아, 그래 나도 한번 안 보고 갔어? 오 나한테 네 냄편 뺏길까봐서 네가 나를 따돌리는구나."

하고 깔깔 웃더니,

"아니, 그런 게 아니라 내가 네 남편한테 물어볼 말이 있었는데, 다른 변호사한테는 가기 싫고."

하고 유감이라는 듯이 고개를 살래살래 흔든다.

"또 온대."

하고 정선은,

"고등법원에 무슨 소송 사건이 있다나 해서 또 수이 온답니다. 그때도 늦지 않거든 그때에 물어보시구려."

하고 아침에 받은 남편의 편지, 그것을 읽을 때 광경 등등을 생각하고 휘유, 한숨을 쉬었다.

현은 무엇을 생각하는지 가만히 눈을 감고 있다가 정선의 한숨 소리에 눈을 번쩍 떠서 그 맑은 눈으로 정선의 고부슴히[320] 숙인 낯을 힐끗 본다. 그리고 두어 번 눈을 감았다 떴다 한다. 정선의 한숨과 낯빛과, 자세와 이 모든 낱낱의 재료에서 무엇을 귀납하려는 것이었다. 그러고는 혼자 다 알았다는 듯이 고개를 끄덕끄덕하고는 담배 한 모금을 길게 빨아들이고 식지 끝을 들어서 궐련에 생긴 재를 톡톡 떨어버린다. 하얀 에나멜 재떨이에 재가 떨어져 흩어진다. 현은 마치 여름 하늘이 금시에 소낙비구름에 흐리는 듯이 멜랑콜릭하게 변한다.

두 사람 새에는 말이 없고, 현이 빨기를 잊어버린 궐련 연기만이 여러 가지 파란 모형을 그리면서 올라서 스러진다.

복이가 쟁반에 김나는 차 두 잔을 들고 들어온다. 빨그레한 홍차다. 쟁반 위에는 모사탕[321] 그릇과 크림 그릇과 은 찻숟가락이 놓였다. 순 서양식 차제구다.

현은 벌떡 일어나면서 삼분지 일이나 남은 궐련을 재떨이에 비벼서 꺼버리고,

"정선이, 자, 차나 먹어."

하고 자기가 먼저 자기 잔에 사탕과 크림을 타서 저어서 한 입을 마신다.

3-22

"정선이 무슨 걱정이 생겼어?"

하고 현은 한 팔을 테이블 위에 세워서 턱을 고이고 물끄러미 정

선을 쳐다본다. 그러나 그 눈은 아까 보던 맑은 눈이 아니라 슬픔이 찬, 젖은 듯한 눈이었다.

"아니!"

하고 정선은 분명히 부인하고, 그 부인한 것을 증명하기 위하여 상긋 웃었다.

현은 정선의 부정을 믿지는 아니하면서도 남의 속을 억지로 알아내려고는 아니 하였다. 다만 정선의 가슴에 근심과 슬픔의 새로운 그림자가 있는 것만은 아니 볼 수 없었다.

"언니이."

하고 정선은 교의를 현의 옆으로 바싹 잡아당기고,

"언니. 내가 애를 낳기가 싫은데, 어저께 남편이 댕겨갔으니 어떡하면 애를 안 배게 할 수가 있을까."

하고 주홍빛이 되도록 낯을 붉혔다.

"아 하하하."

하고 현은 사내 너털웃음을 웃었다.

정선은 더욱 부끄러워서 현의 다리를 꼬집으며,

"응, 왜 웃어."

하고 항의하는 어리광을 부렸다. 그러나 이 모든 것이 다 정선의 맘을 푹푹 찌르는 듯하였다.

"아야, 아야."

하고 현은 여전히 웃으며,

"네 말에 웃는 것이 아니라, 오늘 왔던 환자 생각이 나서 웃는 거야. 네 말을 들으니까 꼭 그 사람이 생각이 나는구나. 아하하허허."

하고 유쾌하게 웃는다. 현에게서는 멜랑콜리의 구름이 걷혀버렸다.

"무슨 환자야? 응, 어떤 환잔데 그렇게 웃으시우?"

하고 정선이 역시 멋없이 따라 웃는다.

"내 말 들어봐라."

하고 현이,

"바루 아까, 어떤 젊은 병자 하나가 왔단 말이다."

"나 올 그때에?"

"응, 그게 그 사람인데. 인물도 잘생겼어요, 살갗이 희고 몸이 좀 육감적이지마는 허기나 사내들의 맘에 들게 생겼길래 문제가 일어날 것이지마는. 그래 무슨 병이오 하니까 꼭 네 병과 같은 병이거든. 글쎄 그렇게 신통방통한 일이 어디 있니? 내 우스워."

정선은 외면한다.

"아 그래 어찌 된 일이냐고 물었지."

하고 현은 말을 잇는다.

"처음에는 무어라고 부득요령한 소리를 주워댄단 말야, 시도로모도로(일본말로 '어름어름'이라는 뜻)지. 그렇지만 내게 걸려서야 제가 배기나. 그만 울고 실토를 해버린단 말이다."

하고 침을 한번 삼키고,

"어떤 교사의 아낸데, 남편이 한 달 전에 어느 시골을 갔대. 그런데 어떤 남자의 유혹으로—저는 강제라더라마는 무어 그럴라구—어쨌든 어젯밤에 훼절을 했다거든. 그러니 애기가 들었으면 어쩌느냐 말야, 제발 나더러 애기가 아니 배게 해달라는구먼. 그래 밉살스런 양 해서는 '여보, 남편 있는 이가 한 달 동안을 못 참아서 남의 사내하고 애 밸 짓을 해놓고는 누구더러 애기를 아니 배게 해달라오' 하고 싶었지마는, 거기는 또 의사의 도덕이 있단 말이다. 도적놈이거나 서방질한 년이거나 그것은 물을 것이 없단 말야. 내 원."

하고 현은 남은 차를 마신다.

"그래서? 언니는 무어라고 했소?"

하고 정선은 중요한 점을 아니 놓치려고 물었다.

"그래서?"

하고 현은 담배를 새로 붙이며,

"그거 아니 배시게 할 수 없습니다. 해놓고는 하도 가엾길래, 오늘로 남편한테로 가시구려 했지. 하하하하. 내가 죄지, 잘못했지?"

하고 또 웃는다.

3-23

"그래 어떡하셨소?"

하고 정선은 그 여자가 어떠한 치료를 받았는가가 알고 싶었다.

"그랬더니 말야."

하고 현의사는,

"글쎄 그 남편이 폐병으로 어느 요양원에를 가 있다는구나. 폐병으로 요양원 가 있는 남편을 따라가기로니 같이 잘 수가 있느냐 말이지. 글쎄 정선아 이런 딱한 일이 어디 있니? 어떻게 우스운지. 그러니까 그도 못한단 말이지. 그러면 어쩌면 좋으냐고 그러길래, 글쎄 제일 확실하려면 자궁을 긁어내거나 떼어내는 수밖에 없다고 그랬지. 벌써 이십 시간이나 지났으니 인제는 벌써 정충이 자궁벽에다가 뿌리를 박고 어머니 피를 빨아 먹으면서 분열하기를 시작했으리라 하고, 벌써 그 정충은 남의 것이 아니라 당신의 아들이나 딸로 인연이 맺혔다고. 인제 그것을 떼어버리는 것은 자식을 죽이는 것이나 다름없다고 의사법에도 어머니의 생명이 위태한 때에만 한하여서 의사가 유산 수술을 하는 것을 허한다고. 그런데 당신은 건강한 사람이니까 유산 수술을 하는 것은 옳지 않다고 그러니깐 이러겠지, 그렇지만 만일 아이가 나온다 하면 남편의 꼴은 무엇이 되고 자기 꼴은 무엇이 되느냐고, 그러고는 어떻게 해서라도 아이를 떼어달라고 운단 말야, 눈물을 흘리고. 글쎄 정선아. 나도 그런 경우를 당하면 그리될는지 모르지마는 어떻게 제 몸에 붙은 생명을 뗄 생각이 나니? 그렇거든 서방질을 말 게지. 그렇게도 서방이 없으면 못 사니? 난 그까진 사내 생각 안 나더구나. 또 서방질을 하면 책임질 생각을 하고 하든지, 그게 무에야, 해놓고는 애꿎은 어린애만 떼려 들어. 망할 년들 같으니. 안 그러냐 정선아."

하고 현의사는 혼자 좋아한다.

정선은 현의 말을 차마 더 들을 수가 없었다. 말 마디마디가 모두 자기를 두고 하는 것만 같았다.

그래서 곧 이 집에서 나가고 싶었지마는 그러기도 안 되었고 화제를 돌리려 하여,

"언니는 그래, 남자란 영 싫소?"

하고 웃었다.

"그럼 싫지 않어?"

하고 현은 반 농담으로,

"이렇게 나처럼 혼자 살면 참 자유롭다. 난 그 시집간 동무들 하나도 행복되다는 사람은 없더라. 정선이 너는 안 그러냐. 그까진 사내들 냄새만 피우고……"

하고 당장 불쾌한 냄새나 나는 듯이 낯을 찡긴다. 찡길 때에 현의 태도는 더 어여뻤다.

"냄새? 무슨 냄새?"

하고 정선은 웃었다.

"입구린내, 발 고린내, 머리때 내, 맨 냄새지, 그리고 되지못하게 아니꼬운 내, 왜 넌 사내 냄새 없던?"

하고 현도 웃는다.

정선은 갑진의 겨드랑 냄새를 연상하였다. 그러나 정선의 기억에 그 냄새는 도리어 흥분을 시키는 듯한 쾌미가 있었다. 허숭도 생각하였다. 허숭은 파, 마늘을 절대로 아니 먹어서 그런지 입에서도 몸에서도 냄새가 나지 아니하였다.

"언니두. 언니는 아마 사내 싫어하는 병이 있나 보구려. 어쩌면 언니는 도무지 혼인할 생각을 아니 하시우? 도무지 남자 교제를 한단 말조차 없으니. 그러고 적막하지 않으우?"

하고 정선은 동정하는 듯이 물었다. 정선은 현의 과거를 생각한 것이었다. 현은 그렇게 얌전하게 생기고 또 모양을 내기로 유명하고 또 재산 있는 처녀로 유명하면서도 도무지 남녀 문제에 관하여 한 번도 남의 입에 오른 일이 없다는 것을 생각한 것이었다.

"그야 적막한 때도 있지. 나도 여자 아니냐. 허지만 쓸데없이 이 사내 저 사내 교제나 하면 남의 이야깃거리나 되지 무엇 하니. 또 혼인을 하자니 맘에 맞는 남편도 없고. 글쎄, 있다면 한 사람쯤 있을까."

하고 의미있게 웃는다.

3-24

"그게 누구요? 언니, 그게 누구요?"

하고 정선은 현에게 졸랐다.

"그게?"

하고 현은 장히 말하기 어려운 듯이 한참이나 정선의 애를 먹이다가,

"정말 일러주랴?"

하고 현은 한 손으로 테이블 전을 턱턱 치면서,

"그래도 놀라선 안 돼, 성내선 더구나 안 되고……"

"그래. 아이구, 그만 애먹이고."

하고 정선은 지금까지의 불쾌한 무거운 짐에서 벗어난 듯한 가벼

움을 느끼면서, 짜증 내는 양을 보였다.

"가만있어. 그렇게 쉽사리 비밀을 아르켜줄 줄 알구? 안 되지, 훙."

하고 현은 벌떡 일어나서 안방으로 들어가더니 함 하나를 들고 나온다. 그 함을 정선의 앞에 놓으며,

"자 이걸 좀 보아, 그리구 그중에서 누가 나를 가장 사랑하는가, 또 누가 제일 내 맘에 드는가, 아르켜내어."

하고 뚜껑을 열어젖힌다.

정선은 호기심 있는 눈으로 그 속을 들여다보았다. 거기는 수없이 보이는 편지들이 들어 있었다. 양봉투, 조선 봉투, 철필로 쓴 것, 먹으로 쓴 것, 잘 쓴 것, 못 쓴 것, 흘려 쓴 것, 해자로 쓴 것 등 가지각색이었다.

그 글씨가 가지각색으로 다른 것으로 보아 이것들이 다 여러 사람에게서 온 것을 알 것이다.

"아머니나."

하고 정선은 무서운 것이나 보는 듯이 눈을 크게 떴다.

"이게 다 웬 편지요? 다 언니한테 온 러브레터요?"

"그렇다네. 그것만. 훙, 같은 사람한테서 온 여러 장 중에서 가장 대표적인 것만 하나씩 골라서 표본으로 모아둔 것이란 말야. 처음에는 오는 대로 뒤지도 하고 불쏘시개도 했지마는 차차 생각해보니깐 표본만은 모아두는 것이 후일에 참고될 것도 있을 듯하단 말이지. 또 재미도 있고. 그래서 작년부터 이렇게 모으기를 시작한 것이란 말야. 내가 이렇게 받았으니깐 정선이도 퍽 많이 받

았을 테지. 나보다 어여쁘고 젊고 부자요 귀한 집 따님이니깐 오죽할라고."

"아니야, 언니. 나도 더러 받기는 했지마는 모두 합해야 스무나문 장 될까. 난 그리 많지 않아요. 언니. 언니가 미인이지 내가 뭐 미인이오?"

"암 그렇지. 정선이야 미인인가…… 그런데 정선아 너 교제 좀 삼가라. 이박사랑 김남작의 아들이랑 너무 자주 너의 집에 댕긴다고 말들 하더라.

무슨 일이 있을 리야 없겠지마는, 그래도 네 남편한테 그런 말이 굴러들어가면 재미가 없거든. 또 젊은 여자가, 그도 처녀도 아니요 남의 아내가 왜 남의 시비 들을 남자 교제를 하느냐 말이다. 남자들이 너를 따라올 때에야 네 지식을 따라오겠니? 인격을 따라오겠니? 세력을 따라오겠니? 입으로는 무슨 꿀 바른 소리를 할는지 모르지마는 결국은 네 자색을 따라오는 것이거든. 나도 그렇지, 이 작자들이 내게 반해서 이런 편지를 하고, 선물을 하고, 별짓을 다 하지마는 그 속은 내 몸을 한번 가지고 놀아보자는 것이지. 그중에는 내가 부모도 없고 형제도 없고 홀몸이니깐 이 집 칸이나 있는 것을 탐내는 놈도 있을 것이고, 그것을 몰라 빤히 다 알고 있지. 그리고 속아, 미쳤나 왜."

하고 픽 비웃는다.

3-25

"그럼."

하고 정선은 현의 말에 부득이한 찬성의 뜻을 아니 표할 수 없었다.

"요새 조선 사내들은 모두 계집 후릴 생각밖에는 다른 생각은 없나 보더라. 그것이 요샛말로 모던인지도 모르지. 자 이것 보아요."

하고 현은 편지들을 테이블 위에 쏟아놓고 찾아내기 쉽도록 골패 젓듯 뒤저어서 테이블의 면적이 허하는 한에서 널따랗게 벌여놓고, 그중에서 옥색 양봉투에 영문으로 겉봉을 쓴 편지 하나를 골라서,

"자 이거 뉘 글씬지 알어?"

하고 정선의 눈앞에 든다.

"응, 그거 이박사 글씨 같구려."

하고 정선도 놀란다. 정선도 꼭 이런 봉투에 이런 글씨의 편지를 가끔 받는 까닭이다.

"올라잇."

하고 현은 봉투 속에 있는 편지를 꺼내어서 읽는다—

"오, 나의 존경하고 사랑하는 닥터 미스 현이시여!

전에 드린 수차 편지에 한 번도 답장을 받지 못한 것을 조금도 원망치 아니하옵니다. 그것은 이유가 없지 아니하오니 대개 첫째

는 소생의 전 심령을 다 바치는 지극한 사랑은 미스 현에게 향하여 사랑 이외의 아무러한 감정도 일어나지 못하게 함이옵고, 둘째는 미스 현께서 아직 소생의 인격과 성의를 바로 이해하지 못하심입니다.

세상에는 소생에 관하여 여러 가지 풍설이 있사오나 그것은 전연 무근지설이오며 소생의 명예를 해하려고 시기하는 자들이 조작한 것입니다. 소생은 지금까지에 여성 친구를 여러 사람 가진 일은 있사오나 어떤 여성에게 대하여 사랑을 바친 것은, 오 하나님이시여, 오직 미스 현 한 분뿐이오며, 과거와 현재만 그러한 것이 아니라 미래 영원에도……"

여기까지 읽다가, 현은,

"자, 이 작자 하는 소리 보아요. 다른 여자는 다 친구요 애인은 나 하나뿐이라나. 허허. 아마 이런 소리는 누구에게나 했을 소린 줄을 내가 모르는 줄 알고. 순례, 서분이한테도 이 소리는 했을 게다. 네게는 안 했던? 허기는 이 작자만은 아니야. 여기 있는 편지들을 보면 대개는 내게 대한 것이 첫사랑이라지. 사랑에 거짓말을 하는 놈들이니 다른 일에야 더 말할 것 있나. 그러니깐 나는 이 작자들을 안 믿는단 말야. 누구누구 하는 놈들이 다 거짓에 껍데기 씌운 놈들이거든, 쎌피시하고. 대체 별소리가 다 많아요. 저는 아직 정남[322]이라는 둥, 상처를 했다는 둥, 가문이 양반이라는 둥, 귀여운 소리를 하는 애송이도 있고, 어떤 것은 사뭇 살려달라고 애걸하는 작자도 있고, 또 어떤 작자는 내가 혼자 사는 것이 가엾으니 자기가 나를 보호하고 위로하는 사람이 되마는 자선가도 있고…… 대체 없는 소리가 없지. 또 이거 하나 보련?"
하고 현은 기름한 흰 봉투에 먹으로 썩 잘 쓴 편지 한 장을 골라 들고,
"이것 보아요? 이게 누군데?"
하고 편지 끝에 있는 서명을 보인다. 그것은 모 교육자요 종교가다.
"이 어른도 그런 편지요?"
하고 정선은 더 크게 놀랐다.
"자, 이거 또 하나 보아. 이건 누군데?"
하고 또 한 편지를 보인다.
그것을 본 정선은 어안이 벙벙하였다. 그것은 어떤 이름난 교역자였다.
"또 이건."
하고 굉장히 큰 봉투 하나를 집어든다.
정선은 웃지 아니할 수 없었다. 그것은 나이[323] 많은 어떤 재산가였다. 현도 깔깔 웃었다.

3-26

현은 특색 있는 여러 편지를 정선에게 보인 뒤에,
"얘, 복아, 난로 좀 피워라."
하여 전기난로에 불을 피우게 하고,

"정선아. 너 썩 재미있는 편지 하나 보련?"
하고 두 손가락을 빳빳하게 뻗쳐가지고 편지를 위로 몇 번 들다가, 그중에서 황지 봉투에 철필로 되는대로 갈긴 편지를 다른 커다란 편지 밑에서 찾아내었다. 다른 사람들은 다 상등 편지지에 극히 정성스러운 필적으로 썼건마는 황지 외겹 봉투에다가 철필로 막 내갈긴 것이 눈에 띈다. 그 글씨조차도 아주 유치하였다.

"너 이 글씨 아니? 잘 알겠구나."
하고 현은 정선을 놀려먹는 듯이 눈을 끔적하였다.

정선은 그 글씨는 본 적이 없었으나 현의 말눈치로 그것이 갑진인 것을 짐작하였다. 그러나 정선은 맘에도 없이,

"잘 모르겠는데."
하였다.

"좀 보아요. 네 애인이 내게 보낸 연애편지니 좀 보아요. 나는 지금까지 본 편지 중에 이 사람 편지가 제일 스키(일본말로 좋아한다는 뜻)야. 다른 사람들은 무어라고 짓고 꾸미지, 그렇지만 이 작자는 그것은 없거든. 자 보아요, 내 읽으께."
하고 현은 웃음 절반으로 갑진의 편지를 들고 읽는다. 그 편지지도 편전〔便箋〕을 막 뜯어서 머리가 들쑹날쑹이다──

"현의사. 나 당신 속 모르겠소. 당신같이 젊고 아름다운 사람이 왜 남자를 모르시오. 인생의 낙 가운데 남녀의 낙같이 좋은 것이 또 있소? 나하고 사랑합시다. 내 인생의 새로운 방면을 가르쳐주리다."
까지 읽고 현은,

"어때, 이 작자의 수작이?"
하고 읽기를 계속하여,

"나는 지금 조선에서는 제일 잘난 사내요 젖비린내 나고 문화 정도가 낮은 조선 계집애는 도무지 아이테(일본말로 짝)가 아니 되오, 오직 현의사만이 내 짝이 될 것 같소."
하고 현은 또,

"자, 이 작자 하는 소리 보아요."
하고 깔깔 웃는다.

그러나 정선은 웃을지 울지, 어찌할 바를 몰랐다. 다만 잇새만 빨았다.

"또 봐요, 끝이 더 장관이니."
하고 현은 또 읽는다.

"나는 여태껏 어떤 여자든지 맘에 두고는 내 것을 못 만들어본 일이 없소. 오직 세 사람이 있을 뿐이오. 그것은 현의사와, 현의사가 사랑하신다는 윤정선과, 또 하나 이것은 이름을 말하더라도 현의사는 모르시리다. 맘에 두고 아직 손에 넣지 못한 것이 이 세 사람뿐이오. 그런데 윤정선은 내 친구의 아내요. 그렇지마는 이 애는 아직 시집가기 전부터 내가 눈독을 들였는데 고만 허숭이 놈한테 빼앗겨버리고 말았소. 그러나 사내가 한번 맘을 먹었다가 흐지부지하고 어떻게 산단 말요. 내 일주일 안에 그 계집애를 내 손에 넣기로 작정을 하였으니, 그 일이 끝나면 또 한 계집애에게 분풀이를 하고 나서 그 뒤에는 과거의 복잡한 생활을 청산하고 당신을 참으로 사랑해볼까 하오."

여기까지 읽고 현은,
"인제는 나더러 당신이라고."
하고는 또 읽는다.
"내 들으니 당신은 도무지 사내를 접촉하지 아니하고 아무리 후려도 넘어가지 아니한다 하니 조선에도 이런 여자가 있는가, 탄복함을 마지아니합니다."
여기 와서 현은,
"후후, 인제는 탄복하오가 아니라 합니다래."
하고 자못 만족한 모양이었다.

3-27

현은 또 갑진의 편지를 읽는다.
"내가 건드려서 휘지 아니하는 여자가 있다 하면, 나는 그 여자를 숭배하거나 죽이거나 둘 중에 하나를 하려 하오. 그러나 불행히 나는 아직 그러한 여자를 만나지 못하였소. 원컨댄 현의사여! 당신이나 나로 하여금 당신을 숭배케 하거나 죽이게 하소서."
현은 편지를 다 읽고 나서,
"자, 어떠냐?"
하고 편지를 봉투에 넣어 테이블 위에 내던지며,
"아마 이런 연애편지는 세계에 드물 것이다, 굉장하지?"
하고 혼자 좋아한다.

그러나 정선은 이 편지를 듣는 동안에 분함, 부끄러움, 울렁거림이 모두 뒤섞여서 어찌할 바를 몰랐다.

"언니는 그 사람을 좋은 사람이라고 생각하시우?"

하는 것이 가까스로 정선의 입에서 나오는 말이었다.

"좋은 사람? 그야 김갑진이가 좋은 사람은 아니겠지. 색마겠지. 그렇지마는 같은 색마라고 하더라도 이건영이보다는 여러 등 높단 말이다. 첫째는 힘이 있거든. 여자에게 애걸을 하는 것이 아니라 명령을 한단 말이다. 도무지 젊은 여자 앞에 오면 발바닥이라도 핥을 듯이 귀축축한 남자와는 다르단 말이다. 또 하나는 이 작자의 정직한 것이 좋단 말이다. 얼마나 프랭크하냐 말야. 속에는 이것을 생각하면서 입으로 저것을 말하는 작자들보다는 통쾌하거든. 애, 난, 참, 조선 남자들한테는 낙망하였다. 어디 사내답게 씩씩하고 정직한 사내가 있더냐. 모두 돈에 세력에 계집에 코를 줄줄 끌고 다니는 꼴을 보니 기가 막힌단 말이다. 이 갑진이란 작자는 젊은 녀석이 대학까지 마친 녀석이 좋은 일 하나 할 생각 아니하고 밤낮 여자들만 따라댕기니 죽일 놈인 것이야 말할 것 없지마는, 저 지사의 탈을 쓰고, 도덕가, 예수교인의 탈을 쓰고 그 짓을 하는 작자들보다는 되레 통쾌하고 가와이이(일본말로 귀엽다)하단 말이다.

또 김갑진의 말도 옳지 아니하냐. 계집애들이 시카리(일본말로 단단)하기만 하면야 사내들이 어떻게 덤비나, 못하지. 요새 계집애들이 헤프니깐 사내들이 넘보고 그러는 게다. 어디 정선이 네나 순례 같은 애야 무슨 말 들었니? 순례는 건영이 때문에 그렇게 되었지마는 그야 순례 잘못이냐. 또 정선이 너도 김갑진이와 이러쿵저러쿵 말이 있지마는, 그야 남들이 정선이를 몰라서 하는 소리지, 아무러기로 우리 정선이가 김갑진한테 넘어가겠니?

그러니까 걱정이란 말이다. 숭배를 하거나 죽인다고 했으니 네나 내가 숭배를 받거나 죽을 판이로구나. 또 한 계집애란 누구야, 거, 원, 순례나 아닌가. 이 김갑진인가 한 작자가 헤픈 계집애들은 다 주어먹고 인제는 좀 단단한 축을 노리는가 봐. 하하하하. 또 한 여자라는 게 순례만 같으면야 어림이나 있니? 그럭해서 조선 여자란 어떤 것인가를 따끔하게 그런 녀석에게는 알려주어야 한다, 하하하하."

하고 현의사는 유쾌하게 웃는다. 정선도 어찌할 수 없이 따라 웃었다. 그러나 등골에서는 찬땀이 흘렀다.

"언니 난 가우."

하고 정선은 일어났다.

"왜 저녁 먹고 놀다 가."

하고 현은 정선을 붙든다.

"가보아야지."

하고 정선은 옷의 구김살을 편다.

"애기 뗄 생각은 말어."

하고 현은 훈계하는 듯이,

"그런 비겁하고 무책임한 짓이 어디 있니? 또 남편에 대한 정보다 자식에 대한 정이 더 깊다더라. 어서 낳아 길러. 아버지 어머니가 다 착하고 재주 있는 사람들이니 애긴들 오죽할라고. 내 아주머니 노릇 잘 해주께."
하고 정선의 등을 두드렸다.

3-28

정선은 현의사한테로부터 집에 돌아오는 길로 짐을 싸가지고 오후 일곱 시 특급을 타고 남편 허숭이 있는 살여울을 향하였다. 정선은 현이 어떤 여자더러, '남편한테로 가구려' 하던 말대로 실행하려 한 것이었다.

정선은 한잠도 이루지 못하고 살여울 가는 정거장에서 하나 더 가서 읍내 정거장에서 내렸다. 아직 캄캄하였다. 특급 차는 작은 정거장에 정거를 아니 하는 까닭이었다. 정선은 아직도 자고 있는 자동차부를 깨워 일으켜서 아니 간다는 것을 제발 빌어서 이십 리 남짓한 살여울을 십 원이라는 엄청난 값으로 자동차를 세내어 타고 살여울로 향하였다.

살여울을 다 가도 아직 해가 뜨지 아니하였다. 칠백 리나 서북으로 온 이 지방은 서울보다 대단히 추웠다. 정선은 슈트케이스를 이 손에서 저 손으로 옮겨 들어가면서 촌락 가운데 길을 피하여 달내강 가로 더듬어 바로 남편의 집 허숭의 집으로 걸어갔다. 그래도 귀 밝은 동네 개들은 정선의 구두 자국 소리를 알아듣고 한두 마디 짖었다.

정선은 남편과 작별하기 전에 가끔 나와 앉았던 강 언덕에 짐을 놓고 좌우 가에 반이나 살얼음이 지핀 강을 들여다보면서 그때 일을 회상하였다.

남편의 집은 새벽빛에 싸여 남빛에 가까운 자줏빛으로 보였다. 정선은 죄짓고 쫓겨났다가 빌러 들어오는 며느리 모양으로 짐을 들고 언덕길을 추어 올랐다. 새로 판 우물가에는 오지자배기에 두부와 고비가 맑은 물에 담기어 놓인 것이 보였다. 정선에게 그런 것이 다 다른 세계 것같이 보였다. 정선은 무심코 우물을 들여다보았다. 컴컴한 우물 속에는 손바닥만 한 빛 받은 물이 수은빛으로 흔들렸다. 마치 정선의 입김에 물결이 지는 것 같았다. 정선은 그것이 형언할 수 없이 신비한 것 같고 무서운 것 같았다. 서울 생장인 정선은 우물을 들여다본 일이 없었거니와, 우물이 정선에게 주는 비상한 감동은 오직 이 '처음 봄'만은 아니었다. 마치 예수교의 세례에 사람의 머리에 떨구는 물 몇 방울이 그 사람에게 큰 정신적 감동을 주는 것과 같은, 지금 당장은 설명할 수 없는 감동을 주었다.

정선은 차마 여기서 더 갈 용기는 없었다.

'내가 아무 일 없이 남편을 찾아왔다 하면 얼마나 호기스럽고 자랑스러울까.'

이렇게 생각하면 앞이 캄캄하였다.

'내가 무엇 하러 여기 왔나? 내 죄를 숨기려고 남편과 세상을 속이려고 온 것이 아니냐.'

하면 땅에 쓰러질 것 같았다. 정선은 우물 기둥을 붙들고 몸을 지탱하였다.

불끈 솟는 해—먼지와 연기 없는 깨끗한 대기 중에 해는 잠 깬 혈색 좋은 어린애가 고개를 번쩍 드는 것 같았다. 누런, 신선한 햇빛이 우물 기둥에 기대어 괴로워하는 정선의 몸을 비추었다. 그것은 한 폭 그림이었다.

우물에서도 수십 척이나 되는 언덕을 올라가야 남편의 집이다. 그러므로 여기서는 남편의 집은 보이지 아니한다.

정선은 또 우물을 들여다보았다. 손바닥만 하던 흰 점은 커져서 환하게 열린 수면이 정선의 얼굴을 비추고 있었다. 정선은 제 그림자를 무서워하는 듯이 흠칫하고 뒤로 물러섰다.

딸그락딸그락하는 소리에 고개를 돌린 정선은 물동이를 들고 내려오는 순이를 보았다.

"아이그머니!"

하고 유순은 화석(化石)한 것같이 우뚝 섰다. 그는 하도 놀라서 그 이상 더 말이 나오지를 아니하였다.

정선도 숨만 씨근거릴 뿐이요 말이 나오지 아니하였다.

억함[324]인가. 질투인가.

정선에게나 유순에게나 이 자리는 유쾌한 씬[325]은 아니었다. 미움, 분함에 가까운 감정이 거진 같은 날카로움으로 마주 선 두 여자의 가슴을 폭폭 찔렀다. 겨울 아침다운 싸늘한 광경이었다.

3-29

"아이그, 너 얼마나 애를 썼니?"

먼저 이 괴로운 적막을 깨뜨릴 소임은 정선이가 할 수밖에 없었다. 정선은 어른, 주인아씨, 교육과 지위 높은 사람이라는 우월감을 억지로 회복해서 입을 연 것이다.

"그동안 아무 일 없었니?"

하고 반가운 표정을 지었다.

"언제 오셨어요?"

시골 계집애인 유순의 입에서는 이 이상 예절다운 말은 나올 수가 없었다. 그리고 물동이를 발 앞에 내려놓았다.

"선생님 안녕하시냐. 아직 주무시니?"

하고 물을 때에 자기가 남편을 찾은 목적이 얄미운 짐승 모양으로 자기와 유순의 앞으로 날름거렸다.

"에그, 못 만나셨네."

하고 유순은 다시 놀라는 표정을 하였다.

"응?"

하는 정선의 가슴은 쌍방망이질하는 듯하였다.

"그저께 아침차로 서울로 올라가셨는데."

하고 유순은 가여워하는 듯이 정선을 보았다.

"무어? 그저께 아침차?"

"네. 그저께 아침차요."

"어제 아침차 아니구?"

"아냐요. 그저께가 장날인데 장날 아침차로 떠나셨는데."

하고 순은 '알 수 없는 일이다' 하는 눈을 짓는다.

정선은 그만 슈트케이스 위에 쓰러져 울었다. 몸부림이라도 할 듯이 울었다.

"무어요, 선생님 내려오신 줄 아시면 곧 돌따셔서[326] 오실걸요."

하고 정선이가 아무리 기다려도 오지 아니하는 남편을 찾아 허위단심으로 밤차를 타고 왔다가 남편을 못 만나서 우는 것으로만 생각하고 유순은 눈물이 쏟아지도록 동정하는 맘이 생겼다. 지금까지 가슴에 있던 질투의 그림자조차 다 스러지고 말았다.

"들어가세요, 추운데."

하고 유순은 가만히 정선의 팔을 잡아끌었다.

정선은 반항하지 아니하고 유순에게 끌려 일어났다. 유순은 물동이를 우물가 물동이 자리에 놓고 정선의 짐을 들고 앞을 서서 언덕길을 걸어 올라갔다. 정선도 그 뒤를 따랐다. 장쾌한 아침 햇빛이 잎 떨린 나무 사이로 걸어가는 두 여자를 고동색 언덕 빛과 조선에서만 보는 쪽빛 하늘 배경 앞에 그려내었다. 그러나 어두운 정선의 가슴에서 솟는 검은 눈물은 막을 수 없이 앞을 가렸다.

한갑 어머니가 부엌에서 새벽 동자[327]를 하다가 반색을 하고 나와서 정선을 맞는다. 정선은 괴로움으로 찌그러지고, 눈물로 젖은 낯에 억지웃음을 지어서 한갑 어머니의 인사에 대답하였다.

아아, 남편의 방! 정선은 남편의 방에 들어간 아내다!

칠도 아니 한 책상, 책장, 미투리 삼는 신틀, 벽에 걸린 옥수수,

조 이삭, 허울 좋은 수수 이삭, 탐스러운 벼 이삭, 입다가 둔 광목 옷들. 서울 집의 허숭 내외의 침실과는 이상한 대조다.

정선의 눈은 방안을 두루 돌다가 책상머리에 붙여놓은 사진을 보았다. 그것은 정선의 사진이었다. 자기가 남편을 잊고 있던 동안에 남편은 날마다 이 사진을 보고 자기를 생각하던 것을 생각하니 슬펐다.

정선은 책상 위에 놓인 공책을 열었다. 그것은 시골 보통학교 아이들이나 쓰는 연필 공책이었다.

"10월 ○일. 오늘도 아내에게서 편지가 안 온다."

"10월 ○일. 오늘은 동네 길 역사를 하였다. 다들 재미를 내고 일심하는 것이 기뻤다. 내일은 우물을 치고 우물길을 수축하기로 작정하였다. 이 모양으로 살여울은 날로 새로워가고 힘 있어가는 것이다. 살여울은 곧 조선이다.

그런데 왜 우리 정선에게서 편지가 없을까."

이러한 구절도 있었다.

3-30

정선은 남편의 일기책을 더 뒤져보았다──

"11월 ○일. 춥다. 쌀값이 오른다고 기뻐들 한다. 협동조합 저리 자금이 있었기에 망정 그것이 아니었다면 이 동네 사람들도 싼 시세에 다 팔아버렸을 뻔하였다. 이 동네 부자들도 조합에 들어주기만 하였으면 좋으련마는, 자금 부족도 없으련마는, 그렇지마는 최후의 승리는 우리에게 있다.

도무지 웬일인가. 정선이가 병이 났나. 퍽 그립다."

또 얼마를 지나가서는,

"그럴 리가 없다. 그의 말은 못 믿을 말이다. 남의 아내를 의심케 하려는 비루한 반간[328]이다!"라고 쓴 것이 있다. 글씨도 크게 함부로 갈기고 또 어느 날이라는 날짜도 아니 적혔다.

정선은 놀랐다. 이것이 무엇을 의미하는 것일까. 그의 말이라는 '그'란 누구요, '말'이란 무슨 말일까. 아내를 의심케 하는 말이라고 하니, 또 그 말에 매우 흥분된 것을 보니 정선의 정조에 관한 문제일 것이다. 그러면 자기와 갑진의 관계에 대한 누구의 밀고인가. 그것이 누구일까?

'오, 이건영이!'

하고 정선은 혼자 대답하였다. 갑진에게 대한 질투로 이런 일을 함직도 한 일이다 하였다.

'그렇기만 하면야 변명할 길도 없지 않지—전혀 무근지설이라고 그러지.'

이렇게 속으로 작정하고 정선의 혼은 둘로 갈려서 한 혼은 안심하고 한 혼은 부끄러웠다.

'인제야 속일 수밖에 있나.'

하고 정선은 남편을 대하게 될 때에 할 변명거리를 생각한다—

'그럼. 무어, 속이는 건가. 말을 아니 하는 게지. 그대로 실토를 했다가는 큰일 나게. 아이 부끄러워, 아이 부끄러워! 입 꼭 다물고 있으면 고만일 걸 왜 실토를 해? 시골 사람은 무섭다던데, 남편이 어찌할 줄 알고. 그 말을 왜 해? 가만있지. 남편을 속이는 것이 미안이야 하지마는 누가 어땠나? 무어 단 한 번, 그도 잠깐, 그것도 유혹을 받아서 그런걸. 그래, 말 안 하기로 해!'
하고 정선은 마치 경매에 낙가하듯이 말 아니 하기로 손바닥을 딱 쳤다.

'실토만 말아. 그리고 후젤랑[329] 다시는 그런 일은 없을걸.'

그렇지마는 풀리지 아니하는 것은 뱃속에 들었는지 모를, 자꾸만 들어 있는 것만 같은 아이 문제다. '단 한 번, 그도 잠깐'이라고 정선은 갑진이와 사이에 지어진 자기의 허물이 바늘 끝으로 한 번 따짝한[330] 자국에 지나지 않게 작게 보려고 하지마는, 그 단 한 번이라는 것이 생리적으로 심리적으로 영원히 소멸할 수 없는 자취를 남겼을뿐더러, 만일 잉태한 것이 사실이라 하면 새로 생긴 생명을 통하여 아버지, 어머니, 아들, 딸 하는 인륜 관계까지 발생하게 한 것이다.

'자궁을 긁어내어 달랠걸.'
하고 정선은 후회한다.

밤차로라도 곧 서울로 올라가려고도 했지마는 그랬다가 또 차에서 길이 서로 어긋나도 안 되겠고 여기서 남편이 내려오기를 기다리자니 그랬다가 늦도록 아니 내려와도 걱정이었다. 문제는 하루라도 바삐 남편을 만나도록 하는 것이다. 보고 싶어서보다도 죄의 흔적을 소멸하기 위하여서 시각이 바쁘게 남편을 만나지 아니하면 아니 되었다.

"상 들여요?"
하고 유순이 문을 방싯 열었다. 그동안에 아침을 지은 것이다.

밥은 방아에 찧은 쌀, 방아에 찧은 쌀은 생명을 가진 쌀이다. 도회의, 돌가루 섞은, 배아와 단 껍질 다 벗겨진 쌀과는 다르다. 그리고 토장국, 무나물, 김치, 두부, 고기.

3-31

정선은 밥을 먹어가며 순이에게 이 말, 저 말 물었다. 무심코 묻는 듯하면서도 묻는 정선에게는 여자에게 특유한 은미한 계획이 있었다.

"내가 안 온다고 걱정하시던?"
하고 정선은 유순을 통하여 남편의 속을 떠보려 하였다.

"그럼요."
하고 대답은 해놓고도 유순은 어떤 대답을 해야 옳을까고 두 가지 중에서 한 가지를 고르되 정선의 눈치를 보아서 하려는 듯이 심히 날카로운 눈으로, 그러나 그 날카로움을 웃음으로 싸서 정선을 살펴보다가,

"날마다 기다리셨답니다. 차 시간만 되면 저 등성이에——저기 저 등성에 말씀야요(하고 창을 열고 가리키며), 저 등성이에 올라가시어서 정거장 쪽을 바라보시구는 오늘도 안 오는군, 그러신답니다."

"편지도 기다리던?"
하고 정선은 물을 필요도 없는 말을 묻는다.
"그럼요. 우체사령이 왔다 가면 퍽이나 섭섭해하시는걸요."
하고 유순은 허숭이가 길게 한숨을 내쉬고 무슨 생각에 잠기던 것을 생각하고, 그 모양을 정선에게 더 자세히 그리려 하였으나, 자기가 허숭에게 너무 많이, 너무 깊이 관심하는 것을 정선이가 되레 이상히 알까 보아 그만 하고 입을 다물었다.
"서울 가시기 전에 무슨 말씀 없던?"
하고 정선은 무심코 돌아오는 듯이 목적한 정통에 묻는 살을 쏘았다.
유순은 이 말에 대답하기 전에, 그저께 식전차를 타러 떠날 적에, 가방을 들고 주재소 앞 큰길까지 나아간 자기를 숭이가 어깨를 껴서 정답게 한번 안아주며,
"내 갔다 오께."
하고 손을 꼭 쥐어주던 것이 생각나서 낯이 붉게 됨을 깨달았다. 이것은 처음 되는 일이었다. 그 아내 정선에게 충실하여 유순의 손길 하나 건드린 일이 없던 허숭이가 어찌하여 유순에게 이만한 친절을 보였을까, 그것은 다만 먼 길을 떠나는 작별일까. 또는 아내 되는 정선에 대한 의심과 불만이 숭에게 남편으로서 받는 도덕적 제한을 늦추어준 것일까. 또는 진정으로, 다만 털끝만 한 발표도 없이 숭에게 바치는 순의 뜨거운 사랑에 대한 대답을 작별의 순간, 춥고 어둡고 감회 많은 순간에 잠깐 드러낸 것일까.
"별말씀 없으셔요. 어디 무슨 말씀 하시나요."

하고 유순은 정선에게 속 뽑히지 아니할 차비를 하였다.

"그 전날 무슨 편지 안 왔어?"

하고 정선은 숭늉에 밥을 만다.

"편지가 왔던가 보아요."

하고 순은 대수롭지 아니한 것같이 대답한다.

"무슨 봉투? 서양 봉투, 일본 봉투?"

하고 정선은 중요한 단서나 잡은 듯이 밥술을 대접에 걸쳐놓고 묻는다.

"서양 봉툰가 보아요."

"그래 선생님이 그 편지를 보시고 무어라데?"

"전 자세히는 못 보았어요. 허지만 나중 보니깐 그 봉투가 왼통 조각조각 찢어졌어요."

"그래 그 찢어진 것 어디 있니?"

"아궁이에 넣어서 태워버렸죠. 태워버리라고 하시는걸요."

"한 조각도 없이, 요만큼도? 글자 한 자라도 붙어 있으면 좋으니."

하고 정선은 애가 탔다. 그것이 뉘 편지인가, 아무렇게 해서라도 알고 싶었다.

"없습니다, 다 태운걸요."

하고 순은 뚝 잡아뗀다.

"그래두우 나가 찾아보아, 혹시 한 조각 남았나, 어여."

하고 정선은 정답게 유순을 졸랐다.

3-32

유순은 부엌에 나가서 종잇조각을 찾아보았다. 있을 리가 있나? 하고 유순은 다시 방으로 들어와서,

"없어요."

하고 보고하였다.

"잘 찾아보아."

하고 정선은, 유순이가 마치 찾을 수 있는 것을 일부러 아니 찾기나 하는 듯이 좀 화를 내었다. 그는 오래간만에 남편의 집에 오는 맡에 웬 찢어진 종잇조각을 찾느라고 안달하는 것이 어떻게 우스운 것인지는 미처 생각하지 못하였다.

유순은 정선의 행동이 좀 불쾌하였다. 우물가에서 쓰러져 울 때에 솟았던 동정이 다 스러지고 말았다. 우선 남편은 서울 간 지가 이틀이 넘도록 정신도 없이 있다가 터덜거리고 내려온 것이 싱겁게 보였다. 그런데 그 편지는 대관절 무슨 편지길래 그리 애걸[331]을 하는가. 아마 정선이가 서울서 무슨 죄를 지었는데 그 편지는 그 죄를 허선생에게 일러바치는 것인가. 하기는 그 편지를 받자마자 허숭이 그것을 박박 찢어버리는 양이 수상도 하였다——유순은 이렇게 생각하면서 그 편지 조각을 찾아내어서 정선에게 보이고 정선이가 그것을 보고 어떤 모양을 하는가 보고 싶었다.

유순은 다시 부엌으로 내려가서 나뭇단을 들어내고 부엌 구석을 뒤진다.

"넌 아까부터 무얼 그리 찾니?"

하고 아궁이 앞에서 감자를 깎던 한갑 어머니가 순을 돌아본다.

"편지 찢은 조각요."

하고 순은.

"참 할머니 편지 찢은 조각 못 보셨어요?"

하고 입에 손을 대고 웃는다.

"편지면 편지지, 편지 찢은 조각은 다 무엇이야."

하고 한갑 어머니는 호기심을 일으킨다.

"그런 큰일 낼 편지가 있답니다. 어째 한 조각도 안 남았어. 죄다 아궁이에 들어갔나, 온. 이런 데 한 조각 남아 있으면 작히나 좋아. 옳다, 여기 하나 있다!"

하고 순이가 종잇조각 하나를 얻어 들고 후후 먼지를 분다.

"찾았니?"

하고 한갑 어머니도 염려가 놓이는 듯이,

"어디 나 좀 보자."

하고 고개를 내민다.

"자요."

하고 순은 불규칙한 사각형으로 찢어진 종잇조각 하나를 한갑 어머니 눈앞에 갖다 댄다.

"거기 무어라고 썼는데 그렇게 야단이냐. 어디 좀 읽어보아라, 넌 글 알지, 내가 아니, 눈이 발바닥이지, 아무리 야학을 해도 모르겠더라. 바뱌버벼까지밖에는 더 안 들어가는 것을 어떡하니? 우리 아인 알지—그럼 한갑인 진서[332]도 알지. 아이구, 이번 고등법원에서나 우리 아들이 무사히 될라나."
하고 한갑 어머니는 우연히 일어난 아들 생각에 종잇조각 문제는 잊어버리고 감자 껍데기만 득득 긁는다.

순은,

"여기 한 조각 있습니다."
하고 부엌에서 얻은 종잇조각을 정선에게 갖다 주었다. 정선은 숟가락을 소반 위에 내동댕이를 치고,

"어디, 어디."
하고 그 종잇조각을 받았다.

그 조각에는 어느 글자의 변인 듯한 '언(言)'자, '진(眞)'자, '영(令)'자, '규(閨)'자의 한편 귀퉁이 같은 것이 보였다. 그리고 그 글자가 누구의 것임을 정선은 곧 알았다.

3-33

"순아. 여기도 한 조각 있다."
하고 부엌에서 한갑 어머니가 부르는 소리가 들린다. 한갑 어머니는 이 종잇조각이 허선생의 부인에게 무슨 필요가 있는지 모르나 은인의 부인이 애써서 찾는 것이니까 자기도 찾은 것이었다.

순은 속으로 우스운 것을 참고 밖으로 나갔다. 허선생은 일찍이 이렇게 필요 없는 심부름을 시킨 일이 없었다. 대관절 이 종잇조각이, 그것을 찾는 것이 세상을 위해서 무슨 필요가 있느냐 말

이다.

"자 이것도 쓸 거냐."

하고 한갑 어머니는 부엌문을 열고 마주 나오며 순에게 손톱만 한 종잇조각 둘을 주며,

"내야 아나. 눈이 곰의 발바닥인걸."

하고 소매로 눈을 비빈다. 아무리 비비더라도 밝아질 수는 없을 것이 분명한 눈을.

'풍문(風聞)' '연애(戀愛)' '영○제(泳○弟)'

이러한 글자가 한갑 어머니 찾은 조각에 보이는 것을 보고 순도 사건의 대강을 짐작하였다. '풍문'에 들은즉 부인이 어떤 사람과 연애를 한다고 하여서, 그 편지를 보고 허선생이 화가 나서 편지를 찢고, 서울로 뛰어 올라가신 것이다──이렇게 순은 상상하였다. 그리하면 정선이의 허둥지둥하는 양이 비로소 설명이 되었다. 그렇다 하면 우물가에서 울던 것도 헛울음이 아닌가. 그렇구 말구. 무슨 일이 있길래 올라간 지 석 달이나 되도록 소식이 없지. '그렇기로 고렇게 얌전한 정선이가?' 하고 순은 혼자 고개를 살랑살랑 흔들어보았다.

"어디?"

하고 정선이가, 순이가 방에 들어오는 동안에 바빠서, 쌍창을 열며 팔을 내민다.

"두 조각밖에 없어요."

하고 순은 의식적으로 다소 악의를 품고, 아주 담대하게,

"풍문, 연애, 뭐 그런 소리가 있어요. 그리고 영이라고 하는 것

이 편지한 이의 이름자인가 보아요. 그만하면 더 찾지 아니해도 괜찮습니까."
하였다.
순의 말에 정선은 낯이 빨개지며 쌍창을 빨리 닫았다. 너무 빨리 잡아당기는 바람에 문이 비뚜로 걸려서 닫히지를 아니하였다.
정선은 순이가 노상 어린애가 아닌 것을 발견하였다. 맹랑한 것이라고 하였다. 순이가 어린애가 아닌 것을 발견하매 정선의 가슴에는 불쾌한 물결이 이는 것을 금할 수가 없었다.
"순아, 이리 들어와."
하여 정선은 순을 불러놓고 바늘 박은 솜방망이로 문초를 시작하였다.
"선생님 빨래는 누가 하니? 네가 하지?"
"저도 하고, 할머니도 하고 그러죠."
"뜯기는? 빨래 뜯기는?"
"뜯기도? 그렇지요."
"아이 참, 퍽들 애들 썼구나."
"……"
"선생님 상은 누가 들이니?"
"상은 제가 들이죠."
"늘?"
"네?"
"그럴 테지. 너밖에 들일 사람이 있니?"
"선생님 자리는 누가 깔고 걷고 하니?"

"……"

"그도 너밖에 할 사람 있니?"

"그런 말씀은 왜 물으세요?"

하고 순은 좀 불쾌한 빛을 보였다.

"아니. 그저 알고 싶어서 하는 말이지. 너 노했니?"

하고 정선은 미안한 빛을 보인다.

"노하긴요."

하고 순은 슬픈 표정을 보이며,

"선생님은 자리 까는 것, 개는 것, 방 치우는 것, 세숫물, 진짓상 내놓는 것, 방에 군불 넣는 것까지 다 손수 하신답니다. 어디 누구를 시키나요. 해드려도 마다하시지요."[333]

3-34

순의 대답에 정선은 면목을 잃었다. 그래서 화제를 돌리려고,

"선생님은 하루 종일 무얼 하시던? 밖에 나가시던? 집에 계시던?"

하고 딴 문제를 물었다. 그래도 그 문제 속에도 남편과 순과의 관계를 염탐하려는 경계선은 눈에 안 보이게 늘여놓았다.

"잠시도 쉬실 새가 있으신가요. 식전 일찍 일어나시면 방 치우시고, 마당 쓰시고, 나무 가꾸시고 그러시고는 강가로 나가시지요. 강에 나가셔서 체조하시고 그러고는 목욕하시고 그리고 들어

오셔야 해가 뜨는걸요. 처음에는 혼자 그러시더니 차차 동네 사람들이 하나 둘 따라와서, 한 달 전부터는 새벽이면 앞 등성이에 모여서 정말체조[334] 하고 그러고는 동네 길 쓸고, 그러고는 목욕하고, 달음질도 하고, 돌도 굴려 오고, 나무도 날라 오고 또 땅 얼기 전까지는 저 토끼 우물 앞에 논을 풀었지요. 그래도 아무 때나 그것은 해뜨기 전이야요. 그러고는 해 뜬 뒤에는 다 저마다 제 일 하구요.[335] 요새는 한 오십 명씩 모였답니다. 와, 와, 와, 와, 소리를 지르고, 또 아침 일찍 일어나, 해 뜨기까지 동네 일 하세, 우리 일 하세, 하고 노래도 부르고 하는 것을 보면 우리들도 뛰어나가고 싶어요. 오는 봄부터는 부인네들도 그렇게 한다고요. 남성들이 식전마다 일러놓은 논이랑, 밭이랑, 그거를 아낙네들이 공동경작을 해서 동네 아이들 월사, 책값, 점심값을 삼는다구요, 교육비로 세워서."

하고 허숭의 사업을 설명하는 데는 유순은 문득 유쾌해지고 기운이 난다. 그놈의 종잇조각 문제에 뭉클했던 가슴이 뚫리는 듯하였다. 그뿐 아니라 도무지 쓸데 있는 생각이라고는 아니 하는 듯한 정선에게는 이런 이야기를 좀 들려주어보고[336] 싶었다.

"아까 들어오실 때에 동네로 안 들어오시고 저 여울모룻길로 돌아 들어오셨지요. 그러셨길래 그리 오셨지. 동네에는 선생님이 오셔서 변한 것이 많답니다, 새로 생긴 것도 많고요. 타작마당 만들었지요, 큰 광 짓고, 외양간 짓고, 돼지우리 짓고. 타작마당은 부잣집 몇 집 내놓고는 다 한 마당에 낟가리를 가리고 한 마당에서 타작을 하게 되었지요. 그리고 그 마당가에는 소 외양간과 돼지우리와 닭장이 있고 거기다는 집 한 채를 짓고 그 모든 것을 지키는 사람이 있거든요, 쌍둥이네라고. 그러니깐 동넷집 마당은 아주 깨끗하단 말야요. 아직도 제 집에 외양간 두고 닭 놓는 사람도 있지마는 인제 다 없어질걸요. 선생님은 아침만 잡수시면 동네를 한 번 도시지요, 어디 병난 사람이나 없나, 무슨 걱정 난 집이나 없나 돌아보지요. 그러면 선생님, 우리, 우리 젖먹이가 젖을 토해요, 오늘이 월사 가져갈 날인데요, 하고들 나선답니다. 그러고는 타작마당으로, 소, 도야지, 닭 다 돌아보시고, 그리고 밤에는 또 야학 있고, 또 조합 사무 보시고, 어디 요만큼이나 편히 쉬실 새가 있나요, 없답니다. 그나 그뿐인가요, 선생님이 변호사시래서 사방에서들 송사 물으러들 오지요. 어떤 사람은 닭 한 마리를 들고 어떤 사람은 술 한 병을 사 차고. 그러면 선생님이 받으시나요. 굳이 받으라면 그 닭은 병 없는 동네에서 온 것인가 알아보아서 동네 닭에 넣지요, 그러신답니다."

하고 유순은 두 뺨이 볼그레 상기가 되면서 허숭의 이야기를 열이 나서 한다. 그것을 듣는 정선은 한껏 자기가 일찍이 보지 못하던 숭을 보는 데 대하여 일종의 두려움을 깨닫는 동시에 순이가 아주 숭을 제 것인 듯이 여겨서 흥분하여 말하는 것, 마땅히 주인이어야 할 아내인 자기가 도리어 순에게 설명을 듣고 앉았는 사람이 된 것이 불쾌하였다.

3-35[337]

순이가 말하는 숭의 일상생활을 듣고 보면 과연 숭은 바쁜 생활을 하고 있다. 그러나 그것이 다 제게는 아무 상관도 없는 일, 다시 말하면 밥도 안 나오고 옷도 안 나오는 일에 공연히 숭은 분주한 것이었다. 서비스——세상을 위하는 일, 이런 것을 정선도 관념적으로는 모르는 것이 아니지마는 그것은 오직 수신 교과서에나 예배당 강도대에서나 들을 소리요, 몸소 실행할 것이라고는 생각되지[338] 아니하였다. 그러나 바로 눈앞에, 바로 자기의 남편이 그러한 일을 실지로 하고 있는 것을 보고 정선은 놀랐다.

과연 이렇게 바쁜 생활을 하는 사람에게는 연애니 무엇이니 할 한가한 틈이 없을 것이다.

더구나 그날 낮에 순이와 함께 동넷집에 인사를 다닐 때에 비로소 농촌 생활이 어떻게 바쁜 것인지, 또 그 바쁜 모양이 도회의 그것과는 어떻게 다른 것인지를 맛볼 수가 있었다.

가장 정선에게 신기한 것은 '마당질'이라는 것이었다. 마당에 밤에 물을 뿌려서 얼려놓고 한가운데는 커다랗고 기름한 돌이나 절구통이나 통나무 토막(이런 것을 마당돌이라고 한다)을 놓고, 그것들이 고정하여 구르지 아니하도록 바둑돌[339]로 고여놓고, 그러고는 건장한 남성들이 굵다란 새끼로[340] 북두[341]를 질끈 조르고, 머리에는 하얀 수건을 쓰고 바지통 행전 친 모양으로 졸라매고, 그러고는 볏단을 풀어서 알맞추 갈라서 뿌리를 바오라기[342]로 옭아서, 발로 꼭 졸라서 두 손으로 번쩍 들어 머리 위로 올렸다가, '치!' 하고 '마당돌'에 메어치면 우수수 하고 힘 있는 소리를 내며 벼 알갱이가 떨어진다. 이 모양으로 몇 번을 치면 알갱이를 잃은 볏단은 숙였던 목을 펴고 마치 일생의 무거운 책임을 인제 벗어 놓았다 하는 듯이 마당 한편 가녘[343] 그들을 위해 예비한 자리에 내던짐이 된다. 그때에는 그들은 벼라는 이름을 갈고 짚이라는 새 이름을 받게 된다.

그리하면 또 늙은이, 어린이들은 물푸레 회초리를 들고 짚 끝에 있는 벼 알을 톡톡 떨어버리고 그러고 난 짚은 벼 알갱이 달렸던 끝을 잡히고 할할 뿌리어 검불을 다 떨고는 깨끗한 짚이 되어 아름이 넘는 단으로 묶인다. 이것은 겨우내 새끼로 꼬이고, 가마니로 짜이고, 짚세기로 삼기고, 그런 일에 쓰이기 전이라도 뭇 구덩이를 덮고, 아이들 볕 쪼이기 터에 바람 막는 성이 되고, 그 금빛보다도 부드럽고 따뜻한 빛은 덤으로서 동네의 아름다움이 되고, 그리고 봄이 되면 영이 되어 농가의 지붕을 장식하고 비를 막아주는 것이다.

"체! 씨르륵."

"체! 쑤와!"

하는 소리가 들리는 동안에 마당돌은 빛깔, 생김생김이 탐스럽고 먹음직스러운 벼 알갱이 속에 묻히게 된다. 그리되면 파팡이로 나락을 긁어 한편으로 모아 금빛 원추 탑을 쌓는다.

"한 대 먹구 하지."

"조걸 남기고?"

이렇게 기운찬 장정들이 유쾌하게 일하고 있는 곁에 두루마기에 팔짱 끼고 구두 신고 서 있는 지주나 마름의 모양은 도무지 어울리지를 아니하였다. 그들은 작인의 집 아랫목에서 술 먹고 고기 먹고 자빠져 있다가 가끔 감독한다고 나와보는 것이었다. 그들의 모양이 보일 때면 이 유쾌한 장정들의 양미간에는 검은 기운이 돌았다.

그들은 여기 쌓아놓은 원추 탑을 반이나 깎아가지고, 그것도 작인의 등에 지워가지고, 또 장릿벼, 다른 빚 다 받아가지고 석양에 의기양양하게 돌아가고 만다. 농민들의 땀과 기쁨을 반 이상이나 깎아가지고. 만일 이 벼를 다 이 장정들의 식구가 먹게 되었으면 작히나 좋을까. 그리하게 하자는 것이 허숭의 뜻인 것을 정선은 알지 못하였다. 다만 이것이 한 신기한 구경이었다.

3-36

허숭은 어찌하여 공판 기일도 되기 전에 갑자기 서울로 올라갔나?

그것은 바로 정선이가 갑진이와 같이 오류동으로 가던 날 전날 아침이었다. 허숭은 여덟 시 편에 이건영의 편지를 받았다. 그것은 정선이가 갑진이와 너무 가까이한다는 소문이 있으니 주의하라는 것이었다.

숭은 건영을 믿지 아니하기 때문에 그 말을 한 모함으로 알았다. 더구나 남의 말을 듣고 제 아내를 의심하는 것은 옳지 아니한 일이었기 때문에 숭은 남의 아내의 말을 하는 건영에 대하여서 반감까지 가졌다. 정선이가 본 숭의 일기의 문구는 그것을 표하는 것이었다.

그렇지마는 숭의 맘은 의리의 해석만으로 만족할 수는 없었다. 그의 맘은 무척 괴로웠다. '정선과 갑진과──'라는 관념은 새 잡는 약 모양으로 끈적끈적하게도 숭의 맘에 달라붙어서 도무지 떨어지지를 아니하였다.

허숭은 하루 온종일 괴로워하였다. 아내를 의심하는 것은 옳지 아니하였다. 그렇지마는 아내에게로 의심은 갔다.

허숭은 마침내 서울로 가기로 결심하였다. 그래서 정선이가 갑진과 함께 야구 구경을 가던 날 식전차로 허숭은 심히 괴로운 가슴을 안고 서울을 향하였다.

허숭은 미리는 아무 기별도 아니 하고 불의에 집에 뛰어들어 정선이가 누구와 무엇을 하고 있는가를 보려고 하였다.

'아니다, 그것은 옳지 않다. 사랑하는 아내를 의심하는 것은 옳지 않다. 미리 기별을 하는 것이 옳다.'

이렇게 생각하고 숭은 신안주에서도 평양에서도 서울로 전보를 치려고,

"금야착경〔今夜着京〕 숭."

이라는 전보문까지 지어가지고 플랫폼에 여러 번 내렸지마는 그 때마다 치가 떨리도록 분한 것이 치밀어 올라와서,

'응 그대로 가자.'

하고는 중지하였다.

허숭은 자기의 감정을 눌러 평정하게 만들려고 여러 가지로 애를 썼다. 그러나 아무리 애를 써도 벌벌 떨리는 전신의 근육은 진정할 줄을 몰랐다.

그러나 마침내 숭의 이성은 감정을 이겼다. 숭은 황주에 이르러,

"밤에 가오. 남편."

이라고 전보문을 특별히 정답게 지어서 치고, 황주 사과를 세 바구니나 샀다.

이런 일을 마치고 차실에 돌아오니 맘에 일종의 유쾌함을 깨달았다. 그가 사랑하는 대동강의 경치도 본 듯 만 듯 지나버린 허숭은 나무릿벌, 정방산성의 경치를 바라볼 맘의 여유를 얻었다. 아무리 볕이 청명해도 음침한 빛을 띠는 회색의 산들은 숭의 맘과도 같았다.

경성역에 내린 것이 밤 열 시 좀 못미처였다. 열차가 스르르 플랫폼에 들어가 닿을 때에 숭은 과히 남의 눈에 띄지 아니하리만치 창밖으로 낯을 향하여 사람들 틈에 정선을 찾으려 하였다. 그러나 마침내 정선은 찾지 못하였다.

'아마 정선은 나를 일이등 차에서 찾을는지 모른다. 나는 이제부터는 우리 농부들과 더불어 삼등차 객인데.'

하였다. 그리고 짐을 들고 숭은 차에서 내려서 연해 사랑하는 아내의 모양을 찾으면서 사람 사이를 헤어서 일이등 앞으로 갔으나 거기도 정선은 없었다.

숭은 약간의 실망과 분노를 느끼면서 층층대를 오르려 할 적에,

"할로우!"

하고 어깨를 치는 사람을 만났다.

허숭도 짐을 놓고 그 사람의 손을 잡았다. 그 사람은 이건영이었다.

3-37

허숭은 아내를 만나지 못하고 이건영을 만난 것을 불길하게 생각하였다. 그뿐더러 아내가 나와 맞지 않는 양을 건영에게 보이는 것이 창피도 하였다.

"아, 이박사. 편지는 고맙습니다."

하고 숭은 얼른 자기의 감정을 통일하여가지고 당연히 할 인사를 하였다.

"아임 쏘리."

하고 건영은 숭의 어깨에 손을 얹으며 동생이나 후배를 위로하는 은근한 어조로, 참 유창한 영어로, 귓속말로,

"당신의 가정에 관한 일에 대해서 이러니저러니 말을 하는 것이 예의에 어그러지는 일인 줄 잘 압니다. 그렇지마는 나는 허변호사를 깊이 사랑하고 존경하기 때문에 허변호사의 명예에 관계되는 일이라면 내 맘이 심히 괴로워서 그래서 편지한 것입니다."

하고는 인제는 비밀히 말할 필요가 없다는 듯이 큰 소리로,

"댁에는 올라오신다고 기별하셨어요?"
하고 묻는다. 숭은 건영의 입에서 담뱃내와 술냄새가 나는 것을 느꼈다. 그것이 다 불길하게 생각되었다.

"전보를 했지요, 그런데 좀 늦어서."
하고 숭은 심히 거북한 것을 차마 거짓말을 못해서 바로 대답하였다.

"전보는 몇 시쯤?"
하고 건영은 일부러 숭에게 무슨 내막이 있다는 것을, 또 그 내막을 자기가 잘 안다는 것을 알리려기나 하는 것같이 물었다.

"다섯 시나 되어서, 황주서 쳤지요."
하고 숭은 사실대로 대답하였다.

"오우, 아이 씨이."
하고 건영은 서양식으로 어깨를 으쓱하며,

"그러면 그 전보 못 받으셨겠소, 정선씨가."
하고 건영은 남의 부인을 남편 앞에서 이름으로 부른 것을 후회하고,

"부인께서는 오늘 오후에 김갑진군허구 베이스볼 구경을 가셨다가 아마 어디로 저녁을 자시러 갔을 것입니다. 요새 거진 날마다 그러시는 모양이니까, 지금 댁에 들어가시더라도 아마 부인은 안 계실걸요. 부인을 보시려거든 청목당[344]이나 경성호텔이나…… 응 벌써 시간이 되었군, 난 갑니다. 굿바이. 부인 조심 잘하시오!"
하고 단장을 흔들며 건너편 폼으로 가려는지 층층대로 뛰어오른

다. 건영은 서분의 집에서 나와서 정거장 식당에서 위스키를 한 잔 사서 날뛰는 양심을 어지러뜨려놓고는 인천으로 가는 길에 우선 경의선으로 혹시 아는 여자나 올라오면 만날까 하고 서성거리다가 숭을 만나서 갑진과 정선에 대한 원혐을 풀고는 맘이 흡족하여 가는 것이었다.

건영이는 왜 인천에를 가는가. 그가 하는 행동에 하나라도 헛된 것이 있을 리가 없다. 그가 인천을 가는 데는 두 가지 목적이 있다. 하나는 인천에 개업하고 있는 어떤 여의를 찾으려 함이요, 또 하나는 만일 후일에 정서분으로부터 무슨 문제가 일어난다 하더라도 자기가 이날 밤에 서울에 있지 아니하였다는 증명을 얻고자 함이었다. 정거장에서, 허숭과 같이 거짓말 아니 한다는 신용이 있는 사람을 만난 것은 이건영 박사를 위하여 큰 소득이었다.

건영의 말을 들은 숭은 큰 모욕이나 당한 사람 모양으로 맘 둘 곳을 몰라 허둥지둥 짐을 한 손에 들고 전차 정류장을 향하여 나왔다. 바다와 같이 넓은 마당을 흐르는 얼음 덩어리와 같은 자동차를 피하여 나가기는 쉬운 일이 아니었다. 더구나 맘에 산란한 심서[345]를 가진 사람으로 그러하였다.

숭은 버스 정류장 가까이 왔을 때에 갑자기 몰아오는 어떤 자동차에 하마터면 스칠 뻔하고 뒤로 물러섰다. 그 자동차는 요란하게 사이렌을 불고 숭에게 먼지와 가솔린 연기를 끼얹고 청파[346]를 향하여 달아났다.

3-38

자동차를 피하느라고 한 걸음 뒤로 물러선 숭은 아까보다 더한 놀람으로 두어 걸음 지나간 자동차의 뒤를 따랐다. 왜? 숭은 그 자동차 속에 아내 정선과 갑진이 타고 있는 것을 본 까닭이었다. 갑진은 왼편에 앉고 정선은 오른편에 앉아 갑진의 오른편 팔이 정선에 어깨 뒤로 돌아와 있고 마침 무슨 말을 한 끝인지는 모르나 두 사람이 유쾌하게 웃으며 서로 마주 고개를 돌리는 장면까지 분명히 보았다.

숭은 자기의 눈을 의심하려 하였다. 그러나 의심하기에는 이것은 너무도 분명한 사실이었다. 밖은 어둡고 자동차 안은 밝지 아니하냐. 제 아내를 잘못 볼 숭도 아니요, 또 다른 사람하고 혼동될 갑진도 아니다.

숭은 건영의 말의 확실성을 불행히도 승인하지 아니할 수 없었다. 그리고 숭은 맘의 모든 평정을 잃어버리고 말았다. 가슴이 높이 뛰고 손발이 식고 무릎이 마주치는 것을 스스로 의식할 때에는 숭의 혼은 질투와 분노로 타올랐다.

"다꾸시!"

하고 숭은 손을 들고 소리를 쳤다. 정거장 앞에 모여 섰던 자동차 속에서 차 한 대가 굴러 나왔다.

운전수는 문을 열고 뛰어내려서 숭의 짐을 차에 올려 싣고 숭을 태웠다.

"어디로 가랍시오?"
하고 운전수는 숭을 돌아보았다.

"인도교를 향하고 속력을 빨리 내주시오."
하고 숭은 당황한 빛을 억지로 눌러 감추며,

"지금 바로 두어 자동차 앞에 지나간 자동차를 따라만 잡으면 돈 십 원 주리다. 자 어서!"
하고 숭은 자기의 몸으로 자동차를 끌기나 하려는 듯이 몸을 앞으로 숙인다.

운전수는 활동사진에서 보던, 자동차가 자동차를 따르는 광경을 연상하며 한끝 호기심도 나나 또 한끝 무시무시도 하였다. 그러나 십 원 상금이 노상 비위를 당기지 아니함이 아니므로 마일표가 이십오를 넘기지 아니할 정도에서 속력을 내었다.

그러나 이 차는 낡은 차였다. 겉은 제법 고급 차 모양으로 이드르하게[347] 발라놓았지마는 속력을 내려면 내려 할수록 터드럭터드럭 소리와 가솔린 냄새만 나고 도무지 속력은 나지 아니하였다.

뒤에서 뺑하고 오던 자동차가 숭의 차를 떨구고 지나가는 것을 보고는 숭은 더욱 초조하였다—

"더 속력을 못 내우."
하는 숭의 어조에는 노여운 빛조차 띠어 있었다.

"시내에서는 이십오 마일 이상은 못 냅니다. 취체[348] 당합니다."
하고 운전수는 도리어 속력을 줄였다. 아무리 터드럭거려도 더 빨리는 못 갈 것이니 어차피 십 원 상금은 틀린 바에는 가솔린만 낭비할 필요는 없다는 배짱이다.

숭은 더욱 화가 남을 깨달았으나 어찌할 수가 없었다. 뒤따르던 몇 자동차를 앞세우고는 고만 기운이 빠져서 쿠션에 몸을 던지고 가는 대로 내버려두었다.

터드럭거리는 헌 자동차도 한강 인도교에 다다를 때가 있었다.

"철교를 건너가요?"

하고 운전수는 임금 구역에서 잠깐 차를 세우고 물었다.

숭은 턱을 들어서 가자는 뜻을 표하였다. 맘 같아서는 운전수를 두들겨 패고도 싶었다. 어차피 아내의 자동차를 따라잡지 못할 줄을 알지마는 그래도 혹시나 인도교에서나 만날까 하고 따라가는 것이었다.

'만나면 어쩔 테야?'

하고 숭은 스스로 물었다.

3-39

열 시가 넘은 겨울의 한강 인도교에는 짐마차와 노동자, 늦게 집으로 돌아가는 농부들밖에 별로 다니는 사람이 없었다. 용산, 삼개에 반짝거리는 전등, 행주산성인가 싶은 산머리에 걸린 반달, 그것이 모두 쓸쓸한 경치를 이루었다.

자동차가 노들을 향하고 철교를 건너가는 동안에, 또 서울을 향하고 다시 건너오는 동안에 숭은 바쁘게 이쪽저쪽을 돌아보았으나 정선인 듯한 사람은 없었다.

"문안으로 들어갑시다."

하고 숭은 운전수에게 명을 내렸다. 그 자동차의 속력이 느려서 정선의 자동차를 잃어버린 것을 생각하면 당장에 뛰어내려서 한바탕 분풀이라도 하고 싶은 맘이 났으나 숭은 일찍이 한선생이 하던 것을 생각하고 꾹 참았다. 어떤 손해를 다시 회복할 수 없는 일에 말썽을 부리는 것이 조선 사람의 통폐거니와 이것은 피차에 받은 손해를 더 크게 할 뿐이라는 것이었다. 그것은 설렁탕 그릇을 목판에 담아서 어깨에 메고 자전거를 타고 달리던 사람이 다른 자전거와 충돌하여 둘이 다 나가넘어져서 설렁탕 그릇을 깨뜨리고는 끝이 없이 둘이서 네가 잘못이니 내가 잘못이니 하고 경우 캐고 욕하고 쥐어박고 하는 것을 보고 한선생이 하던 말이다.

"우리 동포들의 싸움은 개인 싸움이나 당파 싸움이나 이런 것이 많다. 증이파의[349]라 앞에 할 일을 하면 고만일 것을 지난 일의 책임을 남에게 밀려고 아무리 힘을 쓰기로 무슨 효과가 있나."

하고 충돌된 두 자전거더러,

"파출소에를 가든지, 그렇지 아니하면 집으로 가라."

는 제의를 하였으나 한선생의 제의는 두 싸움꾼에게 통치 아니하였다.

숭은 자동차 운전수에 대해서 시비를 하고 싶은 맘이 억제하기 어려울 지경이었으나 한선생의 말을 생각하고 꾹 참았다.

숭은 전동 어느 여관에 들었다. 집을 서울에 두고 여관에 드는 것이 스스로 부끄러웠으나 지금 집을 집이라고 들어갈 면목은 없었다. 언젠가 한번 아는 사람이 들었던 여관을 찾아든 것이었다.

시계는 열한 시를 쳤다.

숭은 자기 집으로 전화를 걸었다. 나온 것은 분명 유월이었다. 정선은 아직 안 들어왔다고 한다.

숭이가 멀거니 앉았는 것을 본체만체 보이는 자리를 폈다. 초록 바탕에 다홍 깃을 단 인조견 이불의 색채는 찬란하였다.

방은 하[350] 그리 숭하지 않지마는 책상 하나, 옷장 하나, 그림 한 폭 없는 휑뎅그렁한 방—이것이 서울 복판의 일류 여관인가 하면 슬펐다. 이러한 빈약한 문화를 가지고 조선 사람은 남보다 더 노라리 생활을 한다고 하던 한선생의 말이 생각났다. 무슨 괴로운 일이 있으면 한선생의 말은 새로운 뜻과 힘을 가지고 생각에 떠오르는 버릇이었다. 그러나 지금은 이러한 생각을 오래 계속할 여유가 없었다. 지금 아내가 어디 가서 무엇을 하고 있느냐 하는 것은 팔방으로 날이 달린 송곳으로 가슴을 휘젓는 것 같았다.

'질투는 낮은 감정이다.'

하고 스스로 책망하나 그것은 눌러지지를 아니하였다.

숭은 잠깐 다녀온다 하고 종로로 뛰어나왔다. 자정 가까운 종로에는 주정꾼과 인력거꾼들이 마치 밤에만 나오는 짐승들같이 돌아다닐 뿐이었다.

'어디 가서 무엇을 좀 먹자.'

하고 숭은 출출함을 느끼면서 걸었다. 생각하면 저녁을 아니 먹었다. 집에 가면 아내가 저녁을 차려놓고 마중 나왔으리라고 믿는 남편이 약간 시간이 늦는다고 차에서 저녁을 먹을 까닭이 없었다.

3-40

겨울밤의 종로 네거리. 붉은 이맛불[351]을 단 동대문행 전차가 호기 있게 소리를 내고 달아난 뒤에는 고요해졌다. 가끔 술 취한 손님을 실은 택시가 밤 바닷가에 나와 도는 갈게[352] 모양으로 스르륵 나왔다가는 스르륵 어디로 사라져버리고 만다.

'어디를 간담.'

하고 숭은 화신상회 앞에 멀거니 섰다. 어디 가서 무엇을 사먹을는지 모르는 것이다. 숭은 아직도 요릿집에는 길이 익지 못하였던 까닭이다.

이때에 태서관 모퉁이에서 왁자지껄하고 떠들고 나오는 이가 있었다. 그 어성은 숭이가 잘 아는 강변호사였다. 그리고 그 뒤를 따르는 이는 임변호사였다. 둘이 다 변호사 중에 호걸 변호사로, 돈은 잘 번다 하지마는 밤낮 궁상을 떼어놓지 못하는 변호사들이었다. 그들은 술을 좋아하고, 떠들기를 좋아하고, 그리고 의리를 좋아하는, 옛날 동양식 호걸들이었다. 무척 거만하여 안하무인이지마는 또 노소동락〔老少同樂〕하는 풍도도 있었다.

"하하! 내가 몰라? 다 알아, 다 알아!"

하고 뽐내는 것이 강변호사였다.

"어, 그놈, 후랴들[353] 놈 같으니."

하고 무엇에 하던 분개가 아직 풀리지 못한 것이 임변호사였다.

숭은 존경하는 선배들에 대하여 공손하게 모자를 벗었다.

"누구요? 어 허군이야. 누구라고 하하하하."

하고 강은 숭의 손을 잡아 흔든다. 이것은 강이 숭을 후배 변호사지마는 내심 존경하여서만 그런 것이 아니요, 숭의 겸손과 공순〔恭順〕이 강의 호걸적 의협심을 움직인 것이었다.

"응, 노형이던가."

하고 임변호사가 또 허숭의 손을 잡아 흔든다.

"그런데 웬일이오? 어디 시골 가서 농촌사업 하신다고?"

하고 임이 숭에게 묻는다.

"네. 농촌사업이랄 것이 있나요, 아직 공부지요."

"아따, 그런 소리는 다 다음에 하고."

하고 강은 새로 흥이 나는 듯이,

"자, 허군도 만났으니 새로 어디 가서 한잔 먹지에."

하더니 단장을 들어 내두르며,

"얘, 택시야."

하고 종로 네거리를 향하고 고래고래 부른다.

인력거들이 모여든다.

"영감 어디로 모시랍시오?"

하고 한 인력거꾼이 인력거를 놓고 어깨에 덮었던 담요를 팔에 걸고 세 사람의 앞으로 다가온다.

"이건, 자동차 부르는 데 인력거가 왜 뎀벼?"

하고 강은 아주 장히 노엽기나 한 듯이 눈을 부릅뜬다.

"저희도 좀 벌어먹어얍지오. 자 타십쇼."

하고 인력거꾼은 인력거 채를 끌어서 바로 강변호사 앞에다 대고

팔에 걸었던 담요를 다시 어깨에 걸고, 그러고는 앉을 자리를 잘 펴고 기대는 쿠션을 한 손으로 누르고,

"영감, 자 타십쇼."

하고 허리를 굽신굽신한다.

다른 인력거들은 어찌 되는 것인가 하고 반은 이해관계로, 반은 호기심으로 하회를 보고 있다가 뱃심 있는 인력거꾼이 하는 양을 보고는 저희들도 인력거를 내려놓고 선다.

강변호사는 취한 눈으로 여러 인력거꾼(채를 놓은 세 인력거꾼과 밖으로 둘러선 서너 인력거꾼들)을 둘러보더니 자기 앞에 놓인 인력거에 올라앉으며,

"나 노형의 직무에 대한 충실과 열성에 감복하였소." (이것은 자기가 타는 인력거꾼에게 하는 말이나 그 인력거꾼은 자기에게 하는 말인 줄을 모르는 모양이다.)

하고 다른 인력거들을 돌아보며,

"글쎄, 이 못생긴 놈들아, 이 사람 모양으로 손님 앞에 바싹 대들든지, 그렇지 아니하면 다른 손님을 구하러 가든지 하지그려, 그래 눈치만 보고 엉거주춤하고, 에끼 굶어 죽을 놈들 같으니."

하고 단장을 둘러메니 인력거들이 닭들 모양으로 꼬리를 젓고 달아난다.

"하하하하."

하고 강은 웃는다.

3-41

숭도 강변호사 임변호사를 따라 인력거를 타고 ○○관[354]으로 갔다. ○○관은 서울에서 가장 큰 요리점이요, 조선에서도 가장 큰 요리점이다. 전등빛이 휘황한 현관(玄關: 본래 일본말로서 집의 정면 들어가는 데)에는 머리 벗어진 늙은 보이 하나가 어떤 임바네스[355] 입고 안경 쓴 손님 하나의 주정을 받고 있고 그 옆에는 기생 둘이 얼빠진 것 모양으로 우두커니 서 있었다. 마치 그 주정뱅이 신사에게 가지가지 아양을 다 부려도 효과 없는 것을 보고 지쳐서 무심해진 것 같았다.

"아이, 아버지 오십쇼?"

하고 둘 중에 한 기생이 갑자기 생기를 띠며 강변호사의 손을 잡아끈다.

"이년은 아버지는 왜 아버지래. 내가 네 어미가 누군지 알지도 못하는데."

하고 강변호사는 구두도 벗지 아니하고 시비를 건다.

"아이구, 그렇게 노여워하실 거 무어 있소. 애기 아버지란 말로만 들으시구려."

하고 곁에 섰던 좀 나 많은 기생이 농친다.

"그러까, 하하."

하고 강변호사는 웃고,

"오, 내 딸년 착하지."

하고 어린 기생의 어깨를 두드린다.

"옳지. 아버지라면 마다구선 또 딸이라네."

하고 어린 기생이 입을 삐쭉한다.

"딸이란 말이 노엽냐."

하고 임변호사가 곁에서,

"노엽거든 장모의 딸이란 말로만 들으려무나."

하고 어깨 뒤로부터 손을 넘겨 그 어린 기생의 뺨을 꼬집는다.

"아야!"

하고 어린 기생이 소리를 지른다.

늙은 보이를 보고 주정하고 있던 신사는 마치 이 세 사람의 일행의 위풍에 눌린 듯이 소리도 없이 빠져 달아나고 말았다.

일행은 보이를 따라 복도를 굽이돌아 어떤 구석방으로 들어갔다. 이런 곳에 와본 경험이 적은 숭은 호기심을 가지고 이리저리 둘러보았다. 고붓고붓이 걸린 귀족들의 글씨, 굽이굽이에서 만나는 취한 손님들과 하얀 얼굴 눈만 반짝거리고 치마폭을 질질 끌고 가는 기생들, 그 기생들은 모두 강변호사와 임변호사를 아는 모양이어서 다 인사를 하고 버릇없는 말을 하고 스치고 가는 서슬에 꼬집고 꼬집히고, 안고 안기고 손 잡고, 그러고야 지나갔다. 그러나 숭을 아는 이도 없고 숭이가 아는 이도 없었다.

방들은 더러는 비었으나 더러는 불이 환하게 그 속에서 장구, 가야금, 노래 소리가 흘러나오고, 어떤 방에서는 아마 흥에 겨운 손님의 소리인 듯, 한 가락의 잘 꺾이지도 않는 소리도 들리고 또 어떤 방에서는 싸움 싸우는 소리도 들리나 아마 농담인 듯하였다. 방이 여러 백 개나 되는 것같이 숭에게는 보였다.

숭이 안내된 방은 제일 조용한 방인 듯하였다. 옷 벗어 거는 방까지도 방바닥이 양말을 통하여 뜨뜻함을 느꼈다.

이 간 폭 삼 간 길이나 되는 방은 백 촉광은 될 듯한 두 전등으로 비춰져 있고 아랫목과 발치에는 길이 넘는 십이 폭 화병풍을 셋이나 연폭해서 두르고 방바닥에는 자주 바탕에 남으로 솔기 한 모본단 보료를 깔고 박쥐 수놓은 사방침, 안석을 벌여놓고 옷 벗어놓은 방으로 향한 구석에는 야쓰데(일본말이니 잎사귀가 아주까리같이 생긴 것)와 소철 분이 놓여 있다. 그리고 방 한가운데는 하얀 상보를 덮은 장방형의 교자상이 놓여 있다.

"외투 벗으세요."

하고 현관에서부터 따라 들어온 기생들은 강변호사와 임변호사의 임바네스라고 하는 외투를 벗긴다. 숭은 제 손으로 외투를 벗어 걸었다.

3-42

보이는 차를 가져왔다. 차 맛이 숭했다. 숭은 이렇게 화려하게 차린 집에 어떻게 이렇게 차 맛이 숭할까 하였다. 그리고 자세히 살펴보면 병풍의 그림이나 사벽에 걸린 그림이나 다 변변치 못한 것이었다. 그러나 그것은 이 집의 허물이 아닐는지 모른다. 우리 조선의 정도가 이만밖에 못한 것일는지 모른다, 하고 숭은 또 한선생의 말을 생각하였다——

'이슬 한 방울에 온 우주의 모든 법칙이 품겨 있는 것과 같이 마루청 널 한 쪽에 조선 문화 전체가 품겨 있다' 하는 것이었다. 마루청 널 한 쪽만 있어도 당시 조선의 공업, 미술의 정도를 알 수 있을뿐더러, 만일 거기 묻은 때를 분석한다 하면 그 이상 더 자세한 상황을 알 수 있다는 것이다.

어디서 일본 노래가 들려온다. 요새에는 일본 사람들도 조선 요릿집에를 많이 오고 조선 사람들도 일본 요릿집에를 더러 간다고 한다. 일본 사람이 이 방에를 와본다면 이 방에 걸린 그림, 이 방에 놓인 가구로 조선의 문화를 판단할 것이라고 숭은 생각하였다.

"애, 그 배부를 것은 가져오지 말고, 응, 그 배는 아니 부르고 맛만 있는 안주를 좀 가져오너라."

하는 것이 강변호사가 보이에게 대한 명령이었다.

"배 안 부른 음식이 어디 있단 말요? 물도 배가 부르지."

하고 한 기생이 빈정댄다.

"요 녀석. 네가 무얼 안다고."

하고 강변호사는 어린애를 위협하는 모양으로 눈을 흘긴다.

"음식이란 요리를 잘한 것일수록 목구멍만 넘어가면 남는 것이 없어야 되는 것이거든."

하고 임변호사가 아는 체를 한다.

"암 그렇지. 미인도 마찬가지거든."

하고 강변호사가 웃으며,

"원체 미인이란 곁에 있어도 있는 것 같지 아니하고, 무릎에 앉혀도 있는 것 같지 아니하고, 품에 넣어도 있는 것 같지 아니하고, 그래야 되는 것이거든."

"그럼 죽어서 귀신이 되어야겠구려."

하고 한 기생이 톡 쏜다.

술과 안주가 들어왔다.

기생들은 세 사람의 앞에 놓인 조그마한 일본 술잔에다 일본 술을 따른다.

강변호사는 술잔을 들고,

"자, 허군."

하고 숭을 바라본다. 숭은 학교에서 강변호사의 강의를 들은 일도 있으므로 무릎을 꿇고 두 손으로 잔을 들었다. 세 사람은 한 모금씩 먹고 잔을 놓았다.

"얘들아, 너 이 양반 누구신지 아니?"

하고 강변호사는 숭을 가리켜 보이며 기생들에게 묻는다.

"몰라요."

"언제 뵈었던가요?"

하고 두 기생은 몰라보는 것이 미안한 듯이 숭을 바라본다.

"에끼 년들. 이 양반을 몰라?"

"첨 뵙는 걸 어떻게 알아요?"

"글쎄나 말이지."

"네 어디 알아맞혀보아라."

"글쎄."

"글쎄, 선생님 학교 선생님?"
하고 세 사람의 눈치를 엿보더니,
"아이고, 난 몰라요."
하고 몸을 흔든다.
"너 허변호사 영감 말씀 못 들었니? 이년들 도무지 무식하고나."
하고 임변호사가 말을 낸다.
"오, 저, 윤참판……"
하는 것을 한 기생이 눈질을 하니까 쑥 들어간다. 어쨌으나 두 기생은 숭이가 윤참판의 사위라는 자격으로 누구인지를 알았다.
"잡지에랑 사진 난 것 뵈었어요. 부인께서 참 미인이셔."
하고 나이 먹은 기생이 말한다.

3-43

"술 따라라."
하고 강변호사는,
"어디 이거 도무지 실차지 아니해서 먹겠니? 원천강[356] 영웅에게 요런 조그마한 술잔이 맞지 아니하거든. 술을 동이로 마시고 돼지 다리를 검으로 떼어 먹어야 쓰는 것이거든. 요게 다 무에나, 좀스럽게."
하고 잔을 내던진다.

"고뿌[357] 가져오래요?"
하고 한 기생이 묻는 것을, 강은,

"그래, 고뿌허구 위스키 가져오래라. 한잔 사내답게 먹고 때 못 만난 영웅의 만곡수[358]를 잊자. 안 그런가. 남들은 국제연맹이니 군비 축소니 무에니 무에니 하고 떠들지마는 우리네야 술이나 먹지 무어 할 일 있나. 남아가, 한번, 제길 아깝구나. 이년들 네년들이야 ○이나 알지 무얼 안다고 웃어. 하하하하. 아니꼬운 년들 같으니."
하는 강은 점점 더 취해가는 모양이다.

위스키가 왔다. 흰말을 그린 위스키 한 병에 대 달린 유리잔이 세 개.

"뽕뽕뽕뽕."
하는 소리를 내고 기생의 손에 들린 까무스름한 병에서는 노르스름한 술이 나와서 수정과 같은 잔에 찬다.

"됐다. 자, 허군."
하고 강변호사는 또 아까 모양으로 술잔을 들어서 권한다.

"그렇게 못 먹습니다."
하고 숭은 사퇴하였다.

"무얼 그래. 자 자시우. 남아란 안 먹을 때엔 안 먹고 먹을 때에는 또 먹는 것이거든. 그렇게 교주고슬[359]을 해서는 못쓰는 게여."

"어서 드시우, 사내가 술 한잔은 해야지."
하고 임변호사도 곁에서 말한다.

"잡수세요!"

하고 어린 기생이 정답게 술을 들어 권한다.

"부인께서 무서우셔서 못 잡수셔요?"

하고 또 한 기생이 놀린다.

몇 잔 먹은 일본 술만 해도 벌써 낯이 화끈거리는 판이다, 더 먹어서 될 수 있나, 하고 한편으로 꺼리면서도 또 한편으로 이미 먹은 술과 가슴에 북받치는 화 덩어리가, 에라 좀 먹고 취하여라 하고 술을 부르기도 하였다. 그래서 숭은 강변호사가 권하는 대로 위스키를 들이켰다.

강변호사는 기생이 두 년이 다 허변호사의 눈에 들지 아니하고 허변호사에게 술을 권할 능력이 없다고 하여 다른 썩 얌전한 놈을 하나 부르라고 호령호령하였다.

숭의 뱃속에 들어간 위스키는 신비한 힘을 내었다. 차차 맘이 유쾌해지고 말하기가 힘이 들지 아니하였다. 마치 시간의 흐름이 정지되고 공간의 제한이 느슨해지는 것 같았다.

강변호사 임변호사에게 술을 권하기도 하고 기생에게까지 술을 권하였다.

새로 온 기생은 산월이라고 불렀다. 그는 분홍 저고리에 흰 치마를 입었다. 그것이 그 기생을 퍽 점잖게 보이게 하였다.

산월은 문지방을 넘어서며 한 손으로 땅을 짚고 쭈그려 인사하고 약간 고개를 숙이는 듯하였다. 그의 눈은 빛났다.

숭은 놀랐다. 그것은 산월이라는 기생이 어디서 본 사람 같기 때문이다. 산월도 숭을 보고는 우뚝 섰다. 그리고 그 눈이 더욱 빛이 났다. 그러나 알은체하는 것이 옳은지 옳지 아니한지를 의심하는 듯이 다른 손님들에게로 눈을 돌렸다.

"오, 산월이 너 요새 서방질 잘하니?"

하고 강변호사가 산월의 손을 잡아서 숭의 곁에 앉히며,

"네 오늘 저녁에는 이 손님께 술을 권한단 말이다. 어디 명기 될 만한 자격이 있나 보자. 이 두 년들은 다 낙제다, 하하하하."

한다.[360]

3-44[361]

그제야 산월은 자기가 섬겨야 할 손님이 허숭인 줄을 알고 허숭의 잔에 술을 따르려고 병을 들고 허숭이가 잔을 들기를 기다린다.

"양주는 그냥 따라놓는 법야."

하고 임변호사가 또 아는 체를 한다.

숭은 잔을 들었다. 산월은 따랐다. 숭은 술을 받아서는 도로 놓았다. 산월이란 누군가. 여러 번 보던 여자다. 숭과 산월이 서로 의아해하는 양을 보고 강변호사는,

"허, 재자가인이 벌써 의기가 서로 합하였군. 자, 허군. 감빠이(일본말로 잔을 비운다는 뜻). 축하하오, 하하하하. 산월아, 네 허변호사 영감 잘 섬겨라. 그러기로 이놈아, 고만 한 번 보고 반한단 말이냐. 하하하하."

하고 좋아라고 손에 든 술을 흘리고 앉았다.

"원래 재자가인이란 천정한[362] 연분이 있거든."
하고 임변호사가 아주 시치미를 떼고 설명을 한다.

"아냐요."
하고 산월은 수삽한 빛을 보이며,

"내 이 영감을 여러 번 뵈었답니다. 학생복 입으신 때에 뵙고는 처음이 되어서 누구신지 했지요."
하고는 비로소 기생의 직업적 태를 내어서, 숭을 향하여 방끗 웃으며,

"영감, 저를 모르셔요. 제가 학교에 다닐 적에 가끔 부인한테 놀러 갔었답니다. 영감 뵙고 인사한 적은 없지만두."
하는 것은 상냥스러운 서울말이었다.

숭은 고개를 끄덕끄덕하였다. 기억이 살아 나온 것이었다. 말을 듣고 보니 산월은 윤참판 집에서 여러 번 본 여자다. 그때로 말하면 숭은 행랑에 있는 허서방이다. 상전 댁 작은아씨 찾아오는 아가씨를 감히 거들떠보지도 못할 때였다.

"허, 산월이 그런 줄 몰랐더니 양반 기생이로구나. 학교에 댕겨서 학식이 갸륵한 줄은 알았다마는 게다가 문벌까지 금지옥엽인 줄은 몰랐단 말야."
하고 강변호사는 연해 잔의 술을 흘리면서 유쾌하게 지껄였다.

"자, 산월아, 어따 술이나 한잔 받아먹어라."
하고 강변호사가 잔을 준다.

"황송합니다."
하고 산월은 술잔을 받는다. 강변호사는 손수 산월의 잔에 술을

쳤다.

산월은 그 술을 죽 들이켰다.

"어머나, 언니 웬일이오?"

하고 어린 기생이 산월이 술 먹는 것을 보고 놀란다.

산월은 위스키 한 잔을 다 마시고 나서 잔을 강변호사에게 물리며,

"얘, 나도 좀 취해야겠다."

하고 갑자기 취한 모양을 보였다.

"산월이가 기생 나온 지 불과 반년이지마는 당대 명길세."

하고 강변호사가 임변호사를 보고 하는 말인지 허변호사를 보고 하는 말인지, 또는 기생들을 보고 하는 말인지 모르리만큼 한 마디는 이 사람에게 주고 다음 마디는 다음 사람에게 주어가며 산월이 선전을 한다.

"산월이 애는 본래 서장로[363]라고 하는 유명한 장로님의 딸이거든. 보통학교, 고등보통학교 고이 마치고 ○○학교에도 이태나 다니다가 깨달은 바 있어서 기생이 되었단 말이다. 이년들 너희들과는 다르단 말이다."

여기 와서는 마침 말끝이 기생들에게로 간 것이었다.

강변호사는 다음에는 숭을 향하고,

"일본말 잘하고, 영어 잘하고. 글씨 잘 쓰고, 피아노 잘 치고, 노래 잘하고, 애들아 산월이가 또 무얼 잘하니? 옳지, 옳지, 인물 잘나고, 말 잘하고, 맘 매섭고, 또 산월이 흠은 무에더라, 응? 오, 옳지, 안차고 새차고, 하하하하. 고놈 묘하게 생겼지."

밤은 더욱 깊어가고 술은 더욱 취하여간다.

3-45

산월이가 화제의 중심이 되어버리는 것을 보고[364] 다른 두 기생은 뒤로 물러앉았다.

숭은 차차 머리 속이 희미해오는 것을 깨달았다. 자기의 사상과 행동의 자유를 절제하던 모든 줄이 끌러진 것같이 생각되었다. 똑바로 앉던 것을 사방침에 기대기도 하였다. 다리도 뻗어보았다. 기생의 손도 쥐어보았다. 산월이도 술이 취하여 숭의 어깨에 머리를 놓고 기댈 때에 숭은 고개를 돌려서 산월의 머리 냄새도 맡아보았다. 그 등도 한번 쓸어보았다. 숭은 비로소 술의 힘이란 것을 깨달았다.

강변호사와 임변호사가 권하는 대로 숭은 술을 받아먹었다. 위스키가 둘째 병이 거진 다 없어졌다. 손님들도 취하고 기생들도 취하였다. 사람들이 취하니 전기등도 취하고 술잔도 술병도 취한 듯하였다. 숭이 보기에 조선만 아니라 전 세계가, 전 세계만 아니라 전 우주가 모두 취해버린 것 같았다.

'호리건곤(壺裏乾坤: 술병 속 세상)'

이라는 문자의 뜻을 숭도 깨달았다.

'아뿔싸, 내가 이렇게 술이 취해 될 수가 있나.'

하고 숭은 가끔 반성하였다. 그러나 반성하려던 양심의 세포는 위스키의 독한 마취성으로 끊임없이 마취함을 당하였다.

숭의 어릿한 머리 속에는 이런 생각 저런 생각이 두서없이 내왕하였다. 아내 생각, 처갓집 생각, 농촌사업 생각, 한선생 생각, 산월이 생각 등등. 취중에 나는 생각은 현실성이 없이 모두 꿈같고, 아무리 중대한 일이라도 우스운 빛을 띠었다. 다 희극적이었다.

정선이와 갑진이 어디서 어떠한 희롱을 하는지 모르지마는 그것이 다 우스웠다.

"네버 마인!"[365]

하고 숭은 밑도 끝도 없는 말 한마디를 던졌다.

"네버 마인?"

하고 산월이가 이상한 듯이 숭을 바라본다. 산월의 눈은 모든 것을 다 내던지고 애원하는 듯한 눈이었다. 그의 속에도 거푸 들어가는 위스키 몇 잔이 큰 변화를 일으켜서 처음 가지고 있던 점잖음은 어느덧 스러지고 이성에게 아양 떠는 여자가 되어버리고 말았다.

"오우 예스. 네버 마인!"

하고 숭은 한 번 더 눈앞에 아내와 갑진의 음탕한 희롱의 장면을 그리고는 산월의 허리를 끊어져라 하고 껴안아 당기었다.

산월도 마치 첫사랑에 어린 처녀 모양으로 숭을 껴안고 발발 떨었다.

강변호사는 임변호사를 붙들고 무슨 고담준론을 하고 있고, 임변호사는 어린 기생을 무릎 위에 끌어 올리려고 강변호사의 말도 들은 체 만 체다.

"아임 해피."

하고 산월이가 숭의 가슴에 낯을 비비고 조끼 겨드랑에 매달리면서 심히 흥분된, 그러나 들릴락 말락 한 음성으로,

"행복은 순간적이야."

하고 우는 모양으로 숭의 허벅다리에 낯을 비빈다.

'열정적인 여자다.'

하고 숭은 물끄러미 산월의 목덜미를 들여다보았다. 그렇게 생각하면 정선도 열정적이다. 자기가 정선에게 대한 것이 너무 점잖은 것이 아니었던가. 모든 여자는 다 열정적인 것이 아닌가, 하였다.

"오 잘들 하는구나."

하고 딴 방에 개평 떼러 갔던 나 많은 기생이 들어와서 산월의 볼기짝을 쥐어박는다.

"아이 언니두."

하고 산월은 벌떡 일어나서 눈을 흘겼다. 인제는 산월도 처음에 가졌던 자존심을 다 집어치우고 다른 기생들과 똑같이 언니 동생 하고 지내었다.

숭은 무슨 생각이 나는지 벌떡 일어나 밖으로 나갔다.

"영감 어디 가세요?"

하고 산월도 따라 나갔다.

3-46

"흥, 홀딱 반했구나."

하고 나 많은 기생은 반쯤 남은 위스키 잔을 화나는 듯이 들이켰다.

"누가 반해?"

하고 어린 기생도 기회를 얻어서 임변호사의 팔을 뿌리치고 나와서 나 많은 기생 곁에 앉는다.

"아이, 배고파."

하고 늙은 기생이 손뼉을 딱딱 때린다.

"그래 무어 갖다 먹어라."

하고 강변호사는 술잔을 내밀며,

"망할 년들 먹을 것만 알지."

하고 술 달라는 빛을 보인다.

"아이, 그만 잡수."

하고 늙은 기생은 술병을 감추려다가 부득이한 듯이 술을 따른다.

강변호사는 술 먹기는 잊어버리고,

"술이 좋기는 좋거든. 세상에 남아가 먹을 것이라고 술밖에 또 있던가. 하하하하, 안 그러냐, 이놈?"

하고 입을 우물거린다.

"술 엎질러져요!"

하고 늙은 기생은 흔들거리는 강의 팔을 붙들어 진정을 시키다가 그래도 강의 팔이 말을 아니 들으매 그는 술잔을 빼앗아서 강의 입에 갖다 대어준다. 강은 떠들다 말고 술을 들이켠다.

"어 좋다."

하고 강은 눈을 끔쩍하고 무릎을 턱 친다.

"술이 참 좋기는 하오."

하는 늙은 기생이,

"그 고리탑탑한 샌님이 단박에 놀아나고 또 대단히 도고하던 산월이도 아주 허변호사 영감께 홀딱 반했는데. 글쎄 뒷간에 가는 데를 다 따라가는구먼."

하고 샘이나 내는 듯한 표정을 보인다.

"재자가인이라니. 재자가인이라니. 재…자……가……인이란 말이다, 이놈들, 하하하하. 애들아. 요새 기생 년들은 돈밖에 모르지, 응 옳지, 돈밖에 몰라. 돈만 준다면 개하고라도 잔댔겠다. 이놈, 네가 그랬지. 이놈, 죽일 놈 같으니."

"아냐요. 내가 그랬나 머. ○○이가 그랬지."

"○○이가 그 말을 잘못했어. 어디 그렇게 말하는 법이 있나."

"그래 너희 년들은 돈만 알지 않구? 도적년들 같으니."

"왜 도적년이오? 우리가 왜 도적년이오? 변호사는 어떤데? 에미, 애비 걸어 송사하는 자식이라도 돈만 주면 변호 안 하시오?"

하고 어린 기생이 칼끝 같은 소리를 지른다.

"옳아, 옳아! 하."

하고 늙은 기생도 박장을 하고 웃는다.

"엑, 이년들!"

하고 임변호사가 정말 성을 낸다. 임변호사는 맘에 찔리는 것이 있는 것이다.

"아서, 이 사람. 개들 말이 옳지 아니한가. 우리네 변호사들도 재들과 별로 다를 것 없지. 돈을 목적 삼고서 아무러한 송사라도 맡으니까…… 그런데 말이다. 옛날 기생은 말야. 옛날에는 기생 중에는 의기도 있고 문장도 있고, 잘난 사람도 있었더란 말이다. 진주 논개만이 의기〔義妓〕가 아니라 옛날 송도에 황진이(黃眞伊)라는 기생도 용했거든. 인물 잘나고 글 잘하고, 황진사의 딸이야. 왜 기생이 됐는고 하니, 잘난 남아를 한번 만나보자고 되었단 말이다. 자칭해 말하기를 말야, 송도에 삼절이 있다고, 박연폭포, 서화담(徐花潭), 황진이라고 뽐내었거든. 기생이라도 이만한 포부와 자존심이 있으면사 그야 대접받지. 그야말로 길 아래 초동의 접낫[366]이야 걸어볼 수가 있나. 어디 너희들도 좀 그래 보렴, 하하하하."

하고 술도 없는 술잔을 술이 있는 줄 알고 들이마신다.

3-47

숭이 뛰어나간 것은 불현듯 정선을 생각한 까닭이었다. 술에 취하고 곁에 다른 여자가 아른거리더라도 정선이란 생각은 무시로 쿡쿡 가슴을 쑤셨다.

'도무지 이게 무슨 꼴이람.'

하고 속으로 생각하고는,

'그럼 어때?'

하는 식으로 잊어버리려 하였다.

"어딜 가세요?"

하고 복도에서 산월이가 숭을 따라잡았다. 숭은 팔에 매달리는 산월의 가련한 눈찌[367]를 돌아보았다.

"난 집으로 가."

하고 숭은 산월의 손을 찾아 작별의 악수를 하였다.

안 먹던 술을 많이 먹은 숭은 아주 정신을 잃어버릴 지경은 아니었지마는 가끔 아뜩, 아뜩함을 깨달았다. 그리고 가슴은 뛰고 머리는 아프고 눈은 감겨졌다. 게다가 마치 뱃멀미가 난 것처럼 속이 느글느글해서 금시에 쏟아져 나올 것만 같았다.

"좀더 놀다 가세요, 네. 내 바래다드리께, 네."

하고 산월은 숭에게 매달려가면서 붙들었다. 숭은 여자의 술 취한 얼굴을 처음 보았다. 빨갛게 된 뺨과 눈자위 커다랗게 확대된 눈동자 흘러내린 매무새, 이런 것을 숭은 처음 보는 것이었다. 더구나 그러한 젊은 여자가 팔에 와서 매달리는 양은 꿈에도 상상하지 못하였던 것이었다. 그런데 그러한 정경은 숭의 맘을 괴롭게 하는 것이었다.

숭은 아무리 정신을 차리려 하여도 다리가 이리 놓이고 저리 놓이는 것을 어찌할 수 없었다. 숭은 한 팔에 외투를 걸고 한 팔에 산월을 걸고 모자를 비스듬하게[368] 쓰고 복도로 비틀거리는 양은 부랑자와 다름이 없었다. 숭은 자기의 꼴이 어떠한 것에 대하여 맘으로 반성할 정신은 있지마는 몸으로 평형을 보전할 기운은 없었다.

"이렇게 비틀거리고 어디를 가시우?"

하고 산월은 현관이 가까워질수록 걱정을 하였다.

"더 먹으면 더 비틀거리지."

하고 숭은 혀가 맘대로 아니 돌아가는 것에 성화가 났다.

거의 현관에 다 나온 때에 뒤에서 쿵쿵거리는 소리가 나더니 방에 있던 기생 둘이 나와서,

"들어오세요! 어딜 몰래 두 분이 달아나세요?"

하고 하나는 숭의 외투를 빼앗고, 또 하나는 숭의 모자를 빼앗아 가지고 들어가버린다.

"자 인제 들어가세요. 강변호사랑 임변호사랑 섭섭해하시지 않아요?"

하고 산월도 발을 벋디디고 숭을 잡아끈다.

"그래라, 내 어디 집 있더냐."

하고 숭은 발을 돌려서 산월보다 앞서서 방으로 들어왔다. 아내가 남편인 자기를 기다리고 있지 아니함을 생각하면 산월이가 붙들어주는 것이 도리어 정답고 고맙기도 하였다. 그야 산월은 날마다 딴 사내를, 하루에도 몇 사내를 이 모양으로 정답게 붙잡기는 하겠지마는 그러면 어떠냐. 누구는 안 그렇던가. 이렇게 생각하고 숭은 활발하게 비틀거리며 방에 들어가,

"선생님, 두 분 선생님. 제가 취했습니다. 취했는데, 이렇게 취하게 한 책임이 어디 있느냐 하면 두 분 선생님께 있단 말씀입니

다. 어으."

하고 트림을 한다.

"허군, 이봐 허군."

하고 강변호사가,

"허군, 허군 술 취하게 한 책임은 다른 누구, 나 말고 다른 누구에게 있는 듯한데."

하고 웃는다.

'다른 누구'란 말이 숭의 귀에는 '네 아내'라는 뜻같이 들려서 불쾌했다. 그것을 감추느라고,

"네, 이 산월이 때문입니다. 산월이 안 그렇소?"

"네, 네, 그렇습니다."

하고 산월이가 숭의 잔에 술을 친다.

3-48

숭은 잔이 돌아오는 대로 술을 받아먹었다. 하늘에 별들이 모두 궤도를 잃어버려서 어지러이 돌고 인생이 모두 악마와 같은 빛과 소리를 가지고 함부로 날뛰었다. 도덕, 이상, 분투, 의무, 인격, 의, 위신, 이런 것들은 모두 알코올에는 녹아버리는 소금붙이였다.

얼마나 떠들었는지 모른다. 어떻게 떠들었는지도 모른다. 아마 새벽 세 시는 되어서 숭은 비틀거리며 그 방에서 나왔다. 산월은

여전히 숭의 곁을 떠나지 아니하였다.

숭은 뒷간에를 가는 셈[369]인지, 여관을 가는 셈인지 비틀거리고 걸어 나오다가 문밖에 슬리퍼가 많이 놓인 방 앞에 우뚝 서며,

"어, 이거 웬 사람들이 밤이 새도록 술을 먹고 야단들야. 이러고 나라가 아니 망할 수가 있나."

하고 산월이가 애를 써서 붙잡아 끄는 것도 뿌리치고 쌍창을 드르륵 열었다.

그 안에는 칠팔 인의 술 취한 얼굴들이 얼빠진 듯이 이 난데없는 침입자를 바라보았다. 그 얼빠진 얼굴들 틈에는 거의 동수나 되는 기생들이 끼어 앉아 있었다.

"여보, 누구신지 모르겠소마는 암것도 없는 조선 사람으로 태어나서 이것들이 다 무슨 짓이란 말요? 다들 일찍 자고 일찍 일어나서 좋은 사업을 하는 것이 아니라, 술을 먹어 밤을 새다니, 어 그게 무슨 짓이란 말요?"

하고 숭은 잘 돌아가지 않는 혀로 일장 연설을 하였다.

"이 어른 취하셨습니다."

하고 산월이가 숭을 위해서 여러 사람에게 사죄를 하였다.

"이놈아."

하고 좌중에서 어떤 사람 하나가,

"그런 소리를 하겠거든 제나 정신이 말짱해가지고 해야지, 글쎄, 백줴 저부텀 눈깔에서 무주[370]가 나오는 놈이 무어라고 지껄여, 이놈아."

하고 일어나 대들려고 한다.

숭은 주먹으로 대드는 데는, 취중이라도 자신이 있었다. 그러나, 취중에라도, 놀라지 아니할 수 없는 일이 있었다. 그것은 이 자리에, 이런 술과 계집 있는 자리에 있을 수 없는 사람들이 이 자리에 있는 것을 본 것이었다.

1. ○○학교 선생.
2. ○○학교 선생.
3. ○○신문사에 있는 사람.
4. ○○신문사에 있는 사람.

모두 선생 달아 부르는, 점잖은 사람들이다. 숭은 취중에도 놀랐다. 술이 갑자기 깨는 것 같았다. 숭은 뽐내던 호기도 다 없어지고 무엇을 생각하는 사람 모양으로 문지방 위에서 고개를 숙였다.

이때에 강변호사, 임변호사도 왁자지껄하는 소리를 듣고 따라 나오다가,

"허군, 허군."

하고 숭의 팔을 잡아끌었다.

"아, 선생이시오?"

"오, 누구라고."

이 모양으로 방에 있던 패들은 대개 강변호사나 임변호사를 아는 사람들이어서 긴장하던 시국은 전환이 되고 말았다.

"허군이야, 허숭 변호사."

하고 강변호사는 좌중에 숭을 소개하였다.

다시 술자리가 벌어질 모양이다.

숭은 고개를 끄덕끄덕하여 인사를 하고 비틀거리며 현관으로 나왔다.

보이와 산월은 쓰러지려는 숭을 부축하여 자동차에 태우고 산월도 같이 올라앉았다. 자동차에 오른 숭은 정신을 차리지 못하였다.

3-49

숭이 눈을 떴을 때에 숭의 눈에 띈 것은 눈에 익지 아니한 방 모양이다. 찬란한 화류장롱, 양복장, 책장, 문갑, 책상, 교의 등 도무지 꿈도 꾸지 못한 것이다.

고개를 돌려보니 곁에 누운 사람이 있다. 두어 자쯤 새를 떼어서 자리를 깔고 누운 젊은 여자가 있다. 숭은 깜짝 놀라서 벌떡 일어났다.

'내가 어딜 와 있어?'

하고 숭은 눈을 크게 떴다.

목이 마르다.

입이 쓰다.

머리가 띵하다.

눈은 텁텁하다.

속은 쓰리다. 그리고
맘은 찜찜하다.

숭이가 벌떡 일어나는 바람에 가엾게 코를 골고 잠이 들었던 그 여자도 눈을 떴다. 그 눈은 처음에는 반가운 웃음으로 가늘게 빛났으나 숭의 얼빠진 모양을 보고는 놀람으로 크게 둥글게 뜨였다.

그리고 그 여자도 벌떡 일어났다.

"난 여태껏 앉았다가 금시 잠이 들었어."
하고 제가 제게 잠든 것을 변명한다.

숭은 그 소리의 임자가 산월인 것과 자기가 허숭인 것을 비로소 인식하고 어젯밤 강변호사와 술 먹던 생각이 대강대강 생각이 난다. 그렇지만 술 안 먹던 이가 술 취한 때에 흔히 그러한 모양으로 술이 어떤 정도까지 취한 뒤의 일은 도무지 기억에 떠오르지를 아니하였다. 다만 한 십 년 전 한 만 리 밖에서 무슨 일이 생겼던 것 같다는 것만이, 마치 글자를 지워버린 칠판에 글자는 없으나 씌었던 자국은 남은 것과 같았다. 무엇인지 모르나 결코 좋은 일은 아닌 성싶었다. 무엇으로 그것을 아나. 입맛이 쓰고, 머리가 띵하고 맘이 찜찜한 것으로.

산월은 친절하게 준비하였던 밀수〔蜜水〕를 숭에게 권하였다.

"댁으로는 아니 가신다고 그러시고, 도무지 정신을 못 차리시길래 할 수 없이 우리 집으로 뫼셔 왔죠."
하고 산월은 전기난로의 스위치를 틀고 이불을 들어 숭의 앉은 몸을 둘러싸주고 자기는 손을 요 밑에 넣고 앉으며,

"취중이나 아니시면 선생님이 우리 집에를 오실 리가 있겠어요? 창기의 집에를. 선생 같으신 좋은 뜻 가지신 이가 우리 집에 오셔서 몇 시간이라도 계셨다는 것은 나 같은 사람에게는 일생에 다시 있지 못할 귀한 사건이고 기억이겠지요.[371] 그러니까 과히 불쾌하게 생각 마세요."
하고 숭의 눈치를 엿보며 머리를 만진다.

숭이가 말없이 점잖게 앉았는 것을 보고 산월은,

"인제 다 밝았으니 세수나 하시고 아침이나 잡수시고 가실 데로 가세요, 그렇게 무서운 얼굴 마시고. 제 집에서 나가실 때까지는 취한 대로 계세요. 깨셨더라도 깬 체 마세요. 사내 양반들은 술 취한 때에만 참 저를 보이더군요. 선생님도 어젯밤에는 참 당신을 보이셨지요. 꾸미지 아니한, 적나라한…… 그래서 나는 술 취한 사람들 보는 맛에 이 기생 노릇을 하고 살아간답니다. 도무지 그 술 안 하고 도덕적인 젠틀맨들한테는 멀미가 났거든요. 네 그 거짓! 그 거짓! 오우 아보미네이션, 아보미네이션 (Abomination: 성경에 나오는 말이니 가증함이라는 뜻)."
하고 목전에 가증한 것을 보는 것같이 몸을 떨었다.

3-50

산월의 말에는 열이 있었다. 크게 가증한 꼴을 당한 사람이 아니고는 이렇게 남자의 거짓에 대해서 깊이 불쾌할 수가 없을 것 같았다. 그 열이 숭의 말을 끌었다.

"왜 그렇게 남자를 저주하고 술주정꾼을 찬미하시오?"

하고 숭도 맘이 좀 풀렸다. 아직도 술이 다 깨지는 아니하였다.

"왜 남자를 저주하느냐고요? 아니요, 나는 남자를 저주하지 않습니다. 남자를 왜 저주해요? 남자가 없으면 여자들이 심심해서 어떻게 이 세상을 살아가요? 남자가 밥을 벌어준다든지, 여러 가지 힘든 일을 하여준다든지 그것을 말하는 것이 아닙니다. 그만 것은 소와 말을 부리고 또 기계를 이용해서라도 보충할 수가 있지마는 장난감으로 본 남자는 무엇으로도 리플레이스(대신)할 수가 없단 말야요, 그러니까 남자를 사랑하고 찬미하지요. 저주할 리가 있어요? 절대로 아니지요. 사랑하고 찬미하길래 나 같은 년도 사내한테 반해서 허덕이다가 속고 발길로 차여서 떨어졌지요—아냐요, 아냐요, 하하하하, 고만 속에도 없는 소리를 해버렸네."

하고 산월은 분명히 술이 깬 것 같건마는 취한 체를 한다.

숭은 산월의 말과 태도에 얼마쯤 끌려들어서 굳어졌던 맘이 약간 누긋누긋하게 됨을 깨달을뿐더러 도리어 일종의 유쾌함까지도 깨닫게 되었다.

"내 말이 무례한 말이거든 용서하시오."

하고 숭은,

"어찌해서 기생이 되셨나요?"

하고 물었다.

"그런 쑥스러운 문제는 집어치우구……"

하고 산월은 좀더 취한 태를 보이며,

"점잖다는 사내들한테 멀미가 났으니깐, 예배당이나 학교에서 만나는 신사들한테 멀미가 났으니깐. 부랑자 주정뱅이를 따라서 기생으로 나왔죠. 부랑자에게는 사랑과 용기와 의기가 있고, 주정뱅이는 거짓이 없어요, 가작〔假作〕이 없구요, 참과 사랑과 용기와 의기—이것은 조선서는 부랑자와 주정꾼에게서밖에는 얻어 볼 수 없는 것 같더군요. 저 여러 가지 체를 쓴 신사들은 ○○과에 잡아다 놓고 잔뜩 취하게만 해보오, 비로소 참사람들이 될 것이니. 그야 그 작자들이 그 가식을 떼어버리면 그 회칠한 무덤 껍질을 벗겨버리면 구려서 못 견디겠죠, 하하하하. 어디 껍질을 벗겨서 향내 날 사람이 몇 되던가, 하하하하, 선생님 안 그렇소? 왜 나오시다가 그 ○○○○선생님 축들 노는 방문을 활짝 열어젖히셨지, 생각나셔요? 그 사람들이 ○○ 중에서는 제일 그래도 사람다운 사람들이오. 그래도 술을 먹어도 요릿집에 와서 먹거든. 안 그래요, 선생님. 이이 그렇게 점잔 빼지 말구, 술 깨지 말아요, 내가 무어랬어요! 그렇게 가작 마시고 속에 있는 대로만 하세요, 내 말이 듣기 싫으면 싫다고, 내가 귀여우면 귀여운 모양을 하셔요, 어젯밤 취하였을 때 모양으로, 아, 이!"

하고 산월은 어리광 몸부림을 한다. 그러나 그 몸부림은 비통한 눈물에 젖은 것 같았다.

"난 가식하고 있는 것이 아니오. 본성이 이렇지. 난 지금 산월씨 하는 말을 정신 차려 듣고 있는데요."

하고 숭이 한마디 하였다.

"그러신 줄 알아요. 선생님은 정선의 집—아니 참 처가댁에 계실 때부터 우리들 중에 문제가 되었더랍니다. 재주 있고 정직한 시골고란이[372]로 하하하하, 정말야요. 정선이도. 아이, 용서하셔요, 나 같은 년이 부인을 이름을 불러서. 그러니 무어라고 불러요? 아따, 우리 취한 것으로 작정했으니까 상관없지요. 정선이도, 부인께서도 선생님을 '우리 고란이'라고 했답니다, 정말야요. 그때에는 나는 분개했지요, 나도 선생님을 퍽이나, 아이구 무어라고 할까, 존경이라고 할까, 했거든요, 지금도 그렇지만. 그래도 나는 소원성취했어, 내가 좋아하는 양반을 이렇게 잠시라도 내 집에 뫼셔다 놓았으니깐, 호호호호, 하하하하."

3-51

"그러기로 주정꾼 만나기 위해서 기생 된다는 데가 어디 있어요?"

하고 숭은 말하지 아니할 수 없는 의무를 느끼면서,

"그것은 첫째로 저를 학대하는 것이요, 둘째로는 커뮤니티(제가 소속한 단체—민족이나 국가나 기타 작은 사회라도)에 대한 빚과 구실을 잊어버린 것이란 말이지요. 어떠한 불평이 있다고 하더라도 어떠한 핑계가 있더라도 당신과 같이 재주와 교육과 사회적 지위를 가진 이가 기생이 된다는 것은 용서할 수 없지요. 기생이란 사회에 무슨 유익을 준단 말요? 왜 간호부가 안 되시오? 왜 유치원 보모가 안 되시오? 왜 농촌 야학에 선생이 안 되시오? 당신만 한 재주와 교육을 받은 이가 어디를 가기로 굶어 죽는단 말요? 간호부, 보모, 교사 다 어떻게 사회에 봉사하는 직업이오? 그런데 기생이라면 부랑자와 술주정꾼, 사회에 아무 소용 없는 계급의 장난감밖에 더 되는 것이 무엇이오? 그도 원체 재산도 없고, 교육도 없고, 밑천이라고 몸 하나밖에 없는 여자면, 혹 부모한테 팔려서 혹 부모를 벌어먹이느라고 기생이 되는 것도 할 수 없는 일이겠지요. 하지마는 당신 같은 이는 무슨 이유가 있단 말요?"
하고 열심으로 공박을 하였다.

산월은 가만히 듣고 앉았더니,

"그렇지요. 기생이 맡은 파트라는 것이야 사회에 이로울 것 아무것도 없지요. 하지만 선생님, 세상이란 그렇게 단순한 것이 아니랍니다. 누가 기생 되고 싶어 된 사람 어디 있나요. 황진이 말도 있지마는 나는 다 믿지 아니합니다. 그렇지마는 서울 사오백 명 기생이, 물어보면 다 부득이한 사정이 있답니다. 기생이 아니 되면 아니 될 사정이 있답니다. 누가 되고 싶어 된 것이 있던가요? 맑시스트의 말을 빌리면 제도의 죄라고도 하겠지요. 운명론자의 말을 빌리면 막비천녕〔莫非天命〕이리고도 하겠지요. 그러나 그렇게 일원적으로 깨끗하게 설명되는 것만도 아닌가 합니다. 어떤 기생은 어미 애비를 잘못 얻어만난 탓도 있겠지요. 어떤 기생은 부모에 대한 효성이라는 동기도 있겠지요. 또 어떤 기생은 에라, 빌어먹을 것 하고 의식적으로 세상을 저주하고 술과 사내 속에서 아무렇게나 놀다 죽자 해서 된 이도 있겠지요. 또 나 모양으로 신사들에게서 멀미가 나서 부랑자와 주정꾼의 참됨, 의기, 담대한 사랑 같은 것을 바라고 기생이 된 년도 있겠죠. 하하하하. 그러니까 인생이란 그렇게 단순하게 설명이 되는 것이 아니란 말입니다. 선생님이 좋은 지위 좋은 재산 어여쁜 부인 다 내버리고 시골구석에 가서 농촌사업을 하시는 것도 우리네가 기생 된 것과 같아서 단순하게 맑시즘이나 운명론이나 이상론만 가지고도 설명이 안 될 것입니다. 그러니깐 나는 아무도 원망을 아니 합니다. 이건영에게 지르밟혔다고 원망을 아니 합니다. 아이그머니, 또 내가 속에도 없는 소리를 했네. 아뿔싸, 내가 이렇게 사설을 하다가는 선생님께 속 다 뒤집어 보이겠네. 아이 그런 소리는 다 해 무엇 해요. 아무려나 난 이건영이를 한번 술을 먹여서 그 가식을 다 벗겨놓고 싶어요, 어떻게 하나 좀 보게."

*

숭은 세수를 하고 산월이가 솔질해주는 옷을 받아 입고 산월의 집 문밖을 나서 전동 자기 여관으로 돌아왔다. 때는 오정이 지나고 새로 한 시.

숭은 여관에 돌아온 길로 자리를 펴고 드러누워서 멀거니 어젯밤과 오늘 아침 일을 생각하였다. 분명히 숭은 인생의 아직 보지 못한 한 방면을 본 것 같았다.

그러나 아내 정선은 어찌 되었는가 하고 생각하는 동안에 숭은 노곤히 잠이 들어버렸다.

3-52

숭은 아무리 하여도 집에 들어갈 생각이 없었다. 그것을 집이라고 생각하는 것부터 제게 대한 큰 욕인 것 같았다.

숭은 도리어 산월이가 그리움을 깨달았다. 그 믿지 못할 정선보다는 도리어 산월이가 미덥고 그리웠다. 다시 산월을 찾아갈까 하는 생각도 해보았다. 차라리 산월과 연애 관계를 맺어서 정선에 대한 원수를 갚을까 하는 생각도 났다. 에라, 또 어디 가서 술이나 먹을까, 산월을 불러가지고 술이나 먹을까. 그러다가 취하거든 또 산월의 집으로 갈까, 이러한 생각도 났다.

산월은 미인이었다. 재주도 있었다. 더구나 기생으로 닦여난 그의 친절하게 감기는 맛이 숭에게는 잊힐 수가 없었다.

숭은 여관에서 물끄러미 이런 생각을 하고 앉았을 때에 전등이 들어왔다.

'아뿔싸, 내가 타락한다.'

하고 숭은 머리를 흔들었다. 거기 붙은 부정한 무엇을 떨어버리기나 하려는 듯이.

'내가 내 몸의 향락을 생각하느냐.'

하고 숭은 벌떡 일어나 몸을 흔들었다.

이러한 때에 숭의 머리 속에 떠오르는 것은 한선생이었다. 낙심되려 할 때에, 타락하려 할 때에 한선생은 항상 어떤 힘을 주었다. 숭이 생각하기에 한민교 선생은 큰 힘의 샘이었다.

숭은 모자를 벗어 들고 여관에서 뛰어나와 익선동 한선생의 집을 찾았다. 한참 못 보던 그 조그마한 대문, 꺼멓게 건 문패, 모두 숭이가 오륙 년 동안 눈 익게 보아오던 것이다.

대문을 열어주는 것은 한선생의 딸이었다. 한 반년 못 본 동안에 퍽 자란 것 같았다. 그는 숭을 친형과 같이 반갑게 맞았다.

"선생님 계시오?"

"네."

"손님 오셨소?"

"네. 그저 늘 같은 손님이지."

하는 동안 마루 앞에 다다랐다. 이것이 양실이라는 마루다.

"양실 안 쓰시오?"

하고 숭은 구두끈을 끄르며 물었다

"안 써요."

하고 정란[373]은 부끄러운 듯이 고개를 숙였다. 한선생의 생활이 더욱 곤란해져서[374] 겨울에 석탄값 들고 전등값 드는 양실을 폐지하고 안방 하나만을 쓰는 것이었다.

안방에는 아랫목에 한선생이 앉고 발치에 부인이 앉고 그리고는 청년 사오 인이 둘러앉았다. 발치 부인 곁 빈틈은 필시 정란이가 앉았던 자리라고 숭은 추측하였다.

"아, 허변호사!"

하고 한선생은 벌떡 일어나서 숭의 손을 잡아 흔들며,

"언제 왔소?"

하고 반갑게 벙글벙글 웃었다. 그 얼굴은 더욱 수척하여서 뺨의 우묵한 곳에[375] 그림자가 생기고 눈가죽과 입술에 늙은이 빛이 완연하게 보였다. 더구나 이가 여러 개나 빠진 것이 한선생을 더욱 늙게 보였다. 그것은 숭의 가슴을 아프게 하였다.

"어제 저녁에 왔습니다."

하고 숭은 늦게 찾아온 것이 미안하다는 것을 표정으로 보였다.

"지금도 우리는 농촌사업 이야기를 하고 또 허변호사 말을 하고 있었소. 호랑이도 제 말 하면 온다고, 하하하하. 자 여기 앉으우. 손이 차구려. 그동안 중병을 하신대도 내가 가보지도 못하고, 자 이리 와 앉으우."

하고 자기가 앉았던 자리를 숭에게 내어주고 자기는 문 밑으로 나앉는다.

3-53

숭은 한선생의 성격을 잘 알므로 사양하지 아니하고 한선생이 내어주는 아랫목 자리에 앉았다. 거기는 딸 정란이 짠 얄따란 방석이 깔리고 퍽 따뜻하였다.

"부인 안녕하시오?"

하고 한선생은 아직도 반가운 웃음이 스러지지를 아니하였다.

"네."

하고 숭은 힘없는 대답을 하였다.

"재판소에 일이 있다고? 내 일전 부인을 만나서 들었소."

하고 한선생은 인사하는 것도 어디까지든지 정성을 다하였다.

"아이구, 허변호사가 병이 중하시니 어찌하느냐고, 가신다고 그러셨지요. 그러니 노자가 있어야 가시지. 가엾으셔요."

하고 부인은 한선생을 보고 웃는다.

한선생은 교원 자격이 없다는 이유로 금년까지에는 학교에서 보던 모든 시간을 다 내놓았다. 학무과에서 보기에는, 또 젊은 학감이나 교무주임이 보기에는 교원 자격이 없는 한선생은 서푼어치 가치도 없었다. 그래서 인제는 한선생은 그나마 양식값이나 들어오던 수입도 다 없어지고 말았다. 선생의 세계이던 양실을 폐지한 것도 이 때문이다. 선생의 평생의 사업인 청년 교제를 할 자리가 없어졌다. 그래서 안방을 청년 교제하는 처소로 쓰게 된 것이다.

앞으로 한선생의 생활을 보장할 것은 아무것도 없다. 그가 집과 세간과 있는 것을 다 팔면 이태 동안을 굶어 죽지 아니하고 살아갈는지 모른다. 한선생은 그것으로 만족할 것이다. 그는 앞으로 이 년간 청년 중에서 동지를 구하고 청년을 조직하고 훈련하는 일의 준비를 하다가 더 먹을 것이 없이 되는 날 그는 행랑살이나 하인으로 들어갈 것이다. 그러나 그는 그런 생각도 할 여유가 없다. 그는 낮이나 밤이나 참된 젊은이를 만나서 조선의 이상을 말하고 조선 사람이 앞으로 해나갈 일의 계획을 말하고 청년의 사명을 말하고 조선의 희망과 자신을 말하고 이리하여 한 사람 한 사람 조선의 힘 있고 미쁜[376] 아들을 구하는 것으로 일을 삼고 의무를 삼고 낙을 삼았다. 이렇게 하는 것이 조선에 대한 은혜 갚음의 오직 한길이요, 또 조선을 건짐의 오직 한길이요, 자기의 일생을 값있게 하는 것의 오직 한길이었다. 아니 지금에는 이 일은 의식적으로 하는 것이 아니요 고만 천성을 이루어버린 것이었다.

그러나 청년들은 반드시 한선생의 뜻대로만 되지 아니하였다. 한선생의 집에 자주 다니는 동안 그들은 다 한선생의 뜻을 따르는 제자라면 제자요 동지라면 동지지마는, 학교를 졸업하고 혹은 직업 전선으로 혹은 해외 유학으로 이태, 삼 년 떠나 있으면 아주 배반까지는 아니 한다 하더라도 대부분 맘이 식어버렸다. 어찌하여 조선 사람의 맘은 이렇게 속히 식는고. 어찌하여 한번 작정하면 일생을 변치 아니하고 한번 허락하면 죽어도 고치지 아니하는 사람이 많지 못한고, 하고 사람들은 한탄하였다. 이것이 조선이 쇠하여진 까닭인가 하고 낙담하는 이도 있었다.

이날 밤 화제는 신라의 화랑도에 이르렀다. 신라 진흥왕 때에 민기〔民氣〕가 점점 소잔하고 백제와 고구려의 침노가 쉬일 날이 없을 때에 왕은 욕흥방국〔欲興邦國〕(나라를 일으키고자)의 목표로 인재 배양 인재 등용의 기관을 삼기 위하여 단군의 옛날로부터 내려오는 정신을 기초로 하여 아름다운 여자를 골라 원화(源花)를 삼고 삼백여 명의 청년을 모아 옳음으로 서로 갈고, 노래와 풍악으로 서로 기꺼하게[377] 하며 산과 물에 노닐어 즐기어 인재를 고르고 인재를 훈련하게 하여 어질고 충성된 신하와 재주 있고 용기 있는 장졸이 여기서 나게 하였으니 그들은,

1. 임금을 충성으로 섬기고
2. 어버이를 효도로 섬기고
3. 벗을 미쁨으로 사귀고
4. 싸움에 나아가 물러감이 없고
5. 산 것을 죽이되 가리어 한다

는 다섯 가지 계를 가져 의를 위하여는 목숨을 털같이 여기고, 한 번 허락하면 죽기까지 변함이 없었다. 충간[378]의 담이 그들의 본색이요, 의를 무겁게, 이름과 이와 죽기를 가볍게 여긴 것, 사다함(斯多含), 무관(武官), 부례(夫禮), 관창(官昌), 해론(亥論), 소나(素那), 귀산(貴山) 등의 의기 있는 이야기를 들으매 청년들은 조상의 갸륵함이 고맙고 저마다 그 정신을 배우기를 속으로 작정하였다.

"선생님, 저는 오늘 맘에 괴로움이 있었습니다. 그래서 힘을 얻으려 선생님을 찾았습니다. 인제 힘을 얻었으니 저는 갑니다."

하고 숭은 사람들이 이상히 생각함도 관계 않고 인사하고 나왔다. 그의 맘에는 기쁨과 용기가 있었다.

3-54

숭이가 기쁨과 힘을 얻은 것은 반드시 화랑 이야기에서만 아니다. 화랑 이야기는 당연히 조선의 젊은 사람의 기운을 돋울 일이지마는 그것보다도 힘이 있는 것은 한선생의 쉼 없는 노력과 떨어짐 없는 희망이었다. 잘되어가는 일에 재미를 붙이고 희망을 붙이는 것이 아니라 도무지 잘되지 아니하는 일에 그리[379]하는 것이 더욱 감격되는 것이었다.

그의 일생의 노력의 결과가 무엇이냐, 하면 그것을 화폐 가치로 환산할 것이 없음은 물론이지마는 화폐 말고라도 무슨 숫자로 표현할 성적이 별로 없었다. 그는 매일 사오 인의 청년을 만나니 일년에 천여 명 청년을 만나는 것이다. 그것이 비록 다 새 사람이 아니라 하더라도 대단히 큰일이라고 아니 할 수 없다. 그러나 이 일의 뜻을 알아주는 사람이 몇이나 되나. 진실로 알아준다면야 의식이 걱정될 까닭은 없을 것이다. 이렇게 셈 안 맞는 노릇이 또 어디 있을까.

숭이가 하는 노릇도 셈 안 맞는 노릇이다. 그렇지마는 조선이 오늘날에 가장 크게 요구하는 것이 이 셈 안 맞는 노릇이 아닌가. 셈 안 맞는 이 노릇을 하는 사람이 많아야 할 터인데 적어서 걱정이다. 모두들 이해관계가 분명하고 너무들 똑똑해서 저 한 몸에 이로움이 없는 일은 매달고 쳐도 아니 하려 드는 이때다. 조선은 똑똑하지 못한 사람을 기다린다. 어리석어서 저 한 몸의 이해를 돌아볼 줄 모르는 사람을 구한다. '제 앞 쓸이'는 정돈된 사회에서만 쓰는 처세술이다. 어떤 민족이 다른 민족보다 대단히 많이 떨어져서 모든 것을 새로 설시하고 불이 나게 따라가려 하는 때에는 남의 앞까지 쓸어주는 사람이 많지 아니하면 아니 된다. 마치 아이들을 많이 데리고 다니는 어른 모양으로. 그럼에도 그런 사람은 밤낮 고생이다. 남에게 고맙다는 소리 못 듣고, 도리어 미친 사람이라는 비웃음 받고, 약빠른 사람들에게 조롱거리가 되는 것이다. 한선생이 그러한 사람이 아니냐. 숭이도 장차 그러한 사람이 되려고 하는 것이다. 돈도 없고, 세력도 없고, 명예도 없는 사람이, 땅속에 묻히는 사람이. 만일 이러한 운동이 공을 이루어 큰 집이 지어지는 날이 있다고 하면 한선생이나 숭 자신이나 다 수십 척 깊이깊이 묻히는 기초 공사에 쓰이는 한 덩이 벽돌이다.

한선생은 이 조금도 빛나지 않는 소임을 만족히 여기고 파멸되어가는 개인 생활을 도무지 염두에 두지 아니하는 것이 숭에게는 더할 수 없이 부러웠다.

'오냐, 나는 가정을 파괴해버리자.'

이렇게 숭은 교동 골목을 내려오면서 결심하였다.

'원래 나는 혼인을 아니 해야 옳은 사람이다!'

하고 숭은 혼인이라는 것이 어떻게 사람을 속박하고 (특별히 사람의 정신을) 사람의 정력을 허비하는 일인 것을 알았다.

'수천만 동포로 하여금 행복된 가정을 가지게 하기 위하여 우리는 가정을 가지지 말자.'

하는 것이 어떤 작가의 말이다.

'장가를 아니 든 이는 장가를 들지 말고, 시집을 아니 간 사람은 시집을 가지 말라.'

한 예수의 사도 바울의 말의 뜻이 새삼스럽게 알려지는 것 같았다.

'옳다, 나는 가정을 깨뜨려버리자. 나는 일생을 혼자 살면서 농촌 일을 하자. 농촌으로 내 애인을 삼고 아내를 삼자. 정선은 맘대로 뜻 맞는 남편과 다시 혼인해서 살라고 하자.'

이렇게 생각하고 숭은 아내 정선에 대한 모든 미움을 쓸어버리고 집—정선의 집으로 빨리 걸었다.

3-55

숭은 거의 반년 만에 내 집 문 앞에 섰다. '허숭(許崇)'이라고 쓴 그의 문패가 그를 조롱하는 것 같았다.

숭은 문 앞에 서서 눈을 감고 잠시 생각에 빠졌다. 첫째로 생각나는 것은 장인이 이 집을 마련해준 뒤에 저와 정선과 두 사람이 날마다 와서 몸소 목수와 도배장이를 감독하여 집을 수리하던 일이다. 스위트 홈을 그리고 꿈을 꾸던 그때 일이 그립기도[380] 부끄럽기도 하였다.

숭은 그때에 유순에 대한 미안이 염통 속에 박힌 철환 모양으로 행복된 맘을 아프게 하던 것을 기억한다. 정선은 유순보다 교육이 높고, 돈이 많고, 세력이 있기 때문에 제가 그리로 끌리는 것이 아닌가 하고 스스로 부끄럽던 것을 기억한다.

만일 정선과의 혼인을 아니 하였다면, 유순과 혼인을 하였다면 이런 불행은 없었을 것이다. '저놈 돈 따라 장가든다' 하는 명예롭지 못한 소문만 남기고 이 꼴이 아니냐. 숭은 마치 양심이 허락지 아니한 행위, 사욕에 끌린 행위에서 오는 면치 못할 벌을 받는 것

같이 생각하였다.

아내가 미인이라고 스위트 홈이 되는 것이 아니었다. 고등한 교육을 받았다고 스위트 홈이 되는 것도 아니었다. 좋은 집이 있고 돈이 있고 지위가 있고 건강이 있고 사람들이 필요하다고 생각하는 것이 다 있다고 스위트 홈이 되는 것이 아니었다. 숭이란 남편, 정선이란 아내, 이들이 어디가 부족하냐. 누가 보더라도 어느 모로 보더라도 맞는 짝이 아닐 수 없건마는 그들은 불행하지 아니하냐.

그러면 그 불행은 어디서 오는 것이냐. 성미가 맞지 아니함? 성미란 무엇이냐, 숭은 얼른 대답할 수가 없었다.

숭은 뒤숭숭한 생각을 잊어버리기나 하려는 듯이,

"문 열어라!"

하고 크게 소리를 쳤다.

안에서는 주인 없는 집에 하인들만 안방에 모여 앉아서 지껄이고 있었다. 이때에는 정선은 봉천 가는 차를 타고 떠난 뒤였다.

"에구머니, 영감마님 목소리야!"

하고 유월이가 눈이 똥그래졌다.

"에라, 얘 미친년 소리 마라. 영감마님이 어디를 온단 말이냐. 잿골 서방님이 오시면 오시지."

하고 어멈이 유월을 오금을 박는다. 그는 영감마님에는 경어를 아니 쓰고 잿골 서방님에게는 경어를 썼다.

이때에 또,

"문 열어라."

하는 소리가 첫 번보다는 좀 크게 들렸다.

"자, 아냐?"

하고 유월은 이긴 자랑으로 어멈을 한번 흘겨보고,

"네, 에."

하고 일어나 뛰어나간다.

유월이가 나간 뒤에 어멈, 침모, 차집[381]의 무리는 황겁하여 모두 주섬주섬 거두어가지고 방바닥을 쓸고 뛰어나간다.

"삐걱."

하고 문이 열리며 유월의 얼굴이 쏙 비어졌다.[382]

"에구머니, 영감마님 오셨네."

하고 유월도 너무나 반가워서 숭에게 매달릴 듯하였다. 그러다가 신분이 다른 것을 깨닫고 중지하는 것 같았다.

이 집에서 진실로 숭을 그리워하는 것은 유월이뿐이었다. 온 집안 식구가 다 숭을 업신여기니깐 그 반감으로 그런지도 모르지마는 유월은 진정으로 숭을 그리워하였다.

숭은 유월의 머리를 만지며,

"잘 있었니?"

하고 문지방 안에 한 발을 들여놓았다.

"마님은 시골 가셨는데, 아까 차로."

하고 유월이가 곁붙어 들어오면서 걱정하였다.

3-56

"시골 갔어?"

하고 숭은 아내가 시골 갔다는 유월의 말에 아니 놀랄 수가 없었다.

"시골? 어느 시골?"

"영감마님 계신 시골 가셨어요."

하고 유월은 정당한 말을 발견하기 어려운 듯이 몸을 꼰다.

방에 들어오니 그래도 낯익은 곳이었다. 비록 길지는 아니하나 새로운 젊은 부부의 기억을 담은 방이었다. 벽에 걸린 그림들, 책상, 의장, 모두 예나 다름이 없었다. 벽 옷걸이에 걸린 정선의 입던 치마, 두루마기도 예와 같은 모양이었다. 하나 다른 것은 방 안에 담배 냄새가 나는 것이었다. 재떨이에는 반씩 남은 궐련 끝이 여러 개가 있었다. 정선이가 담배를 먹는가, 정선을 찾아온 남자, 또는 남자들이 먹은 것인가, 잠깐 그것이 숭을 불쾌하게 하였다.

"시골 가셨어?"

하고 숭은 외투도 아니 벗은 채 아랫목에 다리를 뻗고 앉으며 대문간에서 유월에게 금시 들은 말이 미덥지 아니한 듯이 재우쳐 물었다.

"네에."

"아까 차에?"

"네에."

"어느 시골?"

아무리 해도 정선이가 저 있는 곳에 갈 것같이는 숭에게는 생각되지 아니하였다. 만일 진실로 정선이가 남편을 따라서 살여울로 갔다고 하면 숭이 지금까지 아내에 대해서 가졌던 생각을 다 교정하지 아니하면 아니 될 것이다.

"영감마님 계신 시골이죠."

하고 유월은 제가 무슨 잘못된 말이나 한 것이 아닌가 하고 방 치우던 손을 쉬고 물끄러미 숭을 쳐다본다.

숭은 눈을 감고 가만히 앉아 있었다.

"어젯밤에는 몇 시에 돌아오셨던?"

하고 얼마 있다가 숭은 눈을 떠서 유월을 보며 물었다.

"네?"

하고 유월은 어찌 대답할 바를 몰랐다.

"자정에도 아니 돌아오셨다고 했지?"

하고 숭은 증인을 심문하는 법관 모양으로 차게, 사정없게 물었다.

"자정에요?"

하고 유월은 도무지 알 수 없는 일을 본 사람같이 눈을 둥그렇게 뜬다. 그리고 어젯밤 자정에 받은 난데없는 전화, '글쎄 음성이 이상하게 귀에 익더라니' 하였던 그 전화가 그러면 주인의 전화였던가. 그러면 주인은 마님이란 이가 잿골 서방님이란 사내하고 밤중까지 바람이 나서 돌아다니던 일을 다 알고 있는 모양인가 하고 유월은 숭의 눈이 무서운 것 같았다. 저도 숭에게 무슨 큰 죄를 지은 것 같았다.

"몇 신지 모르겠어요."

하고 유월은 대답하였다. 한 시 반이나 되어서 돌아왔단 말은 차마 나오지 아니하였던 것이다.

숭은 더 묻고 싶은 말이 많았으나 묻는 것이 도리어 제 위신에 관계하는 것 같아서 입을 다물었다. 백 가지 말 다 듣지 아니하여도 정선이가 왜 저를 찾아갔는지 그것만 알고 싶었다. 그러나 그것은 알 도리가 없었다.

"진지 잡수셨어요?"

하고 유월이가 슬쩍슬쩍 눈치를 보아가며 물었다.

"나가 먹고 올 테니 자리 펴놓아라."

하고 숭은 그대로 일어나 나왔다.

열 시나 되어서 숭은 저녁을 사먹고, 짐을 가지고 택시를 타고 집으로 돌아왔다.

방에는 숭이 정선과 혼인할 때에 덮던 금침이 깔려 있었다. 이것은 정선의 유모가 특별한 생각으로 꺼내어 깐 듯싶었다. 정선과 숭과의 애정이 이로부터 회복되라는 뜻으로.

숭은 자리에 누워서 멀거니 눈을 뜨고 이 생각 저 생각 하였다.

3-57

부부의 관계란 그렇게 끊기 쉬운 것일까.

'Free love, free divorce(사랑도 자유, 이혼도 자유).'

이러한 문자도 들었고, 문명했다는 여러 외국에서는 실지로 그것이 실행된다는 말도 들었다. 그러나 숭에게는 혼인이란 그렇게 가르기 쉬운 매듭 같지 아니하였다. 그것이 묵은 동양 사상일까. 또는 예수교의 사상일까. 그럴는지 모르지마는 어느 남자가 어느 여자를 한번 사랑했다 하면, 그것이 정신적인 데 그친다 하더라도 벌써 피차의 정신에서 지워버릴 수 없는 자국을 남기는 것이 아니냐. 숭은 그것을 저와 유순의 관계에서 본다. 유순에 대한, 발표는 아니 한 사랑이 숭의 지금까지의 생활에 끊임없는 양심의 찌름을 주지 아니하는가. 숭의 생각에는 이로부터 백 년을 살더라도 제가 유순에게 가졌던 사랑의 흔적은 스러질 것 같지가 아니하였다.

그러하거든 하물며 혼인이라는 중대한 맹약을 통하여 이루어진 부부의 관계랴. 정신과 육체가 다 하나로 합하여진 부부의 관계랴. 설사 정선과 일생을 서로 떠나 있기로 숭의 가슴에서 정선의 그림자가 떠날 줄이 있으랴. 설사 정선이가 죽어버린다 하더라도 그가 숭에게 주던 기쁨의, 슬픔의, 사랑의, 아니 이 모든 것을 합해놓아도 꼭 그것이 되지 아니할 그 어떤 무엇은 영원히 숭의 몸과 맘에 배고 스며서 빠지지를 아니할 것 같았다. 하물며 여자 편에서는 남자의 정액을 흡수하여 체질에 일대 변혁을 일으킨다 함에랴. 정선의 몸과 맘에는 영원히 지워지지 아니할 숭의 낙인(단쇠로 지져서 박은 인)이 찍힌 것이 아니냐.

숭에게 있어서는 혼인은 다만 법률적 계약 행위만은 아니었다. 법률이 규정하는 것은 혼인의 법률적 일면뿐이다. 도덕이 규정하는 것은 혼인의 도덕적 일면뿐이다. 혼인에는 예술적 일면도 있고 생물학적 일면이 있는 것은 말할 것도 없거니와 종교적 일면도 있다. 그러나 그 모든 것을 다 모아놓더라도 그것이 혼인이란 것이 가진 모든 뜻을 다 설명하지는 못할 것이다.

'무슨 신비한 것.'

이렇게 숭은 생각하였다. 인생에 신비한 것이 있다고 하면 그것은 부부 관계일 것이다. 전연 아무 관계 없는 (불교에서 말하는 모양으로 전생 타생의 인연이란 것이 있다면 몰라도) 두 생명이 서로 누가 누구인지도 모르고 자라나서 일생의 운명을 같이한다는 것은 참으로 신비한 일이 아니냐.

'두 몸이 한 몸 된다'

는 우리 조선의 생각이나 불교의 타생 인연설이나 다 이 부부의 신비성을 말한 것이 아닐까, 하고 숭은 길게 한숨을 쉬었다.

'내 생각이 구식이어서 이런가. 남들은 이 시대에는 정말 사랑도 자유, 이혼도 자유라는 주의로 가는데, 나 혼자만 혼인이란 것을 이렇게 신비하게, 신성하게 생각하는가. 만일 〈우리 다〉를 위해서 〈나 하나〉를 희생하는 경우면 몰라도, 〈나 하나〉의 향락을 위해서 혼인의 신성을 깨뜨릴 수가 있을까. 내가 톨스토이 모양으로 도덕에 너무 엄숙설을 많이 가진 때문일까.'

숭은 이러한 생각을 하였다.

'그러나 우리 가정은 벌써 파괴된 것이 아닌가. 파괴되었다고 보는 것은 내 잘못된 생각인가. 이박사의 말을 잘못 믿은 것이 아닌가. 경성역 앞에서 번뜩 본 자동차, 그 속에 앉은 두 남녀, 정선과 갑진, 그것도 잘못 본 것이었던가. 밤에 늦게 돌아온 것이 반드시 실행의 증거가 될 수 있을까. 모두 내 잘못된 판단이 아닐까.'

숭의 눈에는 고운 때 묻은 아내의 치마와 저고리가 띄었다.

3-58

아침에 눈을 뜬 때에는 아직 방은 캄캄한데 (그것은 겹창을 굳이 닫은 탓이었다) 전기난로의 마찰음이 들릴 뿐이었다. 유월이가 새벽에 들어와서 피워놓은 것이다. 방은 마치 이른 여름과 같이 유쾌하리만큼 온화한 기후다. 이 공기를 뉘라서 대소한서품[383]의 아침 공기라 하랴.

숭은 베개 밑을 손으로 더듬어 전기등 스위치를 꼭 눌렀다. 그것은 조그마한 가지 모양으로 생긴 것으로 하얀 뼈 꼭지가 달린 것이다. 불이 꺼졌을 때에 그 꼭지를 누르면 켜지고, 켜졌을 때에 그 꼭지를 누르면 꺼지는 것으로 기다란 코드라는 줄에 매어 베개 밑에 놓고 자면서 자유자재로 등을 켰다 껐다 하게 생긴 매우 편리한 기계다.

'이것을 조선 집집에 맨다면.'
하고 숭은 그 황송스럽게도 편리하게 만들어놓은 스위치를 불을 켜고 나서도 손에 든 채로 한탄하였다.

책상에 놓인 푸른 옥 시계의 바늘은 여덟 시를 가리키고 있었다.

밖에는 해도 떴을 것이다. 혹은 바람이 불고 눈이 올 것이다. 그러나 겹겹이 닫은 이 방 안에는 그러한 불필요한 바깥소식은 아니 들린다. 만일 필요한 소식이 있다고 하면 문 열지 아니하고도 찬 바람 들이지 아니하고도 통할 수 있는 전화로 올 것이다. 일어날 필요도 없는 이 살림, 가만히 누워 있다가, 버둥거리다가 또는 희롱하다가, 하도 그것이 지루하면 일어나는 것이다.

네 벽에 늘인 모본단 방장. 그 모본단은 결코 인조는 아니다, 대부분이 진짜[384] 비단실로 된 교직이다. 이것은 다 혼인 예물들이다.

숭이 만일 전등 스위치 곁에 놓인 초인종을 꼭 한 번 누른다 하면 유월이가 세숫물과 빵과 과일과 우유를 들고 뛰어 들어올 것이다. 이것은 숭이 신가정을 이룬 뒤로부터 습관이 된 아침밥이다.

숭이가 세수를 끝내면 유월은 빨아 다린 크고 부드러운 타올을 팔에 걸고 있다가 두 손으로 받들어 드릴 것이다. 그리고 숭이나 정선이가 머리를 빗거나 면도를 하거든 그동안에 유월은 갈아입을 내복 기타 새 옷을 자리 밑에 묻을 것이다. 그것도 꾸김살이 안 지도록, 고르게 녹도록 조심을 하여서. 그리고 숭이나 정선이가 옷을 갈아입을 때에는 유월이가 곁에 서서 한 가지씩 한 가지씩 집어 섬길 것이다. 혹 차례를 잘못 아는 일이 있으면 그는 정선에게,

"왜 정신을 못 차려!"

하고 단단한 꾸중을 한마디 얻어들을 것이다.

옷을 다 갈아입으면 숭과 정선은 팔을 끼고 웨딩 마치를 휘파람

과 입으로 부르면서 팔을 끼고 건넌방으로 간다. 건넌방은 식당으로도 쓰고 숭의 서재로도 쓰는, 양식 세간을 놓은 방이다. 방 한가운데 놓인 둥근 테이블에는 붉은 테이블보 위에 하얗게 빨아 다린 식탁보를 깔고 토스트 브레드, 우유, 삶은 달걀, 과일, 냉수, 커피 등속이 다 상등제〔上等製〕 기명에 담겨 기다리고 있을 것이다. 여기서 숭과 정선은 의분이 좋은 때이면 서로 껴안고 행복된 키스와 축복을 하고 아침을 먹을 것이다. 밤에 잘 자고 아침 세수와 단장을 마친 그 프레시한 아름다움은 오직 내외간에만 보고 보일 특권을 가진 것이었다.

"어린애가 하나 있었으면."

하고 정선은 찻숟가락 자루로 식탁보를 긁으면서 말할 것이다.

"당신같이 생긴 어린애가 요기 요렇게 앉았으면."

하고 정선은 낯을 붉힐 것이다.

"정선이 같은 딸을 낳우."

하고 숭은 일어나 정선의 머리를 만지며 위로하였을 것이다.

3-59

정선은 아침 목욕과 샤워 배스[385](머리 위에서 물 가루가 쏴 하고 떨어지게 된 목욕 기계)를 퍽 좋아해서 집에다가 그 설비를 한다고 날마다 말을 하고 있었다. 그러나 조선 건물에 서양식 욕실을 만드는 것은 쉬운 일이 아니었다.

"이놈의 거 팔아버리고 양옥을 하나 지읍시다."
하고 정선은 목욕탕 이야기가 날 때마다 화나는 듯이 이러한 한탄을 하였다.

"조선집에야 글쎄 방이 작아서 살 수가 있나. 피아노 하나를 들여놓으면 꼭 차지, 테이블 하나를 놓으면 꼭 차지, 침대 하나를 놓아도 꼭 차지. W. C.를 가자면 십 리나 되지, 안방에서 사랑에를 나가자면 외투, 목도리까지 해야 하지, 글쎄 우리 조상은 왜 집을 이렇게 망하게 짓고 살았어, 어."
하고 정선은 짜증을 내었다.

"터는 괜찮아, 우리 집도."
하고 정선은,

"이걸 헐어버리고 양옥을 지읍시다."
하고 남편을 보고 보채었다.

숭은 이러한 정선의 말을 들을 때마다 어떤 때에는 제가 아내의 뜻대로 활활 해줄 힘이 없는 것이 괴롭기도 하였고, 어떤 때에는 이때 조선 형편에 나 한 몸의 안락만 생각하는 아내의 맘보가 밉기도 하였다.

그러나 정선의 생각은 어떻게 하면 하루 바삐 맘에 드는 양옥이 실현될까, 맘에 드는 세간이 장만되고 한번 모든 것이 다 맘에 들게 해놓고 살아볼까, 하는 데만 있는 것 같았다. 그런데 남편 되는 숭이 정선의 이 뜻, 이 간절한 뜻, 이 마땅한 뜻을 알아주지 못하는 것이 기가 막힐 일이었다. 남편이란 것은 아내의 이러한 정당한 생각을 알아차려서 속히 실현해줄 능력과 성의를 가지는 것이 정선의 부부관이었다. 남편이란 무엇에 쓰는 것이냐. 그것은 아내를 기쁘게 하기 위하여 있는 것이 아니냐. 남편으로서 아내를 기쁘게 하는 능력을 잃는다 하면 그것은 정선이 보기에는, 짠 맛을 잃은 소금이 아니냐. 짠 맛을 잃은 소금 같은 남편은 정선에게는 이상적 남편이 될 수는 없었다.

게다가 남편으로서 아내를 기쁘게 하는 기술이 숭에게는 없었다. 정선은 먼저 혼인한 동무들에게서[386] 지나가는 이야기를, 내외 생활 일반 남녀 생활의 깊은 재미에 관한 이야기를 많이 들었으나, 숭에게서는 그러한 것을 얻어볼 수가 없었다. 숭은 너무 점잖았다. 너무 아내인 저를 존경하였다. 너무 엄숙하였다. 정선은 기교적인 것이 소원이었으나 숭에게는 그런 것을 바랄 수가 없었다.

숭은 아내의 이 요구를 노상 모르는 것이 아니었다. 그러나 숭은 인격의 존엄으로 보아서 아내의 그 요구에 응할 수는 없었다. 숭은 아내의 도덕적 수준을 제가 가지고 있는 곳까지 끌어올리려고 해보았다. 그래서 한선생을 집으로 청하기도 하고 또 성경 기타 정선이가 체면상으로라도 홀대할 수 없는 책에 있는 말도 인용하여,

1. 섬김.
2. 구실.
3. 맡은 일.
4. 금욕.

5. 우리를 위한 나의 희생.

6. 구실과 맡은 일을 위한 나 한 사람, 또는 내 한 집의 향락의 희생.

7. 주되는 일은 민족의 일, 개인이나 내 가정의 일은 남은 틈에 할 둘째로 가는 일.

8. 평등, 무저항.

이러한 제목으로 많이 토론도 해보았다.

3-60

정선은 이러한 말을 잘 알아들었다. 그 말에 해당한 영어까지도 잘 알았다. 그래서 숭이가 조선말로 말하는 대로 곧 그것을 영문으로 번역을 하고는 '오케이' '올라잇' '굿' '언더스탠드' 하고 어리광삼아 장난삼아 농쳐버리는 것이 예사였다. 그러면 숭도 하릴없이 웃어버리고 말았다. 그리고 혼자 해석해서는,

'물론, 정선이도 이러한 생각을 잘 안다. 잘 알뿐더러 그러한 주의를 가지고 있다. 정선과 같이 영리하고, 고등교육을 받고, 또 얌전한 사람이 아니 그럴 리가 없다. 그는 조선이 요구하는 새로운 딸의 하나일 것이다.——그렇지 아니해서는 아니 된다.'

이렇게 생각하고 혼자 위로하였다. 그러고 장난꾼이 모양으로 제 앞에서 응석을 부리는 정선을 정답게 생각하였던 것이었다——

이런 생각을 하며 숭은 자리옷을 입은 채로 자리 위에 일어나 앉아서 안방을 이리저리 둘러보았다.

불현듯 정선이가 그리웠다. 그의 상긋상긋 웃는 모양이, 또는 시무룩한 모양이, 또는 자다가 깨어서 눈도 잘 아니 떨어지던 모양이, 그의 발끈하던 모양이, 남편이 아니고는 가질 수 없는 정선에 관한 여러 가지 포즈와 태도의 기억이 벽에, 장에, 눈을 돌리는 대로, 눈을 감으면 눈 속에 얼른거렸다. 정선의 입김이 숭의 뺨에 닿는 것도 같고, 팔이 목덜미에 스치는 것도 같았다. 정선의 향기가 코에 맡이는[387] 것도 같았다.

숭은,

'정선이란 내게서 뗄 수 없는 존재다. 정선은 내 조직 속에 스며든 존재다.'

하고 숭은 빗질 아니 해서 흐트러진 머리를 흔들었다.

숭의 가슴속에는 정선에 대한 그리운 생각이 못 견딜 압력으로 북받쳐 오름을 깨달았다. 숭은 의지력으로 거기 반항하여 내리누르려 하였으나 되지 아니하였다.

'맘 변한 계집을.'

하고 일부러 정선에 대한 반감을 일으키려 하였으나 그러한 때에는 뉘우침의 눈물에 젖은 가련한 정선의 모양이 눈앞에 떠 나와, 더욱이 숭을 맘에 동정하는 생각이 넘치게 한다.

정선은 귀여운 아내가 아니냐. 그를 버려둔 것은 남편인 숭의 잘못이 아니냐. 귀여운 아내는 귀여운 아내로서 저 맡은 인생의 직분을 다하는 것이 아니냐. 어린애의 이기적인 것이 귀여움의 한 재료가 되는 것과 같이 귀여운 아내는 이기적이고 아닌 것이 도무지 문제 삼을 것이 없는 것이 아니냐. 귀여운 아내란 것은 꽃이 아니냐. 열매 맺는 것은 차치하고도 꽃에는 꽃만으로의 값이 있지 아니하냐. 남편은 나를 잊고 우리만 알 때에 아내는 나를 생각하게 생긴 것도 조화의 묘가 아닐까. 만일 아내가, 어미가 저를 잊고, 제 집, 제 자식, 제 서방을 잊고 다닌다면 집안이 꼴이 될 것인가—이렇게 숭은 제가 지금까지 가지고 있던 여자관, 아내관을 정정도 해보았다.

이렇게 제 생각을 다 정정해놓고 보면 정선에게는 미워할 데는 없고 오직 그립고 사랑스럽기만 하였다. 그뿐더러, 한 걸음 더 나아가서 정선을 제게서 독립한 다른 개체라고 생각하지 아니하고 부부란 신비한 화학적인 작용으로 결합된 한 몸이라는 숭 본래의 부부관과 일치하는 것 같았다.

숭은 미친 듯이 일어나서 정선의 베개를 내려 그 약간 때 묻은 데에 코를 대고 정선의 향기를 맡았다. 그러고는 벽에 걸린 정선의 옷을 벗겨서 향기를 맡고 또 가슴에 안았다.[388]

3-61

"영감마님 주무세요?"
하고 유월이가 문밖에서 불렀다.

"오— 일어났다."

하고 숭은 안고 있던 아내의 옷을 얼른 한편 구석에 밀어놓았다. 그리고 일어나서 문을 열었다. 찬란한 광선이 방 안으로 물결처럼 몰려 들어왔다.

유월은 편지 두 장을 숭에게 주었다. 그리고 방에 들어와서 다른 창을 다 열어놓고 자리를 걷었다.

숭은 유월이가 주는 편지를 받아서 겉봉을 뒤적거려보았다. 둘이 다 정선의 이름으로 온 것인데, 하나는 '현(玄)'이라고 편지한 이의 이름을 써서 그것이 현의사에게서 온 것인 줄을 알 수 있으나 하나는 뒷옆에 보낸 이의 이름이 없었다.

숭은 무슨 심히 불쾌한 예각[389]을 가지고 보낸 이의 이름 없는 편지부터 떼었다. 그것은 대단히 난잡한 글씨였고 말은 글씨보다도 더욱 난잡하였다. 그리고 끝에는 독일말로 다이너(Deiner: 네 것)라고 썼다. 그리고 그 내용은 이러하다.

"내 정선이.

인제는 내 정선이지, 나는 어젯밤 오류장 왕복에 감기가 들어서 앓고 누웠소. 열이 나오. 열이 나더라도 오늘 밤에는 꼭 가려고 했는데 하도 몸이 아파서 못 가오. 정선의 부드러운 살이 생각나서 못 견디겠소. 이 편지 받는 대로 좀 와주시오. 숭이 놈이 일간 올라온다니 좀 대책을 의논할 필요가 있소. 숭이 놈을 죽여버릴까. 그놈이 염병을 앓다가 죽지 않고 왜 살아났어! 꼭 와! 안 오면 내 정선이 아니야!"

이런 편지였다.

숭은 앞이 캄캄해짐을 깨달았다.

'그러면 엊그제 밤 자동차로 가던 것은 분명히 갑진이와 정선이로구나! 그들은 그 길로 오류장에를 갔구나!'

숭의 가슴에 북받쳐 오르는 분노의 불길——그것은 피를 보고야 말 것 같았다.

유월은 숭의 낯빛이 변하고 팔이 떨리는 것을 보았다. 그리고 제가 숭에게 준 편지가 무슨 편지인 것을 짐작하고 (그는 글을 모른다) 몸에 소름이 끼쳤다.

유월의 시선이 제게 있는 줄을 안 숭은 얼른 감정을 진정하려고 애를 썼다. 그래서 편지를 접어서 예사롭게 도로 봉투에 집어넣고 현의사의 편지를 떼었다.

"사랑하는 동생!

어제 네 태도와 묻던 말이, 너를 돌려보내놓고 생각하니 심상치 아니하다. 내가 곧 따라가고도 싶었으나 환자 집에 불려서 밤늦게 돌아와서 못 가고 이 편지를 쓴다. 만일 난처한 일이 있거든 이 편지 보내는 대로 곧 오너라."

숭은 이 편지도 접어서 도로 봉투에 넣었다.

숭은 아뜩아뜩해지는 것을 억지로 참으면서,

"세숫물 다오."

하고 유월을 시켰다.

숭은 폭풍같이 설레는 제 정신을 진정하느라고 이를 닦고 면도를 하고 머리까지 감고 아무쪼록 세수하는 시간을 길게 끌었다. 칫솔[390]은 몇 번이나 빗나가서 입천장을 찌르고 면도로 귀밑과 턱을 두 군데나 베었다. 칼라가 끼어지지 아니하고 넥타이를 세 번이나 다시 매었다.

억지로 식탁을 대하고 앉았을 때에 숭의 코에서는 갑자기 피가 쏟아졌다. 하얀 테이블보가 빨갛게 물이 들었다.

"코피 나세요."

하고 유월이 어쩔 줄을 모르고 벌벌 떨었다. 그리고 속으로 정선을 원망하고 숭에게 무한한 동정을 주었다.

"아아."

하고 숭은 참다못하여 크게 한숨을 쉬었다. 그리고 코피도 막을 생각을 아니 하고 식탁 위에 엎드렸다. 찻잔이 팔 굽이에 스쳐 엎질러졌다. 엎질러진 홍차의 연분홍빛이 숭의 피인 듯이 흰 테이블보를 적시며 퍼졌다.

유월은 구르는 차 컵을 붙들었다.

3-62

숭은 그날 하루를 전혀 혼란 상태로 지내었다. 그 이튿날도 그러하였다. 숭의 맘속에는 '원수를 갚음'이라는 생각이 수없이 여러 번 들어왔다. 그래서 그는 원수 갚을 여러 가지 방도까지도 생각해보았다.

그러나 그는 두 가지 갈래길을 발견하였다. 무엇이냐? 원수를 갚아버리고 마느냐 또는 모든 것을 참고 용서하는 것이냐 하는 것이었다.

만일 원수를 갚는다면? 그러면 일시는 쾌할는지 모르거니와 저와 정선과 김갑진이 다 세상에서 버리는 사람이 되는 것이다. 거기서 얻는 것은 일시의 통쾌뿐이겠다.

그렇지마는 참고 용서한다 하면 이 모든 여러 사람이 받을 손실은 아니 받고 말 것이다.

'용서하라!'

하는 예수의 가르침을 생각하였다.

그러나 간음한 아내는 내보내도 좋다고 예수가 말씀하지 아니하였느냐. 이렇게도 생각해본다. 하지마는 그것은 내보내도 좋다는 것이요, 꼭 내보내라는 것은 아니다. 또 내보내라는 말이지 원수를 갚으라는 말은 아니다.

만일 한선생이라면 어떠한 태도를 이 경우에 취할까. 이렇게도 생각해보았다. 한선생 같으면,

1. 사랑과 의무의 무한성,
2. 섬기는 생활,
3. 개인보다 나라,

이러한 근본 조건에서 생각을 시작할 것이다. 사랑이란 무한하지 아니하냐. 의무도 무한하지 아니하냐. 아내나 남편이나 자식이나 동포나 나라에 대한 사랑과 의무는 무한하지 아니하냐. 그렇다 하면 정선을 사랑해서 아내를 삼았으면 그가 어떠한 허물이 있더라도 끝까지 사랑하고, 따라서 그에 대한 남편으로서의 의무

를 끝까지, 아니 끝없이 지켜야 할 것이 아니냐.

또 섬기는 생활이라 하면 숭이 제가 진실로 동포에 대하여 나라에 대하여 섬기는 생활을 해야 한다 하면 우선 아내에 대하여 섬기는 생활을 하여야 할 것이 아니냐. 아내를 못 용서하고 아내를 못 섬기고 어떻게 누군지도 모르는 수많은 동포를 사랑하고 섬기고 눈에 보이지도 아니하는 나라를 사랑하고 섬길 수가 있을 것이냐.

셋째로 만일 숭이 제가 진실로 우리를 위하여 저를 버리는 사람이라 하면, 그래, 제가 해야 할 일생의 의무를 아니 돌아보고 이기적 개인주의와 같은 행동을 하다가 저 한 몸을 장사해버릴 것이냐.

만일 한선생 모양으로 생각한다 하면 이러한 결론에 도달할 수밖에 없을 것이다——이렇게 숭은 생각하였다.

사흘 동안 고민한 결과로 이러한 결론에 다다랐다.

이에 그는 곧 김갑진에게 편지를 썼다.

"김군. 나는 형이 내 아내에 대해서 한 모든 허물을 용서합니다. 또 형으로 하여금 친구 의리를 저버리고 간통의 죄를 짓게 한 내 아내의 허물도 용서합니다. 형이 내 아내에게 보낸 그 옳지 못한 편지도 내가 이 편지를 쓰고는 불살라버릴 터입니다. 그러니 다시는 내 아내에 대하여 죄 되는 생각과 일을 하지 말기를 바랍니다. 그리하고 형만 한 재주와 포부를 가지고 지금의 생활을 버리고 동포를 위한 나라를 위한 새 생활을 하는 이가 되기를 바랍니다."

이 편지를 써놓고 숭은 갑진의 편지를 불사르려 하였다.

그러나 갑진의 편지에는 일종의 유혹이 있었다. 그것은 이 편지를 정선에게 보이자는 것과 또 후일에 힘 있는 증거를 삼자는 것이었다. 숭은 성냥을 그어서는 끄고, 그어서는 끄기를 세 번이나 하였다. 그러다가 네 번 만에 숭은,

'나의 약함이여, 악함이여!'

하고 그 종잇조각을 태워버렸다. 그 종잇조각이 타서 재가 되어 스러질 때에 숭의 맘은 흐렸다가 밝아지는 것 같았다.

3-63

갑진의 편지를 불살라버린 숭은 대단히 유쾌한 생각으로 저녁을 먹었다. 그리고 이발소에 가서 머리를 깎고 목욕을 하고 돌아와서 마치 몸과 맘의 때를 씻어버린 듯이 기쁜 맘으로 자리에 누웠다. 맘 한편 구석에 뭉키어 있는 무엇을 숭은 아무쪼록 못 본 체하려 하였다. 숭은 여러 날의 노심과 피곤으로 잠이 들려 할 때에,

"전보 받으우."

하고 대문 두드리는 소리에 깨었다.

"명조〔明朝〕 칠시 착경〔着京〕."

이라는 것이다.

정선이가 며칠 숭을 기다리다가 하릴없이 올라오는 것이었다.

이튿날 숭이가 잠을 깬 것은 다섯 시였다. 잠이 깨매 어제, 갑진의 편지를 불사를 때에 맛보던 유쾌하던 생각은 훨씬 줄어버렸다. 마치 목욕탕에서 깨끗이 씻은 몸에 밤새에 무슨 분비물이 생겨서 몸이 끈끈한 모양으로 맘에도, 영혼에도 무슨 분비물이 생겨서 텁텁해진 것만 같았다.

숭은 세수를 하고 뒤곁에 나아가 운동을 함으로 이 흐릿한 기분을 고치려고 애를 썼다.

숭은 무엇에 내리눌리는 듯한 몸과 맘을 억지로 채찍질해서 정거장에를 걸어 나갔다.

'무한한 사랑, 무한한 용서, 무한한 의무, 무한한 사랑, 무한한 용서, 무한한 의무, 섬김, 나를 죽임, 섬김, 나를 죽임…… 무한한 사랑, 무한한 의무.'

이렇게 숭은 걸음걸음 중얼거려서 맘을 덮으려는 질투의 구름, 미움의 안개를 쓸어버리려 하였다.

아직 전깃불이 반짝반짝하였다. 텅 빈 전차들이 잉잉잉 소리를 내며 빛나지 않는 머릿불을 내두르며 달아났다. 까무스름한 안개가 희미하게 집과 길을 쌌다. 이러한 속으로 숭은 무거운 맘을 안고 아내를 맞으러 페이브먼트를 따박따박 울리면서 남대문을 향하였다. 입술은 마르고 혓바닥에는 바늘이 돋았다.

남대문에서부터는 사람들이 많았다. 그것은 다만 남대문시장으로 들어가는 사람들뿐만 아니라 일본에서부터 만주로 싸우러 가는 군대가 통과하는 것을 송영하러 가는 학생 행렬과 단체들도 있었다.

정거장은 발 들여놓을 틈 없이 승객과 군대 송영객으로 차 있었다.

숭이가 정선을 기다리는 제일 플랫폼에서도 군대를 송영하는 제이 플랫폼 광경이 잘 건너다보였다. 정선이가 탄 열차가 경성역에 들어오기를 기다려서 북으로 향할 군대 열차는 정선의 열차보다 십 분가량 먼저 정거장에 들어왔다.

열차가 정거장에 들어올 때에 송영 나온 군중은 깃발을 두르며 반자이[391]를 부르고 중국 사람의 것과 비슷한 털모자를 쓴 장졸들은 차창으로 머리를 내밀고 화답하였다. 송영하는 군중이나 송영받는 장졸이나 다 피가 끓는 듯하였다. 이 긴장한 애국심의 극적 광경에 숭은 남모르게 눈물을 흘렸다. 고향과 사랑하는 사람들을 두고 나라를 위하여 죽음의 싸움터로 가는 젊은이들, 그들을 맞고 보내며 열광하는 이들, 거기는 평시에 보지 못할 애국, 희생, 용감, 통쾌, 눈물겨움이 있었다. 숭은 모든 조선 사람에게 이러한 감격의 기회를 주고 싶다고 생각하였다. 전장에 싸우러 나가는 이러한 용장한 기회를 못 가진 제 신세가 지극히 힘없고 영광 없는 것같이도 생각되었다.

이러한 일생에 첫 기회가 되는 용장하고 감격에 찬 생활의 생각을 하고 섰을 때에 정선을 담은 차는 콧김을 불며 굴러들어왔다.

차창에서 서서 내다보는 정선의 적막한 얼굴이 번뜻 보였다.

3-64

정선은 플랫폼에 서 있는 남편을 보고 곧 소리라도 지르고 싶었다. 그것은 아내가 남편에게 대한 본능이라고 할 만한 것이었다. 그러나 소리를 지른대야 겹유리창을 통하여 밖에 들릴[392] 리도 없지마는 겹유리창보다도 더 두꺼운 무엇이 정선의 맘의 부르짖음이 숭의 귀에 들어가지 아니할 것같이 생각되게 하였다. 더구나 남편은 제게 무슨 비밀이 그동안에 있는지도 모르고 여전한 아내인 줄 알고 반갑게 마중 나온 것이라고 생각할 때에 몹시 맘이 아팠다.

숭은 아내의 얼굴을 찾고 곧 차에 올라갔다.

"침대 안 타고 왔소?"

하고 숭은 반가운 음성으로 물었다.

"안 탔어요."

하고 정선은 잠깐 남편의 낯을 바라보고는 가방을 찾는 체하고 고개를 숙여서 외면을 하였다. 낯이 후끈거리고 가슴이 울렁거림을 깨달았다.

숭은 정선의 짐을 두 손에 들고 앞서서 내려왔다.

"반자이(만세)."

하는 여러 천 명의 뒤를 따라서 나가는 데로 향하였다. 남편의 다리의 움직임 구두의 움직임을 보는 눈도 가끔 아뜩아뜩하였다.

'남편이 내 비밀을 알고 저렇게 태연한가, 모르고 저렇게 태연

한가.'

하고 정선은 마치 경관에게 끌려가는 죄인과 같은 생각으로 어디를 어떻게 가는지 모르게 위킷[393]을 나섰다. 거기서 기다리고 섰던 유월이가 내달아 정선을 맞았다.

"무엇 자셨소?"

하고 숭은 짐을 놓고 정선을 돌아보며 물었다.

정선은 애원하는 눈찌로 남편을 바라보며 말없이 고개를 흔들었다.

숭은 택시를 불러 짐을 싣고 유월이더러 먼저 집으로 들어가라고 이르고,

"가서 차나 한잔 먹고 갑시다. 추워."

하고 앞섰다. 정선은 말없이 뒤를 따라섰다.

"살여울 아무 일도 없었소?"

하고 숭은 아내의 외투를 벗겨서 걸으면서 물었다.

"별일 없어요."

하고 정선은 자리에 앉는다.

숭도 자리에 앉아서 아내를 바라보았다. 정거장에서 갑진과 함께 자동차를 타고, 갑진의 팔이 정선의 어깨 뒤로 돌아와 놓였던 그때 광경이 숭의 눈앞에 번쩍 보인다. 숭의 입에는 쓴침이 돌았다.

"지오쇼꾸[394](아침밥이라는 일본말)."

하여 보이에게 시키고 숭은 일어나려는 맘의 물결을 억지로 진정하면서 무슨 말을 할 것인가를 찾았다.

"이번 가보니까 살여울이 맘에 듭디까?"
하고 숭은 억지로 웃어 보였다.

"……"

정선은 말없이 고개만 끄덕끄덕하였다. 목이 메어 말이 나오지를 아니하는 것이었다.

"살여울 사람들은 다 좋은 사람들이오. 그 사람들은 다 제 손으로 벌어서 제 땀으로 벌어서 밥을 먹고 밤낮에 생각하는 일도 어떻게 하면 쌀을 많이 지을까, 어떻게 하면 거름을 많이 만들까, 어떻게 하면 가마를 많이 짜서 어린것들 설빔을 해줄까, 집에 먹이는 소가 밤에 춥지나 아니한가, 아침에는 콩을 좀 많이 두어서 맛있게 죽을 쑤어 먹여야겠다. 이런 생각들만 하고 있다오. 서울 사람들 모양으로 어떻게 하면 힘 안 들이고 돈을 많이 얻을까, 어떻게 하면 저 계집을 내 것을 만들까, 저 사내를 내 것을 만들까, 이런 생각은 할 새가 없지요, 나는 살여울이 그립소. 당신은 어떻소. 당신은 살여울 가서 정직하게 부지런하게 검박하게 땀 흘리고 남을 위하는 생활을 할 생각이 아니 나오?"
하고 숭은 정선을 바라보고 한숨을 지었다.

3-65

"내가 살여울 가서 무엇을 하겠어요? 나 같은 것이 거기 가서 무어 할 게 있나?"

하고 정선도 한숨을 쉬었다.

"왜 할 게 없어? 밥도 짓고 빨래도 하고 김도 매고, 그리고 또 틈이 있으면 동네 부인들과 아이들 글도 가르치고, 또 당신 음악 알지 않소? 동네 사람들 음악도 들려주고…… 왜 할 게 없소? 할 게 많아서 걱정이지 할 게 없어? 서울서야말로 할 게 없소. 서울서 무얼 한단 말요? 당신 학교 졸업하고 나서 무어 한 것 있소? 당신만 아니지. 공연히 농민들이 애써 지은 밥 먹고 여직공들이 애써 짠 옷 입고, 그리고 사람들 많이 부리고, 그러고는 하는 것이 무엇이란 말요? 서울에 있겠거든 무슨 좋은 일을 하든지 그렇지 아니하면 저 먹을 밥, 저 입을 옷이라도 제 손으로 지어 입는 것이 옳지 않소. 적어도 남의 신세는 아니 진단 말요. 남의 노동의 열매를 도적질은 아니 한단 말이오. 이건영이니 김갑진이니 하는 사람들이 다 호미 자루를 들고 농사만 짓게 되더라도 세상 죄악은 훨씬 줄고 노동자의 고생도 훨씬 덜어질 것이오. 안 그렇소?"

하고 숭은 책망하는 듯한 눈으로 정선을 보았다.

"걱정 마세요."

하고 정선은 양미간을 한번 찡그리면서,

"아무렇기로 내가 당신 것 얻어먹지는 아니할 사람이니 염려 마세요. 나는 죽으면 죽었지 밥 짓고 빨래하고 김매고 그런 일은 못해요. 우리 조상은 오백 년래로 그런 천한 일은 해본 적이 없어요. 당신네 집과는 달라요."

하고 견딜 수 없는 모욕을 당하는 듯이 바르르 떨었다. 그리고 손에 들었던 면보[395]를 접시에 내던졌다.

숭도 정선의 이, 의외의 반응에 일변 놀라고 일변 분개하였다. 그래서 참으리라는 의지력이 발할 새 없이,

"당신 집에서는 조상 적부터 김매고 밥 짓는 천한 일은 한 적이 없고 남편을 배반하고 남편을 복종하지 아니하는 일은 한 적이 있소? 당신이 하는 일이 천한 일인지 내가 당신더러 하라는 일이 천한 일인지 당신의 재주와 교양으로 한번 판단해보시오!"

하고 주먹으로 식탁을 쳤다. 식탁 위에 놓인 그릇들이 떨그덕하고 소리를 내고 떨었다.

숭의 이 말은 정선의 가슴에다가 큰 말뚝을 박는 것과 같았다. 정선은 잠시 숨이 막히고 눈이 아뜩하였다.

'그러면 남편은 내 비밀을 아나.'

하는 한 생각이 정선의 신경을 마비해버리고 말았다.

식탁을 치는 소리에 보이가 뛰어와서 왜 부르는가 하고 명령을 기다렸다.

숭은,

"커피로 말고 홍차로."

하고 시키고 남은 면보에다가 버터를 득득 발랐다.

'여자에게는 영혼이 없다. 여자에게는 이성이 없다.'

하는 옛사람의 말을 숭은 생각하였다. 정선의 추리 작용의 움직임이 어떻게 비논리적이요, 도덕관념의 연합되는 양이 어떻게 그릇되어 있고 감정의 움직임이 어떻게도 열등임에 숭은 놀라지 아니할 수가 없었다.

'더불어 이치를 말할 수 없다.'
하는 반감까지도 일어나서 숭은 대단한 불쾌를 느꼈다.

고개를 숙이고 앉아서 햄 앤드 에그즈[396]의 달걀을 포크로 찍어서 입에 넣는 정선의 눈에서 눈물이 떨어지는 것이 숭의 눈에 보였다.

3-66

정선의 눈물은 숭의 가슴을 아프게 하였다. 숭에게 정선은 대단히 사랑스러웠다. 첫째 정선은 아름다웠다. 그의 얼굴, 그의 눈, 코, 입, 귀, 살갗, 몸맵시, 음성 어느 것이나 하나도 숭의 맘에 들지 아니하는 것이 없었다. 정선의 손이 백합으로 빚어놓은 것 같고 그 손톱들이 연분홍빛으로 맑게 빛나는 것도 아름다웠다. 원체로 말하면 숭은 이러한 손을 미워해야 옳을 것이다. 그것은 이러한 손은 놀고먹는 계급의 손인 까닭이다. 그야말로 오백 년 놀고먹은 씨가 아니고는 이러한 손은 가질 수 없을 것이다. 그 손은 거문고 줄을 고른다든가 피아노의 건반이나 누르기에 합당하고, 바늘을 잡기에도 맞지 아니할 것 같았다. 만일 그 손이 한 해 겨울만 진일을 한다고 하면, 한 해 여름만 김을 맨다고 하면, 그 아름다움은 영영 잃어버리고 말 것이다.

숭에게 정선이 이렇게 아름다운 것이 괴로웠다. 그의 맘도 몸모양으로 아름다웠으면 얼마나 좋을까 하였다.

"이 앞에는 어떻게 할 테요? 살여울로 날 따라가려오? 서울 있으려오?"
하고 숭은 화두를 돌렸다.

정선은 지금 제가 저지르고 있는 죄만 스러지고 나타나지 아니할 양이면 아무렇게 하여도 좋을 것 같았다. 만일 제 비밀이 숭에게 탄로가 되어서 숭이 그것을 들고나는 날이면 정선의 일생은 망쳐지는 것이 아니냐. 아버지에게도 버림을 받을 것이요, 세상에서도 버림을 받을 것이다.

정선은 신마리아라는 여자의 일생을 생각한다. 그는 늙은 남편의 아내가 되었다가 젊은 남자와 예배당 찬양대에서 서로 사랑하게 되어서 마침내 그 남자의 씨를 배고 간통죄로 남편의 고소를 당하여 육 개월 징역을 지고 나와서는 그 친정에서까지 쫓겨 나와서 카페에 여급으로 다니는 것을 생각한다. 제 일생도 그와 같지 아니할까. 그것은 전혀 숭에게 달린 것이다. 정선은 숭의 인격을 믿는다. 만일 제가 회개만 하면 숭은 아마도 저를 용서하고 제 허물을 다 감추어주고 아내로 사랑해줄 것을 믿는다. 그러나 또 한편으로는 숭을 무서워한다. 그것은 숭에게는 무서운 의지력이 있고 고구려 사람다운 무기가 있어서 한번 작정하면 물과 불을 가리지 아니하는 한 방면이 있는 것이다. 만일 숭이 실행〔失行〕한 아내인 제게 대하여 이 고구려 기운을 내는 날이면 저를 간통죄로 고소하기 전에 단박에 죽여버릴는지도 모른다. 정선은 그것이 제일 무서웠다.

이해관계를 따지면 정선은 아무리 하여서라도 숭에게 갑진과의 비밀을 알리지 아니하는 것이 상책이었다. 그러나 이 비밀을 남편이 알았는지 아니 알았는지 그것을 알 도리가 없었다. 만일 숭이 그 비밀을 알았다 하면 아무쪼록 제 태도를 부드럽게 해서 숭의 사랑과 인격에 하소할 길밖에 없었다.

그래서 남편과 같이 집에 돌아온 뒤에도 어떻게 하면 그 눈치를 알아낼까 하고 그것만 애를 썼다.

숭은 집에 돌아온 뒤로는 도무지 정선에게 대해서 아무 말이 없었다. 살여울로 가겠냐는 말도 묻지 아니하였다. 그리고 고등법원에 제출할 상고 이유서를 쓴다 하고 사랑에 들어박혀서 나오지 아니하고 자리도 사랑에 깔게 하였다. 그리고 마치 정선에게서 무슨 소리가 나오기를 기다리고 있는 것과 같이 정선에게는 보였다.

이래서 초조한 정선은 혹시나 갑진이가 찾아오지나 아니할까, 무슨 편지나 와서 숭의 눈에 띄지 아니할까, 잠시도 맘이 놓이지 아니하여서 어떻게 틈을 내어서 갑진을 한번 만났으면 하고 애를 썼다. 그것은 보고 싶어 만나자는 것이 아니라 이 비밀이 탄로되지 않도록 대책을 의논하기 위한 것이었다.

3-67

정선이 아무리 갑진과 서로 만날 기회를 엿보나 기회는 만만치 아니하였다. 그렇다고 갑진에게 편지를 보내어 갑진에게 필적을 남겨놓을 용기도 없었다. 전화가 오면 혹시 갑진에게서 오나, 편지가 오면 혹시 갑진에게서 오나 정선은 맘을 졸였다.

숭이 재판소에 가던 날 정선은 이것이 최후의 기회라 하고 옷을 떨쳐입고 집을 나서서 길에서 호로 씌운 인력거 한 채를 집어타고 재동 김남작 댁을 찾아갔다. 번지도 모르고 김남작을 찾으나 아는 이가 없었다. 김갑진을 찾아도 아는 이가 없었다. 잿골이라고 부르지마는 정말 재동인지 가회동인지도 알 수가 없었다.

정선은 마침내 인력거를 보내고 걸어서 이 집 저 집 문패를 뒤지기 시작하였다. 그 꼴이 심히 창피하였으나 그것을 가릴 여유가 없다. 아무리 하여서라도 갑진을 만나지 아니하면 아니 된다.

정선은 마침내 파출소에 가서 김갑진의 주소를 물을 용기까지 내었다. 순사는 어떤 젊은 미인이 이 유명한 부랑자를 찾는가 하고 번지 적은 책을 뒤지면서,

"그 사람은 왜 찾으시오?"

하고 심술궂게 물었다.

정선은 얼김에,

"친척이야요."

하고 대답하고 낯을 붉혔다.

"친척? 친척인데 동네 이름도 몰라요?"

하고 흥미를 가지고 묻는다.

"시골서 와서 잿골이라고만 압니다."

하고 정선은 거짓말을 하였다.

"김갑진이란 사람은 ○동 ○○번지요. 이 사람 집에는 웬 이리

번지도 모르는 젊은 여자 친척이 많담."

하고 순사는 책을 덮어놓으면서 정선을 한 번 더 훑어본다.

정선은 얼굴에 모닥불을 끼얹는 듯함을 깨달으면서,

"고맙습니다."

한마디를 던지고 파출소에서 나와서 순사가 지시하는 번지를 찾았다.

그것은 남작 대감의 아들이 사는 집이라고는 상상할 수 없이 초라한 집이었다. 그래도 양반 집이라 대문 중문은 분명하고 또 사랑 중문이라고 할 만한 문도 형적만은 있었다.

대문 안에를 들어서서 두리번거리니 행랑에서 어떤 어멈이 아이를 안고 문을 열고 내다본다.

"김갑진씨 계시오?"

하고 아무쪼록 태연한 모양을 지으며 물었다.

"네, 사랑 서방님요?"

하고 어멈은 서양식 헌 문을 사다가 달아놓은 문을 가리킨다.

"손님 아니 오셨소?"

하고 정선은 주밀하게 물었다.

"안 오셨나 본데요. 감기로 편찮아 누우셨나 보던데요. 들어가 보세요. 여자 손님들도 노 오시는걸요."

하고는 한 번 더 이 이상한 손님을 훑어보고는 문을 닫고 우는 애를 달랜다.

정선은 사랑문을 밀었다. 그것은 쉽게 안으로 열렸다.

무어라고 찾나?

"김선생 계세요?"
하고 용기를 내어 불렀다.

"어, 거 누구? 용자야?"
하고 영창을 열어젖히는 것은 갑진이었다. 금방 자리에서 일어나는 사람 모양으로 머리가 푸시시하고 꾸깃꾸깃한 배스로브[397]를 입었다.

"아, 이거 누구야?"
하고 제아무리 갑진이라도 이 의외의 방문객에는 놀라는 모양이었다.

3-68

정선이가 하도 쌀쌀하게 구는 데에 갑진은 좀 무안하였다. 그리고 다음 순간에는 아니꼬운 계집년이라고도 생각하였다. 그러나 동시에 정선의 심상치 아니한 태도에는 갑진도 염려가 아니 될 수 없었다. 갑진은,

'심상치 않기로 무슨 상관야. 형편 따라서 잡아뗄 게면 떼고, 또 정선이를 좀더 가지고 놀 수 있으면 놀면 그만이지, 먹을 것을 가지고 온다면 데리고 살아도 해롭지 않고, 적더라도 오늘 심심한데 이왕 찾아온 정선이니 빨 수 있는 대로 단물을 빨아먹는 것이 유리하다. 물론 오류장 한 번에 벌써 김은 많이 빠졌지마는.'

이런 생각을 하며 갑진은 정선을 어떤 모양으로 취급할까를 연

구하느라고 한참이나 말이 없었다.

정선도 갑진을 찾아오기는 하였지마는 도무지 말이 나오지를 아니하였다. 남의 아내로서 간통한 김갑진을 찾아와서 본남편 속일 의논을 하게 된 것은 고등교육까지 받지 아니하더라도 여자로 그리 유쾌한 일이 아니었다.

"우리 집에서 올라오셨어요."

하고 정선은 마침내 입을 열었다.

"우리 집이라니?"

하고 갑진은 다 알아들으면서도 슬쩍 시치미를 뗐다.

"허변호사가 올라오셨어요. 오늘은 고등법원에 공판이 있는 날이 되어서."

하고 정선은 갑진이가 시치미 떼는 것이 미우면서도 한 번 더 설명하였다.

"어, 그거 잘됐구려. 축하합니다."

하고 갑진은,

"그래서 그 기쁜 말씀 하러 날 찾아왔소? 허변호사가 왔으면 어떡허란 말요?"

하고 정선을 힐난이나 하는 듯한 어조다.

"허변호사가 올라오셨으니 내게 편지를 하시거나 전화를 거시거나 찾아오시거나 하시지 말란 말씀야요."

하고 정선은 정색하고 말하였다. 이것으로 정선은 할 말을 다한 것이었다. 인제는 돌아가리라 하고 일어서려는 것을 갑진은 치맛자락을 잡아당기어 앉힌다.

"놓으세요! 이게 무슨 짓야요?"
하고 정선은 큰 욕을 당하는 듯한 분함을 깨달았다.
"그렇게 노여워할 게 있소?"
하고 갑진은 유들유들한 태도를 지으며,
"치맛자락을 좀 잡아당기었기로 그렇게 노여워하실 것이야 있소. 정선이가 다른 사내 앞에서는 얌전을 빼는 것도 좋겠지마는 내게 대해서야──내야 치맛자락 아니라 속곳 자락을 끌었기로 노여워할 게 있소? 자 앉으우."
하고 기어이 치맛자락을 끌어 앉히고 나서,
"그래 당신은 숭이 녀석한테 우리들의 연애를 감쪽같이 숨길 작정이오?"
하고 픽 웃는다.
"애고, 망칙해라. 연애란 또 무에야."
하고 정선은 악이 난 판에 모든 것을 다 잡아뗄 생각이다.
"허허. 아 이런 변 보았나."
하고 갑진은 세상이 들어라 하는 듯이 어성을 높이며,
"허허, 요새 고등교육 받은 현대 여성의 연애관 어디 좀 들어보까. 우리네 무식한 구식 남성은 당신과 나와의 관계쯤 되면 연애로 아는데, 그럼 좀더 무슨 일이 있어야 연애가 되는 것이오? 당신네 이른바 영과 육과 둘로 갈라서 아무리 육이 합했더라도 영만 합하지 아니하면 연애가 아니란 논법이로구려. 허허, 자 어디 우리 정선이 연애 좀 받아봅시다그려."
하고 갑진은 고개를 이리 기웃 저리 기웃 하고 정선을 놀려먹었다.

정선은 손을 들어서 이 악마 같은 사내의 뺨을 열 번이나 갈기고 싶었다.

3-69

정선이가 칼날 같은 눈으로 노려보는 것을 보고 갑진은,

"아서, 서방질은 할지언정 남편을 속여서야 쓰나. 했으면 했노라고 하구려. 그래서 숭이 녀석이 이혼하자고 하거든 얼씨구나 좋다 하고 해주어버리지. 그리고 나하고 삽시다그려. 해먹을 것이 없거든 우리 카페나 하나 내까. 당신은 마담이 되고 나는, 나는 글쎄 무엇이 될까, 반또(일본말, 서사라는 뜻)가 될까. 아니 싫어, 반또가, 되면 뒷방에서 치부나 하고 앉았게, 우리 정선이는 어떤 놈팽이하구 손을 잡는지 입을 맞추는지 알지도 못하고, 하하하하. 그야 카페 해먹는 신세에 여편네 손과 입쯤이야 달라는 손님에게 아니 줄 수 없지마는, 도무지 우리 정선이가 한 번 서방을 배반한 버릇이 있는 우와끼모노[398](잡놈, 잡년이라는 일본말)가 되어서 내님이 장히 맘을 못 놓을걸, 하하하하, 안 그래?"

하고 번개같이 달겨들어서 정선의 목을 껴안고 입을 맞춘다.

정선은 거의 반사적으로 손을 들어 갑진의 뺨을 갈겼다. 그 소리가 철컥하고 매우 컸다.

갑진은 전기에 반발되는 물체 모양으로 입을 벌리고 뒤로 물러

앉았다. 배스로브 자락이 잦혀지며 털 많은 시커먼 다리가 나타난다.

"옳지, 사람을 때린다."

하고 갑진은 정선이가 손으로 때린 뜻을 정선의 눈에서 알아내려는 듯이 뚫어지도록 들여다보았다. 그는 그의 성격의 한 귀퉁이에 있는 천치스러운 일면을 나타내 보이고 있었다.

정선은 벌떡 일어나서 옷소매로 입을 수없이 씻었다. 마치 입술에 묻은 지극히 더러운 무엇이 씻어도 아니 씻기는 것 같았다.

"내가 어쩌다가 저런 악마에게 걸렸어!"

하고 정선은 발을 동동 구르고 울었다.

"옳지, 인제 와서."

하고 갑진은 정선에게 얻어맞은 뺨을 만지면서 빈정대었다.

"흥, 되지못하게 인제는 나까지 배반하려 들어. 허숭이를 배반하고 김갑진이를 배반하고 그담에는 또 누구? 오, 요 이건영이란 놈이 자주 정동 근처로 다니더라니. 해도 안 될걸. 내나 하길래 저하고 카페라도 내자고 그러지 건영이 따위야 어림이나 있나. 세상이 무서워서 비겁해서—대관절 숭이 놈한테 간통 고소를 당하더라도 눈썹 하나 까딱 안 할 나와는 다르거든. 싫건 고만두어. 가고 싶은 데로 가란 말야. 건영이 놈하구 붙든지 호떡장수 호인 놈하구 붙든지 내가 아랑곳할 게 아니란 말이다. 내란 사람은 어떤 계집이든지 서시(西施),[399] 양태진(楊太眞)[400]이라도 말야, 꼭 한 번 건드리면 다시 돌아볼 생각도 없는 사람이란 말이다. 한 번 건드린 계집애에게다 책임을 진다면 내 몸에 털을 다 뽑아서—

참 불경에서 나오는 말 같구나. 내 몸에 털을 다 뽑아서 책임을 수를 놓아도 다 못 놓는단 말이야. 이건 왜 이래. 괜시리. 오. 숭을 속이고 감쪽같이 허숭 부인입시오 하고 학교에도 가고 예배당에도 점잔을 빼보시게? 흥 고런 소갈머리를 가지니깐 계집이란 하등 동물이란 말이다. 허기야 학곱시오 예배당입쇼 하는 숙녀들도 정선이보다 나은 년이 몇이나 되는지 모르지마는 어쨌거나 여자란 속임과 거짓으로 빚어 만들었단 말이다. 우리 같은 사람은 그런 줄을 알고 여자를 대하니깐 그렇지 숭이 같은 시골뜨기 숫보기 녀석들은 여자를 하늘에서 내려온 천사나 같이 알고 무릎을 꿇고 있다가 소금 오쟁이를 지는 것이거든. 그래도 여보 정선이. 숭이 놈도 노상 바지저고리만은 아니거든. 무어 하나 보여주까. 내가 그걸 어디 두었더라. 그 쑥의 편지를."

하고 일어나서 무엇을 뒤진다.

3-70

갑진은 책상 서랍을 빼어 동댕이를 치고 양복저고리를 내려서 이 주머니 저 주머니 뒤져보고는 홱 내던지고. 마치 가택 수색하는 순사 모양으로 한참 수선을 떨더니 마침내 제가 입고 있는 배스로브 주머니에서 옥색 봉투 하나를 꺼내어 무슨 훌륭한 것을 자랑이나 하는 듯이 알맹이를 빼어서 정선에게 내던졌다.

정선은 봉투 뒷옆에 '변호사(辯護士) 허숭법률사무소(許崇法律

事務所)'라고 박힌 것을 보고 또 편지 글씨가 숭의 것인 것을 알았다.

정선은 무서운 것을 예기〔豫期〕하는 맘으로 그 편지를 내려 읽었다. 정선이가 갑진이하고 오류장 갔던 것을 안다는 것, 갑진이더러 다시는 정선을 가까이하지 말라는 것, 갑진이가 정선에게 보낸 편지는 불살라버리겠다는 것 등이 있다. 정선은 오직 정신이 아뜩함을 깨달았다. 그 편지를 한 손에 든 채로 얼빠진 것같이 갑진을 바라보았다.

갑진은 정선이가 그 편지를 다 읽기를 기다리고 있다가 정선이가 저를 바라보는 것을 보고,

"자 보아요. 놈팽이가——숭이 놈이 노상 숙맥은 아니라니까. 허기야 그놈이 내가 정선에게 한 편지를 받아 보았단 말야. 어젯밤 오류장 생각은 참 못 잊히겠다고, 정선의 부드러운 살맛을 못 잊히겠다고, 숭이 녀석이 오기 전에 또 한 번 만나자고 했던가 원. 그날 말요. 오류장 댕겨온 이튿날 몸살이 나서 드러누웠으려니깐 우리 정선이 생각이 나서 못 견디겠더라고, 그래서 좀 오라고 한 편지란 말야. 아무리 기다리니 생전 와야지, 왜 안 왔어?"
하고 정선을 한번 흘겨보고,

"아무려나 숭이 녀석이 쑥은 쑥이거든. 그래 제 계집 빼앗은 사내더러 용서해주마는 다 무어야. 나 같으면 다른 놈이 내 계집의 손목만 한번 건드려도 그놈을 당장에 물고를 내고 말 텐데, 글쎄 그런 못난이가 어디 있어. 꼭 오쟁이 지기 안성맞춤이라. 흥, 게다가 또 시큰둥하게시리 내 죄는 다 용서할 테라고, 증거품 될 편

지는 불살라버리겠다고, 그게 다 쑥이거든. 그 편지를 왜 불을 살라버려, 글쎄. 제게 유리한 적의 증거품을 제 손으로 인멸을 해? 허, 그리고 변호사 노릇을 해먹어, 똥이나 먹으라지, 오쟁이나 지고 하하."

하고 혼자 수없이 지껄이다가 문득 잊었던 무엇을 생각해내는 듯이,

"아, 참 그래 그 쑥(숭을 가리키는 말)이 정선이 보고 무어라고 해?"

하고 그래도 얼마쯤 염려되는 표정.

"……"

"그깟 놈 무어라고 말썽 부리거든 내게로 와요."

"……"

"그런데 그놈이 내 편지를 정말 불을 살랐는지 알 수 없거든. 제 말대로 정말 불을 살랐으면 땡이지마는 이놈이 그것을 움켜쥐고 있으면 걱정이란 말야. 그 편지 한 장으로 간통죄가 성립되거든. 까딱 잘못하면 우리 둘이 콩밥이오. 허기야 웬걸 그 시골뜨기 놈이 언감생심으로 간통 고소를 하겠소마는, 정선이가 잘 좀 무마를 해요. 내가 과히 강짜는 아니 할 테니."

하고 또 갑진은 정선을 건드리려 한다.

정선은,

"글쎄, 편지질은 왜 해?"

하고 갑진을 뿌리치고 목도리를 들고 나가려는 것을 갑진이 아니 놓칠 양으로 뒤로 팔을 둘러 정선을 껴안는다.

이때에 마당에서,

"김군, 갑진이."

하고 찾는 소리가 들린다. 두 사람은 장승 모양으로 우뚝 섰다. 그것은 숭의 음성이었다.

3-71

"얼른 저 반침 속으로 들어가!"

하고 갑진은 정선을 반침 있는 쪽으로 떠밀었다. 정선도 얼김에 갑진이가 시키는 대로 반침 속으로 들어갔다.

갑진은 정선을 반침 속에 감추고 나서 쌍창을 열었다. 거기는 과연 숭이 엄숙한 얼굴로 서 있었다.

"손님 안 계신가."

하고 숭은 마루 앞에 놓인 부인네 구두를 보고 물었다. 제 아내 구두를 모를 리가 없지마는 아내가 설마 여기 와 있으리라고는 숭은 꿈에도 생각하지 아니했기 때문에 그것을 아내의 구두로는 의심하지 아니하였다. 다만 갑진이가 또 어떤 여자를 후려다 놓았는가 할 뿐이었다.

"아니, 손님 없어, 들어와, 언제 왔나?"

하고 갑진은 허둥지둥 인사를 하다가 마루 앞 보석[401] 위에 놓인 정선의 구두를 보고는 제아무리 갑진이라도 가슴이 덜컥 내려앉지 아니할 수 없었다. 그러나 다음 순간에 갑진은,

'머리 감추고 꼬리 못 감춘다.'
는 말을 생각하고 픽 웃었다.

방에 들어와 마주 앉은 두 사람은 한참 동안 서로 바라만 보고 말이 없었다. 서로 저편의 속을 탐지해보려는 것이 아니라 다만 피차에 말을 꺼내기가 거북한 것이었다.

"내가 자네허고 오래 말하고 싶지 아니하이. 다만 한마디 자네 말을 듣고 가려고 온 것일세. 허니까 분명한 대답을 해주게."
하고 숭이가 정색하고 입을 열었다.

"옳은 말일세."
하고 갑진이가 뻔뻔스럽게 대답한다.

"?"

"나도 자네허구 길게 말하기를 도무지 원치 아니하네. 나도 자네헌테 꼭 한마디 물어볼 말이 있으니 분명한 대답을 주게."
하고 갑진은 마치 숭의 말을 흉내 내는 듯하였다.

숭은 갑진의 뻔뻔스러움이 불쾌하였으나 못 들은 체하고,

"첫째는 일전 편지로도 말했지마는, 이로부터는 다시는 내 아내와 가까이 말라는 말일세. 이 첫째 문제에 대해서 분명한 대답을 주게."
하고 말을 끊고 갑진을 바라보았다.

"그러지."
하는 것이 갑진의 대답이었다.

"둘째는 만일 내 아내가 자네 아이를 배었다 하더라도 그것은 내가 말없이 호적에 넣을 테니 그 아이에 관해서 자네가 일생에

아무 말도 아니 할 것을 약속해야 하네."

"그것도 그러지."

"나는 자네가 약속은 지켜줄 사람으로 믿네."

"그렇게 믿게그려. 퍽 미안허이."

하고 갑진은 그래도 좀 무안한 모양을 보였다.

"그럼 난 가네."

하고 숭은 일어나려 하였다.

"가만있게. 나도 자네에게 할 말이 있다고 하지 않았나."

하고 갑진은 일어서려는 숭을 손을 들어 만류하며,

"나는 자네가 그 편지, 내가 보낸 편지를 불살라버린 것으로 믿어 좋은가."

"암, 믿게."

"고마우이. 그 편지가 자네 손에 남아 있는 동안 내가 도무지 맘을 못 놓겠네. 고마우이. 인제 그만 하고 가게."

3-72

숭은 아무 말 없이 일어나서 갑진의 방에서 나갔다. 나와서 구두를 신으면서 곁에 놓인 여자의 구두를 유심히 보았다. 그러고 구두끈 매던 손을 쉬고 잠깐 놀랐다. 이 칠피 구두는 분명히 혼인 때에 맞춘 두 켤레 구두 중에 하나였다. 어디가 그러냐고 특징을 물으면 대답하기가 어렵지마는 숭은 정선이가 이 구두를 신고 저와 함께 놀러 다니던 것을 기억한다. 끝이 너무 뾰족해서 보기 숭업다고 숭이가 한 번 말한 것을 기억하고 다시는 신지 아니하고 두었던 그 클로버 무늬 놓은 구두다.

숭은 다시 신끈 매기를 시작하고 아무 일도 없는 듯이 뚜벅뚜벅 뒤도 아니 돌아보고 밖으로 나갔다.

"잘 가게, 못 나가네, 고마우이."
하는 갑진의 소리가 숭의 뒤를 따라 나왔다.

숭은 어떻게 어느 발로 오는지 모르게 재동 파출소 앞까지 단숨에 달려왔다. 그는 맘속에,

'정선이가 와 있구나, 나 재판소 간 틈을 타서. 가만두고 가? 가만두고 가?'
하는 소리를 들었다. 이 소리에 숭은 두 손으로 맘의 귀를 꽉 막고 달려온 것이다. 그것이 옳다고 생각하였기 때문에 믿었기 때문에.

그러나 파출소 앞까지 다다라서 숭은 잠깐 발을 멈추었다.

'이 계집이 곧 나오나 아니 나오나 어떤 꼴을 하고 나오나 나를 대하면 어떤 낯을 들려나. 그것만은 보아야 속이 풀리겠다.'
하는 생각에 진 것이다.

숭은 아까 올 때보다도 더 급한 맘으로 재동 골목으로 달려 올라갔다. 갑진의 집이, 대문이 바라보이는 데 몸을 숨기고 마치 사냥꾼이 몰려올 짐승을 기다리듯이 기다리고 있었다. 우두커니[402] 섰기도 싱거워서 서성서성 오락가락하였다. 사람이 지나갈 때면 어떤 집을 찾는 듯한 모양을 하였다.

숭은 제 이 태도가 대단히 점잖지 못함을 깨닫는다. 그러나 숭의 뇌세포[403]는 충혈이 되어서 평소의 냉정한 판단력과 굳은 의지력이 두룸한, 반투명체의 헝겊으로 한 벌 싼 것과 같았다.

정선의 편에서 어찌하였던가. 숭의 발소리[404]가 아니 들리게 된 뒤에는 한참 동안이나 갑진은 얼이 빠진 사람 모양으로 숭이가 나가던 문을 향하고 우두커니 서 있었다. 그러나 한참 뒤에는 갑진은 그의 독특한 기술로 제 맘에 서리었던 모든 불쾌한 것 부끄러운 것을 쓸어버리고 평상시와 같은 유쾌한 기분을 지을 수가 있었다.

갑진은 일부러같이,[405]

"하하하하."

하고 너덧 마디 너털웃음을 치고,

"놈팽이 갔어, 이리 나와."

하고 반침문을 열었다.

반침문을 연 갑진은 입과 눈과 팔을 한꺼번에 벌렸다, 그리고,

"정선이!"

하고 불렀다. 정선은 입술이 하얗게 되어서 기색해 있었다. 눈은 뻔히 떴으나 그것은 죽은 사람의 눈과 같았다. 정선은 경련을 일으킨 듯이 떨었다. 그리고 쪼그리고 앉아서 매를 피하는 어린애와 같이 몸을 쪼그리고 있었다.

시체를 몹시 무서워하는 버릇을 가진 갑진은 전후 불고하고 벼락같이 문을 차고 마루로 뛰어나가면서,

"누구 좀 와!"

하고 소리소리 질렀다.

3-73

갑진의 소리에 놀란 집사람들은 우 몰려나왔다. 정선을 반침 속에서 끌어내어 사지를 주무르고 얼굴에 물을 뿜고 야단법석을 하였다. 그러나 정선의 정신은 들지 아니하고 경련은 그치지 아니하였다.

"정선이, 정선이, 정신 차려!"

하고 갑진은 황겁하여 정선의 몸을 힘껏 흔들었다. 다른 사람들이 곁에 있기 때문에 시체라는 무서움이 덜한 것이었다. 갑진은 정선이가 이대로 죽어버린다 하면 그것이 경찰에 보고되어야 하고, 제가 불려가서 취조를 받아야 하고, 갑진이가 원수같이 미워하는 신문기자들을 만나야 하고, 저와 정선과의 이야기가 신문에 올라야 하고, 하는 법률 배운 사람에게 올 만한 모든 생각을 하매 도무지 귀찮기가 짝이 없었다.

'윤참판은 무슨 낯으로 보아?'

하는 생각도 나고,

'○○은행에 취직 문제 있던 것도 이 사건 때문에 흐지부지가 되지 아니할까.'

하는 생각이 나매 정선이가 더할 수 없이 미웠다.

갑진은 집사람들이 모인 기회를 이용하여 제 변명을 하느라고,

"글쎄, 웬일야 무어 의논할 말이 있다고 와가지고는 말도 다 끝내기 전에 제 손으로 반침문을 열고 뛰어 들어가서는 저 꼴이란 말야."

하고 알 수 없다는 듯이 머리를 흔들었다. 들을 뿐으로 있던 사람들 중에서 새로 들어온 어멈이,

"지랄병이 있나요?"

하고 유식한 양을 보였다.

"옳지, 지랄이로군. 간질야."

하고 갑진은 좋은 말을 발견한 것을 기뻐하였다.

이러는 동안 정선은 깨어났다.

정선은 눈을 떠서 휘 한번 둘러보고는 벌떡 일어나서 두 손으로 낯을 가리고 벽을 향하고 돌아앉아서 울었다. 정선의 옷은 젖고 꾸겨지고 머리는 한바탕 끄들린 사람 모양으로 헙수룩하게 되었다.

"난 죽는 줄 알았구려."

하고 갑진이가 길게 한숨을 쉬었다. 갑진은 이번 통에 고만 모든 흥이 깨어지고 말았다. 여자라는 것이, 적어도, 정선이란 여성 하나만은 고만 무서워지고 말았다. 그래서 갑진은,

"자동차 불러주께 타고 가구려."

하고 차게 정선에게 말하였다. 그러고는,

"내가 나가야 전화를 걸지."

하고 배스로브 위에다가 외투를 입고 뛰어나갔다.

이때에 숭은 밖에서 아무리 기다려도 소식이 없어 아마 제가 파

출소 앞까지 간 새에 정선이가 가버린 것이 아닌가 하고 돌아서려다가 그래도 단념이 아니 되어서 갑진의 집 대문까지 걸어왔던 때라 뛰어나오는 갑진과 딱 마주쳤다.

"앗."

하고 갑진은 한 걸음 뒤로 물러서다가.

"자네 여태껏 여기 있었나?"

하고 잠깐 머뭇머뭇하다가,

"정선씨가 내 집에를 오셨다가 잠깐 기색을 했어. 그래 지금은 피어났네. 난 죽는 줄 알았는걸. 내가 오라고 청한 것도 아닌데, 이를테면 나한테 좀 할 말이 있다고 해서 왔다가 자네가 온 것을 보고 아마 기색을 한 모양이야. 아니, 참 자네 간 뒤에 왔던가, 원. 아무려나 살아났으니 다행인데. 내가 지금 자동차를 부르러 가니 자네 들어가보게. 마침 자네가 잘 왔으니 자동차 타고 집으로 같이 가지."

하고는,

"경칠. 어느 놈의 집 전화를 빌려?"

하고 껑충껑충 뛰어나간다.

3-74

갑진이가 껑충껑충 뛰어서 모퉁이를 돌아서는 양을 보고 숭은 누를 수 없는 불쾌와 분노를 깨달았다.

'그러면 그것은 정말 정선이던가. 정선이가 무엇 하러 갑진의 집을 찾아왔으며 내가 오는 것을 보고 숨었으며 또 기색은 왜 하였는가.'

그러나 숭은 '억제하는 것이 힘'이라고 생각하였다. 숭은 태연하기를 힘썼다. 이 경우에도 제가 들어가서 정선을 데리고 가는 것이 정선의 체면을 조금이라도 보전하는 것이라고 생각하였다. 숭은 용기를 내어서 사랑으로 들어갔다.

사랑마루에는 아직도 사람들이 웅성거리고 있다가 숭이가 들어오는 것을 보고 모두 눈을 크게 떴다. 숭은 머리와 등에 얼음물을 끼얹는 듯함을 깨달았지마는 태연하게 쌍창을 열어젖혔다.

정선이가 혼자 우두커니 벽에 기대어 앉았다가 숭을 보고 두 손으로 낯을 가렸다.

"괜찮으니 다행이오."

하고 숭은 한마디를 던지고 다시 문을 닫아버렸다.

마루 끝에 섰던 사람들은 숭이가 온 것을 보고 다 나가버리고 말았다.

숭은 다시 쌍창을 열었다. 정선은 방바닥에 엎드려 어깨를 움직이며 울고 있었다.

밖에서 자동차의 사이렌이 들렸다.

"자동차 왔소. 나오시오."

하는 숭의 말은 부드러웠으나 떨렸다.

정선은 몸을 들어 눈물을 씻고 코를 풀고 머리를 만지고 손가방을 찾아 들고 목도리를 찾아 들고 일어나 나왔다. 그는 구두끈을 매는 동안에도 땅만 들여다보고 구두를 신고 일어서서도 감히 숭을 우러러보지 못하였다.

숭은 정선을 한번 힐끗 보고는 앞을 서서 대문으로 나왔다. 뒤에서 정선이가 따라 나오는 구두 소리를 들으면서.

자동차가 섰는 큰 행길 모퉁이를 돌아서려 할 적에 갑진을 만났다.

"괜찮소?"

하고 갑진은 정선과 숭을 일시에 바라보았다. 정선의 눈물에 젖은 해쓱한 얼굴과 숭의 화석한 듯한 엄숙한 얼굴이 다 갑진에게는 차마 볼 수 없는 괴로운 것이었다.

'아, 내가 잘못했다.'

하고 갑진은 평생에 몇 번 아니 해본 후회를 하였다.

숭은 정선을 먼저 자동차에 앉히고 저도 올라앉았다.

갑진은 자동차에 가까이 오지 아니하고,

"허군, 잘 가게."

하는 한마디를 자동차 바퀴가 두어 번 돌아간 뒤에야 던졌다. 자동차 속에서는 아무 대답도 없었다.

갑진은 자동차가 좁은 길로 연해 사이렌을 울리면서 내려가는 것을 물끄러미 바라보며 숭이란 인물을 생각하였다. 동시에 눈을 내리떠 제 모양을 돌아보았다.

'아아, 초라한 내 꼴!'

하고 갑진은 눈을 감았다.

'술주정꾼, 계집애 궁둥이만 따라다니는 놈, 은인의 딸, 친구의 아내를 통한 놈, 직업도 없는 놈, 아무에게도 존경을 못 받는 놈.
그리고 도무지 세상에는 쓸데없는 놈!'
하고 갑진은 길게 한숨을 쉬었다. 때 묻고 꾸깃꾸깃한 자리옷, 세수도 아니 한 얼굴, 음란한 생각만 하는 맘, 이러한 초라한 제 모양이 분명히 눈에 띌 때에 갑진은 힘없이 고개를 숙이고 누구를 만날까 두려워하는 사람으로 제 집을 향하고 무거운 걸음을 옮겼다.

3-75

갑진은 그 길로 방에 들어와 눈을 감고 누워서 가만히 생각하였다.

갑진에게는 밝은 도덕적 양심이 있었다. 그는 본래 둔탁한 기질이 아니다. 보통학교 이래의 수재다. 그는 오늘날 조선 사람이 받을 가장 높은 교육을 받았다. 다만 그에게는 조상 적부터 전해오는 이기적인 피가 있고 여러 백 년 동안 게으른 생활과 술과 계집의 향락 생활에 의지력이 마비되고 말았다. 그는 알지마는 행하지 못하고 행하지마는 계속하지 못한다. 그에게는 의리나 나라나 학문이나 주의나를 위하여 저를 희생해버릴 만한 열도 없고 인내력도 없다. 오직 권력과 향락에 대한 욕심이 있다. 그것도 제 몸과 맘을 이쁘게 하지 아니하고 얻을 욕심이 있다. 이 점에 있어서 갑진은 유전의 희생자다. 운명의 아들이다.

정선도 이 점에서는 갑진과 같다. 그는 밝은 지혜와 양심을 가졌다. 그러나 그에게 있어서는 저 한 몸의 향락이 다른 모든 것보다 컸다. 갑진이나 정선에게는 나라를 위해서 목숨을 바치기를 기뻐하는 일본 사람의 심리를 깨달을 수가 없다. 그들은 도리어 일본 군인이 어리석어서 전장에 나아가 죽는 것같이 생각한다. 그들의 유전적인 자기중심주의와 이기주의로 굳어진 뇌세포[406]는 이와 다르게 생각할 자유를 잃어버렸다. 그들로 하여금 연설을 하게 한다면 글을 쓰게 한다면 그들의 여러 대 동안 단련된 구변과 문리는 아무도 당할 수 없는 좋은 이론을 전개하게 하고 그들의 비평안은 능히 아무러한 일, 아무러한 사람에게서도 흠점을 집어낼 만하게 날카롭다. 그러나 이기욕 중독, 향락 중독, 알코올 중독된 도덕적 의지는 말할 수 없이 약하다.

힘 드는 일은 남을 시키고서 가만히 보고 앉았다가 그 일이 잘 되면 제가 한 것이라 하고 못되면 저 같으면 잘할 것이라 하는 그러한 약음을 가졌다. 이 모든 것이 거의 그들의 선천적 약점인 것으로 보아서 그들은 새 시대의 건설에 참예할 자격이 없는 동정할 존재다.

그러나 개인의 새로운 결심과 감격은 그들에게 새 생명을 불어넣을 수가 있을는지 모른다. 만일 노쇠한 민족이 다시 젊어질 수 없다는, 어떤 학자의 말이 옳다고 하면 노쇠한 계급, 노쇠한 혈통의 후예도 영영 다시 젊어질 수 없을는지 모른다.

갑진도 중학교 이래로 여러 번 결심을 한 일이 있었다. 술, 담배를 아니 먹기로 결심한 일도 있고 여자를 보고 음심을 아니 먹기로 결심한 일도 있고, 날마다 운동을 하기로, 또는 좋은 서적을 보기로, 또는 산에 오르기로, 또는 돈 쓰는 것을 일일이 적어놓기로, 또는,

'나는 일생을 맑스주의에 바치리라.'

고 결심한 일조차 있고, 또는,

'나는 변호사가 되어 농민, 노동자, 사회 운동자를 위하여 몸을 바치리라.'

고 결심한 일도 있었다. 장담한 일도 있었다. 그러나 언제나 말뿐이요, 그것이 한 달을 계속한 일도 없었다. 오직,

'사내, 주색을 모르고 무엇을 하느냐. 대장부 마땅히 불구소절[407] 할 것이다.'

하는 결심(?)만이 언제까지나 계속하는 듯하였다.

그래서 갑진은,

'어떻게 하면 돈 십만 원이나 얻나.'

'어떻게 하면 저 계집애를 손에 넣나.'

하는 생각으로 세월을 보내고 있었다. 날마다 조금씩 조금씩 쌓아서 큰 것을 이룬다는 것 같은 일은 갑진과 같은 의지력 상실자에게는 바랄 수 없는 일이었다.

'그것을 누가? 숭이 같은 못난 놈이나.'

하는 것이 그의 생각이었다. 이건영도 이 점에서는 갑진과 같은 부류다.

3-76

갑진의 맘은 많이 괴로웠다. 못나게 보던 숭에게는 그가 일찍이 생각하지 못한 무슨 무서운 힘이 있는 것 같았다. 그가 성낼 일에 — 누구든지 성낼 일에 성을 내지 아니하는 숭의 태도가 못난 것이 아니라 제가 지금까지 생각하지 못하던 무슨 높은 힘인 것 같았다. 갑진은 제가 숭보다 지혜 있고 힘 있는 사람이라던 생각이 깨어지는 것을 눈앞에 보았다. 저는 숭이에게 비겨 '가치'가 떨어지는 사람이라는 것을 느꼈다. 그것이 슬프기도 하고 부끄럽기도 하였다.

'심기일전.'

하는 생각도 났다.

'방향전환.'

하는 생각도 났다. 언젠가 아마 한선생에게 들은, 'Clean life(깨끗한 생활)'가 인격의 힘의 근원이라던 말도 생각났다. 담배도 아니 먹고 술도 아니 먹고 계집의 집에도 아니 가고 돈 욕심도 아니 내고 오직 청년을 지도하기에만 힘을 쓰고 있는 한선생의 생활은 분명히 깨끗한 생활임에 틀림없다. 그리고 한선생에게 사람을 감복시키는 힘이 있음에 틀림없었다. 그다음에 깨끗한 생활을 하는 이로는 분명히 허숭이었다. 허숭에게 무슨 힘이 있다고 생각해본 적이 없었으나 오늘은 분명히 그것을 느꼈다. 분명히 허숭은 제가 꿈도 못 꾸던 무슨 힘을 가졌다는 것을, 싫지마는 인식하지 아니할 수 없었다.

'나도 생활을 고칠까. 나도 술, 담배, 계집을 버리고 깨끗한 생활을 해볼까. 나도 세상을 위해서 몸 바치는 일을 해볼까, 그렇게 깨끗한 일생을 보내어볼까.'

이렇게 생각하면 갑진은 가슴이 뜀을 깨달았다.

그러나 배스로브 주머니에 있는 해태(궐련 이름)갑을 만질 때에 한 대 피워 물고 싶었다. 갑진은 모든 생각 다 내버리고 벌떡 일어나 성냥을 찾아 한 대를 피워 물었다. 깊이 뱃속까지 들어가라 하고 연기를 들이마셨다. 정선이 야단 통에 두어 시간이나 담배를 끊었다가 먹는 담배라 머리가 아뜩하는 것 같았다.

'요것이 의지력을 마비하는 것인가.'

하고 갑진은 한 번 웃고 그 담배를 재떨이에 북북 비벼버리고 그러고는 주머니에 든 해태갑을 꺼내어서 두 손으로 비틀어 두 동강에 끊어서 쌍창을 열고 마당에 홱 집어 던졌다. 그리고 갑진은,

"난 담배를 끊는다. 다시는 담배를 입에 아니 댄다!"

하고 혼자 소리를 지르고 그 결심을 더욱 굳게 하기 위하여 두 주먹을 불끈 쥐어서 허공에 내둘렀다.

'그러나 술은?'

하고 갑진은 생각한다. 갑진의 눈에는 대 달린 유리잔에 부어진 노란 위스키가 보인다. 그것은 갑진이가 가장 사랑하는 술이다. 그것을 몇 잔 마시고 얼근하게 취하게 된 때에 젊은 이성의 손을 잡고 허리를 안고 음란한 소리를 하는 저를 상상하였다. 그것은 진실로 버리기 어려운 유쾌한 일이었다. 그러나 갑진은 그러한

이성들에게서 전염한 매독과 임질을 생각하고 그것을 의사에게 보일 때에 부끄럽던 것을 생각한다. 그래서 ○○이라는 사람은 이 위험을 면하기 위하여 꼭 처녀와 유부녀를 따라다닌다는 것을 듣고 갑진이 저도 그것을 배우려 한 것을 생각한다. 그러나 갑진의 눈앞에는 봄날 암캐를 따라다니는 수캐의 떼가 보인다.

'사람이란 그보다 좀더 높은 것이 아닐까.'

하고 갑진은 타구에 침을 탁 뱉는다.

3-77

'빌어먹을 것, 맑시스트나 될까.'

하고 갑진은 열 손가락으로 머리를 득득, 긁었다.

'맑시스트가 되더라도 요새 조선 맑시스트들보다 백 배나 낫게 되련만.'

하고 그는 제 학식과 재주를 생각한다.

'구라파 한 새 괴물이 있으니……만국의 노동자여 단결하라……'

이 모양으로 공산당 선언서의 문구를 생각해본다.

그러나 법학을 배운 그에게는 치안유지법이 생각이 난다. 소유권이나 국체의 변혁을 목적으로 결사를 하는 자는 삼 년으로부터 사형……

갑진의 눈앞에는 감옥이 보인다. 그는 학생 시대에 형법 선생에게 끌려 감옥 구경을 한 일이 있다. 그 맨마룻바닥의 음침한 방, 그 미결수의 야청[408] 옷과 복역수의 황톳물 들인 옷, 그 쇠사슬, 더구나 머리에 쓰는 그 용수—이런 것들은 갑진에게는 그렇게 유쾌한 광경은 아니었다. 더구나 그 사형 집행장. 갑진은 일찍이 저는 검사가 되리라, 검사가 되어 법정에서 논고를 하는 것도 유쾌한 일이지마는 사형 집행을 임감하는 것이 더욱 재미롭게 생각한 일도 있다. 그 미운 신문기자 놈을 한번 사형 집행을 하였으면 하고 손뼉을 치고 웃은 일도 있었다. 그러나 제가 사형수가 되어서 그 자리에 서고 싶은 생각은 털끝만치도 없었다.

'나는 맑시스트는 싫다. 무릇 감옥과 사형대와 관계있는 것은 싫다!'

하고 갑진은 몸을 한번 흔들었다.

'빌어먹을 거, 나는 예수나 믿어볼까. 목사가 되어볼까.'

하고 갑진은 예배당을 눈에 그렸다.

'찬송합시다, 찬송합시다. 아아, 내 죄를 씻으신 주 이름 찬송합시다.'

그것도 남을 시켜서 부르게 하고 듣는 것은 괜찮지마는 제가 부르는 것은—그 어리석은 무리들과 섞여서 부르는 것은 쑥스러웠다. 갑진은 원체 창가를 잘 못하였고 또 음악은 싫었다.

"이놈아, 그 삐, 빼 하는 것을 직업이라고 해."

하고 그는 음악을 전문으로 하는 친구를 놀려먹었다. 갑진에게는 가장 가치 있는 학문은 법학이요, 가장 가치 있는 직업은 관리—그중에도 사법관이었다—그중에도 검사였다. 그 밖에는 대학 교수와 변호사뿐이 제 체면에 할 수 있는 유일한 직업이었다. 같은 대학 교수라도 사립 말고 조선에 있는 것 말고 동경제국대학 교수였다.

이렇게 도고한 갑진이가 예배당에 가서 어중이떠중이와 함께 찬미를 부르고 고개를 숙여 기도를 하는 것은 차마 못할 일이었다.

갑진은 물론 하느님의 존재를 믿지 아니한다. 그는 유물론자일 것이다. 하물며 유대인이 생각하는 하나님인 여호와라는 것은 한 신화 중의 픽션에 불과하였다. 예수는 갑진에게는 괜찮은 사람이었다. 그러나 갑진은 예수 모양으로 밥을 굶고 발을 벗고 돌팔매를 맞고 돌아다니다가 가시 면류관을 쓰고 십자가에 매달려서 옆구리를 찔려 죽고 싶지는 아니하였다. 편안히 살면서, 오래 살면서, 정말 면류관을 쓰면서 예수가 되라면, 그것은 할 만한 일이라고 생각하였다. 그렇게 하기 위하여 갑진은 돈 많고 아름다운 아내와 고등문관 시험 합격을 노리는 것이었다.

그렇지마는 하나님이 있고 없고, 예수가 하나님의 외아들임을 믿고 아니 믿는 것은 예수를 믿는 데 별로 큰 지장이 없었다. 일요일마다 예배당에를 가고 남과 같이 찬미를 부르고 성부와 성자와 성신의 이름을 부르기만 하면, 갑진은 일 년 내에 능히 주일학교 성경 선생, 장로까지는 올라가리라고 생각한다.

'거, 할 만하지마는 뭐 먹을 것이 있다구.'
하고 갑진은 담배 한 모금을 길게 들이마셨다가 입을 여러 모양을 지으며 내뿜었다.

3-78

'무얼 해?'

하고 갑진은 정말체조 모양으로 두 팔을 홰홰 내두르다가 책상 앞에 와서 꿇어앉으며,

'그렇다고 밤낮 이 모양으로 살다가는 전정[409]이 전병이구.'

하고 눈을 끔벅끔벅하며 생각을 계속한다.

'제길. 나도 금광이나 나설까.'

하고 최창학[410]이 방응모[411]를 생각한다.

'나도 최창학이 방응모 모양으로 금광만 한번 뜨면 백만 원 이백만 원이 단박에 굴러들어올 텐데. 오, 또 박용운이란 사람도 백만 원 부자가 되었다고. 내가 하면야 그깟 놈들만큼만 해. 그래서는 그 돈은 떡 식산은행, 조선은행, 제일은행……일본은행에다가 예금을 해놓고는. 옳지, 요새 경제 봉쇄니 만주 전쟁이니 하는 판에 그 백만 원, 아니 이백만 원을 가지고 한번 크게 투기사업을 해서 열 갑절만 만들어—일 년 내에. 그러면 이천만 원. 아유, 이천만 원이 생기면 굉장하겠네.'

하고 갑진은 바로 눈앞에 이천만 원의 현금이 놓이기나 한 듯이 눈을 크게 뜨고 바라본다.

'이천만 원만 가지면야 무엇은 못해. 제길 한번 정치 운동을 해 보까. 정우회,[412] 민정당[413]을 온통으로 손에 넣어서…… 그보다도 조선의 토지를 살까. 아유, 그 이천만 원만 있으면야. 아유, 그걸

어떻게 다 써. 한번 서울 안에 있는 기생을 모조리 불러놓고— 아차, 또 이런 비루한 생각. 인왕산 밑 윤자작의 집을 사가지고, 어여쁜 여학생 첩을 스물만 얻어서……'

갑진은 이천만 원이라는 생각에 일시적으로 과대망상광이 된 모양으로 이 생각 저 생각 하고 있을 때에, 점심상이 나와서 갑진의 공상의 사슬을 끊었다. 그러나 이천만 원 덕분에 정선이 문제로 생겼던 괴로움은 훨씬 가벼워졌다.

'요오시(오냐라는 일본말). 금광을 해보자. 그것도 자본이 드나?'

하고 금광을 해보리라는 생각은 깊이 갑진의 맘에 뿌리를 박았다.

그러나 금광에는 자본이 안 드는가. 새것을 찾으려면 고생이 안 될런가. 누가 찾아놓은 것을 하나 얻었으면 좋으련마는, 좋은 것을 왜 내놓을라고. 이렇게 생각하면 금광도 쉬운 것 같지는 아니하였다.

'에이 귀찮어!'

하고 갑진은 담배 한 대를 또 피워 문다. 담배를 피워 무는 것이 가장 쉬운 일이었다.

밥상을 물린 뒤에도 다시 생각을 계속하였으나 신통한 결론이 없었다. 그는,

'에라, 금년 고문에나 꼭 패스하자.'

하고 책장에서 작년에 부족하였던 형법 총론을 꺼내었다.

'우선 검사가 되어가지고…… 그래, 그래, 검사가 제일이다.'

하고 책을 떠들어 보았다. 그러나 반년 이상이나 돌아보지 않던

책이라 글이 눈에 들어오지를 아니하였다.

'역시 부잣집 딸한테 장가드는 것이 제일 속한[414] 길이다!'

하고 책을 내동댕이를 쳤다.

'그러나 인제는 신용도 다 잃어버리지를 아니하였나. 그나 그뿐인가 숭이 놈이 그 편지를 불살라버리지 아니하고 두었다 하면, 언제 그것을 내대고 간통 고소를 할는지 아나. 글쎄, 내가 미쳤지 그 편지를 왜 해?'

하고 갑진은 이를 갈았다.

'어디 술 먹으러나 갈까.'

하고 갑진은 시계를 꺼내 보았다. 아직 오후 세 시다.

'아직 카페도 안 열었겠고.'

하고 갑진은 대단히 불쾌하였다.

3-79

숭은 정선을 자동차에 태우고 오는 길에 혹시 독약이나 먹은 것이 아닌가 하여,

"병원으로 가려오?"

하고 물었다.

"아니요."

하고 정선은 숭을 쳐다보면서 애걸하는 듯이 대답하였다.

그럼 독약은 아니로구나 하고 숭은 잠잠하였다.

"어디로 모시랍시오."

하고 재동 골목을 다 나서서 운전수가 백미러를 들여다보면서 물었다.

숭은 정선을 돌아보았다.

정선은 남편에게만 들릴 만한 소리로,

"집으로."

하였다.

숭은 아내의 말을 받아,

"정동으로, 방송국[415] 가는 길로."

하고 명령을 하였다.

정동까지 가는 동안에 두 사람은 아무 말이 없었다.

집에 가서 숭은 유월을 시켜 안방에 자리를 깔아드리라고 명하고 저는 곧 집에서 나왔다.

정선은 자리에 누워서 앓았다. 몸과 맘을 다 앓았다. 이 몸이 어찌 될 것인지 향방을 알 수가 없었다.

남편은 필경 모든 것을 다 알고 있는 것이 아니냐. 제가 집에 온지 수일을 두고 남편이 저와 자리를 같이하지 아니하는 뜻도 알았다. 그러나 정거장까지 저를 나와 맞아준 뜻, 그 후에도 줄곧 비록 전과 같이 따뜻하지는 아니하다 하더라도 예사롭게 저를 대해주는 뜻, 오늘도 보통 사람으로 말하면 비록 칼부림까지는 아니 난다 하더라도 간음한 아내인 제게 대하여 온갖 모욕을 다하여야 할 경우이건만도 도무지 성낸 빛도 미워하는 빛도 보이지 아니하는 남편의 속을 도무지 알 도리가 없었다.

'무한한 사랑으로 나를 용서함일까. 남편으로서 이러한 아내를 용서할 수가 있을까. 만일 남편이 다른 여자와 간통을 하였다 하면, 나는 이러할 수가 있을까.'

이렇게도 생각해보았다.

'남편은 내게 대한 사랑이 아주 식어버려서 치지도외〔置之度外〕하는 것일까.'

이렇게도 생각하고,

'속으로는 견딜 수 없는 분함과 슬픔을 품으면서도 남성적인 의지력으로 그것을 꾹 눌러두었음일까. 마치 단단하고 두터운 땅거죽이 땅속의 지극히 뜨거운 불을 꾹 눌러 싸고 있는 모양으로, 숭의 강한 인격의 힘이 질투와 분노의 몇천 도인지 알 수 없는 불을 가슴속에 눌러 품고 있음이 아닐까.'

이렇게 생각하면 숭이란 사람이 천지에 꽉 차도록 무섭고 큰 사람같이 보였다.

지금까지 정선은 숭을 저보다 높은 사람, 더 좋은 사람, 더 힘 있는 사람이라고 생각해본 일이 없었다. 도리어 숭을 시골뜨기 못난이라고 생각하였다. 그러나 참을 수 없는 것을 참는 것을 볼 때에, 보통 사람이 가지지 아니한 무슨 큰 힘을 가진 사람임을 승인하지 아니할 수 없었다. 갑진이가 입버릇같이 말하는 모양으로 숭은 반드시 쑥도 아니요, 못난이도 아니라고 생각하였다.

그러나 만일 숭이 보통 사람 이상의 분함과 슬픔을 가슴에 품고 꾹 눌러 참고 있다고 하면, 마치 땅속의 불이 화산으로 터져 나오는 모양으로, 또 그것이 한번 터져 나오는 날이면 하늘과 땅의 모든 것을 흔들고 태워버릴 기세를 보이는 모양으로, 숭의 분통이 한번 터질 때에는 정선의 몸을 가루를 만들고 연기를 만들어버릴 무서운 위력이 있지 아니할까. 이렇게도 정선은 생각해보았다.

3-80

그처럼 숭이가 힘 있고 높은 사람일진댄 저는 숭의 충실한 아내가 되었다면 좋았다고 생각하였다. 또 생각하면 저는 분명히 숭의 값을 잘못 친 것 같았다. 첫째 갑진을 비롯하여 여러 남자가 정선의 인물과 재산을 탐을 내었건만 숭은 도리어 저와 혼인하기를 아버지에게 여러 번 거절한 줄을 잘 안다. 정선은 지금까지 이 거절은 숭이가 제 집 문벌과 또 제 인물이 도저히 감당치를 못하여, 이를테면 숭이가 못나서 그런 것으로만 알고 있었다. 그러나 지금 생각하면 숭이 눈에는 더 큰 다른 것을 보기 때문에 그만한 재산이나 문벌이나 또 여자의 용모와 교육(정선은 제가 세상에 드문 미인이요, 귀족 집 딸이요, 고등교육을 받았고 또 십여만 원의 재산이 있고 한 것을 세상에 비길 데가 드문 큰 자격이요 자랑으로 믿고 있다)도 돌아보지 않는 것이라고 깨달아지는 것 같았다.

만일 정선이가 숭에 대하여 애초부터 이만한 존경을 가졌다면 정선은 숭에게 이처럼 배반하는 아내는 되지 아니하였을 것이다. 이렇게도 생각하였다.

그러나 인제는 동이의 물은 모래 위에 엎질러지지 아니하였느냐. 영원히 다시 주워 담을 수 없지 아니하냐. 정선의 맘은 슬펐다.

'내 눈이 삐었어. 이년의 눈이 삐었어.'

하고 정선은 울었다.

'어쩌면 갑진이를 그이보다 낫게 보아. 어쩌면 그이를 몰라보아.'

하고 혼자 애를 썼다.

"유월아."

하고 정선은 소리를 쳤다.

"네에."

하고 유월이가 뛰어 들어왔다.

유월의 처녀다운 낯을 보기가 부끄러워서 정선은 눈을 감았다.

"영감이 너보고 내 말 아니 물으시던?"

"……"

"나 오기 전에?"

하고 정선은 눈을 떴다. 유월은 대단히 얌전하고 아름답게 보였다.

"아뇨. 암 말씀도 아니 하셔요."

하고 유월은 의아해하면서도 사실대로 대답하였다.

"나 오기 전에는 어느 방에서 주무셨니?"

"안방에서요."

하고 유월은 웃음을 참느라고 고개를 숙이면서,

"식전에 제가 들어오니깐…… 아이 우스워."

하고 유월은 우스워서 말이 막혔다.

정선은 유월의 웃는 까닭이 이상했다.

혹시 숭이가 유월이를 건드리려고 한 것이나 아닌가 하여 갑자기 질투를 느꼈다.

"이년, 말을 하지 않고 웃긴 왜 웃어? 바로 말을 해!"
하고 날카롭게 소리를 질렀다.

유월은 웃음을 걷고,

"영감마님께서 저 벽에[416] 걸렸던 마님 치마를 안고 계시다가 제가 들어오는 것을 보고 내던지시겠죠."
하고 겁내어 하는 눈으로 정선을 바라본다.

유월의 말에 정선은 눈을 감았다. 어디까지든지 남편을 몰라보는 저로구나 하고 부끄러워했다.

"그동안 잿골 서방님도 오셨던?"
하고 정선은 유월의 대답에서 무슨 재료를 얻으려고 물었다.

"그럼요. 밤낮, 오셔서."
하고 유월이는 잠깐 주저하였다.

3-81

"그래, 잿골 서방님이 오셔서 어떻게 하던?"
하고 정선은 무서운 대답을 기다리면서도 물었다.

"오시면 안방으로 들어오셔서……"

하고 말이 막힌다. 본 대로 다 말해도 옳은지 아닌지를 모르는 까닭이다.

정선은 유월이가 저를 바라보고 앉았는 것을 보고,

"어서 본 대로 다 말해."

하고 재촉하였다.

"안방에 들어오셔서는 어멈더러 자리를 깔라고 호령을 하고, 사루마다[417] 바람으로, 어멈을 껴안고——그건 도무지 말이 아니랍니다. 그러고는 아침에 늦게 일어나셔서는 세숫물을 떠 오라고 술을 사 오라고, 반찬이 없다고 소리소리 지르시지요. 남이 부끄러……"

하고 유월이는 분개한 빛을 보였다.

정선은 또 눈을 감았다. 더 말하랄 용기가 없었다.

정선은 지금 제가 누운 자리가 갑진의 살이 닿았던 것을 생각할 때에 그 자리와 몸이 불결한 것을 깨달았다.

"이 자리 걷어라."

하고 정선은 벌떡 일어났다.

유월은 명령대로 자리를 걷어 이불장에 얹었다. 정선은,

"그 홑이불, 욧잇, 베갯잇 다 뜯어 빨아라, 내가 또 그것을 덮어 볼는지 모르겠다마는."

유월은 제가 한 말이 큰 화단이 되지나 않는가 하고 겁이 났다. 그러나 영감마님을 생각하고 마님과 김서방을 생각하면 그런 말을 제가 한 것은 당연한 일이라고 생각하였다. 그리고 기운차게 이불과 요를 마루에 내다 놓고,

"여보, 똥이 할머니, 이불 뜯으세요!"
하고 아랫방을 향하여 소리를 쳤다. 유월이는 제가 갑자기 중요 인물이 된 것같이 생각되었다.

'여편네가 그게 무슨 꼴이람.'
하고 유월이는 속으로 중얼거렸다. 여편네란 것은 물론 정선을 가리킨 것이었다.

정선은 이불을 내다 놓고 들어오는 유월이를 보고,

"요년, 너 영감께 다 일러바쳤구나?"
하고 눈을 흘겼다. 정선은 저와 갑진에 대한 모든 비밀이 유월의 입을 통하여 남편의 귀에 들어간 것같이 생각하고 유월이가 미워진 것이었다.

"아닙니다. 쇤네가 무얼 영감마님께 일러바칩니까."
하고 유월은 당황하여 쓰지 말라는 쇤네라는 말을 쓰다가,

"저는 암 말씀도 아니 여쭸습니다."

유월은 똑 잡아떼었다.

"내가 잿골 서방님하고 오류장 갔다가 밤에 늦게 온 이야기도 네가 했지, 요년?"
하고 정선의 말은 더욱 날카로웠다.

"전 오리장이 무엇인지 알지도 못합니다."
하고 유월은 속으로는 토라졌다.

정선은 얼른 책상에 돌아앉아서 편지 한 장을 써서 유월에게 주며,

"너 이것 가지고 다방골 병원 댁에 갔다 온. 얼른 오시라고."

하고는 체경에 제 꼴을 비춰 보았다. 머리는 부하게 일어나고 옷은 유치장에서 나온 것같이 꾸겨지고 얼굴은 앓다가 뛰어나온 것 같았다.

3-82

'내가 어쩌다가 이 꼴이 되었나?'
하고 정선은 낙심이 되었다.
'이러다가 내가 어찌 될 것인가.'
하는 생각도 났다.
'산에 가서 승이나 될까.'
하고 정선은 생각하였다. 이것은 조선 여자가 화날 때에 생각하는 법이다.

정선은 금강산에 수학여행 갔을 때에 승에 대한, 종교적은 아니나 시적인 감흥을 느낀 일이 있었다. 그것이 생각났다. 그러나 여승의 차디차고 고적한 생활을 하기에는 정선은 너무도 번화하고 정욕적이었다.

'죽어버릴까.'
하는 생각도 났다. 이 생각은 팔자 좋게 자라난 정선으로는 도무지 생각해본 일이 없었다. 오류동 철로길에서 차에 치여 죽은 홍, 김 두 여자(그들은 정선과 동창이었다)를 정선은 비웃었었다. '죽기는 왜 봄 같은 인생에 꽃 같은 청춘으로 죽기는 왜?' 이렇게 생각한 것이었다. 정선에게는 인생은 봄과 같고 청춘은 꽃과 같고 생활은 음악회와 같았다. 그는 스스로 저는 모든 괴로움과는 전혀 인연이 없는 선녀로 생각하였던 것이었다. 무엇이나 부족함이 있나, 가문이 좋겠다, 재산이 있겠다, 인물이 잘났겠다, 재주가 있겠다, 좋은 교육을 받았겠다, 정선이가 일생에 할 일은 오직 즐기는 것뿐이요, 즐기는 것도 싫어지거든 자는 것뿐인 듯하였다. 아마 만물이 면치 못한다는 죽음도 정선 하나에게만은 오지 못할 것 같았다. 그는 여왕이요, 여왕이라도 Mortal(죽을) 여왕이 아니라 Immortal한(안 죽을) Celestial한(천상의) 여왕이었다. 그러면서도 Diana(달)와 같이 영원한 아름다움과 사랑을 누리는 여왕이었다.

하지마는 이태도 다 못 되는 세월이 지나가는 동안에 정선은,

'죽었으면.'

하는 생각을 하게 되었다.

'이 망신, 이 욕.'

하고 정선은 제 앞에 닥쳐오는 것이 망신과 욕뿐인 것을 보았다. 도무지 망신이나 욕을 맛보지 못한 정선에게는 망신과 욕은 죽기보다 싫은 것이었다. 정선은 세상이 저를 향하여 손가락질하고 비웃는 것을 보고는 살 수가 없을 것 같았다.

'죽어버리자.'

하고 정선은 체경에서 물러나 방바닥에 펄썩 주저앉았다.

기찻길, 양잿물, 칼모친,[418] 등등 죽는 방법을 여러 가지로 생각해보았다. 물에 빠지는 것, 목을 매는 것, 칼로 동맥을 따는 것,

정선은 소설에서와 신문에서 본 자살의 여러 장면을 상상해보았다. 물에 빠져 죽은 시체, 목매어 죽은 시체, 철도에 치여 사지가 산란한 시체—이러한 것도 눈앞에 떠 나왔다.[419] 그 어느 것도 보기 좋은 꼴은 아니었다.

'남편을 따라가 농촌사업에 일생을 바칠까.'

하고 정선은 살여울도 눈앞에 그려보았다. 농민 아동들에게 어머니와 같이 사모함을 받으면서 농민 교육사업에 몸을 바치는 것—그러한 저도 눈앞에 그려보았다.

그러나 남편이 과연 저를 용서할까. 아니 남편이 지금 저를 죽여버리려고 칼이나 육혈포[420]를 사러 간 것은 아닐까—하는 생각도 불현듯 나서 정선은 몸에 소름이 끼쳤다.

'남편은 맘만 나면 무슨 일이라도 할 사람이다!'

이렇게 생각하면 남편이 저를 죽일 확실성이 더한 듯하였다.

'남편이 어디를 갔을까.'

하고 정선은 정신없는 눈으로 방 안을 둘러보았다.

방 안에는 구석구석 남편이 피 묻은 칼을 들고 저를 노려보는 것만 같았다. 정선은 아까 기색하였던 신경의 격동이 아직 가라앉지를 아니한 것이었다.

"유월아!"

하고 정선은 무서워서 불렀다. 그 소리에 놀라 유모가 뛰어 들어왔다.

정선의 입술에는 핏기가 전혀 없었다.

3-83

현의사는 환자를 보내고 수술복을 벗고 안마루인 양실에 들어와서 소파에 앉아 담배를 피워 물었다. 그는 남자 모양으로 한 다리 위에 한 다리를 얹고 고개를 교의 뒤에 기대고 시름없이 공상을 하고 있었다. 테이블 위에 놓인 홍차 잔에서는 연연한 김이 가늘게 올랐다.

역시 이성이 그리웠다. 큰소리는 하지마는 혼자 있는 것은 적적하였다. 나이 삼십이 넘으면 여자로서 앞날의 젊음이 많지 아니한 것이 느껴졌다.

'혼인을 할까.'

하고 현의사는 요새에 가끔 생각하게 되었다. 정선이가 다녀간 뒤로 웬일인지 더욱 그런 생각이 났다. 봄의 꽃 같던 정선이가 내외 금슬이 좋지 못하여 애를 쓰는 것을 보고는 혼인할 생각이 아니 남직도 하건마는 도리어 그와 반대였다. 젊은 아내로의 괴로움—현은 그것이 도리어 그립고 가지고 싶었다. 어머니로의 괴로움도 가지고 싶었다.

'고생이 재미지.'

하는 어떤 시집간 동무의 말이 결코 해학으로만 들리지 아니하였다. 내외 싸움, 앓는 자식을 위해 밤을 새우며 애 졸임[421]—이런 것은 부인, 소아만 날마다 접하는 현의사로서는 이루 셀 수가 없이 듣는 이야기였다. 도무지 어떤 부인이든지 말을 아니 하면 몰라도 한 번 두 번 사귀어 말을 하면 저마다 고생이 없는 사람이 없었다. 있다면 그것은 허영심 많고 거짓말 잘하는 여자여서 제 집에는 돈도 많고 집도 좋고 남편도 잘나고 금슬도 좋다는 사람뿐이었다.

'글쎄, 뭣 하러들 시집들을 가?'

하고 현은 마치 본능과 인정을 다 태워버린 식은 재나 되는 것같이 빈정대지마는 그러나 겨울 시내의 굳은 얼음 밑에도 물은 여전히 울고 흘러가는 것과 같이, 가슴의 속속 깊이는 젊은 여성의 애욕의 불길이 탔다.

'허지만 누구한테 시집을 간담?'

하고 현의사는 혼자 탄식하였다. 눈이 너무 높았다. 그것을 현은,

'어디 조선에 사람이 있어야지.'

라고 설명하는 버릇이 있다.

현의사는 상자 속에 있는 여러 가지 편지들의 필자인 사내들을 생각해본다. 이박사, 김두취,[422] 문학청년, 부랑자, 교사 등등. 그러나 현이 일생을 의탁하고자 하는 사람은 없었다.

"한 남자에게 어떻게 모든 것을 찾소. 갑에게서는 인물을 취하고 을에게서는 재주를 취하고, 병에게서는 체격을 취하고, 정에게서는 말을 취하고 또 돈을 취하고, 이 모양으로 해야지 한 남자가 모든 것을 구비할 수야 있소?"

하던 어떤 기생 친구의 말도 생각하였다. 콜론타이의 붉은 사랑[423]식 연애관도 생각하였다.

'허기는 일생을 같이 살자니 문제지, 남편을 고르기가 어렵지

하루이틀의 남편이나 구하자면야, 이박사나 편지질하는 무리들도 하루이틀이라면야……'

하고 현의사는 제 생각이 우스워서 깔깔 웃었다.

"네?"

하고 현의사가 웃는 소리에 혹시 무슨 일이나 있나 하고 계집애가 건넌방에서 뛰어나왔다.

"아니다. 나 혼자 웃었다."

하고 도로 건넌방으로 들어가려는 것을,

"얘. 너 자라서 시집갈래?"

하고 물었다.

"싫어요. 시집을 누가 가요."

하고 계집애는 부끄러워서 몸을 비틀면서,

"언제든지 선생님 모시고 있을 테야요."

하였다.

"내가 시집을 가면?"

"네?"

하고 계집애는 못 들을 소리나 들었다는 듯이 눈을 크게 뜬다.

3-84

현의사가 이렇게 있을 때에 유월이가 정선의 편지를 가지고 왔다.

"오냐."

하고 현의사는 유월의 손에서 편지를 받으면서,

"너희 아씨 언제 오셨니? 시골 가셨더라지?"

하고 편지를 뜯는다.

"우리 마님요?"

하고 유월은 현의사의 아씨란 말을 정정한 뒤에,

"벌써 오셨습니다. 사흘 됐나 나흘 됐나?"

하고는,

"얼른 좀 오십시사고요."

하고는 동무의 손을 잡고 웃고 소곤거린다.

"너희 허선생도 오셨니?"

"네. 바로 마님 떠나신 날 오셨어요."

현의사는 고개를 끄덕끄덕한다.

"무슨 급히 의논할 일이 있단 말야?"

하고 현의사는 담배 한 대를 더 붙이고 가만히 눈을 감는다. 마치 셜록 홈스가 무슨 문제를 해결하려는 모양으로.

정선이가 낙태시키는 방법을 묻던 것, 정선이가 허둥지둥하던 것, 또 정선이가 왔다 가는 길로 시골로 내려간 것, 이 모든 것이 다 무슨 수수께끼를 싸고도는 사실인 듯하였다.

'역시 혼인이란 귀찮은 것인가. 혼자 사는 것이 제일 편한가.'

하고 현의사는 담배를 꺼버리고,

"택시 하나 불러라."

하고 명령하였다.

그로부터 십 분 후에는 현의사의 청초하고도 싸늘한 자태가 정선과 마주 앉아 있었다.

"결국 정선의 맘에 달렸지."

하고 현의사는 정선의 하소연을 다 들은 뒤에 하는 말이었다.

"정선이가 지난 일을 다 뉘우치고 앞으로 남편에게 충실하고 순종하는 아내가 될 결심이라면 허변호사와 그렇게 하는 것이요, 또 만일 정선이가 도저히 이 가정생활을 계속할 의사가 없다면, 또 그리하는 것이고——그럴 것 아니냐. 잘못은 어차피 네 잘못이니까. 아마 붉은 사랑의 표준으로 보더라도 네 행위는 죄가 되겠지. 아무리 생각하더라도 네 행위를 변명할 길은 없을 것이다. 정조라는 문제를 차치한다 하더라도 신의 문제거든. 정조에는 붉은 정조 흰 정조가 있을는지 모르지마는 신의라든가 의리라든가 하는 문제에 이르러서는 붉고 흰 것이 없으리란 말이다. 사람이 사회생활을 하는 동안 아마 영원성을 가진 것이겠지. 그런데 정선이 행위로 말하면 신의를 저버린 행위거든. 속이지 못할 사람을 속이고 하지 못할 일을 한 것이거든. 그러니까 말이야. 정선이 할 일은 우선 남편에게 모든 것을 자백하고 또 사죄하고 다음에는 아까 말한 것과 같이 정선이가 원하는 길, 가정의 계속이냐 파괴냐의 두 길 중에 하나를 택해서 남편에게 청할 것은 청하고 원할 것은 원할 것이란 말야. 그러니깐 지금 네 생각이 어떠냐 말이다. 가정을 계속하느냐 갈라서느냐——그걸 먼첨 작정하란 말이다."

하고 현의사는 정선의 속을 꿰뚫어 보려는 듯한 파는 눈으로 정선을 바라보았다. 그리고 정선의 초췌하고 어찌할 줄 모르는 얼굴이 가엾었다. 역시 혼인이란 어려운 것인가 하고 현은 제 몸이 단출하고 가벼움을 느꼈다.

"내가 어떡허면 좋수?"

하고 정선은 그만 울고 엎드렸다.

남편의 앞에서 갑진과의 관계를 자백하는 것, 그다음에 올 남편의 말, 그다음에 올 제 앞길 모두 캄캄하였다. 갑진과 둘이서 오류장으로 가던 그 용기는 어디서 나왔던 것인고. 정선은 제 일의 갈피를 잡을 수가 없었다.

현은 우는 정선을 물끄러미 보고만 앉았다. 침묵 중에 시계 바늘은 돌아갔다.

3-85

"우는 것으로 해결이 되나."

하고 현의사는 정선의 어깨를 만지며,

"인제는 여자도 우는 것을 버릴 때가 아닌가. 우는 것은 약자의 무기다. 어려운 일을 해결하는 것은 뜨거운 감정이 아니거든. 찬 이지란 말이다. 맘을 식혀, 싸늘하게 얼음같이 식혀요. 그래야 바른 생각이 나오거든. 원래 네가 맘을 식혔다면야 이런 일이 나지를 아니했을 것이다. 열정이 너를 그르쳤구나…… 정선이, 무슨 엔진이든지 말이다, 다 냉각 장치가 있단 말야, 식히는 장치가 있어 엔진이 돌기는 열로 돌지마는 식히지를 아니하면 아주 돌지 못하게 터지거나 병이 나고 말거든. 그래서 자동차든지, 비행기든지 다 냉각 장치가 있단 말야—공기로 식히는 것도 있고 물로 식히는 것도 있지 아니하냐. 그 모양으로 열정가의 열정에도 냉각 장치가 필요하단 말이다. 그래서 지금은 냉각을 시켜야 될 때라고 생각되거든 즉시 냉각시킬 수 있도록, 썩 기민하게 정확하게 작용이 되도록 조절해놓을 필요가 있어. 그럼 그 열정의 냉각 장치는 무어냐 하면 그거는 이지란 말이다. 인텔리젠스란 말이다. 정선이도 인텔리젠트하기는 하지마는 아직 이모션(정)과 인텔리젠스가 잘 조화, 연락이 되지 못했단 말야. 하니깐 말이다. 잘 머리를 식혀가지고 생각을 해보란 말이다."

정선의 혼란한 의식 속에는 현의사의 말이 분명히 다 들어오지는 아니하였다. 그러나 제 행동이 인텔리젠트하지 못한 것만은 의식하였다. 그것을 의식할 때에 정선은 한 가지 더 낙망을 느꼈다. 정선은 스스로 약은 사람으로 믿고 있었는데 제 약음이란 것이 몇 푼어치 아니 되는 것을 깨달은 까닭이었다. 이만한 어려운 경우를 당하면 곧 파산이 되는 제 지혜라는 것이 가엾은 것이라 하였다.

이렇게 저를 평가할수록 아무러한 일에도 도무지 업셋(쩔쩔매는 것)하지 아니하는 남편의 지력과 의지력이 가치가 높고 무서운 것같이 보였다. 현의사는 싸늘한 지혜의 사람만 되지마는 남편에게는 싸늘한 지혜 외에도 굳은 의지의 힘과 불같은 열정을 가진 것으로 보였다. 이렇게 정선이가 남편의 인격을 심리학적으로 분석해보기는 이것이 처음이었다. 그것은 현의사의 도움이라고 아니 할 수 없다.

"내가 혼자 살아갈 수는 없겠소?"

하고 정선은 제게 힘이 없음을 느끼면서 물었다.

"혼자? 이혼하고?"

하고 현은 반문한다.

"이를테면 말이오."

"혼자 살아갈 수 있겠지. 정선이는 재산이 있으니까. 재산만 있으면 살기는 사는 게지. 먹고 입으면 사는 것이니까."

"교사 노릇이라도 못할까?"

"그건 안 될걸. 간음하고 이혼당한 사람을 누가 선생으로 쓸라고."

하고 현의사는 사정없이 말하였다.

정선은 너무도 사정없는 말에 가슴이 뜨끔하였다. 그러나 다시 생각해보면 그것은 사실이었다.

"그럼 내가 무얼 허구 사우?"

하고 정선은 눈에 새로운 눈물을 담으면서 물었다.

"무슨 일을 한단 말이지? 먹고 입지만 말고 무슨 일을 해본단 말이지?"

하고 현의사는 여전히 싸늘하였다.

"응. 내가 지금 어쩔 줄을 모르니 바로 말씀해주어요. 나는 자살할 생각도 해보았어. 지금도 죽고만 싶어. 허지만 죽는 일밖에 없을까?"

하고 정선은 눈물에 젖은 눈으로 현의사를 바라본다.

"죽어버리는 것도 한 해결책이지. 세상이란 죽음에 대해서는 턱없이 동정하는 법이니깐."
하고 현의사는 눈을 감고 무엇을 생각한다.

3-86

"허지만."
하고 현의사는 한 다리를 한 무릎에 바꾸어 얹으며,
"자살이란 것은 무엇을 해결하는 수단 중에 제일 졸렬한 수단이다. 어떤 사람이 자살을 하는고 하니 책임감은 있으나 도무지 힘이 없는 사람이거나, 그렇지 아니하면 백 가지 천 가지로 있는 힘을 다해보다가 그야말로 진퇴유곡이 되어서 한 번 죽음으로써 이름이나 보전하자는 것이다. 그 밖에도 남녀의 정사라든지, 부랑자가 돈이 없어 죽는다든지, 또는 정신병적으로, 이름은 좋게 철학적으로 자살하는 사람도 있지마는 그것은 우리네 생각으로 보면 다 정신병적이야. 어느 자살이든지를 물론하고 자살한다는 것은 약자의 일이라고 나는 믿는다. 세상에 제일 쉬운 것이 죽는 일이거든. 아무리 못난이라도, 게으름뱅이라도 가만히 있기만 하면 한 번은 죽는 것이란 말이다.
사람이 나라를 위해서 전장에서 죽는다든지, 또 예수나 베드로 바울 모양으로 세상을 위해서, 인류를 구하노라고 죽는다든지, 또 조르다노 브루노[424] 모양으로 진리를 위해서 죽는다든지 하는 것은 존경할 일이요, 저마다 못할 일이지마는 제 맘이 좀 괴롭다고, 세상이 좀 부끄럽다고 죽어? 그건 약하다는 것보다도 죄악이란 말이다——무슨 죄악이나 죄악은 필경 약한 데서 나오는 것이지마는 가령 정선이로 보더라도 말이다. 간호부가 되어 앓는 사람을 위로하고 도와줄 수도 있고 학교에 못 가는 애들에게 글자를 가르쳐줄 수도 있겠고 돌아다니면서 남의 마루방에 걸레를 쳐주기로 세상에 무슨 할 일이 없어서 죽는단 말이냐. 또 네 남편에게 잘 말하면 용서함을 받아서 새로 각설로 행복된 가정을 이룰 수도 있을 것이고——얘, 조선에는 네 남편 같은 사람이 드물다. 다들 돈푼이나 따라다니고, 계집애 궁둥이나 따라다니고 조그마한 문화주택이나 탐내고 하는 이때에 그이는 돈도 안 돌아보고 미인도 안 돌아보고 도회의 향락도 다 내버리고 세계적으로 빈약하고 세계적으로 살 재미 없는 조선 농촌에 뛰어 들어간다는 것이 영웅적인 행위다. 누구나 다 하는 일인 줄 아니? 나 같으면 그런 남편만 있으면 그야말로 날마다 머리를 풀어서 발을 씻고 발바닥에 입을 맞추겠다. 너는 무엇이 부족해서 그러는지 나는 도무지 네 속을 알 수가 없다."
하고 현의사는 웃지도 아니하고 길게 한숨을 내쉰다. 그것은 제가 한 말이 정성되고 참된 것을 증명하는 것이었다.

정선은 처음보다 냉정한 의식을 가지고 현의사의 말을 들었다. 그 말은 극히 이론이 정연하였다. 또 현의사의 말의 주지가,

1. 나를 중심으로 생각지 말 것

인 것도 알아들었다. 알아들을 뿐 아니라 그 말이 모든 무거운 압력을 가지고 정선의 맘에 스며듦을 깨달았다.

"나도 선희 모양으로 기생이나 될까."

하고 정선은 말을 던졌다.

"무어?"

하고 현의사는 깜짝 놀랐다.

"기생이나 될까, 선희 모양으로—선희가 산월이라던가, 기생 이름으로."

하고 정선은 빙그레 웃었다.

현의사는 정선의 맘이 좀 풀려서 웃는 것만이 기뻤다. 그래서 현의사도 사내 웃음 모양으로,

"하하하하."

하고 웃었다.

3-87

현의사가 가려고 일어설 때에 숭이가 돌아왔다. 숭은 사랑으로 들어가려는 것을 유월이가 다방골서 현의사가 왔다고 해서 안방으로 들어온 것이었다.

"오셨어요?"

하고 숭은 현이 내미는 손을 잡아 흔들었다.

"그렇게 왔단 말씀도 아니 하세요? 전화라도 거시지."

하고 현은 숭의 손을 뿌리쳤다.

"참 미안합니다."

하고 숭도 웃었다.

다들 앉았다.

"그래, 농촌 재미가 어떠세요?"

하고 현은 일부러 좌석을 유쾌하게 하려고 하는 듯이,

"난 도무지 시골 생활은 몰라. 석왕사 한 이 주일 가본 일이 있나. 제일 불편한 게 전등 없는 게야. 안 그래요?"

하고 말을 시킨다.

"왜 석왕사는 전등이 없소? 있다우."

하고 정선도 기운을 얻어 말대꾸를 한다.

"모두 불편하지요."

하고 숭도 유쾌하게,

"도회에는 편리하도록 편리할 것을 다 만들어놓았지마는 농촌에는 아무것도 만들어놓는 이가 없거든요. 도회 설비 십분지 일만 해놓아보세요, 도회에 와 살기보다 나을 테니. 푸른 하늘, 맑은 물, 산, 신선한 풀, 새들, 신선한 공기, 순박한 풍속, 이것이야 농촌 아니면 볼 수 있어요?"

하고 열심으로 말한다.

"그러니 우리는 직업이 의사니깐 천생 도회에서만 살게 생겼지요?"

"왜 농촌에는 의사가 쓸데없나요? 농촌에는 병이 없나요?"

"그야 그렇지요마는 가난한 농민들이 어떻게 의사를 부르겠어요?"

하고 현의사는 제 주장이 약한 것을 생각하고 픽 웃는다.

"자동차 타고 불려다닐 의사는 농촌에서는 쓸데없지요. 허지마는 제 발로 걸어다닐 의사는 한없이 필요합니다. 내가 처음 살여울을 가니까 살여울 동네에만 이질 환자, 장질부사 환자가 십여 명이나 되겠지요. 그래서 내가 읍내에 가서 의사를 불렀지요. 했더니 자동차비 외에 출장비, 왕진료 하고 사뭇 받아낸단 말씀이야요. 그러고도 오라는 때 오지도 않거든요. 그래서 내가 검온기 하나 사고 또 약품을 좀 사다가 의사 겸 간호부 노릇을 했지요?……"

"오, 그러시다가 장질부사를 붙들리셨습니다그려? 이를테면 순직이시로군, 하하하하."

하고 현의사는 말을 가로채어서 웃는다.

"그러니 농민들이 전염이 무엇인지를 압니까, 격리가 무엇인지를 압니까, 소독이 무엇인지를 압니까. 의사들이 무엇 하러 도회에만 몰려요? 왜 서울에는 골목골목이 병원이 있는데도 의사들이 서울에만 있으려 들어요? 왜 만 명에 하나도 의사가 없는 시골에는 안 가려 들어요. 왜 부랑자나 남의 첩이나 이런 사람의 병이면 제 부모 병이나 같이 밤을 새워가며 시탕[425]을 하면서도 왜 제 밥과 제 옷을 만들어주고 제 민족의 주인인 농민들의 앓는 곳에는 안 가려 들어요. 현선생은 왜 불쌍한, 밤낮 쓸데 있는 일에 골몰

한 농촌 부녀와 어린애들 병을 좀 안 보아주시고 대학 병원일세, 의전 병원일세, 세브란스일세, 하고 큰 병원이 수두룩한 데 있어서 한가한 사람들의 병만 보고 계세요? 돈 벌어보실 양으로? 농촌에 가시더라도 양식과 나무 걱정은 없으시리다. 현선생이 만일 우리 살여울에 와서 개업을 하신다면 집 한 채, 양식, 나무, 반찬거리 다 드리고 그러고도 떡 한 집에서는 떡, 닭 잡은 집에서는 닭고기, 빠지지 않고 갖다가 드릴 것입니다. 그리고 농민들에게 어머니와 같은 사랑과 존경을 받으시면서 일생을 보내실 것입니다."
하는 숭의 눈은 열정으로 빛났다.
"어머니 소리 듣기는 싫여!"
하고 현의사는 웃었으나 곧 엄숙한 표정을 지어 숭의 말에 경의를 표하였다.

3-88

서울의 밤은 깊어간다. 서울의 밤에는 소리 없이 눈이 내린다. 덕수궁 빈 대궐의 궁장에 소복소복 밤눈이 덮인 열 시 넘어가 될 때에는 이화학당의 피아노 소리도 끊기고 소비에트 연방과 북미합중국 영사관도 삼림과 같이 고요한데 오직 마당에 나무들만이 하얗게 눈을 무릅쓰고 섰을 뿐이다.

서울의 금년에는 눈이 적었으나 눈이 오면 반드시 아름다운 경치를 보였다. 오늘 밤 눈도 그러한 아름다운 눈 중의 하나였다. 음산한 찬 바람에 날리는 부서진 눈이 아니라 거침없이 사뭇 내려오는 송이눈이었다. 성난 가루눈이 아니요 눈물과 웃음을 머금은 촉촉한 눈이었다. 그들은 사뿐사뿐 지붕과 나뭇가지와 바위와 길에 굴러다니던 쇠똥 위에까지도 내려와서 가만히 앉는다. 가는 가지 연한 잎이 그 무게를 견디지 못하여 고개를 흔들면 놀란 새 모양으로 땅에 떨어지지마는 그러하지 아니한 동안 그들은—눈송이들은 하나님의 둘째 명령을 가만히 기다리고 앉아 있다. 언제까지든지.

땅은 희고 하늘은 회색이다. 천지는 밤눈 빛이라 할 특별한 빛에 싸인다. 고요하고, 깨끗하고, 부드러운 천지의 씬. 이것은 천지의 아름다운 씬 중에도 가장 아름다운 것 중의 하나다. 누가 이것을 보나? 사람들은 잔다. 새들도 짐승들도 잔다. 달도 별들도 다 잠이 들었다. 이 평화로운 씬을 보는 이는 오직 하나님 자신과 시인의 꿈뿐이다. 그렇지 아니하면 잠을 못 이루고 헤매는 근심 품은 사람들이다. 혹은 몰래 만나는 사랑하는 젊은이들이다.

이렇게 평화로운 눈에 덮인 지붕 밑은 반드시 평화로운 단잠뿐은 아니다. 그 밑에 열락의 따뜻한 보금자리도 있겠지마는 눈물의 씬, 쟁투의 씬, 고통의 씬도 없지 아니하다.

옛날 같으면 정동 대궐과 서궐, 미국 공사관 아라사 공사관과 연락하던 복도가 있던 고개 마루터기를 영성문 쪽으로부터 허둥지둥 올라오는 검은 그림자가 있다. 그는 마치 포수에게 쫓겨 오는 어린 사슴과 같이 비틀거리며 뛰어온다.

그 그림자는 고개 위에 우뚝 섰다.

'내가 어디로 가는 것이야?'
하는 듯이 그는 사방을 둘러본다. 그의 머리와 어깨에는 촉촉한 눈송이가 사뿐사뿐 내려와 앉는다.

그는 이윽히 주저하다가 정동 예배당 쪽으로 허둥거리고 걸어 내려온다. 뒤에는 조그마한 발자국을 남기면서 그는 비탈을 뛰어 내려오는 사람 모양으로 재판소 정문 앞까지 일직선으로 내려와 가지고는 또 이쪽저쪽을 돌아보더니 무엇에 끌리는 모양으로 예배당 쪽으로 걸음을 옮긴다. 예배당 앞에 다다라서는 그는 예배당 문설주를 붙들고 쓰러지는 몸을 겨우 붙드는 자세를 취한다. 그의 머리와 어깨는 희다. 회색 하늘에서는 배꽃 같은 눈이 점점 더욱 퍼부어 내린다.

그는 정선이다.

'하나님 나는 어디로 가요?'
하고 정선은 예배당 뾰족지붕을 바라보았다.

정선에게서는 하나님이나 예수에 대한 믿음이 스러진 지 오래였다. 아마 일찍이 생겨본 일이 없었는지도 모른다. 그는 십오 년 학교 생활에 꼭꼭 예배당에를 다니고 성경을 보고 기도를 하였다. 그러나 학교를 나온 날부터 그는 일찍이 성경을 펴본 일도 없고 기도를 해본 일도 없었다. 졸업 예배는 그에게는 마지막 예배였다. 그러나 정선은 어찌하여 이 깊은 밤에 허둥지둥 여기를 와서 예배당 문설주를 붙들고 우는가.

3-89

정선은 어찌하여 여기를 왔나?

현의사가 집에 환자 왔다는 기별을 듣고 돌아가버린 뒤에 숭과 정선은 말없이 저녁상을 마주 받았다. 그 침묵은 참으로 견딜 수 없이 무겁고 괴로운 침묵이었다.

정선은 남편이 말문을 열어주기를 고대하였다. 남편은 반드시 말문을 열어서 이 무겁고 괴로운 침묵을 깨뜨리고 저를 위로해주는 말을 하리라고 믿었다. 그리고 맛도 없는 밥을 퍼 넣고 있었다. 그러나 숭의 입에서 도무지 말이 나오지 아니할뿐더러 그 눈도 오직 밥그릇과 반찬그릇에서 돌 뿐이요, 한 번도 정선에게로 향하지 아니하였다.

정선은 혹은 곁눈으로 혹은 치뜨는 눈으로 남편의 태도를 엿보았으나 그는 마치 바윗돌같이 태연하여 얼굴에는 아무 표정의 움직임도 없었다. 이따금 숭이가 밥술을 든 채로 멍하니 허공을 바라보고 있는 것은 무슨 괴로운 생각을 보임인가 하였다.

이 모양으로 저녁도 끝이 났다. 상도 물리기 전에 숭은 사랑으로 나와버렸다. 숭이 나간 뒤에 정선은 누를 수 없이 슬픔이 북받쳐서 책상 위에 엎드려 울었다.

정선은 현의사의 충고대로 남편에게 제 모든 잘못을 뉘우치고 그 용서함을 빌고 싶었다. 그리고 만일 남편이 허하기만 한다면 그를 따라서 어디까지라도 가고 싶었다. 살여울 가서 오라 같은 굵은 베 치마를 입고 물을 긷고[426] 밥을 지어도 좋을 것 같았다. 그러나 밥을 먹는 동안에도 정선은 그 기회를 찾지 못하였다.

'한없는 남편의 사랑'을 정선은 숭에게 기대하였다. 또 저는 남편에게 그만한 것을 기대할 권리가 있는 것같이 생각하였다. 거기는 숭이가 정선의 친정집 밥으로 공부를 한 것, 제가 십여만 원의 재산을 가지고 온 것 등을 믿는 맘이 섞인 것이었다.

정선은 이제나 남편이 들어오는가, 저제나 들어오는가 하고 기다렸다. 마당에서 무슨 소리가 나도 그것이 남편의 발자취나 아닌가 하였다. 마치 애인을 기다리는 처녀의 맘과 같았다. 만일 지금 남편이 들어오기만 하면 울고 매달리려고까지 생각하였다.

그러나 시계가 아홉 시를 가리켜도 남편은 들어오지를 아니하였다. 정선은 초조하여 유월이를 불러 남편이 사랑에 있나 없나 또는 무엇을 하는가 보고 오라고 하였다.

유월이의 보고에 의하건댄 남편은 사랑에서 짐을 싸더라고 한다.

그러면 남편은 살여울로 가려는 것인가. 저를 아주 버리고 살여울로 가려는 것인가 하였다.

정선은 일어나 사랑으로 나갔다. 일부러 발자국 소리를 내면서 마루에 올라서서 문밖에서 잠깐 기다렸다. 방 안은 고요하였다.

정선은 서양식으로 문을 두어 번 두드렸다. 그리고 또 기다렸다.

십 초나 지났을 만한 때에 숭은 일어나서 문을 열었다. 그리고 무심한 눈으로 정선을 바라보고 들어오라는 보통 인사로 하는 듯이 몸을 한편으로 비키고 섰다.

정선은 만나는 길로 남편에게 안기려 하였으나 남편의 이 무심한 태도를 보고는 그 용기도 다 없어졌다. 방 안에 가로놓인 가방들을 보고는 도리어 일종의 반감까지 일어났다.

정선은 가방을 둘러보면서,

"어디 가시우?"

하고 남편에게 말을 붙였다.

"살여울로 가우."

하는 것이 숭의 대답이었다.

"가시려거든 결말을 내고 가시우."

하고 정선은 떨리는 분개한 음성으로 톡 쏘았다.

3-90

정선이가 결말을 내고 가라고 대드는 바람에 숭은 잠깐 대답을 잃은 듯, 정선의 눈에서 말 밖의 뜻을 찾으려 하였다.

정선의 눈은 독기를 품고 입술은 떨었다. 그는 남편의 무한한 사랑을 믿던 반동으로 남편이 저를 버리고 달아나려는 것에 무한한 분개를 느낀 것이었다.

"결말?"

하고 숭은 정선의 맘에 대한 정탐이 끝이 났다는 듯이 다시 태연한 어조로 말을 하였다.

"그럼. 결말을 내야지. 흐지부지하고 가실 듯싶소?"

하고 정선은 방바닥에 모로 세워놓은 슈트케이스를 발로 차서 굴리고 해볼 테면 해보자 하는 모양으로 아랫목에 펄썩 주저앉았다. 분난 정선의 생각에는 이것도 다 내 집인데 하는 생각이 난 것이었다.

"결말이 다 나지 않았소? 결말이 다 났으니까 나는 나 갈 데로 가는 것이오. 아직 결말 아니 난 것은 여기 있소."

하고 숭은 양복저고리 속주머니에서 봉투에 넣은 서류 한 장을 꺼내어,

"여기는 당신과 나의 이혼 수속이 들어 있고 내 도장은 박아놓았으니 언제나 당신이 하고 싶은 때에 당신 이름 밑에 도장을 찍고 당신 아버지 도장을 찍어서 경성부에 제출을 하시오그려. 그리고 내 이름으로 장인께서 주신 재산은 전부 장인 이름으로 양도한다는 공증 증서를 작성해서 아까 갖다 드렸소. 이만하면 결말이 다 나지 않았소? 그 밖에 무슨 결말 안 난 것이 있단 말이오? 응 그리구 이 집도 역시 당신 아버지께로 넘긴다고 공증 증서 속에 집어넣었소."

하고 쇳대 끈에서 금고 열쇠를 뽑아서 정선의 앞에 내던진다.

정선은 숭의 대답에 정신을 잃을 뻔하였다. 숭이가 낮에 밖에 나갔다 들어온 것이 모두 이러한 수속 때문이었던가, 남편은 아주 저를 끊어버릴 결심을 다 하였는가 하매 전신이 매달렸던 줄이 탁 끊어진 것 같아서, 그 서슬에 제 몸은 바윗돌에 탁 부딪힌 것 같아서 정신이 희미해짐을 깨달았다.

"나는 살여울서 벌써 당신과 갑진의 관계를 알았소."

하고 숭은 정선을 향하고 마주 앉아 얼마큼 태도를 부드럽게 풀며,

"어느 친구가 내게 편지를 해주었소. 나는 그 편지를 아니 믿으려 했지마는 그래도 맘이 괴로워서 예정보다 일찍 서울로 올라왔소. 내가 하루만 더 일찍 올라왔다면 우리 불행은 좀 덜했을는지 모를 것을. 아마 운명인가 보오. 나는 황주에서 집으로 당신에게 전보를 놓고 당신 정거장에 나올 것을 기다렸으나 물론 그때 내가 경성역에 내릴 때에는 당신은 갑진군과 어느 요릿집에서 저녁을 막 마쳤을 때였을 것이오. 그러니까 내 전보가 집에 올 때에는 당신은 갑진군과 함께 훈련원 운동장[427]에서 베이스볼 구경을 하고 있었을 것이오. 나는 차에서 내려서 혼자 나오다가 당신이 갑진이와 함께 택시를 타고 오류장을 향하고 달려가는 것을 보았소. 그리고 나는 집에 온 이튿날인가 갑진군이 당신에게 한 편지를 받아 보았소. 그 편지로 나는 당신이 오류장 갔던 목적을 알았소. 그리고 오늘까지 나는 당신이 내게 무슨 말을 하는가 하고 기다렸고, 또 나를 찾아서 살여울 간 뜻도 추측은 하지마는 당신의 입으로 말을 들어볼까 하였소. 나는 당신이 비록 일시의 잘못으로 그런 일을 저질렀다 하더라도 반드시 내 앞에서 뉘우치는 말을 할 것을 믿고 기다렸소, 그러나 내가 믿었던 것은 다 허사요. 나는 오늘에 이르러서 모든 일은 다 끝난 것을 깨달았소. 그래서 나는 오늘 하루로 당신의 말과 같이 우리 부부 생활에 결말을 짓고, 밤차로 내 일터로 가는 일밖에 남은 것이 무엇이오?"

하고 정선의 흙빛 얼굴을 바라보았다.

3-91

숭은 짐을 싸면서도 최후의 일각까지 정선의 반성을 기다린 것이었다. 그러다가 정선이가 사랑으로 나오는 것을 보고 '지금이라도' 하고 정선의 자백과 회오를 예기하였던 것이 정선이가 도리어 토라진 모양으로 보이는 것을 보고는 최후의 희망조차 끊어지고 만 것이다.

"아버지한테 내 말을 다 하셨소그래?"

하고 정선은 숭에게 대들었다.

"……"

"아버지 보고 무어라고 하셨소?"

하고 정선은 재우쳐 물었다. 정선의 맘에는 제 비밀을 아버지에게 옮긴 것에 대한 분한 맘이 가득 찼고 또 숭의 말(정선의 죄상을 낱낱이 적발한)에서 받은 수치심이 회오의 눈물로 변하는 대신에 분노와 원망의 불길로 변한 것이었다.

숭은 정선의 이 반응을 불쾌하게 생각하였다. 그것은 숭의 맘에서 정선에 대한 최후의 동정과 미련까지도 싹 씻어버렸다. 그 불쾌함은 정선을 갑진의 집에서 발견한 때 이상이었다.

숭은 윤참판을 보고 이혼 문제도 말하지 아니하고 정선의 간음 문제도 말하지 아니하였다. 다만 저는 농촌에서 농민과 같은 가난한 생활을 하는 것이 소원이니 받은 재산을 다 돌려드린다고 하였을 뿐이었다. 그러나 숭은 정선에게 이러한 자세한 말을 할 여유가 없었다. 그는 정선이라는 여자의 맘에 선악을 판단하는 능력이 있는가를 의심하지 아니할 수가 없었다.

숭은 전화를 떼어 들고 택시를 불렀다. 이 자리에 더 머물러 있을 필요를 보지 못한 것이었다.

정선은 거의 본정신을 잃었다 하리만큼 숭을 향하여 온 가지 욕설과 저주를 퍼부었다. 처음에는 못 가리라고 주장하였으나 나중에는 어서 나가라고 호령하였다. 처음에는 숭의 짐을 들어 문밖에 내놓았으나 나중에는 모두 다 제 것이니 몸만 나가라고 소리를 질렀다. 숭은 마침내 외투를 빼앗기고 양복저고리를 빼앗기고 조끼를 찢기고 짐도 하나도 들지 아니하고 하인들의 조소 속에 이 집 대문을 나섰다. 택시에 올라앉은 때에 유월이가 양복저고리와 외투를 몰래 집어다 주었다. 그것은 숭이가 방에서 나온 뒤에 정선이가,

"이 더러운 놈이 입던 옷!"

하고 마당으로 집어 내던지는 것을 유월이가 집어가지고 따라 나온 것이었다.

"오, 고맙다."

하고 숭은 그 옷을 받아 입고 유월의 머리를 만져주었다.

"자, 경성역으로."

하고 숭은 운전수에게 명하였다. 모터가 소리를 내기 시작한다.

"영감마님, 저도 데리고 가주세요. 저도 따라가요."

하고 유월이가 자동차 창을 두드리면서 불렀다.

숭은 몇 번 거절하였으나, 마침내 문을 열고,

"어디를 간단 말이냐."
하고 물었다.
"저는 영감마님 따라갈 테야요. 무슨 일이든지 할 테니 저를 데리고 가세요."
하고 차 속으로 기어 들어왔다.
"가자."
하고 숭은 곁에 자리를 내어 유월이를 앉혔다. 안에서는 정선의 울음 섞인 성난 소리가 들렸다.
차는 떠났다. 요란한 모터 소리를 내고 차가 떠나서 대한문을 향하고 달릴 때에 숭은 떨어진 칼라를 바로잡고 머리에 모자가 없는 것을 생각하였다. 그리고 앞에 앉은 운전수가 부끄러웠다.

3-92

정거장에 나오니 차 시간은 아직 한 시간이나 넘어 남았다. 숭은 유월이를 데리고 식당에 올라가 한구석에 병풍 뒤에 몸을 숨기고 앉았다.
"유월아, 너는 집으로 들어가거라."
하고 숭은 감히 앉지 못하고 곁에 서 있는 유월이를 돌아보았다.
"싫여요, 전 영감마님 따라가요."
하고 유월이는 몸을 한번 흔들고 치마 고리를 씹었다. 분홍 치마 노랑 저고리, 흰 행주치마에 자주 댕기를 늘인 순 조선식 계집애

복색이 식당에 앉은 사람들의 시선을 끌었다. 유월은 열여섯 살로는 퍽 졸자란[428] 편이나 체격은 색시 꼴이 났다.

"네가 시골 가서 무얼 해?"

하고 숭은 엄숙하게 물었다.

"그래도 가요. 무엇이나 하라시는 대로 하지요."

하는 유월의 대답에는 결심의 굳음이 있었다.

밤 열 시 사십 분에 봉천을 향하는 열차는 눈이 퍼붓는 속을 헤치고 경성역을 떠났다.

삼등실은 한 걸상에 셋씩이나 앉고도 서 있는 사람이 많도록 좁았다. 누워서 자는 체하는 사람과 짐을 올려놓고 기대고 앉은 사람이 있는 것은 늘 보는 일이다. 조선 사람보다 일본 사람, 무교육한 이보다 교육이 있어 보이는 이에게 많은 것도 어디서나 보는 일이었다.

숭은 간신히 한 자리를 얻어 유월이를 앉히고 저는 자리 넓은 곳을 찾느라고 이 찻간에서 저 찻간으로 여행을 하였다. 그러나 어디를 가도 앉을 만한 곳이 없었다.

숭은 좌석의 간막이에 기대어 무심코 다리를 쉬고 있었다.

이때에 등 뒤에서,

"허변호사 영감이시지요?"

하는 젊은 여자의 음성이 들렸다.

숭은 깜짝 놀라 돌아보았다. 어떤 잘두루마기[429] 입고 비취와 금으로 장식한 조바위를 쓴 젊은 여자였다.

"영감, 저를 모르세요. 산월이랍니다, 백산월이."

하고 말하는 이는 매달릴 듯이 반갑게 바싹 다가섰다.

이름을 듣고 보니 그는 분명히 산월이었다.

"아!"

하고 숭은 끄덕임과 웃음으로써 인사를 대답하였다.

"어디로 가세요? 아, 용서하세요. 가시는 데를 여쭈어서."

하고 제 말을 취소한다.

"나는 시골로 가요."

하고 숭은 사실대로 대답한 뒤에,

"그런데 어디 가시오?"

하고 이번에 숭이가 물었다.

"네, 저, 잠깐."

하고 사방을 둘러보더니 차중의 시선이 다 제게로 모인 것을 보고 잠깐 창황하다가 곧 안정을 회복해가지고,

"자리가 어디세요? 잠깐 여쭐 말씀이 있으니 우리 저리로 가세요."

하고 산월은 앞서서 한 걸음 걷고 뒤를 돌아보았다. 숭이 따라오는 것을 보고 안심하는 듯이 문을 열고 나갔다.

다음 칸은 식당이었다. 식당으로 들어가는 문잡이를 붙들고 선 채 산월은 아양 부리는 눈으로 숭을 쳐다보고 숭의 조끼 가슴에 한 손을 대며,

"나하고 같이 식당에 가시는 것이 부끄러운 일이라고 생각하시거든 고만두실까. 체면 손상이 되시지?"

"천만에."

하고 숭은 대답하지 아니할 수 없었다.

"고맙습니다."

하고 산월은 제 손에 잡았던 핸들을 숭에게 사양하고 저는 숭의 뒤에 따라선다.

숭은 이 여자가 왜 여기를 왔으며 무슨 할 말이 있는고 하고 문을 열고 앞서서 들어가 자리를 잡았다.

3-93

산월은 잘두루마기를 벗어서 곁에 빈 교의 위에 놓았다. 두루마기 안은 짙은 자줏빛 하부다에였다. 두루마기 밑에는 연분홍 법단[430] 치마에 남 끝동 자주 고름 단 하얀 저고리를 입은 양은 마치 신방에서 나오는 신부와 같았다. 게다가 약간 술기운을 띤 불그레한 산월의 얼굴은 참으로 아름다웠다.

"어디를 가시오?"

하고 숭이 먼저 입을 열었다.

"선생님 따라가요."

하고 산월은 문득 기생 어조를 버리고 보통 여자의 태도로 말을 한다.

곁에 와서 명령을 기다리는 보이를 향하여 산월은,

"위스키 엔 소다."

하고 분명한 영어 악센트로 명령한 뒤에,

"무어 잡수실 거?"

하고 숭을 향한다.

"무어나 잡수시오."

하고 숭은 남의 부인을 대한 모양으로 경어를 쓴다.

"햄 샐러드?"

하고 산월은 숭의 기색을 보다가,

"올라잇! 햄 샐러드!"

하고 보이에게 명하고 고개를 숭의 편으로 돌리려다가 눈을 크게 뜨고 고개를 움츠리며,

"이건영 박사가 저기 왔어요. 웬 여자 둘 데리고."

하고 영어로 말하고 혀끝을 날름 내민다.

숭은 돌아보지도 아니하고 고개만 끄덕거렸다.

"내 가서 좀 놀려먹고 오까."

하고 산월은 또 기생 어조다.

"이박사 아시오?"

하고 숭도 호기심으로 물었다.

"서울 장안에 이박사 모르는 여자 있나요? 얼굴 반반한 계집애로 이박사 편지 한두 장 안 받아본 이 있고?"

하고 산월은 소리를 죽이고 웃느라고 얼굴과 목의 근육을 씰룩거린다.

"어디서 만나셨소?"

하고 숭이가 산월에게 물었다.

"어느 좌석에서 한 번 만났는데 주소를 적어달라기에 적어주었

지요. 했더니 자꾸만 편지질이로구만. 나를 동정한다는 둥, 존경한다는 둥, 사랑한다는 둥. 그리고 서너 번이나 찾아왔겠지요. 누구시냐고 명함을 내라고 하면 가버린단 말야요. 그럴 걸 오긴 왜 오우?"

하고 고개를 들어 이박사 쪽을 바라보더니,

"일어나 가려고 들어, 날 보고 겁이 났나——잠깐 계셔요, 내 가서 좀 놀려먹고 올 테니."

하고 산월은 기생식 걸음으로 이박사 쪽으로 간다.

숭은 반쯤 고개를 돌려서 그편을 바라보았다.

"하우 두 유 두, 닥터 리이?"

하고 산월은 막 일어나려는 이박사의 앞에 손을 내민다.

이박사는 낯이 빨개지며 하릴없이 산월의 손을 잡는다.

산월은 유창한 영어로,

"아임 베리 소리(참 미안해요). 여러 번 편지 주신 걸 답장을 못 드려서 참 미안합니다. 또 세 번이나 찾아오신 것을 하인들이 몰라 보여서 미안해요. 용서하세요."

하고는 쩔쩔매는 이박사를 유쾌한 듯이 정면으로 웃는 눈으로, 바라보면서,

"이 양반들은 당신 매씨세요?"

하고 그것도 영어로 시스터즈(누이들)라는 '시' 자에 가장 힘 있는 악센트를 주어 말한 뒤에, 그 두 여자를 향하여,

"용서하세요. 난 한산월[431]이라는 기생입니다. 노 이박사의 가르침을 받지요."

하고 악수를 청한다.

두 여자들도 부득이 하는 듯이 손을 내민다.

3-94

이박사는 두 손을 마주 비비고 섰다가 겨우 흩어진 부스러기 용기를 주워 모아서,

"난 댁에 찾아간 일은 없는데, 혹시 하인들이 잘못 본 게지요."
하고 어색한 변명을 한다.

"하하."
하고 이번에는 성악으로 닦은 분명하고도 높은 소리로,

"제가 안 할 말씀을 했습니까. 그러면 용서하세요."
하고 그담에는 영어로,

"나는 이 부인네들이 매씨들이신 줄만 알았지요. 친구시거나. 이박사께서는 심순례씨와 약혼하셨다는 말씀을 들은 지 오래길래, 호호호."
하고 웃었다.

"아니지요. 심순례씨와 일시 교제는 있었으나 약혼했단 말은 허전[432]이구요, 또 산월씨 댁에 찾아갔다는 것도 아마 댁 하인들이 잘못 본 게지요."
하고 극히 엄숙한 태도로 말을 한다.

"그런지도 모르지요. 제가 창틈으로 내다보니까 이박사 같으시

고 또 음성이 이박사 같으시고, 허기는 명함을 줍시사 하니깐 명함은 아니 내시더구먼요. 그러니깐 이박사와 똑같이 생긴 다른 양반이시던 게지. 하하하, 용서하세요."
하고 산월은 고개를 흔들면서 유쾌하게 웃었다.

그러는 동안에 여자들은 다 달아나고 말고 이박사도 산월에게 잠깐 서양식으로 고개를 숙이고는 나가버리고 만다.

산월은 이박사가 사라진 뒤를 향하고 또 한 번 웃고 나서는 숭의 곁으로 온다.

"어때요. 내가 언 엑설런트 엑트레스(한 빼어난 여배우)지요."
하고는 위스키를 단숨에 쭉 들이켜고는 한 손으로 이마를 받치고,

"ㅎㅎㅎㅎ, 하하하하."
하고 우스워서 죽으려고 든다.

숭도 따라서 웃었다. 숭이 웃으면 산월은 더욱 우스워서 어깨와 등을 들먹거린다.

산월은 실컷 웃고 나서,

"약주 잡수세요. 많이 말고 꼭 석 잔만 잡수세요."
하고 산월은 잔을 들어 숭을 주며,

"한 잔 잡수셔야 제가 할 말을 하지 그렇게 점잖게 하시면 무서워요. 자 잡수세요."
하고 권한다.

"술은 안 먹을랍니다."
하고 숭은 술잔을 받아 한편으로 밀어놓으며,

"나는 살여울 사람들더러 술 먹지 말라고 권하는 처지에 있는 사람이야요. 술은 아니 먹더라도 하시는 말씀은 다 듣지요."
하고 준절한 거절을 눅이기 위하여 빙긋 웃어 보인다.

"한 잔이야 뭐. 권하던 제가 부끄럽지요."
하고 산월이가 다시 잔을 잡으려는 것을 숭은 손을 들어 산월의 팔을 막으며,

"아니오! 권하시지 마세요. 내가 여러 번 호의를 거절하기는 참 거북한 일이니 내게 호의를 가지시거든 나를 거북하게 마시오."
하고 술잔을 들어서 산월의 손이 닿지 아니할 곳에 놓는다.

산월은 잠깐 머쓱하였으나 곧 평상의 기분을 회복해가지고,

"제가 어떻게 이 차를 탔는지 아세요?"
하는 것은 조금도 농담이 아니었다.

"……"

숭은 대답할 바를 몰랐다.

"아이구, 벌써 수색이지?"
하고 밖을 내다본다. 차는 정거하였다. 과연 "수이시오꾸"[433] 하는 역부의 소리가 들렸다.

3-95

"수색이면 어떤가, 나는 영감 가시는 정거장까지라도 따라갈 걸."

하고 산월은,

"오늘 저녁에 어떤 손님에게 부름을 받았지요. 그 손님이라는 이는 이름을 말씀하면 아마 아시겠지마는 이름은 말씀할 필요가 없구요——그 손님이 한 오륙 일 연해서 나를 불러주셨지요. 그러자니깐 돈도 꽤 많이 쓰고요. 그러고는 자꾸 우리 집에를 온다는 것을 별의별[434] 핑계를 다 해서 모면했답니다. 내가 기생 노릇은 하지마는 내 집에 남자가 와서 자리에 누운 이는 선생님밖에는 없으십니다. 빌리브 미(나를 믿으세요). 내일 일은 모르지요 그러나 오늘까지는 그렇게 해왔어요.

그런데 말야요. 그 손님이 오늘은 꼭 어디를 같이 가자고 조른단 말씀야요. 배천 온천을 가자는 둥, 평양을 가자는 둥, 오룡배를 가자는 둥, 내가 하르빈 구경을 했으면 했더니 그럼 하르빈을 가자는 둥, 만리장성을 보았으면 했더니 그러면 산해관 열하로 두루 돌아 구경을 하자는 둥 아주 열심이야요. 나이는 한 오십 된 인데, 나이야 말할 것도 없지만. 그러는 것을 겨우 달래서 요 다음 기회로 밀고 정거장까지 전송을 나왔지요. 했더니 이거를 주는구려."

하고 왼손 무명지에 번쩍번쩍하는 금강석 반지를 보이며,

"이것이 엥게이지멘트 링(약혼반지)이라고요. 하하하하. 그리고 제가 먼저 가서 좋은 데를 자리를 잡고, 오라고 전보를 하거든 곧 양복을 지어 입고 오라고 이거를 또 주겠지요. 참, 난 아직 그것이 무엇인지도 안 보았어."

하고 핸드백에서 양봉투 하나를 꺼낸다. 그 봉투는 ○○여관의

용지였다.

겉봉에는,

"백산월군(白山月君)"

이라고 썼다. 글씨도 상당하다.

산월은 그 봉투를 떼었다. 거기서는 소절수[435] 한 장이 나왔다.

"금 일천원야(金壹千圓也)."

라고 액면에 씌어 있다. 그리고

"김(金)○○"라고 서명이 있고 네모난 도장이 찍혀 있다. 이름자는 산월이가 얼른 손으로 가렸다.

산월은 그 소절수를 보고 혀끝을 한번 내밀더니 그리 중대한 일이 아니라는 듯이 그것을 접어 봉투에 넣어서 수지[436] 모양으로 그냥 테이블 위에 밀어놓고 다시 웃으며,

"그래 플랫폼에 서서 차 떠나기를 기다리고 있노라니깐 웬 계집애, 선생님 따라오던 계집애가 눈이 띈단 말씀이지요. 그래 보니깐 허선생님이란 말씀이야요. 그러니 그 손님을 내버리고 따라갈 수도 없고, 눈으로만 혹시 전송을 나오셨나, 차를 타시나 하고 그것만 바라보았어요. 허더니 차를 타신단 말씀야요. 일등차에서 선생님 타시던 찻간까지가 한참 아냐요? 하마터면 잃어버릴 뻔했어요. 그저 모자 안 쓰신 양반하고 분홍 치마 입은 색시하고만 잃어버리지 아니하려고 애를 썼습니다그려. 그랬더니 그 손님이 어디를 그쪽만 보느냐 그러겠지요. 아냐요, 사람 구경해요, 그랬지요, 그래 퍽 섭섭해하던걸요.

그러자 선생님이 차를 타시는 것을 보았길래 나도 따라 타리라

하고 결심을 하고서 그 손님 비위를 좀 맞추어주고는 차가 떠나기를 기다려서 도비노리[437]를 했답니다.[438] 역부가 야단을 하지마는 이래 보여도 나도 테니스도 하고 바스켓볼도 한 솜씨랍니다.

이렇게 제가 영감을——아니 선생님을 따라왔답니다."

하고는 추연한 기색을 보이며 휘유 한숨을 내쉰다.

3-96

숭은 놀라지 아니할 수 없었다. 산월이가 저를 따라서 이 차를 탔다는 것이 참말 같지 아니하였다.

"차표는 어떡하고?"

하고 숭은 의심을 품으면서 물었다.

"안 샀어. 살 새가 있나요?"

하고 산월은 그제야 생각이 나는 듯이 웃었다.

"그럼 부산서부터 오는 차세를 물어야겠네. 그까짓 게 대수요?"

하고 산월은 숭이가 아니 먹고 남겨둔 술잔을 당기어서 마신다.

"그럼 어디까지 가시려우?"

하고 숭은 좀 걱정이 된다는 듯이 묻는다.

"귀찮아하시면 다음 정거장에서 내리고 귀여워해주시면 선생님 가시는 데까지 따라가구. 귀찮으시지? 기생 년허구 같이 다닌다고 체면 손상되시지? 그럼 어떻게 해요? 불길같이 일어나는 사랑을 죽입니까. 사랑을 죽이거나 몸을 죽이거나 둘 중에 하나를 죽인다면 나는 몸을 죽일 테야요."

하고 말이 다 끝나기 전에 조선 사람의 골격과 상모를 가진 양복 입은 사람 셋이 들어와서 산월이 쪽을 바라본다.

"우리 나가요."

하고 산월이가 먼저 일어선다.

숭도 따라 일어나서 새로 들어온 패들에게 등을 향하고 보이를 불러 셈을 치르고 일이등 차실이 있는 방향으로 나갔다. 숭이나 산월이나 새로 들어온 사람들과 정면으로 마주 대하기를 원치 아니한 것이었다.

식당 문을 열고 나서니 찬 바람이 더운 낯에 불었다. 더 가야 이등실이요, 다음 일등이어서 거기 서서 다음 정거장을 기다릴 수밖에 없었다.

숭은 차 벽에 기대어서 무심히 허공을 바라보고 섰다. 밖에는 여전히 눈이 오는 모양이어서 유리창으로 내다보이는 것이 오직 흰빛뿐이었다.

산월은 비틀비틀 흔들리는 몸으로 억지로 평형을 잡으려다가 불의에 몸이 쏠리는 듯이 숭의 두 어깨에 손을 대고 숭의 가슴에 제 가슴을 꼭 마주 대면서, 술냄새가 나는 입김으로,

"선생님 저를 한 번 안아주세요. 그리고 꼭 한 번만 키스를 해 주세요. 부인께 대해서는 죄인 줄 알지마는 저는 기생 생활 몇 달에 아주 열정에 대한 억제를 잃어버렸습니다. 저는 선생님을 학생 시대부터 잘 알아요. 정선이 집에 놀러 댕길 때부터 잘 알아

요. 제가 이렇게 열정적으로 청해서 한 번 키스를 주셨다 하더라도 정선이는—부인은 용서할 것입니다. 음탕한 기생 년이라고만 생각지 마세요. 네? 네."

하고 두 팔을 숭의 목으로 끌어 올려서 몸을 숭의 목에 단다.

숭은 여전히 허공을 바라보고 있었다. 숭의 지금 생각에는 아내도 없고 여자도 없었다. 영원한 혼자 몸으로 살여울의 농부가 되는 것밖에는 아무 생각이 없었다. 그렇다고 산월이가 걱정하는 것과 같이 숭은 산월을 음탕한 기생이라고도, 밉다고도 생각지 아니하였다. 도리어 숭은 산월에게서, 정선에게서는 보지 못하던 무슨 깊은 것이 있는 것까지도 생각하였다. 그리고 평생에 어떤 여성에게서 사랑을 받아보지 못한 숭으로서는, 평생에 접한 유일한 여성인 아내로부터 학대를 받는 숭으로서는 산월의 이 헌신적이요 열정적인 사랑이 고맙고 기쁘기까지도 하였다. 그러나 숭은 이제 다시 어느 여자에게 장가를 들거나 어느 여자를 사랑할 생각은 없었다.

"나는 아내까지도 떠나고 온 사람입니다. 나는 일생에 다시 혼인도 아니 하고 사랑도 아니 하기로 작정한 사람입니다."

하고 숭은 고개를 들어서 천장을 향하였다.

3-97

"부인과 떠나셔요?"

하고 산월은 놀라는 듯이 숭의 몸에서 떨어졌다.

"네."

하고 숭은 고개를 끄덕여 보였다.

산월은 그러나 다시 숭에게 매달렸다.

"한 번만, 한 번만입니다. 네. 꼭 한 번만 저를 안아주세요. 그리고 꼭 한 번만 키스를 하여주세요."

하고 산월은 마치 바스켓볼에서 하는 자세로 숭에게 뛰어올라서 숭의 입을 맞추었다.

이때에 날카로운 고동 소리가 들렸다. 긴 고동 뒤에는 작은 고동이 몇 마디 연해 들리고 차는 급자기 정거하려고 애쓰는 격렬한 진동을 하였다. 산월은 마치 무서운 소리를 들은 어린애 모양으로 숭의 조끼 가슴에 낯을 파묻고 숭에게 매달렸다. 차는 정거하였다.

숭은 가까스로 산월을 떼고 문을 열고 바깥을 내다보았다. 온통 눈이다. 바른손 편을 보니 거기는 산 옆을 깎은 비탈이다. 소나무들이 눈을 이고 섰다.

승무원들이 등을 들고 기관차 편에서 뛰어온다.

"무슨 사고요?"

하고 숭은 차에 매달리면서 물었다.

"레끼시데스[439](치여 죽었소)."

한마디를 던지고 승무원은 달아났다.

"레끼시?"[440]

하고 숭은 차에서 뛰어내렸다. 산월도 따라 내렸다. 다른 승객들도 많이 내렸다.

눈은 퍼붓는다.

"도꼬데스?"[441]

하고 숭은 뛰어가는 어떤 승무원에게 물었다.

"스구 소꼬데스(바로 저기요), 마다 신데와 이나이요우데스(아직 죽지는 아니한 모양이오)."[442]

하고 그도 뒤로 달아나버리고 말았다.

숭은 이상하게 가슴이 설레는 것을 깨달으면서 기관차를 향하고 뛰어갔다. 기관차 앞에서 한 이 미터 되는 눈 위에 가로누운 시체 하나가 있고 선로 눈 위에는 붉은 피가 점점이, 줄기줄기 무늬를 놓았다.

숭이 기관차 머리를 지나서 시체 곁으로 가려는 것을 뒤에서 어떤 승무원이 붙들면서,

"잇자 이께마센(가지 말아요)!"

하고 소리를 질렀다.

숭은 멈칫 섰다.

기관차의 이맛불빛에 그 시체는 양복 외투를 입은 여자인 것이 숭에게 보였다. 구두 끝의 까만 에나멜이 불빛에 반짝거렸다.

숭은 까닭 없이 흥분되어 맘을 진정할 수가 없었다. 그것은 변호사라는 직업의 의식으로 이 사건의 법률적 의미를 알아보려는 것만이 아니었다.

"어그머니!"

하고 산월도 따라와서 숭의 팔을 붙들고 섰다.

열차장인 전무차장이 좀 점잖은 걸음으로 걸어서 시체 곁으로 가서 경찰의 임무를 맡은 사람이라는 태도로 우선 시체의 주위를 둘러보고 피가 흐르는 시체의 머리를 들어보고 또 의사가 하는 모양으로 시체의 가슴을 헤치고 거기 귀를 대어보고 그러고는 손을 들어서 다른 승무원을 불렀다.

다른 승무원들은 장관의 명을 받은 군졸 모양으로 시체 곁으로 달려가서 열차장의 명대로 그 시체를 안아 들고 숭이가 섰는 앞으로 왔다.

"에!"

하고 숭은 승무원의 팔에 안기어 힘없이 목을 늘이고 있는 시체의 얼굴을 보고 소리를 쳤다.

"정선이야!"

하고 산월도 소리를 쳤다.

3-98

"이 사람 아시오?"

하고 전무차장이 숭의 말을 듣고 숭을 돌아보면서 발을 멈추고 묻는다.

"내 아내요!"

하고 숭은 시체의 뒤를 따라 섰다.

"내 아내요!" 하는 말에 전무차장뿐 아니라, 곁에 있는 사람들이 다 숭과 그 곁에 따르는 산월을 호기심으로 바라보았다.

정선의 시신을 차장실로 올리려는 것을 숭은 전무차장과 교섭하여 아직 생명이 붙었으니 시신이 아니라는 조건으로 일등 침대 하나를 얻기로 하여 그리로 정선을 옮겨 뉘었다. 개성에서 내린다는 조건이었다.

차는 약 십 분 임시 정거로 그 자리를 떠나서 여전히 달리기 시작했다.

숭은 열차장에게서 응급 구호 재료를 얻어 우선 강심제를 주사하고 머리와 다리의 피 흐르는 곳을 가제와 붕대로 싸매고 그리고 산월을 맡겨놓고는 차실로 나아가 의사는 없는가 하고 물었다. 이등 이상을 탄 사람들은 다들 침대로 들어가고 남아 있는 사람이 모두 몇이 안 되는 중에 의사라고 말하는 사람은 없었다.

삼등실에서 의사라고 자칭하는 사람 하나를 만났는데 그는 의사가 가지는 제구가 없었다.

숭은 의사라는 사람을 데리고 정선의 침실로 왔다.

그 의사라는 사람은 맥을 만져보고 귀로 가슴을 들어보고,

"아직 생명에는 관계가 없습니다."

하고 가버렸다.

차가 개성에 닿은 것은 새로 한 시쯤. 숭은 정선을 외과 간호부가 수술받은 환자를 안는 모양으로 안고 내렸다. 뒤에는 산월과 유월이가 따랐다.

정선은 숭의 품에 안겨 남성병원[443]으로 옮기었다. 먼저 전보를 받은 병원에서는 병실, 수술실, 의사, 간호부가 준비되어 정선이

가 오기를 기다리고 있었다.

정선은 우선 수술대 위에 누임이 되어 강심제의 주사와 외과적 치료를 받았다. 가장 중상은 머리와 다리였다. 머리에는 왼편 귀로부터 정수리를 향하여 길이 육[444] 센티미터 깊이 골막에 달하는 상처가 있고 오른편 무릎은 탈구가 되는 동시에 슬개골[445]이 깨어졌고 그 밖에도 어깨와 허리에 피하 일혈[446]이 있고 찰과상도 있었다.

정선이가 치료를 받는 동안 숭과 산월과 유월은 수술실 문밖에서 귀를 기울이고 있었다. 도무지 정선은 한마디도 소리를 발하지 아니하였다.

정선이가 병실로 옮아온 뒤에 김의사는 숭의 묻는 말에 대하여,

"오늘 밤을 지내보아야 알겠습니다. 뇌진탕이 되셨으니까."

하고 의사에게 특유한 무신경을 가지고 대답하였다. 그러고는 간호부에게 몇 가지 명령을 하고 나갔다.

숭은 따라가서 김의사를 붙들고 밤 동안을 병원에 있어달라고 청하였다. 그리고 제가 몸소 환자 곁에서 간호하는 허락도 얻었다.

벌써 새로 세 시. 정선은 마치 아무 시름 없이 자는 사람 모양으로 꼼짝 아니하고 잤다. 이따금 전신이 약간 경련을 일으키기도 하였다.

간호부는 한 시간에 한 번씩 들어와 맥을 보고 주사를 놓았다.

숭은 침대 곁에 앉아서 줄곧 정선의 맥을 짚고 있었다. 가끔 세기도 하였다. 어떤 때에는 맥이 일흔쯤으로 떨어지기도 하고 어

떤 때에는 일백 이삼십까지 다시 올라가기도 하였다. 몸은 약간 더우나 열이 오르는 모양은 없었다. 맥도 점점 제자리를 잡아서 새벽 다섯 시쯤에는 아흔과 백 사이에 있었다.

옆방에 있게 한 산월과 유월도 잠을 못 이루고 한 시간에 두세 번이나 들여다보았다.

숭은 붕대로 감긴 정선의 머리를 바라보며 가끔 눈물을 흘렸다. 이따금 정선의 핏기 없는 입술이 말이나 하려는 듯이 전동할 때에는,

"여보, 여보, 내요."

하고 불러보기도 하였다.

이따금 정선의 눈이 뜨일 듯 뜨일 듯할 때에는 숭은,

"정선이, 여보."

하고 목이 메었다.

그러나 해가 돋도록 정선은 눈을 뜨지 아니하였다.

3-99

아침 아홉 시, 눈은 개고 유난히 밝은 아침볕이 병실 창으로 비쳐 들어왔다. 정선의 창백하던 얼굴은 점점 올라가는 체온으로, 또 점점 회복되는 피로 불그레한 빛을 띠게 된다. 강심제 주사는 그치고 링거 주사를 하였다. 의사는 삼십팔 도쯤 되는 열은 염려 없다고 숭을 위로하였다. 애초에는 웬 모자도 없는 사내가 차에

치여 죽어가는 시체를 끌고 웬 기생 같은 여자를 데리고 온 숭은 결코 이 병원에서 환영받을 손님은 아니었다. 그러다가 입원 수속을 할 때에 환자의 이름은 윤정선, 주소는 경성부 정동, 남편은 허숭, 직업은 변호사라고 쓴 데서 비로소 부랑자 아닌 줄을 알았고 또 숭의 행동거지가 점잖은 것을 보고 비로소 의사 이하로 다소 안심하게 되었다. 그러나 아무도 웬일이냐, 정선이가 차에 치인 이유를 묻는 이는 없었다.

조선에 이십몇 년이나 있었다는 아이비[447] 부인이라는 늙은 간호부가 정선의 병실에 들어와서 비로소 정선을 알아보고 깜짝 놀랐다. 아이비 부인이 세브란스 병원에 있을 때에, 정선이가 보통과에 다닐 때부터 알게 되었던 것이었다. 개성에 온 뒤에도 정선이가 학교에 있는 동안 아이비 부인은 서울에만 가면 될 수만 있으면 정선을 찾아보았다. 남편도 없고 자식들은 다 조국인 미국으로 유학 보낸 아이비 부인은 이 병원에서 간호원장으로 있은 것이었다.

처음에는 무심코 한 병자로 정선을 보다가 마침내 그것이 정선인 것을 발견하고,

"정선이."

하고 놀라며 숭을 돌아보았다.

"이, 이, 윤정선이 아니오? 내가 잘못 알았습니까."

하였다.

"네, 윤정선입니다."

하고 숭은 공손하게 대답하였다.

"당신이 윤정선이 남편 되십니까."
하고 아이비 부인은 정선과 숭을 번갈아 보며 묻는다.

"네. 내가 허숭입니다."

"허변호사."

"네. 그렇습니다."

"그런데 부인 이거 웬일입니까."
하고 대단히 놀라고 근심된 모양으로 물었다.

숭은 대답할 바를 몰랐다. 잠자코 있을 뿐이었다.

삼각관계라 하는 것이 누구나 이 광경을 본 사람이면 나는 생각이었다. 어젯밤 차에서 그러하였고 병원에서도 그러하였다. 산월이가 들어오는 것을 본 아이비 부인도 그렇게 생각하고 마땅치 못하다는 듯이 고개를 두어 번 흔들었다.

산월도 숭이가 불편하게 생각할 것을 짐작하고 곧 병원에서 떠나버렸다. 떠날 때에도 맘에는 한량없는 생각을 가졌건마는 아무 말도 아니 하고 간다는 인사만 하고 가버렸다.

오정 때나 되어서 정선은 의식을 회복하였다. 정선의 눈이 첫 번으로 뜨일 때에 그 눈에 든 것은 물론 숭이었다. 정선의 눈은 숭을 보고 놀라는 듯하였다. 그러나 의식이 돌아오는 동시에 고통도 더하여 정선은 낯을 약간 찡그렸다. 그러다가 지금 본 것이 과연 남편인가 하고 또다시 눈을 떴다.

"내요, 내요."
하고 숭은 정선의 얼굴에 제 얼굴을 가까이 대었다.

정선은 알아보았다는 듯이 입을 벌렸으나 소리는 나오지 아니

하였다. 그러고는 또 고통을 못 이기어 양미간을 찡그린다.[448]

"여보, 괜찮다고 의사가 그러니 염려 마오."

하고 숭은 정선의 손을 더듬어 잡았다. 정선은 숭의 손을 잡고 떨었다.

3-100

정선은 용이하게 위험상태를 벗어나지 아니하였다. 머리를 부딪쳐 뇌진탕을 일으킨 것과 오른편·무릎의 뼈가 상한 것이 아울러 중증인 모양이었다. 정선의 의식은 가끔 분명하였으나 또 때로는 혼수상태를 계속하였다.

숭의 전보를 받은 윤참판은 병을 무릅쓰고 세브란스의 이박사를 대동하고 내려왔다가 하룻밤을 자고 올라가버리고 병원에서는 숭과 유월이가 정선을 간호하고 있었다.

이박사는 숭을 향하여 뇌진탕은 안정으로 하회를 기다릴 수밖에 없지마는 다리 상한 것은 엑스광선 사진을 박아보아야 뼈 상한 정도를 알겠고 만일 뼈가 많이 상하여 화농할 염려가 있다고 하면 다리를 무릎마디 위에서 절단하지 아니하면 아니 될는지도 모른다고 말하였다. 그러나 지금 상태로 병자를 천동[449]할 수는 없으니 이삼 일간 기다릴 수밖에 없다고 말하였다.

숭은 날마다 밤을 새웠다. 정선이가 잠이 든 듯한 동안에 숭은 교의에 걸터앉은 대로 십 분이나 이십 분씩 졸았다.

밤이면 정선의 고통은 더하는 듯하였다. 두통과 다리의 아픔을 이기지 못하여 정선은 앓는 소리를 하였다. 이것이 정선의 입에서 나오는 유일한 소리였다. 숭이 무슨 말을 붙이면 정선은 다만 눈을 한번 떠보고 입을 조금 벌릴 뿐이었다. 정선의 유일한 표정은 오직 고통을 못 이기어 하는 표정뿐이었다.

일주일이 지났다.

서울서 이박사가 내려왔다. 정선의 오른편 다리는 마침내 끊어버리기로 결정이 된 것이었다.

"나는 죽어요!"

하는 것이 정선의 첫말이었다. 그가 처음 입을 열 만하게 된 날, 입원한 지 닷새째 되던 날, 정선은 남편을 보고,

"나는 죽어요!"

하였다.

"아니오, 아니 죽소. 의사도 괜찮다는데. 맘을 편안히 먹으시오."

하고 숭은 정선을 위로하였다.

"나는 죽어요. 내가 왜 안 죽었어? 꼭 죽을 양으로 기관차 앞에 뛰어들었는데 내가 왜 안 죽었어? 기관차도 나를 더럽게 여겨서 차 내버렸나?"

하고 정선은 울었다.

"당신이 살아야 세상에서 할 일이 많기 때문에 하나님이 당신을 구하신 것이오. 아무것도 아니 하는 생명은 천하지마는 일할 생명은 한 나라보다도 귀하다고 하지 아니했소? 그런 생각 말고

맘을 편안히 가지고 어서 나으시오. 인제는 생명의 위기는 벗어났다고 의사도 그러는데."

하고 숭은 가제 조각으로 정선의 눈물을 씻어주었다.

그 후에도 정선은 정신만 들면 비관하는 소리를 하고는 울었다. 그러할 때마다 숭은 친절하게 위로해주었다.

"내가 살아나면 당신은 나를 용서하시려오?"

이런 말도 하게 되었다.

"벌써 다 용서했소. 인제는 내가 당신에게서 받을 용서가 있을 뿐이오."

이렇게 숭은 대답하였다. 그럴 때에 숭의 맘에 거리낌이 없음이 아니나, 그 거리낌은 정선에 대한 긍측한[450] 정에게 눌려버리고 말았다.

"이렇게 병신이 되고 웃음거리가 되고 살면 무엇 하오? 신문에 났지?"

이런 말도 하였다. 아직 죽고 살 것도 판정되지 아니한 이때에 병신 되는 것, 남이 숭보는 것, 신문에 난 것 등을 생각하는 여자의 심리가 신기도 하고 가련하기도 하여서,

"병신이 되기로 무슨 상관요? 병신도 될 리 없지마는. 또 신문에 나거나 말거나 남이 숭을 보거나 말거나 그게 다 무슨 상관요? 내가 당신을 사랑하고 당신이 나를 사랑하고 서로 사랑하면서 일을 하면 고만 아뇨? 일은 모든 것을 이기오."

하고 위로하였다.

3-101

그렇게 말은 했으나 신문에 난 것은 숭에게도 유쾌한 일은 아니었다.

○○일보의 기사는 분명히 이박사의 입에서 나온 것이었다. 그것이 ○○지국 통신으로 온 것을 보아서 더욱 그러하였고 숭과 정선의 사진을 낸 것으로 보아 더욱 그러하였고 「이 사건[451]의 전말」이란 것을 보아서 더욱 그러하였다.

그 ○○일보의 기사에 의하건댄 허숭은 겉으로는 지사와 군자의 탈을 썼으나 기실은 색마여서 윤참판 집에 식객으로 있는 동안에 정선을 후려내었고 정선과 혼인을 한 뒤에도 매양 남녀 관계로 가정 풍파가 끊이지 아니하였으며 다방골 모 여의와도 관계가 있고 마침내 일 년이 못하여 살여울에 농촌사업을 한다고 일컫고 간 것도 그 동네에 있는 유순(가명, 18)이라는 남의 집 처녀와 추한 관계를 맺은 때문이요, 유순의 부모가 죽은 것을 이용하여 공공연히 유순을 제 집에 데려다 두고 머리 땋아 늘인 채로 첩을 삼았으며, 또 소송일로 잠시 서울에 올라온 때에도 기생 산월과 정을 통하여 아내 정선을 돌아보지 아니하므로 정선은 그 반감으로 재동 모 남작의 아들이요 제대 법과 출신으로 역시 색마 이름이 높은 김 모와 정을 통하였다. 이 모양으로 지사 허숭의 가정은 불의의 연애의 이중주로 추악한 형태를 이루었다. 정선이가 철도 자살을 하던 날도 허숭은 기생 산월을 데리고 같은 침대차를 타고 떠났으므로, 정선은 질투와 가정에 대한 비관으로 마침내 정부를 데리고 불의 향락의 길을 떠난 남편이 탄 차에 차라리 몸을 던져 죽을 양으로 ○○자동차부의 경(京) ○○○○호 자동차를 타고 수색까지 따라가 몸을 기관차 앞에 던졌으나 마침 궤도에 눈이 쌓였으므로 수십 간을 밀려 나가고도 생명은 부지한 것이라고 하고, 또 목격자의 담이라 하여 허숭이가 정선을 데리고 병원으로 가는 것을 보고 기생 산월은 분개하여 개성 역두에서 일장의 희비 활극을 연출하였다고까지 하였다.

이 기사에 흥미와 의분을 느낀 편집자는 '지사 가면(志士假面) 쓴 색마(色魔)'니, '불의연애사중주(不義戀愛四重奏)'니 하는 표제를 붙였다.

숭은 이 신문을 정선에게 보이지는 아니하였으나 신문에 났느냐고 정선이가 물을 때에 그렇다고 대답은 하였다.

아무려나 이 신문이 온 뒤로는 다소간 회복되었던 병원 내의 허숭 부처에 대한 존경도 다 스러지고 사람들의 눈에서마다 조롱과 천대의 눈살이 흐르는 듯하였다.

그러나 허숭에게는 이것이 별로 큰일은 아니었다. 그보다도 만일 이번 불행이 새 기원이 되어서 정선이가 다리 하나를 끊더라도 머리에 흠이 나더라도 좋은 아내가 되어주기만 하면 도리어 행복이라고 생각하였다. 오직 미안한 것은 유순이었다. 가명이라고 하면서 기실 본명을 쓴 것이 미웠다. 이것이 얼마나 유순의 일생에 큰 타격을 줄 것인가. 숭은 유순을 집에 데려다 둔 것을 후회하였다. 살여울 동네 사람도 그런 생각을 할는지 모른다. 숭은 맹한갑이가 다행히 무죄가 되어 출옥을 하면 그와 유순을 혼인시키려고 맘을 먹고 있었던 것이었다. 이번 상고가 기각될 줄을 잘 아는 숭은 유순을 어찌할까가 문제가 되지 아니할 수 없었다. 그러나 정선이가 병이 나아서 숭과 같이 살여울로 가면 문제는 해결될 것이라고 믿었다.

"염려 마오. 우리 둘이 일생에 서로 잘 사랑하고 좋은 가정을 이루어가면 지금 무슨 말을 듣기로 어떠오. 이것이 다 우리 행복의 거름[452]으로만 압시다."

하고 위로하였다. 그러나 그 위로가 정선을 안심시키지는 못하는 모양이었다.

3-102

다리를 자른단 말은 차마 숭의 입에서 나오지 아니하였다. 머리에 흠이 생기는 것만도 병신이 되는 것으로 아는 정선이다. 그만한 병신으로도 살기가 싫다는 정선이다. 만일 다리를 잘라버린다면 어떻게나 놀랄까, 슬퍼할까, 하면 차라리 알리지 말고 수술을 받게 하는 것이 나으리라고 생각하였다.

의사도 만일 정선을 좀더 존경하는 맘이 있다고 하면 직접으로 한번 의논을 하였을 법도 하지마는 아주 고약한 것들로 값을 쳐놓은 터이므로 다시 물어보려고도 아니 하였다.

수술실의 준비는 다 되었다. 신문 기사를 보고 화를 낸 윤참판은 수술한다는 숭의 편지를 받고도 답장도 하지 아니하고 죽어도 모른다고 집안사람들을 보고 화를 내었다. 이리하여 한 사람의, 천하에 오직 한 사람뿐의 동정을 받으면서 정선은 수레에 실려 수술실로 옮기어 갔다.

정선은 다친 무릎을 약간 째는 것으로만 알고 수술대 위에 가만히 누워 있었다. 그러나 수술대에 처음 오르는 정선에게는 여러 가지 무서움이 있었다. 간호부가 하얀 헝겊으로 눈을 싸매어 수술실의 흰 천장과 곁에 선 사람들이 안 보이게 될 때에 정선은 죽음의 그림자가 곁에 선 듯함을 깨달아 몸에 소름이 끼쳤다.

간호부들이 정선의 옷을 벗길 때에 정선은 본능적으로 다리를 굽히려 하였으나 물론 다리가 말을 듣지 아니하였다.

정선의 몸은 아주 알몸이 되었다. 정선은 흰옷을 입고 방수포 앞치마를 두른 의사들이 솔을 가지고 손을 씻고 있던 것을 기억하고 수치를 깨달았다. 그러나 어떤 손이 두 발목을 무엇으로 비끄러맬 때에는 그러한 수치의 정도 스러지고 오직 절망의 둔한 슬픔이 판토폰[453] 주사에 마취하고 남은 의식을 내리누를 뿐이었다.

전신에 무슨 선뜩선뜩하고 미끈미끈한 액체를 바르고 무엇으로 문지르는 것을 깨달았다. 그것은 마치 냉혈동물의 몸이 살에 닿는 듯이 불쾌하였다.

'하나님!'

하고 정선은 속으로 불렀다. 한없이 넓고 차고 어두운 허공에 저한 몸이 발강댕이로 둥실둥실 떠서 지향 없이 가는 듯한 저를 의식할 때에 정선의 정신은 '하나님!' 하고 부르는 것밖에 다른 힘이 없었다.

딸그락딸그락 사스릉사르릉하는 소리가 들린다. 아마 유리판한 탁자 위에 수술에 쓰는 메스들을 늘어놓는 소리일 것이다. 그 백통[454]빛 날들! 정선은 소름이 끼침을 깨달았다.

'이 사람들이 나를 어찌할 작정인가.'
하고 정선에게는 의심이 나기 시작하였다. 그러나 제 몸을 어찌하려든지 정선은 반항할 힘이 없음을 깨달았다.

머리맡에 사람이 가까이 오는 모양이더니 코 위에 무엇이 덮이고 온도 낮은 액체인지 기체인지 분간하기 어려운 무엇이 입과 코와 목과 맘속을 흘러 들어가는 듯 감각이 생겼다. 그것은 일종의 향기를 가진 냄새였다.

'클로로포름? 에테르?'
하고 정선은 몽혼약[455]의 이름을 생각하였다. 몽혼은 심히 무섭고 불쾌한 일이었으나 그렇다고 반항할 수는 없었다. 되는대로 되어라 하고 정선은 맘 놓고 숨을 들이쉬었다. 이대로 죽어버리면 다행이다——이렇게도 생각하였다.

"하나, 둘, 셋, 넷——이렇게 세어보시오."
하는 소리가 들린다. 그것은 김의사의 소리였다. 조금도 동정을 가지지 아니한 소리였다. 그러나 그런 것을 생각할 여지가 없었다. 정선은 하라는 대로,

"하나, 둘, 셋, 넷……"
하고 세었다.

정선은 맘이 괴롭고 슬펐다. 이런 때에 남편의 소리가 들리고 손이 만져졌으면 어떻게나 좋을까 하였으나 제 두 손을 잡은 이는 남편은 아니었다. 맥을 보는 의사의 손이었다.

3-103

"하나, 둘, 셋, 넷."
하는 정선의 소리가 숭의 가슴을 찔렀다. 그 떨리는 소리, 울음 섞인 소리는 숭으로 하여금 곧 수술실에 뛰어 들어가서 정선을 안아 내오고 싶은 맘을 내게 하였다.

'사랑의 무한, 아! 왜 내가 그 같지 못하였던고?'
하고 숭은 후회하였다. 정선의 다리를 끊는 것이 저라고, 숭은 가슴을 아프게 하였다.

그렇게 병신이 되기 싫어하는 정선의 다리를 끊어. 끊긴 줄을 아는 때의 정선의 슬픔. 끊긴 다리로 남의 앞에 나설 때의 정선의 괴로움. 그것을 생각할 때에 숭은 뼈가 저렸다.

'극진히 사랑해주자. 이제부터야말로 무한한 사랑으로 사랑해주자.'

이렇게 숭은 다시금 맹세하였다.

"하나 둘 셋 넷……"
하는 소리도 인제는 아니 들렸다. 다만 무엇인지 알 수 없는 버스럭거리는 소리만이 들릴 뿐이었다.

정선의 하얀 다리 바로 무릎 위에는 이박사의 손에 들린 백통빛 나는 칼이 한 번 득 건너갔다. 빨간 피가 주르르 흘러나와서 하얀 살 위로 흐르려는 것을 간호부의 손에 들린 가제가 쉴 새 없이 빨아들인다.

칼로 베어진 살을 역시 백통빛 나는 집게로 집어 좌우로 벌려 놓고 혈관을 골라 졸라매고 그러고는 골막을 긁어 제치고, 또 그러고는 톱을 들어 다리뼈를 자른다. 스르륵스르륵하는 톱질 소리가 고요한 수술실 안에 꽉 찬다. 톱이 왔다 갔다 스르륵 소리를 낼 때마다 정선의 다리는 경련을 일으키는 모양으로 떨린다. 그리고 정선은 아프다는 뜻인지 싫다는 뜻인지 분명히 알 수 없는 소리를 중얼댄다.

이따금 소리를 버럭 지를 때도 있으나 특별히 아픈 줄을 아는 때문인 것 같지도 아니하였다.

맥을 보는 의사는 입술을 떨면서 맥을 세었다. 간호부들은 의사의 이마에 땀을 씻을라, 가제를 주어 섬길라 바빴다. 그러나 소리는 없었다.

의사들은 마치 눈과 손만 가진 사람인 듯하였고 간호부들은 마치 귀와 눈만 가진 사람인 듯하였다. 의사의 눈치와 외마디소리에 기름 잘 바른 기계 모양으로 이리 움직이고 저리 움직였다.

'실수 없이, 빨리빨리.'

이밖에 아무 생각이 없었다.

"떡."

하는 이상한 소리를 내며 정선의 다리가 뚝 떨어졌다. 아직도 따뜻하고 아직도 말랑말랑한[456] 다리다. 간호부는 무슨 나무 조각이나 드는 것같이 그 떨어진 다리를 들어서 금속으로 된 커다란 접시 같은 것 위에 올려놓았다. 끊어진 다리에 붙은 발가락들이 가끔 살고 싶다는 듯이 움직였다. 그러나 그들은 영원히 다시 살아나지는 못하게 된 것이다.

의사는 집게로 집어서 걷어 올렸던 살과 가죽으로 끊어진 뼈를 싸고 초승달 모양으로 생긴 바늘에 흰 명주실을 꿴 것으로 숭숭 꿰매었다. 그러고는 약을 바르고 가제로 싸고 솜으로 싸고 붕대로 감고 이에 수술은 끝났다.

"이것 보아!"
하고 이박사는 정선의 다리 (이제 끊겨 떨어진 죽은 다리를 이리저리 뒤집어보다가) 무릎께서 칼로 푹 찔러 째어서 피고름이 쏟아지는 것을 보이면서 말하였다.

다른 의사들도 끊어진 다리를 이리 뒤적 저리 뒤적 만져보았다. 마치 무슨 장난감이나 되는 듯이.

정선의 몸은 깨끗이 씻기고 옷을 입히었다. 코에 대었던 마스크도 떼어졌다. 간호부는 정선의 이마에 돋은 땀방울을 씻어내고 정선을 수레에 얹어 싣고 홑이불과 담요를 덮었다.

3-104

삐걱하고 수술실의 문이 열릴 때에 정선의 붕대로 동인 검은 머리가 수레 위에 누운 대로 쑥 나오는 것을 볼 때에 숭은 길을 비키면서 가슴이 몹시 울렁거림을 깨달았다. 그것은 형언하기 어려운 감정이었다.

숭은 정선이가 탄 수레를 제 손으로 끌었다. 그리고 눈이 아뜩아뜩하도록 흥분되는 것을 억지로 참았다.

병실에 들어가서 간호부가 정선을 안아 내릴 때에 한쪽 다리가 무릎으로부터 없는 것을 보고 숭은 놀랐다. 그럴 줄을 생각 못하였던 것같이 놀랐다.

'정선은 한 다리를 잃었구나!'

하는 일은 결코 가벼운 일은 아니었다.

병실에 돌아온 지 얼마 아니 하여 정선은 눈을 떴다.

"수술 다 했수?"

하고 정선은 곁에 앉은 남편을 보고 물었다.

"응."

하고 숭은 고개를 끄덕여 보였다.

"짰나?"

하고 정선은 다시 궁금한 듯이 물었다.

"응."

하고 숭은 길게 설명하기를 원치 아니하였다.

"아프지 않아."

하고 정선은 빙그레 웃었다.

"아프지 말라고 수술했지."

하고 숭도 웃어 보였다.

"그렇게 여러 날 못 주무셔서 어떡허우? 유월이더러 보라고 당신은 좀 주무시구려."
하고 정선은 숭의 초췌한 얼굴을 보며 걱정하였다.
"염려 마오."
하고 숭은 레모네이드 병을 들어 정선의 입에 넣어주었다.
정선은 가장 맛나는 듯이 그것을 두어 모금 마셨다.
정선은 그날 하루를 제 다리가 끊긴 줄을 모르고 지냈다. 그 이튿날도 그러하였다. 끊긴 쪽 무릎이 가렵다는 둥, 그쪽 발이 가렵다는 둥, 긁어달라는 둥, 그쪽 다리가 아직 있는 것으로 알고 있었다.
"다리가 병신은 안 되우?"
하고 근심되는 듯이 남편에게 묻기까지 하였다.
그럴 때에는 숭은 긁는 모양도 해주고 만지는 모양도 해주었다. 그러면 정말 긁힌 듯이 만져진[457] 듯이 정선은 만족하게 가만히 있었다.
다리를 자른 뒤에는 열도 오르지 아니하고 고통도 덜려서 정선은 하루의 대부분을 눈을 뜨고 지내고 남편과 이야기도 하였다 정선은 매우 명랑하게 지냈다.
사흘째 되던 날 아침에 의사는 다리 끊은 자리의 붕대 교환을 하게 될 때에 숭은 병실에서 나오지 아니하면 아니 되게 되었으므로 정선은 비로소 제 다리가 끊겨진 것을 보았다.
붕대 교환이 끝나고 숭이 혹시 정선이가 다리 끊긴 것을 알지나 아니하였나 하는 근심을 가지고 병실에 들어갔을 때에는 정선은 울고 있었다. 그러다가 숭이가 들어오는 것을 보고 두 손으로 낯을 가렸다.

숭은 다 알았다. 그러나 무엇이라고 말할 수가 없어서 우두커니 서 있었다.

"아, 울지 마우. 인제는 살아났으니 울지 마우."

하고 숭은 낯을 가린 정선의 팔목을 붙들어서 낯에서 떼려고 하였다. 그러나 정선은 떼쓰는 어린애 모양으로 더욱 꼭 누르고 손을 떼지 아니하였다. 그리고 달랠수록 더욱 머리를 흔들고 울었다.

"여보."

하고 숭은 정선을 한 팔로 안으면서,

"내가 끊으라고 해서 끊었는데 어떻소? 당신이 다리 하나가 없더라도 내가 일생에 전보다 더 잘 사랑해줄 텐데, 무슨 걱정요?"

하고 위로하였다.

3-105

"왜 나한테 말도 아니 하고 다리를 자르게 했소?"

하고 정선은 낯을 가렸던 손을 떼며 성을 내었다.

"그냥 두면 다리가 점점 썩어 들어가서 더 많이 자르게 될는지도 모르고, 또 더 심하면 생명에 관계될는지도 모른다고 하니, 당신이 고통을 받는 것도 볼 수 없고 또 죽기도 원치 아니하고 보면

자를 수밖에 없지 않소?"
하고 숭은 알아듣도록 설명을 하였다.

"싫어요, 싫어요. 죽는 게 낫지 다리병신이 되어가지고 살면 무얼 해요?"
하고 정선은 더욱 흥분하였다.

"이렇게 정신을 격동하든지 몸이 움직이면 출혈이 될 염려가 있다고 합디다. 출혈이 되면 큰일 나오."
하고 숭은 정선의 손을 만지며 애원하였다.

다리를 자른 데 대한 정선의 원망은 여간해서 가라앉지 아니하였다. 그래서 가끔 숭을 볶아대었다. 그럴 때마다 숭은 침묵을 지키거나 위로하는 말을 하였다.

그러나 일주일 지나 이주일 지나 병이 차차 나아가는 동안에 정선은 숭의 침식을 잊고 저를 위하여 애쓰는 정성에 감동이 되었다. 더구나 친정에서도 돌아보지 아니하고 세상이 다 저를 버려서 죽든지 살든지 상관을 아니 하는 이때에 제일 저를 미워해야 옳을 남편이 이처럼 전심력을 다하여 저를 간호한다는 것을 뼈가 저리도록 고맙게 생각하지 아니할 수 없었다.

"용서하세요."
하고 정선은 가끔 자다가 깨어서는 저를 지키고 앉았는 남편의 손을 잡고 눈물을 흘리게 되었다.

"며칠 안이면 퇴원할 테니 퇴원하거든 서울로 가서 의족(고무로 만든 다리)을 만들어가지고 살여울로 갑시다."
하는 것이 숭의 대답이었다.

"싫어요, 난 서울은 안 가요. 이 꼴을 하고 서울을 가?"
하고 정선은 웃었다 그러나 그 웃음 끝에는 얼굴이 검은빛으로 흐렸다.

"그럼 의족은 어떻게 하오?"

"여기 불러오지는 못하오?"

"불러오면 돈이 많이 들지. 인제는 당신이나 내나 다 몸뚱이 하나뿐이오. 인제부터는 우리들이 벌어먹어야 하오."

이 말은 정선에게는 무서운 말이었다. 참 그렇다. 돈이 없다. 십여만 원 가치어치 재산은 숭이가 다 친정아버지에게 돌려보내고 말았다. 이 꼴이 된 정선을 아버지가 다시 돌아볼 것 같지 아니하였다.

그뿐더러 벌어먹는다는 것, 제 손으로 제 옷과 밥을 번다는 것은 정선으로는 일찍이 생각해본 일도 없었다. 제 손으로 벌어먹는다는 것은 천한 사람이나 하는 일 같았다. 재산 없는 몸, 그것은 마치 젖 떨어진 젖먹이와 같이 헬프리스한 일이었다. 앞이 막막하였다, 그래서 정선은 말이 나오지 아니하였다.

"어떻게 벌어먹소?"
하고 한참 뒤에야 비로소 한마디를 하였다.

"왜 못 벌어먹어?"
하고 숭은 자신 있게 말하였다.

"그야 당신이 변호사 노릇을 하면야 벌어도 먹지마는 살여울 가서야 어떻게 벌어먹소?"
하고 기가 막히는 듯이 천장을 바라보았다.

"땅 사놓은 것이 있어. 우리 두 식구 먹을 것은 나오우, 내가 혼자 농사를 지어두. 당신은 옷만 꿰매시구려."
하고 숭은 웃었다.

정선은 아직 제 치맛주름 한번 잡아본 일도 없었다. 집에는 으레 침모가 있는 법으로 생각하였다. 정동 집에는 침모도 차집도 다 있지 아니하냐. 그러나 이 꼴 하고 신문에 나고 다리 하나 끊어지고 서울로 갈 면목은 없었다. 살여울 갈 면목도 있는 것은 아니지마는 그래도 이 세상에서 저를 돌아보아주는 사람은 남편밖에 없지 아니하냐. 이 병신 된 몸을 의지할 곳은 남편밖에 없지 아니하냐. 이렇게 생각하면 눈물이 솟았다.

"내 낫거든 살여울로 가께. 옷도 꿰매고 반찬도 만드께."
하고 정선은 낯 근육을 씰룩거리며 울었다.

3-106

하루는 서울서 숭에게 전화가 왔다. 숭은 그것이 혹시 장인에게서 온 것이나 아닌가 하였다. 장인이나 처남에게서는 지금까지 엽서 한 장도 없었다.

전화에 나타난 것은 여자의 소리였다. 그가 누구라고 말하기 전에 그 소리의 주인은 산월인 것이 분명하였다. 그 목소리는 알토인 듯한 가라앉고도 다정스러운 목소리다.

"저 선희입니다. 백산월이라야 아시겠죠."

하는 것이 허두다. 그 음성에서는 기생다운 것이 떨어지고 없다.

"네."

하고 숭은 무엇이라고 대답할 바를 찾지 못하였다.

"부인 어떠셔요? 일어나셨어요?"

"아직 누워 있습니다."

"괜찮으시지요?"

"인제 죽기는 면한 모양입니다."

"다리는?"

"다리는 잘라버렸지요."

"네?"

하고 산월은 놀라는 모양이었다.

"잘랐어요. 그렇지만 살아났으니 고맙지요."

하고 숭은 하염없이 웃었다.

"저런! 그럼요. 살아나신 것만 다행하지요."

하고 산월은 한참 잠잠하다가,

"저, 병원으로 좀 찾아가도 좋아요?"

하고 묻는다.

"어떻게 여기를."

하고 숭은 좋다는 뜻도 좋지 않다는 뜻도 표하지 아니하였다. 산월이가 찾아오는 것이 아내에게 어떠한 영향을 줄는지 모르는 까닭이다.

"비편하시겠지마는[458] 낮차로 찾아가겠습니다. 꼭 좀 의논할 말씀도 있구요—선생께 걱정을 끼칠 말씀은 아닙니다. 그럼 이따

가께요. 정선이 보시고 제가 온다더라고 그러셔요."
하고 이편의 대답도 듣기 전에 산월은 전화를 끊어버렸다.

숭은 방에 돌아왔다.

"집에서 왔어요?"
하고 정선은 조급하게 물었다.

"아니. 백선희씨한테서 왔어. 낮차에 오마고."
하고 숭은 대수롭지 아니한 것같이 대답하였다. 그러나 속으로는 그렇게 편할 수는 없었다.

이날 서울서 의족 만드는 사람이 왔다. 일전에는 그 사람이 석고를 가지고 와서 정선의 성한 쪽 다리를 본떠 갔더니 이번에 그 본에 비추어서 다리를 만들어 가지고 왔다. 비단 양말을 신기고 구두를 신기고 보면 성한 다리와 다름이 없었다.

정선은 숭에게 겨드랑을 붙들려서 침대 위에 일어나 앉기까지는 하였지마는 고무다리 만드는 사람 있는 곳에서는 그것을 대어보기를 원치 아니하였다. 그래서 숭은 그 사람을 내보내고 저 혼자 있는 곳에서 고무다리를 맞추어보았다.

아직 끊은 자리가 굳지를 아니하여 좀 아팠다. 그러나 아픈 것 때문은 아니요 고무다리를 대지 아니하면 안 되게 된 것 때문에 정선은 숭의 가슴에 매달려서 울었다.

"이게 다 무어야. 내다 버려요!"
하고 정선은 그 고무다리가 보기 싫다고 이불을 쓰고 울었다.

숭은 고무다리를 잘 싸서 정선이가 보지 않는 곳에 가져다가 두었다.

"나는 고무다리 안 댈 테야."
하고 정선은 떼를 썼다.
"대고 싶을 때에만 대시구려."
하고 숭은 정선을 무마하였다.

그러나 그러면서도 정선은 하루에 한 번씩 고무다리를 대어보았다. 그리고 한두 걸음씩 걸어도 보았다. 그러고 나서는 또 울었다. 마치 히스테리가 된 것 같았다.

자나 깨나 정선의 머리 속에서는 고무다리가 떠나지 아니하였다. 눈을 감으나 뜨나 고무다리는 눈에 얼른거렸다. 그러할 때마다 슬펐다.

3-107

산월이가 올 시간이 되었다. 숭은 산월이가 오기 전에 정선에게 산월과 저의 관계를 말할 필요가 있다고 생각하였다. 그러나 이런 델리킷한 문제를 어디서부터 시작할까 하고 맘을 썼다.

"선희씨가 당신이 병원에 입원하던 날 여기까지 와서 하룻밤을 자고 갔다우."
하는 것으로 길을 열었다.
"선희가 여기?"
하고 정선은 놀랐다.
"응, 내가 경성역에서 차를 타고 자리를 찾으러 다니다가 그 사람을 만났어, 그래 여기까지 같이 와서 하루 묵어갔지요."

정선은 아내다운 의아의 눈을 가지고 숭을 바라보았다. 그러나 정선은 선희가 학생 시대에 집에 다닐 적에 숭을 알던 것과 또 숭이란 사람이 기생과 무슨 상관이 있으리라고 생각되지 아니하는 것으로 다시 안심하는 것 같았다.

"내가 선희 집에 가서 하룻밤을 잔 일이 있지 않소? 강변호사한테 붙들려서 술을 잔뜩 먹고는 인사 정신 못 차리고 있었는데, 자다가 깨어보니까 웬 모르는 집인데 곁에서 자는 사람이 산월이란 말야. 산월은 강변호사가 부른 기생이거든. 그래서 그 집에서 하룻밤을 지내지 아니하였소?"
하는 숭의 말은 좀 어색하였다. 그렇지마는 해야 할 말을 해버린 것은 기뻤다.

정선은 그 말을 듣고는 오장이 뒤집히는 듯함을 깨달았다. 지금까지 숭을 존경하던 생각이 다 스러지고 격렬한 질투를 깨달았다. 그러나 정선은 제가 숭을 나무랄 사람이 못 됨을 생각하고 다만 눈을 감고 사내발[459]이 날 뿐이었다. 마치 정선의 피가 얼어붙는 듯하고 숨이 막히고 이가 떡떡 부딪쳤다.[460]

"저리 가요?"
하고 한참이나 있다가 정선은 남편을 노려보고 소리를 질렀다.

숭은 아무 말도 아니 하고 곁방으로 가서 유월이를 정선의 병실로 들여보냈다.

"이년, 무엇 하러 왔어? 저리 가!"
하고 정선이가 외치는 소리가 곁방에 있는 숭의 귀에 들렸다.

유월이는 정선에게 쫓겨나서 숭에게로 왔다.

정선은 혼자서 울고 있었다.

"나는 고무다리, 선희는 성한 몸."

하고 정선은 선희가 제게 무서운 원수나 되는 것같이 생각되었다. 선희가 곁에 있으면 칼로 찔러 죽이고 싶었다.

이때에 선희는 간호부를 따라 정선의 방 문을 열고 들어섰다.

정선은 그것이 선희인 것을 직각적으로 알고 눈물을 씻고 눈을 감고 자는 모양을 하였다.

선희는 잠든 병인을 깨울까 저어하는 모양으로 발끝으로 걸어서 정선의 침대 곁으로 와서 우두커니 섰다.

이렇게 침묵이 계속하기 이삼 분. 선희는 초췌한 벗의 얼굴을 들여다보고 한숨을 짓고 서 있었다.

선희는 오늘은 산월이 아니었다. 머리는 학생 머리로 틀고 옷도 수수한 검은 세루 치마에 흰 삼팔저고리,[461] 학교에 다닐 때에 입던 외투와 핸드백을 손에 들고 모습을 감추기 위함인지 알이 검은 빛나는 인조 대모테[462] 안경을 썼다. 산월을 본 병원 사람들도 그가 산월인 줄을 안 사람이 없었다.

선희는 언제까지든지 정선이가 잠을 깨기를 기다리는 듯하였다.

숭은 마치 심판을 기다리는 죄인 모양으로 우두커니 옆의 방에 앉아 있었다. 그리고 선희가 온 때에 일어날 불쾌한 한 장면을 그려보았다. 그러나 당할 일은 당할 일이었다. 비가 되거나 우박이 되거나 겪을 일은 겪을 일이었다. 다만 정선의 병에 해롭지 않기만 바랄 뿐이었다.

3-108

정선은 자는 체를 하고 있으면서 선희에 대하여 할 행동을 생각하였다. 처음에는 분하기만 하였으나 선희가 언제까지고 가만히 서 있는 것을 보고는 분한 마음이 좀 풀리고 동정하는 마음이 생겼다. 오는 길로 남편을 찾지 아니하고 저를 찾아서 언제까지든지(정선의 생각에는 반 시간이나 된 것 같았다) 제가 눈을 뜨기를 기다리고 섰는 것이 선희가 제게 대한 성의인 것으로 해석하였다. 그래서 정선은 아무쪼록 선희에 대하여 호감을 가져볼 양으로 학생 적에 저와 선희와 의좋게 지내던 것을 생각하였다. 이 모양으로 맘을 준비해가지고 정선은 자다가 깨는 모양으로 가볍게 기지개를 켜면서 눈을 떴다.

"정선이."

하고 선희는 눈을 뜨는 정선의 가슴 위에 엎어지는 듯이 몸을 던지며 제 뺨을 정선의 뺨에 비비고 최후에 입을 맞추었다. 이것은 두 사람이 동성연애 비슷한 것을 하면서 하던 버릇이었다. 그리고 선희는 코끝과 코끝이 서로 마주 닿을 만한 거리에서 정선의 눈을 들여다보며,

"네가 살아났구나. 네가 살아났어."

하고 또 한 번 뺨을 비비고 입을 맞추었다. 마치 어머니가 어린 딸에게 하는 모양으로.

"그래. 죽지 못하고 살아났단다."

하는 정선은 선희의 열정적인 포옹에 감격하지 아니할 수 없었다.

"왜 그런 소리를 하니?"

하고 선희는 그제야 정선에게서 물러나서 곁에 있는 교의에 앉으며,

"죽기는 왜 죽어? 살아야지. 나는 우연히 미스터 허와 한차를 탔다가 글쎄 수색 정거장을 조금 지나서 차가 급작스러이 정거를 하지 않겠니? 그때에 미스터 허는 아마 마음에 무엇이 알렸나 봐, 벌써 무슨 일이 난 것을 다 아는 듯이 차에서 뛰어내린단 말이다. 눈이 펑펑 쏟아지는데. 그러자 사람들이 뛰어오면서 레끼시(치여 죽음)라고, 웬 젊은 여자가 레끼시를 하였다고 그러겠지, 그래 웬 여자라는 말을 들으니깐 나도 가슴이 설렌단 말야. 남자라고 하는 것보다 다르더라, 역시 여자에게는 여자가 가까운가 봐……"

"서로 미워하기도 여자끼리가 제일이고."

하고 정선은 빙그레 웃었다.

"그래. 그래 가보니깐——너 그때 이야기 미스터 허한테 다 들었니?"

하고 선희는 말을 끊고 묻는다.

"그 뚱딴지가 무슨 말을 허니? 또 내가 무어라고 그걸 물어보아?"

하고 정선은 선희의 보고에 참으로 흥미를 느꼈다.

"아, 그래."

하고 선희는 말할 이유를 찾은 것을 만족하게 여기며 말을 계속한다.

"아 그래, 가까이 가보니까—아주 가까이 가게는 아니 하지, 길을 막아요—아 그래, 가만히 바라보니깐 기관차 이맛불빛에 웬 젊은 여자가 피투성이가 되어서 눈이 쌓인 철로길에 가로누워 있단 말이야, 칠피 구두가 불빛에 반짝반짝하고. 그것을 보니까 나도 저렇게 죽을 몸이 아닌가 하고 마음이 슬퍼지더구나. 그러기로 그것이 정선일 줄이야 꿈엔들 생각하였을 리가 있나.

그런데 말야. 그 시체—우리야 시첸 줄만 알았지. 살았으리라고야 생각할 수가 있나. 그래 그 시체를 맞들고 차에 실으려고 앞으로 지나가는데, 미스터 허가 깜짝 놀라서,

'아이구, 정선이!'

하고 시체를—그러니깐 너지 정선이지—붙든단 말야. 그래서 보니깐 정선이 아니야. 얼굴이 반이나 피에 젖고, 치마가 모두—아이, 그, 그 말을 어떻게 다 하니?"

하고 선희의 눈에서는 눈물이 흘러내린다.

선희가 우는 것을 보고 정선도 눈물을 흘렸다. 눈물은 두 사람의 마음에 걸렸던 모든 깨끗지 못한 관념과 감정을 녹여버렸다.

3-109

"그래서."

하고 선희는 눈물을 흘린 것이 부끄러웠다는 것같이 일부러 소리를 내어 웃으며 손수건을 두 손가락 끝에 감아가지고 안경 밑으

로 눈물을 씻는다.

"그래서 미스터 허가 차장과 교섭을 해서 너를 일등 침대에다 태우고 다른 찻간으로 돌아다니면서 의사 하나를 불러왔지요. 모르지 정말인지 아닌지, 제가 의사라니깐 아니?

그래서 네가 여기를 오게 되고 나도 여기까지 따라와서 하루를 묵어서 갔단다. 그런 건데 말야. 세상에서들은 무어라고 하는고 하니!"

하고 선희가 새로운 화제를 꺼내려 할 적에 숭이가 문을 열고 들어왔다.

"오셨어요?"

하는 것이 숭의 인사.

"부인 병구완하시기에 얼마나 곤하셔요? 그래도 이렇게 나았으니깐 다행하시지."

하고 선희는 숭과 정선을 번갈아서 본다.

"낫기는 무어가 나았어? 다리 하나가 없어졌는데 나았어?"

하는 정선에게 불쾌한 빛이 없음을 보고 숭은 맘을 놓았다.

숭은 기생 모양을 버리고 보통 여학생 모양을 차린 선희의 모양을 호기심으로 바라보았다. 그 모양에서 기생의 흔적이 어디 남았는지를 찾기가 어려웠다. 숭은 이것이 산월인가를 의심할 만하였다. 그렇다고 예전 정선의 집에 놀러 다닐 때 선희도 아니었다.

"왜 그렇게 보세요? 어디 기생 냄새가 나는가 하고 그러세요?"

하고 선희는 두 손으로 낯을 가리고 수삽한 빛을 보인다. 도무지 기생의 흔적이 없었다.

"정선이는 내가 기생으로 차린 것을 본 일이 없지? 기생 스타일에도 일종의 미가 있다. 그것이 아마 조선이 가진 아름다운 것 중에 하나일는지 몰라. 그 몸가짐, 걸음걸이, 그것도 다 공부가 있어야 되어요—아이, 내가 무어라고 이런 쓸데없는 소리를 하고 있어?"
하고 선희는 정선의 이불과 베개를 바로잡아주고 나서,
"아이 참, 여기 앉으셔요."
하고 선희는 섰는 숭에게 교의를 권한다. 이 방에 교의는 하나밖에 없었다.
"앉으시오. 나는 여기 앉지요."
하고 숭은 아내의 침대의 발치에 걸터앉는다.
"글쎄, 어째 기생이 됐어?"
하고 정선은 억지로 불쾌한 생각을 누르면서 물었다. 그것은 남편이 기생 산월의 집에서 잤다는 것이었다.
"기생 됐던 말은 해서 무얼 해?"
하고 선희는 다시 교의에 앉으며, 숭을 향하여,
"저 기생 고만두었답니다. 여기서 올라간 날로 폐업하였어요. 그래 지금은 기생 아닙니다."
하고는 다음에는 정선을 향하여,
"나 기생 고만두었다. 인제부터는 어느 시골 유치원 보모 노릇이나 하고 싶어. 그리고 야학 같은 거 가르쳐도 좋고."
하고는 또 숭을 향하여,
"정말입니다. 저 어디 갈 데 하나 구해주세요. 살여울은 유치원 없습니까. 정선이 살여울 안 가?"

"글쎄."

하고 정선은 마음에 없는 대답을 하였다.

"정선아, 난 너 가는 데로 갈 테야. 너 따라댕겨도 괜찮지."

선희는 퍽 흥분하여 허둥지둥하는 빛이 보인다.

정선은 선희의 속마음을 꿰뚫어 보려는 눈으로 싸늘한 독이 품긴 눈살을 선희의 일동일정에 던졌다. 그리고 선희가 숭에게 마음을 두어 숭을 빼앗아가려는 것이나 아닌가 하고 마음에 자못 불쾌하였다. 그렇지 아니하면 무슨 까닭에 갑자기 기생을 고만두고 정선을 따라오려는 것일까.

3-110

"무얼 날 따라오는 게야?"

하고 정선은 빈정댔다. 그러나,

'네가 내 남편을 따라오려는 것 아니냐?'

이런 말은 정선의 입에서 나오지 아니하였다.

선희는 잠깐 정선을 바라보았다. 그리고 정선의 얼굴에서 유쾌한 웃음을 찾아보고는 안심하고,

"저는 어려서부텀 말 안 듣는 계집애로 유명했답니다. 아버지, 어머니 살아 계실 때에도 영 이르는 말씀은 안 들었지요. 때리면 얻어맞고 울고 밥을 굶을지언정 영 말은 안 들었답니다. 왜 그랬

는지 내 모르지요. 학교에 가기 시작한 뒤에도 말을 잘 안 들었어요. 제 생각에는 어른들이 시키시는 말씀이 다 옳지 않아 보인단 말야요. 어른의 권력으로 선생님의 권위로 내리누르시지마는 옳지 않은 것이 옳게는 안 보이거든요. 옳게 안 보이는 것을 복종하기는 싫거든요. 안 그러냐 얘, 너도 내가 선생님한테 벌 받는 것을 여러 번 보았지, 왜?"

하고 선희는 정선의 동의를 구할 겸 눈치를 떠본다.

"그럼, 고년 작두로 찍어도 안 찍힐 년이라구. 불에 태워두 안 타질 년이라구, 하하하하, 그 돌배라는 선생이 안 그랬니 왜? 선희 널 보구."

하고 정선은 유쾌하게 깔깔대고 웃는다.

숭은 정선이가 유쾌하게 생각하는 것이 기뻤다. 선희도 그러하였다. 정선은 선희의 태도와 말이 그가 단순히 사내를 따르려는 계집이 아니요, 사내와 계집을 초월한 사람의 위신을 찾았음을 느끼고 안심하게 된 것이었다.

"그렇게 저는 누구 말 안 듣는 계집애로 자라났단 말씀야요. 그러다가 아버지, 어머니 다 돌아가셔 삼촌 집에 가서도 말 안 듣는 버릇은 놓지 못했답니다. 더군다나 삼촌이라는 이가 내게 호의를 가진 사람이 아닌 줄을 안 담에야 내가 왜 그 말을 들어요? 심사로라도 안 듣지. 삼촌은 웬일인지 저를 미워하셨답니다. 작은어머니라는 이는 더하고요. 제가 제일 가까운 사람이 외조모와 이모들이지마는 삼촌이 제가 외가에 가는 것은 대기[463]거든요. 또 외가가 서울을 떠난 것도 한 이유는 되지만두.

삼춘의 목표는 제게 있은 것은 아니지요. 조카딸년이야 어찌 되었든지 아버지 두고 가신 재산만 가지면 고만이란 말씀야요. 제가 고등과를 졸업한 때에—열여덟 살 적이지? 삼춘은 저를 어느 부랑자의 후실로 가라고 야단을 하셨지요. 저는 전문과에 간다고 떼를 쓰고. 전문과에 가? 전문과엔 무엇 하러, 전문과에 가면 학비를 안 줄걸, 이러시고 삼춘은 야단이시지요. 삼춘도 나만 못지않게 뉘 말 안 듣는 양반이시거든요. 그래 숙질간에 대충돌이 안 났습니까. 죽일 년 살릴 년이지요. 그러니 삼춘허구 열여덟 살 된 계집애허구 싸우자니 적수가 되어요? 그래 최후에 제가 그럼 그까진 재산 다 삼춘 가지우, 난 전문과만 졸업하도록 학비만 주시구, 이런 조건으로 타협이 되었지요. 재산요? 재산이래야 몇 푼어치 되나요. 양주 논, 고양 논, 시흥 논과 산과 다 해야 한 육칠만 원어치 될까. 그저 한 오백 석 하지요.

뒤에 생각하니깐 아깝기도 하지마는 한번 한 말을 어찌할 수도 없고, 그래 해달라는 대로 다 도장을 찍어주었지요. 옜소, 옜소, 다 가져가우 하구.

그러고 보니 어떻게 됩니까. 전문과를 졸업하고 나는 날, 저는 쇠천[464] 한 푼 남은 것 없지요. 그렇다고 구질구질하게 삼춘더러 더 먹여달랄 수도 없구요. 그래서 졸업식 한 이튿날 저는 삼춘의 집에서 뛰어나왔지요."

하고 선희는,

"제가 이런 말은 왜 합니까. 뉘 말 안 듣는다는 말 하다가 어느새에 신세타령이 나왔네. 아이 부끄러워."

하고 손으로 눈을 가린다.

3-111

"응. 그래서 네 재산을 모두 너 삼춘한테 빼앗기고 말았구나?"
하고 정선은 동정하는 듯이,

"난 또 그런 줄까지는 몰랐어. 너 어디 나보고 그런 말 했니?"

"그런 말을 왜 하니? 넌 부잣집 작은아씨 아니야. 내가 알거지가 되었다면 너한테 천대받게."

"그러기로, 설마 내가 너를."
하고 정선이가 소리를 내어 웃는다.

"암 그렇지. 내가 기생이 되었다고 정선이가 나 찾아오는 것을 지긋지긋해하지 않어?"
하고 선희가 턱으로 정선을 가리킨다.

정선의 낯빛이 문득 변한다.

"그런 말씀을 길게 할 것은 없구요. 어쨌거나 저는 인제는 기생은 고만두었습니다. 여기서 올라간 이튿날부터요. 신문에 무엇이라고 쓰인 것이 맘에 걸린 것도 아니구요. 왜 그런지 기생 노릇은 아니 하기로 결심을 했단 말씀야요. 세상에서들은 그 신문을 보고 마치 무슨 큰 변이나 생긴 것처럼 야단들이래요. 도무지 집에 앉았을 수가 있나. 굉장히 부르러 오고 찾아오지요. 권번[465]에는 폐업한다고 다 말을 했건만도, 아니라고 아마 신문에 난 것 때문에 그런가 보다고, 내야 어떻겠느냐고, 위로해줄 테니 오라고, 이런 사람들이 있겠지요. 기가 막혀."

하고는 무슨 크게 재미있는 것이 생각이 난 듯이,

"그런데 말야요. 요전 허선생허구 차에서 이박사 안 만나셨어요?"

하고 숭에게로 몸을 돌린다.

"네, 만났지요."

하고 숭은 그때 광경을 그려본다.

"그때에 제가 이박사를 놀려먹었지요? 들으셨어요? 여러 번 주신 편지는 답장을 못 드려서 미안하다고. 또 세 번이나 찾아오신 것을 대문 밖에서 돌아가시게 해서 미안하다고, 글쎄 이랬답니다. 그랬더니 그담에 알고 보니깐 그 자리에 있던 두 여자 속에 하나가 이박사와 약혼 말이 있던 여자랍니다그려. 일본 어느 고등사범인가 졸업한 여자라는데 고만 그 이튿날로 이박사를 탁 차버렸대요. 그리고는 이박사가 또다시 심순례를 꼬여내려 든대, 애."

하고 정선을 바라본다.

"미스 정은 어떻게 되었누?"

하고 정선이가 묻는다. 미스 정이라는 것은 정서분을 가리킴이다.

"정서분씨?"

하고 선희는,

"어림이나 있나. 이박사가 정서분씨 생각이나 할 줄 아니? 인제 만일 순례한테 퇴짜를 맞으면 하루이틀 심심파적으로 미스 정 집에 갇는지도 모르지. 그러면 미스 정은 고만 고마워서 허겁지겁 으로 이박사를 맞아들인단 말이다. 미스 정은 이박사 같은 사람에게는 알맞은 빅팀(희생물)이란 말이다. 우리 같은 것은 너무 닳아먹어서 잘 넘어가지를 않고, 순례는 또 너무 애송이구. 아무려나 이박사도 인제는 볼일은 거의 다 보았어. 이번에 순례허구 틀어지면 인젠 마지막일걸. 응 닥터 현한테도 댕기는 모양이지마는 현이 누구라구. 인제는 이박사도 청산할 때가 되었겠지."

숭은 선희가 점점 흥분하여 말이 많아지는 것을 이상하게 생각하면서 듣고 있었다. 산월이라는 기생은 결코 수다스러운 기생은 아니었다. 도리어 산월이라는 기생의 특색은 그의 숙녀다운 얌전이었다. 그는 별로 말이 없고 말 한마디를 하려면 앞뒤를 재는 것 같았다. 이것이 사람들의 맘을 더욱 끈 것이었다. 이 점잖음이, 얌전함이, 그런데 오늘 이 자리에서는 선희는 마치 무슨 흥분제를 먹어서 발양 상태에나 있는 것같이 말이 많았다. 그 알토 가락을 띤 어성은 대단히 아름답고 유쾌하였다.

"순례는 너무 말을 잘 들어서 걱정이요, 나는 너무 말을 안 들어서 걱정이라고 이박사가 그러겠지."

하고 선희는 말을 잇는다.

"말 안 듣는 데 미가 있다나, 더구나 들을 듯 들을 듯, 안 듣는 데는 사내들이 죽는다고. 이건 사실인가 봐. 기생들도 이 수단을 쓴대요. 나는 그래서 남의 말 안 듣는 것은 아니지, 하하하하. 내야 나를 해치려는 사람들 틈에서만 살았으니깐 자연 남의 말을 안 듣게 된 게지. 남의 말을 들으면 제게 해로울 것만 같으니깐.

그렇지만 순례 모양으로 부모의 사랑 속에 자라난 사람이야 남의 말을 안 듣는 연습이 없단 말야. 안 그렇습니까. 남의 말 안 듣는 것이 자위책이거든요."

하고 숭을 바라본다.

숭은 그렇다는 듯이 고개를 끄덕거려 보였다.

3-112

"남의 말 안 듣고 안 믿는 공부는 그동안 기생노릇에, 이를테면 대학을 마친 셈이야."

하고 선희는 말을 잇는다.

"기생으로 나서면 손님이란 손님이 다 내게 호의를 가지는 사람이구, 다 나를 위해서는 목숨이라도 바칠 것 같은 사람들이거든. 말을 들으면 말야. 그러니 그 말을 다 믿고 다 듣다가야 큰 코가 백이 있기로 배겨나겠어요. 그러니깐 오냐, 나는 네 말을 안 믿는다. 나는 네 말을 안 듣는다, 하고 속으로 선언을 해놓지요. 그러고는 네, 네, 그렇습니다. 아이구, 고마우셔라, 그럼요, 이런 대답을 하거든. 그것이 영업이란 말야. 안 그러냐. 그렇지 않습니까 선생님? 호호호호.

허지만 이렇게 세상을 살아가는 것은 죽기보다 어려운 일이야요. 아무의 말도 믿지 아니하고 아무의 말도 듣지 아니하고 그저 의심만 하고 뿌리치기만 하는 생활은 참 못해먹을 것입니다. 참 그렇다 정선아. 고양이라도 괜찮고 강아지라도 괜찮으니 누구 하나 안심하고 믿을 사람이 있고 싶다. 그렇지 아니하면 마치 광야에 혼자 사는 것 같거든. 곁에 사람이 백만 명이 있기로 믿지 못하는 사람이면 없으나 다름없지 않습니까. 믿지 못하는 사람이면 원수니깐 도리어 적국에 잡혀간 포로나 마찬가지지요. 안 그렇습니까. 남의 말 안 듣는 것을 자랑으로 아는 것도 잠시 잠깐입니다. 참 못살겠어요. 그래서 기생을 고만두는 동시에 남의 말을 듣기로 작정을 했습니다. 웃지 마라 정선아. 너같이 팔자 좋은 아이야 나 같은 계집애 심리를 알겠니?"

"말을 듣기로 했다니, 뉘 말을 듣기로 했니?"
하고 정선이가 묻는다.

"글쎄, 허선생 말씀을 듣기로 작정을 했다. 허선생 말씀이면 듣기도 하고 믿기도 하기로, 그렇지마는 허선생은 정선이 남편이시니깐 네가 동의를 해야겠지. 너 반대 안 하지?"
하고 선희는 정선을 바라본다.

"내가 왜 반대를 해? 다 자유지."
하고 정선은 승낙하는 듯하면서도 말에 바늘을 품었다.[466]

"제가 지금 시골로 가면 농촌에서 무엇이든지 할 일이 있겠습니까. 유치원 보모든지 소학교 교사든지 기타 무엇이든지 말씀이야요. 저는 기생 노릇 해서 번 돈이 한 오천 원 됩니다. 그러니깐 월급은 안 받아도 괜찮아요. 다만 인제는 소원이 '쓸데 있는 일'을 해보는 것입니다. 노리개 생활은 인제는 싫어요. 쓸데 있는 사람이 되어서 쓸데 있는 일을 좀 해보고 싶어요. 그렇다고 농사를 지을 줄은 모르고, 방직 공장 여직공도 좋지마는 역시 아직도 야심이 남았어요. 제 주제에 누구를 가르친다는 것이 염치없는 일이지만두, 가갸거겨 하나 둘 셋이나 가르치는 것이야 어떨라고요. 만일 그것을 할 수가 없다고 하시면 방직 직공으로 가지요. 그것도 쓸데 있는 일인 것은 마찬가지니깐요. 네, 선생님 제가 그런 일을 할 수가 있을까요. 극단의 무용한 사람으로서 속속들이 유용한 사람이 한번 되어보고 싶어요. 그렇게 되도록 저를 좀 도와주세요. 성경의 말씀 마찬가지로 잃어버렸던 양이 목자에게 돌아온 것으로 보아주세요."

하는 선희의 음성은 흥분 상태로부터 벗어나서 침울에 가까운 상태로 들어갔다.

선희는 제가 하려고 별렀던 말을 대강 다 한 것을 발견하고는 어째 텅텅 빈 것 같음을 깨달았다. 또 제 약점을, 제 부끄러움을 사람들의 웃음거리의 재료로 제공하지나 아니하였나 하는 싱거움까지도 깨달았다. 도무지 진정을 토설하지 않기로 작정한 생활을 해오던 선희가 벼르고 별러서 한바탕 진정을 토설하고 나니 마치 아이를 낳고 난 부인과 같이 허전하였다.

4-1[467]

살여울에 봄이 왔다. 달내물이 기쁘게 부드럽게 흘러간다. 농촌의 봄은 물이 가지고 온다.

청명 때가 되면 밭들을 간다. 보습에 뒤집히는 축축한 흙은 오는 가을의 기쁜 추수를 약속하는 것이다.

보잡이(밭을 가는 사람)는 등에 담뱃대를 비스듬히 꽂고 긴 채찍을 들어 혹은 외나짝[468] 소를, 혹은 마리짝[469] 소를 가볍게 후려갈긴다. 소들은 입에 거품을 물고 고개를 좌우로 흔들흔들하면서 걸음을 맞추어서 간다. 그들은 사래[470] 끝에 오면,

'마라 도치.'[471]

하는 보잡이의 돌라는 명칭을 잘 알아듣고 방향을 돌린다.

'외나.'

'마라.'
하는 구령을 소들은 장관의 명령을 잘 알아듣는 병정들과 같이 잘 알아듣는다. 송아지로서 처음 멍에를 멘 놈은 말을 잘 듣지 않다가 매를 맞지마는 삼 년 사 년 익숙한 소는 제가 무엇을 할 것인지를 잘 안다. 그가 가는 밭에서 나는 낟알과 짚 중에 한 부분은 그가 겨우내 먹을 양식이 되는 것이다.

소는 농부의 가족이다. 그 동리 사람은 멀리서 바라보고도 저것이 누구의 집 소인 줄을 안다. 그 소의 결점도 알고 장처도 안다. 만일 어느 집 소가 다리를 전다든지 무슨 병이 난다고 하면 그것은 다만 소 임자 집에 큰 사건만 아니라 온 동리에 관심사가 된다. 소 니마(소 의원)를 부르고, 무꾸리를 하고 무르츠개(귀신을 한 턱 먹여서 물리는 일)를 하여야 한다.

'이랴, 이랴 쯧쯧!'
하고 두르는 보잡이의 채찍에 봄볕이 감길 때에 땅에 기쁨이 있다.

소가 지나간 뒤에는 고랑 째는 사람이 따른다. 그는 한 손에 굵다란 지팡이를 들고 한 발로 밭이랑의 마루터기를 째고 나간다. 그 뒤를 따라서 재놓이[472]가 따른다. 그는 삼태기에 재를 담아가지고 고랑 짼 홈에다가 재를 놓는다. 비스듬히 옆으로 서서 재 삼태기를 약간 흔들면서 걸어가면 용하게도 재가 검은 줄을 이루어서 고르게 펴진다.

만일 조밭이나 면화밭을 간다고 하면 자구밟이가 있을 것이요, 보리밭이나 밀밭이라 하면 고랑 째는 것도 없고 자구밟이도 없을 것이다.

자구밟이는 제일 어린 숙련 못한 사람이 하는 것이다. 그는 고랑의 홈을 한 발을 한 발의 끝에서 자주자주 옮겨놓아서 씨 떨어질 자리를 다지는 것이다. 그 뒤로 밭갈이에 가장 머리 되는 일이 한 겨리[473]에 가장 익숙하고 어른 되는 사람의 손으로 거행되는 것이다. 그것은 씨 뿌리는 일이다.

적어도 삼십 년 이상 밭갈이의 경험을 쌓은, 그러고도 수완 있는 사람이 아니고는[474] '종자놓이'라는 이 명예 있는 지위에 오를 수는 없는 것이다. 살여울 네 겨리 중에 숭이가 든 겨리의 종자놓이는 돌모룻집 영감님이라는 쉰 댓 된 노인이다. 그는 일생에 부지런히 일하고 아끼고 하는 덕에 논마지기 밭날갈이도 장만하고 짚으로나마 깨끗하게 집도 거두고 동네 사람들의 대접도 받는 노인이다. 그는 말이 없다. 벙어리와 같이 말이 없다. 그리고 쥐와 같이 부지런하다. 집에 가보면 언제나 무엇을 하고 있다. 그의 감화로 그 집 아들, 딸, 며느리가 다 그렇게 말이 없고 부지런하다. 조용하게 일만 하는 집이다.

돌모룻집 영감님은 옆구리에 종자 뒤웅[475]을 차고 뒤웅에 손을 넣어서는 종자를 한 줌 쥐어서 말없이 솔솔 뿌리며 간다. 고개를 비스듬히 숙이고 한편 어깨를 축 처뜨리고 언제까지든지 씨를 뿌리고 영원히 씨를 뿌리고 가려는 사람과 같이 긴 사래를 오락가락한다.

"시장하지 않으시우?"

하고 자구밟이 하는 젊은 사람이 지나는 길에 물으면,

"어느새에."

하고 그는 씨를 뿌리며 간다.

4-2

돌모룻집 영감님이 노란 씨를 뿌리고 지나가면 그 뒤에는 이 동리에서 익살꾼으로 유명한 쌍둥이[476] 아버지라는 노인이 연해 우스운 말을 해서는 사람들을 웃기며 묻는 일을 한다. 그는 아직 머리에 상투가 있다. 상투래야 흔적뿐이지마는 머리 가로 협수룩하게 희끗희끗한 두어, 서너 치나 되는 머리카락들이 여러 가지 각도와 곡선을 그려서 흘러내리고 있다. 그는 아마 머리를 안 빗는 모양이었다.

이 노인을 쌍둥이 아버지라고 일컫지마는, 그 쌍둥이는 언제 나서 언제 죽었는지 젊은 사람들 중에는 아는 사람이 없었다. 다만 그 며느리가 꽤 오래 수절을 하다가 달아나버렸다는 전설 때문에 그 쌍둥이 중에 적어도 하나는 사내였고 또 장가를 들었던 것까지는 추측할 수가 있었다. 그는 지금도 아들도 딸도 없이, 그와는 반대로 생전 말 한마디 없는 마누라하고 단둘이 살고 있다. 살고 있다는 것보다도 죽기를 기다리고 있다.

"젊은 놈들이 어느새에 배가 고파? 우리는 젊었을 적에는 사흘쯤은 물만 먹고 하루 일백오십 리는 걸었다. 그러고도……"

이 모양으로 쌍둥이 아버지는 인제는 낮이 기울었으니 점심을 먹고 하자는 젊은 사람들을 책망하면서 두 발을 번갈아 호를 그려 씨를 묻고 간다. 젊은 사람들은 이 늙은이의 이러한 평범한 말에도 웃음을 느껴서 소리를 내어 웃는다.

"왜 하루에 일천오백 리는 못 걷고 일백오십 리만 걸었소?"

하고 한 젊은 사람이 빈정대면 쌍둥이 아버지는,

"해가 짧아서 못 걷지. 걷기가 싫어서 못 걷누."

하고 눈을 부릅뜨며 항의를 하였다.[477] 그러면 젊은 사람들은 또 웃었다.

"이놈들, 웃으니께네 배가 고프지."

하고 쌍둥이 아버지는 중얼거렸다.

숭도 웃음을 삼키지 아니할 수가 없었다.

"외나, 외나! 쯧쯧!"

하는 보잡이의 소리에 고개를 들어보면 소들은 벌써 뽕나무 밑 마지막 이랑을 갈고 있었다. 늘어진 뽕나무 가지가 소에게 스치어 우지끈우지끈 소리를 내며 부러졌다.

씨 뿌리는 돌모룻집 영감님이 마지막으로 손을 흔들고 발에 묻은 흙을 떨면서 밭둑으로 나설 때는 그로부터 오 분이나 뒤였다. 이 노인은 손에 들었던 씨를 다시 뒤웅에 넣는 것을 수치로 알았다. 이 밭에는 씨가 몇 되, 줌으로 몇 줌 드는 것까지 잘 알기 때문이었다.

맨 끝에 발을 툭툭 털고 밭에서 나서는 이가 쌍둥이 아버지였다. 이때에는 젊은 사람들은 벌써 담배를 한 대씩 피워 물었다.

"누구 나 담배 한 대 다우."

하고 쌍둥이 아버지가 시커먼 손을 내밀었다.

"드리고는 싶지마는 전매국 사람이 볼까 봐서 못 드리갔수다."
하고 한 젊은 사람이 반쯤 남은 희연[478] 주머니를 흔들어 보였다.

"영감님은 입만 들고 댕기시우?"
하고 곁에 섰던 젊은 사람이 웃었다.

"에끼, 이놈들."
하고 쌍둥이 아버지는 또 옛날은 제 집에 담배를 심었던 것과 온 동네에서 제 집 담배가 고작이던 것을 자랑하였다. 이것은 담배를 얻어먹을 때마다 쌍둥이 아버지가 하는 말이었다.

"호랑이 담배 먹을 적에 말이오?"
하고 희연 가진 젊은 사람이 저 먹던 담뱃대와 희연을 쌍둥이 아버지에게 준다.

쌍둥이 아버지는 아직도 뜨거운 대통을 후후 불어 식혀가지고 담배 한 대를 담아서 땅에 떨어진 담뱃불에 붙인다. 그 껍질만 남은 빰이 씰룩씰룩한다.

4-3

봄의 황혼은 유난히도 짧고 또 어둡다. 해가 시루봉 위에 반쯤 허리를 걸친 때부터 벌써 땅은 어두워진다. 마치 촉촉한 봄의 흙에서 어두움에 솟아오르는 듯하였다.

산그늘에 지껄지껄하는 소리를 듣고야 비로소 희끄무레하게 겨리꾼들이 돌아오는 것이 보일 지경이었다.

집들의 굴뚝에서 나던 밥 잦히는 연한 자줏빛 연기조차 인제는 다 스러지고 주인을 기다리는 밥그릇들은 이 빠진 소반 위에서 김을 뿜고 있었다.

"아버지 오나 봐라!"

하는 소리가 부엌에서 나올 때에 어느새부터 맨발이 된 아이들은 강아지들 모양으로 사립문에서 뛰어나왔다. 그래서 아버지를 붙들고 매달리고 끌고 들어왔다.

"허리 아프다!"

하고 매달리는 어린것들을 뿌리치기는 하면서도 머쓱해 물러선 어린것의 손을 잡았다.

"다 갈았소?"

"좀 남았어. 넘은짓[479] 소가 다리를 절어서."

하고 남편은 만주 조밥을 맛나는 듯이 입으로 몰아넣는다.

어떻게들도 달게 먹는지. 만주 조밥과 쓴 된장을 어른이나 아이나 도무지 아무 소리도 없이 서로 얼굴도 아니 보이는 어두운 방 안에서 그들은 꿀같이 달게 밥을 먹는다. 전 같으면 만주 조 한 말에 쌀 두 말을 주기로 하고 꾸어 먹지 아니하면 아니 되었지마는, 금년에는 허숭이가 만든 조합이 고마워서 만주 조 한 말에 벼 한 말 주기로 하고 농량은 꾸어 먹을 수가 있었다.

씹는 소리도 날 것이 없었다. 씹을 것이 있나. 풀 없는 조밥은 날아서 목구멍으로 넘어갔다. 밥 한 그릇을 다 먹는 동안이 모두 오 분이나 될까. 밥으로 곯은 배를 숭늉으로 채우고 나면 가장은 아랫목에 잠깐 기대어 앉아서 부엌에서 아내의 설거지하는 소리를 들으며 생각을 한다. 이것이 농부의 유일한 인생의 시간이다.

아이들은 어느덧 이 구석 저 구석 쓰러져서 잠이 들었다. 그들은 하루 종일 뛰놀고 배고파서 지쳤다가 배만 불룩하면 쓰러져 잠이 들고 만다.

벌써 빈대가 나오기 시작한다. 목덜미와 허리가 뜨끔뜨끔하지마는 그것을 생각할 여유가 없다. 가장은 하루 종일 밭갈기에, 또 일생의 영양불량과 과로로, 등을 방바닥에 붙이기만 하면 천길 만길 몸이 땅속으로 들어가는 것만 같았다.

"허리는 안 아프우?"

하고 눈에 띄게 늙고 쇠약해가는 남편을 근심하여 아내는 남편의 허리를 문질러주다가 그 역시 잠이 들어버리고 만다. 그러다가 누구든지 먼저 잠이 깨는 사람이 때 묻은 이불을 내려서 식구들을 덮어주고 저는 발만을 한 귀퉁이 속에 집어넣고는 잠이 들어버린다.

가장이 눈을 뜰 때에는 부엌에서는 벌써 아내가 밥을 안치고 불 때는 소리가 들린다. 잘 마르지도 아니한 수수 그루, 조 그루는 탕탕 요란한 소리만 내고 연기만 내고 도무지 화력이 없었다.

"오늘은 뉘 밭 가우?"

"허변호사네 밭 갈 날이야."

"응, 그럼 점심은 잘 먹겠구먼."

"허변호사네 집에 좀 가보라구. 물이라두 좀 길어주어야지. 다리 없는 여편네 혼자 있으니, 원. 한갑이 어머니허구 순이허구는 오겠지마는."

이것이 이 집 내외가 아침밥을 먹으면서 주고받는 말이었다.
"나 밥."
"나 오줌."
하고 아이들이 일어났다.
남편은 발등만 덮는 흙 묻은 버선(이것은 목달이라고 부른다)을 신고 나가는 길에 닭장을 열어준다. 아직도 어둡다. 닭들은 끼득끼득[480] 소리를 하며 뛰어나온다.

4-4

오늘은 숭이 집 밭을 가는 날이다. 숭이가 겨리를 따라 밭을 갈러 나간 뒤에 집에서는 정선이가 선희와 유순과 한갑 어머니를 데리고 겨리꾼들의 점심을 차리고 있었다.
정선은 아직 다리 잘린 자리가 굳지 아니하여 고무다리는 대지 못하고 엉금엉금 기어서 방에서 마루 출입이나 하였다. 오늘은 정선이는 마루에 나와 앉아서 북어도 뜯고 상도 보살폈다. 정선이나 선희나 다 손은 낮지마는 눈은 높아서 여러 가지로 반찬을 만들어보려고 애를 썼다. 그래서 정선이가 손가락 하나를 베고 선희는 두 군데나 베었다.
"아이그, 그 고운 손을."
하고 한갑 어머니는 그들을 애처롭게 여겼다.
"어떻게 한갑 어머니는 그렇게 무를 잘 썰으셔."

하고 한갑 어머니가 곤쟁이[481] 지짐이에 넣을 무를 썰고 앉았는 것을 보고 칭찬하였다. 기실은 한갑 어머니는 그렇게 잔채를 잘 치는 정도는 아니었다. 원체 시골서도 너무 잘다고 할 정도의 잔채는 칠 필요가 없었다. 그렇지마는 한갑 어머니의 뼈만 남은 시커먼 손가락 끝이 칼날의 바로 앞을 서서 옴찔옴찔 뒤로 물러가면서 거의 연속음이라 할 만한 싹둑싹둑하는 소리를 내며 무채를 치는 양은 정선과 선희의 눈에는 신기하지 아니할 수 없었다.

"인 내시우, 내 좀 해보께."

하고 선희는 한갑 어머니의 도마를 끌어당기었다.

"또 손 벨라구, 그 고운 손을."

하고 주름 잡힌 얼굴을 웃음으로 찌그리며 도마를 내주었다.

선희는 손가락 끝을 옴찔옴찔 물리면서 무를 썰었다. 생각과는 달라서 무가 고르게 썰어지지 아니할뿐더러 몇 번 칼을 움직이지 아니하여서 칼 든 팔목이 자개바람[482]이 날 듯이 아팠다.

"어느새에 팔이 아파?"

하고 정선은 이 일에 대하여서는 선배인 태도를 보였다.

"내가 팔이 아프다니?"

하고 선희는 아픈 팔을 참고 승벽[483]으로 무를 썰기를 계속하였다. 칼이 마음대로 베고 싶은 곳에 베어지지를 아니하였다.

"아차!"

할 때에는 선희의 장가락[484] 끝에서 빨간 피가 흘렀다. 식칼이 새로 사 온 일본 칼인 데다가 숭이가 손수 숫돌에 갈아서 날이 섰던 까닭이었다. 선희의 왼손 장가락 끝이 손톱 아울러 베어진 것이었다.

"이그, 저를 어째?"

하고 한갑 어머니가 싸맬 것을 찾을 때에 정선은,

"에그머니!"

하고 일어나려 하였으나 한 다리가 없음을 깨닫고,

"순아, 순아."

하고 부엌에서 불을 때고 있는 순을 불렀다.

순은 한 손으로 머리에 앉은 재를 떨고 한 손에 연기 나는 부지깽이를 든 채로 부엌에서 나왔다. 정선이가 부르는 소리가 너무 황황하였던 까닭이다.

"방에 들어가서 약장에서 가제하고 탈지면하고 또 붕대하고 또 옥도정기하고 내와."

하는 정선의 명령에 유순은 부지깽이 끝을 땅바닥에 쓱쓱 비벼서 불을 꺼서 부엌에 던지고 통통 뛰어서 건넌방으로 들어갔다. 건넌방에 질소한[485] 책장과 유리창 들인 약장이 있었다. 이 약장에는 의사 아니고도 쓸 수 있는 약품, 응급 구호품이 들어 있었다. 유순은 다 제 손으로 벌여놓은 것이라 어디 무엇이 있는지를 다 알뿐더러 이 속에 있는 약의 용도도 다 알았다. 이를테면 숭은 원장이요, 순은 간호부였던 것이었다.

순은 정선이가 가져오라는 것을 다 가져다가 정선의 앞에 놓았다.

"자 손가락 인 내."

하고 정선이가 손을 내민다.

선희가 피가 뚝뚝 떨어지는 손가락을 정선에게 내댄다.

정선은 핀셋으로 탈지면을 집어서 옥도정기를 발라서 상한 데를 씻고 가제를 감고 솜을 대고 그러고는 붕대를 감아서 제법 간호부가 할 일을 하였다.

"내가 무어랬어 팔이 아프거든 쉬라고."

하고 정선은 선희를 책망하였다.

"아야, 아퍼, 으스."

하고 선희는 싸맨 손가락을 한 손으로 가만히 쥐어 가슴에 대었다.

4-5

해가 높았다. 따뜻하기가 여름날 같았다. 동네에서 달내강을 끼고 일 마장[486]이나 올라가 있는 숭의 밭에서는 소와 사람이 다 땀을 흘릴 지경이었다. 재 놓는 봇돌이라는 젊은 친구는 웃통을 벗어부치고 재를 놓았다.

"그, 날이 갑자기 더워지눈."

하고 말 없는 돌모룻집 영감님이 종자 놓던 손으로 이마에 땀을 씻으며 중얼거렸다.

"다 더울 때가 되니께 더워지고 물오를 때가 되니께 물이 오르지."

하고 뒤를 따르는 쌍둥이 아버지가 대꾸를 하고는 제 말이 잘되었다는 찬성의 표정이나 보려는 듯이 둘러보았다. 젊은 사람들은 짐짓 못 들은 체를 한다.

"배고플 때가 되니께 배가 고프구."

하고 자구밥이 중에 어느 젊은 사람이 쌍둥이 아버지 어조를 흉내를 낸다.

그도 하하하하 웃는다.

"에끼 이놈! 어른 숭내 내면 불알이 떨어지는 법이야, 고얀 놈들 같으니."

하고 씨 묻던 발을 탕 구르며 쌍둥이 아버지가 호령을 한다.

하하하 하고 또 웃는다.

모두들 헛헛증이 났다.

숭의 집이면 서울 솜씨로 반찬이 맛나리라고 다들 예기하고 있었다. 그들 생각에 서울 사람이 먹는 음식은 도저히 시골 음식에 댈 바가 아니라고 믿는다.

강가로 점심을 인 여인네 일행이 오는 것이 보일 때에는 밭 갈던 사람들의 피와 신경은 온통 혓바닥으로 모이는 것같이 입에 침이 돌고 출출한 생각이 못 견디게 더 났다. 소들까지도 침을 더 흘리는 것 같았다.

그들은 이고 들고 한 여인네들이 점점 가까워지는 것을 힐끗힐끗 바라보며 저것은 유순이, 저것은 죽었다고 신문에 났다던 산월이라는 선희,[487] 하고 꼽았다. 한갑의 어머니는 꼽을 필요도 없는 것이었다. 왜 그런고 하면, 한갑의 어머니는 그들 자신의 어머니와 같이 낯익은 존재였다.

순이는 밥과 국물 없는 반찬을 담은 광주리를 이고, 한갑 어머니는 국 동이를 이고, 선희는 숭늉 동이를 이고, 유월이는 막걸리 동이를 이었다. 유순이나 한갑 어머니는 한 손으로 머리에 인 것을 붙들고도 몸을 자유롭게 놀리지마는 선희와 유월이는 두 손으로 꽉 붙들고도 몸을 자유로 움직이지 못하였다.

밭머리 잔디 난 곳에 음식을 내려놓았다. 선희의 머리에서는 숭늉이 흘렀고 유월의 머리에서는 막걸리가 흘렀다. 숭은 자구를 밟다 말고 뛰어나와서 여인네들의 인 것을 받아 내려주었다. 다른 젊은 사람들은 그것을 부러워하였다.

숭은 선희가 농가 여자의 의복을 입고 이 지방 부인네와 같이 수건을 푹 수그려[488] 쓴 것을 바라보고 빙긋 웃었다. 선희도 웃었다.

유월이가 곁으로 와서 선희의 손을 잡아 쳐들면서 숭에게,

"이것 보셔요. 이렇게 무를 썰으시다가 손가락을 베시었답니다. 손톱 아울러 베시었답니다."

하고 싸맨 선희의 손가락을 보인다.

"글쎄 그 고운 손으로. 내가 써는 것을 썰다가 그렇게 되었다누. 에그 가엾어라."

하고 한갑 어머니가 혀끝을 찬다.

"약 바르시었소?"

하는 숭의 말에,

"네. 약 발랐어요. 그렇게 해야 배우지요."

하고 선희도 웃는다.

"학교에서야 그런 유스풀 아츠[489]를 배우실 수 있어요?"

하고 숭은 만족한 듯이 다시 밭으로 들어간다.

사람들이 나와서 밥을 먹는 동안에 선희와 유월은 정성으로 국과 반찬과 숭늉을 서브하였다. 사람들은 내외하는 예를 잘 차려서 도무지 선희를 거들떠보지도 아니하였으나 그런 아름다운 사람이 곁에 있는 것은 그들에게 큰 기쁨이 되었다. 같은 뭇국, 같은 곤쟁이 지짐이도 보통보다는 맛이 더한 듯하였다. 불과 칠팔 인밖에 안 되는 식구연마는 한 광주리 밥과 한 동이 국, 한 동이 막걸리, 한 동이 숭늉을 다 먹어버리고 말았다. 그리고 숭이 내놓는 불로연[490] 한 통을 맛나게 피워 물었다.

천지는 더욱 빛이 넘치었다. 달내의 물은 더욱 유쾌하게 흐르는 것 같았다. 소는 콩과 조 짚을 섞은 죽을 맛나게 먹으며 입을 우물거렸다.

4-6

"어, 잘 먹었는걸."

"참 맛난데."

하고 사람들은 선희가 들어라 하고 모두 칭찬들을 하였다. 정말 맛난 모양이었다.

여인네들은 빈 그릇을 담아서 이고 집 길로 향하였다. 오는 길에도 한갑 어머니와 순이는 길가에 있는 달래와 무릇[491]과 메(마)를 캐었다. 선희의 눈에는 그것이 다 신기하였다. 달래장아찌라는 것은 본 일이 있지마는 달래 잎사귀와 그것이 땅에 묻혀 있는 양은 처음 본 것이었다. 선희가 얼른 알아보는 것은 냉이였다. 그러나 냉이에 대가 서고 노란 꽃이 핀다는 것은 처음 보는 일이었다. 하물며 무릇이란 것은 생전 처음 보는 것이었다.

"아이, 먹는 풀이 많기도 하이?"

하고 선희는 놀랐다.

"그럼. 단오 전 풀은 독이 없어서 못 먹는 풀이 없다는 말이 있지."

하고 한갑 어머니가 설명하였다.

"풀만 먹고 사오?"

하고 선희가 물었다.

"풀만 먹고야 살겠나마는 요새야 풀 절반 좁쌀 절반으로 죽을 끓여 먹는 사람도 많지. 그거나 어디 저마다 있나. 방아머리서는 먹을 것이 없어서 나물 캐러들 갔다가 허기가 져서 쓰러졌는데 사람이 가보니께니 입에다가 풀을 한입 물었더래, 먹고살겠다고. 그렇게 먹고살기가 어렵다네."

하고 한갑 어머니는 곁에 있는 쑥을 캐어서 흙을 떨어 귀중한 물건이나 되는 듯이 그릇에 담으며,

"서울서는 아무리 가난해도 풀 먹고 사는 사람은 없지?"

하고 선희를 쳐다본다.

"그러믄요. 서울서는 풀 먹고 사는 사람은 없답니다. 서울서는 개나 고양이도 쌀밥에 고기반찬을 먹는 집이 많답니다."

하고 선희는 멀리 서울을 생각하였다. 벌써 떠난 지가 다섯 달이나 넘는 서울을. 번화한 서울, 향락의 서울을. 그 서울과 이 농촌

과 무슨 관계가 있는고? 쌀 열리는 나무가 어떻게 생긴지도 모르는 서울 사람의 입에는 쌀밥이 들어가는데, 쌀을 심는 농민의 입에는 쌀밥이 안 들어가는 것이 이상도 하였다.

"에그마니, 하나님 무서워라 원 쯧쯧. 어쩌면 사람도 못 먹는 밥을 개 짐승을 준담. 그래도 벼락이 안 떨어지나."

하고 한갑 어머니는 눈을 크게 뜨고 믿기지 아니하는 것처럼 선희를 보았다.

"사뭇 밥을 쓰레기통에 내다 버린답니다. 그러면 거지 애들이 와서 주워 가지요."

하고 유월이가 말참견을 한다.

"아이구, 아까워라. 없는 사람들 주지, 밥풀 한 알갱이도 하늘이 안다는데."

하고 한갑 어머니는 더욱 놀랐다. 그는 일생 쌀밥을 만나본 일도 별로 없지마는 일찍이 밥풀 한 알갱이를 뜨물에 버린 일도 없었다. 반드시 집어 먹었다.

"밥풀 내버리면 죄 된다."

고 한갑 어머니는 그 어머니 또 그 어머니에게 전해 들은 것이었다.

가며 가며 네 사람이 뜯은 나물이 한 끼 반찬은 넉넉히 되었다. 선희는 땅의 고마움을 새삼스럽게 깨달았다.

"다들 잘 자시었소?"

하고 마루에 혼자 앉았던 정선은 사람들이 돌아오는 것을 보고 반가운 듯이 웃으며 물었다. 저는 다리가 없어서 나서 다니지 못하는 것이 슬펐다.

"그럼. 다들 어떻게 잘 먹었는지."

하고 한갑 어머니가 동이를 내려놓으며 대답하였다.

"이거 봐요. 그 국을 다 먹고 술도 다 먹고 밥도 다 먹고 반찬도 핥았다니."

하고 한갑 어머니는 만족한 듯이,

"어디 그렇게 맛난 것들을 먹어들 보았나."

한다.

"참 잘들 자셔요."

하고 선희는 정선이와 단둘이만 있으면 농부들이 먹는 양을 숭이라도 보고 싶었다.

"아이그, 어쩌면."

하고 순이와 유월이가 들어다 보여주는 빈 그릇들을 보며 정선은 만족한 듯이 웃었다.

4-7

농촌의 봄은 이렇게 일이 많으면서도 화평하였다. 그러나 정선의 맘은 결코 매양 화평하지는 아니하였다.

살여울에 오기는 크리스마스 일주일 전. 눈이 무릎 위에까지 올라오던 날이었다. 동네 앞까지는 자동차로 와서 거기서 집까지는 숭이가 정선을 업고 들어왔다. 동네 사람들이 박작이를 친 속에[492]

남편의 등에 업혀서 오는 정선은 한없이 부끄러웠다. 왜 죽지를 아니하고 이 망신을 하는고, 하고 자기를 살려낸 하나님을 원망하였다.

집에 온 후에 지금까지 숭은 정선을 마치 늙은 아버지가 어린 딸을 소중히 여기는 모양으로 소중히 여겼다. 대소변 시중도 숭이가 집에 있는 동안 결코 남의 손을 빌리지 아니하였다. 대소변 그릇은 반드시 숭이가 손수 버리고 부시었다. 그만큼 숭은 정선을 소중히 여겼다.

그러나 그러면 그럴수록 정선의 마음은 더욱 괴로웠다. 정선의 지나간 죄 된 생활이 양심을 찌르는 것도 있고, 제 몸이 병신이라는 것이 남편에 대하여 미안한 것도 있지마는 다만 그것뿐이 아니었다. 정선은 태중이었다. 이 뱃속에 든 아이가 나는 날이 정선에게는 사형 선고를 받는 날인 것같이 생각되었다. 기차에 치이고 다리를 잘라도 뱃속에 든 생명의 씨는 떨어지지를 아니하고 자라고 있었다. 정선은 이 아이가 남편을 닮기를 바라고 빌었다. 그러나 그 아이가 남편을 닮을 리가 있을까 아무리 생각하여도 그 아이가 남편을 닮을 리는 없었다. 그 아이는 꼭 김갑진을 닮았을 것이라고 생각할 때에 정선은 앞이 캄캄해짐을 깨달았다.

만일 정선이가 다리가 성하다면 벌써 달아났을는지도 모른다. 그러나 달아나면 그가 어디로 가나? 생각하면 죽음의 나라에밖에는 갈 곳이 없었다.

입덧이 나도 입덧 난다는 말도 못하였다. 입맛이 없고 상기가 되고 간혹 구역이 나더라도 그것을 다만 오래 자리에 누워 있기 때문에 소화불량이 된 것으로 알리려고 할 뿐이었다.

그렇지마는 오 개월이 넘으며부터 배가 불렀다. 나와 다니지 아니하기 때문에 남의 눈에는 잘 띄지는 아니한다 하더라도 남편의 눈에는 아니 뜨일 리가 없었다. 남편이 모르고 그러는 것인지 알고 그러는 것인지 모르거니와 남편은 도무지 아무러한 말도 없었다. 도리어 남편이,

'이년, 이 뱃속에 있는 것이 어떤 놈의 아이냐.'

하고 야단을 해주었으면 견디기가 쉬울 것 같았다.

뱃속에 어린애가 꼬물꼬물 놀 때에 정선은 어머니의 본능으로 어떤 기쁨을 깨닫지마는 다음 순간에는 그것이 무서움으로 변하였다. 아이는 어미 생각도 모르고 펄떡펄떡 놀았다.

'김갑진이 닮아서 이렇게 까부나.'

하는 생각을 아니 하지 못하는 신세를 정선은 슬퍼하였다.

만일 어머니가 살아 계시다면 이런 설화라도 하련마는 하고 정선은 슬퍼하였다.

게다가 정선에게 불안을 주는 것은 선희와 순의 존재였다.

정선이가 살여울 온 지 한 달 동안은 선희나 순이나 다 정선의 집에 있었으나 숭이 정선의 심경을 동정하고 그럼인지, 숭은 한갑의 집을 수리하고 한갑 어머니, 선희, 순을 그 집에 거처하게 하고, 땅이 풀리고 밭갈이나 끝이 나면 유치원 겸 선희의 주택을 짓기로 계획하였다.

이처럼 선희와 순을 딴 집에 있게 한 것을 정선은 대단히 고맙게 생각하였다. 그러나 그것도 잠깐이었다. 뱃속에 아이가 자라

는 대로 선희와 순은 남편에 대하여 무서운 적인 것같이 정선에게 생각되었다.

'아아, 나는 어찌하면 좋은가.'

하고 정선은 혼자서 울 때가 많았다.

4-8

정선은 고무다리를 쓰는 연습을 하였다. 아무도 없는 데서 하는 것이 예[493]였다. 남편이 붙들어주는 것조차 부끄러웠다. 유월이가 보는 데서도 고무다리를 대기가 싫었다. 이 고무다리를 대고 일생을 살아가지 아니치 못할 것을 생각하면 하늘과 땅이 없어지는 것 같았다.

숭이 정선을 사랑하는 것은 참으로 극진하였다.

날 따뜻한 어느 일요일 아침에 숭은 정선에게 고무다리를 대어주고 마쯔바즈에[494]라고 일본말로 부르는 겨드랑에 끼는 지팡이를 숭이가 들고 한 손으로 정선을 부액[495]하여가지고 강가로 산보를 나갔다. 유월이도 데리지 아니하고. 이날은 온 동네가 하루 쉬는 날이다. 사람도 쉬고 소도 쉬는 한 달에 두 번 있는 날이다. 농부들도 이날만은 늦잠도 자고 집에서 오래 못 만나던 자녀들도 만나는 날이다. 다른 날은 아이들이 잠든 후에 들어오는 것이 상례일뿐더러 설사 눈뜬 뒤에 나가고 잠들기 전에 들어온다 하더라도 불이 없는 방 안에서는 서로 음성은 들어도 용모는 보기가 어려웠다. 한집에 보름 만에 한 번 낯을 대하는 기쁨이 이날에 있는 것이었다.

숭은 이날은 면회 일체를 사절하고 정선이와 단둘이만 있는 날로 정해놓았다. 그래서 오늘은 정선에게 밭 구경과 야색 구경도 시킬 겸 데리고 나온 것이었다.

"다리가 아프지 않소?"

하고 숭은 언덕을 다 내려와서 아내에게 물었다.

"아프지는 않은데 좀 내둘려."

하고 정선은 한 팔을 남편의 어깨에 걸치고 몸을 쉬면서 말하였다.

"방 속에만 있다가 나오니깐 그렇지. 힘들거든 도로 들어갈까."

하고 숭은 팔로 정선의 허리를 껴안아서 아무쪼록 몸의 무게가 아픈 다리로 가지 아니하도록 애를 썼다.

그러나 손끝이 정선의 배에 닿을 때에 배가 부르다 하는 것을 숭은 새삼스럽게 깨달았다. 정선도 퉁퉁하게 부른 제 배에 숭의 손이 닿을 때에 부지불식간에 몸을 비켰다. 그리고 낯을 붉히며,

"내 배가 부르지?"

하고 웃었다. 쓰기가 쑥물과 같은 웃음이었다.

숭은 얼른 허리에서 손을 떼고,

"좀더 걸어갑시다."

하고 정선을 끌었다.

정선은 고개를 숙여 강물을 들여다보면서 남편이 끄는 대로 발을 옮겼다. 고무다리가 도무지 제 다리 같지를 아니하여 말을 잘 듣지 아니하였다.

정선은 뱃속의 아이가 펄떡펄떡 움직임을 느꼈다.

"여기가 작년에 우리 둘이 앉았던 데요. 자 여기 좀 앉을까."

하고 숭은 저고리를 벗어서 풀 위에 깔았다. 마른풀 잎사귀 사이로 파릇파릇한 새 잎사귀들이 뾰족뾰족 나오고 개미들도 나와 돌아다녔다. 물속에는 천어들이 꼬리를 치며 오락가락하였다. 강 건너편에는 다른 동네 사람들이 실은 소바리도 몰고 가고 더 멀리서는 밭 가느라고 "외나 외나!" 하고 보잡이가 외치는 소리가 들렸다. 멀리 철로길에는 기다란 짐차가 지나가는 것이 보였다.

4-9

숭이와 정선은 말없이 앉아서 강물을 들여다보았다. 기쁨에 찬 봄의 강물은 소리 없이 흘렀다. 청춘이 흐르는 것이다. 인생이 흐르는 것이다.

살구꽃 한 송이가 떠내려온다. 잔고기들이 먹을 것인 줄 알고 모여들어서 꽃을 물어 끌다가는 놓아버린다. 꽃은 물에 사는 모든 생명에게 봄소식을 전하는 체전부 모양으로 고기들이 붙들면 붙들리고 놓으면 떠내려간다. 숭과 정선의 눈은 그 꽃송이를 따라서 흘러내려갔다. 그러나 그들의 맘만은 꽃송이를 따라서 한가하게 흐르지를 못하였다.

정선의 뱃속에서는 운명의 어린아이가 펄떡거렸다.

"내가 왜 살아났어?"

하고 정선은 남편을 돌아보았다.

"왜 또 그런 소리를 하오?"

하고 숭은 정선의 눈물 고인 얼굴을 들여다보았다.

"난 죽고만 싶어요. 내가 살면 무얼 하오? 앞에 닥치는 것이 불행만이지. 당신에게는 귀찮은 짐만 되고. 지금이라도 죽고만 싶어."

하고 정선은 눈물을 떨어뜨렸다.

"왜 그러오? 여기서 이렇게 재미있게 살지. 봄이 오면 봄 재미, 여름이 오면 여름 재미. 그리고 당신 몸이나 추서면[496] 무엇이든지 당신 하고 싶은 것이나 하구려. 아이들을 가르치든지, 부인네들을 가르치든지, 또 음악을 하든지, 글을 쓰든지 무엇이든지 당신 하고 싶은 것을 하구려. 그러노라면 또 재미가 붙지 않소? 그리고 또 중요한 일이 있지, 당신 할 일이."

하고 숭은 아내의 마음을 눅이려는 듯이 빙그레 웃었다.

"무슨 일?"

하고 정선은 코를 풀면서 물었다.

"나를 사랑해주고 도와주는 것이지."

하고 숭은 정선의 낯에 덮인 머리카락을 끌어 올려주었다.

"내가 어떻게 당신을 사랑하오?"

하고 정선은 느껴 울었다.

"왜?"

"내가 당신을 사랑할 권리가 있어요?"

"그럼. 당신밖에 나를 사랑할 권리를 가진 사람이 없지, 이 하늘 아래는?"

"내가 이렇게 다리 하나 없는 병신이라도."

"다리 하나 없는 것이 무슨 상관이오? 다리가 하나 없으니까 당신이 나만을 사랑할 수 있지 않소? 원래 당신이 너무 미인이거든, 내게는 과분한 미인이거든. 이제 다리 하나가 없으니까 당신이 완전히 내 것이 되지 않소? 그러니까 나는 만족이오."

정선은 더욱 울었다. 숭의 말은 정선에게 위안을 주느니보다는 도리어 고통을 주었다. 왜? 정선이가 숭에 대하여 미안한 것은 다리 하나 없는 것보다도 세상에 대하여 숭을 망신시킨 것이었다. 그보다도 뱃속에 있는 갑진의 씨였다. 그보다도 남편 아닌 사내의 씨를 배에 담게 한 제 마음이었다. 그러나 이것까지는 남편 앞에 자백할 수가 없었다. 남편이 안다 하더라도, 아니 남편이 미리 알고 있을 줄을 알기 때문에 더욱 자백할 수가 없었다. 남편의 앞에서 그 말을 자백하고 나서는 바로 그 자리에서 죽어버리지 아니하면 아니 될 것이었다. 다시 어떻게 그 얼굴을 들어 남편을 보이랴.

정선은 정조에 대하여 일시 퍽 너그러운 생각을 품었던 일이 있다. 그것이 아마 시대사조라는 것인지 모른다. 그러나 다리를 자르고 여러 달 동안을 가만히 누워서 안으로 스스로 살펴보면 볼수록 제가 한 일은 죄였다. 남편을 둔 아내가 다른 사내를 가까이 하는 것은 아무리 생각하여도 양심이 허락하지를 아니하였다. 게다가 뱃속에 그 죄의 증거가 들어 날이 갈수록 달이 갈수록 자라는 것은 마치 정선의 죄를 벌하는 하나님의 뜻인 것 같았다. 하나님이란 것이 없다 하더라도 자연의 법칙인 듯하였다.

4-10

살여울 동네에 밭갈이가 끝난 뒤에는 여러 가지 큰일이 많았다. 그러나 그 큰일은 다 살여울이 건전하게 자라기에 필요한 큰일이었다.

첫째 큰일은 유치원을 짓는 것이었다. 그 경비는 선희가 자담하였다. 동네 사람들에게는 유치원의 뜻이 철저하지 못하였다. 아이들을 모아서 가르친다니 서당인가 하고 생각하는 이가 많았다. 그러나 선희가 제 돈 가지고 동네 사람 위하여 집을 짓는다는 데는 반대할 이유도 없었다.

유치원 기지는 동네와 숭의 집 사이에서 강변으로 향한 경사지였다. 이 땅도 선희가 제 돈을 내고 유산장에게서 샀다. 이 유산장이라는 이는 동네에 부자로 도무지 숭의 사업에 흥미를 아니 가질뿐더러 도리어 동네 사람들을 버려준다고 하여 내심으로 불평을 품은 노인이었다. 동네에 협동조합이 생김으로부터 장리와 장변을 놓아먹지 못하는 것이 그의 불평의 원인이었다. 동네 사람들은 작년까지도 산장 영감 집에 가서 백배〔百拜〕 천배〔千拜〕하고 양식이나 돈을 꾸어 오려 하였으나 지금은 그리할 필요가 없기 때문에, 자연 산장 집에서 그들 발이 멀어졌다. 그리고 노상에서 만나더라도 예전같이 굽실굽실하지[497] 아니하였다. 이것이다 유산장에게는 큰 불평거리가 아닐 수 없었다.

그렇지마는 그러한 이유로 도무지 값나가지 아니하는 땅, 밭도 안 되고 논도 안 되는 산판을 좋은 값에 유치원 자리로 팔지 아니하도록 그렇게 고집하지도 못하였다. 그 고집보다도 이욕이 큰 것이었다.

이 터는 숭의 집보다도 좀더 위치가 높아서 강물은 물론이요 벌판과 기차 다니는 것이 잘 바라보였다.

유치원은 사 간 방이 둘과 그 부속 건물로 선희가 거처할 이 간 방 하나와 부엌과 변소와 욕실이었다. 그리고 백 평쯤 되는 마당과 잔디판을 만들 경사지가 삼백 평가량이나 있었다.

건축은 약 삼 주일 만에 필역[498]이 되었다. 지붕을 양철로 이어 볕이 비치면 먼 데서도 번쩍번쩍하는 것이 보였다.

동네 사람들은 이 집이 대단히 좋다고 칭찬하였다.

선희는 숭에게 청하여 유치원의 낙성 연회를 베풀기로 하였다. 동네에 아이 있는 집에서 남자 한 사람 부인 한 사람씩과 만 네 살 이상으로 보통학교에 못 가는 남녀 아동을 전부 초대하였다. 그리고 인절미와 갈빗국과 나박김치로 모인 사람들을 대접하였다.

청한 사람들 중에는 아니 온 사람도 있었다. 유산장은 물론 그 중에 하나다. 그 밖에도 노름꾼으로 유명한 잇자라는 별명을 가진 이며 나리라는 별명을 듣는 면소와 주재소에 잘 다니는 사람도 물론 오지 아니하였다. 잇자라는 사람은 속에 맺힌 것은 없으나 무슨 일이든지 남이 하는 일이면 험구하기를 좋아하고 투전,

화투에는 닷새 엿새 연일 밤을 새우고 십 리 백 리 어디든지 따라 갈 성의를 가지면서 쓸데 있는 일은 도무지 하기를 싫어하는 사람이다. 이 사람은 이도 안 닦고 세수도 별로 아니 한다. 홀아비가 되어도 장가도 들려고 아니 하고 아들 삼 형제의 등에 얹혀서 먹고사는 위인이다. 그러나 잇자에게는 쓸데도 없는 대신에 별로 득도 없다. 하지만 나리는 그와 달라서 말도 잘하고 얼굴도 깨끗하고 인사도 밝고, 좀 아니꼽지마는 이런 동네에서는 드물게 보는 신사 타입의 인물이다. 그는 중절모를 쓰고 물은 날았을망정 양복도 한 벌 가진 위인이다. 이 때문에 그는 주사 또는 나리라는 존칭을 받는다. 그렇지마는 이 나리는 그의 쉼 없이 반짝거리는 눈이 보이는 모양으로 도무지 재주가 많고 얕은꾀가 많은 사람이어서 농사도 아니 하고 재산도 없건마는 어떻게 어디서 누구를 속이는지 여편네에게 인조견 옷까지라도 입히는 귀족적 생활을 하고 있다. 이 군이[499] 숭의 찬성자가 안 될 것은 물론이다. 아마 잇자가 숭과 선희의 험구를 쉴 새 없이 탕탕하는 모양으로, 나리는 속으로 쉴 새 없이 무슨 흉계를 하고 있는지 모른다.

4-11

유치원 개원일에는 아이들이 열두엇 왔다. 아침 아홉 시라고 시간을 정하였으나 아홉 시라는 것을 알 시계도 아이들의 집에는 없으려니와 또 시간을 지키자는 생각도 아이들의 어버이의 머리에는 없었다. 그래서 출석하는 시간이 일정하기는 어려웠다. 그 시간은 아이들이 밥을 다 먹고 난 때일 수밖에 없었다.

첫날에는 선희는 목욕탕에 물을 끓여놓고 아이들 목욕을 시켰다. 그 몸에 때! 그것은 작년 여름 물장난할 때에 묻힌 때를 계속한 때였다. 사내들은 대개는 머리를 깎아서 그렇지도 않지마는 계집애들의 머리에는 한두 애를 빼고는 머리에 이가 끓었다. 귓머리[500]를 들면 서캐가 하얗게 붙어 있었다.

선희는 처음 몇 애는 전신과 머리에 비누질을 하여서 깨끗이 씻었으나 무릎, 팔꿈치 같은 데 붙은 때는 거진 각질로 변하여 무엇으로 긁어버리기 전에는 쉽게 씻어지지를 아니하였다. 게다가 아이들은 물에서 철벅거리고 장난하기는 좋아하지마는 때를 씻기는 싫어하였고 더구나 머리를 씻길 때에는 싫다고 떼를 쓸뿐더러 비눗물이 눈에 들어가기나 하면 으아 하고 울고 발버둥을 쳤다. 그래서 선희는 남은 아이들은 대강 씻기어 목욕을 싫어하는 생각이 나지 않기를 주의하였다.

그렇게 씻는 것도 열두어 아이를 씻고 나니 선희는 전신이 땀에 뜨고 팔목에 자개바람이 일 지경이었다.

선희는 마지막 애를 옷을 입히고 나서 굴젓같이 된 목욕물을 보았다. 수도가 없기 때문에 마지막 아이들을 더러운 물에 씻은 것이 애처로웠다.

아이들은 목욕으로 얼굴이 빨갛게 되어가지고 뒤에 온 다른 아이들 보고,

"우리는 모깡[501]했단다, 야."

하고 자랑들을 하였다.

선희는 악기가 없는 것을 걱정하여 정선과 의논하고 정선의 피아노를 가져오기로 하였다.

그리고 학교에 다닐 때에 보육과에서 하는 것을 본 대로 아이들에게 노래도 가르치고 장난도 가르쳤다. 선희는 있는 정성과 있는 힘을 다하여 아이들을 가르치기에 힘을 썼다.

선희는 아이들을 날마다 접하는 동안에 교육 방침을 하나씩 하나씩 발견하였다. 그 교육 방침은 아이들의 결점을 기초로 하는 것이었다.

선희가 발견한 살여울 아이들의 결점은 이런 것이었다.

1. 깨끗한 것과 더러운 것을 구별하는 생각이 부족한 것,

2. 시간관념, 기타 질서의 관념이 없는 것,

3. 어른의 말에 복종하는 관념이 부족한 것, 즉 권위를 두려워하는 생각이 부족한 것,

4. 단체 생활의 훈련이 전혀 없어 아이들이 심히 개인적, 이기적인 것,

5. 대개로 보아서 재주가 없고,

6. 몸의 발육이 좋지 못한 것

등이었다.

선희는 이러한 결점을 제 힘으로 교정해보겠다는 생각을 내었다.

열흘이 못하여 모이는 아이가 이십 명이나 되었다. 아이들이 이렇게 느는 까닭은 아이들끼리 서로 선전하는 것도 있지마는 선희가 아이들에게 콩죽 점심을 준다는 것과 집에서 말썽 부리던 아이 녀석들을 집어치우는 것이 좋은 것이 아우른 것이었다.

날마다 이를 닦고 세수를 하는 것이라든지, 코를 주먹으로 씻지 아니하는 것이라든지, 행렬을 지어 단체 행동을 하는 것이라든지, 싸움이 준 것이라든지, 선희는 제 노력의 효과가 하나씩 하나씩 나타나는 것이 기뻤다. 몸이 곤하지마는 선희는 비로소 쓸데 있는 일을 한다는 쾌미를 보았다. 그뿐 아니라 이 바쁘고 피곤한 것으로 가끔 일어나는 청춘의 괴로움을 잊는 것도 기뻤다.

4-12

그러나 선희의 이 봉사의 생활에도 항상 기쁨만 있는 것은 아니었다. 커다란 집에 혼자 방에 있노라면 가슴속에는 청춘의 괴로움이 일어났다. 특별히 숭에 대한 애모의 정은 누르면 누를수록 더욱 불길이 일어나는 듯하였다.

선희는 숭을 대하면 정신이 꿈속에 드는 듯하였다. 가슴이 울렁거렸다. 이것은 선희가 일생에 처음 경험하는 일이었다.

선희는 일기에 이러한 글을 적었다.

"임 찾아가는 길에는

땀이 흐르네.

등과 이마에 야속히도
땀이 흐르네.
임과 마주 앉으면
고개 숙이고
이마에 땀만 씻었네.
말은 못하고 못나게도
아아 땀만 씻었네.
땀만 씻다가,
'갑니다' 하고 일어나 왔네."
또 이런 것도 썼다.—
"그대 뵈옵고 무슨 말
하던고?
한 말 없습니다.
갑니다 하고 어엿이 나오다가
되돌따서서,
한 말씀만 더 할까 하다가,
못하였습니다.
두 번이나 세 번이나,
그러나 못하였습니다."
또 이런 것도 있었다—
"임은 바다 저편에 섰네,
건너가지 못할 바다.
임은 하늘 저 위에 있네,

오르지 못할 하늘!

아아 안 볼 임을 뵈었어라,

아아 내 일이여."

또 선희는 혼자 등불 밑에 앉아서 숭을 생각하면서 영문으로 이러한 편지도 썼다.

"사랑하는 '어떤 이'여!

아이들이 다 돌아가면, 나 혼자 있노라면, 그 '어떤 이'가 내 가슴속에 걸어 들어옵니다. 들어와서는 내 가슴을 꽉 채웁니다. 마치 그이가 문밖에 서서 창틈으로 엿보시다가 내가 혼자 있는 틈을 타서 들어오시는 것 같습니다.

어디를 가나 그 '어떤 이'는 나를 따르십니다. 나는 그 '어떤 이'에게 하고 싶은 말을 실컷 다 하고 싶습니다. 그러나 그래서는 안 될 줄을 나는 잘 압니다. 나는 그 '어떤 이'의 발에 엎드려 실컷 입을 맞추고 싶습니다, 그러나 내 뒤에서 어떤 소리가 '안 된다!' 하고 나를 막습니다.

때때로 이러한 뜨거운 욕심이 일어납니다. 그 '어떤 이'를 내 품에 꽉 안고 아무도 내 그이를 안든지 그이에게 하고 싶은 말을 하든지 도무지 간섭하지 못할 자유의 세계로 달아나고 싶다고. 아아, 실로 내 가슴속에 싸고 싸둔 말씀을 그이에게 한번 토설만이라도 하고 싶습니다. 그러나 오오, 그것은 안 됩니다!"

이것은 영문 본문을 번역한 것이다.

이것을 보더라도 선희가 어떻게 숭을 사랑하는지를 알 것이다. 그러나 선희는 비록 차중에서는 취한 김에, 또 기생인 것을 빙자

하고 한 번 숭에게 매달려 입을 맞춘 일이 있다 하더라도 지금은 그러한 말이나 뜻을 내어서는 안 된다고 굳게 맹세하였다. 이 까닭에 선희는 이웃에 있으면서도 일이 있기 전에는 숭의 집을 찾지 아니하였고, 찾더라도 숭이 집에 있을 때를 피하였다. 그러면서도 숭이 집에 있기를 바라는 선희의 정은 애처로웠다. 숭이 찾아와주기를 바라는 정은 간절하였다. 이 모순된 감정은 선희를 볶았다.

4-13

여름도 거의 다 지나간 팔월 어느 날, 이날은 말복의 마지막 더위라고 할 만한 무더운 날이었다. 낮에는 여러 번 우레 번개를 함께 한 소나기가 지나갔건만 밤이 되어서는 도로 무더웠다.

유치원 아이들도 다 돌아간 뒤에는 이 외딴 유치원에는 사람 기척도 없었다.

선희는 저녁을 먹어치우고는 불도 켜놓지 않고 혼자 피아노를 치고 있었다. 이 곡조 저 곡조 생각나는 대로 쳤다. 쳐야 들어줄 사람도 없는 곡조를.

사람을 두라는 것도 아니 두고 선희는 하면 철저하게 한다고 하여 밥 짓는 것, 빨래하는 것, 방 치우고 마당 치우는 것 아울러 다 제 손으로 하였다. 그리고 잘 때에만 젊은 여자가 혼자 자는 것이 도리어 의심거리가 될까 하여 유월이를 불러다가 같이 잤다.

선희는 피아노를 치는 것도 지쳐서 부채를 들고 밖으로 나왔다. 비에 붙은 달내물이 소리를 하며 흘러내려가는 것이 들렸다. 달내의 바리톤 사이로 맹꽁이 테너와 먼 산의 두견조의 애끊는 알토도 들려오고 모기와 풀벌레들의 갖가지 소프라노도 들려왔다.

음산한 바람결이 한번 휘돌면 굵은 빗방울이 콩알 모양으로 뚝뚝 떨어졌다. 하늘에는 구름이 뭉게뭉게 날아 달아났다. 땅 위에는 비록 바람이 많지 아니하더라도 하늘로 올라가면 센 모양이었다. 그뿐더러 검은 구름층이 간혹 터질 때면 밑의 구름은 서쪽으로 서쪽으로 흘러 들어가는데 그 위층 구름은 북으로 북으로 흘러가고 또 잠깐만 지나면 구름의 방향이 바뀌었다.

하늘은 마치 뜻을 정치 못한 애인의 마음인 듯하였다. 게다가 이따금 어슴푸레한 달빛이 흐르는 것은 선희의 마음을 한없이 어지럽게 하였다.

갑자기 천지가 회명[502]하여지고는 멀리 남섬에서 줄번개가 일어 마음 심자 초를 한없이 그리며 동으로부터 서로 성급하게 달아난다. 그것은 하늘의 네온사인이요 번개의 사랑의 암호와 같았다. 이 우렛소리도 아니 들리는 '소리 없는 번개'는 선희의 마음을 더욱 괴롭게 산란하게 하였다. 마치 하늘과 땅의 이 모든 소리와 빛과 움직임은 무슨 큰 괴로운 뜻을 표현하려는 큰 사람[503]의 번민과 같았다. 아무리 애를 써도 그 뜻이 통하지 못하여 구름의 방향과 속력을 고치고 번개의 획과 길이를 고치는 것 같았다. 그대로 뜻이 통치 못하매, 혹은 번개도 침묵해버리고 혹은 굵은 빗방울도 뿌렸다. 그것은 애타는 큰 사람의 눈물인가.

선희는 이러한 속에 혼자 서서 슬퍼하였다.

선희의 숭에 대한 애모는 갈수록 더욱 깊어갔다. 가슴에 감추고 나타내지 아니하는 것이 더욱 괴로웠다.

'못 볼 임을 보았네.'

하는 것이 선희의 괴로움의 전체였다. 이 사랑은 죽이지 아니하면 아니 된다. 영원히 죽이지 아니하면 아니 된다.

선희는 북으로 숭의 집이 있는 곳을 바라보았다. 반쯤 등성이에 가리었으나 건넌방에 불이 반짝거리는 것이 보였다. 그 건넌방에서는 숭이가 책을 보거나 사업 설계를 하거나 협동조합 기타 동중 공동사업의 문부[504]를 꾸미거나 하고 있을 것이다. 그의 가슴속에 선희의 그림자가 있을까? 선희는 이렇게 생각해본다. 돌과 같이 굳고 얼음과 같이 찬 듯한 숭의 가슴속에 선희의 그림자가 있을 것 같지 아니하였다.

'아니 못 볼 임을 뵈었네.'

하고 선희는 몸을 돌이켜 숭의 집 아닌 방향을 돌아보았다. 구름은 여전히 방향을 잃고 흐르고 남섬 번개는 애타는 네온사인으로 알아주는 이 없는 암호를 그렸다가는 지워버리고 그렸다가는 지워버렸다.

"아아 애타는 번개여!

끝없는 괴로움의 암호여

알아줄 이도 없는 암호를,

썼다는 지우고 썼다는 지우네.

아아 임 그리는 내 마음과도 같아라."

이렇게 중얼거려보아도 시원치 아니하였다.

선희는 금시에라도 숭에게로 달려가서 그 가슴에 매달리고 싶었다. 그래서 그 끝이야 어찌 되든지 하고 싶은 말 다 해버리고 싶었다. 그러나 선희는 그의 습관대로 You should not do that(못한다!) 하는 종아리채로 마음의 종아리에서 피가 흐르도록 후려갈겼다. 선희는 살여울 온 뒤로 몇 번이나 이 종아리의 상처로 전신의 피가 다 흘러내려도, 돋는 사랑의 싹은 끊어버릴 길이 없었다.

'가는 정을 어찌하리. 돋는 사랑을 죽이는 것으로 일생의 길을 삼자.'

하고 선희는 걸음을 빨리 걸으며 혼란한 구름의 길과 썼다가 지워버리는 번개의 암호를 바라보았다.

'유월이가 왜 안 올까?'

4-14

선희는 제가 그렇게 많은 남자의 희롱을 받으면서 이렇게 순진한 생각을 남긴 것을 스스로 놀라지 아니할 수 없었다. 여자의 사랑은 아무 남자에게나 가는 것이 아니요, 반드시 어떤 특별한 남자에게만 가는 것인가 하였다. 다른 남자들을 대할 때에는 늘 냉정할 수가 있었다. 혹 얼마쯤 마음이 끌리는 남자가 그동안에도 없지는 아니하였지마는 언제나 누르면 눌러지고 참으면 참아졌다. 그러나 숭을 대할 때에는 마음과 몸을 온통 흔들어놓는 것만 같아서 마치 배를 탄 사람이 배와 함께 아니 흔들릴 수 없는 모양으로 도저히 스스로 제 몸과 마음의 안정을 줄 길이 없었다.

'내 사랑은 임을 위해 있었네.

임을 못 본 제 없는 듯하더니

임을 뵈오매 전신을 태우네.

그것이 마치

봄이 오매 아니 피지 못하는 꽃과도 같아라.'

하는 것과 같았다.

'그렇다 하면 조물의 악희로다.

하필 못 사랑할 임을 사랑하게 지은고?'

이러한 것과도 같았다.

이때에 유월이가 뛰어왔다.

"선생님 어서 오시라구요."

하고 유월이 씨근거렸다.

"왜? 왜 누가 날 오래?"

하고 선희는 괴로운 꿈에서 깨었다.

"우리 댁 선생님이요. 아주머니께서 배가 아프시다고."

하고 유월은 영감마님이니 마님이니 하는 말을 버린 것이 한끝 기쁘면서도 한끝 어색해함을 아직 버리지 못한다. 더구나 어려서부터 상전으로 섬기는 정선을 아주머니라고 부르는 것은 마치 큰 죄나 범하는 것 같았다.

"아주머니가 배가 아프시다고?"

"네에. 아까 저녁 잡수실 때부터 좀 이상하다고 하시더니 지금은 아주 대단하셔요."

하고 유월—지금 이름은 을란은 말을 하면서도 염려되는 듯이 연해 집을 바라보았다.

선희는 문들을 닫고 우산을 들고 또 약이랑 주사약이랑 든 가방을 들고 아주 의사 모양으로 을란을 따라 숭의 집으로 갔다.

이러한 급한 일이 있어서 가는 길이건만 숭의 집이 가까울수록 가슴이 울렁거렸다.

을란을 따라왔던 강아지가 앞서서 돌아와가지고는 콩콩 짖었다. 숭은 마루 끝에 나서서 어두운 마당을 내려보았다. 등으로 불빛을 받고 선 숭의 모양은 선희가 보기에 마치 동상과 같았다.

"정선이가 배가 아파요?"

하고 선희는 침착하기를 힘쓰면서 묻고 숭의 힘 있는 팔을 스치며 마루에 올라섰다.

"대단히 아픈 모양인데요."

하고 숭은 선희를 앞세우고 안방으로 들어갔다.

"선희 왔어?"

하고 모기장 속에 누운 정선이가 선희를 보고 반갑게 말한다.

"응, 배가 아퍼?"

하고 선희는 모기장 곁에 꿇어앉는 자세로 정선을 들여다보았다.

"아이고 아이고 아이고!"

하고 정선은 미처 선희의 말에 대답도 하기 전에 진통이 왔다. 정선은 낯을 찌푸리고 안간힘을 썼다. 그것이 일 분도 못 계속하건마는 정선의 이마에는 구슬땀이 돋았다.

"아이고 아퍼. 이를 어째?"

하고 진통이 지나간 뒤에 정선은 슬픈 듯이 선희의 손을 잡았다.

"기쁨을 낳는 아픔이 아니냐. 참어. 그것이 어머니 의무 아냐?"

하고 선희는 위로하였다. 그러나 말끝에 곧 후회하였다. 정선은 과연 기쁨을 낳는 것일까, 저주를 낳는 것이 아닌가 하였다. 그런 생각을 하니 정선이가 불쌍하였다.

4-15

정선의 진통은 밤이 깊어갈수록 차차 도수가 잦고 아픔도 더하였다. 정선은 모기장을 다 잡아당기어 걷어버리고 이불을 차 내버리고 몸이 나오는 것도 부끄러워하지 아니하였다. 더욱 괴로워하는 소리를 질렀다. 그가 잠이 들어도 드러내지 아니하던 끊어진 다리를 막 내놓고 몸을 비틀었다.

선희는 이러한 광경을 처음 보았다.

"의사를 불러오지요."

하고 선희는 숭에게 말하였다.

"의사? 싫어, 싫어."

하고 정선은 몸부림을 하였다. 그는 끊어진 다리를 보이기도 원치 아니할뿐더러 자랑할 수 없는 아이를 낳으면서 의사요 조산부요 할 염치도 없었다.

"의사 부르면 난 죽어요!"
하고 정선은 야단을 하였다.

또 진통이 왔다. 정선은 선희의 손을 꽉 붙들고 아프다고 소리를 질렀다. 선희도 덩달아서 손과 전신에 힘을 주었다. 정선의 진통이 지나가고 이마와 전신에 땀이 흐를 때에는 선희의 이마와 전신에서도 땀이 흘렀다.

"선희!"
하고 진통이 지나간 틈에 정선은 선희의 손을 끌어다가 제 가슴 위에 놓으며 정답게 말하였다.

"난 죽어."
하고 정선은 울었다.

"쓸데없는 소리를 다 하네. 어느 어머니나 아이 낳을 때에는 다 그렇지. 그러길래 낳는 아픔이라고 안 해? 인제 한두 시간만 지나면 아이가 나올걸. 아이만 나오면 씻은 듯 부신 듯이라던데."
하고 선희는 위로를 하였다.

이러한 때에 숭이가 들어오면 정선은,

"당신은 건넌방에 가서 주무셔요."
하고 손을 홰홰 내저어서 나가라는 뜻을 표하였다.

그러면 숭은 말없이 돌아서 나갔다. 숭은 정선의 속을 아는 것이다. 남편의 자식 아닌 자식을 낳느라고 아파하는 아내의 마음을 숭은 알아주었다. 숭도 제 마음이 무엇인지를 알지 못하였다. 숭은 건넌방에 가서 드러누워도 보았다. 그러나 안방에서 아이구 구 하는 소리가 들릴 때에는 기계적으로 벌떡 일어나서는 안방을 들여다보았다. 아내가 끊어진 다리를 버둥거리며 애를 쓰는 양을 볼 때에는 인생에 가장 큰 비극을 보는 것 같아서 가슴이 막혔다.

"들어오지 말아요."

하는 아내의 울음 섞인 애원을 듣고는 숭은 견디지 못하는 듯이 마당으로 뛰어 내려갔다.

밖에는 번개가 번쩍거리고 굵다란 빗방울이 뚝뚝 떨어졌다. 그리고 음산한 바람이 구름을 날리고 있었다. 천지가 모두 무슨 큰 아픔을 못 견디어하는 것 같았다.

밤은 깊어갔다. 우렛소리가 들리며 비가 쏟아지기 시작하였다. 정선의 진통은 더욱 심하여지는 모양이었다. 정선은 선희의 두 손을 끊어져라 하고 비틀었다. 그리고 죽여달라고 소리를 질렀다.[505] 그러다가 진통이 지나간 뒤에는 정신을 잃은 듯이 눈을 감고 졸았다. 선희는 이것이 책에서 본 자간[506]이라는 무서운 병이 아닌가 하여,

"정선이, 정선이."

하고 정선을 흔들어 깨웠다.

'인생에 가장 큰 아픔이다.'

하는 생각을 선희는 하고 앉았다.

정선의 생명이 어찌 될는고. 그 생명이 아픔 때문에 너무 켕겨서 금시에 끊어져버릴 것만 같았다.

4-16

"선희, 용서해주어 응."

하고 어떤 한 굽이 진통 끝에 정선은 선희의 손을 제 가슴 위에 얹고 말하였다.

"용서가 무슨 용서야? 무어 잘못한 것 있던가."

하고 선희는 정선의 이마에 땀을 씻었다.

정선은 선희에게 무슨 할 말이 있는 듯하다가는 아픈 것이 아주 끝나버리면 말을 끊었다.

또 한 번 된 진통이 지나간 뒤에 정선은 기운 없이 눈을 뜨며,

"선희. 날 용서해요. 내가 지금까지 선희를 미워했어. 겉으로는 드러내지 아니했지마는 속으로는 미워했어. 선희가,"

하고 정선은 선희를 안아다가 선희의 귀에다 입을 대고,

"선희가 허를 사랑하는 것이 미워서. 나는 선희 속을 알아요. 아니깐 미웠어. 그렇지만 지금 생각해보면 선희밖에 이 세상에는 내 뜻을 말할 데가 없구려. 하늘에나 땅에나 나무에도 돌에도 붙일 곳이 없는 내 아니오? 내가 죽더라도 선희가 내 눈을 감기고 염도 해주어, 응. 나는 다른 사람의 손이 내 몸에 닿는 것이 싫어. 손이 닿는 것은커녕 눈이 내 몸을 보는 것도 싫어. 선희만은 내 더러운 몸과 마음을 다 알고 만져주우, 응."

하고 정선은 또 눈물을 흘렸다.

"글쎄, 왜 그런 소리를 해?"

하고 선희는 가슴이 울렁거리는 것을 억지로 누르면서,

"정선이! 내가 살여울 있는 것이 정선이한테 고통이 되거든 내 여기서 떠나께. 내가 정선이한테 고통을 주었다면 내가 잘못했수. 나는 정선이 말마따나 나무에도 돌에도 붙일 데가 없는 사람이니깐, 정선이 집을 믿고 여기 와 사는 게지. 내 떠나주께."

하고 선희도 눈물을 씻었다.

또 정선에게 진통이 왔다. 이번 진통은 거의 삼 분이나 계속되는 것 같았다. 밖에서는 우레와 빗소리가 요란히 들렸다. 시계는 새로 세 시.

"선희."

하고 정선이가 가까스로 정신을 차려서,

"저 가방 속에 무슨 약이 있소?"

하고 물었다.

"피투이트린[507]이라는 주사약하고, 애기 눈에 넣을 초산은물하고, 몸이랑 입이랑 씻길 기름하고, 그런 게야."

하고 선희는 가방을 열고 약들을 내보였다.

"나 그 주사 해주어."

하고 정선은 팔을 내밀었다.

"안 돼, 좀 기다려보고."

"아이구, 이거 못살겠어."

"좀더 참어."

"어떻게 참어?"

"새벽이 되면 낳을걸."

"아이구, 나는 못 참어. 나를 어떻게 죽여주어. 응. 참 못 참겠으니 죽여주어요. 또 나 같은 년이 살면 무얼 해?"

"글쎄, 왜 그런 소릴 해, 좀 참지 않고? 마음을 굳세게 먹어야 된대."

"아이구 아퍼. 아이구 허리 끊어져. 내가 무슨 죄로 이럴까."

"죄가 무슨 죄야. 아담 이브의 죄면 죄지."

"어린애가 나오기로 그것을 누가 길러. 내가 죽으면 누가 길러?"

"원 별소리가 다 많군. 정선이가 죽거든 허선생이 안 길러?"

"아냐, 아냐. 내가 죽으면 어린애도 안고 갈 테야. 지옥으로 가든지 유황불 구덩이로 가든지 어린애는 안고 갈 테야."

하고 정선은 깜빡 정신을 잃어버린다.

"정선이, 정선이!"

하고 선희가 정선을 흔들어도 대답이 없다.

"정선이, 정선이" 부르는 소리에 숭이가 뛰어 건너왔다. 선희는 정선의 말을 생각하여 홑이불로 정선의 몸을 가려주었다.

4-17

"암만해도 의사를 불러와야 할 것 같습니다."

하고 선희가 숭에게 자리를 비키면서 말한다.

"의사를 제가 싫다니까 부르기도 어렵구만요. 또 부른대야 산

부인과 전문하는 이는 물론 없구."

하고 숭은 민망한 듯이 이마에 손을 대며 정선을 들여다본다. 정선은 마치 장난꾼 아이가 몸이 곤해서 세상모르고 자는 모양으로 사지를 아무렇게나 내던지고 입으로는 침을 흘리며 코를 골고 있다. 견디기 어려운 고통은 마침내 정선에게서 모든 절제력을 빼어버린 것이었다.

"산모가 이렇게 자는 것이 좋지 않다는데."

하고 선희는 정선의 맥을 짚어본다. 선희가 보기에는 맥이 약한 것만 같았다.

"그래두 의사가 와야지 어떻게 해요? 어찌 될지 압니까. 겁이 납니다."

하고 선희는 애원하는 듯이 숭의 낯을 바라보았다.

"아냐, 싫어, 의사 싫어."

하고 정선은 잠꼬대 모양으로 중얼거렸다.

"의사가 와야 얼른 아이를 낳지."

하고 선희는 떼쓰는 딸을 책망하는 모양으로 짜증을 내는 듯이 말하였다.

"싫어. 나 죽는 거 보기 싫거든 다들 가요. 어머니가 저기 오셨는데, 같이 가자고. 나 옷 입고 어린애 데리고 같이 가자고. 어머니 나고[508] 같이 가요. 어머니 계신 데 같이 가요."

하고 정선은 반은 정신이 있는 듯 반은 없는 듯 중얼거리며 눈물을 흘렸다. 그 말끝에 또 진통이 돌아와서 정선은 낯을 찌그리고 몸을 비틀고 눈을 떴다. 숭과 선희는 몸에 소름이 끼침을 깨달았다. 더구나 어린애를 데리고 간다는 말이 숭에게 비상한 쇼크를 주었다.

"여보."

하고 정선은 숭의 손을 찾았다. 숭은 얼른 정선에게 제 손을 주었다.

"나를 용서해주셔요."

하고 정선은 숭의 손을 쥐고 떨었다.

숭은 말이 없었다. 정선은,

"나를 용서해주셔요. 나를 불쌍한 사람으로 알아주셔요. 당신 같은 좋은 남편을 잘 섬기지 못하고 용서 못할 죄를 지은 아내를 용서해주셔요. 나는 차마 이 뱃속에 있는 아이를 낳아가지고 당신 앞에서 살 면목이 없어요. 나는 내 죄의 결과를 뱃속에 넣은 채로 나는 가요. 정선아, 내가 네 죄를 다 용서한다, 마음 놓고 죽어라, 그래주셔요."

하고 소리를 내어 느껴가며 울었다.

"왜 그런 생각을 하오? 나는 당신을 용서한 지가 오래요, 그런 생각 말고 상심도 말고 마음을 편안하게 먹고……"

하고 숭의 말이 다 끝나기 전에 정선은 두 손을 가리며,

"아냐요, 아냐요. 날 용서 아니 하셔요! 날 불쌍히는 여기시겠지, 당신이 맘이 착하시니깐 불쌍한 계집애라고는 생각하시겠지, 그렇지마는 용서는 아니 하셔요. 나를 참으로 사랑하지는 아니하셔요. 당신이 의지가 굳으시니깐 일생이라도 나를 사랑하시는 모양으로 꾸며가실 줄은 믿어요. 그렇지만 나 정말 용서하고 사랑

하실 수는 없어요."

하고 고개를 베개에 비볐다.

정선은 스스로 제 잘못과 또 제가 인제는 하나도 취할 것이 없는 여자인 것을 깨달았을뿐더러, 지금까지 기생 년이라고 속으로 천대하던 선희가 도리어 살여울 온 뒤에는 존경할 만한 여자가 되고 사업가가 된 것을 생각하면 일종의 시기가 생기는 동시에 제 몸의 가엾음이 더욱 눈 띄어지는 것이었다.

숭은 아무 말이 없었다. 정선의 말은 숭의 마음을 꿰뚫어 본 말이어서, 그 말을 부인할 아무 재료가 없는 것이었다. 가만히 제 속에 물어보아도 정선을 불쌍히 여겨서 그의 일생을 힘 있는 데까지 위로해주겠다는 생각은 있으나, 참으로 사랑의 정이 가지는 아니하였다. 가게 하려고 힘을 쓰면서 일생을 살아가자는 것이 숭의 속이었다. 그리고 할 일이 많으니 사랑이라든지 정이라든지를 잊어버리자는 것이었다. 이것이 숭의 마음에 어두운 그림자를 이루는 것은 사실이었다. 그것이 폭풍우를 알밴 하늘 한구석의 구름장이 아닌지도 알 수 없는 일이었다.

4-18

진통은 정선의 의식과 말을 중단하였다. 그러나 곁에서 보기에 정선의 마음에는 슬픔과 무서움과 절망과 혼란한 감정이 끓는 것 같았다. 육체적으로나 정신적으로나 사람에게 이렇게 비참한 고통은 있을 수가 있을까 하리만큼 정선은 고통하였다. 정선의 얼굴의 표정, 몸의 움직임, 이 모든 것이 다 마치 고통이란 것을 표현하는 참혹한 무용인 것 같았다. 정선은 선희의 손을 잡고,

"선희, 나는 이 세상에서 용서해줄 것이 있다면 다 용서해줄 테야. 누가 내게 어떠한 잘못이 있더라도 나를 죽이려 한 사람이 있더라도 다 용서해줄 테야. 그 대신 내가 지은 죄를 누가 다 용서해주마 하는 이가 있으면 좋겠어. 아버지한테도 죄를 지은 년이요, 남편한테도 죄를 지은 년이요, 또 동무들한테도 죄를 지은 년이요, 뱃속에 있는 생명한테도 죄를 지은 년이 아니오? 내가 그런데 내가 세상에 와서 스물세 해 동안 한 일이 무엇이오? 세상 위해서 한 일이 무엇이오? 여러 사람들한테 폐만 끼치고 신세만 졌지, 한 일이 무엇이오? 내가 인제 하느님께 용서해줍시사고 빈다고 용서해주실 리 만무하지 않아? 아이구구 아이구 또 아퍼. 언제나 이 아픔이 끝이 나?"

하고 또 정선에게는 진통이 일어난다.

"선생님. 정선이를 다 용서한다고 해주셔요."

하고 선희는 정선이가 진통 끝에 의식을 잃고 조는 동안을 타서 숭에게 말하였다—

"제가 퍽 괴로워하는 모양입니다. 인제 정신이 들거든 다 용서하고 전같이 사랑해주마고 말씀해주셔요. 그러다가 죽어버린다면 그런 한이 있습니까. 그리고 또 무사히 아이를 낳고 일어나거든 선생님, 정선을 극진하게 사랑해주셔요. 선생님은 그만하신 너그러운 인격을 가지신 줄 믿습니다. 정선이가 불쌍하지 않습니까,

네?"

하고 눈물을 흘리고 느껴 울었다.

숭도 북받쳐 오르는 울음을 삼키고 눈을 꽉 감아 눈에 고인 눈물을 막아버리려 하였다. 그 눈물은 방바닥에 뚝뚝 떨어졌다.

"용서하지요. 용서하지요."

하고 숭은 정선의 머리맡에 놓인 물그릇에서 물을 숟가락으로 떠서 정선의 입에 넣었다. 정선은 무의식적으로 물을 받아 삼켰다. 정선의 입술은 열병 앓는 사람 모양으로 탔다.

"날 용서하셔요."

하고 다시 정신을 차린 정선은 숭의 손에 매달렸다.

숭은 정선의 얼굴에 제 얼굴을 가까이 대고,

"정선이 다 용서했소. 남편의 사랑은 무한이오. 한참만 더 참으면 고통이 없어질 것이오."

하였다.

닭이 울었다.

폭풍우도 어느덧 그쳤다.

처마 끝에서 물방울 떨어지는 소리가 새벽의 고요함을 깨뜨릴 뿐이었다.

"고맙습니다. 나는 인제는 죽어도 한이 없습니다. 당신밖에 나를 사랑해줄 사람도 없고 용서해줄 사람도 없으니 날 용서해주셔요. 그리고 불쌍히 여겨주셔요. 내가 죽거든 나를 당신이 늘 돌아볼 수 있는 곳에 묻어주셔요. 그리고 조그마한 돌비에다 허숭의 처 정선의 무덤이라고 새겨주셔요. 그리구 그리구…… 선희하고 혼인해주셔요."
하고 눈물을 흘렸다. 그러나 그 눈물은 지금까지 흐르던 고통의 눈물, 원한의 눈물은 아니었다. 그 눈물은 감사의 눈물, 만족의 눈물, 사랑의 눈물이었다.

선희는 정선의 말에 눈이 아뜩아뜩해짐을 깨달았다. 숭도 말이 없었다.

해가 솟았다. 그 구름 그 폭풍우는 어디로 갔는고. 하늘은 구름 한 점 없이 맑았다. 첫 가을날의 빛을 보였다.

숭의 집에서는,[509]

"으아 으아."
하는 어린애 소리가 들렸다. 정선은 딸을 낳은 것이었다.

4-19

가을이 되고 겨울이 되어 또 한 해가 지났다.

살구꽃도 다 지고 사월 파일도 지낸 어느 날 살여울 앞에는 자동차 한 채가 우렁차게 소리를 지르며 와 닿았다.

그 자동차에서는 아주 시크하게 양장으로 차린 청년 하나가 회색 소프트 모자를 영국식으로 앞을 숙여 쓰고 팔에는 푸른빛 나는 스프링을 들고 물소 뿔로 손잡이를 한 단장을 들고 대모테 안경을 썼다. 그리고 입에는 궐련을 피워 물었다.

운전수가 트렁크와 손가방을 내려놓고 마지막으로 기타인 듯한 것을 내려놓고는 자동차 문을 닫고 차세를 받으려고 청년의 앞에 서서 기다린다.

"도오시단다이 잇다이? 뎀뽀오모 웃데아루노니(어찌 된 셈이야 대관절. 전보도 놓았는데)."

하고 청년은 매우 불쾌한 듯이 동네를 바라보며 일본말로 중얼댄다. 탁음〔濁音〕과 악센트가 그리 잘하는 일본말은 아니다.

"가겠습니다, 차세 주세요."

하고 젊은 운전수는 참다못하여 청구한다.

"이꾸라?(얼마?)"

하고 청년은 여전히 일본말이다.

"사 원 팔십 전입니다."

하고 운전수는 조선말로 대답한다.

"욘엔 하찌짓센? 다까이쟈나이까(사 원 팔십 전? 비싸 비싸)."

하고 청년은 더욱 불쾌한 듯이 소리를 지른다.

"그렇게 작정을 하시고 타시지 않으셨어요?"

하고 운전수의 어성도 좀 높아진다.

"난다이 곤나 보로지도오샤가(이게 다 무에야, 이런 거지 같은 자동차를)."

하고 청년은 단장으로 자동차의 옆구리를 한 번 찌르고,

"도오꾜오나라 세이제이 고짓센다요(동경 같으면 잘해야 오십 전야)."

하고 눈을 부릅뜬다.

"동경은 동경이요, 조선은 조선이지요. 값을 정해놓고는 다 타

고 와서 그런 말을 하면 어떡해요?"

하고 운전수의 말도 점점 불공하게 된다.

"난다? 난다또? 모이찌도 잇데 미이(무엇이 어째? 또 한 번 그런 소리를 해봐)."

하고 청년이 운전수의 어깨를 떼민다.

"사람을 때릴 테요?"

하고 운전수도 대들며,

"여기서 이럴 것 없으니 저 주재소로 갑시다."

하고 운전수는 청년의 팔을 꽉 붙든다.

청년은 두어 걸음 끌려가더니,

"이 팔 놓아!"

하고 팔을 뿌리치고는 기운 없이 바지 주머니를 뒤져 지갑에도 넣지 아니한 지전 뭉텅이를 꺼내어 오 원배기 한 장을 골라서 길바닥에 내던지며,

"돗데 이께. 빠가야로오(가져가거라. 망할 자식)."

하고 입에 물었던 궐련을 침과 아울러 손도 대지 아니하고 퉤 뱉어버린다.

운전수는 말없이 돈을 집어넣고 운전수대에 올라앉아서 차를 돌려놓고는 고개를 내밀고,

"이건 왜 이 모양이야. 돈도 몇 푼 없는 것이 되지못하게시리. 국으로 짚세기나 삼고 있어. 네 에미 애비는 무명것도 없어서 못 입는데 되지못하게 하이칼라나 하면 되는 줄 아니?"

하고 차를 스타트해가지고 슬근슬근 달아나며 욕설을 퍼붓는다.

받을 돈 받아놓고 차 떠내놓고 분풀이를 하는 것이었다.

이러는 동안에 동네 아이들이 자동차 구경 겸 하이칼라 구경하러 모여들었다.

"산장네 정근이야."

하고 아이들은 수근거렸다.

정근은 이 동네 부자라는 유산장의 아들로 동경 가서 공부하고 돌아오는 길이었다.

4-20

아이들 중에는 정근이라는 청년을 보고 반가운 빛을 보이는 애는 드물었다. 그들은 부모가 유산장을 원망하는 소리를 너무 많이 들은 까닭이었다. 또 그들은 산장네 정근이가 일본 가서 공부한다 하고 돈만 없이 한다고 산장이 화를 낸다는 말을 들었다. 산장네가 작년부터는 협동조합 때문에 장리도 잘 아니 되고 빚을 줄 곳도 줄어서 논을 두 자리나 팔아서 정근의 학비를 주었다는 소리를 부모들이 고소한 듯이 말하는 말을 들은 것도 기억한다. 그래서 그들은,

"잘도 차렸네. 하이칼라다."

이러한 흥미밖에는 정근에게 대해서 가지지 아니하였다.

"이거 좀 들고 가!"

하고 정근은 아이들 중에 큰 애를 단장 끝으로 가리키며 부르짖

었다. 가리킴 받지 아니한 아이들은 저희도 그 대접을 받을까 두려워 뒤로 물러서고 가리킴을 받은 아이는 마치 기계적인 것같이 그 명령을 복종하였다.

큰 아이들이 정근의 짐을 들고 앞설 때에야 도망하려던 아이들이 다시 뒤를 따라섰다. 정근은 다시 담배 한 대를 피워 물고 단장을 두르면서 살여울 동네로 향하였다.

그때에 마침 어떤 사람 하나가 지게를 지고 나오다가 정근을 보고 반가운 빛을 보이며 아이들이 들고 꼬부랑꺵 하는 것을 받아 제 지게에 짊어졌다.

"지금 차에서 내리는 길인가."

하고 지게를 진 사람은 정근에게 물었다.

"내가 오는 줄을 알고도 아무도 안 나온단 말이오? 다들 죽었단 말이오?"

하고 정근은 화를 내었다.

"어디 자네가 오는 줄 알았나. 형님도 아무 말씀이 없으시니."

하고 이 가난한 아저씨는 먼촌 조카의 짐을 지고 일어선다.

"내가 집으로 전보를 했는데 동네에서들 몰라?"

하고 아저씨에 대한 조카의 어성은 매우 불공하였다. 이렇게 큰 소리가 나는 것도 까닭이 없지는 아니하였다.

삼 년 전으로 말하면 제가 평양만 가서 공부를 하다가 방학에 돌아오더라도 전보 한 장만 치면 온 동네가 끓어 나왔던 것이다. 그러하던 것이 삼 년을 지낸 오늘에 이렇게 한 사람도 아니 나온다는 것은 창상지변[510]이라고 아니 할 수 없었다.

아저씨는 말없이 짐을 지고 길을 걸었다.

아이들 중에 먼저 뛰어 들어가서 보고한 사람이 있어서 산장네 집 식구들이 마주 나왔다. 산장네 머슴 사는 미력이라는 사람이 달음박질쳐서 앞서 나와서 보통학교 아이 모양이로 정근을 보고 허리를 굽혔다.

"이 자식, 인제 나와."

하고 정근은 인사하는 미력의 등을 단장으로 후려갈겼다. 미력은 영문도 모르고 아프단 말도 못하고 아저씨의 짐을 받아 졌다. 지게를 지니 매 맞은 등이 몹시 아팠다.

정근은 반가워하는 가족들을 보고 모자도 벗지 아니하였다.

"아버지 안 계시우."

하고 집에 들어온 정근이는 병든 어머니를 보고 퉁명스럽게 말하였다.

"아버지가 사랑에 계신 게지. 나가 뵈려무나."

하고 어머니도 낯을 찡그렸다.

"내가 오늘 온다고 전보를 놓았는데, 그래 아무도 안 나온단 말이오?"

하고 정근은 아버지는 찾으려고도 아니 하고 문지방에 걸터앉으며 소리를 질렀다.

"전보가 왔는지 무엇이 왔는지 아니?"

하고 어머니는,

"요새 아버지가 무슨 말씀은 하신다던? 안에는 진지 잡수러도 안 들어오신단다. 이놈의 세상이 망할 놈의 세상이 되었다고. 동네 놈들이나 일가 놈들이나 도무지 발길도 아니 한다고. 그 허숭이 녀석이 이 동네에 들어와서부터는 협동조합인가 무엇인가 만들어가지고 모두들 장리를 내어 먹나 빚을 얻어 쓰나. 그런 뒤부터는 우리 집에는 그림자도 얼씬 않는단다. 그 연놈들의 뼈가 뉘 집 덕으로 굵었다구. 그래서 아버지는 화병이 나셔서 도무지 집안사람보고도 말이 없으시단다."
하고 말을 하였다.

4-21

정근이가 안방 문지방에 걸터앉아 있을 적에 부엌 앞에는 정근의 아내가 어느새에 새 옷을 입고 너덧 살 먹은 아이 녀석 하나를 머리를 만져주면서 들릴락 말락 한 소리로,
"가서 아버지! 그러고 불러."
하고 훈수를 하여준다.
아이 녀석은 흙과 때 묻은 손가락을 빨고 커다란 눈으로 정근을 힐끗힐끗 보면서 싫다고 몸을 흔든다.
그래도 아내는 자식을 통하여 자기에 대한 주목을 끌어볼 양으로,
"어서 가 그래!"
하고 아이 녀석의 옆구리를 지르며,
"너의 아버지야. 가서 아버지, 하고 좀 매달려!"

하고 소곤거린다.

아내는 정근이보다 늙었다. 그리고 무슨 속병이 있는지 혈색이 좋지 못하다.

청춘에 남편이 그리워서 그러하기도 하겠지마는 이 집 가풍이 여자는 찬밥과 된장밖에 못 얻어먹고 병이 들어도 의원 하나 보이지 않는 까닭도 있을 것이다. 시어머니가 병이 들어도 약 한 첩을 얻어먹기가 어렵거든 하물며 며느리랴.

"장손아, 가서 아버지, 그래."

하고 아내는 아이 녀석을 잡아 흔든다.

장손이는 마지못해 두어 걸음 아비를 향하고 나가다가 아비의 무정한 시선이 제 위로 미끄러져 다른 데로 지나가는 것을 보고는 고만 용기를 잃고 어미 치맛자락으로 돌아와버린다.

"숭이 녀석이 와서 우리 험구를 해요?"

하고 정근은 어머니의 말에 분개한 어조로,

"그 녀석이 무엇이기에. 제 계집 남한테 빼앗기고—왜 숭이 여편네가 서방질하다가 들켜서 차에 치여 죽으려다가 살아나지 않았어요. 그 녀석이 고개를 들고 댕겨요? 변호사 노릇도 못해먹고 쫓겨난 녀석이!"

하고 침을 퇴, 뱉는다.

"숭이 여편네가 서방질했니?"

하고 어머니는 무슨 신기한 소식이나 들은 것같이 아들의 곁으로 다가앉는다.

"그럼요. 모두 신문에 나구 야단들인데 어머니는 꿈만 꾸시네."

하고 정근은 비로소 찌푸린 상판대기를 펴고 재미나는 듯이,

"그럼요. 게다가 산월이라는 기생하고 죽자 사자 해서 산월이가 기생 고만두고 여기 와서 유치원 한다지요. 우리 아이들도 가우?"

"아니 안 가. 우리 아이들은 안 간다. 아버지가 숭이 녀석이라면 불공대천지수[511]로 아시는데, 아이들 보내실라던? 오, 그년이 기생 년이야. 뭐 대학교 졸업한 처녀라던데."

"대학교가 다 무엇이오? 전문학교는 졸업했지요. 그리고 기생질 하던 년인데, 서울서는 누구나 다 안답디다. 흥, 미친 녀석 기생첩 데리고 와서 유치원 시키구, 아주 겉으로는 점잖은 체하면서—왜 신문 보니깐두로 초시네 순이도 숭이 녀석이 버려주었다던데."

하고 정근은 더욱 분개한다.

"오오, 그래?"

하고 어머니는 고개를 끄덕거리며,

"그렇겠지 말만 한 계집애를 반년이나 한집에 두고 있었으니 성할 리가 있나, 내 그저. 그렇게 실컷 버려놓고는 한갑이한테 시집을 보냈구나."

"순이가 맹한갑[512]이한테 시집갔수?"

하고 정근은 놀란다.

"그럼, 한갑이가 지지난달엔가 가막소[513]에서 나와서 유치원에서 혼례식을 했단다."

"흥."

하고 정근은,

"그렇지, 첩을 둘씩 둘 수야 있나. 한갑이 녀석도 미친 자식이지, 그래 헌계집을 얻어가지고 좋아하는구먼."

하고 자못 유쾌한 모양이다.

이때에 장손이는 어미의 말에 못 견디어,

"아버지."

하고 뛰어와서 어미가 시킨 대로 무릎에 와 매달린다.

4-22

"저리 가."

하고 정근은 매달리는 아들 장손을 버러지나 떼어버리는 듯이 밀쳐버린다.

장손이는 "으아" 하고 울면서 비틀거리고 제 어미한테로 달려가서 개한테 물리기나 한 것같이 악을 쓰고 운다.

"거 왜 그러느냐."

하고 어머니는 화를 내며,

"어린것이 애비라고 반가워서 와 매달리는 것을 그럴 법이 어디 있니? 그게 무슨 짓이냐. 너는 자식 귀여운 줄도 모르니? 너도 너의 아버지 모양으로 자식에게 그렇게 무정하단 말이냐 원. 유가네 집은 종자가 다 그런가 보구나."

하고 꾸짖는다.

"자식이 그까짓 게 무슨 자식이오? 내 자식이 그래요? 저렇게 괭이 새끼같이 눈깔만 크고, 더럽고."
하고 벌떡 일어난다.
"그럼 이 애가 뉘 아들이오? 원 못 들을 소리를 다 듣눈."
하고 칼로 찔러도 말 한마디 못할 듯하던 아내가 한마디 단단히 쏜다.
"흥. 꼴에 무어라고 주둥이를 놀려? 흠, 눌은밥도 못 얻어먹고 쫓겨나고 싶은가 보군. 내가 이번에는 용서하지 아니할걸."
하고 정근이가 뽐낸다.
"옳지. 일본 가서 남 무엇인가 하는 계집년허구 배가 맞아서 잘 놀았다두구만. 그 망할 년이 어디 서방이 없어서 남의 처자 있는 사내를 따라댕긴담. 그년이 남의 서방한테 정이 들었으면 둘째 첩으로나 셋째 첩으로나 살 게지 왜 이혼은 허래. 내가 무슨 죄를 지었길래? 나는 이 집에 와서 죽두룩 일해주구 아들 낳아 바친 죄밖에 없어. 날 누가 내쫓아. 어디 내쫓아보아!"
하고 아내는 여자에게 용기를 주는 질투의 힘으로 남편에게 대든다.
"이년, 무엇이 어쩌구 어째?"
하고 정근은 아내의 앞으로 대들며,
"이년, 또 한번 그따위 주둥이를 놀려보아라. 당장에 때려죽이고 말 테니."
하고 단장을 둘러멘다.
장손이가 엄마를 부엌으로 끌어들이며 발버둥을 치고 운다.

"때려죽여보아! 때려죽여보아! 어디 때려죽여보아! 내가 무엇을 잘못했어? 어디 말 좀 해보아! 내가 부모께 불공을 했어? 행실이 부정했어? 내가 무엇을 잘못했어? 응? 왜 말을 못해? 내가 이 집에 시집올 때에는 친정에서 논 한 섬지기 밭 이틀갈이 가지고 왔어, 서울 갑네 일본 갑네 하구 공부는 뉘 돈으로 했는데. 오, 인제는 남가 년한테 반해서 나를 내쫓을 테야. 옳지, 아들까지 낳아 바쳤는데 무슨 죄루 날 내쫓을 테야?"

엄마 엄마, 하고 울고 치맛자락을 끌고 부엌으로 들어가려는 장손의 뺨을 손바닥으로 딱 후려갈기면서,

"이놈의 자식, 왜 우니, 왜 울어?"

하고 두번째 때리려는 것을 피하여 장손은 부엌 속으로 달아났으나 그래도 뒷문으로 빠져나가지는 않고,

"엄마 엄마."

벌벌 떨며 운다.

어머니는 듣다못해 뛰어나오며,

"아서라 아이어마,[514] 그렇게 말하는 법이 아니다. 어디 남편보고 그렇게 말하는 법이 있느냐. 우리는 젊어서 남편이 아무런 말을 하더라도 가만히 듣고만 있었다. 어린것은 왜 때리느냐. 아서라, 그래서는 못쓴다."

하고 며느리를 책망하고, 다음에는 아들을 향하여,

"오랜만에 집에 돌아오면 처자를 반갑게 대하는 게지 그래서 쓰느냐. 열 첩 못 얻는 사내 없다고 사내가 젊어서는 오입도 하고 첩도 얻지, 그렇지마는 귓머리 풀고 만난 처권을 버리는 법은 없

어! 일본 있으면서 밤낮 편지루 이혼이니 무엇이니 하고 듣기 싫은 소리만 하니 재 어멈인들 맘이 좋겠느냐. 어서 그러지 말고 처가속의 맘을 풀어주어라. 그 원, 왜들 그러느냐."

하고 어머니의 지혜를 보인다.

"아니, 이년이 글쎄, 언필칭 남가 년 남가 년 하니 그런 말법이 어디 있어요? 남인숙으로 말하면 아주 깨끗하고 얌전한 여성입니다. 첩이라니, 그가 누구의 첩으로 갈 여성이 아냐요. 또 나와 무슨 관계가 있는 것도 아니구. 내가 그 여성을 존경은 하지요. 그런데 저년이 언필칭……"

"글쎄, 왜들 이리 떠들어?"

하고 유산장이 상투 바람으로 사랑 뒤창으로 고개를 쑥 내밀며,

"이놈아, 공부합네 하고 돌아댕기다가 집에라고 돌아오는 길로 애비도 안 보고 집안에 분란만 일으켜? 그래 일본까지 가서 배워온 것이 그따위란 말이냐. 집안 망할 자식 다 있다."

하고는 문을 닫아버린다.

날뛰던 정근도 아비 말에는 항거를 못하고 화나는 듯이,

"내가 무엇 하러 이놈의 데를 왔어?"

하고 대문 밖으로 홱 나가버리고 만다.

그는 어디로 가려나?

4-23

정근이 살여울에 나타난 것은 살여울의 평화를 깨뜨리는 데 많은 힘이 되었다.

정근은 살여울에 온 뒤로 선희가 본래 산월이라는 기생인 것과 정선이가 서방질하다가 다리가 부러졌다는 것과 숭과 선희가 서로 좋아한다는 것을 힘써 선전하였다.

동네 사람들은 숭과 선희를 신임하던 까닭에, 또는 정근을 신임하지 아니하는 까닭에, 처음에는 그 말을 믿지 아니하였으나 열 번 찍어서 아니 넘어가는 나무도 없거니와 사람에 대한 신임도 의리도 백지장과 같이 엷었다.

"아, 기생 년에게 자식을 맡겨?"

이러한 소리가 나오게 되고, 어제까지 유치원에 다니던 아이들 중에는,

"기생이란다, 야, 기생이란다."

하고 선희가 듣는 곳에서 놀리며 까치걸음을 하는 아이도 있게 되었다.

더구나 숭이가 선희를 첩으로 두었다는 말과 유순을 버려주었다는 말이 신문에 났다는 말을 정근에게 들은 사람들은 숭을 도무지 가까이하지 못할 고얀 놈으로 여기게까지 되었다.

숭과 선희에 대한 이러한 소문은 숭이가 경영하는 모든 사업에 지장을 일으키게 되었다. 첫째로 한 주일에 한 번씩 모여서 동네

일을 의논하던 동회에 점점 출석하는 사람이 줄어들고 매 주일 모일 때마다 가져오기로 한 쌀 저축과 짚세기, 새끼 저축의 의무도 행하지 아니하는 이가 늘어가고 동네 사람의 집에 언제나 다투어 환영함을 받던 숭을 환영하지 아니하는 가정이 점점 늘어갔다.

그러나 숭에게 가장 크게 고통을 주는 것이 있었으니 그것은 맹한갑이의 태도가 점점 소원해가다가 마침내 숭에 대하여 적의를 품는 태도까지도 보이게 된 것이었다.

정근이가 맹한갑을 허숭 배척의 두목으로 손에 넣으려 하였음은 말할 것도 없다.

"다시 그놈의 집엘 갈 테야?"
하고 하루는 한갑은 숭의 집에 다녀온 아내 순을 보고 참을 수 없이 불쾌한 듯이 호령을 하였다.

순은 남편의 이 태도에 놀랐다. 그래서 눈을 크게 뜨고 남편을 바라보았다. 순의 생각에는 이 말이 무슨 거룩한 것을 모독하는 것같이 들린 까닭이었다.

"왜 그러우?"
하고 순은 제 귀를 의심하는 듯이 물었다.

"왜 그러긴 무얼 왜 그래?"
하고 한갑은 더욱 불쾌한 빛을 보이며,

"내가 다 알어. 왜 걸핏하면 숭이 놈의 집으루 가는지 내가 다 알어. 내가 모르는 줄 알구. 다시 그놈의 집에 발길을 해보아. 당장에 물고를 낼 테니."

하고 그는 감옥에서 여러 죄수한테 듣던 말투를 본받았다. 그리고 서방질하는 계집을 때려죽이고 징역을 지던 동무를 연상하였다.

"그게 웬 소리요?"

하고 순은 울고 싶었다.

"우리가 뉘 덕으루 살길래 허선생께 그런 말을 하시오?"

"내가 다 알어. 다시는 그놈의 집에 가지 말라거든 가지 말어."

하고 한갑은 몇 걸음 밖으로 나가더니 돌아서서 순의 곁으로 오며,

"그 뱃속에 있는 애가 뉘 애야? 바로 말을 해!"

하고 그가 경찰서와 검사정에서 보던 관인들의 눈과 표정을 보였다.

"아니, 그건 다 무슨 소리요?"

하고 순은 앞이 아뜩아뜩함을 깨달았다.

"무엇이 무슨 소리야? 네 뱃속에 든 아이가 어느 놈의 아이냔 말이야."

하고 한갑은 땅바닥에 침을 퉤하고 뱉었다.

한갑은 타오르는 분노와 질투에 전신을 떨었다.

4-24

순에게는 한갑의 말은 실로 청천벽력이었다. 남편의 정신이 온전한가를 의심할 지경이었다.

"내가 감옥에 있는 동안 네가 어디 있었지?"
하고 한갑이는 재우쳐 물었다.

순은 억색하여 대답이 나오지 아니하였다.

"내가 다 알어."

한갑은 성낸 얼굴에다가 빈정거리는 웃음을 띠고,

"내가 들으니께 나 감옥에 있는 동안에 네가 숭이허구 함께 살았다더라. 병구완합네 하고, 한방에서 자구. 흥 그리구는 인제는 모르는 체야. 옳지 응, 숭이 놈이 실컷 데리고 살다가 산월이 년이 오니께루 내게다가 물려주어. 죽일 놈 같으니. 내가 그놈의 다리몽둥이[515]를 안 분지를 줄 알구. 흥. 밴밴한 계집애는 모조리 주워먹는 놈이 아주 겉으룬 점잖은 체허구. 내가 왜 이렇게 오래 감옥에 있었는지 아니? 그놈이 나를 변호합네 하고 되려 잡아넣어서 그랬어. 내가 다 알어, 홍 모르는 줄 알구. 아이구 분해라."
하고 이를 으드득 갈았다.

이로부터 한갑의 태도는 졸변[516]하였다. 그는 일도 아니 하고 술만 먹으러 돌아다녔다. 그리고 집에 들어오면 순이를 볶았다.

순은 몇 번 간절한 말로 변명도 하였으나 변명을 하면 할수록 한갑의 의혹은 더욱 깊어지는 것 같아서 순은 다만 잠자코 참을 뿐이었다.

순의 생각에는 저를 위한 고통보다도 숭이 저로 인하여[517] 사업에 방해를 받고 또 마음에 고통을 받는 것이 괴로웠다. 순은 어찌하면 숭의 누명을 벗겨드릴 수가 있을까 하고 그것이 도리어 가장 큰 염려가 되었다.

하루는 한갑이 밤이 깊은 뒤에 술에 취해서 들어왔다. 그는 정근이와 함께 장에 가서 술을 잔뜩 먹고 돌아온 길이었다.

"이년, 이 화냥년, 또 숭이 놈의 집에 서방질 갔니?"

하고 외치며 비틀비틀하고 문고리를 찾았다.

순이는 얼른 일어나 문고리를 벗겼다. 한갑의 몸에서는 술냄새가 코를 찔렀다.

"이 개 같은 년! 이 화냥년!"

하고 한갑은 한 발을 방에 들여놓으면서 한 손으로 아내의 머리채를 감아쥐어서 앞으로 끌어당기었다. 무심코 섰던 순은 문지방에 어깨와 머리를 부딪고 남편의 가슴을 향하고 쓰러졌다.

한갑은 몸을 비키면서 순의 머리채를 홱 끌어당기어 순은 다섯 달 된 배를 안고 토당(툇마루 있을 땅)에 팩 하고 엎어졌다.

"이 개 같은 년! 이 화냥년!"

하고 한갑의 발은 수없이, 엎어진 아내의 등과 어깨와 볼기짝 위에 떨어졌다.

순은 아프단 말도 못하고 다만 픽픽픽 할 뿐이었다.

"이년 죽어라! 뒈져라!"

하고 한갑은 술기운을 빌려 기고만장하여 호통을 하였다.

밤마다 있는 술주정이라, 또 하는구나 하고 누워 있던 한갑 어머니는 그 어렷한 귀에도 무슨 심상치 아니한 소리가 들리는 듯하여 문을 열치며,

"이게 웬일이냐, 글쎄 이놈아. 밤마다 술을 먹고 와서는 지랄을 하니. 돈은 어디서 나서 이렇게 날마다 술을 처먹는단 말이냐."

하고 어스름한 속에 허연 무엇이 엎어진 것을 보고 한갑 어머니는 깜짝 놀라서 웃통은 벗은 채, 고쟁이 바람으로 뛰어나오며,

"이게 무에냐."

하고 소리를 질렀다.

4-25

한갑 어머니는 더듬더듬 순이가 엎어져 있는 데까지 걸어오더니 순이가 쓰러진 것을 보고, 깜짝 놀라며,

"아, 이놈아 글쎄 이게 웬일이냐. 홀몸도 아닌 사람을."

하고 허리를 굽혀 순의 팔을 잡아 일으키려다가 팔에 기운이 없는 것을 보고 더욱 놀라 순의 머리를 만지며,

"아이고, 이 애가 이마에서 피가 흐르는구나. 아가, 아가."

하고 불러도 순은 대답이 없었다.

"그깟 년 내버려두우. 죽어라 죽어."

하고 한갑은 발길을 들어 순의 옆구리를 한 번 더 지르고 비틀비틀하며 밖으로 나가버린다.

"아가, 아가."

하고 한갑 어머니는 순을 안아 일으키려다가 기운이 부쳐서[518] 못하고 방에 들어가 석유 등잔에 불을 켜 들고 나온다.

순의 머리 밑에는 피가 빨갛게 빛났다. 그리고 순의 몸은 느껴우는 사람 모양으로 들먹거렸다.

"이를 어쩌나?"
하고 한갑 어머니는,
"한갑아, 한갑아!"
하고 소리껏 두어 번 불러보았으나 대답이 없었다.

"아이고, 이를 어쩌나. 그 망할 녀석이 제 애비 성미를 받아서 그러는구나. 요새에는 웬 술을 그리 처먹고, 아가 아가. 일어나 방에 들어가 누워라. 내가 기운이 없어서 너를 안아 들일 수가 없구나. 원, 이 일을 어쩌나. 동태[519]나 안 되었나. 아이구, 이를 어쩌나. 이 애 치마에도 피가 배었구나. 아이구머니나, 하혈을 하는구나. 아이구, 이를 어쩐단 말이냐. 그 몹쓸 놈이 어디를 어떻게 때렸길래. 아이구, 이거 큰일 났구나. 아가, 아가!"

한갑 어머니는 혼자 쩔쩔매고 갈팡질팡하더니 등잔불을 방 안에 들여다 놓고 옷을 주워 입고 어디로 나가버린다.

동네에서는 개들이 콩콩 짖었다.

한갑 어머니는 달음질하듯 숭의 집으로 달려갔다. 급한 일에는 숭의 집에밖에 갈 곳이 없는 것이었다.

숭의 집에서는 왁자지껄하는 소리가 들렸다. 한갑 어머니는 잠깐 발을 멈추고 귀를 기울였다. 그 떠드는 소리는 분명히 한갑의 소리였다.

'저놈이 또 저기 가서 지랄을 하는구나.'
하고 한갑 어머니는 더욱 걸음을 빨리 걸었다.

한갑은 숭의 집 마당에서 숭의 멱살을 잡고 숭을 때리고 있었다. 숭은 다만 한갑의 발길과 주먹을 막을 수 있는 대로 막을 뿐이요, 마주 때리지는 아니하는 모양이었다.

"이놈. 이놈 죽일 놈. 이놈, 네가 나를 감옥에 잡아넣구, 내 계집을 버려주구. 어, 이놈. 나허구 죽자."

이러한 소리를 뇌고[520] 또 뇌고 숭에게 대들었다. 숭이가 힘이 세어 한갑의 맘대로 잘 때려지지 아니하는 데 더욱 화를 내어서 돌아가지 아니하는 혀로 욕설만 퍼부었다.

"이놈아. 글쎄 이 배은망덕하는 놈아. 아무러기로 네놈이야 허변호사에게 이리할 수가 있단 말이냐."

하고 한갑 어머니는 한갑의 어깨에 매달려 발을 동동 구르며,

"너 가막소에 가 있는 동안에 내가 누구 덕에 살았니. 허변호사가 나를 친어미보다도 더 위해주었는데, 이놈아 글쎄 어미를 보기로 이게 무슨 일이란 말이냐. 자 가자."

하고 한갑을 잡아끌며,

"허변호사도 잠깐 와주게. 이 녀석이 며느리를 때려서 하혈이 몹시 되는 모양인데 어떻게 하면 좋은가. 피를 흘리구 쓰러진 것을 혼자 두구 왔는데. 이 술 취한 녀석의 말에 노여워하지 말구, 좀 와주게."

하고 한갑을 끌고 어두움 속에 사라졌다.

4-26

한갑은 기운이 지쳤는지 어머니가 끄는 대로 끌려간다.

"이 애야. 너 그 정근이 녀석한테 무슨 소리를 들었나 보다마는 그 녀석의 말을 어떻게 믿니? 그 녀석 난봉 녀석 아니냐. 허변호사가 이 동네에 들어온 뒤로 유산장네 장릿벼가 시세가 없어서 그 집 식구들은 허변호사를 잡아먹으려 드는데 네가 정근의 말을 믿고 허변호사와 네 처를 의심하다니 말이 되니? 네 처로 말하면 내가 꼭 한방에 데리고 있었는데 무슨 의심이 있나. 의심이 있으면 내가 먼저 알지, 네나 정근이가 안단 말이냐. 또 허변호사는 그럴 사람이 아니야. 정근이 녀석이 돌아온 뒤로 동네 인심이 변한 모양이더라마는 다들 잘못이지 잘못이야, 허변호사나 유치원 선생이나 다 제 돈 갖다가 동네 위해 좋은 일 하는데 그 은혜를 몰라보고 이러니저러니 말이 되나. 내가 그렇게 타일러두 도무지 듣지를 아니하고 그 난봉 녀석의 말을 믿구서, 글쎄 이게 무슨 일이냐. 네 처가 저렇게 하혈을 하니 뱃속에 아이가 성할 수가 있나. 아이구, 이년의 팔자야. 죽기 전에 손주새끼라두 한번 안아볼까 했더니, 이게 다 무슨 일인가? 왜 죽지를 않구 살아서 이 꼴을 보는지. 너 아버지가 젊어서 술을 먹구 사람을 때려서 그 사람이 그 빌미로 죽은 일이 있느니라. 너 아버지가 마음이 착하지마는 울뚝하는 성미가 있구, 술이 취하면 앞뒤를 가리지 못하는 성미가 있더니 너두 그 성미를 닮았구나. 그래두 너 아버지는 친구를 그렇게 죽인 뒤로는 도무지 술을 입에두 아니 대구 말두 아니 하구 그러셨단다."

이렇게 집까지 가는 동안에 한갑 어머니는 아들을 향하여 여러 가지 말을 하였다. 그러는 동안에도,

"아이구 저거, 어린애가 떨어졌으면 어떻게 해?"

하고 혼자 한탄을 하였다. 한갑 어머니에게 인제 남은 소원은 '손주새끼'를 안아보는 것이었다. 한갑 어머니 눈앞에는 꼬물꼬물하는 손주가 보이던 것이었다. 그에게는 며느리가 죽는 것보다는 손주가 떨어지는 것이 더 중한 일이었다.

집에 돌아오니 순은 아직도 그대로 엎어져[521] 있었다.

한갑은 어머니의 말에는 대답도 아니 하고 비틀거리고 따라왔다.

한갑은 머리가 아프고 몸이 노곤한 것을 깨달았다. 그리고 정신은 아무리 분명히 차리려 하여도 마치 깨어진 질그릇 조각을 모아서 제대로 만들려는 것 모양으로 모여지지를 아니하였다. 그의 고개는 꼬빡꼬빡 앞으로 수그러만 지고 눈은 감겼다. 다리가 이리 놓이고 저리 놓이고 하였다. 읍내 갈보집에서 정근에게 실컷 술을 얻어먹고 또 잠깐 자기까지 하고 나온 것이었다. 숭이가 죽일 놈이라는 것, 숭이가 전에는 물론이거니와 지금도 때때로 숭과 순이가 밀회한다는 것, 순의 뱃속에 있는 아이가 누구의 아인줄 아느냐 하는 것 등의 선전을 받고 이십 리나 넘는 길을 달음박질로 온 그였다. 단순한 생각을 가진 한갑은 정근의 그럴듯한 선전에 고만 더 참을 수가 없이 되어 감옥에서 아내 죽인 죄수에게 들은 이야기 그대로 실행을 해본 것이었다.

그러나 술이 주던 기운이 없어지매 한갑은 고만 푹 노그라졌다. 그는 무슨 큰일을 저지른 듯도 싶고, 또 당연히 할 일을 다 못한 듯도 싶었다. 가끔 고개를 번쩍 들고 무엇이라고 중얼대나 곧 정신을 잃어버리고 말았다. 어머니가 하는 말도 어떤 말은 귀에 들어오고 어떤 말은 귀에 들어오지 아니하였다.

한갑은 토당에 쓰러진 아내를 물끄러미 들여다보더니 고개를 번쩍 들며,

"이년 죽어라, 이 개 같은 년 같으니."

하고 한번 뽐내고는 어머니한테 끌려서 방으로 들어갔다.

4-27

숭은 선희를 데리고 응급 치료 제구를 들고 한갑의 집으로 왔다.

숭은 한갑의 신이 문밖에 놓인 것을 보았다. 선희는 무엇을 무서워하는 사람 모양으로 눈을 이리저리 굴렸다.

숭은 전후를 돌아볼 새가 없었다. 순의 곁에 쭈그리고 앉아서 순의 팔목을 들어 맥을 보았다. 처음에는 맥이 끊어진 것 같았으나 서투른 사람이 하는 모양으로 이리저리 옮겨 쥐어보아 희미하게나마 맥이 뛰는 것을 알았다.

선희는 숭의 눈만 바라보고 있다가 숭이가 고개를 끄덕거리는 것을 보아서 맥이 있다는 것을 알았다.

"우선 방으로 들여 뉘어야겠습니다."

하고 숭은 순의 피 흐르는 이마를 만지며 어머니에게 말하였다.

어머니는 덜덜 떨며 숭과 선희를 번갈아 바라보다가 숭의 말에 비로소 마음을 놓은 듯이,

"그럼 아랫간에 들여 누이지."
하고 자기 방으로 들어가 자기가 깔았던 요를 바로잡아 깔고 베개를 바로 놓고,

"자, 이리루 들어오지. 원, 괜찮을까."
하고 문에서 내다보고 있다. 그 주름 잡힌 검은 얼굴, 그 쥐어뜯다가 남겨놓은 듯한 희뜩희뜩한 머리카락, 그 피곤한 듯한 찌그러진 눈, 불빛에 비친 한갑 어머니의 모양은 산 사람 같지는 아니하였다. 일생에 근심과 가난과 잠시도 떠나보지 못하고 부대낀 그에게는 절망하거나 슬퍼할 기운도 없는 것 같았다. 그처럼 무표정이었다.

숭은 한 팔을 순의 목 밑에 넣고 한 팔을 무릎마디 밑에 넣어서 순을 가만히 안아 쳐들었다. 그렇게도 제 품에 안기고 싶어 하던 가여운 순을 이렇게 불행하게 된 때에 안아주는 것이 슬펐다.

방문을 들어가 누이려 할 때에 순은 가만히 눈을 떴다. 저를 안은 것이 숭인 것을 보고 잠깐 놀라는 표정을 하였다. 그러고는 다시 눈을 감았다.

자리에 누이고 나서 일어설 때에는 숭의 팔과 가슴에는 순의 피가 빨갛게 묻었다.

"저는 시집가기를 원치 않습니다. 그냥 선생님 댁에 있게 해주셔요."
하고 지난가을 숭이가 순더러 한갑이와 혼인하기를 권할 때에 참으로 하기 어려운 듯이 말하던 것을 숭은 기억한다. 그러나 숭이가 재삼 권하는 말에는,

"그러면 무엇이나 선생님 하라시는 대로 하겠습니다. 다 저를 위하셔서 하시는 말씀이니깐."
하고 낯색이 변하고 울먹울먹하던 것을 숭은 기억한다.

순은 한갑에게 시집가고 싶어 간 것은 아니었다. 숭이가 한갑과 혼인하라니까 한 것이었다. 순의 생각에 자기의 숭에 대한 사랑은 영원히 달할 수 없는 공상이었다. 그리고 제 처지에 일생을 혼자 살아간다는 것도 가망이 없는 일이었다. 그래서 숭에 대한 끊을 수 없는 애모의 정을 안은 채 한갑에게로 시집을 간 것이었다. 숭도 이것을 모름이 아니었다.

이마가 터져서 피가 흐르고 머리채가 끄들려서 흐트러지고 하체가 피투성이가 되어서 누워 있는 순을 바라볼 때에 숭은 가슴이 아프고 눈물이 북받쳐 오름을 깨달았다.

'아아, 불쌍한, 귀여운 계집애.'
하는 한탄이 아니 나올 수가 없었다.

숭과 선희는 의사와 간호부 모양으로 이마 터진 데를 씻고 싸매고, 그러고는 선희에게 맡기고 숭은 밖으로 나왔다.

하늘에는 별이 총총하였다. 초저녁에 떠돌던 구름도 스러지고 말았다. 끝없이 넓은 곳, 끝없이 오랜 덧[522]에 나고 괴로워하고 죽고 하는 인생이 심히 가엾었다. 숭은 망연하게 하늘을 바라보며 한숨을 쉬었다.

4-28

선희가 순의 출혈을 막는 일을 제 힘껏 지식껏 다 하고 밖으로 나와서 숭을 찾았다.

"의사를 불러야겠어요."

하고 선희는 하늘을 바라보고 섰는 숭의 곁에 와 서며 이마의 땀을 씻었다.

"피가 많이 나요?"

하고 숭은 꿈에서 깬 듯이 물었다.

"대단해요."

하고 선희는 한숨을 지었다.

"내가 가서 의사를 데려오지요. 그럼 여기 계셔요. 계셔서 보아 주셔요. 불쌍한 사람입니다."

하고 숭은 읍을 향하고 걷기를 시작하였다.

선희는 숭의 모양이 어두움 속에 스러지는 것을 보고 또 한 번 한숨을 쉬고 숭이가 바라보던 하늘을 바라보았다. 별들이 영원한 찬 빛을 반짝이고 있었다.

선희는 책에서 본 대로 순에게 소금을 먹이며 간호하고 있었다. 옆방에서는 한갑이가 드렁드렁 코를 골고 있었다. 가끔 알아듣지도 못할 소리를 중얼대고 있었다.

한갑 어머니는 정신없이 한편 구석에 쭈그리고 앉아 있었다.

"아이고, 이를 어쩌나?"

"좀 어떠냐."

이러한 말을 할 기운도 없는 것 같았다. 마치 아무러한 생각도 쉴 새 없는 근심과 슬픔에 신경이 모두 무디어진 것 같다고 선희는 생각하였다.

"어머니."

하고 순이가 눈을 뜨고 불렀다.

"왜?"

하고 한갑 어머니는 무릎으로 걸어서 며느리 곁으로 왔다.

"어머니, 저는 아무 죄도 없습니다."

하고 순은 눈물을 흘렸다.

"그럼, 네가 무슨 죄가 있니, 정근이 놈의 말을 듣고 그러지."

하고 한갑 어머니는 힘 있게 대답하였다.

"어머니만 그렇게 알아주시면 저는 죽어도 한이 없어요."

하고 순은 느껴 울었다.

순은 이제야 의식은 완전히 회복하여 전후사를 헤아린 모양이었다.

"죽기는 왜? 네가 죽으면 이 에미는 어떡허게. 안 죽는다, 응."

하고 한갑 어머니는 있는 웅변을 다하여 죽어가는 며느리를 위로하는 셈이었다.

순은 다시 말이 없었다. 얼굴에 흘러내리는 눈물만이 희미한 불빛에 번쩍거렸다.

선희는 순이가 다 말하지 못하는 한없는 생각과 슬픔이 알아지는 것 같았다. 그래서 가슴이 아팠다.

"허선생님!"

하고 얼마 있다가 순은 다시 눈을 뜨고 불렀다.

"허선생 읍내에 가셨수."

하고 선희는 순의 얼굴에 입을 가까이 대고 앓는 동생에게 대답하는 모양으로 대답하였다.

"왜?"

하고 순은 다시 물었다.

"의사 부르러."

하고 선희는 손바닥으로 순의 눈물을 씻었다.

"이 밤중에?"

"……"

"난 살구 싶지 않어요."

하고 순은 선희의 손을 잡았다.

"나 죽기 전에 허선생님이 돌아오실까."

하고 또 한 번 순의 눈에서 새 눈물이 흘렀다.

"곧 오실걸. 오실 때에는 자동차로 오실걸."

하며 선희는 순의 맥을 만져보았다. 맥은 알아볼 수 없으리만큼 약하고 입술은 점점 희어졌다.

4-29

순은 다시 눈을 뜨며,

"선생님."
하고 선희를 부른다.

"왜 그러우. 마음을 편안히 가지지, 그렇게 여러 생각을 마시오."
하고 선희는 순의 어깨를 만진다.

"자꾸 정신이 희미해가요. 이 정신이 남아 있는 동안에 할 말을 다 해두고 싶은데. 자꾸 정신이 흐릿해가는걸."
하고 순은 말을 계속하다가 힘이 들어한다.

"왜 그런 말을 하우? 피가 좀 빠지면 빈혈이 되어서 그렇지만 출혈만 그치면 곧 회복된다우. 피란 얼른 생기는 것이거든. 아무 염려 말어요."

"내가 이 아이를 낳지 아니하면 무엇으로 이 누명을 벗어요? 아이를 꼭 낳아야만 누명을 벗겠는데. 죽더라도 아이를 낳아놓고 죽어야겠는데. 뱃속의 어린애는 벌써 죽었을걸. 선생님, 이 누명을 어떻게 씻습니까. 내 누명도 누명이지마는 친부모보다도 오빠보다도 더 은혜가 많으신 선생님의──허선생님의 명예를 어떻게 합니까. 아무 죄도 없이."
하고 또 눈물을 흘린다.

"나 물!"
하고 옆방에서 한갑의 소리가 들린다.

"나 물 주어. 어디 갔어?"
하고 소리를 지른다. 한갑은 한 시간쯤 자고 나서 옆에 아내가 누운 줄만 알고 있는 모양이다.

"이놈아. 정신이 들었느냐."

하고 한갑 어머니는 다 찌그러진 장지를 열어젖히며,

"이놈아, 글쎄, 아무리 술을 처먹었기로 이게 무슨 짓이냐. 눈깔이 있거든 이 모양을 좀 보아라. 좀 보아!"

하고 아들의 다리를 쥐어뜯는다.

"왜? 왜? 왜?"

하고 한갑은 잘 떠지지 않는 눈을 억지로 뜨며 벌떡 일어앉아 아랫목을 내려다본다.

이마를 싸매고 드러누운 아내의 모양을 보고는 한갑은 희미하게 남은 기억을 주워 모아보았다.

문을 열어주는 아내의 머리채를 끌어 힘껏 둘러메치던 생각이 나고, 읍내에서 정근이가 순이와 숭이의 관계를 차마 들을 수 없는 말로 말하던 것이 생각나고 순이를 죽이고 숭이를 죽인다고 이십 리 길을 허둥지둥 나오던 일이 생각난다. 그리고 숭의 집으로 뛰어 올라갔던 일도 생각나나 자세한 생각은 나지 아니하고, 읍내에서 정근에게 끌려 어떤 통통한 창기와 희롱하던 생각이 났다.

그러나 모든 것이 안개 속에 있었다. 천지가 모두 뿌옇다. 아무리 눈을 크게 뜨려 하여도 도무지 분명히 보이지 아니하는 모양으로, 아무리 분명히 생각하려 하더라도 도무지 분명히 생각해지지 아니하였다.

"어떻게 됐소?"

하고 한갑은 얼빠진 사람 모양으로 묻는다.

"어떻게 된 게 무에냐. 저거 보아라. 저렇게 모두 이마가 터지구 하혈이 되구——아이가 떨어지면 어떻게 한단 말이냐. 이 망할 자식아."
하고 한갑 어머니는 울며 아들의 어깨를 때린다.

그러고도 아들이 물 달라던 말을 생각하고 부엌으로 내려가서 사발에 물 한 그릇을 떠가지고 온다.

한갑은 벌꺽벌꺽 그 물을 다 들이켜고 도로 자리에 쓰러지더니 다시 일어나 앉으며,

"그깟 놈의 아이 떨어지면 대수요? 죽어라, 죽어!"
하고 한번 뽐내고는 또 쓰러진다. 한갑의 머리에는 희미하게 질투가 북받쳐 오른 것도 있거니와 취한 생각에 제가 한 행동을 옳게 생각해보자는, 또 남아의 위신을 보전하자는 허영심이 솟아난 것이었다.

4-30

한갑의 술 취한 꼴, 말하는 모양을 보고 순은 남편에 대하여 누를 수 없는 반감을 느꼈다. 순이가 한갑에게 시집을 온 것은 사랑이 있어서 한 일이 아니었다. 순은 숭에 대한 사랑은 첫사랑인 동시에 마지막 사랑으로 일생을 안고 가려고 결심하였었다. 순은 두 번 사랑한다는 것을 믿지 아니하였다. 그의 속에 흐르는 조선의 피는 한 여자의 두 사랑을 굳세게 부인하였다. 그는 자기가 타

고난 사랑을 숭에게 다 바쳐버리고 말았다. 그리고 순이가 한갑에게 시집을 온 것은 숭을 위함이었다. 오직 그것뿐이었다. 그러나 순이가 제 사랑을 희생하는 것으로 숭을 불명예에서 구원해내지 못한 것을 생각할 때에 오직 후회가 날 뿐이었다.

그러나 순은 한마디도 남편에 대한 불평을 입 밖에 내려고는 아니 하였다. 끝까지 숭에 대한 자기의 희생을 완성하려고 굳게 굳게 결심하였다.

한갑은 또 코를 골았다. 그는 알코올의 힘과 피곤을 이기지 못하는 것이었다.

닭이 울고 동편이 훤하였다.

숭이가 의사를 데리고 왔을 적에는 순은 혼수상태에 빠졌다. 배가 아프다고 가끔 깨어나서 고통을 하였으나 마침내는 정신을 차리지 못하였다.

의사는 태아가 벌써 죽었다는 것을 선언하고 출혈이 과하여서 태모의 생명도 위험하다 하여 고개를 흔들었다.

의사가 와서 진찰을 할 때에야 한갑이가 정신이 들어서 일어났다. 머리는 도끼로 패는 듯이 아팠고 눈은 바늘로 찌르는 것 같았다. 그러나 그것도 눈앞에 놓인 아내의 반쯤 죽은 참혹한 모양을 볼 때에 받는 마음의 아픔에 비겨서는 아무것도 아니었다.

"수술을 할 수밖에 없으나 수술을 한대도 태모의 생명을 꼭 건지리라고 단언하기는 어렵습니다. 한번 해보는 게지요."
하고 의사는 맘에 없는 빛을 보였다.

"어린애를 살릴 수는 없습니까."

하고 한갑 어머니는 의사가 일본말 섞어서 하는 말을 잘 알아듣지 못하고 몸을 벌벌 떨며 의사에게 물었다.

의사는 힐끗 한갑 어머니를 보기만 하고 대답이 없었다.

"어떻게 할까."

하고 숭은 한갑에게 물었다.

"아무렇게든지 사람을 살려야지."

하고 한갑은 씨근씨근하며 힘없이 대답하였다.

"그러면 수술을 해도 좋은가. 태아는 벌써 죽었다니까."

하고 숭은 엄숙한 눈으로 한갑을 노려보았다.

한갑은 고개를 숙여 숭의 눈을 피하면서,

"어떻게 해서든지 사람을 살려야지."

하고 길게 한숨을 쉬었다.

"타태 수술은 부모나 호주의 승낙이 없으면 안 하는 것이니까."

하고 의사는 한갑을 돌아보았다.

"어떻게 해서든지 사람만 살려주셔요."

하고 한갑은 애원하는 어조로 말하였다. 그의 눈에는 눈물이 있었다.

"그럼 승낙하시오?"

하고 의사는 수술비는 허숭이가 담당할 것을 잘 알기 때문에 안심하고 재우쳐 물었다.

"그럼 살려야지요. 사람이 살아야지요."

하고 한갑은,

"수술을 하면 꼭 살아요?"

하고 의사를 쳐다보았다.

"어린애를 살려주시우."

하고 한갑 어머니가 두 손바닥을 마주 대고 빌었다.

"어린애는 벌써 죽었어요. 태모의 생명도 꼭 살아나리라고 장담할 수는 없어요. 피가 많이 쏟아져서 심장이 대단히 약해졌으니까. 원, 이 심장이 배겨날까."

하고 의사는 아무쪼록 옷이 더러운 방바닥에 닿지 아니하게 하려는 자세로 환자의 두 팔목을 잡는다.

4-31

"이거 원 맥이 약해서."

하고 의사는 간호부를 시켜 주사 준비를 시킨다.

순의 흰 팔을 걷어 올리고 의사는 무색투명한 약으로 주사를 놓았다. 그리고 팔목을 붙들고 맥이 살아 나오기를 기다리고 눈을 벌리고 회중전등으로 비추어 보기도 하였다.

한갑만을 입회시키기로 하고 숭은 선희와 한갑 어머니를 데리고 밖으로 나왔다. 한갑 어머니는 들어가본다고 몇 번이나 숭의 팔을 뿌리쳤으나 숭은,

"안 가보시는 것이 좋습니다."

하고 굳이 말렸다.

"아이고. 이 늙은 년이 죽더라도 손주새끼만 살려주우. 그게 죽

으면 내가 어떻게 사나. 우우."
하고 한갑 어머니의 감정은 마치 얼어붙었던 것이 녹아 터지는 모양으로 소리를 치며 흐르기 시작하였다.

"영감!"
하고 의사가 문을 열고 방에서 나오며 숭을 부른다.

"네? 어찌 되었어요?"
하고 숭은 깜짝 놀라서 물었다.

의사는 숭의 곁으로 가까이 와 서며, 일본말로,

"도저히 지금 수술을 할 수는 없습니다. 워낙 피를 많이 잃어서 심장이 약해졌으니까 수술을 하더라도 수혈을 하거나 하기 전에는 안 되겠고, 수혈을 한다 하더라도 여기는 기구가 없고, 또 도저히 혼자서는 할 수가 없으니까."
하고 담배를 꺼내어 피운다.

"그럼 어찌하면 좋아요?"
하고 숭은 초조하였다.

"글쎄요. 원, 출혈하는 환자를 읍으로 데리고 가기도 어렵고, 고마리마시다나(걱정입니다)."

"그러면 도와드릴 의사를 한 분 더 청할까요. 내가 곧 갔다가 오지요."

"헌데, 대단히 중태란 말씀이야요. 수술을 한대도 원, 자신이 없습니다그려."

"그야 힘껏 해보셔서 안 되는 게야 어찌합니까. 그저 할 수 있는 일은 다 해보아야지요."

의사는 제가 눈에 들었던 순이가, 제 첩으로 달래다가 망신만 당하는 원인이 되었던 순이가 이 지경을 당하여 제 손에 생명을 맡기게 된 것이 마음에 고소하기도 하고, 그렇다고 꼭 살려낼 자신이 없는 제 솜씨가 미약한 것이 부끄럽기도 하였다.

마침내 의사가 한갑이를 데리고 읍내로 들어가 수술 제구와 다른 의사를 데리고 오기로 하고 숭과 선희가 그동안에 환자 곁에 있어서 삼십 분에 한 번씩 강심제 주사를 하며 경계하기로 하였다.

의사가 젊은 의사를 데리고 수술 제구를 가지고 돌아온 것은 세 시간쯤 뒤였다. 그는 급한 환자들을 대강 보고 작년에 의전을 졸업하고 새로 개업한 의사를 데리고 왔다.

첫째로 할 일은 수혈이었다. 혈형을 검사한 결과 순의 피에 맞는 것은 숭의 피뿐이었다.

"내 피를 넣어도 좋은가."

하고 숭은 한갑에게 물었다.

"면목 없네. 어찌해서든지 살려만 주게. 자네 은혜는 백골난망일세."

하고 한갑은 숭을 바라보았다.

숭은 한갑의 말에는 대답을 아니 하고 의사가 명하는 대로 누워서 왼편 팔의 피를 뽑혔다.

순은 수혈받을 팔을 소독할 때에 눈을 떴다. 낯선 사람들이 많이 둘러선 것을 보고 눈을 크게 떴다.

선희는,

"피를 넣수. 허선생님 피를 빼어서 넣수. 이 피를 넣으면 나을 테니 안심하우."
하고 어깨를 누르고 있었다.

순은 눈을 굴려서 숭을 찾았다. 그러고는 다시 눈을 감았다.

4-32

서투른 의사는 젊은 여자의 정맥을 찾아내기에도 여간 고생이 아니었다. 마침내 절개를 하고야 정맥을 찾아서 침을 꽂을 수가 있었다. 숭의 피는 그 구멍으로 순의 혈관에 들어갔다. 사람들은 피가 흘러 들어가는 것을 숨도 아니 쉬고 보고 있었다. 수혈이 다 끝나는 동안에는 벌써 숭의 피는 순의 심장을 거쳐서 몇십 번이나 순의 전신을 돌았을 것이다.

수혈이 끝난 지 십 분이나 지나서 순의 두 뺨에는 불그레한 빛이 돌았다. 그리고 팔목을 잡고 앉았는 선희의 손가락에는 맥이 차차 힘 있게 뛰는 것이 눈에 분명히 감각되었다.

"맥이 살아납니다."
하고 선희가 물러앉을 때에 의사는 선희의 몸에 손을 스치며 쭈그리고 앉아서 순의 맥을 본다.

"상당히 긴장이 있군."
하고 일본말로 중얼거리고,

"시작할까."
하고 젊은 의사를 돌아본다.

젊은 의사는 대답이 없다.

"고맙다나."[523]

하고 맥을 보던 의사가 일어나며 눈을 감고 무엇을 생각한다. 아무리 하여도 해본 경험 없는 부인과 수술을 할 생각이 나지 아니하는 것이었다.

"손군, 해보려나?"

하고 젊은 의사를 보고 물었다.

'손군'이라는 의사는 학교에 다닐 때에 부인과 수술을 견습하던 것이 기억되나 실습기에는 내과와 외과를 보았을 뿐이요, 산부인과는 구경도 못하였던 것을 후회하였다. 한번 해보고 싶은 마음도 없지 아니하나 하겠다고 할 용기가 잘 나지 아니하였다.

"선생께서 하시지요. 저는 도와드리지요."

하고 젊은 의사는 선배에게 사양하였다.

숭은 이 두 의사가 도무지 신임이 되지 아니하였다. 자신 없는 수술을 해달라고 할 생각이 없었다.

선배 되는 의사는 환자의 배를 한번 만져보았다. 그리고 태아의 위치를 결정하는 모양으로 이리저리 쓸어보았다. 그러나 별로 무엇을 아는 것 같지 아니하였다.

의사는 또 마치 태아의 신음을 들으려는 것같이 귀를 환자의 배에 대었다. 이 귀를 대어보고 저 귀를 대어보았다. 선희가 보기에도 지금은 의사가 이런 일을 할 때가 아닌 것 같았다.

"시뀨우하레쯔[524]까나(애기집이 터졌나)?"

이런 소리도 중얼거려보았다.

"이렇게 출혈이 되다가도 감쪽같이 낫는 수도 있건마는."
하고 태아는 벌써 죽었다던 자기의 진단을 스스로 부정하면서 또 한 번 귀를 환자의 배에 대어보았다. 그러고는 뱃속의 모양을 만져보아서 알려는 것같이 두루 만졌다.

그러고는 환자의 배를 덮고 환자의 눈을 회중전등으로 한번 비춰 보고, 환자의 두 팔목을 잡고 맥을 보고 그러고는 환자의 손톱과 발톱을 보고 환자의 다리를 쓸어보고, 그러고는 니쿨[525] 각에 넣은 알코올 면으로 손을 씻고 그러고는 뒤로 물러앉아서,

"도우모 먀꾸가 아야시이네[526](암만해도 맥이 염련걸)."
하고 또 눈을 감는다.

순은 무슨 말을 하고 싶은 듯이 입을 우물우물하였다.

선희는 얼른 미음을 숟가락에 떠서 순의 입에 넣었다. 그러나 순은 벌써 삼키는 힘을 잃어버린 것 같았다.

순의 이마와 가슴에는 구슬땀이 흘렀다. 선희는 수건으로 고이 고이 그것을 씻었으나 씻은 뒤로 또 솟았다.

젊은 의사는 혼자 무엇을 알아본 듯이 고개를 좌우로 흔들었다.

순의 몸은 한 번 경련이 되더니 눈을 번쩍 떴다.

"여보. 이봐."
하고 선희는 직각적으로 무슨 무서운 연상을 가지고 순을 흔들며 불렀다.

4-33

"수술할 수가 없을 것 같습니다."

하고 맥을 만져보고 난 의사는 선언하였다.

"고칠 수 없어요?"

하고 한갑 어머니는 소리를 내어 울었다.

"수혈을 한 번 더 하면 어떨까요?"

하고 숭이가 물었다.

"그렇게 하루에 두 번 할 수는 없습니다. 원체 쇠약하였으니까 암만해도 자신이 없습니다."

하고 간호부를 시켜 내어놓았던 기구를 주워 넣게 하였다.

"여보, 여보!"

하고 지금까지 말없이 섰던 한갑은 아내의 곁에 앉으며 아내를 흔들었다.

대답이 없었다.

"여보, 여보. 말 한마디만 하오!"

하고 어깨를 잡아 흔들었다.

"내가 당신을 죽였구려. 내가 두 목숨을 죽였구려. 여보! 한 번만 눈을 떠서 내 말을 들어요!"

하고 옆에서 말리는 것도 듣지 아니하고 순을 잡아 흔드니 순은 눈도 뜨지 아니하고 대답도 없었다.

"여보, 순이!"

하고 선희도 순의 이마에 돋은 땀을 씻으며 불렀다.

순은 눈을 뜨려고 애쓰는 듯이 반쯤 눈을 떴다. 그리고 하고 싶은 말이 있는 것처럼 입술을 움직였다. 숭은 한갑의 등 뒤에 서서 순을 내려다보면서 쏟아지려는 눈물을 억지로 빨아들였다. 마음 같아서는 임종에 한번 안아주고라도 싶었다. 그러나 절대로 그럴 수가 없는 것이다. 순이가 세상을 떠나기 전에 한마디 하고 싶은 말이 있는 것 같았다. 그러나 그것도 절대로 할 수 없는 일이었다.

'순을 죽이는 것이 내가 아닌가.'
하는 생각이 숭의 가슴을 찔렀다.

'그렇다, 내다. 그렇게 나를 따르는 순을 내가 아내를 삼았다면 이러한 비극은 없었을 것이 아닌가. 왜 나는 순을 버리고 정선과 혼인을 하였던가. 순에 대한 사랑과 의리만 지켰다면 정선의 다리가 끊어지는 비극도 아니 일어났을 것이 아니었던가. 이 모든 비극은 다 나 때문이 아닌가.'
하고 생각할 때에 숭은 모골이 송연함을 깨달았다.

의사는 최후로 강심제 하나를 주사하고 슬몃슬몃 가버리고 말았다. 밖에서 간호부를 시켜 '일금(一金) 오십 원야(五拾圓也)'의 청구서를 숭에게 들여보내고 가버렸다.

그 청구서를 받고 숭은 명상에서 깨어났다.

"여보, 여보!"
하고 한갑은 울며 아내를 흔들었다.

"아이구, 이를 어찌하나."

하고 한갑 어머니는 못 만난 손자를 생각하고 울었다.

선희는 순의 입에다가 물을 떠 넣었다. 그러나 물도 그저 흘러 나오고 말았다.

강심제 주사의 힘인지 순은 눈을 떴다. 그러나 눈알이 돌지는 아니하였다. 한갑은 순의 눈에 저를 비추려고 순의 눈앞에 제 눈을 가져다 대고,

"내요, 내야. 알어? 내야."

소리를 질렀다.

순의 얼굴 근육은 빙그레 웃는 모양으로 움직였다. 그러나 그것이 웃는 것인지 경련인지는 알 수가 없었다.

한갑 어머니, 선희, 그리고 숭, 이 모양으로 차례차례 순의 눈앞에 가까이 얼굴을 대었다. 순은 또 웃는 것 모양으로 얼굴의 근육을 움직이고 그러고 나서는 스르르 눈을 감았다.

목에 가래 끓는 소리가 그르렁그르렁하였다.

순의 감았던 눈은 다시 반쯤 떴다.

사람들은 순의 숨이 들어갈 때에는 또 나오기를 고대하였다. 그 동안이 퍽 오랜 것 같았다.

언젠지 모르게 순의 숨은 들어가고 다시 나오지 아니하였다.

순의 반쯤 뜬 눈은 멀리 허공을 바라보고 있었다.

4-34

"여보, 여보!"

하고 한갑은 미친 듯이 순을 흔들었다. 그러나 순의 무표정한 얼굴은 근육도 씰룩거리지 아니하였다.

사람들은 얼마 동안 말이 없었다. 한갑은 한없이 울었다.

숭은 한갑의 팔을 붙들며,

"여보게, 부인은 돌아가셨네. 자네가 부인을 오해한 죄를 부인의 낯을 가리기 전에 한번 말하게. 자네 부인은 한 점 티도 없는 이일세. 사람이 죽어서 혼이 있다고 하면 아직도 부인의 혼은 자네 곁에 있어서 자네가 잘못 알았다, 용서한다는 한마디를 기다리고 있을 것일세."

하였다.

"숭이. 면목 없네. 내 아버지가 사람을 죽였다더니 나도 사람을 죽였네. 내 아버지는 남이나 죽였지마는 나는 제 아내와 자식을 죽였네그려. 내가 무슨 면목으로 세상에 살아 있겠나. 내가 무슨 면목으로 아내의 혼을 대하여 용서하네 마네 하는 말을 하겠나. 곰곰 생각하니 자네에게 지은 죄도 한이 없네. 이 어리석은 놈이 그 죽일 놈의 말을 믿고…… 아흐."

하고 머리를 흔들며 주먹을 불끈 쥐고 몸을 프르르 떤다. 한갑에게는 열정이 있는 동시에 순한 듯한 그 성격 중에는 어느 한구석에 야수성이 있었다. 그의 빛이 검고 피부가 거칠고 눈이 약간 하삼백[527]인 것이 그의 무서운 성격을 보였다.

한갑은 몇 번이나 주먹을 쥐고 몸을 떨더니 죽은 아내의 가슴에 제 낯을 대고,

"내가 잘못했소. 죽을죄로 잘못했소. 나를 용서해달라고는 아니 하오. 용서 못할 놈을 어떻게 용서하겠소? 당신의 가슴에 아픈 원한이 맺혔거든 그것을 풀어주시오. 그리고 기쁘게 천국으로 가시오."

하고 소리를 내어 울었다.

선희도 울고 숭도 울었다. 한갑 어머니는 정신 잃은 사람 모양으로 가만히 있었다. 그의 희미한 눈앞에는 꼬물꼬물하는 손자의 모양이 눈에 띄었다.

동네에는 한갑이가 순이를 발길로 차서 죽였다는 소문이 퍼졌다. 이 소문이 퍼지자 유씨네 청년들은 분개하여 가만둘 수 없다는 의논이 높았다. 초혼 부른 적삼이 아직 한갑의 집 지붕에 남아 있을 때에 유씨 집 청년 사오 명이 모두 울분한 빛을 띠고 한갑의 집으로 몰려왔다.

"한갑이!"

하고 그중에 갑 청년이 앞장을 서서 불렀다.

한갑이가 나왔다.

"우리 누이가 죽었다지?"

하고 갑 청년은 한갑을 노려보았다.

한갑은 말없이 고개를 끄덕끄덕하였다.

"말짱하던 사람이 어째 죽었나?"

하고 갑 청년은 재우쳐 힐문하였다.

"헐 말 없네."

하고 한갑은 고개를 숙였다.

"헐 말 없어?"

하고 을 청년이 갑 청년의 등 뒤에서 뛰어나왔다.

"내가 발길로 차 죽였으니 헐 말이 없지 아니한가."

하고 한갑은 고개를 번쩍 들었다. 한갑의 얼굴에는 결심과 비창의 빛이 보였다.

"이놈아. 사람을 죽이고 너는 살 줄 아니?"

하고 병 청년이 대들며 한갑의 빰을 갈겼다.

한갑은 때리는 대로 맞고 있었다.

"이 자식, 그 애가 누군 줄 아니? 유가네 딸이다. 애초에 너 같은 상놈한테 시집갈 아이가 아니야. 숭이 놈 때문에 너 같은 놈한테 시집간 것만 해도 분하거든, 옳지 이놈, 발길로 차 죽여?"

하고 정 청년이 대들어서 한갑의 머리와 빰을 함부로 때렸다.

그래도 한갑은 잠잠하였다.

4-35

"가만있어!"

하고 갑 청년이 다른 청년들을 막으며,

"그래, 무슨 죄가 있어서 내 누이를 죽였나. 만일 내 누이가 죽을죄가 있다면 말이지, 우리가 도리어 면목이 없겠지마는, 그래 내 누이가 음행을 했단 말인가 불효를 했단 말인가. 어디 말 좀 해보아!"

하고 힐책하였다.

"자네 누이는 아무 죄도 없네. 모두 내가 잘못 생각한 것일세. 내가 미친놈이 되어서 남의 말을 듣고 죽을죄를 지었네. 그러니까 자네네들이 나를 때리든지 경찰서로 끌어가든지 마음대로 하게. 다 달게 받겠네마는 내가 자네 누이 위해서 원수를 갚을 일이 있으니 하루만 참아주게."

하고 입으로 흘러 들어오는 코피를 퉤퉤 뱉어버렸다.

유씨네 청년들은 한갑의 태연한 태도에 기운이 꺾였다.

그러할 즈음에 다른 한 패의 청년들이 모여 왔다. 그들도 다 유씨네 청년들이었다.

"그래, 이놈을 가만두어?"

하고 새로 온 청년들 중에 한 사람이 한갑이 앞으로 대들었다.

"이놈아, 사람을 죽이고 성할 줄 알어?"

하고 그 청년은 한갑의 멱살을 잡아당기었다.

"그놈을 때려라!"

하는 소리가 났다.

한갑의 멱살을 잡은 청년은 한갑의 따귀를 두어 번 갈기니 한갑은 참지 못하여 그 청년의 덜미를 짚고 발길로 옆구리를 냅다 질러 마당에 거꾸러뜨렸다.

"이놈들 뎀비어라! 이 개 같은 놈들 같으니. 그래 순이가 집이 없고 먹을 것이 없기로 너희 놈들이 아랑곳했니? 이 도야지 새끼 같은 놈들 같으니. 내 어머니가 먹을 것이 없기로 한 놈이나 아랑곳했니? 이 죽일 놈들 같으니. 이놈들, 너희 입으로 네 누이니 아주머니니 하는 순이가 허숭이허구 어쩌구 어쩌구 했지. 이놈들아, 너희들의 그 주둥이루 안 그랬어? 그리구 이제 와서 무슨 소리야. 이 똥을 먹일 놈들 같으니."

하고 입에 피거품을 물었다.

"이놈 봐라. 때려라!"

하고 유가네 청년들이 고함을 지르고 한갑에게 들이덤비었다.

한갑은 혼자서 이리 치고 저리 차고 오륙 명이나 때려누였다. 그러나 어젯밤 술에 곯고 낮이 기울도록 밥도 아니 먹은 한갑은 기운이 진하였다. 한갑은 땅에 엎드려서 모둠매를 맞았다.

한갑 어머니가 나와서 울고 소리를 질러,

"사람 살리오! 사람 살리오!"

하고 외쳤으나 구경꾼만 모여들 뿐이었다.

이때에 집에 다니러 갔던 숭이가 한갑의 집을 향하고 왔다. 숭은 등성이에서 멀리 바라보고 섰는 정근을 등 뒤로 보았다. 그는 한갑의 집에서 일어나는 일을 바라보고 선 것이었다. 어찌하였든지 숭의 세력의 몰락은 자기의 세력의 징장을[528] 의미하는 것이었다. 정근은 이 동네에 온 후로 숭을 찾은 적이 없었다. 혹 길에서 만나게 되더라도 외면하고 다른 데로 피해버린 것이었다.

숭은 정근을 볼 때에 울분한 생각이 폭발하였다. 이 모든 비극은 정근이가 만들어낸 것을 생각하면 참을 수가 없이 분하였다.

"여보게 정근이."

하고 숭은 정신없이 섰는 정근을 불렀다. 정근은 깜짝 놀라 돌아보아 숭을 발견하였다. 정근은 무의식중에 두어 걸음 뒤로 물러서다가 용기를 수습하여 우뚝 선다.

"자네는 비극을 만들어놓고 구경을 하고 섰나? 사람을 죽여놓고 구경을 하고 섰나?"

하고 숭은 한 걸음 정근에게로 가까이 가며 정근을 노려보았다.

4-36

"그것은 뉘가 할 말이야?"

하고 정근은 되살았다. 그의 동그란 눈에는 독기를 품었다.

"비극을 만들기는 뉘가 만들고 사람을 죽이기는 뉘가 죽였는데, 대관절 이 평화롭던 살여울의 평화를 교란해놓기는 뉘가 하였는데?"

하고 정근은 도리어 숭에게 대들었다.

"그건 무슨 말인가?"

하고 숭은 정근에게 한 걸음 더 가까이 갔다.

"생각해보게그려. 자네가 나보다 더 낫게 알 것이 아닌가. 이 모든 비극의 작자인 자네가 그것을 모르고 되려 나더러 물어?"

하고 정근은 냉소하고 동네를 향하고 걸어 내려갔다.

숭은 정근이가 내려가는 뒷모양을 물끄러미 바라보고 있었다.

정근의 흉중에는 지금 무슨 궤휼[529]과 음모가 있는고 하고 숭은 한숨을 쉬었다. 자기가 살여울 동네를 위해서 세운 모든 계획은 다 수포로 돌아간 것을 깨달았다.

숭은 성난 소리, 우는 소리가 들려오는 한갑의 집을 이윽히 바라보다가 돌아서서 집으로 왔다.

집에는 정선과 선희가 마주 앉아 있었다. 숭은 잠깐 안방을 들여다보고는 건넌방으로 들어갔다. 오늘 안으로 무슨 더욱 큰일이 생겨 오는 것 같아서 도무지 마음이 가라앉지를 아니하였다.

숭은 손으로 이마를 고이고 책상에 기대어 깊은 생각에 잠겼다.

'나는 살여울을 떠나지 아니하면 안 된다.'

하고 마음속으로 혼자 말하였다.

'떠나면 어디로 가나?'

하고 혼자 물었다.

'떠나면 살여울서 시작한 사업은 뉘가 하나?'

하고 또 혼자 물었다.

숭은 작은갑이를 생각하였다.

작은갑이는 조합 서기 일을 보는 청년이었다. 그는 돌모룻집 영감님의 아들이다. 그 아버지와 같이 말이 없고 침착하고 그리고 동네일을 제 일과 같이 정성으로 생각하는 사람이었다. 좀 수완이 부족하지마는 지키는 힘과 믿음으로 동네에서 첫째였다. 한갑은 수완이 있었으나 제어하기 어려운 열정과 야수성이 있었다. 작은갑이는 그것이 없었다.

"을란아."

하고 숭은 을란이(유월이)를 불렀다.

"너 줄아웃집[530] 작은갑씨 오시라구, 얼른 좀 오시라구. 만일 안 계시거든 어디 가셨는지 물어보아서 일터에까지 가서라도 얼른 좀 오시라구. 급한 일이라구 그래라."

하고 일렀다.

"네에."

하고 을란은 아직도 변하지 아니한 순 서울 말씨로 대답하고 머리꼬리를 흔들며 나갔다.

'을란이는 어찌하누?'

하고 숭은 을란의 모양을 보며 생각하였다.

'선희는 어찌하누.'

하고 숭은 이어서 생각하였다.

숭은 제게 관계된 사람이 모두 불행한 사람인 것을 생각하고, 저 자신도 불행한 사람인 것을 생각하고 한숨을 쉬었다.

"작은갑씨는 왜 불르우?"

하는 소리에 숭이 놀라 돌아보니 정선이가 등 뒤에 있었다. 그도 남편의 심상치 아니한 태도와 말에 염려가 되어서 안방으로부터 건너온 것이었다. 숭은 깊은 근심에 아내가 오는 것도 알지 못하였다.

"아니, 조합에 대해서 좀 할 말이 있어서."

하고 숭은 고무다리를 치고 겨우 몸의 평형을 안보하고 섰는 아내의 가엾은 모양을 보고 위로하는 듯이 빙그레 웃었다.

"우리 서울로 가."

하고 정선은 숭의 곁에 앉는다.

숭은 앉기 힘들어하는 정선을 안아 앉히었다.

4-37

"서울로?"

하고 숭은 아내의 말에 반문하였다.

"그럼 서울로 가요. 아무리 애들 써도 일도 안 되고 동네 사람들이 고마운 줄도 모르는 걸 무엇 하러 여기서 고생을 하우? 서울로 갑시다. 가서 다른 일에 그만큼 애를 쓰면 무슨 일은 성공 못 하겠수?"

하고 정선은 애원하였다.

"우리가 동네 사람들한테 고맙다는 말 들으러 여기 온 것은 아니니까. 아니 하면 안 될 일이니까 하는 게지. ……그런데 여보. 나도 이곳을 떠나기는 떠날 텐데……"

"정말? 그래요. 응. 이깟 놈의 데를 떠나요. 오늘 밤차로라두."

"글쎄, 떠나긴 떠날 텐데 말요. 어디를 갈 마음이 있는고 하니 살여울보다 더 흉악한 데를 갈 마음이 있단 말이오."

"살여울보다 더 흉악한 데?"

하고 정선은 눈을 크게 뜬다.

"살여울 사람들은 아직도 배가 불러. 배가 부르니까 아직 덜 깨달았단 말요. 나는 저 평강을 가고 싶소. 왜 경원선을 타고 가노라면 평강, 복계를 지나서 검불랑, 세포가 있지 않소? 그 무인지경 말요. 거기 지금 소야 농장이라는 일본 사람의 큰 농장이 있는데, 거기 진민[531]들이 많이 모여들어서 개간을 한다니 우리도 그리로 갑시다. 가서 우리도 황무지를 한 조각 얻어가지고 개간을 해봅시다. 그리고 그 불쌍한 농민들에게 우리가 무슨 일을 해줄 수가 있겠나 알아봅시다. 거기는 아직도 정말 배가 고픈 줄을 모르는 살여울보다도 할 일이 많을 것 같지 않소. 이 살여울은 너무도 경치가 좋고 토지가 비옥하고 배들이 불러. 좀더 부자들한테 빨려서 배가 고파야 정신들을 차릴 모양이오. 또 우리 집도, 우리 생활도 너무 고등이구. 우리 이번에는 조선의 제일 가난한 동포가 사는 집에서 제일 가난한 동포가 먹는 밥을 먹어봅시다. 그리고 제일 가난한 동포가 어떻게 하면 넉넉하게 먹고 살아갈 수 있을까를 실험해봅시다. 그래서 만일 그 실험이 성공한다 하면 그야말로 조선을 구원하는 큰 발명이 아니겠소? 우리 그리합시다. 응. 여기서 벌여놓았던 것은 다 작은갑군에게 맡기고 우리는 알몸뚱이만 가지고 검불랑으로 갑시다. 검불랑 가는 동포들은 다 알몸뚱이로만 가는 모양이니, 우리도 그이들과 꼭 같은 모양으로 갑시다. 우리에게는 너무도 돈이 많어. 돈이 많으니깐 가난한 이들이 도무지 믿어주지를 않는단 말요."

"그럼 한 푼도 없이 가요? 여기 있는 건 다 남 주구?"
하고 정선은 더욱 놀란다.

"응. 여기 있는 것은 조합 출자금으로 해서 가난한 농민들의 농자 대부의 밑천을 삼고 우리는 몸만 가보잔 말요. 어디 굶어 죽나 안 굶어 죽나 보게."
하고 숭은 자기의 말이 정선에게 대해서 너무나 가혹한 것을 좀 완화해볼 양으로 웃어 보였다.

"난 못해. 그렇게 한 푼도 없이는 난 못해."
하고 정선의 놀람과 타격은 숭의 웃음만으로 풀어지기에는 너무도 크고 강하였다.

"그렇게 어떻게 산단 말요? 난 죽으면 죽어도 그것은 못하겠소."
하고 정선은 놀람과 의혹의 혼돈 속에서 단단한 결론을 얻어서 힘 있게 숭의 제안을 부인하였다.

숭은 더 말하는 것이 쓸데없음을 깨닫고 입을 다물었다.

둘이 다 한참이나 잠잠히 있을 때에 을란이가 작은갑이를 데리고 왔다. 작은갑이는 논일을 하다가 오는 모양이어서 물에 젖은 괭이를 메고, 옷은 말할 것도 없고 콧등과 이마에까지 흙이 튀었다. 잠방이를 무르팍 위까지 걷어 올리고 맨발에 젖은 짚세기를 신었다.

"거, 원, 무슨 일들이람."
하고 괭이를 내려놓고 정선에게 공손히 인사를 한다.

4-38

"나 부르셨소?"

하고 작은갑은 마루에 올라섰다. 나이는 서너 살밖에 아니 틀리지마는 작은갑은 숭에게 '허선생'이라고 부르고 또 경어를 쓴다. 그는 동네 청년 중에 가장 숭의 사업과 인격을 이해하는 사람이다.

"이리 들어오시오."

하고 숭은 일어나 작은갑을 맞았다.

"발이 젖어서—모판을 좀 돌보느라고."

하고 작은갑은 발바닥을 마룻바닥에 문질렀다.

"그냥 들어오셔요."

하고 정선은 작은갑이가 미안히 여기는 것을 늦추려 하였다.

안방에서 어린애가 무엇에 놀란 것처럼 으아으아 하고 울었다.

"애기 우우."

하고 선희는 정선을 부르면서 어린애를 안고 둥개둥개를 하며 방안을 돌아다녔다. 선희는 그윽이 어머니의 본능이 움직임을 깨달았다. 그러나 자기는 어머니가 되어볼 날이 있을까 하고 망망한 전도를 생각하였다.

정선은 절뚝절뚝하는 양을 남에게 보이기가 싫어서 기는 모양으로 건넌방에서 나왔다.

"오, 왜."

하고 정선은 어린애의 눈앞에 손바닥을 짝짝 두드렸다. 난 지 열 달이나 바라보는 어린애는 울음을 그치고 엄마를 향하여 두 손을 내밀었다.

"곧잘 엎디어서 놀더니 불현듯 엄마 생각이 나나 보아. 눈물이 글썽글썽하더니만 장난감을 동댕이를 치고 우는구려."

하고 선희는 어린애의 볼기짝을 한번 가볍게 때리며 웃는다.

"오, 젖 머, 젖 머."

하고 정선은 어린애에게 젖꼭지를 물리고 무릎을 흔들흔들하면서,

"이리 좀 앉아요."

하고 선희에게 앉을 자리를 가리키며,

"글쎄, 허선생이 검불랑인가 세포인가를 가서 살자는구려. 에구, 인제 시골구석은 지긋지긋한데 또 이만도 못한 시골을 가자니 어떡해? 선희가 허선생한테 말 좀 해서 서울로 가도록 해주어요. 도무지 벽창호니 어떻게 할 수가 있어야지."

"검불랑?"

하고 선희는 약간 의외임을 느끼면서 되묻는다.

"응. 왜 그 검불랑이라고 안 있수? 저 삼방 가는 데 말야. 그 무인지경 안 있수. 거기를 가 살자는구려. 난 못 가. 가고 싶거든 혼자 가라지. 난 죽어도 싫여!"

하고 정선은 분개한 어조로 말을 맺는다.

"아무 데고 허선생이 가신다면 따라가야지 어쩌우? 허선생이 옳지 아니한 일을 하신다면 반항도 할 만하지마는 옳은 일을 하신다는 데는 어디까지든지 도와드려야지."

하고 선희는 한숨을 쉬고 눈을 감았다.

"남편이 아내를 불행하게 할 권리가 어디 있소? 아무리 하고 싶은 일이라도 아내가 싫다면 말아야지. 왜 아내는 부물[532]인가."

하고 정선의 어조는 더욱 분개한 빛을 띤다.

선희는 더 말할 계제가 아니라고 생각하고 입을 다물었다. 그리

고 슬며시 일어나서 집으로 갔다.

쓸쓸한 집에는 아무도 선희를 맞아주는 사람이 없었다. 젊은 사람에게는 이러한 쓸쓸함은 참으로 견디기 어려운 일이었다. 선희는 마루 끝에 걸터앉아서 달내강과 달내벌을 바라보면서 울고 싶었다. 죽고 싶었다. 이 동네의 어린애들과 숭의 사업에 일생을 의탁하리라던 생각도 인제는 다 수포에 돌아간 것 같았다.

'아아, 나는 어디로 가나?'

하고 선희는 고개를 푹 수그려버렸다.

4-39

"작은갑군, 나는 살여울을 떠나게 되겠소."

하고 숭은 침통한 어조로 말하였다.

"떠나지 않고 배기려고 해보았지마는 암만해도 안 될 모양이오. 내가 떠난 뒤에는 조합이나 유치원이나 만사를 다 작은갑군이 맡아 하시오."

"가시다니 선생이 가시면 되우?"

하고 작은갑은 정면으로 숭의 의사에 반대하였다.

"나도 떠나기를 원하는 것은 아니오. 나는 살여울에 뼈를 묻으려고 했지마는 그렇게 안 되는구려."

"안 될 건 무어요? 그까진 정근이 놈은 내쫓아버리지요. 그놈을 두었다가는 동네도 망허구 말걸. 한갑이두 그놈이 충동여서 그러지요, 내가 다 아는걸. 그런 놈은 단단히 골려주어야 해요."
하고 작은갑은 당장에 정근이를 때려죽일 듯이 분개한다.

"정근이 하나만 같으면야 참기도 하지마는 동네 사람들이 모두 나를 배척하는 모양이니까—"
하고 숭은 추연한 빛을 보인다.

"동네 늙은이들요?"

"젊은이들도 안 그렇소?"

"젊은이들 중에도 정근이 놈의 술잔이나 얻어먹고 못되게 구는 놈도 있지마는 그게 몇 놈 되나요. 적으나 철이 있는 사람이야 다 허선생이 떠나신다면 동네가 안 될 줄 알지요. 요새에—그것도 정근이 놈의 수단이겠지, 유산장 영감이 생일날일세, 제삿날일세 하고 동네 늙은이들을 청해서는 개를 잡아 먹이고 술을 먹이고 그러지요. 못난 늙은이들이 거기 모두 솔깃해서 그러지마는 그거 몇 날 가요? 어디 그 욕심쟁이 고림보[533] 영감이 전에야 동네 사람 술 한잔 먹였나. 남의 동네 사람들을 청해 먹일지언정 없지, 없어요. 그러던 것이 요새에 와서는 아주 인심 사보려고. 흥, 그러면 되나요."
하고 본시 말이 없던 작은갑은 갑자기 웅변이 되었다. 숭도 놀랐다. 평소에 그리 밝히 관찰하는 것 같지도 않던 작은갑도 속에는 육조[534]를 배포하였구나 하여, 그것이 더욱 작은갑에게 모든 일을 맡기는 것을 안심되게 하였다.

그러나 숭은 미리 뭉쳐놓았던 회계 문부와 모든 서류를 작은갑에게 내주며,

"살여울 동네에서 나를 다시 부르면 어느 때에나 오리다. 그렇지만 지금은 내가 떠나지 아니할 수가 없으니, 모든 일은 다 형이 맡아 하시오. 그리고 이 집은 형이 쓰시오."
하고 숭은 '형'이란 말을 새로 썼다. 그것으로써 숭이가 작은갑을 존경함을 표시하려 함이었다.

이때에 한순사라는 얼굴 검은 순사가 나타났다.

"허숭씨 있소?"
하고 허숭을 보면서 한순사가 물었다.

"네."
하고 허숭이가 일어났다.

"한순사 오셨어요?"
하고 작은갑이도 일어섰다.

"어서 옷 입고 나오시오."
하고 한순사는 작은갑의 인사는 받지도 아니하고 숭에게 명령하였다.

"무슨 일이야요?"
하고 숭은 물었다.

"무슨 일인지 가보면 알지."
하고 한순사의 말은 거칠었다

숭은 대님만 치고 농모를 쓰고 안방을 들여다보며,

"주재소에서 오래서 나는 가요. 작은갑씨한테 물어서 하시오."
하고 마당에 내려섰다.

정선은 안았던 젖먹이를 내려놓고 마루에 따라 나와서,

"무슨 일야요?"
하고 한순사를 보고 물었다.
"죄가 있으니까 잡아가지."
하고 한순사는 정선이가 보는 앞에서 숭에게 포승을 걸었다.

4-40

숭이 포승을 지고 끌려가는 길가에는 동네 사람들이 나와서 바라보고 있었다. 숭은 선희가 한 마장쯤 앞서서 붙들려 가는 것을 바라보았다.

주재소 거의 다 미쳐서 숭은 주재소 쪽으로부터 오는 정근을 만났다. 정근은 숭을 보고 유쾌한 듯이 웃고 잘 가라는 듯 손을 들었다. 숭은 이것이 다 정근의 조화인 것을 깨달았다. 정근은 동네 온 뒤로 동네 젊은이를 데리고 술 먹는 것, 남의 집 아내와 딸 엿보는 것, 그러고는 주재소에 다니는 것, 이 세 가지를 일삼는다는 것은 숭이도 벌써부터 알고 있었다.

유치장을 가지지 못한 주재소에는 사무실 안에는 선희, 한갑, 또 한갑을 때린 패 중에서 두 사람이 모두 포승을 진 채로 앉아 있었다. 숭도 그 새에 끼었다.

"무얼 내다보아?"

"왜 꿈지럭거려?"

"가만있어!"

"안 돼!"
하는 지키는 순사들의 책망하는 소리가 났다.

숭은 고개를 숙이고 가만히 앉아 있었다.

이렇게 있기를 한 반 시간쯤 한 뒤에 맨 먼저 소장실로 불려 들어간 것이 한갑이었다. 다른 사람들은 고개도 꼼짝 못하고 눈으로만 힐끗힐끗 좌우를 돌아보고 덜덜 떨고 있었다.

한 이십 분쯤 되어서 한갑이가 홍분한 낯으로 순사에게 끌려서 제자리에 돌아오고, 다음에는 한갑이를 때린 청년 둘이 한꺼번에 불려 들어갔다. 그리고 방에는 숭과 선희와 한갑만이 남았다. 한갑은 숭을 향하여 미안한 듯이 눈짓을 하고 고개를 숙였다.

두 사람도 이십 분쯤 지나서 나오고 다음에는 선희가 불렸다.

선희는 순사에게 끌려 소장실에 들어갔다. 선희는 여자라는 특별 대우로 포승은 지지 아니하였다.

소장실에는 테이블 하나와 교의 둘이 있었다.

수염 깎은 자리가 시퍼렇고[535] 머리가 눈썹 바로 위에까지 내려난[536] 소장은 선희를 보고 교의에 앉으라고 명령하였다. 그러고는,

"고꾸고가 와까루까[537](일본말을 할 줄 아나)?"
하고 물었다.

"너는 기생이라지?"
하고도 물었다.

"너는 허숭의 정부라지?"
하고도 물었다.

선희는 "네" "아니요" 하고 간단하게 대답하였다.

"왜 살여울을 왔느냐."

고 물었다.

"유치원 하려고 왔소."

하고 선희는 대답하였다.

"유치원은 왜 해!"

하고 소장은 또 물었다.

"내 정성껏 아이들을 가르쳐보려고 하오."

하고 선희는 대답하였다.

"조선 ○○[538]을 위해서 유치원을 하고 야학을 하는 것이 아니야?"

하고 소장은 소리를 높였다.

선희는 대답을 아니 하였다.

"그렇지? 허숭이가 그러한 생각을 가지고 있으니까 너도 거기 공명해서 제 돈을 가지고 와서 유치원을 하고 야학을 하는 것이지?"

하고 소장은 한 번 더 물었다.

"조선 사람이 하도 못사니까 좀 잘살게 해보려고 힘쓰는 것이 무엇이 잘못이오? 유치원 하고 야학 하는 것이 무엇이 죄요?"

하고 선희는 날카로운 소리로 들이댔다.

"나마이끼나 고토 이우나[539](건방진 소리 마라)!"

하고 소장은 테이블을 쳤다.

선희의 대답이 소장의 심중을 해한 것이었다.

4-41

선희는 소장이 자기에 대하여 조롱하는 태도를 보이는 것을 심히 불쾌하게 생각하였다. 그래서 흥분된 어조로,

"대관절 무슨 죄로 나를 잡아왔소. 나는 어린아이들과 글 모르는 부녀들을 가르친 죄밖에는 아무것도 없소."

하고 깁을 찢는 소리를 질렀다.[540]

선희는 저 스스로도 놀라리만큼 큰 소리를 내었다.

이것이 소장의 심정을 더욱 좋지 못하게 한 것은 말할 것도 없다.

"이년! 예가 어딘 줄 알구?"

하고 곁에 섰던 순사가 선희의 뺨을 한번 갈겼다.

"이년을 묶어라!"

하고 소장은 분개하여 자리에서 일어났다.

순사는 포승을 내어서 선희를 묶었다. 그리고 신문하던 조서 끝에,

"피의자(선희를 가리킴)는 성질이 흉포하고 언동이 오만하고 교격하여[541] 신문하는 경찰관을 향하여 폭언을 토하고"

하는 구절을 써 넣었다.

선희는 낯에 핏기가 하나도 없이 순사에게 끌려서 자리에 돌아왔다.

"어디라고 그런 버르장머리를 해?"

하고 끌고 온 순사는 한번 선희를 노려보았다.

"오, 경관이란 건 무죄한 사람을 때리라는 것이야?"
하고 선희는 대들었다.

"건방진 년. 이년, 어디 경을 좀 단단히 쳐보아라."
하고 주먹으로 한번 선희를 때릴 듯이 으르고,

"허숭이!"
하고 굵다란 소리로 부르며 숭의 팔목과 허리를 비끄러맨 포승을 심술궂게 잡아챘다.

숭은 순사에게 끌려 소장실에 들어갔다. 소장은 선희에 대해서 발한 분한 맘이 아직도 가라앉지 아니하여서 담배를 빽빽 빨고 있었다.

소장은 채 아니 탄 담배를 재떨이에 비벼 끄더니 주소, 씨명 등을 묻는 것도 다 집어치우고, 앉으란 말도 없이 다짜고짜로,

"너는 어째서 사람을 죽이게 했어?"
하고 흥분된 어조로 물었다.

"나는 사람을 죽이게 한 일이 없소."
하고 숭은 냉정하게 대답하였다.

"없다?"
하고 소장은 반문하였다.

"없소!"
하고 숭은 여전히 냉정하였다.

"그러면 모깡꼬(맹한갑)의 아내 유순이가 왜 죽었단 말이냐."
하고 소장은 어성을 높였다.

"유순이가 죽은 것과 나와는 아무 관계도 있을 수 없소."

"있을 수 없어?"

"없소."

"모깡꼬는 네가 죽이라고 해서 죽였다는데."

"그런 몰상식한 일이 있을 리도 없고 맹한갑이가 그런 말을 했을 리도 없소."

소장은 화두를 돌려,

"유순은 네 정부지?"

하고 숭을 노려보았다.

"그런 무례한 말을 해서는 아니 되오."

하고 숭은 어성을 높여서,

"유순은 내가 중매를 해서 맹한갑과 혼인하게 된 남의 정당한 아내요."

하고 말끝에 더욱 힘을 주었다.

"내가 다 안다. 네가 유순을 데려다 두고 거진 일 년 동안이나 정부로 희롱하다가 유순이가 잉태를 하게 되니까 그것을 감추노라고 한갑에게 시집을 보내고, 그리고 유순이가 아이를 낳는 날이면 네 죄상이 발각될 터이니까 한갑이가 너를 믿는 것을 기화로 여겨서 맹한갑더러는 유순의 뱃속에 있는 아이가 맹한갑의 아이가 아니라 유순이 행실이 부정해서 든 아이라고 말을 해서 맹한갑으로 하여금 유순을 죽여버려서 네 죄상을 감추어버리게 한 것이지. 벌써 맹한갑이가 자백을 했고 모든 증인들이 다 말을 했는데 그래도 모른다고 잡아떼어?"

하고 소장은 주먹으로 책상을 쳤다.

4-42

소장의 말에 숭은 기가 막히지 아니할 수 없었다. 소장의 말은 곧 정근이가 하던 말과 같은 것을 깨달았다. 아침에 정근을 만났던 것과 또 바로 아까 주재소 앞에서 정근을 만났던 것을 합해서 생각하면 대개가 추측이 되었다.

그렇지마는 도덕적으로 생각할 때에는 소장의 말은 절절이 옳았다. 유순을 죽이게 한 것은 간접으로는 분명히 자기다. 이 모든 비극의 원인이 숭이라고 부르짖은 정근의 말은, 가만히 생각해보면 하늘이 정근이 입을 빌려서 자기의 양심에 주는 책망인 듯하였다.

"잘 생각해보아! 너는 고등교육도 받고 고등문관 시험까지 패스한 신사가 아니냐. 한 일은 사내답게 했다고 해야지 사내답게."

하고 소장은 숭이가 무엇을 깊이 생각하고 있는 눈치를 보고 그 기회를 이용하여 자백을 시키려고 하였다. 소장의 말은 부드러웠다.

"내게도 죄는 있소. 그렇지마는 그것은 내 양심의 도덕상 죄이지 법률상 책임을 질 죄는 아니오."

하고 숭은 대답하였다.

"요시요시! [542] (잘했다는 뜻)"

하고 소장은 숭의 말을 받아서 적더니,

"그러면 전부를 다 말해보게그려."

하고 소장은 유쾌한 빛을 보였다.

"어서 말하지. 바로 다 말하면 본서에 보고할 때에도 좋도록 할 수가 있으니까. 자현했다고 해도 좋으니까."
하고 소장은 숭에게 자백을 재촉하였다.

숭이가 유순이나 한갑에 대하여 깊이 느끼는 도덕적 책임은 그의 법률적 이론을 둔하게 만들었다. 이 자리에서 분명하게 제가 책임 없는 것을 말해버리면 고만이 아닌가. 유순과 간통한 사실도 없고 한갑을 교사한 사실도 없다는 것을 밝히 말하면 고만이 아닌가. 그렇지마는 숭의 마음은 그것을 허락할 수가 없었다. 순을 죽인 책임을 한갑에게만 지우는 것이 숭으로서는[543] 도저히 참을 수가 없는 일이었다. 차라리 한갑과 공범이 되어서 한갑이가 받는 형벌을 같이 받는 것이 정당한 듯하였다.

이러한 생각에 숭은 한참이나 잠자코 있었다.

"어서 말해!"
하고 소장은 어성을 높여서,

"한갑을 교사해서 유순을 죽이게 한 것이 분명하지?"
하고 조건조건 들어서[544] 묻기를 시작한다.

"나는 한갑이더러 유순을 죽이라고 한 일은 없소."
하고 숭은 대답하였다.

"바로 지금 했다고 말을 하고는 삼 분도 못 지나서 그것을 부인해!"
하고 소장은 성을 내었다.

"없으니까 없다고 하는 것이오."
하고 숭은 새로운 결심으로 대답하였다.

"그러면 아까 네가 죄가 있다고 한 것은 무엇이야? 거짓말을 하면 용서 아니 할걸!"
하고 소장은 을렀다.

"유순이라는 여자는 극히 마음이 아름답고 곧은 여자여서 내가 믿기에는 결코 실행〔失行〕한 일이 없소. 한갑은 어떤 사람의 참소[545]를 듣고, 그 아내 유순의 배에 있는 아이가 다른 사람의 아이로 잘못 생각하고, 취중에 아마 때린 모양이오. 그러나 나는 맹한갑이가 그 아내를 때릴 때에는 목격하지도 못하였고 또 맹한갑의 입으로나 유순의 입으로나 그때 정황은 들은 일이 없소. 내가 맹한갑의 집에 간 것은 맹한갑의 어머니가 와서 큰일이 났다고, 태모가 출혈을 하니 와달라고 하는 말을 듣고 간 것이오. 그러니까 내가 이 사건에 대해서 관계한 것은 탈지면, 붕대, 응급 치료 약품 등속을 가지고 뛰어간 것과, 읍내에 들어가서 의사를 불러온 것밖에는 없소."
하고 숭은 사건 관계를 설명하였다.

4-43

"대관절 너는 왜 이곳에 와 사느냐."
하고 소장은 화제를 돌린다.

"애써 고학을 해서 변호사까지 되어가지고 무슨 까닭에 이 시골구석에 와서 묻혔느냐 말이야?"

"살여울은 내 고향이니까 고향을 위해서 좀 도움이 될까 하고 와 있소."

하고 숭은 흥미없는 대답을 하였다.

"어떻게 돕는단 말인가."

"글 모르는 사람 글도 가르쳐주고 조합을 만들어서 생산, 판매, 소비도 합리화를 시키고, 위생 사상도 보급을 시키고 생활 개선도 하고, 그래서 조금이라도 지금보다 좀 낫게 살도록 해보자는 것이오."

"무슨 다른 목적이 있는 것 아닌가. 지금 그런 일은 당국에서 다 하고 있는 일인데, 네가 그 일을 한다는 것은 당국이 하는 일에 대해서 불만을 가지고 당국에 반항하자는 것이 아닌가."

숭은 대답이 없었다.

"필시 그런 게지? 총독 정치에 대해서 불만을 가지고 거기 반항하자는 게지? 내가 들으니까 네가 사람들을 모아놓고 조선 사람들은 어리석어서 모든 이권을 다 남에게 빼앗기고 물건도 남의 물건만 사 쓰고, 그래서 점점 조선 사람이 가난하게 되니 조선 사람들이 자각을 해서 조선 사람끼리 모든 것을 다 해가도록 해야 된다고, 그러기 위해서 조합도 만들고 유치원도 설시하고 야학도 열고 단결도 해야 된다고, 그랬다지?"

하고 소장은 엄연한 태도로 숭을 노려보았다.

"내가 사람들을 모아놓고 그런 말을 한 일은 없소."

하고 숭은 부인하였다.

"그러면 그런 생각은 가졌나?"

"그런 생각은 가졌소. 그러나 그런 생각을 가지고 그런 말을 했기로 그것이 죄를 구성하리라고는 믿지 않소."
하고 숭도 법적 어조로 답변을 하였다.
"요오시 와깟다[546](오냐 알았다)!"
하고 소장은 숭의 말을 적었다.
"소화[547] ○년 ○월 ○일 협동조합 총회에서 네가 이렇게 해야만 우리 조선 사람이 살아난다고, 이렇게 하려면, 조합을 만들고, 조선 사람끼리 잘살아야 된다는 공동 목적으로 단결하지 아니하면 다 죽는다고 말한 것은 사실이지?"[548]
"그런 의미의 말을 한 것은 사실이오."
"요오시."
하고 소장은 또 적었다.
"너는 법률을 안다면서 그러한 언동이 죄가 되는 줄을 몰라?"
하고 소장은 철필 대가리로 테이블 전을 한번 두드렸다.
"조선 사람들이 저희끼리 힘써서 잘산다는 것이 무슨 죄가 될 것 있소?"
하고 숭은 소장을 정면으로 바라보았다.
"필경은 총독 정치에 반항한다는 것을 의미하는 것이 아니냐?"
하고 소장은 소리를 질렀다.
"그것은 잘못 생각하신 것이오. 농민들이 야학을 세우고 조합을 만들고 하는 것은 순전히 문화적, 경제적 활동이지, 거기 아무 정치적 의도가 포함된 것은 아니라고 믿소. 또 촌 농민들에게 무슨 정치적 의도가 있을 바가 아니오. 문화적으로 경제적으로 더 잘살아보겠다고 하는 인민의 노력을 죄로 여긴다면 그야말로 인민으로 하여금 반항할 길밖에 없게 하는 것이오."

"건방진 소리 마라. 할 말이 있거든 본서나 검사국에 가서 해!"
하고 소리를 지르고 소장은 분연히 자리에서 일어나면서,

"너는 본래 건방진 놈이다. 계집을 둘씩 셋씩 끌고 댕기며 아니꼽게 인민을[549] 위해 일을 한다고. 네 일이나 해!"
하고 궐련을 꺼내어 성냥을 득 그어서 피운다.

숭은 사십 분 동안이나 신문을 받고 누르라는 곳에 지장을 누르고 자리에 돌아나왔다. 앞으로[550] 정근이가 의기양양하게 와서 소장실로 들어가는 것이 보였다.

4-44

허숭, 백선희, 맹한갑 등 다섯 명은 무너미 주재소를 다 저녁때에 떠나서 읍내 본서까지 압송이 되었다. 그들이 무너미를 떠날 때에는 다수한 동민들이 길가에 나와서 전송하였으나 그것이 섭섭하게 여기는 전송인지 또는 단순한 구경인지도 표시되지 아니하였다. 오직 돌모룻집 작은갑이가 비창한 낯으로 얼마를 더 따라오다가 숭이에게,

"가사는 다 믿소. 장례도 믿소."
하는 부탁을 받고 울며 돌아섰다.

한갑과 숭을 다 잃어버린 한갑 어머니는 정신없이 울고만 있었

다. 동네에서는 늙은이들이 가끔 들여다볼 뿐이요, 젊은 축들은 그림자도 얼씬하지 아니하였다.

이튿날 읍에서 경찰서장이 검사의 자격으로 공의를 데리고 와서 시체를 선희의 유치원에 운반하여다가 해부하고 현장을 검사하고 돌아갔다. 공의는 서장을 향하여 귓속으로, 순이가 죽은 원인은 자궁 파열이라고 고하였다. 그리고 숭의 집, 선희의 집의 가택 수색을 하고 조합 문서와 편지 몇 장을 압수해 가지고 갔다.

유가들은 또 한 번 모여서 떠들었으나 아무도 장례를 위하여 나서는 이는 없었다.

"서방질하다가 뒈진 년을 장례는 무슨 장례냐."

고 비웃는 자도 있었다.

돌모룻집 부자와 쌍둥이 아버지와 기타 한갑이 친구, 숭을 존경하는 사람 등 몇 사람이 모여서 순의 다 찢긴 시체를 싸서 밀짚 거적에 묶어서 공동묘지에 갖다가 묻었다. 이날은 아침부터 부슬부슬 비가 왔다.

한갑 어머니와 정선이가 평지가 끝나는 곳까지 따라갔다. 정선은 그 초라한 순의 장례, 맞들리어 홑이불을 덮고 들려가는 순의 시체가 점점 멀어가는 것을 보고 길가에 서서 혼자 울었다. 불쌍한 순을 더욱 불쌍하게 만든 것이 정선이 자신인 것만 같아서 가슴이 아팠다.

'참말 얌전하던 여자
착하고도 맺혔던 여자,
사랑에 실패한 한을

영원히 품고 가는구나.'

하고 정선은 눈물을 씻으며 자탄하였다.

숭과 선희가 잡혀간 뒤에는 유치원은 폐쇄를 당하였다. 유치원에 다니던 아이들은 모여서 놀 곳을 잃고 산으로 들로 흩어져 다니며 장난을 하였다. 어디서든지 유치원 집을 바라보면 아이들은, "저기서 송장 쨌단다. 골에서 으사가 와서 송장 쨌단다."

"거기 머리 푼 구신(귀신) 난다드라, 야."

하고는 소리를 지르고 달아났다.

이 동네에는 흉가가 둘이 생긴 것이었다. 하나는 한갑의 집이요 또 하나는 선희의 집, 곧 유치원이었다.

정선도 유치원을 바라보면, 더구나 새벽이나 황혼에 바라보면 그리 유쾌한 생각은 나지 아니하였다. 마음에 좀 꺼림한 것을, 작은갑에게 부탁하여 유치원에 두었던 피아노와 선희의 세간을 집으로 옮겨 오게 하였다. 피아노는 마루에 놓고 선희의 짐은 건넌방에 들여 쌓았다.

남편이 잡혀간 지가 일주일이 넘었다. "나는 ○○검사국으로 넘어가오. 살여울에 있기가 어렵거든 서울 올라가시오. 집일은 모두 작은갑군에게 물어서 하시오" 하는 엽서가 숭으로부터 왔다.

어느 날 어느 시에 떠나는 줄만 알면 정거장에라도 가고 싶었으나 작은갑의 보고에 의하여 한갑을 때린 사람 둘은 놓여나오고, 그 사람들의 말을 듣건댄 숭과 선희와 한갑은 어제 아침차로 벌써 ○○으로 갔다고 한다.

"서울을 가? 내가 왜 서울을 가."

하고 정선은 엄지손가락을 씹으며 울었다. 정선은 일생에 처음 독립한 판단을 아니 하면 아니 될 경우를 당하였다. 제 배의 키를 제 손으로 잡지 아니하면 아니 될 경우를 당하였다.

4-45

정선은 을란을 불렀다.

을란은 정선이가 슬퍼하는 양을 보고 더욱 마음이 비감하여,

"선생님 어떻게 되셨어요?"

하고 물었다.

"○○검사국으로 가셨단다."

"그럼 언제나 돌아오셔요?"

"알 수 있니? 그런데 너 어찌하련? 너 나하고 있으련? 서울로 가련? 어려워할 것 없이 네 마음대로 해라."

"전 선생님 계시는 데 있어요."

하고 을란은 대답하였다. 을란은 근래에 와서는 정선에 대한 반감이 줄고 동정하는 마음이 생겼다. 선생님이라는 것은 정선을 가리키는 말이었다.

"여기 있으면 농사를 지어야 된다. 선생님이 하시던 농사를 우리 둘이 지어야 한다. 김도 매고 거두기도 하고――그것을 네가 할 테냐."

"허지 그럼 못해요? 그렇지 않아도 금년부텀은 해보려고 했는

데."

하고 을란은 밭과 논에 나가서 다리와 팔을 올려 걷고 김을 매는 것을 상상하였다. 그것은 을란에게는 심히 유쾌한 생각이었다.

"뙤약볕에 논밭에 김을 매는 것이 그렇게 수월한 일이 아니다."

"알아요. 그래두 전 해요! 혼자 서울은 안 가요. 언제까지든지 살여울 살 테야요."

하고 을란은 고개를 숙이고 눈물을 씻는다.

"고맙다. 그러자, 응. 우리 둘이 여기서 선생님 돌아오실 때까지 농사 지어 먹고살자, 응."

하고 정선도 새로운 눈물을 흘렸다.

"나도 다리만 성하면야 남 하는 것 못할라구. 그렇지만 밭김이야 못 매겠니? 그것도 못하면 집에서 밥이야 짓겠지, 소나 먹이고."

하고 정선은 결심의 표로 입을 꼭 다물었다.

"을란아, 넌 소 먹이는 것 구경했지?"

하고 정선은 제가 소를 먹일 것을 생각하고 물었다.

"그럼요. 강가로 슬슬 끌고 다니며 풀을 뜯기고 배가 부를 만하면 물을 먹이고 그러면 되지요, 별것 있나요, 머?"

"꼴을 누가 비나?"

하고 정선은 남편이 꼴망태에 먹음직스러운 꼴을 베어서 메고 석양에 소를 끌고 돌아오던 것을 생각하였다.

"제가 꼴을 비면 남들이 웃을까."

하고 을란이가 웃었다.

"커다란 계집애가 꼴을 비는 게 다 무어냐. 아이를 하나 얻어 둘까."

하고 정선도 웃었다.

이때에 작은갑이가 또 씨근거리고 달려왔다.

"한갑 어머니가 물에 빠져서 돌아가셨어요."

하고 작은갑은 주먹으로 이마의 땀을 씻었다.

"네에?"

하고 정선은 펄쩍 뛰었다.

"어디서요? 언제?"

"아침에 가보니까요 안 계시단 말야요. 그래 어디를 가셨나 하고 찾아보아도 없거든요. 거 이상하다 하고 아까 댁에 왔다가 가는 길에, 암만해도 이상하길래 강가로 찾아보았더니 아래[551] 여울에 무엇이 허연 것이 있길래 가보니까 한갑 어머니겠지요. 그래서 들어가서 끌어내다 놓고 지금 주재소에 가서 말하고 오는 길입니다."

"아이, 저를 어째."

하고 정선은 양미간을 찡그렸다.

"그래, 시체는 어떡하셨어요?"

하고 정선은 일어나서 문설주에 몸을 기대고 아래 여울 쪽을 바라본다. 거기는 거뭇거뭇 사람의 그림자가 보였다. 아마 순사들이 나온 모양이었다.

"시체는 주재소에서 묻으라고 해야 묻지요. 그러나저러나 돈이 없어서 걱정입니다. 어떻게 묶어다가 묻기는 해야 할 텐데."

하고 작은갑은 입맛을 쩍 다신다.

4-46

정선이가 십 원 한 장을 작은갑에게 주어서 작은갑이가 널 하나를 사고 유산장네 집에서 베를 한 필 사서 또 돌모룻집 영감과 쌍둥이 아버지가 염을 해서 한갑 어머니를 공동묘지에 갖다가 묻었다. 그러고는 동네에서는 한갑의 집을 흉가라고 해서 헐어버리자고 하였으나 소유권자인 한갑의 말을 듣기 전에는 그리할 수 없다고 해서 내버려두었다. 사람들은 낮에도 한갑의 집 앞을 지나기를 꺼려서 될 수 있는 대로 멀리로 돌아 다녔다.

작은갑은 ○○형무소 맹한갑의 이름으로 어머니가 돌아가셔서 장례를 지냈다는 말만 하고 어떤 모양으로 죽었다는 것은 말하지 아니하였다. 한갑이네 집에서 먹이던 개는 처치할 길이 없어서 정선이가 맡아서 기르기로 하였다. 두 귀가 넓적하고 잘생긴 개였다. 다만 잘 얻어먹지를 못해서 뼈마디가 불툭불툭 내밀고 털도 곱지를 못하였다.

한갑이네 개는 곧 정선과 을란이에게[552] 정이 들었다. 그러나 본래 숭이 집에서 자라던 바둑이라는 개한테는 눌려 지냈다. 한갑이네 개는 본래 이름이 없어서 섭섭이라고 을란이가 이름을 지었다. 주인집이 다 불쌍하게 되어서 섭섭하다는 뜻이었다.

숭의 집은 다시 안정이 되었다. 정선은 다시 울지 아니하였다.

모든 일을 혼자의 판단과 의지력으로 해보려고 결심하였다.

아침에 눈을[553] 뜨면 논이나 밭을 어떻게 할 일, 소를 어떻게 먹일 일을 생각하였다. 아침마다 한 번씩 들러주는 작은갑에게 혹은 문의하고 혹은 부탁하여 일을 처결하였다. 처음에는 스스로 제 판단과 제 의지력을 의심하였으나 하루 이틀, 한 번 두 번 경험함으로 점점 파겁[554]이 되어서 자신이 생기게 되었다. 마치 과부된 사람이 곧잘 사내답게 집안 처리를 하는 것과 같았다. 게다가 정선이가 받은 전문 교육은 이렇게 독립한 생활을 하게 된 때에 큰 힘을 주었다. 정선은 한 달이 다 못해서 가사를 주재하는 데 거리낌이 없이 되었다.

정선은 아침에 일어나면 을란을 일터로 보내고 을란이가 길어다 준 물로 손수 밥을 지었다. 절뚝절뚝하는 다리로 부엌으로 들락날락하는 정선의 행주치마 모양이 보였다.

정선은 방을 치우기와 빨래하기도 배웠다. 소를 강변으로 끌고 다니며 풀을 뜯기기도 하고 썩 좋은 꼴판을 발견할 때에는 이튿날 낫을 들고 나와서 꼴을 베기도 하였다.

정선의 분결 같은 손은 피부가 점점 굳어지고 정선의 흰 낯은 꺼멓게 볕에 그을었다. 그 모양으로 정선의 정신도 굳어지고 기운차게 되었다.

노동과 피곤은 정선의 입맛을 돋우어서 오래 두고 먹던 소화약의 필요를 없이하였다. 그리고 베개에 머리를 붙이기만 하면 잠이 들었다.

정선은 새로운 인생을 발견하였다. 그것은 제 맘대로 아무에게도 의지함이 없이 사는 인생이요, 노동과 피곤에서 오는 세월 가는 줄 모르는 인생이었다.

정선의 집 마당에는 빨래가 하얗게 널린다. 그것은 정선이가 빤 것이다. 정선은 푸질[555]을 배우고 밟는 것을 배우고 다리는 것을 배웠다. 적삼 등에 땀이 흐르는 것쯤은 당연한 일이었다.

정선은 화장 제구를 집어치웠다. 볕에 그을어 검은 얼굴에 분을 바를 필요도 없었다. 머리 모양을 낼 필요도 없었다. 그저 든든하게, 그저 검소하게, 정선은 이러한 중에서 새로운 미를 발견하였다.

동네 사람들은 곧 서울로 쫓겨 가려니 하던 정선이가 아주 시골 여편네가 다 되어버려서 농사를 짓고 진일 궂은일을 다 몸소 하는 것을 보고는 놀랐다. 그리고 살여울 부인들은 분도 안 바르고 비단옷도 아니 입고 제 손으로 아침저녁을 짓고 제 손으로 빨래를 하는 정선에게서 자기네와 꼭 같은 여성을 발견하였다. 그래서 그들은 정선의 집에 놀러 와서 마음 놓고 이야기를 하였다. 그들은 비로소 정선이가 결코 나쁜 년, 교만한 년, 아니꼬운 년이 아니요, 도리어 마음이 아름답고 인사성 있고 지식 많은 '사람'이요 '여편네'인 것을 발견하여 사랑하고 존경하는 생각을 발하였다.

살여울 부인네들은 처음에는 정선을 구경하러 오고 다음에는 사귀러 왔으나 마침내는 정선에게 무엇을 배우고 청하고 의지하러 오게 되었다.

"여울 모룻집 아이어멈은 참 양반다운 사람이야."

하고 늙은 부인네들이 칭찬하고 먹을 것이 있으면 싸다 주게 되었다.[556]

4-47

허숭이가 ××××을[557] 목적으로 동민을 선동하여 협동조합과 야학회를 조직하였다는 죄로 치안유지법 위반으로 징역 오 년, 백선희가 공범으로 삼 년, 석작은갑[558]이가 삼 년, 맹한갑이가 상해치사, 치안유지법 위반으로 오 년의 징역 언도를 받고 일 년 삼 개월의 예심을 치른 후였다. 네 사람은 일제히 공소권을 포기하고 복역하였다.

피고인 일동은 판결을 받은 날 재판장의 허락으로 약 오 분간 법정에서 공소할 여부 기타를 의논도 하고 이야기도 할 기회를 얻었다.[559]

그 자리에서 한갑은 숭을 향하여,

"용서해주게. 내가 지금이야 형이 누구인지를 바로 알았네. 내가 칠 년 후[560]에 옥에서 나가는 날이면 내가 남은 목숨을 형에게 바치려네."

하고 숭의 손을 잡으려 하였으나 간수에게 금지를 당하였다.

숭은 말없이 고개를 끄덕여 보였다.

"공소하시려오?"

하고 숭은 선희에게 물었다.

"저는 선생님 하시는 대로 해요."

하고 선희는 초췌한 숭을 보았다.

"나는 공소권을 포기하겠소이다."

"저도 공소 안 해요."

하고 선희는 재판장을 바라보았다.

"나도 안 해요."

하고 작은갑이는 도로 고개를 숙인다.

"한갑군, 자네는?"

하고 숭이가 물었다.

"우리는 죽든지 살든지 형의 뒤를 따를 사람일세."

하고 한갑은 숭의 앞에 허리를 굽혔다.

이리하여 판결은 확정되고 피고들은 간수에게 끌려서 법정을 나섰다. 방청석에 있던 정선은 남편이 웃어 보이는 양을 보고 목을 놓아 울었다. 같이 방청석에 있던 한민교 선생이 정선을 붙들고 법정 밖으로 나왔다. 한선생의 눈에도 눈물이 있었다.

정선과 한선생은 숭에게 최후의 면회를 허락받았다.

한선생은 정선을 데리고 아침 아홉 시에 ○○형무소에 갔다. 높은 벽돌담, 시커먼 철문, 조그마한 창으로 내다보는 무장한 간수의 무서운 눈. 그 앞에 면회하러 온 친족들. 늙은이, 젊은 여편네, 어린애를 안은 촌 부인네, 양복 입은 사람, 이러한 칠팔 인이 문 앞에 모여 있었다.

대서소에서 쓴 면회 청원과 차입 청원을 조그마한 창으로 들이밀고 제 차례가 돌아와 불러들이기를 기다리고 서성서성하고 있었다.

큰 철문 말고 작은 철문이 삐걱 열리고 무장한 간수의 전신이 나타나며,

"○○○"

하고 사람의 이름을 부르면 저마다 제가 불린 듯하여 한두 걸음 문을 향하고 일제히 걸어 들어가다가 정말 불린 사람만이 들어가는 것을 부러운 듯이 바라보고는 슬몃슬몃 뒤로 물러서서 또 왔다 갔다 하기를 시작한다. 그동안 자전거를 타고 온 출입 상인들과 인력거를 타고 온 변호사들이 들어간다.

이러하기를 한 시간이나 한 뒤에 간수가 나타나며,

"한민교, 윤정선."

하고 부른다.

한선생은 정선을 앞세우고 나무패 하나씩을 받아 들고 철문 속으로 들어갔다.

문에 들어서서 황톳물 들인 옷을 입은 죄수들이 무슨 짐들을 가지고 개미떼 모양으로 오락가락하는 것을 보면서 마당을 건너 문을 열고 들어가면 형무소의 서무과다. 모두들 부채를 부치며 사무를 보고 있고 면회 청원을 맡은 간수가 앞에 놓인 수없는 청원 중에서 한 장씩을 골라 뽑아가지고는,

"무슨 일로 만나?"

"면회한 지가 아직 두 달이 못 되었는데 또 면회를 해?"

이 모양으로 약간 귀찮은 듯이 아무쪼록은 허하지 아니하려는 의사를 보이고, 면회하러 온 이는 멀리서 왔다는 둥, 꼭 만나야

할 채권 채무 관계가 있다는 둥 하여 아무쪼록 면회를 하려고 애걸을 한다.

4-48

한선생과 정선은 여기서 기다린 지도 약 한 시간, 벽에 걸린 시계가 열한 시를 가리킬 때에야 겨우 차례가 돌아왔다.

간수는 정선이가 가지고 온 재판장의 소개를 내보이며,

"재판이 끝난 뒤에 재판장의 소개가 무슨 상관이오?"

하고 벽두에 트집을 잡았다.

"윤정선은 허숭의 호적상 아낸가."

하고 간수는 정선을 바라보았다. 정선은 이 시골 형무소의 면회인 중에서는 보기 어려운 사람이었다. 정선의 이 아름다움과 그리고는 갖추어 있는 모양은 사람들의 주목을 끌었다.

"네."

하고 정선은 일종의 모욕감을 느끼면서도 순순하게 대답하였다.

"한민교는 무슨 일로 만나오?"

하고 간수는 한선생을 보았다.

"나는 허숭씨와는 친구요. 허숭씨가 복역 중에는 그 집 살림을 돌볼 사람이 나밖에 없고, 또 백선희로 말하면 내가 가르친 학생인데 부모도 없고 형제도 없으니 복역 중에 그의 재산 정리도 내가 하지 아니하면 아니 될 형편이외다. 그 까닭에 내가 서울서 위해 내려왔소이다."
하고 한선생은 간수를 정면으로 바라보면서 말하였다.

"친족도 아니면서 만나자면 되나?"

하고 간수는 화를 내었으나 필경은 두 사람에게 다 면회를 허하였다.

"저 지하실에 내려가 기다려!"

하고 간수는 다른 청원서를 집었다.

한선생과 정선은 다시 물품 들이고 내주고 하는 데 가서 차입했던 의복 기타 물품을 받아낼 수속을 하고 면회인들이 기다리는 지하실을 찾아 내려갔다.

유월의 지하실은 찌는 듯이 더웠다. 사람들은 제 차례를 기다리고 모두 말없이 앉아 있었다. 저마다 제가 찾아온 죄수를 생각하고 있는 것이다.

어떤 쪼그라진 노파는 간수가 번뜻 보일 때마다,

"나으리, 나으리, 우리 아들 좀 만나게 해주시우. 삼백 리 길을 늙은것이 걸어왔수다."

하고 부처님 앞에서 하는 모양으로 합장하고 절을 하였다.

간수는 본체만체하고 면회 차례 된 사람을 데리고 들어갔다.

"자제는 무슨 죄로 와 있소?"

하고 어떤 양복 입은 청년이 묻는다.

"우리 아들이오, 우리 아들 좀 메늬(면회)하게 해주세요."

하고 노파는 그 청년에게도 절을 한다.

이 노파는 귀가 절벽이었다. 여러 사람들은 심심파적으로 노파의 귀에 소리를 고래고래 질러도 보고 손으로 시늉도 해보았으나 뜻은 통치 아니하고 다만 아들을 만나게 해달라고 같은 소리를 할 뿐이었다.

이윽고 간수가 나와서 그 노파를 보고,

"안 돼, 가!"

하고 일변 고개를 흔들고, 일변 손으로 가라는 뜻을 표하였다.

노파는 또 몇 번 합장 배례를 하였으나 간수에게 몰려 밖으로 나가고 말았다.

노파의 아들은 ○○의 소작 쟁의에 들었다가 농터를 떼인 한으로 지주의 집에 불을 놓은 청년이었다.

마침내 정선의 차례가 왔다.

"윤정선, 한민교."

하고 두 사람은 함께 불렸다.

정선과 한선생은 각각 간수가 지시하는 창 앞에 가 섰다.

이삼 분이나 지났을까 한 때에 정선의 앞에 있는 창이 덜꺽하고 위로 올라가고 거기는 숭의 얼굴이 나타났다.

"왔소?"

하고 숭은 반가운 웃음을 띠었다.

"몸은 괜찮으시우?"

하고 정선은 울렁거리는 가슴을 억지로 누르면서 첫말을 내었다.

정선의 눈에서는 눈물이 쏟아지려 하는 것을 간수가 주의하던 말을 듣고 억지로 참았다.

4-49

"나는 괜찮아요. 선(善)이 잘 노우?"

하고 숭은 아내에게 묻는다. 선이란 정선이가 낳은 어린애의 이름이다. 호적에는 물론 숭의 맏딸로 되어 있다.

"네."

하고 정선은 울음 섞어 대답하였다.

"어떻게 하려오. 서울로 올라가시려오? 편할 대로 하시오."

하고 숭은 정선의 말문을 열려고 애를 쓴다.

"난 서울 안 가요. 살여울서 농사짓고 있을 테야요. 작년에도 나허구 을란이허구 둘이서 농사를 지어서 벼 스무 섬하구 조 열 섬, 콩 두 섬 했답니다. 금년에두 농사를 벌여놓았는데. 벌써 모두 절반이나 나구…… 난 밥을 짓고 소 먹이지요. 내 손 좀 보아요."

하고 꺼멓게 그을고 거친 손을 가지런히 숭의 눈앞에 내보인다.

"정말."

하고 숭은 고개를 앞으로 숙여서 정선의 손을 보았다. 조그마한 손이 커질 리는 없지마는 피부는 많이 거칠었다.

"그럼. 인제는 나도 농사를 많이 배웠어요. 소만에 목화 심고 망종에 모내고……"

하고 정선도 웃었다.

"올라잇. 그러면 내가 나가도록 살여울을 지키시오!"

하고 숭은 더욱 유쾌하게,

"그래 손수 지은 쌀로 손수 지은 밥맛이 어떻소? 서울서 먹던 밥맛과?"

하고 숭은 소리를 내어 웃었다.

"아주 맛나요. 당신만 집에 같이 계시면 얼마나 더 맛날까. 호박잎 된장찌개가 아주 훌륭하게 맛나. 김매다 말고 밭머리에서 먹는 밥도 먹어보았지요. 아주 맛나. 소화불량도 다 없어졌어요. 난 이제 아무 걱정도 없어요."

하고 정선은 정말 아무 걱정도 없는 모양을 보인다.

"굿! 동네엔 별일 없소?"

하는 숭의 말에는 대답도 아니 하고,

"왜 공소를 안 한다고 그러시우? 공소를 해보시지. 무슨 까닭으로 오 년이나 징역을 하시우?"

하고 정선의 얼굴에서는 잠시 있던 유쾌한 빛이 다 스러지고 만다.

"공소할 필요가 없으니까 안 하는 게지."

"그러기로 오 년씩이나."

"할 수 없지요. 오 년 동안에 공부나 잘하지, 아직 젊었으니까. 아무 걱정 말고 농사나 잘 배우시오. 서울 기별했소?"

"기별은 안 했지마는 신문을 보기로 모르셨을라구. 아시면 무얼 하우. 인제는 아버지도 우리를 잊으시고 우리도 아버지를 잊어버린걸."

"정근이 그저 동네에 있소?"

"있지요. 식산조합이라고 해가지고는 집이랑 땅이랑 저당을 잡고는 삼 푼변 사 푼변에 돈을 꾸어주고, 동네 사람들은 그 돈을 가지고 잔치하고 술 먹고, 야단이랍니다. 그리고 저당할 것 없는 사람은 장리라든가 하는 것을 주는데 이른 여름에 벼 한 섬을 주면 가을에 가서 벼 두 섬을 받는다구요. 작년에도 장릿벼를 못 물어서 그것을 금년까지 지고 넘어온 사람이 여럿이랍니다."

정선의 이 설명을 듣고 숭은 다만 고개를 끄덕끄덕할 뿐이었다.

"간단히, 가사에 관한 것만 말해."

하고 간수가 주의를 하였다.

"그럼 우리 협동조합 재산은 다 어찌하였소?"

하고 숭이가 묻는다.

"협동조합은 못하리라고 경찰에서 금해서 출자했던 것을 모두 노나 가졌지요. 주재소에서 와서 입회를 하고 모두 노났답니다. 그리고 유치원도 문을 닫고. 유치원은 나 혼자라도 하려면 하겠는데, 동네 사람들의 인심이 변해서——그래도 근래에는 동네 부인들이 우리 집에 놀러도 오고 의논하러도 와요. 다들 못살게 된다고 술들만 먹고, 빚들만 지고——하고 예전 생각이 나나 보아요."

숭은 가만히 살여울을 생각하고 살여울의 앞날과 조선 농촌의 앞날을 생각하였다.

4-50[561]

삼 년의 세월이 흘러갔다. 살여울의 농민들은 이 동네 생긴 이래로 처음 당하는 견딜 수 없는 곤경을 당하였다. 집칸 논마지기 밭날갈이는 대부분 유정근이가 경영하는 식산조합의 채무 때문에 혹은 벌써 경매를 당하고 혹은 가차압을 당하고 혹은 지불 명령을 당하고 있게 되었다. 빚을 얻어 쓰기가 쉬운 것과 옛날의 신용대부 대신에 신식인 저당권 설정이라는 채권 채무의 형식은 가난한 농민들을 완전히 옭아 넣고 말았다. 숭이가 경영하던 협동조합이 농량과 병 치료비와 농구 사는 값밖에는 일체로 대부하지 아니하던 것을 야속히 여기던 살여울 농민들은 잔치 비용이거나 노름 밑천이거나를 물론하고 저당만 하면 꾸어주는 유정근의 식산조합을 환영한 것은 사실이었다. 그러나 가여운 농민들은 그것이 자기네의 자살 행위인 줄을 몰랐던 것이었다.

'도장만 찍으면 돈이 생긴다.'

고 살여울 농민들이 생각하게 된 지 이태가 다 못하여 인제는 농량조차도 얻을 수가 없고 오직 추수할 곡식을 저당으로 한 장릿벼만을 얻을 수가 있게 되었다.

정근의 아버지 되는 유산장은 아들의 수완에 절절 탄복하였다. 그래서 금년 봄부터는 모든 재산권을 전부 아들 정근에게 맡겼다.

유산장네 재산은 숭이가 감옥에 들어간 동안에 삼 배가 늘었다고도 하고 사 배가 늘었다고도 한다. 아무리 줄잡아도 갑절 이상이 는 것만은 사실일 것이다.

정근은 숭의 집에서 좀더 올라간 곳에 별장이라고 일컫는 집을 짓고, 서울 가서 고등보통학교까지 마치었다는 여학생을 첩으로 데려다가 금년 봄부터 살림을 차렸다. 도회의원에 선거될 양으로 출마하였으나 돈만 몇천 원 없이하고 낙선되고 만 것만이 이 집의 유일한 실패였다. 그러나 불원간 면장이 될 것은 사실이라고 전하였고 다음번에는 반드시 도회의원이 된다고도 하고 또 동경 어떤 유력한 사람의 추천으로 불원간 군수가 되리란 말조차 있었다. 어쨌든지[562] 유산장 집 운수는 끝없이 왕성하는 것같이만 보였다.

그러나 이 동네에서 개벽 이래로 있어본 일 없는 차압이니 경매니 하는 것을 당하게 되어 몇 푼어치 아니 되는 세간에 이상한 종잇조각이 붙고 오늘까지 내 소유이던 것이 남의 손으로 끌려감을 당할 때에 받는 살여울 농민들의 가슴의 쓰라림은 비길 데가 없이 심각하였다.[563]

그러나 모든 것을 합법적으로 하여가는 정근에게 그따위 민간의 불평은 한 센티멘털리즘에 불과하였다. 혹시 불평하는 말을 하는 소작인이나 채무자가 있다고 하면 정근은 서슴지 않고,

'그것은 게으른 자의 핑계다. 약자의 비명이다. 내가 그대네에게 돈을 꾸어준 것은 급한 때에 그대네를 도와준 것이다. 남의 도움을 받았거든 감사한 줄을 알아라.'

이 모양으로 대답할 것이다. 정근은 법률을 배우지 아니하였느냐. 그는 무슨 일이든지 법률에 걸리지 않기를 힘쓴다. 정근은 이 세상에 법률밖에 무서운 무엇이 있는 줄을 알지 못한다. 그는 사

람보다 몇 갑절이나 법률을 무서워한다. 무서워하는지라 그는 요리조리 법률을 피할 길을 찾는 것이다. 그의 정신의 전체는 '법의 그물을 피하여 돈을 모으는 것'에만 쓰였다.

그러나 정근에게도 한 걱정이 생겼다. 그것은 작은갑이의 만기 출옥이다.

4-51

정근이가 작은갑이가 돌아오는 것을 두려워하는 이유는 간단한 것이 아니었다. 작은갑이가 돌아오면 자기의 횡포에 한 꺼림이 생길 것은 말할 것도 없다. 그가 비록 보통학교밖에는 더 배운 것이 없고 또 사람도 그렇게 잘난 편이 아니지마는 작은갑에게는 옳은 것을 위해서는 겁을 내지 아니하는 무서운 성질이 있었다. 그것은 힘으로 누르기도 어렵고 돈으로 사기도 어려운 성질이었다. 이를테면 작은갑은 좀 둔하면서도 직한[564] 벽창호였다. 정근은 작은갑과 어렸을 때의 동무로서 이 성질을 잘 알았다. 숭이가 작은갑에서 본 것도 이 성질이었다. 정근은 작은갑의 이 성질이 싫고 무시무시하였다. 게다가 그는 감옥에서 삼 년이나 닦여나지 아니하였나. 그는 검사정에서나 공판정에서,

'나는 모르오. 허숭이가 하라는 대로만 하였소.'

한다든지,

'조선이 잘되고 어쩌고 나는 그런 것은 모르오. 돈이 생긴다니

까 하였소.'

하기만 하였던들 그는 백방[565]이 되었을 것이었다. 그러나 우직한 작은갑은 어디까지든지 허숭과 동지인 것을 주장하였다. 검사와 예심판사의 유도함도 듣지 아니하였고 공판정에서도 그대로 뻗대었다.

이것은 온 동네의 웃음거리가 되었다. '미친놈'이라는 별명까지 얻었다. 그러나 정근은 이러한 작은갑을 다만 미친놈이라고만 웃어버릴 수는 없었다.

그러나 정근이가 작은갑이를 싫어하는 데는 또 한 가지 이유가 있었다. 그것은 작은갑의 아내에 관한 것이었다.

작은갑의 아내는 작은갑이가 옥에 들어갈 때에 겨우 열여섯 살이었다. 열두 살에 민며느리로 와서 열다섯 살에 머리를 얹고(혼인한다는 말) 내외 생활을 한 지 일 년 만에 옥에 들어간 것이었다.

작은갑이가 옥에 들어갈 때에는 면회하러 온 아버지(돌모룻집 영감님)에게 제 아내를 날마다 숭의 집에 보내어 그 집 일을 도와주게 하라고 부탁하여서 한 이태 동안은 그리하였다. 그러다가 정근이가 여학생 첩을 해서 따로 집을 잡은 뒤에는 여러 가지로 꼬여서 작은갑의 처를 한 달에 이 원씩 월급을 주기로 하고 아침부터 저녁까지 여학생 첩의 시중을 들렸다. 밥도 짓고 물도 긷고 세숫물도 놓고 빨래도 하고 그리고 자리도 깔고 걷고 어멈 비슷, 몸종 비슷한 일을 하였다. 월말이면 월급 외에 인조견 치마채, 저고릿감도 주었다.

정근이가 작은갑의 처를 이렇게 불러다가 쓰는 것은 결코 그의 서비스만을 위함이 아님은 물론이었다. 열여덟, 열아홉 살의 통통한 그 육체에 마음을 두었음은 물론이었다. 동네에는 한 달이 못하여 소문이 났다. 학생첩과 정근과의 사이에 싸움이 나면 그것은 작은갑의 처 때문이라고들 다 추측하였다. 아마 그럴 것이다.

"아가, 너 학생첩네 집에 가지 마라, 가더라도 해지기 전에 돌아와."

이 모양으로 시아버지의 말을 듣는 일도 작은갑의 처에게는 있었다.

"한 달에 스무 냥이 얼마야요."
하고 며느리는 뾰로통하였다.

아들과는 딴판으로 사람이 좋기만 한 돌모룻집 영감님은 그 이상 더 말할 수가 없었다. 이 촌에서 인조견 옷을 걸치고 낯에 분기운을 보이고 다니는 며느리의 꼴은 시아버지 눈에 아니 거슬릴 수 없는 풍경이지마는 명절이 되어도 며느리 옷 한 가지도 못하여주는 시아비로는 그 이상 더 책망할 수도 없었다. 오직 월말이면 지전 두 장을 꽁꽁 뭉쳐다가 시아버지 앞에 내놓는 것만 눈물겹게 생각하지 아니할 수 없었다.

이러한 때에 돌아온다는 작은갑이다. 돌모룻집 영감님은 며느리가 지어놓은 작은갑의 옷 한 벌을 가지고 며느리가 번 돈으로 차비를 해가지고 ○○형무소까지 아들 마중을 갔던 것이었다.

4-52

작은갑이가 살여울에 돌아온다는 날(그날은 곧 선희도 돌아오는 날이다) 동네 청년 육칠 인은 저녁차에 두 사람을 맞으러, 일을 쉬고 정거장까지 나아갔다. 정선이도 고무다리를 끌며 을란을 데리고 우물가까지[566] 나와서 기다렸다. 이 우물은 정선과 을란은 모르지마는 인제는 벌써 오륙 년 전에 유순이가 바가지로 이슬 맺힌 거미줄을 걷고 식전 물을 길으면서 숭이가 돌아오기를 기다리던 데다. 순의 무덤이 바로 이 우물을 내려다보는 위치에 있는 것도 이상한 인연이었다. 유순의 무덤은 벌써 새 무덤의 빛을 잃었다. 다른 낡은 무덤과 같이 풀로 덮이었다. 정선은 청명 추석에 을란을 보내어서 이 돌아볼 사람 없는 유순의 무덤과 한갑 어머니의 무덤을 돌아보게 하였다. 예수교 학교에서 자라난 정선이라 음식을 벌여놓는 것은 아니지마는 풀이나 뜯어주고 꽃포기나 심어주었다.

정선은 우물가에 서서 순의 무덤을 바라보았다. 을란도 따라서 바라보았다.

"여기 오신 지가 몇 해야요?"

하고 을란은 감개를 못 이기는 듯이 물었다.

"벌써 오 년째다. 우리가 농사를 네 번이나 짓지 아니했니?"

하고 정선은 서울 있는 쪽을 바라보았다. 부모 생각도 나고 집 생각도 났다. 떠난 지 사오 년이 되어도 소식도 없는 집! 그러나 그것은 그리운 것이었다.

그러고는 정선의 머리는 ○○으로 돌려졌다. 거기는 남편이 흙물 묻은 옷을 입고 있다. 사오 차 면회도 하였고 이따금 편지도 오지마는 앞으로 아직도 이태를 남긴 남편의 돌아올 기회가 망연하였다.

해는 뉘엿뉘엿 넘어간다. 지평선 위에는 구름 봉오리들이 여러 가지 모양과 여러 가지 색채로 변하였다. 논김을 매는 사람들이 석양 비낀 볕에 마치 신기루 모양으로 커다랗게 떠오르는 것이 바라보였다.

"으어허 허으허."

하는 소리밖에는 말뜻도 알아볼 수 없는 메나리 소리가 들려왔다. 배고프고 피곤한 것을 이기려는 젊은 농부들의 억지로 짜내는 소리였다. 장에 갔다가 돌아오는 장돌림의 당나귀 방울 소리가 들리고 맥고자 밑에 손수건을 늘인 장꾼들이 새로 샀는가 싶은[567] 부채를 부치며 지껄이고 가는 것이 보였다.

이윽고 작은갑이와 선희 일행이 무너미 고개를 넘는 것이 보였다. 뒤에 따라오는 것은 정선이가 돌모룻집 영감님 편에 부친 제 옷(예전 서울서 입던 옷)을 입고 제 파라솔을 받은 선희였다.

"저기 오시네."

하고 을란도 반가워서 따라갔다. 머리를 치렁치렁 땋아 늘인 커다란 계집애다. 정선도 절뚝절뚝하며 몇 걸음을 더 걸어갔다.

청년들은 자기네 힘으로나 빼어 오는 것같이 작은갑과 선희를 옹위해가지고 의기양양하게 떠들고 웃고 손가락으로 가리켰다.

그러고는 또 떠들고 웃었다.

"아이, 정선이!"

하고 선희는 정선이가 절뚝거리고 오는 것을 보고 빠른 걸음으로 뛰어와서 파라솔을 풀밭에 내던지고 정선을 껴안았다. 그리고 두 사람은 서로 안고 울었다.

작은갑이가 정선에게 인사를 할 때에 정선은 일변 눈물을 씻으면서 허리를 굽혔다. 그러나 목이 메어서 말이 나오지를 아니하였다.

작은갑이와 젊은 사람들은 세 여자에게 자유로 울 기회를 주려는 듯이 지나가버리고 말았다.

정선과 선희는 언제까지나 서로 안고 울었다. 곁에 을란이도 앞치마 자락으로 낯을 가리고 머리꼬리를 물결을 지으면서 울었다.

4-53

선희는 한참이나 정선을 안고 울다가 정선에게서 물러나 정선의 화장 아니 한, 볕에 그을은 얼굴과 목지지미 치마에 굵은 모시 적삼을 걸친 꼴을 물끄러미 바라보다가 미친 듯한 열정으로 정선의 목을 안고 수없이 그 입을 맞추었다.

"정선이가 더 이뻐졌구나."

하고 선희는 다시 정선에게서 물러서며 히스테리컬하게 웃었다.

"허선생 면회하고 왔다. 안녕하시더라. 난 꼭 삼 년 만에 뵈었는데 몸이 좀 부대하신 것 같으시어. 정선이 보거든 잘 있으니 염려 말라고 그러라고, 나는 집에 있을 때나 지금이나 꼭 한 모양이라고 말하라고, 학교에 있을 때보다 공부가 많이 된다고, 서양 유학하는 심 치고 있다고 그러라고, 이태가 더 있어야 졸업이라고, 졸업하고 가거든 새 지식을 가지고 일할 터이니 그동안에 정선이는 건강과 용기를 기르고 있으라고, 광명한 앞길을 바라보고 아예[568] 어두운, 슬픈 생각을 말라고, 그리고 또 무어라고 하셨더라— 오, 옳지 친정에 한번 댕겨오라고. 정선이 친정아버지께서 감옥으로 편지를 하더라고. 필적이 떨리신 것을 보니까 퍽 노쇠하신 모양이니 얼른 가 뵈이라고."

"안 가."

하고 정선은 서울 쪽을 바라보며 눈을 끔적끔적하고 어린애 모양으로 고개를 도리도리하여 보인다.

선희는 말을 이어,

"그리구, 그리구."

하고 잊어버린 말을 생각하다가,

"오, 참."

하고 을란의 손을 잡으며 선희는,

"을란이가 인제는 나이가 많았으니 적당한 신랑을 구해서 시집을 보내라고. 서울로 보내든지 살여울서 혼처를 구하든지 정선이가 을란이 어머니가 되어서 잘 골라서 시집을 보내라고."

"안 가요, 전 집에 있을 테야요."

하고 을란은 고개를 숙이고 정선의 치마꼬리를 만진다.

정선은 을란의 어깨에 올라앉은 귀뚜라미를 집어던지며 말없이 한숨을 쉰다.

"오, 그리구 또, 저, 아이구 무슨 말씀을 또 하시더라."

하고 선희는 말을 잊어버린다.

세 여자가 울고 이야기하는 동안에 날은 아주 저물어 남빛 어두움이 달내벌을 덮었다.

"을란아, 밥."

하고 정선이가 놀랐다.

"아이그마."

하고 을란이가 집을 향하고 달려간다.

정선과 선희도 집을 향하고 걷기를 시작한다.

몇 걸음을 가다가 정선이가 우뚝 서며,

"선희, 순이 무덤이 저기라우."

하고 선희에게 시루봉 기슭을 가리켰다.

선희는 깜짝 놀라는 빛으로 정선이가 가리키는 데를 본다. 그러나 어두움은 완전히 유순의 무덤을 가려버리고 말았다.

"한갑 어머니 무덤두 저기구."

하고 정선은 또 한 번 그곳을 가리켰다.

선희는 두 무덤이 있다는 쪽을 향하여 이윽히 묵상하였다. 시루봉의 원추형인 윤곽이 마치 한 큰 무덤인 것과 같이 남은 빛에 하늘에 우뚝 솟아 있었다. 그 봉우리 그 위에는 새로 눈뜨는 별 하나가 반짝거렸다.

'불쌍한 순이 누운 곳이 저기라네.

무덤은 아니 보이고,

저녁 하늘에 별 하나만 깜빡인다.'

선희는 이러한 생각을 하고 그것으로 시를 만들어 유순의 무덤에 새겨 세울까 하는 생각을 해본다. 선희와 정선은 동네 사람들을 피하여 동네를 에돌아서 집으로 향하였다.

4-54

작은갑이가 집에 돌아온 길로 보고 싶은 이는 물론 그의 아내였다. 혼인이라고 해서 석 달도 다 못 되어서 떠난 해, 그때에는 아직 열여섯 살밖에 되지 아니하였지마는 지금은 열아홉 살이 되어 성숙한 부녀가 되었을 아내는 작은갑이의 가장 그리운 사람일 것은 말할 것도 없다.

"보구 싶어!"

하고 옥중에서 소리를 지르다가 간수한테 야단을 당한 일까지 있었다.

작은갑은 전보다 퇴락한 집을 보았다. 다 썩어 문드러진 바주울,[569] 바주문, 여러 해 영을 이지 못해서 여기저기 홈이 파진 것 등 작은갑의 가슴을 아프게 하지 아니한 것이 없지마는 가장 섭섭한 것은 아내가 눈에 안 보이는 것이었다. 혹시나 죽었나 하는 무서움까지 있었다. 모두 엉성하게 뼈만 남은 동생들이 반가워하는 것도 시들하였다.

작은갑은 수줍은 마음에 아내가 어디 갔는가를 물어볼 용기는 없었다.

"어디 앓지나 않았니?"

"아이구, 겨울에 손발이 언다던데."

"글쎄, 무슨 죄를 지었다고 그 고생이냐."

이러한 말을 해주는 어머니와 일가, 동네 어른들의 말에는 작은갑이는,

"예."

"무얼요."

이러한 마음 없는 대답을 하고 밖에서 발소리[570]만 나면 아내인가 하고 마당을 내다보았다. 동넷집 아이들이 모여들고 늦도록 홰에 아니 오른 닭들이 끼룩거리고 들어오고 동넷집 개까지 모여들어도 아내의 빛은 안 보였다.

"어따. 시장하겠다. 어디 먹을 게 있나."

하고 어머니는 부엌에서 손수 밥상을 들고 들어와서 작은갑이 앞에 놓는다.

"어디 갔어요?"

하고 작은갑이는 참다못하여 어머니를 향하고 묻는다.

"누구? 응, 네 처?"

하고 어머니는,

"어디 일 갔어. 인제 오겠지."

하고 갑자기 시들한 어조로 변한다.

'죽지는 않았군. 어디로 가지도 않았군.'

하고 작은갑이는 적이 맘을 놓았다. 그러나 아무렇기로 남편이 삼 년이나 옥에 있다가 돌아온다는데 무슨 일을 갔길래 이렇게 늦도록 아니 오는가 하고 불만한 생각이 없지 아니하였다.

돌모룻집 영감님은 반은 죽고 반만 산 사람 모양으로 아무 말도 없고 아무 표정도 없이 밥만 먹고 있었다.

저녁상을 물려도 아내는 돌아오지 아니하였다. 지붕 낮은 방은 벌써 어둡다. 그래도 아내는 안 돌아왔다. 어머니는 부엌에서 뒷설거지[571]를 하고 있고 아버지인 돌모룻집 영감님은 토당(툇마루가 있을 곳)에 쭈그리고 앉아서 담배를 피우고 있었다.

작은갑은 화를 내어 마당에서 왔다 갔다 하다가 부엌을 들여다보며,

"어디 갔소? 이렇게 어둡도록 안 오니?"

하고 수줍은 것 다 제쳐놓고 물었다.

"퍽도 안달을 한다. 산 사람이 오지 않을라구. 그렇게 계집이 보고 싶거든 가보려무나."

하고 어머니는 솥에다 숭늉 바가지를 내동댕이를 치며 어성을 높였다.

"마주 가보렴."

하고 아버지가 작은갑에게 말을 건다.

"어디 갔어요? 날마다 이렇게 늦어요?"

하고 작은갑은 아내를 오래 떠난 남편이 가지는 일종 본능적인 의심을 느꼈다.

"가(그 애라는 뜻)레 그래두 돈을 벌어서 우리 집에서도 돈을

만져본단다. 저 홰나뭇집 정근이 학생첩네 집에 가서 일해주고 먹고 한 달에 이 원이야. 요새에 그만한 벌이는 있나."
하고 돌모룻집 영감님은 며느리의 하는 일을 변호하였다.

4-55

"머요?"
하고 작은갑은 눈이 뒤집힘을 깨달았다.
"아 굶어 죽기어든 그 원수 놈의 집에 가서 종노릇을 해주어요?"
"그래두 한 달에 먹구 스무 냥이 어딘데. 스무 닢을 어디서?"
하고 돌모룻집 영감님은 끙끙하고 앉았다.
작은갑은 간다 온다 말없이, 휙 집에서 나왔다.
작은갑은 정근의 학생첩의 집이라는 데를 향하여 빨리 걸었다. 그동안에도 작은갑은 동네 길들이 더러워진 것을 보았다. 가운데 불룩하던 길이 인제는 가운데가 오목하게 파였다. 집들도 모두 윤을 잃었다. 숭이가 애써 이루어놓았던 동네의 문명을 정근이가 모조리 깨뜨려버린 것이었다.
작은갑은 황혼 속에 귀신같이 서 있는 한갑이네 집을 보고 우뚝 발을 멈추었다. 그리고 이 집에서 일어난 모든 비극을 생각하였다. 그것이 모두 다 정근의 소위인 것을 생각하고 이를 갈았다.
작은갑은 한갑의 집을 지나서 보리밭과 삼밭 사이로 등성이를 올랐다. 거기 심었던 부엽송이 모두 말라 죽은 것을 보았다.

마루터기에 올라서려 할 때에 작은갑은 우뚝 섰다. 그 희끗한 것은 두 사람이었다.

작은갑은 길가 풀숲에 납작 엎드렸다. 그래가지고는 사냥하는 사람 모양으로 가만가만히 기어 올라갔다.

두 사람의 안고 섰는 양이 황혼빛에 희미하게, 그러나 윤곽만은 분명하게 하늘을 배경으로 나떴다.

두 사람은 서로 껴안고 수없이 입을 맞추고 희롱하는 것이 보였다. 작은갑의 사지의 근육은 굳었다. 호흡도 굳었다.

"아이, 고만 놓으셔요."

하는 것은 분명히 작은갑의 아내의 음성이었다.

"내일도 오지?"

하는 것은 정근의 음성이었다.

"그럼요."

"작은갑이가 못 가게 하면 어찌할 테야?"

"아이, 놓으세요. 누가 보는 것 같애."

하고 여자는 몸을 빼내려고 애를 썼다.

"흥 오늘 밤에는 작은갑이허구 오래간만에 정답게 잘 터이지."

하고 정근은 여자를 땅에 앉히려는 태도를 보였다.

"아이, 작은갑이가 보면 어떡허우?"

하고 여자는 애원하였다.

"그까짓 놈 보면 대순가. 내가 주재소에 말 한마디만 하면 그놈 또 징역을 갈걸. 그놈 징역 가면 우리 같이 살아, 응."

하고 정근은 여자를 번쩍 안아 들어서 땅에 내려놓는다.

"이놈아!"

하고 작은갑은 뛰어 나섰다.

정근은 서너 걸음 달아나다가 작은갑에게 붙들렸다. 작은갑은 정근의 멱살을 잡아서 끌고 아내가 있는 곳으로 왔다.

아내는 땅에 엎어진 채 두 손으로 머리를 가리고 떨고 있었다.

"이놈아!"

하고 작은갑은 한 주먹을 높이 들었다.

"난 잘못한 것 없네."

하고 정근은 한 팔을 들어 작은갑의 주먹을 가리었다.

"내가 다 보았다. 저기 숨어서 내가 다 보았어."

하고 작은갑은 주먹으로 정근의 따귀를 서너 번 연거푸 갈겼다.

"아니, 아이구 아이구."

하고 정근은 작은갑의 주먹을 피하며,

"아니야, 자네가 잘못 보았네 가만. 아이구. 내 말을, 아이구 한 마디만 듣게 아이구, 글쎄, 아이구."

"이놈아. 네가 주둥이가 열 개가 있기로 무슨 할 말이 있어. 옳지. 인제 내가 네놈을 죽이고야 말 터이다."

하고 작은갑은 정근을 땅에 자빠뜨려[572] 놓고 타고 올라앉았다.

4-56

작은갑과 정근이가 격투를 하는 동안에 작은갑의 처는 둘 중에 한 사람은 죽을 것을 두려워하여서 집으로 달려 내려가 시아버지(돌모룻집 영감님)를 보고,

"아버님. 저 큰일 났습니다. 둘이 큰 싸움이 났습니다."
하고 고하였다.

돌모룻집 영감님은 그 말에 벌써 누가 누구와 무슨 일로 싸우는지를 알았다. 그리고 영감님은 지팡이를 끌고 두 사람이 싸운다는 곳으로 올라갔다.

이리하여 가까스로 두 사람을 뜯어말렸다. 정근은 제 집으로 들어가고 작은갑은 아버지에게 끌려서 집으로 내려왔다. 영감님은 또 앞에 무슨, 큰, 불길한 일이나 생기지 아니할까 하여 속으로 겁이 나고, "어서 죽어버려야" 하는 자탄을 발하였다. 영감님은 자기가 못나기 때문에 재산을 못 만들어서 아들과 며느리에게도 큰소리 못하는 것이 부끄러웠다.

집에 돌아와 보니 작은갑도 목과 낯에 시퍼렇게 피진 곳이 여러 곳이요, 코피가 흘러 적삼 앞자락이 뻘겋게 물이 들었다.

이날 밤에 작은갑의 아내는 남편이 자기를 어떻게 하려나 하고 겁을 집어먹고 눈치만 보고 있었다. 애초에는 남편이 자기를 건드리면,

"왜 이래?"

하고 뿌리쳐서 핀잔을 주려고 맘을 먹고 있었으나 정근을 때려누이고 막 때리는 양을 보고는 겁이 나서 감히 남편에게 반항할 용기가 없었다. 그러나 작은갑은 밤이 새도록 곁에 아내라는 여자가 있는 것을 잊어버린 듯하였다. 작은갑의 아내는 도리어 자존심을 상하는 불쾌함을 느꼈다.

아침에 일찌감치[573] 작은갑은 뿌시시 일어나서 정근의 집을 찾아갔다. 어깨와 옆구리와 아픈 데가 많다.

마당에 화초도 심고 서양 종자 사냥개도 놓고 말도 매고 상당히 부르주아식으로 꾸민 정근의 '학생첩의 집' 문밖에 선 작은갑은 짖고 대드는 개를 발을 굴러 위협하며,

"정근이! 정근이!"

하고 무거운 어조로 두어 번 불렀다.

"누구셔요?"

하고 건넌방 문을 방싯 열고 내다보는 것이 '여학생첩'인 모양이었다.

작은갑은 그 여자의 말은 들은 체 만 체하고,

"정근이! 낼세. 작은갑이야. 한마디 할 말이 있어서 왔네."

하고 신을 벗고 마루 끝에 올라선다. 이 집은 서울 집 본으로 지었다.

'학생첩'이라는 여자는 작은갑이라는 말에 혼비백산하였다. 마치 지옥에서 온 사자나 보는 것같이 몸서리를 쳤다.

작은갑은 들어오란 말도 없는 주인의 방에 들어섰다. 일본식 모기장이 앞을 탁 가렸다. 작은갑은 모기장을 한 손으로 움켜쥐어

득 잡아당기어 걷어버리고 정근이가 누운 곁에 펄썩 앉으며,
"정근이!"
하고 한 번 더 크게 불렀다.
정근은 비로소 잠이 깬 것처럼 찌그러진 눈을 떠서 작은갑을 바라보았다.
정근은 도장과 돈 있는 곳을 한번 생각하고 만져보고 그러고는 다시 눈을 감았다.
"정근이. 내가 온 것은 다름이 아니야. 자네 한 사람 때문에 허변호사라든지, 백선희씨라든지 또 내라든지 아무 죄 없이 징역을 지게 되고 그뿐 아니라, 자네 한 사람 때문에 모처럼 살아가려던 이 동네가 다 망하게 되었으니까 내가 곰곰 생각하니까 자네를 죽여버리는 것이 이 동네를 살리는 일이 될 것 같아. 그래서 자네를 내가 마저 죽여버리려고 왔네."

4-57

"사람 살리우!"
하고 정근은 소리를 치며 일어났다. 그러다가 작은갑의 눈을 보고는 문득 태도가 변하여 작은갑의 앞에 절하는 모양으로 엎드리며,
"살려주우. 내가 다 죽을죄로 잘못했으니 살려주우. 우리가 앞뒷집에서 자라난 정리를 생각해서 목숨만 살려주우. 여보. 여보.

이리 와서 인사드리우. 우리 어려서부터 친구가 오셨소. 여보 애희, 이리 오우. 차라도 만들고. 우선 이리 와서 인사부터 하구."

하고 정근은 반쯤 정신 나간 사람 모양으로 허둥댄다. 아홉 시가 지나면 주재소장이 들르기로 되었지마는 인제 여섯 시도 다 안 되었으니 아홉 시까지는 무사히 지나도록 온갖 수단을 다할 수밖에 없었다.

"낸들 사람을 죽이고 싶겠나, 그렇지마는——"

하고 말하려는 작은갑을 가로막으며,

"그야 자네가 분하게 생각할 줄도 알아. 그렇지만 그건 오해야. 자네 입옥 후에 자네 아버지가 무얼 좀 도와달라고 그러시니까, 그때 마침 이 집을 지었고 해서 참, 자네 부인더러 우리 집 일을 좀 보살펴달라고 그랬지. 그게 벌써 삼 년 아닌가. 그동안에 매삭에 먹고 이 원이라고 정했지마는 돈일세 옷감일세, 또 양식일세 하고 자네 집에 간 것이 해마다 백 원어치는 될걸. 허지만 다 아는 처지니까. 그래, 그래 나도 잘못한 거야 있지——그저 모두 잊구 오해를 풀어주게, 응. 그럼 자네가 분할 테지. 그럼 오해될 것도 없지. 응, 그저 다 오해야."

작은갑은 정근의 말뜻을 짐작하느라고 정근의 눈과 입과 손을 눈도 깜작 아니 하고 바라보다가,

"응, 나는 내 아내 말을 하려는 것이 아닐세. 젊은 며느리를 자네와 같은 색마의 집에 보내는 우리 아버지가 그르지. 또 내 아내가 절개가 곧으면야 누가 무어라기로 까딱 있겠나. 그러니까 나는 내 아내 문제를 문제로 삼지 않네. 누가 옳은지 누가 그른지

오지자웅[574]을 알 수 있나. 다만 내가 그 여자의 서방이니까 자네를 죽인 칼로는 그 계집마저 죽일 수밖에 없지. 분통이 터져서 못 견디겠으니까. ―그렇지마는 내가 자네를 죽이려는 것은 이 동네를 위해서야. 자네가 삼 년만 더 살아 있다가는 이 동네가 쑥밭이 되고 말 것이요, 삼 년이 되기 전에 자네와 자네 집 식구는 이 동네 사람들의 성난 손에 타 죽거나 맞아 죽거나 찔려 죽거나 할 터이니, 그리되면 살여울 동네는 온통 쑥밭이 되고 마는 것 아닌가. 그러니까 말야. 나허구 자네허구 죽어버리면 이 동네는 산단 말일세. 자네도 죽기는 싫겠지. 나도 죽기는 싫으이. 그렇지만[575] 나는 꼭 자네를 죽이고야 말 테니 그리 알게."

하고 한 손에 들었던 수건 뭉치를 탁 털어서 날이 네 치나 되는 일본식 식칼을 내든다.

"이 사람, 제발 살려주게. 이 사람 작은갑이, 제발 살려주게. 무어든지 자네가 하라는 대로 다 할 테니 살려만 주게. 여보 이리 좀 와요."

하고 정근이가 미닫이를 열어젖히려는 것을 작은갑이가 정근의 팔을 꽉 붙들어서 제자리에 앉힌다.

정근은[576] 제 몸의 어느 구석에 칼날이 들어가는 줄만 알고,

"아고고."

하고 눈을 희번덕거린다. 그러다가 작은갑의 손에 들린 칼에 피가 흐르지 아니하는 것을 보고야 숨을 헐떡거린다.

'여학생첩'이 덜덜 떨고 엿듣고 있다가 쏜살같이 대문 밖으로 뛰어나간다. 주재소로 가려는 것이다.

"오, 주재소에 보냈구나. 그렇지만 순사가 오기 전에 너는 벌써 죽었을걸."
하고 작은갑은 칼을 들고 정근에게 대들었다.

4-58

정근은,
"여보 가지 마오! 이리 오오."
하고 학생첩을 불렀다. 그러고는 더 말도 못하고 작은갑의 앞에 합장하고 빌었다.

여학생첩은 남편이 부르는 소리를 듣고는 돌아 들어왔다. 들어와서 작은갑의 앞에 엎드려서 빌었다. 말은 못하고 그저 수없이 절을 하였다.

"이놈, 너는 법률밖에는 무서운 것이 없는 줄 아니? 세상에는 법률보다 더 무서운 것도 있다."
하고 작은갑은 을렀다.

"응, 알았네, 알았어. 내 자네 하라는 대로 함세. 저 종이하고 내 만년필하고 가져와. 자 불러요 내 쓸 테니. 무어라고든지 자네가 쓰라는 대로 쓸 테니. 자, 그 칼은 좀 놓아요. 내가 이거 손이 떨려서 어디."
하고 정근은 종이를 앞에 놓고 붓을 든다.

작은갑은 잠깐 주저하더니,

“그래 써라. 허숭과 협동조합을 모함한 것은 전연 무근한 것을 네가 지어낸 것이지? 내 말을 받아써!”

정근이가 떨리는 손으로 받아쓴다.

“인제 내가 물은 말에 네 대답을 써라, 털끝만치도 속이면 안 돼!”

하고 작은갑은 칼을 흔든다.

“그렇소.”

하고 정근이가 답을 쓴다.

“왜 무근한 소리를 했어?”

“협동조합이 생기기 때문에 영업에 방해가 되고 또 허숭씨가 동민의 존경을 받는 것이 미워서 그랬소.”

하고 정근은 똑바로 쓴다.

“허숭을 감옥에 보낸 뒤에 고리대금과 부정 수단으로 모은 돈이 얼마나 되나?”

하고 작은갑이가 묻는다.

“한 오륙만 원 되오.”

“그만만 되어?”

“아니 실상 그밖에 안 되네. 게서 더 될 게 있나?”

하고 정근은 입으로 대답한다.

“지금 동민에게 지운 채권은 얼마나 되고?”

“일만 한 팔천 원 되오.”

“그 나머지는 다 청산하고?”

“그렇소. 더러는 부동산을 사는 형식을 취하고 더러는 강제 집행을 하여서 다 청장[577]을 하였네."

"고대로 써!"

정근은 그 말을 쓴다.

"그러면 이 자리에서 그 일만 팔천 원 채권은 포기하고 그동안에 모은 돈 육만 원에서 절반 삼만 원은 동네 교육 기금으로, 또 절반 삼만 원은 협동조합 기금으로 내놓는다는 표를 쓰게."

"이 사람 그렇게 다 내놓으면 나는 무얼 쓰고 사나?"

"자네는 본래 재산도 있고 또 협동조합을 하거든 거기 일 보고 월급 받지."

정근은, 작은갑이가 시키는 대로 삼만 원은 동네의 교육 자금으로 삼만 원은 식산 자금으로 살여울 동네에 기부한다는 표를 쓰고 연월일 씨명을 쓰고 도장을 찍고 증인으로는 학생첩이 도장을 찍고 또 작은갑이가 도장을 찍었다.

작은갑이는 이러한 일이 어떻게 하면 법률상 효과가 생기는지를 잘 몰랐다. 다만 도장 한번 찍은 것이 오늘날 법률에는 면하지 못할 책임을 지는 것을 여러 번 보아왔다.

정근은, 자기가 비록 이렇게 증서를 쓰고 도장을 찍는다 하더라도 나중에 협박으로 된 것이라는 한마디면 이 일이 뒤집혀질 것을 잘 안다.

작은갑은 정근이가 쓴 표를 받아서 집어넣고 칼을 수건에 싸서 조끼 주머니에 집어넣고 나서 정근의 손을 잡으면서 친구다운 태도로,

"여보게. 자네가 정말 이 표대로만 하면야, 이 동네에서 자네네

부자 생사당〔生祠堂〕 짓고 동상 해 세우지 않겠나. 그리되면 자네네 집도 잘살고 동네도 잘살지 않겠나. 꼭 이 약속대로 하여주게.”
하고 손을 잡아 흔들었다.

4-59

정근은 작은갑의 태도에 놀랐다. 첫째로 작은갑이가 칼을 들고 저를 죽이러 온 것은 아내에 대한 분풀이거나 그렇지 아니하면 아내와 정근과의 간통을 이유로 돈이나 달랄 것으로 생각하였다. 이에 대해서 정근은 논이나 여남은 마지기 주기로 결심까지 하였었다. 그러나 작은갑은 이에 대하여는 한마디도 비치지 아니하였다. 그의 요구는 자초지종으로 순전히 동네를 위한 것이었다. 살여울 동네를 위한 것이었다. 정근에게는 이런 일은 상상할 수 없는 의외의 일이었다. 자기 같으면 이런 좋은 기회를 이용하여 돈 몇천 원 떼어낼 것이라고 생각하였다.

삼만 원으로 조합 기금을 삼고 삼만 원으로 교육 기관을 세우라는 것은 그리 어려운 조건은 아닌 것 같았다. 정말 그렇게 해보고 싶은 생각도 났다.

“그럼 자네는 무고죄로 나를 고발하지 않겠나?”
하고 정근은 작은갑에게 다졌다.

“자네가 지금 약속한 일만 한다면야 고발이라니 말이 되나. 내가 자네 집 심부름을 해주어도 싫지 않지."

"또 내가 자네 부인과——아무 일도 있는 것은 아니지마는 혹시 오해로라도 말야——그런 일을 문제를 만들지 않겠나?"

"자네가 지금 약속한 일만 한다면야 절대로 그런 일은 없지."

"고마우이. 그럼 내 약속대로 함세. 나도 사람 아닌가. 나도 오늘 자네 정성에 감격했네. 저를 잊고 동네를 생각하는 그 의사적〔義士的〕 풍도에 감격했네."

하고 정근은 겨우 떨던 몸이 진정되고 또 파랗던 입술에 핏기가 돌며 손을 내밀어 작은갑의 손을 청하였다. 작은갑은 쾌하게 손을 내밀어 정근의 손을 잡아 흔들었다.

"자네가 만일 약속대로 아니 하는 날이면, 이것은 언제나 자네를 위해서 내가 가지고 있네. 오늘 동네를 모아서 동네에 이 일을 발표하세. 좋은 일이란 마음 난 때에 해버려야 하는 것이야. 그럼 내 가서 일들 다 나가기 전에 동네 사람들을 유치원집에 잠깐 모아놓겠네, 자네가, 자네가 모이란다고, 자네 심부름으로."

하고 작은갑은 일어나서 정근의 집에서 나왔다. 정근은 거절할 용기가 없었다. 작은갑은 동네 집집에 다니며 정근의 뜻을 대강 말하고 모두 유치원으로 모이라고 하였다.

동네 사람들은 반신반의로 어리둥절하였다. 천하에 돈밖에 모르는 정근이가 무슨 흉계를 피우는 것인가 하면서도 유치원으로 모였다.

한 시간이 다 못하여 작은갑은 다시 정근의 집으로 왔다.

정근은 바로 밥술을 놓고 있었다.

"다들 모였네. 모두 칭송이 자자하이."

"좀 앉게."

하고 정근은 어쩔 줄 모르는 듯이 작은갑을 바라보았다.

"앉을 새 있나? 어서 가세."

하고 작은갑은 선 채로 정근을 재촉하였다.

정근은 두루마기를 떼어 입고 모자를 쓰고 작은갑을 따라 나섰다.

유치원 마당에는 사람들이 모여서 웅성거리고 있었다. 모두들 영양불량으로 얼굴에는 핏기가 없고 다리들도 가늘었다. 사흘을 더 살 수가 없을 것같이 참혹하였다. 모인 사람 중에는 아침을 굶은 사람도 있었다. 만일 오늘도 정근이가 좁쌀 창고를 열지 아니하면 자기네끼리 모여서 창고를 깨뜨리고 꺼내 먹자는 의논까지도 있었다. 눈앞에 먹을 것을 두고도 굶어 죽을 수는 없다고 생각하게 되었다.

"다들 들어가십시다."

하고 작은갑은 사람들을 방으로 들이몰았다. 사람들은 정근을 힐끗힐끗 바라보며 방으로 들어갔다.

4-60

사 년 만에 처음으로 모이는 모임이다. 숭이가 이 동네에 있을 때에는 가끔 동네일을 의논하느라고 모였으나 숭이가 잡혀간 뒤로는 한 번도 모여본 일이 없었다.

유치원은 벽이 떨어지고 비가 새고 먼지가 켜켜이 앉았건마는 아무도 돌아보는 이가 없었다. 마당에는 풀이 무성하였다. 선희는 어제 감옥에서 돌아오는 길로 이 모양을 보고 울었다.

작은갑은 사람들이 다 자리에 정돈하기를 기다려서 사회자석에 일어섰다. 그 곁에는 주재소에서 감시하러 온 경관이 둘이나 정모를 쓴 채로 앉아 있었다.

"오늘은 참으로 기쁜 날입니다."

하고 작은갑은 입을 열었다. 동네 아이들도 무슨 구경이나 났는가 하고 기웃기웃 들여다보았다. 머리들이 자라고 때가 끼고 모두 귀신같이 되어버린 아이들이다. 숭이와 선희가 있을 때에는 아이들은 이렇지 아니하였다.

"유정근 선생이."

하고 작은갑이는 뒤에 앉힌 정근을 바라보며,

"우리 살여울 동네를 위하여서 돈 육만 원을 내놓으시기로 하셨습니다. 삼만 원은 교육 자금으로, 삼만 원은 협동조합 자금으로 육만 원을 내놓으시기로 하였습니다. 오늘 아침에 이 사람을 부르셔서 이렇게 자필로 증서를 쓰셨습니다."

하고 정근이가 손수 쓴 증서를 낭독하고 그것을 여러 사람에게 보인 뒤에,

"그뿐 아니라 우리 살여울 동네 사람에게 지운 빚 일만 팔천여 원[578]을 모두 탕감해주시기로 하고 여기 이렇게 표지[579]를 다 내놓으셨습니다. 이것은 회가 끝난 뒤에 각각 나오셔서 우리 정근 선

생님께 고맙다는 말씀을 드리고 찾아가시기를 바랍니다.
유정근 선생이 그동안에 우리 동네에서 원망을 받으신 것은 사실입니다. 그러나 오늘에 와서 우리는 그 불쾌한 묵은 기억을 다 달내물에 띄워 내려보내고 오늘부터 새로이 우리 은인이요 우리 동네에 은인인 유정근 선생을 새로 맞게 되었습니다."

"유정근 선생은,"

하고 다른 종잇조각을 꺼내며,

"우리 지도자 허숭 선생에게 미안한 일을 하셨다는 것과 또 백선희 선생과 맹한갑군에게도 미안한 일을 하셨다는 것을 말씀하셨습니다. 그러나 우리는 오늘에 이 모든 것을 잊어버리지 아니하면 아니 됩니다. 우리는 기쁘게 불쾌한 모든 기억을 잊어버립세다. 허숭 선생이 앞으로 이태 동안 더 옥중의 고초를 보시더라도 유정근 선생이 이런 고마우신 크신 일을 하셨다는 말을 들으면 기뻐하실 줄 믿습니다.

여러분! 우리는 일제히 일어나서 유정근 선생에 고맙다는 뜻을 표하십시다."

하고 손을 드니 모인 사람들이 다 일제히 일어난다.

"원, 이런 고마운 일이 어디 있나."

하고 눈물을 흘리는 노인도 있었다.

"다들 앉으십시오."

하고 작은갑은 정근을 향하여 고개를 숙이며 인사말을 하라는 뜻을 표한다.

정근은 일어나 읍하고,

"나는 그동안 지은 죄가 많습니다. 첫째로 옳은 사람들을 모함했고 그 밖에도 지은 죄가 많습니다. 나는 작은갑군 때문에 눈을 떴습니다. 작은갑군에게는 용서받을 수 없는 죄를 지었건마는 작은갑군은 나를 용서하셨습니다. 작은갑군은 내게는 재생지은〔再生之恩〕을 주신 이입니다. 동네 여러 어른들께도 지은 죄가 태산 같습니다. 그러나 그것은 다 내가 철이 안 나서 그리한 것입니다. 이제로부터서 나는 있는 힘을 다해서 우리 살여울 동네를 위해서 힘쓰고자 합니다. 우리 살여울 동네가 조선에 제일 넉넉하고 살기 좋고 문명한 동네가 되도록 있는 힘을 다하려고 합니다."
하고 정근은 북받쳐 오르는 눈물을 삼키느라고 잠깐 말을 끊었다.

4-61

정근은 눈물을 삼키고 나서,
"저는 이제 여러분 앞에 자백합니다. 첫째로 유순은 애매하였습니다. 허숭군이 미워서 허숭군을 잡노라고 내가 한갑에게 없는 소리를 하였습니다. 유순을 죽인 것은 이놈입니다."
하고 제 가슴을 가리키며,
"그리고 허숭군이나 한갑이나 백선희씨나 여기 계신 작은갑씨나 다 애매합니다. 나는 처음 일본서 돌아와서 허숭이가 동네에서 채를 잡은 것을 보고 불쾌하였습니다. 그리고 우리 집이 허숭이 때문에 못살게 된다고 생각하고 허숭씨를 미워했습니다. 옳은 사람을 모함한 나는 소인입니다. 죄인입니다. 열번 죽어도 아깝지 아니한 죄인입니다. 만일 허숭씨나 한갑씨가 경찰에서나 검사국에서나 예심정에서나 공판에서나 내 말을 하였다 하면 그이들은 다 무사하고 나는 무고죄로 몰렸을 것입니다. 그러나 허숭씨는 일절 그러한 말을 입 밖에도 내지 아니하였습니다. 이 몹쓸 놈은 그것을 다행으로 알았습니다. 그러나 내게도 양심은 있어서 자나 깨나 괴로웠습니다. 순이가 밤마다 꿈에 나를 원망했습니다. 순이는 내 열촌 누이가 아닙니까.

나는 이제 모든 죄를 자백합니다. 나는 작은갑씨에게도 큰 죄를 지었습니다. 그 죄가 무슨 죄인 것은 말하지 아니하겠습니다마는, 죽어도 마땅한 큰 죄를 지었습니다. 그런데 작은갑씨는 나를 용서하셨습니다.

나는 내 모든 죄를 자백하였습니다. 나는 이제 잡혀가서 징역을 져도 좋습니다. 그것이 도리어 맘에 편하겠습니다. 나는 하루도 마음 편할 날이 없었습니다. 맘 편할 날이 없었기 때문에 더욱 죄만 지었습니다. 그러나 나는 오늘 모든 죄를 자백하였습니다. 여러 어른께서 나를 때리시든지 죽이시든지 마음대로 하시기 바랍니다. 나는 백번 죽어도 아깝지 아니합니다. 만일 목숨이 남으면 나는 살여울 동네를 위해서 허숭군이 하던 일을 따라가겠습니다. 그러나 나는 죄 많은 놈이라 무슨 낯을 들고 그런 일을 하겠습니까."

하고 정근은 울음에 소리가 막힌다.

임석한 경관들은 서로 돌아보며 눈을 끔적거린다. 청중들도 모두 복잡한 감정에 잠겨 있었다.

정근은 눈물을 씻으며,

"지금 작은갑씨가 말씀한 것은 다 내 뜻입니다."

하고 더 말할 수가 없이 감정이 혼란하여 밖으로 나가버린다.

방에서는,

"유정근이 만세."

하고 외치는 소리가 세 번 들렸다.

극도로 흥분한 정근은 거의 본정신을 잃은 듯하였다. 그는 주재소에 자현한다고, 자현해서 허숭의 죄를 없이 한다고 주장하였다. 작은갑은 굳이 만류하여 숭의 집으로 끌고 왔다.

정근은 정선과 선희를 보고,

"용서하세요, 용서하세요."

하고 일본 무사 모양으로 마루에 엎드렸다.

작은갑은 정선과 선희에게 정근이가 심기일전한 전말을 대강 말하였다. 그리고 동네를 위하여 돈 육만 원을 내놓고 일만 팔천여 원의 채권을 포기하였단 말을 하였다.

정근은 눈물 섞어 숭과 순이와 관계는 자기가 다 지어냈다는 것과, 숭과 선희의 관계에 대한 악선전도 다 자기가 지어낸 것이라는 것과, 숭이가 자기의 죄를 다 알면서도 법정에서 한마디도 발설치 아니하였다는 말을 되풀이하고, 자기는 경찰에 자현하여 숭과 선희와 한갑이와 순이와 작은갑이의 애매한 것을 밝혀야 한다는 것을 말하였다.

정선과 선희는 정근의 손을 잡고,

"고맙습니다. 고맙습니다."
하고 위로하였다. 정근은 미친 듯이 홍분하여 스스로 억제할 바를 몰랐다.

4-62

정근은 이러한 큰 결심을 한 이튿날 ○○형무소에 허숭을 면회하였다. 허는 더운 감방에서 그물을 뜨고 앉았다가 유정근이라는 사람이 면회를 청한다 하여 일변 놀라고 일변 의아해하면서 간수에게 끌려 나갔다.

정근은 숭의 얼굴이 나타나는 맡[580]에,

"도무지 면목이 없네. 오늘 나는 자네에게 사죄를 하고 앞에 해나갈 일을 의논하러 왔네."
하고 단도직입으로 온 뜻을 말하였다.

숭은 대답할 바를 몰라서 다만 물끄러미 정근을 바라보고만 있었다.

"나는 모든 죄를 다 깨달았네. 그리고 동네 사람들한테 자백을 했네. 인제 자네하구 한갑이한테만 자백하면 마지막일세."
하고 그동안 모은 돈 육만 원을 사업 기금과 교육 기금으로 살여울을 위하여 내놓기로 하였다는 말과 남은 채권 일만 팔천여 원을 탕감했단 말을 하고,

"이런 것으로 내 죄가 탕감되리라고는 믿지 않네. 나는 검사국

에 자현해서 자네가 무죄한 것을 변명할 결심도 가지고 있네마는 그렇게 한다고 꼭 자네가 무죄가 될는지가 의문이야. 그래서 똑바로 말이지, 나는 세상에 있어서 자네가 나올 때까지 자네가 하던 일을 해보려고 하네. 나는 그것이 자네 뜻인 줄 아네, 안 그런가."

숭은 아직도 대답할 바를 찾지 못한다. 도무지 이것은 믿기지 아니하는 일이다. 정근이가 무슨 생각으로 자기를 놀려먹는 것이라고밖에는 생각할 수가 없었다.

"자네가 내 말을 안 믿으리. 그렇지마는 나는 자네를 미워하고 적으로 알아서 없애버리려고 하다가 필경은 자네의 인격에 감복한 것일세. 나는 새사람이 되려네. 자네를 따르는 충실한 제자가 되려네. 나를 믿어주게."

하고 정근은 두 손을 합장을 하고 고개를 숙였다.

"경찰에서나 법정에서나 자네가 나만 끌어넣으면 죄는 내가 지고 자네는 무사하였을 것을 나는 아네. 그렇지만 자네는 나를 끌어넣지 아니하고 애매한 죄를 달게 지지 않았나. 나도 사람일세. 사람의 맘이 있는지라. 삼사 년이 지난 오늘날에라도 제 죄를 깨달은 것이 아닌가. 이 사람, 나를 믿어주게, 이처럼 말을 하여도 나를 못 믿나?"

하고 정근은 또 한 번 합장하고 고개를 숙인다.

"정근군 고마우이. 나는 인제 자네를 믿네. 기쁘이. 살여울 하나만 잘살게 되면야 나는 옥에서 죽어도 한이 없네."

하고 숭은 긴 한숨과 함께 고개를 숙인다.

"어서 할 말만 해!"
하고 간수가 재촉을 한다.

"네. 할 말을 하지요."
하고 정근은,

"그러면 내가 이 육만 원 돈을 가지고 어떻게 일을 할 것을 일러주게. 무엇이든지 자네가 하라는 대로 하려네."

숭은 이윽히 생각하다가,

"서울 가서 한민교 선생을 찾아보고 그 어른을 살여울로 모셔오게. 그래서 그 어른이 하라는 대로만 하게. 자네 한선생 알지?"

"응. 말은 들었지. 뵈온 일은 없어."

"한선생이 가장 조선을 잘 아시네. 조선에 무엇이 없는지 무엇이 있어야 할지를 가장 잘 아시는 이가 그 어른이니 그 어른께 만사를 의논하게."
하고 숭은 한선생을 생각하였다.

"그 어른이 살여울에 오시겠나?"

"오시겠지."

"그럼 내가 이 길로 서울로 올라가겠네. 가서 자네 말을 하고 한선생을 만나겠네."
하고 잠시 더 할 말을 생각하다가,

"자네 부인, 따님, 다 무고하시니 염려 말게."
하고는 간수의 재촉으로 숭의 얼굴은 가리어졌다.

정근은 처음 경험하는 감동을 가지고 물러 나왔다.

4-63

다방골 현의사는 일찍 저녁을 먹고 등교의에 누워서 선풍기 바람을 쏘이고 있다. 현의사는 사오 년 전보다는 뚱뚱해졌다. 그러나 남자도 모르고 아이도 아니 낳아본 그는 중년 여성의 태가 있는 중에도 처녀와 같은 데가 어딘지 모르게 있었다.

현의사는 옛날 모양으로 탁자 위에 즐겨하는 우롱차 컵을 놓은 채로 요새에 와서 맛을 붙인 웨스트민스터를 피우고 있었다.

"길아, 누가 오셨나 보다."
하고 현의사는 고개를 들었다.

소리에 응하여 뛰어나오는 사람은 열 육칠 세나 되어 보이는 흰 양복 입은 미소년이었다. 계집애는 낫살만 먹으면 서방 얻어 가는 것이 밉다고 하여 사내아이를 두는 것이 요새 현의사다. 길이란 이 사내아이의 이름이다. 현의사는 이 아이를 고르는 것을 마치 미술품을 고르는 것 모양으로 살빛을 보고 골격을 보고 손, 발을 보고 눈, 코, 입을 보고 음성을 보고 별의별 것을 다 보아서 고른 것이다.

"네?"
하고 길이가 현의사의 곁에 오는 것을 현의사는 담뱃내를 길의 낯에 푸 하고 뿜으며,

"귀먹었니? 대문에서 누가 찾지 않어?"
하고 길의 볼기짝을 때린다.

"오, 또 이박사가 왔군."

하고 길은 댄스하는 보조로 걸어 나간다.

과연 이박사였다.

"굿 이브닝 닥터."

하고 이박사는 단장을 팔에 걸고 파나마를 벗어 번쩍 높이 든다.

"글쎄, 왜 순례 같은 여자를 버려?"

하고 현의사는 누운 채로,

"어때? 인제야 이건영이가 심순례 신들은 매겠소? 흥 앙아리[581] 보살이 내렸지. 백주에 그런 여자를 마대.[582] 그리구는 그게 뭐야, 이 계집애 저 계집애, 나중에는 남의 유부녀 궁둥이까지 따라댕기니. 흥. 어때?"

하고 피에드네(서양식 아옹)를 해 보인다.

"닥터. 이건 너무하지 않으시우?"

하고 이박사는 싱글싱글 웃는다.

이박사도 그동안에 몸이 나고 얼굴에는 마치 술꾼이나 건달에게서 보는 뻔질뻔질한 빛이 돈다. 오륙 년 전의 얌전하던 빛, 점잖던 빛은 다 없어졌다.

이박사는 신발 신은 채로 한 발을 마루에 올려 짚고 탁자 위에 놓인 웨스트민스터 갑을 집으며,

"글쎄, 여자는 여자답게 가늣한[583] 궐련을 먹는 게지, 웨스트민스턴 다 무에야."

하고 한 개를 꺼내어 입에 문다.

"흥. 무슨 상관야. 오늘도 어디서 한잔 자셨구려?"

하고 현의사는 담뱃불을 이박사에게 준다.

"인생에 실패한 나 같은 사람이 술이 아니면 무엇으로 사오? 당신이나 내나 다 일생에 패군지장〔敗軍之將〕이거든."

하고 맛나는 듯이 담배를 깊이 들이빤다.

"당신이나 패군지장이지, 내가 왜 패군지장이오? 나는 당신네 같은 패군지장을 구경하고 사는 사람이라나."

"길아!"

하고 이박사는 길의 손을 잡아끌며,

"나는 네가 부럽구나."

하고 싱글싱글 웃는다.

"왜요?"

하고 길은 무슨 장단을 맞추어 몸을 우쭐거린다.

"너는 이런 주인아씨 같으신 미인 곁에 밤낮 있으니까 부럽지 아니하냐. 하하하하."

하고 길의 어깨를 툭 치고는 현의사를 향하여,

"자 나서우!"

하고 재촉한다.

"어디를?"

"음악회."

"심순례 독주회?"

"슈어. 이렇게 표 두 장 사가지고 왔습니다."

하고 표를 내보인다.

4-64

"그래, 순례 음악회에를 갈 테야?"

하고 현의사는 기가 막힌 듯이 웃으면서 반쯤 일으킨다.

"왜요? 내가 사랑하는 사람이 유학을 하고 돌아와서 영광스러운 독주회를 한다는데 내가 안 가고 누가 가요?"

하고 이박사는 뽐낸다.

"사랑하는 사람? 흥. 이박사야 치마만 두른 사람이면 다 사랑하지? 빗자루에 치마를 둘러도 사랑할걸? 흥, 그 싸구려 사랑. 대관절 이박사가 미국서 돌아온 후로 모두 몇 여자나 사랑하셨소? 몇 여자나 버려주고 몇 여자에게서나 핀둥이[584]를 맞았소?"

"이거 왜 이러시우?"

하고 이박사는 약간 무안한 빛을 보인다.

"이거 왜 이러시우가 아니오. 인제는 사람 구실을 좀 해보란 말이오. 그러다가 인제 텍사스[585]에서까지 쫓겨나지 말구. 오, 참 거기 타이피스트를 또 사랑한답디다그려. 괜히 그러지 말고 다 늙어 죽기 전에 다만 며칠만이라두 사람 구실을 좀 해보아요. 세상에 왔다가 한 번도 사람 구실을 못해보고 간대서야 섭섭하지 않소?"

하고 현의사는 차 한 모금을 마시고 볼일 다 보았다는 듯이 또 드러눕는다.

이박사는 고개를 숙이고 말이 없다. 이박사의 마음에도 괴로움이 생긴 것이었다. 인제는 교회도 떠나버렸다. 점잖은 친구들도 다 자기를 받자하지 아니하게 되었다. 여자들은 다 자기를 피하게 되었다. 잡지들이 자기를 놀려먹던 기사조차 인제는 써주지 아니하게 되었다. 생각하면 적막한 일이었다.

그러나 이제 다시 교회에를 다닌댔자 어느 천년에 신용을 회복할 것 같지도 아니하고, 무슨 사회적 활동을 하려 하여도 인제는 거들떠보아주는 사람이 없었다. 그러면 돈은 벌어지느냐 하면 그리할 밑천도 재주도 없었다. 텍사스에서 돈 백 원이나 받는대야 그걸로는 저축이 될 성도 싶지 아니하였다. 게다가 인제는 나이도 사십이 가까워오지 아니하는가. 세상에서 버려진 몸은 생각사록 적막하였다.

현의사는 만날 적마다 이박사를 놀려먹고 공박하였다. 그러나 현의사밖에는 그렇게라도 자기를 아랑곳해주는 이도 없었다. 가끔 현의사에게 아픈 소리를 들으면서도 그래도 적막해지면 이박사의 발은 현의사의 집으로 향하였다. 처음에는 현의사를 제 것으로 만들어보려고 따라다녔으나 벌써 그 야심을 버린 지는 오래다. 이박사가 보기에 현의사도 하늘에 핀 꽃이었다. 그래도 현의사를 아니 따를 수는 없었다.

현의사도 귀찮게 생각은 하면서도 이박사를 영접하였다. 영접한다는 것보다도 오는 대로 내버려두었다. 그리고 올 때마다 강아지나 고양이와 희롱하는 모양으로 희롱하였다. 아무러한 말을 하여도 성도 안 내는 것이 좋은 장난감이었다. 유시호 불쌍하게 생각하는 때도 있었다. 그러한 때에는 한번 악수를 하여주었다.

이박사는 현의사의 손을 한번 잡으면 울 것같이 감격하였다. 현의사가 빙그레 웃으면서 손을 내주면 이박사는 여왕의 손을 잡으려는 신하 모양으로 허리를 굽히고 그 손을 잡았다. 어떤 때에 그 손등에 키스를 하다가 뺨을 얻어맞은 일도 있었다.

'저것은 무엇에 소용이 될꾸.'

하고 가끔 현의사는 이박사를 보고 생각하였다.

"Good for nothing(무용지물이라는 뜻)."

하고 입 밖에 내어 말한 일도 있었다.

이박사 자신도 무용지물인 것을 의식하는 모양이었다.

"영어나 좀 가르쳐보구려."

이렇게 현의사는 이박사의 소용처를 찾아도 보았다.

"허허허허."

하고 이박사는 웃을 뿐이었다.

4-65

공회당은 상당히 만원이었다. 순례의 모교의 서양 사람 선생들도 보이고, 그의 동창인 아름다운 여자들도 떼를 지어서 순례가 나타나기를 기다렸다. 순례의 아버지와 어머니도 딸의 영광을 보려고 맨 앞줄에 와서 가슴을 두근거리고 앉아 있었다. 순례의 어머니는 아직 젊지마는 그 아버지는 벌써 백발이 성성하고 얼굴에 주름이 잡혔다. 사 년이나 만리타국에 떠나 있던 딸이 돌아온 지가 한 달이 넘었지마는 아직도 밤에 문득 잠을 깨어서는 딸이 멀리 미국에 있는 것만 같았다.

이박사와 현의사도 보였다.

시계의 바늘이 여덟 시를 가리키고도 이삼 분 더 지난 때에 주최자인 조선음악회를 대표하여 이전〔梨專〕의 A교수가 작은 몸에 연미복을 입고 단상에 나타났다. 일동은 박수하였다.

A교수는 이렇게 심순례를 소개하였다──

"이 사람은 우리 조선에 새 천재 한 분을 소개하게 된 것을 영광으로 압니다."
하고 심순례의 약력과 그가 어떻게 아름다운 인격을 가지고 또 어떻게 큰 재주를 가지면서도 힘써 공부했는가를 열 있는 말로 설명한 뒤에, A교수는 한층 소리에 힘을 주어서,

"그러나 이상에 말씀한 모든 아름다운 것보다 가장 아름다운 것을 심순례씨가 가졌습니다. 그것은 조선적인 것에 대한 사랑입니다. 그의 성격이 조선 사람의──조선 여성의 가장 아름다운 것을 구비하였거니와 이것은 심순례씨의 예술에서 가장 분명히 볼 수가 있습니다. 오늘 저녁에 연주할 곡조 중에 「아아 그 나라」라는 것과 「사랑하는 이의 슬픔」은 심순례씨가 자신의 작곡이라 말할 것도 없지마는, 서양 사람이 지은 곡조를 치더라도 그의 손에서는 조선의 소리가 우러나옵니다. 한 말씀으로 하면 심순례씨는 서양 악기인 피아노의 건반에서 순전한 조선의 소리를 내는 예술가입니다. 심순례씨야말로 진실로 조선의 딸이요 조선의 예술가라고 할 것입니다."

하고 심순례를 불러내었다.

집이 떠나갈 듯한 박장 소리에 낯을 붉히고 나서는 심순례는 오 년 전보다 약간 몸이 여위어서 호리호리하였다. 모시 적삼에 모시 치마를 입고 그리 굽 높지 아니한 까만 구두를 신었다. 어느 모로 보든지 미국에 다녀온 현대 여성 같지는 아니하고 A교수가 소개한 바와 같이 조선의 딸다운 얌전과 겸손과 수삽[586]이 있었다.

순례는 은사 되는 A교수의 열렬한 칭찬과 청중의 박수갈채에 잠깐 지나치게[587] 흥분함을 깨달았다. 눈이 아뜩아뜩함을 깨달았다. 그래서 순례는 피아노 앞에 앉아서 마치 기도하는 사람 모양으로 일이 분 동안 고개를 숙이고 앉아 있었다.

다음 순간에 순례의 손은 들렸다. 열 손가락이 하얀 건반 위로 날았다. 방 안은 고요하였다. 마치 아무것도 없고 순례가 치는 소리만이 유일한 존재인 것 같았다.

한 곡조가 끝날 때마다 박수가 일어났다.

순례가 뒷방에 들어오면 순례를 딸이라고 하는 홀 부인은 순례를 껴안고 눈물을 흘리고 순례를 사랑하는 동창들도 순례를 안고 기뻐하였다.

「아아 그 나라」가 연주될 때에는 청중은 거의 숨이 막힐 듯하였다. 그 곡조가 끝나도 청중은 박장하는 것조차 잊어버린 듯하였다. 그러다가 순례가 무대로부터 사라진 뒤에야 끝없이 박수를 하고 소리를 질렀다.

그러나 순례는 울려오는 박수 소리를 들으면서도 마음에 누를 수 없는 슬픔이 있었다. 거의 기절할 것같이 기운이 빠짐을 깨달았다. 동창들은 부채를 부쳐주고 땀을 씻어주었다. 그러나 순례의 가슴에는 명상할 수 없는 고적과 슬픔이 있었다.

한선생이 들어와서 순례의 손을 잡고 칭찬의 말을 할 때에 순례는 더 참을 수 없어 소리를 내어서 울었다.

마지막은 「사랑하는 이의 슬픔」이다. 이것은 순례가 이박사에게 버림을 받았을 때에 지은 것을 미국에서 몇 군데 수정한 것이다. 순례는 이 곡조를 아니 하려 하였으나 홀 부인이 굳이 권하기 때문에 프로그램에 넣은 것이었다.

순례는 마지막으로 피아노 앞에 앉았다.

곡조는 끝났다. 아아, 어떻게 애틋한 선율이냐. 청중은 일제히 한숨을 쉬었다.

순례가 피아노에서 일어서려 할 때에 청중으로부터[588] 꽃다발을 들고 무대에 뛰어올라 순례 앞을 막아서는 이가 있었다. 그것은 이박사였다.

이박사는 꽃다발을 순례의 앞에 내밀었다. 순례는 무심히 꽃을 받아 들고는 깜짝 놀라며 뒤로 물러섰다. 다음 순간에 순례는 꽃다발을 무대 위에 내던지고는 두 손을 낯을 가리고 비틀비틀 쓰러지려 하였다.

4-66

쓰러지려는 순례는 A교수의 팔에 안기어 뒷방으로 옮김이 되었

다. 청중이 일어섰다. 그중에서,

"저놈 끌어내려라, 저 색마 이건영이 놈을 끌어내려라."

하는 소리가 들렸다.

이건영이가 무대에서 갈팡질팡할 때에 무대 밑으로부터 어떤 노인이 뛰어 올라와 이건영의 멱살을 붙들고 따귀를 수없이 갈겼다. 그 노인은 순례의 아버지였다.

"이놈, 오늘 내 손에 죽어라!"

하고 노인은 소리를 질렀다.

몇 사람이 뛰어나와서 노인을 안고 이건영을 붙들어 내렸다. 임석 경관이 나서서 청중에게는 해산을 명하고 노인과 이건영을 붙들었다.

순례는 현의사의 손에 치료를 받았다. 십 분 후에는 회장은 고요하게 되고 뒷방에만 순례의 어머니와 홀 부인과 현의사와 한선생과 사랑하는 친구 몇 사람이 말없이 순례가 정신을 차리기를 기다렸다.

"그놈이, 그놈이 어쩌면 또 나선단 말이냐. 그 마귀 놈이, 그 죽일 놈이."

하고 순례의 어머니도 울었다.

이십 분이나 지나서 순례는 정신을 차렸다. 현의사 안동하여[589] 자동차를 타고 순례는 집으로 돌아왔다.

순례는 아무 일도 아니 생긴 것처럼 한잠을 잤다. 그리고 잠이 깬 때에는 대청에 시계가 두 시를 치고 창에는 달이 환하게 비치었다.

순례는 일어나 안방에 들리지 않게 가만히 창을 열었다. 하늘에는 여기저기 구름 조각이 떠 있으나 여름 달이 휘영청 밝았다.

순례는 문지방에 몸을 기대어 멀거니 하늘을 바라보았다. 안방에서는 아버지의 코 고는 소리가 들렸다. 순례가 정신없이 잠든 동안에 아버지는 경찰서에서 나온 것이다.

"그놈이 내 딸 속인 놈이오. 그놈이 여러 계집애를 버려준 놈이오. 그놈이 세상에 나와 돌아댕기면 내 딸이 언제 또 그 변을 당할는지 모르고 또 남 딸을 얼마나 더 버려줄는지 모르니, 그놈을 꼭 잡아다가 가두고 내놓지를 말아주시오."

하고 순례의 아버지는 경관에게 순박한 말을 하였다. 그러고는 다시는 사람을 때리지 말라는 말을 듣고 놓여나왔다. 나와서는 딸이 편안히 잠들어 자는 것을 들여다보고 내외가 늦도록 이야기를 하다가 막 잠이 든 것이었다.

"그놈을 죽여버리고 마는 것을."

하고 아버지는 잠꼬대로 중얼거렸다.

순례에게 준 이건영의 타격은 순례에게보다도 순례의 아버지에게 더 아픈 영향을 주었다. 딸을 사랑하는 그는 이 사건 때문에 십 년은 더 늙은 듯하였다. 시체[590] 사람들 모양으로 입 밖에 내어서 말은 아니 하지마는 가끔 비분한 생각이 치밀어서 억제할 수가 없었다. 그리해서 이 슬픔은 순례의 아버지의 성격을 침울하게 만들어버렸다.

순례는 달을 바라보았다. 어려서부터, 보통학교 고등보통학교 시절부터 바라보던 달이요, 이건영과 약혼한 뒤에 그 속에 건영의 얼굴을 그리며 바라보던 달이었다. 어디서나 달을 보면 순례는 건영을 생각하지 아니할 수 없었다. 그것은 순례가 이박사와 단둘이 외출하기를 허락받은 첫날 밤에 남산 공원에서 달을 가리키고 산을 가리켜 서로 사랑이 변치 말기를 맹약한 까닭이었다. 그때에 이박사는 순례의 귀에 입을 대고 영어로,

"저 달이 빛나는 동안, 저 하늘이 있는 동안!"

하고 세 번 맹세를 주었다……

그때에 순례는 그 말을 그대로 믿었다. 그것이 지금 와서 생각하면 심히 부끄러운 일이었다.

순례는 미국 있는 동안이나 미국을 떠나서 조선에 올 때에도 이건영에 대한 생각을 떼어버리려고 애를 썼다. 그러나 달을 떼어버릴 수가 없는 것과 같이 그 생각을 떼어버리기가 어려웠다. 반드시 그리워서 그런 것이 아니었다. 이건영의 인격에 대하여서는 침을 뱉고 싶게 불쾌한 생각을 가지지마는 그래도 이모, 저모로 잊히지를 아니하였다. 그의 미운 모양이 순례를 더 괴롭게 하였다.

'내가 왜 이렇게 약해.'

하고 순례는 머리를 흔들고 다시 자리에 누웠다.

4-67

이튿날 한선생이 순례의 집을 찾아왔다.

한선생은 순례의 부모를 향하여 어젯밤에 생긴 일을 위로하고, 순례를 향하여,

"너 여행 좀 안 해보련? 지금까지는 세계에 가장 돈 많고 문명했다는 미국에 가 있었으니 이번에는 세계에 가장 가난하고 문명 못한 조선 시골 구경을 좀 해보지."

하였다.

어젯밤에 일어난 일로 순례에 관한 소문은 반드시 높을 것이었다. 새 학기부터 모교에서 교편을 들기로 대개 내정을 하였지마는 어젯밤 사건이 그 일에 어떠한 방향 전환을 줄는지도 모르는 것이었다. 그래서 순례도 좀 서울을 떠나고 싶고 순례의 부모도 딸이 잠시 어디 소풍을 하는 것이 좋을 것같이 생각되었다. 그래서 한선생을 따라 살여울에 가보기로 곧 작정이 되었다.

서울을 떠난다고 생각하니 순례의 가슴이 좀 시원해지는 것 같았다.

"살여울 가면 정선이도 있고, 선희도 있지. 너 알지?"

하고 한선생은 순례를 기쁘게 하려고 애를 썼다.

"그럼요."

하고 순례도 오래 못 만난 정선과 선희를 만날 것을 기뻐하였다.

"그래라. 선생님 따라가서 구경이나 잘해라. 선생님 말 일리지[591] 말구."

하고 순례 어머니는 어린애 타이르듯 딸에게 말하였다.

밤 열 시 이십 분 경성역을 떠나는 북행에는 한민교를 전송하는 사오십 명 남녀가 있었다. 그 전송객 중에는 한은 선생도 있고 홀

부인도 있고 정서분도 있고 현의사도 있었다.

한선생은 안동포로 지은 쓰메에리 양복에 인제는 전 조선에서 몇 개 안 남은 총모자[592]를 썼다. 한선생은 평생에 소원이던 농촌 경영, 농촌 진흥 운동의 기회를 잡은 것이 기뻤다. 그는 전송 나온 사람들에게 유정근을 일일이 소개하였다.

"이이가 유정근씨요. 전 재산을 내놓아서 농촌 운동을 하시는 이인데, 조선에 이런 독지자가 열 분만 나기를 바라오."

하고 유쾌하게 웃었다.

한은 선생의 손을 잡고 한선생은 유정근을 소개한 뒤에,

"유정근씨 말씀을 들으니까 정선이가 광당포 치마 적삼을 입고 아주 농부가 다 되었답니다."

하였다.

따르르하고 차 떠날 때가 되었다는 신호가 나자 사람들은 한선생과 마지막 악수를 교환하였다. 맨 나중 한선생이 차에 오르려 할 때에 어떤 농립[593] 쓰고 고의적삼만 입은 청년 하나가 나와서,

"선생님!"

하고 한선생을 불렀다.

한선생은 발을 멈추고 그 청년을 바라보았다.

"갑진이올시다."

하고 농모를 벗었다.

"어, 갑진군인가."

하고 한선생은 놀라며 갑진의 어깨에 팔을 얹었다. 그리고 갑진의 차림차림을 훑어보았다.

"어서 오릅시오. 저도 신촌까지 모시고 가겠습니다."
하고 한선생의 뒤를 따랐다.
전송하던 사람들도 갑진이라는 말에 한 번 놀라고 그 초초한[594] 행색에 두 번 놀랐다.
차는 떠났다. 한선생은 삼등차의 승강대에 서서 고개를 숙여 일일이 전송하는 인사에 대답하였다. 순례는 한선생의 어깨 뒤에 숨어서 아무쪼록 사람의 눈을 피하였다.
"이리 와 앉게."
하고 한선생은 갑진에게 자리를 권하며,
"그런데 대관절 그동안 어디 가 있었나. 이삼 년 동안 도무지 소식을 못 들었네그려."
하고 갑진의 볕에 그을은 초췌한 얼굴을 바라보았다.
"말씀하지요. 저는 그동안 검불랑 가 농사했습니다."
"검불랑?"
하고 한선생은 더욱 놀란다.
"네, 평강 검불랑 말씀야요. 허숭군의 예심 결정서를 보고 생각하는 바가 있어서 검불랑으로 갔습니다. 가서 만 이 년간 농부들과 함께 살았습니다. 이번 소비조합 물건을 사러 서울을 왔던 길인데, 선생님이 살여울로 가신다기에 잠깐이라도 만나뵐 양으로 퍽 주저하다가 나왔습니다."
하고 갑진은 유쾌하게 웃는다.
"어째 내 집엘 안 왔나?"
하고 한선생은 갑진의 수목고의[595] 입은 무릎을 친다.

"아직 찾아뵈올 때가 못 되니깐요. 아직 사람이 다 안 되었으니깐요. 사람이 될 만하거든 찾아뵈오려고 했지요. 하하. 도무지 꿈같습니다, 선생님."
하고 웃는다. 그 소리 내어 웃는 모양만이 갑진의 옛 모습이었다.

차가 신촌에 서려 할 때에 갑진은 한선생과 악수하며,

"선생님. 제일 선생님 말씀을 안 듣던 저도 필경 선생님을 따르노라고 하게 되었습니다. 명년쯤 한번 검불랑도 와주십시오."
하고 뛰어내렸다.

흙을 끝내며

『흙』은 끝나는 줄 모르게 끝이 났습니다. 나도 『흙』이 얼마 더 있을 줄 알았으나 더 쓰려고 생각해보니 벌써 쓸 것은 다 써버렸습니다. 사진사는 '있는 것'밖에 더 박을 수가 없습니다. '없는 것' 을 박는 것은 요술입니다.

나는 몇 해를 지난 뒤에 『흙』의 후편을 쓸 날이 올 것을 믿습니다. 살여울 동네가 어떻게 훌륭한 동네가 되는가를 지키고 있다가 그것을 여러분께 보고하려 합니다. 나는 살여울이 참으로 재물과 문화를 넉넉히 가진 동네가 되기를 바랍니다. 동시에 김갑진이가 새로운 생활을 하고 있는 검불랑이 살여울과 같이 잘되고 온 조선에 수없는 살여울과 검불랑이 일어나기를 바라고 믿습니다.

나는 이건영 박사도 그 좋은 재주와 공부를 가지고 심기일전하여 조선에서 큰 일꾼이 되어지이다 하고 빌고 있습니다. 사람이 뉘 허물이 없으랴, 고치면 좋은 일입니다. 우리 조선 사람이 전부 허물이 있지 아니합니까. 전부 허물이 있기 때문에 지금은 잘 못 살지 아니합니까. 그러나 우리 조선 사람들이 허물을 고치는 날, 우리는 반드시 잘살 것입니다. 이것이 우리 희망이 아닙니까.

나는 『흙』을 쓰는 동안에 모르는 여러분으로부터 수백 장 편지를 받았습니다. 과분해서 등에 찬땀이 흐르도록 격려해주시는 편지들입니다. 나는 이 편지들을 보고 내가 하는 변변치 못한 말씀이 우리 동포들 중에 공명을 일으킨 것을 고맙고 기쁘고 영광스럽게 생각하였습니다.

그러나 나는 바쁜 사무를 보는 여가의 실낱만 한 틈을 타서 쓰는 『흙』이라, 잘 생각해보고, 또 고치고 할 틈이 없었음을 부끄럽게 생각합니다. 그렇지마는 내가 그 속에서 여러분께 여쭌 말씀은 모두 내 진정입니다.

나는 이 『흙』을 지금 신의주형무소에서 치안유지법 위반으로 복역 중인 벗 채수반(蔡洙般)[596]군에게 드립니다. 채수반군은 『흙』의 주인공인 허숭과 여러 가지 점에서 같다고만 말씀해둡니다. 채군이 출옥할 날이 아직 앞으로 삼 년이나 남았으니 언제나 나와서 이 『흙』을 읽어주나.

마지막으로 나는 이 『흙』이 미성품인 것을 자백합니다. 그러나 위에도 말씀한 바와 같이 이 『흙』은 미성품이 되지 아니치 못할 운명을 가진 것이라고 믿습니다. 왜 그런고 하면 살여울이 아직 미성품이기 때문입니다. 나는 한선생이 살여울로 들어가시는 것을 보았고, 허숭 변호사가 아직 출옥하지 아니하였고, 유정근과 김갑진과 백선희, 윤정선, 심순례, 이건영, 현의사 같은 이들이 무엇을 할지를 모르는 까닭입니다. 그러나 나는 그들이 어느 방향으로 가려는 차를 타는 것까지는 보았다고 믿습니다. 나는 그네들이 힘쓰는 하회를 볼 수밖에 없지 아니합니까. 그것을 보아서, 아까도 말씀하였거니와 『흙』의 속편을 쓸 수밖에 없지 아니합니까.

주

1 **항아** 달 속에 있다는 전설 속의 선녀.

2 **무너미** 지명 이름인 듯함. 또는 '무넘기' 즉 논에 물이 알맞게 고이고 남은 물이 흘러넘칠 수 있도록 논두렁의 한 곳을 낮춘 부분을 의미할 수도 있음.

3 **모루** 동아일보 연재본(이하 연재본으로 칭함)에는 '무루'로 되어 있음. '모루'는 모래를 일컫는 평북 정주 방언임. 또는 '산모퉁이'를 뜻하는 또 다른 평북 방언인 '모롱고지'에 가까운 뜻일 수도 있음.

4 **살여울** 한성도서본(이하 원문으로 칭함)과 연재본에는 '달여울'로 되어 있으나, 다음 장에 등장할 때 '살여울'로 바뀌어 마지막까지 '살여울'로 나오므로 여기서는 '살여울'로 제시함.

5 **어떻게** 얼마나.

6 **닭, 개 짐승** 닭과 개 등의 짐승.

7 **빨강댕이** 빨갛게 탄 몸의 발가벗은 모양.

8 **영** 이엉. 지붕을 이기 위해 짚 따위로 엮은 것.

9 **사과(司果)** 조선 때 오위(五衛)에 딸린 정육품 무관.

10 〔 〕 안의 한자는 편집자의 주석임. 이하 동일함.

11 **재종(再從)** 육촌.

12 삼종(三從) 팔촌.

13 칠조약 정미(丁未) 칠조약. 1907년의 '한일신협약'을 말함.

14 습작(襲爵) 작위를 세습함.

15 학정(虐政)**하다** 백성들로부터 빼앗다.

16 채를 잡다 주도적인 역할을 하거나 주도권을 잡고 조종하다.

17 음양객(陰陽客) 천문 · 역수 · 풍수지리에 의해 길흉화복을 예언하는 사람. 음양사(陰陽師).

18 토하며 원문은 '토하야'임.

19 J자 경성(京城)의 일본어 발음인 게이조(けいじょう)의 '조'를 딴 경성제대 표시임. 경성제대는 '城大'로 불렸음.

20 세루 모직물의 일종. 네덜란드어 serge에서 옴.

21 모장(帽章) 모자에 붙이는 표지.

22 요보 조선인에 대한 비칭. '여보'에서 온 말.

23 등촌(藤村) 후지무라. 일본인 성(姓).

24 이등(伊藤) 이토. 일본인 성.

25 해먹던 원문은 '파먹던'임.

26 동아 당시의 백화점 이름.

27 삼월 미쓰코시(三越) 백화점을 말함. 현재 신세계 백화점.

28 정자옥 조지야(丁字屋) 백화점을 말함. 명동에 있던 미도파 백화점 자리에 있었음.

29 화류병(花柳病) 성병.

30 하카마 일본 옷의 바깥에 입는 주름 잡힌 하의.

31 제이고등여학교(第二高等女學校) 주로 일본인들이 다니던 여자 공립학교.

32 이왕직(李王職) 일제 때 조선 왕실의 일을 관장하던 관청. 궁내부 소속.

33 정선 문맥상 '정옥'의 오식인 듯함.

34 숭 흉. 허숭의 '숭'을 상기시킴. 이하 '흉'을 의미하는 '숭'을 원문 그대로 제시함.

35 반또(ばんとう, 番頭) 상점 지배인.

36 명정(銘旌) 죽은 사람의 이름이나 관직 등을 쓴 조기(弔旗).

37 고이다 '괴다'에서 나온 말. '괴다'는 웃어른의 직함을 받들어 쓰는 일.

38 소침(消沈) 사그라지고 가라앉음.

39 정하배(庭下拜) 방이나 마루에 오르지 못하고 마당에서 절함.

40 소분(掃墳) 경사스러운 일이 있을 때 조상의 산소에 가서 제사 지내는 일.

41 호인(胡人) 중국인.

42 내흉(內凶) 속으로 엉큼함.

43 구조(口調) 어조(語調)에 해당하는 일본어 구초(くちょう)를 한글로 읽은 말.

44 보학(譜學) 성씨의 계보에 관한 지식이나 학문.

45 옥관자(玉貫子) 옥으로 된 망건의 관자. 여기서는 높은 벼슬을 말함.

46 쑥 어리석은 사람을 이르는 말.

47 일찍이 원문에는 '일즉' 삼중당본에는 '일찍'으로 되어 있음.

48 정칙영어학교(正則英語學校) 일본에 있던 학교. 대학을 가기 위한 예비학교. 백조파의 박영희 등이 다녔음.

49 고왕 광.

50 분합(分閤) 대청 앞 전체에 드린 긴 유리문. 분합문.

51 양실(洋室) 서양식 방.

52 교의 의자.

53 기미년 3·1운동이 일어난 해.

54 과히 너무.

55 육십오 도 화씨 65도를 말함. 이는 섭씨 18.3도쯤임.

56 한란계 온도계.

57 칠십 도 섭씨 21.1도쯤임.

58 야멸치다 자기 일만 생각하고 태도가 쌀쌀하다.

59 세비로(せびろ) 신사복.

60 하이칼라 서양풍을 따르는 멋쟁이. 일본에서 만들어져 한국에서도 쓰인 말. 반대말은 '방(蠻)칼라'임.

61 김상철 김상철은 『조선연극사』를 쓴 김재철을 상기시킴. 김재철은 경성제대 문과를 다녔음.

62 내셔널 스피릿 national spirit.

63 로스트 치킨 roast chicken. 삼중당본에는 '토스티드 치킨'으로 되어 있으나 이는 오류임.

64 토스티드 하트 toasted heart.

65 프린스턴 출신 배재고보와 프린스턴 출신의 이박사는 이승만을 상기시킴.

66 에이 비 A. B. Bachelor of Arts.

67 엠 에이 M. A. Master of Arts.

68 피 에이치 디 Ph. D. Doctor of Philosophy.

69 이전(梨專) 이화여전. 현재 이화여자대학교.

70 차라리 원문과 연재본 모두에 '사라리'로 되어 있으나 이는 오식인 듯함.

71 본래 원문은 '본대'이나 연재본에는 '본래'임. 삼중당본에도 '본래'로 되어 있음.

72 볏 백이나 하고 벼 백 섬의 일 년 추수를 하고.

73 하부다에(はぶたえ, 羽二重) 얇고 부드러우며 윤나는 백색 비단.

74 물맞으럼세 '물맞이하러 간다는 둥' 정도의 뜻임. 물맞이는 병을 고치기 위해 약물을 먹거나 약물로 씻으러 가는 일.

75 악박골 종로구 현저동 일대의 옛 이름. 약수로 유명하여 영천(靈泉)이라고 했음. 약수보다 약주가 좋다고 한 이상의 「약수(藥水)」, 심훈의 『상록수』 등에도 등장함. 『상록수』에, "악박골 물터 위의 조그만 요릿집에서는 장구 소리와 함께 노랫가락이 흘러나온다"는 구절이 나오는 것으로 보아, 일종의 유흥지였던 듯함.

76 시흥 사는 2005년 초판에서는 '시흥사는'으로 제시하고 시흥사에 대해 간단히 설명했으나 이는 오류임.

77 말숱 말의 수효와 분량.

78 무언(無言)하다 말없이 잠잠하다.

79 이것이~보고였다 원문에는 "이것이 순례가 그 부모에게 한 선생에 대한 보고였다"로 되어 있으나 연재본에 따름.

80 기서 기고.

81 보전(普專) 보성전문. 현재 고려대학교.

82 연전(延專) 연희전문. 현재 연세대학교.

83 내념(內念) 내심.

84 지인지감(知人之感) 사람을 알아보는 감각과 능력.

85 맥고모자(麥藁帽子) 밀짚모자.

86 느꾸다 '늦추다'의 방언.

87 대판조일 오사카 아사히(大阪朝日) 신문.

88 경성일보(京城日報) 총독부 일본어 기관지. 총독부 한국어 기관지는 매일신보이고 영어 기관지는 Seoul Press임.

89 중앙공론(中央公論) 1899년부터 발간된 일본의 잡지. 전신은 『반성회잡지(反省會雜誌)』임.

90 개조(改造) 1919년에 창간된 일본의 잡지.

91 조선문학과 경성제대의 조선문학과를 말함. 조윤제가 처음 입학했음.

92 maladministration 실정, 부패.

93 시마(しま) 줄무늬.

94 쓰메에리(つめえり) 과거의 학생 교복같이 목 부분을 닫는 양복.

95 무르팍 양복 반바지 양복. '무르팍 바지'는 반바지.

96 패장(牌將) 일터 등에서 사람들을 거느리고 지휘하는 사람.

97 무엇으로 원문은 '무엇을'임. 연재본에는 '무엇으로' 삼중당본에는 '무엇이'로 되어 있음.

98 십오륙 세 원문은 '열 五六세'임.

99 우리 게 '게'는 사는 곳을 뜻함. 즉 '우리 동네' 정도의 뜻임.

100 동그스름한 삼중당본에는 '토실토실한'으로, 연재본에는 '동그스름한'으로 되어 있음.

101 하관(下關) 시모노세키.

102 타메 의미가 불확실함. '짜리' '뭉치' 정도의 뜻으로 추정됨. 일본어 ため(溜)와 관련된 말일 수도 있음. 삼중당본에는 '타내'로 되어 있음.

103 백줴 백주(白晝)에. 터무니없이. 공연히. 원문은 '백제'임.

104 나뜨다 나타나거나 나와서 다니다.

105 벤또(べんとう) 도시락.

106 기오수우 '허숭(許崇)'의 일본어식 발음.

107 입격(入格) 합격.

108 형의 복도 벗어서 오빠의 죽음으로 인해 입었던 상복을 벗었음을 의미함.

109 은조사(銀造紗) 중국에서 만드는 사(紗)의 한 종류. 여름 옷감으로 쓰임.

110 깨끼저고리 '깨끼옷'으로 된 저고리. 깨끼옷은 옷의 안팎 솔기를 곱솔로 박아 만든 비단 겹옷임. 멋쟁이의 옷. 원문은 '깎이 저고리'임.

111 하스반 husband. 남편.

112 양심 원문과 연재본은 '야심'이지만, 문맥으로 보아 이는 오식인 듯함.

113 컬처 culture. 원문은 '칼추아'임.

114 숭업지마는 삼중당본에는 '흉하지마는'으로 되어 있음.

115 산소 주인 원문에는 '산수주인' 연재본에는 '산수ㅅ주인' 삼중당본에는 '산소 주인'으로 되어 있음.

116 노 노상.

117 순복하다 순순히 복종하다.

118 뽐내던 원문은 '뽑내던'임. 이하 동일.

119 이하겠다는 '利하겠다는' 즉 '이롭게 하겠다는' 정도의 뜻인 듯함. 연재본에는 '이하겟다는' 삼중당본에는 '하겠다는'으로 되어 있음.

120 견양하다 겨냥하다. 옷이 맞는지 크기를 재다.

121 권척(卷尺) 줄자.

122 일습(一襲) 한 벌.

123 조강(燥强) 땅에 물기가 없어 흙이 마르고 깨끗한 모양.

124 숭과 정선의 원문은 '숭과 정선과의'임.

125 만석꾼(萬石君) 벼 만 섬을 거둬들일 만큼의 농지를 가진 큰 부자.

126 의혼(議婚) 혼사를 의논함.

127 위해 '그 일로 인해 일부러' 정도의 뜻인 듯함. 삼중당본에는 생략되어 있음.

128 노블 noble. 고상한.

129 이외의 원문은 '이왼'임.

130 족질(族姪) 조카뻘 되는 남자.

131 퉁명스럽게 원문은 '특명스럽게'임.

132 부스럭거리는 양을 볼 때 원문은 '부시럭거리는 양을'이나 이것만으로는 문장이 성립되지 않으므로 '볼 때'를 삽입함.

133 청오시오 연재본에는 '청오시오?' 삼중당본에는 '청오 오시오!'로 되어 있음. '청오 오셨습니까?'의 뜻임.

134 영손애(令孫愛) 남의 손녀에 대한 존칭.

135 미치고 원문은 '및고' 연재본은 '및고' 삼중당본은 '믿고'로 되어 있음.

136 윤은경 삼중당본은 한은경으로 오식됨. 이는 '윤한은'을 '한은'으로 혼동한 것임.

137 내님도 나도. 삼중당본에는 '내 임도'로 되어 있음.

138 사진(仕進) 규정된 시간에 벼슬아치들이 출근하는 일. 삼중당본에는 '카페 신세는 질망정'으로 되어 있음.

139 하하하헛 원문과 삼중당본은 '하하하헙' 연재본은 '하하하헌'임.

140 이랏샤이(いらっしゃい) 어서 오십시오.

141 갸우뚱거리고 원문과 연재본은 '개웃두름하고' 삼중당본은 '갸우뚱하고'임.

142 오일 클로스 oil cloth. 식탁보 씌우개.

143 멘도쿠사이(めんどうくさい) 귀찮다.

144 오라이 'all right'의 일본식 표현.

145 노르끄므레한 원문은 '노라끄므레한' 삼중당본은 '노르무레한'임.

146 윤은경 삼중당본은 '한은경'으로 오식됨.

147 천태 천한 모양.

148 매균 매독균.

149 간사기 간사한 기운.

150 나구 나하고.

151 시이짱 시즈코를 친근하게 부르는 말.

152 모상(貌相) 모양.

153 소상(小祥) 죽은 지 일 년 만에 치르는 상.

154 체전부 우체부.

155 이 절은 제1장을 끝내는 작자의 말로 된 것이다. 여기서 이광수는 단군 유적을 찾아가기 때문에 연재가 중단된다는 사실, 그리고 작품을 쓰는 동기와 포부를 밝힌다. 따라서 삼중당본에서는 이 부분을 완전히 생략했으나, 여기서는 작품의 원래 모습을 충실히 살리기 위해 그대로 제시한다.

156 윤명섭과 윤은경은 원문과 연재본에서는 '문명섭과 윤은경과는'으로 제시됨. 윤명섭이 문명섭으로 된 것은 윤명섭과 윤은경의 성이 같기 때문에 생긴 착오인 듯함.

157 속속 맘과 '아주 깊은 곳의 마음과' 정도의 뜻임.

158 살여울 1장에는 '달여울'로 되어 있었으나, 여기서부터 '살여울'로 나옴.

159 메나리 농부가에 가까운 민요.

160 동둑 원문은 '동뚝' 즉 '垌뚝.' 삼중당본은 '논둑'으로 되어 있음.

161 하느작하느작 원문은 '하느적하느적'임.

162 쉬고는 원문은 '지고는'임.

163 지루한 원문은 '지리한'임.

164 삯전 삼중당본은 '삯돈'임.

165 정조식(正條植) 수확을 많이 하기 위해 줄에 맞추어 모를 내는 일.

166 도모 시오노나이 야쯔라다나(どうもしようのないやつらだな) 아무리 해도 어쩔 수 없는 놈들이군.

167 모가지와 같이 원문은 '같이'가 생략되어 있음.

168 밭다 짧다.

169 갈라서는 원문은 '잘러서는' 연재본은 '갈라서는' 삼중당본은 '떼어서는'임.

170 고로와서 일정해서. 골라서.

171 이 앞으로~그러도록 원문은 '이 앞으로는 다시 고랑은 아니 그러도록'임.

172 내외성 내외하는 마음과 태도.

173 효유(曉諭) 알아듣게 타이름.

174 게더러 거기에게 즉 당신에게. 삼중당본은 '걔더러'이나 이는 잘못임.

175 관리에게 원문과 연재본은 '관리를'임.

176 안 된 원문은 '못된'임.

177 호렴(胡鹽) 중국 소금.

178 유시호(有時乎) 어떤 때에는.

179 길쌈 원문은 '질삼'임.

180 날다 빛이 바래어 엷어지다.

181 숭과 정선이 원문은 '숭과 정선과'임.

182 나도록 원문은 '치도록'임.

183 보기 원문과 연재본은 '보나' 삼중당본은 '보다'임.

184 미소가미 misogamy(결혼혐오증). 이는 misogyny(여성혐오증)의 착각인 듯함.

185 맹한갑 원문은 '원한갑'이나 이는 작가의 착각임.

186 힐거(詰拒) 서로 맞서 다툼.

187 나라 나와라.

188 반드르르한 원문은 '반드르한'임.

189 여덟 개였을 장식 삼중당본에는 '여덟 개 어슬 장식'으로 되어 있음.

190 구멍 원문은 '구녕'임.

191 찬국 냉국.

192 짚세기 짚신.

193 장수연 담배 이름.

194 넘게 원문은 '남아'임.

195 건건이 반찬.

196 작 소작.

197 땅 원문과 연재본은 '딸' 삼중당본은 '땅'임.

198 홰나무 삼중당본에는 '회나무'로 되어 있으나, 이는 '홰나무'와 다른 나무임.

199 밝게 원문은 '밝히'임.

200 겯다 엮어 짜다.

201 치룽 싸리로 채롱 비슷하게 만든 그릇.

202 꾸리 구리(句履). 네모난 신.

203 장차(將差) 원이나 감사의 전령.

204 깨득깨득 원문과 연재본은 '깨득깨득' 삼중당본은 '깨르륵깨르륵'임.

205 끼뼘 삼중당본에는 '손 뼘'으로 되어 있음.

206 벼름 별러서 나눔. 배당.

207 나뭇갓 땔감용 나무를 키우는 숲. 원문은 '나무갇'임.

208 귀애주지 귀여워해주지.

209 생초(生綃) 생사로 얇게 짠 천.

210 흘러진 연재본은 '일러진' 원문과 삼중당본은 '흘러진'임.

211 짧~하고 삼중당본에는 '짭잡하고'로 되어 있음.

212 아청빛 검은색을 띤 푸른빛. 야청빛이라고도 함. 원문은 '남빛을 받아야 청빛을 보인다' 삼중당본은 '남빛을 받아 청빛으로 보인다'로 되어 있으나, 연재본을 기준으로 '아청빛'으로 제시함.

213 갓모 갈모. 비 올 때 갓 위에 쓰는 고깔 모양의 모자. 부채처럼 접을 수 있으며 기름종이로 만듦.

214 원 원문은 '웬'임.

215 미투리 삼 껍질을 짚신처럼 삼은 신. 원문은 '메투리'임.

216 그렇지마는 삼중당본에는 '그런지'로 수정되어 있음.

217 산코숭이 산줄기의 끝. '코숭이'라고도 함.

218 스피로헤타 spirochaeta. 나사꼴 미생물.

219 배껏 배의 양이 찰 만큼.

220 미치는 원문은 '맺는' 삼중당본에는 '세우는'으로 되어 있음.

221 질청 옛날 군아에서 아전이 일보던 곳. '길청'이라고도 함.

222 아부(阿部) 아베. 일본인의 성.

223 경부(警部) 경위에 해당하는 일본 경찰 직급.

224 규지(きゅうじ) 급사(給仕). 삼중당본에는 '사환'으로 되어 있음.

225 모둠매 집단 구타. 삼중당본에는 '모진 매'로 되어 있음.

226 우라가끼(うらがき, 裏書) 보증하는 일.

227 하여 삼중당본은 '하고'임.

228 홍예 홍예다리. 다리 양끝은 처지고 가운데는 활등처럼 오른 다리.

229 대합실(待合室) 원래 일본에서 만든 낯선 한자어이므로 이를 표시하기 위해 작자가 한자 표기를 한 것임. 약국 · 수부 · 진찰실도 마찬가지임. 김동인은 대합실을 '기다리는 방'으로 써보기도 했음.

230 보이루 평직(平織)으로 성기게 짠 얇은 직물. 여성들의 여름 옷감. 프랑스어 voile에서 온 말. 여기서는 당시의 발음대로 제시함.

231 가댁질 서로 잡으려고 이리저리 쫓아다니면서 뛰노는 장난. 원문은 '갸닥질'임.

232 떠올라옴 원문과 삼중당본은 '대올라옴'이나 연재본에는 '떠올라옴'으로 되어 있음.

233 원문에는 '—'이 생략되어 있으나, 여기서는 연재본대로 표기함. 삼중당본에는

'이 의사는 숭의 말이 이치에 맞는다는 것보다도 법률에 맞는 숭의 말에'로 되어 있음.

234 조고약 '조'라는 사람이 만든, 당시의 고약 이름.

235 찬땀 식은땀.

236 공동으로 원문은 '공동한'임.

237 지으며 원문과 연재본 모두 '지으면'이나 의미상 이는 오식임.

238 달구질 달구로 땅을 단단히 다지는 일.

239 돌아보았다 원문은 '뒤어 보앗다'임.

240 찰방(察訪) 조선 때 각 도의 역말 일을 보던 외직 문관 벼슬.

241 집의(執義) 조선 때 사헌부 종삼품 벼슬.

242 축 축문. 제사 때 신명께 고하는 일.

243 강작(强作) 억지로 꾸밈.

244 문얼굴 문틀.

245 봇돌 봉돌. 발돌.

246 삿자리 갈대로 엮은 자리.

247선화당(宣化堂) 관찰사가 집무하는 곳.

248 새 집 온 삼중당본에는 '새 집 온'이 누락되어 있음.

249 지갈(止渴) 갈증을 멈춤.

250 유초시는 원문에는 '하고 유초시는'으로 되어 있음.

251 행전 한복 바지 위, 발목에서 무릎 사이에 감는 천.

252 나고 나하고. 삼중당본에는 '나도'로 되어 있음.

253 효박(淆薄) 아주 각박함.

254 합문(闔門) 제사 지낼 때 유식하는 차례에서 문을 닫거나 병풍을 쳐 가림.

255 입에 침이 없다 입에 침이 마를 정도로 칭찬한다는 말.

256 왕고(王考) 죽은 할아버지. 조고(祖考).

257 가양(家釀) 집에서 술을 빚어 만듦. 가양주.

258 당혼(當婚) 혼인할 나이가 됨.

259 살멱 멱살.

260 간대로 함부로. 쉽사리.

261 상배(喪配) 상처(喪妻)의 높임말.

262 장가처 예를 갖추어 맞은 아내.

263 내둘렀다 원문은 '내어 돌렷다'임.

264 숭이 원문과 연재본에는 '정손이'로 되어 있으나, 이는 오식인 듯함.

265 아니함을 원문은 '아니하게'임.

266 삿갓가마 초상 때 상제가 타는 가마. 사방에 흰 휘장을 두르고 위에 큰 삿갓을 덮음.

267 가독(家督) 맏아들.

268 구완 원문은 '구원'임.

269 칠피(漆皮) 옻칠한 가죽.

270 내량(奈良) 일본의 지명 '나라'를 말함.

271 가지고 원문에는 '가지고'가 없음.

272 그가 원문은 '그것'임. 삼중당본에는 '그건'으로 되어 있음.

273 그러나 원문은 '그런'임.

274 펄펄거리며 삼중당본에는 '펄럭거리며'로 되어 있음.

275 기색 기절.

276 귀축축하다 하는 짓이 더럽다.

277 굳게 원문은 '굳이'임.

278 녀석께 녀석에게.

279 하고 원문은 '하고도'임.

280 창하다 팽창하다.

281 붙었으나 원문은 '부엇으나'이지만 문맥상 '붙었으나'의 오식인 듯함.

282 한일월(閑日月) 한가한 세월.

283 노여워합디다 원문은 '노엽데다'임.

284 근대에는 '근래에는'의 오식인 듯함.

285 서울로 원문은 '서울을'이나 오식인 듯함.

286 미치지 원문은 '밎지'임. 삼중당본에는 '믿지'로 되어 있으나 이는 오류임.

287 삼종숙 구촌 아저씨. 즉 아버지의 팔촌 형제. 그런데 앞서(1-19) 윤한은은 윤참판의 육촌형(재종형)이라고 되어 있으므로, 이는 작가의 착오인 듯함.

288 잡답(雜沓) 복잡함.

289 빔 원문은 '비임'임.

290 가서 원문은 '댕겨서'임.

291 고이(こい) 사랑.

292 곤두 '곤두박질'의 준말.

293 끌려가는 원문은 '가는' 연재본은 '끌리어 가는' 삼중당본은 '끌려 가는'임.

294 이 이박사.

295 일이거늘 원문은 '일이어든'임.

296 강잉(强仍) 마지못하여 그대로 함. 억지로 참음.

297 잔디판 잔디밭.

298 기신데요 계신데요.

299 상바닥 원문은 '상파닥' 연재본은 '상ㅅ바닥' 삼중당본은 '상판대기'임.

300 반격 원문과 연재본은 '박격'임.

301 이루어지지 원문은 '잃어지지'로 오식됨.

302 만일 원문은 '만' 연재본은 '만일' 삼중당본은 '다만'임.

303 수삽(羞澁) 수줍어함.

304 감격에 어린 듯 원문은 '감격에 거의 어린 듯'이나 문맥상 '거의'는 '몽롱함을' 앞에 붙는 것이 옳을 듯함.

305 올리 '상행(上行)으로' 정도의 뜻인 듯함.

306 아이꼬꾸-웅 원문은 '아이꼬꾸-ㅇ'임. '어이, 愛子君.'

307 마아 어머.

308 사께와 나미다까 다메이끼까(酒は涙か溜息か) 술은 눈물인가 한숨인가. 유행가 제목임. 1912년부터 11년간 서울에 살며 선린상고를 다닌 일본인 고가 마사오(古賀政男: 1904~1978)가 작곡해 1928년에 나온 노래. 「달밤」(이태준)의 마지막 장면에서 황수건이 불렀으며, 『불사조』(심훈)나 『천변풍경』(박태원)의 카페 장면에도 등장함(13절).

309 귓속 귓속말.

310 신마치(しんまち, 新町) 일제 때 경성의 유곽 거리. 러일전쟁 후 일본인 거류민단에서 한국 정부로부터 토지를 매입해 조성함. 1928년 현재, 신마치에는 一力, 樓泉, 賓榮樓, 望月樓, 常盤樓, 朝鮮樓, 若松樓, 角好樓, 大力, 太平樓, 第一樓, 玉家, 玉の江, 梅の家, 大和家, 正家, 萬遊樓, 京花樓, 富美家, 福島樓, 榮月樓, 幸樓, 山陽樓, 君之江, 金波樓, 菊水樓, 遊月, 清月樓, 汲月 등의 유곽이 있었음.

311 노리카에(のりかえ, 乘換) 갈아타는 차표.

312 일어나지 원문은 '일지'임.

313 코닥 Kodak 카메라를 말함. 원문은 '코댁'임.

314 놓쳐버리지 원문은 '놓처버리고'임.

315 정선은 두 팔에~나가아아! 삼중당본은 '정선은 두 팔에 경련을 일으키며/"나가아아!"/"나가! 나가!"'로 되어 있음.

316 나단(羅緞) 주란사로 짠 피륙. 주란사는 무명실 거죽에 일어나는 잔털을 가스불로 태워 반드르르하게 윤을 낸 실.

317 정선의 이야기를 하던 끝이었다 원문에 이 문장은 생략되어 있으나 여기서는 연재본을 따름.

318 하우 두 유 두 원문은 '하디두?'이나, 이는 'How are you'의 착각임.

319 스리캐슬 Three castle. 담배 상표 이름.

320 고부슴히 곱은 듯이.

321 모사탕 각설탕.

322 정남(貞男) 총각.

323 나이 원문은 '나'임.

324 억함 삼중당본에는 '억압'으로 되어 있으나, 이는 오류임.

325 씬 scene. '신'이 올바른 외래어 표기이나 여기서는 '씬'으로 제시함. 이하 동일함.

326 돌따셔서 '돌이켜서' 정도의 뜻.

327 동자 밥 짓는 일.

328 반간 이간.

329 후젤랑 후제일랑. '후제'는 뒷날 어느 때.

330 따짝한 '따짝거리다'에서 온 말. '따짝거리다'는 손톱이나 날카로운 물건 등으

로 조금씩 뜯거나 긁어내어 상처를 내다.

331 애걸 원문은 '애졸'임.

332 진서(眞書) 한문.

333 마다하시지요 원문은 '마다지오'임.

334 정말체조 덴마크 체조. '정말(丁抹)'은 덴마크.

335 그래도 아무 때나~제 일 하구요 삼중당본에는 이 부분이 누락되어 있음.

336 들려주어보고 원문은 '들려보고'임.

337 원문과 삼중당본에는 이 절 전체가 누락되어 있으나, 여기서는 연재본을 따름.

338 생각되지 원문은 '생각혀지지'임.

339 바둑돌 모가 없이 둥글납작하고 매끄러운 돌.

340 새끼로 원문은 '새꼬락으로'임.

341 북두 부뚜. 타작마당에서 곡식에 섞인 쭉정이 티끌 등을 날려 없애는 바람을 일으키는 데에 쓰는 돗자리.

342 바오라기 바의 동강. '바'는 볏짚이나 삼 등으로 만든 줄.

343 가녘 가장자리.

344 청목당(靑木堂) 미쓰코시 백화점 근처에 있던 서양 음식점 이름.

345 심서(心緖) 심회(心懷).

346 청파 청파동을 말하는 듯함.

347 이드름하다 번드르르하다.

348 취체(取締) 단속.

349 증이파의(甑已破矣) 시루는 이미 깨어졌음.

350 하 별로.

351 이맛불 헤드라이트.

352 갈게 갈밭에 사는 방게.

353 후랴들 후레아들.

354 ○○관 명월관(明月館)인 듯함.

355 임바네스 inverness. 남자 외투의 일종. '임바네스'는 당시의 발음임.

356 원천강(袁天綱) 당나라 때 점쟁이 이름에서 옴. 확실하고 의심이 없음을 이르는 말.

357 고뿌(コップ) 컵. 이하 '고뿌'는 '컵'으로 제시함.

358 만괵수 만곡수(萬斛愁). 큰 시름. '곡'은 열 말.

359 교주고슬(膠柱鼓瑟) 거문고의 기러기발을 풀로 붙여놓고 연주함. 즉 고지식해서 융통성이 전혀 없음을 이르는 말.

360 한다 삼중당본에는 '하고 말한다'로 되어 있음.

361 원문에는 이 절이 완전히 누락되어 있으나, 연재본과 삼중당본에는 제시되어 있음.

362 천정(天定)하다 하늘이 정하다.

363 서장로 산월의 본명은 백선희이므로, '서장로'는 백장로의 착각인 듯함. 또는 '서장로'는 백선희의 어머니일 수도 있음.

364 보고 원문에는 '보고'가 빠져 있음.

365 네버 마인 Never mind.

366 접낫 조그마한 낫.

367 눈찌 눈을 뜬 모습.

368 비스듬하게 연재본은 '비웃두름하게' 원문은 '비우뜸하게' 삼중당본은 '비우뚱하게'임.

369 셈 원문은 '심'임. 이하 동일함.

370 무주 밑술. 모주.

371 귀한~되겠지요 삼중당본에는 '귀한 사건으로 기억되겠지요'로 되어 있음.

372 시골고란이 시골고라리. 어리석은 시골 사람.

373 정란 원문에는 이후 계속 '계영'으로 나오나 이는 '정란'의 착각임.

374 곤란해져서 원문은 '고난해져서'임.

375 우묵한 곳에 원문은 '우묵어리에' 삼중당본은 '우물에'임.

376 미쁘다 믿음직스럽다. 이광수는 「미쁨」이라는 시를 쓴 바 있음.

377 기꺼하다 기뻐하다.

378 충간(忠肝) 충성스러운 속마음.

379 그리 원문과 삼중당본에는 '그'로 되어 있으나 연재본은 '그리'임.

380 그립기도 원문은 '그리기도' 연재본은 '그립기도' 삼중당본은 '그렇게도'임.

381 차집 음식을 맡아보는 여자.

382 비어졌다 원문은 '베어졋다' 삼중당본은 '나왔다'임.

383 대소한서품 대한과 소한 사이. 즉 가장 추운 시절.

384 진짜 원문은 '정짜'임.

385 샤워 배스 shower bath. 원문은 '시아와바드'임.

386 동무들에게서 원문은 '동무들에게서와'임.

387 맡이는 원문은 '맡겨지는'임.

388 다야마 가타이(田山花袋)의 「이불(蒲團)」을 상기시키는 장면임.

389 예각(豫覺) 삼중당본은 '예감'임.

390 칫솔 원문은 '잇솔'임.

391 반자이(ばんざい) 만세.

392 들릴 원문은 '들려질'임.

393 위킷 wicket. 개찰구.

394 지오쇼꾸 조식(朝食).

395 면보 빵. 면포(麪麭).

396 햄 앤드 에그즈 ham and eggs. 원문은 '햄언엑즈'임.

397 배스로브 bathrobe. 원문은 '뻬드롭'임.

398 우와끼모노(うわきもの, 浮氣者) 바람둥이.

399 서시 중국 춘추 시대 월국(越國)의 미녀.

400 양태진 양귀비.

401 보석(步石) 디딤돌.

402 우두커니 원문은 '우두머니'임.

403 뇌세포 원문은 '노세포'임. '노'는 '뇌(腦)'의 일본어 발음.

404 발소리 원문은 '발자국 소리'임,

405 일부러같이 원문은 '불어 같이' 삼중당본에는 '부러'로 되어 있음.

406 뇌세포 원문은 '노세포'임. 늙은 세포라는 의미로 읽힐 수도 있으나, 여기서는 뇌세포로 제시함.

407 불구소절(不拘小節) 자질구레한 예절에 구애되지 않음.

408 야청 검은빛을 띤 푸른빛. 원문은 '애청'임.

409 전정(前程) 앞길.

410 최창학 1920년대 조선 최대의 광산이던 평북 구성의 삼성광산 소유주. 덕대에서 출발해 노다지를 발견함으로써 1926년에는 200만 원의 수입을 올렸다고 함. 그 후 삼성광산은 미쓰이(三井) 재벌에 170만 원에 매각됨.

411 방응모 동아일보 정주지국에서 실패하고, 그 후 금광사업에 투신함. 1931년 현재 조선의 5대 광산으로 손꼽히던 교동광업소의 소유주가 됨. 후에 교동광산을 135만 원에 팔고, 조선일보를 인수함.

412 정우회 일본의 정당 이름.

413 민정당 일본의 정당 이름.

414 속하다 빠르다.

415 방송국 총독부에 의해 1926년 11월에 설립되고 1927년 2월 16일에 첫 방송을 한 경성방송국을 말함. 출력 1kW 주파수 690kHz 호출부호는 JODK였음. 1933년 4월 20일에 한국어 방송인 제2방송이 설립되고 출력도 10kW로 증강됨. JOAK는 도쿄, JOBK는 오사카, JOCK는 나고야 방송국의 호출부호였음.

416 저 벽에 원문과 삼중당본은 '벽에' 연재본은 '저 벽에'임.

417 사루마다(さるまた) 팬티.

418 칼모친 수면제 이름. 염상섭의 『이심』에서 춘경이 삼킨 약도 칼모친임.

419 떠 나왔다 삼중당본에는 '떠올랐다'로 되어 있음.

420 육혈포(六穴砲) 여섯 발들이 권총.

421 애 졸임 원문과 연재본은 '애졸함' 삼중당본은 '애절함'임.

422 두취(頭取) 은행장.

423 붉은 사랑 여성 혁명가 알렉산드라 콜론타이의 소설 『붉은 사랑』을 말함. 주인공 바실리사와 블라디미르의 복잡한 연애로 화제가 됨. 『제2의 운명』(이태준) 등에도 등장함.

424 조르다노 브루노 Giordano Bruno(1548~1600). 르네상스 시대 이탈리아의 자연철학자. 코페르니쿠스의 지동설을 지지하는 등의 일로 인해 교회에 의해 화형당함. 원문은 '교르다노부르도' 삼중당본은 '교르다노부르노'로 되어 있음.

425 시탕(侍湯) 약시중하는 일.

426 물을 긷고 삼중당본은 '물을 내고'로 되어 있음.

427 훈련원 운동장 현재의 동대문 운동장.

428 졸자라다 키나 몸이 적게 자라다.

429 잘두루마기 잘(검은단비)의 털을 안에 붙인 두루마기.

430 법단(法緞) 무늬가 모본단보다 잘고 두꺼운 보드라운 비단.

431 한산월 '백산월'의 오식. 또는 산월이가 일부러 성을 아무렇게나 말하는 것일 수도 있음.

432 허전(虛傳) 와전.

433 수이시오꾸 '수색'의 일본어 발음.

434 별의별 원문은 '별아별'임.

435 소절수(小切手) 수표.

436 수지 휴지.

437 도비노리(飛乗り) 달리는 열차에 뛰어오르는 일을 뜻하는 일본어.

438 차가~했답니다 삼중당본에는 '차가 떠나기를 기다려서 뛰어올랐읍니다'로 되어 있음.

439 레끼시데스 れきし(轢死)です.

440 레끼시 삼중당본은 '치어죽어'임.

441 도꼬데스 どこです. 삼중당본은 '어디쯤이오'임.

442 마다~모양이오 삼중당본에는 이 부분이 생략되어 있음.

443 남성병원(南星病院) 1907년 미국 남 감리교회에서 개성에 세운 병원. Ivey Memorial Hospital이라고도 함.

444 육 원문은 '여섯'임.

445 슬개골(膝蓋骨) 종지뼈.

446 일혈(溢血) 신체 조직 사이에서 일어나는 출혈.

447 아이비 남성병원의 영어 이름인 Ivey Memorial Hospital을 상기할 것.

448 찡그린다 원문은 '찡긴다'임.

449 천동(遷動) 움직여 옮김.

450 긍측(矜惻)하다 불쌍하고 가엾다.

451 사건 원문은 '사진'으로 오식됨.

452 거름 삼중당본은 '걸음'임.

453 판토폰 pantopon. 아편을 정제해 만든 마취제 이름.

454 백통 백동(白銅). 구리 아연 니켈의 합금.

455 몽혼약(朦昏藥) 마취약.

456 말랑말랑한 원문은 '말락말락한'임.

457 만져진 원문은 '만지운'임.

458 비편하다 불편하다.

459 사내발 사내바람. 산후바람. 새파랗게 질리는 것.

460 부딪쳤다 원문은 '치웃첫다'임.

461 삼팔저고리 삼팔주(三八紬)로 만든 저고리. 삼팔주는 중국산 명주의 일종.

462 대모태 대모(玳瑁)의 등껍질로 만든 안경테. 대모는 바다거북이의 일종.

463 대기(大忌) 크게 꺼리거나 싫어함.

464 쇠천 '소전'의 속된 말. 소전은 청나라 놋쇠 돈으로 조선 말기에 엽전에 섞여 비공식적으로 사용되던 돈.

465 권번(券番) 일제 때의 기생 조합.

466 품었다 원문은 '품겻다'임.

467 연재본은 장이 바뀌지 않고 3장으로 연속되지만, 여기서는 원문 단행본의 체제에 따라 4장으로 제시함. 삼중당본 역시 여기서부터 4장으로 처리했음.

468 외나짝 왼쪽.

469 마라짝 오른쪽.

470 사래 묘지기나 마름이 부쳐 먹는 논밭. 원문은 '사라'임.

471 마라 도치 '오른쪽으로 돌아' 정도의 뜻인 듯함.

472 재놓이 재 놓는 사람.

473 겨리 소 두 마리가 끄는 쟁기. 소 두 마리를 단위로 일컫는 말. 여기서는 쟁기질을 하는 작업 조를 말함.

474 사람이 아니고는 원문은 '사람이고는'으로 오식됨.

475 뒤웅 뒤웅박. 원문은 '두영'임.

476 쌍둥이 원문은 '쌍동이'임.

477 눈을~하였다 원문은 '눈을 부릅뜨며 쌍동이 아버지는 항의를 하엿다'임.

478 희연(囍煙) 담배 상표 이름.

479 넘은짓 동네 이웃집을 지칭하는 듯함.

480 끼득끼득 삼중당본은 '끼륵끼륵'임.

481 곤쟁이 새우의 일종. 원문은 '곤장이'임.

482 자개바람 손목, 발목 손아귀 등이 시리고 아픈 것. 자가바람, 자개품, 자가품.

483 승벽 어떻게 해서든지 이기려고 애를 쓰는 모양.

484 장가락 가운뎃손가락.

485 질소(質素)하다 소박하다.

486 마장 오 리나 십 리가 못 되는 거리를 말하는 단위.

487 저것은~선희 정선과 선희를 혼동하고 있음.

488 수그려 원문은 '숙우려' 삼중당본은 '눌러'임.

489 유스풀 아츠 useful arts.

490 불로연(不老煙) 담배 이름.

491 무릇 나리과에 딸린 여러해살이풀.

492 동네~속에 '동네 사람들이 몰려 복작대는 속에' 정도의 뜻인 듯함. 원문은 '동넷 사람들이 백잘치듯 한 속에'임. 삼중당본은 '동네 사람들이 백발치듯한 속에'임.

493 예 보통.

494 마쯔바즈에(まつばづえ, 松葉杖) 목발.

495 부액(扶腋) 곁부축.

496 추서다 건강이 차차 회복되다.

497 굽실굽실하지 원문은 '굽신굽신하지'임.

498 필역(畢役) 역사를 끝마침.

499 이 군이 원문은 '이 군이'이나, 문맥상 '이 나리가'가 맞을 듯함.

500 귓머리 귀밑머리의 잘못. 앞이마의 머리를 양쪽으로 갈라 땋아서 귀 뒤로 넘긴 머리.

501 모깡 목간(沐間), 목욕.

502 회명(晦冥) 해나 달의 빛이 가려져 어두컴컴함.

503 사람 연재본, 원문, 삼중당본 모두 '사람'임. 그러나 문맥상 '사랑'으로 읽힐 수도 있을 듯함.

504 문부 문서와 장부.

505 그리고~질렀다 삼중당본에는 이 부분이 누락되어 있음.

506 자간(子癎) 임신, 분만, 산욕기에 경련 발작과 의식 상실을 일으키는 병.

507 피투이트린 Pituitrin. 뇌하수체 후엽 호르몬 제제.

508 나고 나하고.

509 숭의 집에서는 원문에는 이 부분이 누락됨. 연재본과 삼중당본에는 제시됨.

510 창상지변(滄桑之變) 격심한 변화가 생기는 일.

511 불공대천지수(不共戴天之讎) 같은 하늘 밑에 살지 못할 원수.

512 맹한갑 원문은 '오한갑'으로 오식됨.

513 가막소 감옥소.

514 아이어마 아이엄마.

515 다리몽둥이 원문은 '다리마댕이'임.

516 졸변 돌변.

517 저로 인하여 원문은 '저를 위하야'임.

518 부쳐서 삼중당본은 '없어서'임.

519 동태(動胎) 뱃속의 아이가 놀라 움직여서 낙태가 될 염려가 있는 상태.

520 뇌고 원문은 '노이고' 삼중당본은 '뇌까리고'임.

521 엎어져 삼중당본은 '엎드려'임.

522 덧 시간.

523 고맛다나(困ったな) 곤란하군.

524 시뀨우하레쯔 자궁 파열(子宮破裂).

525 니쿨 '니켈'인 듯함.

526 도우모 먀꾸가 아야시이네 どうも脈が怪しいね.

527 눈이 약간 하삼백 눈알의 검은자위를 중심으로 좌우뿐 아니라 아래까지 세 군데에 흰자위가 보이는 눈.

528 숭의~징장을 원문은 '숭의 세력의 몰락은 자기의 력의 지장을' 연재본과 삼중당본은 '숭의 세력의 몰락은 자기의 세력의 징장을'임. 맥락상 '지장'은 오류인 듯함. '징장'은 '증강' 정도의 뜻.

529 궤휼(詭譎) 야릇하고 간사하게 속임.

530 줄아웃집 '돌모룻집'의 오식인 듯함.

531 **진민** '인민(人民)'의 일본어 발음. 삼중당본은 '농민'임.

532 **부물** '부속물' 정도의 뜻인 듯함.

533 **고림보** 고림쟁이. 마음과 하는 짓이 너그럽지 못하고 옹졸한 사람을 놀림조로 부르는 말.

534 **육조(六曹)** 고려와 조선 때의 여섯 관청.

535 **시퍼렇고** 원문은 '시펄하고'임.

536 **내려 난** 삼중당본에는 '덮인'으로 되어 있음.

537 **고꾸고가 와까루까** 國語がわかるか.

538 **○○** '독립' 정도의 뜻인 듯함.

539 **나마이끼나 고토 이우나** 生意氣な事いうな.

540 **깁을~질렀다** '깁'은 명주실로 거칠게 짠 비단. '깁을 찢는 소리'는 날카로운 소리를 비유하는 듯함. 삼중당본에는, '선희는 찢어지는 소리를 질렀다'로 되어 있음.

541 **교격(矯激)하다** 성질이 강하고 과격하다.

542 **요시요시** よしよし.

543 **숭으로서는** 원문은 '숭으로는'임.

544 **조건조건 들어서** 삼중당본에는 '조건을 들어서'로 되어 있음.

545 **참소(讒訴)** 간사하고 못된 말로 남을 헐뜯어 죄를 뒤집어씌우는 일.

546 **요오시 와깟다** よし, わかった.

547 **소화(昭和)** 쇼와. 일본의 연호. 쇼와 1년은 1926년임.

548 감시자가 있었음을 암시하는 말. 앞서 나온 '잇자'나 '나리' 같은 인물을 상기할 것.

549 **인민을** 원문은 '인문을'임. 삼중당본에는 '농민을'로 되어 있음.

550 **앞으로** 삼중당본에는 '그 때에'로 되어 있음.

551 **아래** 원문은 '아레' 연재본은 '아래' 삼중당본은 '아, 그래'임. '아, 그래'는 '아레'를 일본어 감탄사 'あれ'로 파악한 것인 듯함.

552 **을란이에게** 원문은 '을순이에게'로 오식됨. 앞에서 을란이는 개를 싫어하는 것으로 나와 있음.

553 **눈을** 원문은 '눈이'임.

554 파겁(破怯) 익숙하여 두려움이나 부끄러움이 없어지는 일.

555 푸질 빨래에 입에 물을 담아 '푸' 하고 뿌리는 일. 또는 '풀질'일 수도 있음.

556 연재본에는, 이 회 말미에 "작자의 사정으로 오는 일요일까지 휴게합니다"라는 말이 붙어 있음.

557 ××××을 삼중당본에는 '조선독립을'로 되어 있음.

558 4-44부터 4-46까지 작은갑은 마을에 남아 있는 것으로 나옴. 따라서 작은갑이 3년 형을 받는 것은 작가의 착오일 수 있음. 또는 허숭이 잡혀간 후에 공범으로 작은갑이 혼자 따로 붙잡혀 온 것일 수도 있음.

559 얻었다 원문은 '허하엿다'임.

560 칠 년 후 이는 작가의 착오인 듯함.

561 연재본은 여기서부터 4장임.

562 어쨌든지 원문은 '어찌 갓든지'임.

563 심각하였다 원문은 '생각하엿다'로 오식됨. 연재본은 '심각하엿다'임.

564 직한 直한. 원문대로 제시함. 삼중당본에는 '강직한'으로 되어 있음.

565 백방(白放) 무죄로 풀려남.

566 우물가까지 원문은 '우물께까지'임.

567 샀는가 싶은 원문은 '산가 싶은'임.

568 아예 원문은 '애어'임.

569 바주울 바자울.

570 발소리 원문은 '발자욱 소리'임.

571 뒷설거지 원문은 '뒷서리지'임.

572 자빠뜨려 원문은 '자빠처'임.

573 일찌감치 원문은 '일지가니'임.

574 오지자웅(烏之雌雄) 까마귀의 암수를 알기 어렵듯이 선악과 시비를 가리기 어려움을 말함.

575 그렇지만 원문은 '그러치'로 오식됨.

576 정근은 원문은 '작은갑은'으로 오식됨.

577 청장(淸帳) 빚 따위를 깨끗이 청산함. 삼중당본에는 '청산'으로 되어 있음.

578 일만 팔천여 원 원문은 '일만 육천여 원'임. 이하 동일함.

579 표지 채권 채무 계약서를 말함.

580 말 참.

581 앙아리 항아리.

582 마대 마다해.

583 가늣하다 조금 가늘다.

584 핀둥이 핀잔.

585 텍사스 회사 이름인 듯함.

586 수삽 삼중당본에는 '수줍음'으로 되어 있음.

587 지나치게 원문은 '지나쳐'임.

588 청중으로부터 원문은 '청중 중으로서' 연재본은 '청중으로서' 삼중당본은 '청중에서'임.

589 안동하다 대동하다.

590 시체(時體) 요즘.

591 일리지 '어기지' 정도의 뜻인 듯함.

592 총모자 말총이나 쇠꼬리 털로 짜서 옻을 칠한 갓. '총대우'라고도 함.

593 농립(農笠) 삿갓.

594 초초하다 초라하고 보잘것없다. 삼중당본에는 '초췌한'으로 되어 있음.

595 수목고의 '수목'은 낡은 솜으로 실을 켜서 짠 무명. '고의'는 남자의 홑바지.

596 채수반 평안북도 영변 출신의 수양동우회원임. 1930년 영변 농우회 사건으로 체포, 치안유지법 위반으로 5년 형을 선고받음.

▌작품 해설

『흙』, 민족과 국가의 경합

이경훈

1. 시골 상놈과 조선 민족

이광수의 『흙』을 논의하기 위해, 김갑진은 좀더 자세히 음미되어야 한다. 그는 남작의 아들로 '경성제대 법과'에 다니는 '교만한 수재'이다. 그는 미국 프린스턴 대학에서 박사 학위를 받고 귀국한 이건영 앞에서, "미국서 박사니 무엇이니 해가지고 온 사람치고 무어 아는 사람은 어디 있고, 하는 사람은 어디 있어요?"라고 말할 정도로 '교만한 수재'이다. 이러한 갑진으로서는 허숭을 무시할 수밖에 없다. 왜냐하면 허숭은 '시골 상놈' 출신일 뿐만 아니라, 기껏해야 보성전문학교 같은 '사립학교 부스러기'에 다니고 있기 때문이다. 갑진은 허숭을 다음과 같이 평가한다.

만일 숭도 갑진과 같이 대학에를 다닌다 하면 갑진은 시골, 상놈이라는 것밖에는 숭을 낮추볼 아무 조건도 없었을 것이었다. 그러나 갑진의 눈에는 조선 사람이 하는 것은 (자기가 하는 것을 제하고는) 다 낮게 보이고, 값없이 보였다. 그래서 숭을 사립 전문학교 생도라고 보면 자기보다 한없이 떨어지게 보였다.

갑진이 사립 전문학교를 깔보는 것은, 그것이 제국대학과 같은 국가 기관이 아니라, 식민지인인 "조선 사람이 하는 것"이기 때문이다. 갑진에게 식민지인들은 근대적 공공의 영역을 조직하지 못했으며, 따라서 그 체계화되지 않은 활동은 신뢰될 수 없다. 이는 다음과 같이 표현되기도 한다.

"애초에 조선 의사를 부르시기가 잘못이지요. 그깟 놈들, 조선 놈들이 무얼 압니까. 요보 놈들이 무얼 알아요? 등촌 박사나 이등 박사 같은 이를 청해 보셔야지요. 생사람을 때려잡았습니다."

한편 갑진은 일본어 신문 잡지를 보는 대신, 조선인들의 신문과 잡지를 "시골 농부 놈들이나 볼" 것이라고 규정한다. 이때 알 수 있는 것은, 조선의 양반에서 일본의 귀족으로 이행했으며, 이제 제국의 검사나 동경제대의 교수가 되려고 하는 갑진에게 식민지인은 자신과 상관없는 '시골 상놈'에 불과하다는 사실이다. 그에게 조선은 근대적 체계도 아니며, 자기가 소속된 공동체도 아니다. 그에게 '민족'은 실체로서 기능하지 않음은 물론, 논리적으로 증명되지도 정서적으로 상상되지도 않는다. 이는 윤참판의 딸인 정선의 경우도 예외가 아니다. 그녀에게 살여울의 농민들은 "공통된 점을 못 찾을 듯한 딴 나라 사람들"이었으며 "무의미를 지나쳐서 불쾌한 존재"였다. 따라서 정선은 남편인 허숭조차 "외국 사람과 같은 생각"을 금할 수 없었다. 그 점에서 갑진과 정선은 뿌리 깊이 의사소통하고 있다. 따라서 갑진과 정선의 간통은 단순한 간통이 아니다. 그것은 '민족'으로 지양되지 못한 봉건적 신분의 결합이다. 이는 허숭의 다음 생각과 정면으로 대립하는 '야합'이다.

> 지금 우리 조선 사람은 모조리 세계적 시골뜨기요 상놈이 아닌가. 그런데 이 조그마한 조선, 몇 명 안 되는 조선 사람 중에서 양반은 다 무엇이고 상놈은 다 무엇인가. 서울 사람은 다 무엇이고 시골 사람은 다 무엇인가. 또 관립학교는 다 무엇이고 사립학교는 다 무엇인가. 김갑진이나 허숭이나 다 한 가지 이름밖에 없는 것일세 — '조선 사람'이라는.

이는 허숭과 정선의 결혼이 내포하는 의의를 암시한다. 허숭은 유순과 정선을 비교하며 번민한다. 그리고 그 순간 허숭은 자기 자신에게도 "시골보다도 서울을, 상놈보다도 양반을 좋아하는 생각"이 있었음을 깨닫고 놀란다. 그러나 그럼에도 불구하고 허숭과 정선의 결혼은 필연적일 수밖에 없었다. 그 이유는 다음과 같은 정선의 생각에서 확인된다.

다만 한 가지 위로되는 것은 윤씨 집에서 가장 존경받는 어른인 한은 선생이 그 딸들을 모조리 시골 사람에게 시집보낸 것이었다. 한 사위는 함경도, 한 사위는 평안도, 한 사위는 황해도, 그리고 한은 선생이 가장 사랑하는 손녀 은경도 시골 사람에게 시집보낸다고 노 말하고 있는 것을 보는 것이었다. 한은 선생은 계급 타파, 지방 감정 타파를 위하여서도 이러한 혼인 정책을 쓰지마는, 또 한 가지는 강건한 혈통을 끌어들이려는 것도 한 까닭이었다.

요컨대 허숭과 정선의 결혼은 갑진과 정선의 신분적 야합에 대립하는 '민족'의 '혼인 정책'을 실천하는 것이었다. 이렇게 시골 상놈과 서울 양반은 결혼할 수밖에 없었다. 허숭은 유순을 배신하는 대신 '민족'을 선택했던 것이다.

2. 민족의 호명, 국가의 호명

한편 이러한 '혼인 정책'과 짝을 이루는 것은 다음과 같은 호칭 정책이다.

여의(女醫) 현○○는 하인들로 하여금 아씨니 마님이니 하는 말을 못 쓰게 한다. 그러므로 하인들은 현을 선생님이라고 부른다.

이는 정선의 변화와도 관련된 『흙』의 핵심이다. 몸소 농사를 짓게 된 정선에게서 살여울의 '시골 여편네'들은 "자기네와 꼭 같은 여성을 발견"한다. 이는 유월이가 정선을 '아주머니'로 부르는 일과 짝을 이룬다. 즉 유월은 "어려서부터 상전으로 섬기는 정선을 아주머니라고 부르는 것"에 대해 "큰 죄나 범하는 것"같이 생각하면서도 '마님'이라는 말을 기쁘게 버린다. 그리고 유월에게는 '을란'이라는 새로운 이름이 부여된다. 왜냐하면 '유월'은 필시 다음과 같이 명명된 이름일 터이기 때문이다.

> 유월이란, 마을 김씨댁 부리는 계집애의 이름이었다. 어느 해 유월인지는 자세히 모르되, 유월에 데려왔으므로 유월이라고 이름 지었단 내력까지, 그는 잘 알고 있는 터였다. (박노갑, 「포설」)

이는 새로운 사회적 관계가 도입됨을 암시한다. '선생님'과 '아주머니'는 정선과 유월 모두가 '조선 민족'임을 선포하는 민족의 호명(呼名)이다. 정선은 양반 아버지의 집을 떠나 상놈의 아내이자 몸종의 '아주머니'가 되는 '민족'의 집에 도착했다.

하지만 또 한 가지 논의해야 할 것은, 국가야말로 이러한 사회 변동을 주도하는 가장 강력한 제도라는 점이다. 허숭의 민족적 의지 이상으로 일본 국가의 객관적 체계는 전근대적 질서의 소멸을 현실적으로 추동했다. 다음과 같은 전시동원체제의 풍속은 그 극단적인 예이다.

> 이 때문에 아씨 · 마님 · 영감 · 대감 · 도련님 · 서방님 · 나리가

없어지고 아주머니 · 할머니 · 아저씨 · 아줌마로 모두 통해버리게 되었다. 어깨를 비비대고 배급을 타려 덤비고, 몸뻬에 바께쓰를 들고 나란히 서 있는 처지에 아씨 · 마님 · 쇤네가 있을 리 없었다.

늙었으면 할아버지 · 할머니로 통하고 그 다음 줄은 아저씨 · 아주머니 · 아줌마로 통해버려 까다롭던 서울 사람의 계급 관념이 완전히 깨져버린 것이다. (조용만, 『30년대의 문화예술인들』)

물론 『흙』의 세계에 위와 같은 광경은 아직 나타나지 않는다. 그러나 우리가 간과할 수 없는 중요한 사실은, 적어도 『흙』에서, 고등문관 시험에 합격됨으로써 일본 국가의 '국민'으로 당당히 호출된 것은 서울 양반 김갑진이 아니라 시골 상놈 허숭이었다는 점이다. "나랏일은 양반들만 맡아두고 했는데 그 나랏일이란" "자기네 집안이 잘살 길"을 찾는 것이었다고 비판한 허숭에게 국가는 자신의 근대적 합리성을 실증했던 것이다.

그렇다면 전근대적 질서 이상으로, 국가는 '민족'의 가장 무서운 적일 터이다. 더욱이 여러 계층의 식민지인들은 만인에 대한 만인의 투쟁을 전개하고 있다. 그들을 묶는 유일한 공통점은 이기심이다. 또는 여론을 선동해 허숭을 몰아내고 법률을 이용해 농민들의 재산을 빼앗는 유정근의 교활함만이 합리적 기획을 흉내 내고 있을 뿐이다. 그는 오직 근대 지식을 습득한 개인으로서 국가와 체계를 이용한다.

하지만 '민족'의 입장에서 보았을 때, 정근의 행위는 정선과 갑진의 야합에 필적한다. 후자가 신분 질서의 잔존을 배경으로 하는 대신, 전자는 일본 국가의 식민지 시스템을 근거로 한다는 점에서만 이 둘은 구분된다. 물론 이러한 야합의 측면은 허숭에도 적용된다. 허숭 역시 '민족'과 상관없이 국가시험에 합격했기 때문이다.

그러므로 허숭이 변호사직을 버리는 것은 결정적인 의미를 지닌다. 허숭은 유순을 죽인 죄를 뒤집어쓴 채 치안유지법 위반의 징역 5년 형을 받아들인다. 이로써 허숭은 자신의 법률적 지식과 정체성을 피학적으로 말살한다. 그는 변호사로 불리는 대신 기꺼이 죄수로 호명된다. 이는 일본 국가와 모순된 것으로서 조선 민족을 정립한다. 더 이상 '시골 상놈' 출신 '선생님'으로써 식민지의 '민족'은 획득되고 운용될 수 없다. 그것은 오직 '죄수'로써 피학적으로 표현될 수 있다. 이는 서울 양반 출신 '아주머니'에서 '다리병신'으로 나아가는 정선의 경우와 짝을 이룬다. 이로써 허숭과 정선의 결혼은 불구적으로 완성된다.

그리하여 이 부부는 마을에 전 재산을 내놓겠다는 정근의 선언, 농촌운동에 뛰어드는 갑진의 변화 등을 낳는다. 식민지인들의 이기심은 허숭의 자기희생을 근거로 공동체를 향해 조정된다. 이때 '죄수'는 전근대적 신분 질서는 물론, 국가의 법률을 넘어서는 '민족'의 결합을 파토스적으로 설득하는 일종의 민족 이성을 표현한다. 이로써 '민족'은 대중적으로 경험되고 육체적으로 이해되기 시작한다. 야만과 야합은 불구로 지양되고, 이는 피학과 저항의 감각을 확립하고 수식한다. '다리병신' 아내의 몸에 다른 남자의 아이를 키우며, 죄수 허숭은 '민족'을 낳고자 했던 것이다.

3. 귀향의 의미

다음으로 논의할 것은 다음 장면의 의미이다.

"대관절 너는 왜 이곳에 와 사느냐."
하고 소장은 화제를 돌린다.
"애써 고학을 해서 변호사까지 되어가지고 무슨 까닭에 이 시골 구석에 와서 묻혔느냐 말이야?"
"살여울은 내 고향이니까 고향을 위해서 좀 도움이 될까 하고 와 있소."
〔……〕
"글 모르는 사람 글도 가르쳐주고 조합을 만들어서 생산, 판매, 소비도 합리화를 시키고, 위생 사상도 보급을 시키고 생활 개선도 하고, 그래서 조금이라도 지금보다 좀 낫게 살도록 해보자는 것이오."
"무슨 다른 목적이 있는 것 아닌가. 지금 그런 일은 당국에서 다 하고 있는 일인데, 네가 그 일을 한다는 것은 당국이 하는 일에 대해서 불만을 가지고 당국에 반항하자는 것이 아닌가."

일본인 주재소장은 허숭의 행위를 이해할 수 없다. 그의 생각은 "상공업 시대에 농사라는 게야 인종지말이 하는 게지 무에야"라고 한 갑진의 의견과도 상통한다. 이때 '인종지말(人種之末)'이란 말은 놀부의 몰락을 상기시킨다. 그것은 놀부가 흥부를 흉내 내어 박씨를 뿌렸다는 것, 즉 농업을 시작했다는 것과 관계된다. 계절이라는 자연(하늘)의 원리에 결박된 농업은 이익을 얻기 위해 제비 다리를 분해 결합하는 인공적 실천은 물론이려니와, 강남에 간 제비가 봄도 되기 전에 돌아오기를 바라는 놀부의 기업가적인 논리와는 어울리지 않는다. 따라서 놀부는 박씨를 심지 말았어야 했다. 하지만 놀부는 박씨를 뿌렸으며, 결국 다음과 같은 신분적 위협에 봉착했다.

> 이놈 놀보야. 구상전(舊上典)을 모르느냐. 네 할아비 덜렁쇠, 네 할미 허튼댁, 네 아비 껄덕놈이, 네 어미 허천네, 다 모두 댁 종이라. 병자 팔월에 과거 보러 서울 가고, 댁 사랑이 비었을 제 흉녕한 네 아비놈, 가산 모두 도둑하여 부지거처 도망했으니 적년을 탐지하되, 종적을 모르더니 조선에 왔던 제비 편에 자세히 들어보니 네 놈들이 이곳에서 부자로 산다기로, 불원천리 나왔으니 네 처자, 네 세간을 박통 속에 급히 담아 강남 가서 드난하라.

위의 사태는 놀부가 농부를 자처했기 때문에 발생한 것이다. 갑진식으로 평가하면, 농부는 근대적 직업인이라는 시민적 위치를 획득하지 못하고 신분 사회 및 자연의 질서에 휘말려 있다. 놀부는 이 세계를 벗어날 수 있었다. 그러나 과도한 욕심으로 인해 그는 농사를 지었으며, 이는 권선징악과 상전을 부활시켰다.

하지만 허숭의 농촌운동은 신분의 타파를 촉진하고자 한다. 허숭은 소비조합을 통해 자연이 아니라 근대 체계의 작용 때문에 농촌의 몰락이 초래됨을 실증하려 했다. 또 선희는 "아홉 시라는 것을 알 시계도" "시간을 지키자는 생각도" 없는 살여울에 유치원의 개원 시간을 선포했다. 이들은 계절의 순환을 대신할 '상록수'의 청춘(青春)으로써 진보를 기획하는 직선적 시간성과 역사를 재구성하려 한다. 이는 '농업기수'를 파견해 '정조식' 모내기를 명령하는 국가의 계획과는 별도로 농민들을 민족적으로 전유(專有)하기 위한 실천이다. 따라서 이는 다음 시를 상기시킨다.

> '반사이'! '반사이'! '다이닛……'
> 二等 캐빈이 떠나갈 듯한 아우성은,
> 感激인가? 협위인가?
> 깃발이 '마스트' 높이 기어 올라갈 제,
> 靑年의 가슴에는 굵은 돌이 내려앉았다.
>
> 어떠한 불덩이가,
> 과연 층계를 내려가는 그의 머리보다도
> 더 뜨거웠을까?
> 어머니를 부르는 어린애를 부르는,
> 南道 사투리,
> 오오! 왜 그것은 눈물을 자아내는가? (임화, 「해협의 로맨티시즘」)

위 시의 핵심은 '남도 사투리'에 대해 감상적 반응을 보이는 점에 있다. 이 감상화가 수행하는 전도된 지배를 통해, 화자는 '남도 사투리'가 조선어임을 선언하기 때문이다. 즉 화자는 "다이닛……"(대일본제국)의 지방어가 아닌 식민지 민족어의 방언으로서 '남도 사투리'를 전유한다. 동시에 그는 '남도 사투리'를 감상화하는 자신의 위치로써 일본의 국어와 같은 수준에서 대립하는 조선 민족의 표준어를 선포한다. 따라서 이는 "왜 자네네 대학에도 조선문학과까지 있지 아니한가"라는 허숭의 물음과, 이에 대해 "좋은 대학에까지 들어와서 조선 문학을 배운다니, 딱한 작자들야"라는 갑진의 대답이 함축하는 의의를 암시한다. 이러한 의사소통의 실패는 다음과 같이 반복된다.

허숭은 나불나불 바람에 나부끼는 모를 보고, 허리를 굽히고 모를 심는 농부들을 볼 때에 하늘에 찬 별과, 땅에 찬 생명이 모두 그들을 위하여 있는 것 같았다. 사람이 하는 모든 일 중에 오직 농사하는 일만이 옳고, 거룩하고 참된 것만 같았다. 그리고 이 차에 올라앉은 사람들은 다 저 농부들의 땀으로 살아가는, 그러면서도 저 농부들의 공로를 모르고, 그들에게 감사할 줄을 모르는 사람들같이 보였다.

"자네 무얼 그리 내다보고 앉았나."

하고 김갑진은 어디로 돌아다니다가 자리에 돌아와서 허숭의 무릎을 턱 친다. 그리고 허숭이가 바라보는 곳을 바라본다. 갑진의 눈에는 아무것도 보이는 것이 없었다.

"저 모내는 것을 보고 있네."

〔……〕

하고 숭은 약간 감상적이었다.

임화가 '남도 사투리'를 들으며 눈물을 흘렸듯이, 허숭은 차창 밖의 농민에게서 '고향'과 '민족'을 발견한다. 이러한 평가는 "아무것도 보이는 것이 없"는 갑진과 대비된다. 이상 식으로 말하자면, 갑진에게 농촌은 "공포의 초록색"으로 뒤덮여 있으며, 농민은 "거대한 천치"(이상, 「권태」)일 뿐이다. 갑진에게는 돌아갈 고향도, 정서적으로 반응할 고향 사람도 존재하지 않는다. 이는 그가 서울 사람이기 때문만은 아니다. 그는 야만에 대한 배제를 자신의 원리로 삼는 문명에 속해 있는 것이다. 따라서 갑진은, "서를 보아도 벌판, 남을 보아도 벌판, 북을 보아도 벌판"인 시골 성천에서 오히려 '풍경'을 갈구했던 이상의 선배이다. 사실 이는 허숭에게도 작용하는 근대인 일반의 감각이다. 허숭이 살여울 농민들의 질병을 조사했던 것, 선희가 동네 아이들을 목욕시켰던 것은 그 한 표현이다.

그러나 갑진과 달리 허숭은 자신과 농민들을 동일시함으로써 농민 전체를 야만에서 수난자로 전환한다. 농민은 자신을 희생하고서도 감사받지 못하는 일종의 수난자다. 더 나아가 스스로 감옥에 갇히는 자기희생을 통해, 허숭은 정근의 꾐에 속아 자신을 배척한 무지한 농민이 아니라 사법적 오류를 저지른 국가의 잘못에 수난의 전적인 원인이 있음을 선언한다. 이렇게 '민족'은 저항적으로 전유된다. 허숭은 농촌을 수난받는 '민족'의 땅으로 개척하려 한다. 따라서 그는 귀향자라기보다는 식민자이다. 그는 일본 국가와 동류일지도 모른다.

그렇다면 허숭의 조합 활동에 대해, "그런 일은 당국에서 다 하고 있는 일"이라고 못박으며, '반항'을 추궁하는 주재소장의 말은 핵심을 찌르고 있다. 그 표면적인 비정치성에도 불구하고, 허숭의 활동은 뿌리 깊이 정치적이기 때문이다. 살여울을 점령하기 위해 허숭(민족)과 주재소장(국가)은 경쟁하고 있었던 것이다.

4. 내셔널 스피릿과 일본 칼

위의 논의와 관련해 또 한 가지 주목해야 할 것은 다음의 장면이다.

> 사투리는 매우 알아듣기 어렵다
> 허지만 젓가락으로 밥을 날러가는 어색한 모양은,
> 그 까만 얼굴과 더불어 몹시 낯익다.
> 〔……〕
> 다시 한번 손목時計를 들여다보고 洋服쟁이는 모를 말을 지저귄다. 〔……〕
>
> 怒하지 마라 아버지는 소 같구나.

빠가! 잠결에 기대인 늙은이의 머리를 밀쳐도,

엄마도 아빠도 말이 없고 허리만 굽히니……

오오, 물소리가 들린다 넓고 긴 洛東江에……. (임화, 「야행차속」)

사투리의 주인공에게 '양복쟁이'의 말은 전혀 "모를 말"이다. 이에 비해 화자는 일본말에 익숙하다. 그는 '국어'를 교육받았기 때문이다. 오히려 그에게는 '사투리'가 "매우 알아듣기 어렵다." 그것은 오직 눈물을 자아낼 뿐이다. 즉 '민족'은 의사소통적 공동체를 이루지 못했다. 다음의 묘사는 이를 암시한다.

의사는 태아가 벌써 죽었다는 것을 선언하고 출혈이 과하여서 태모의 생명도 위험하다 하여 고개를 흔들었다.

〔……〕

"어린애를 살릴 수는 없습니까."

하고 한갑 어머니는 의사가 일본말 섞어서 하는 말을 잘 알아듣지 못하고 몸을 벌벌 떨며 의사에게 물었다.

의사는 힐끗 한갑 어머니를 보기만 하고 대답이 없었다.

이는 '국어'와 관련된 계급 재편의 양상을 보여준다. 근대 문명과 더불어 식민지인들은 '민족'으로 통합되기에 앞서 분화된다. 같은 조선인임에도 불구하고 허숭은 한갑 어머니보다 일본인 주재소장과 가까울지 모른다. 허숭은 일본의 고등문관 시험을 통과

했던 것이다. 또 그는 다음과 같은 서양인의 시선을 내면화하기도 했다.

> 어느 서양 사람이 조선을 시찰하고 비평한 말을 어디서 보았네마는, 그 사람의 말이, 나무 없는 산, 물 마른 하천, 좋지 못한 도로, 양의 우리 같은 백성들의 집, 어리석고 쇠약한 사람들, 조선에서 눈에 띄는 것이 모두 다 Maladministration의 자취라고.

청년들은 한민교(韓民教) 선생의 '양실(洋室)'에서, "김치는 음식 중에 내셔널 스피릿(민족정신)"이라고 말했다. '민족정신'은 'national spirit'의 번역어였으며, 옛 조선의 학정은 'maladministration'이었다. 따라서 『흙』의 규정에 따르는 한, 영어를 모르는 한갑 어머니에게 '민족정신'은 이해되지도 않으며 존재하지도 않는다. 이는 사투리가 매우 알아듣기 어려운 일과 짝을 이룬다. 이는 계몽의 필연성을 웅변한다. 한갑 어머니는 영어와 번역을 내면화한 청년들에 의해 '민족'으로 조직되고 견인되어야 할 '민족'의 질료이다. '민족'은 지방마다 천차만별인 김치의 맛과 냄새만으로는 정립되지 못한다. 그것은 백석의 시에 구현되는바, 토속적이고 신화적인 공동체의 분석(조직)되지 않은 감각일 뿐이다. 따라서 무수히 김치를 만들었음에도 불구하고, 여전히 노파는 '김치'를 담글 자격이 없다. 그녀는 갑진이 무시하던 '요보'에 불과하기 때문이다. 비유하자면 정선의 재생을 위해 피 흐르는 다리에 메스를 대야 했듯이, 그녀는 다음과 같이 서투른 선희의 칼질에 의해 '김치'로 완성되어야 할 '민족정신'의 재료이다.

> 선희는 아픈 팔을 참고 승벽으로 무를 썰기를 계속하였다. 칼이 마음대로 베고 싶은 곳에 베어지지를 아니하였다.
>
> "아차!"
>
> 할 때에는 선희의 장가락 끝에서 빨간 피가 흘렀다. 식칼이 새로 사 온 일본 칼인 데다가 숭이가 손수 숫돌에 갈아서 날이 섰던 까닭이었다.

이때 선희가 "새로 사 온 일본 칼"을 사용했다는 점은 상징적으로 읽힌다. "조선 사람이 하도 못사니까 좀 잘살게 해보려고 힘쓰는 것이 무엇이 잘못이오?"라고 하며 주재소장에게 대들었음에도 불구하고, 선희가 쓴 칼은 일본 제품이었다. 아이러니컬하게도 품질 좋은 일본 칼은 조선 사람의 생활수준을 민족적 차원에서 판단할 일상적 근거로 작용한다. 이렇게 '김치'의 '민족정신'은 타자(他者)라는 외제 칼로 다듬어진다. 일본 칼의 품질과 위협을 통해 살여울은 공동체를 자각하기 시작한다. 그런 의미에서 '일본 칼'은 계몽적이었다. 그것은 식민지의 경제적 종속이나 국가 권력의 칼을 환기할 뿐만 아니라 조선의 소비재 산업과 과학이 도달해야 할 목표를 표상하기도 한다. 따라서 '죄수'와 더불어 '일본 칼'은 식민지의 핵심적인 '풍속'이다. 이는 문명과 국가에 대한 선망과 공포를 매개하는 '민족'의 계기이다. 그리고 그것은 다음과 같이 감각되기도 했다.

송영하는 군중이나 송영받는 장졸이나 다 피가 끓는 듯하였다. 이 긴장한 애국심의 극적 광경에 숭은 남모르게 눈물을 흘렸다. 고향과 사랑하는 사람들을 두고 나라를 위하여 죽음의 싸움터로 가는 젊은이들, 그들을 맞고 보내며 열광하는 이들, 거기는 평시에 보지 못할 애국, 희생, 용감, 통쾌, 눈물겨움이 있었다. 숭은 모든 조선 사람에게 이러한 감격의 기회를 주고 싶다고 생각하였다.

허숭이 꿈꾸는 '민족'은 순례의 「아아 그 나라」에 감격하는 것에 만족할 수 없다. 감옥에 갇히는 허숭의 행위와 마찬가지로, "서양 악기인 피아노의 건반에서 순전한 조선의 소리"를 내는 그녀의 연주는 이념의 소극적 표현에 불과하다. 그러나 허숭이 바라는 것은 '민족'의 실체와 활동이다. 그 역사적 운동은 "송영하는 군중"과 "송영받는 장졸"이 이루어내는 열광적인 '국민'으로써 최대치에 이를 것이다. 즉 죄수의 마조히즘은 병사의 사디즘으로 전화되어야 한다. 이는 이광수가 피력한 1940년의 입장(「동포에 부침」)을 상기시킨다.

그러나 군이여. 나는 이렇게 우겨대고 싶었던 것이네. 나에게 충성을 보일 기회를 달라고, 나에게 식민지의 토인으로서가 아니라 폐하의 적자로서, 평등한 국민의 일원으로서 일본을 사랑하고 일본을 조국으로 삼고, 그것을 지키기 위해 생명을 바치도록 대해달라고, 기회를 제공해달라고.

이렇게 이광수는 '민족'의 계획과 '국가'의 그것이 동류였음을 고백하고야 만다. '국가'는 경쟁자라는 의미에서만 '민족'의 '적'이었다. 민족과 국가는 경쟁함으로써 만났다. 그러나 '국가'와의 경쟁에서 '민족'은 패배하기 십상이었을 터이다. 왜냐하면 적어도 허숭에게, 아니 이광수에게 '국가'는 '민족'의 목표이자 경주의 종착점이었기 때문이다. 이토록 이광수는 '국민'을 꿈꾸었다. 요컨대 위의 문장은 일찌감치 예비되어 있었던 것이다.

작가 연보

1892년(1세) 2월 28일(음력 2월 1일), 평안북도 정주에서 전주 이씨 이종원(42세)과 충주 김씨(23세) 사이에서 출생. 아명은 보경(寶鏡).

1897년(6세) 첫째 누이동생 애경(愛鏡) 출생. 후에 부인이 될 허영숙 출생.

1902년(11세) 부모가 콜레라로 별세함. 누이들과 헤어진 후 친척 집을 돌아다니며 기식함.

1903년(12세) 동학당에 들어감. 박찬명 대령 집에 살며 문서 심부름 등의 서기 일을 함. 둘째 누이 사망.

1904년(13세) 동학 탄압에 따른 일본의 현상체포령 때문에 피신함. 제물포를 거쳐 서울에 옴. 서조모 별세로 인해 귀향함.

1905년(14세) 2월 다시 상경하여 삭발함. 6월 일진회(천도교) 학교에 들어가 일본어와 산술을 배움. 8월 일진회 유학생으로 도일함.

도카이 의숙(東海義塾)에서 일어를 배움.

1906년(15세) 다이세이 중학(大城中學) 1학년에 입학. 12월 일진회의 내분으로 학비가 중단되어 귀국함.

1907년(16세) 대한제국 학부의 유학 자금 지원으로 다시 도일함. 9월 메이지(明治) 학원 보통부 3학년에 편입함. 문일평 등과 교유함.

1908년(17세) 별과 톨스토이를 좋아했던 메이지 학원 급우 야마자키 도시오(山崎俊夫)의 영향으로 가토 나오지(加藤直士) 번역의 톨스토이 작품을 닥치는 대로 읽음. 홍명희의 소개로 최남선을 만남.

1910년(19세) 3월 메이지 학원 보통부 중학 5학년 졸업. 오산학교 교원이 되어 이희철 등의 학생을 가르침. 3월 조부 별세함. 7월 백혜순과 결혼.

1911년(20세) 오산학교 학감으로 취임.

1913년(22세) 오산학교를 그만둠. 11월 세계 여행을 목적으로 만주로 가 정인보를 만남. 상해에서 홍명희, 문일평 등과 동거함.

1914년(23세) 1월 샌프란시스코에서 발행되던 신한민보 주필이 되기 위해 블라디보스토크로 떠남. 권업신문의 주필인 김하구 등과 만남. 2월 시베리아 치타로 감. 6월 국민회 대의회에서 『대한인정교보』 주필로 임명됨. 8월 1차 대전의 발발로 귀국함. 10월 최남선의 『청춘』에 참여함.

1915년(24세) 장남 진근(震根) 탄생함. 9월 김성수의 후원으로 와세다 대학 고등예과에 편입함.

1916년(25세) 9월 와세다 대학 대학부 철학과에 입학함. 10월 심우섭과 총독부 기관지 매일신보, 경성일보 사장인 아베 요시이에(阿部充家)의 집을 방문함.

1917년(26세) 4월 와세다 대학 철학과에서 특대생으로 진급함. 허영숙을 만남. 『무정』의 매일신보 연재를 126회로 끝냄(6월 14일). 경성일보와 매일신보의 특파원으로 5도 답파 여행을 떠남. 7월 부산 스테이션 호텔에서 도쿠토미 소호(德富蘇峰)를 만남. 9월 학우회 기관지인 『학지광』 편집위원이 됨. 11월 특대생이 된 것으로 인해 최두선, 현상윤, 김여제 등과 더불어 총독부로부터 상을 받음.

1918년(27세) 4월 폐병으로 허영숙의 간호를 받음. 7월 허영숙 동경여의전 졸업함. 9월 백혜순과 이혼에 합의함. 10월 일본에서 귀국하여 허영숙과 북경으로 감. 12월 다시 일본으로 가 '조선청년독립단'에 가담함.

1919년(28세) 1월 「조선청년독립단선언서」를 씀. 2월 상해로 탈출함. 3월 『창조』(2호)에 동인으로 이름이 오르나 글은 발표하지 않음. 8월 대한민국 임시정부 기관지 독립신문의 사장 겸 편집국장으로 취임하여 주요한과 함께 활동함.

1920년(29세) 4월 '흥사단'에 가입함. 5월 동인이 된 지 1년 이상 지나 처음으로 『창조』(6호)에 글을 실음. 6월 경무국 보안과의 『대정(大正) 9년 6월 30일 조선인 개황』에 의해 "배일(排日)의 급선봉자(急先鋒者)이자 주뇌자(主腦者)"로 지목받음.

1921년(30세) 2월 허영숙 상해로 감. 3월 귀국하여 체포되나 불기소

석방됨. 5월 허영숙과 결혼함. 9월 사이토 총독을 만남. 11월 『민족개조론』을 집필함.

1922년(31세) 2월 수양동맹회를 발기함.

1923년(32세) Y생, 장백산인 등의 이름으로 창작 활동을 재개함. 5월 동아일보에 입사함.

1924년(33세) 4월 비밀리에 북경에서 안창호를 만남. 8월 김동인, 김소월, 김억, 전영택, 주요한 등과 함께 『영대』 동인이 됨. 10월 『조선문단』을 주재함. 최서해를 봉선사로 보냄.

1926년(35세) 1월 '수양동우회'를 발족함. 5월 수양동우회의 기관지 『동광』을 창간함. 11월 동아일보 편집국장에 취임.

1927년(36세) 1월 숙환의 재발로 반년 이상 병석에 누움. 5월 차남 봉근(鳳根) 출생함. 9월 동아일보 편집국장을 사임함.

1929년(38세) 2월 신장결핵의 진단을 받음. 5월 경의전병원에 입원, 백인제 박사의 집도로 왼쪽 신장 제거 수술을 받음. 9월 삼남 영근(榮根) 출생함.

1932년(41세) 『흙』을 동아일보에 연재하기 시작함.

1933년(42세) 8월 동아일보를 사임하고 조선일보 부사장에 취임함.

1934년(43세) 패혈증으로 차남 봉근 사망함. 5월 조선일보 부사장 직을 사임함. 8월 자하문 밖 홍지동 산장에 정착함.

1935년(44세) 4월 조선일보 편집고문으로 취임. 9월 출옥한 안창호와 박연폭포 등지를 다님. 박정호를 문하생으로 삼음.

1936년(45세) 1월 도쿄 시바(芝) 공원에서 열린 아베 요시이에의 장례식에 참가하고 도쿠토미 소호를 만남. 7월 문단인 70여 명이 참가한 가운데 신흥사에서 '춘원 이광수씨의 문단 생활 20년 위로회'가 열림(4일). 삼남 영근과 함께 원산 송도원에서 여름을 보냄.

1937년(46세) 8월 동우회 사건으로 서대문형무소에 수감됨. 12월 병보석 되어 경성의전병원에 입원함.

1938년(47세) 4월 손자 명선(明善) 출생함. 8월 동우회 사건으로 기소됨.

1939년(48세) 5월 홍지동 산장을 팔고 효자정으로 이사함. 6월 김동인, 박영희, 임학수의 북지황군위문(北支皇軍慰問)에 협력함. 『무정』이 영화화됨. 12월 동우회 사건 1심에서 7년을 구형받지만 무죄 선고를 받음. 친일 문학 단체 '조선문인협회'의 회장이 됨.

1940년(49세) 2월 창씨개명한 새 이름 가야마 미쓰로(香山光郎)를 경성부 호적계에 신고하고 도쿠토미 소호에게 이를 알리는 편지를 씀(12일). 8월 동우회 사건 2심에서 5년 징역을 선고받고 곧 상고함. 일본 작가 기쿠치 간(菊池寬), 도쿠나가 스나오(德永直), 총독부 학무국장 시오바라(鹽原時三郎), 정인섭 등과 함께 경성일보 주최 '반도의 문예를 말하는 좌담회'에 참가함. 10월 조선총독부의 재검열 후 『무정』 『흙』 등이 발매 금지를 당함. 『무명』으로 모던일본사 주최 제1회 조선예술상을 수상함. 조선문인협회 회원 37명과 묵동의 지원병 훈련소를 방문함.

1941년(50세) 3월 장덕수, 백남운 등과 함께 사상범 보호관찰소의 외곽 단체인 대화숙(大和塾)의 수양회에 참가함. 11월 경성고등법원 상고심에서 동우회 사건의 무죄 선고를 받음. 12월 '임전보국단' 주최 미영타도대강연회에서 '사상 함께 영미를 격멸하라'는 제목의 강연을 함(14일).

1942년(51세) 11월 제1회 대동아문학자대회에 유진오, 박영희와 함께 참가함.

1943년(52세) 4월 '조선문인보국회' 이사가 됨. 12월 유학생에게 학병에 나갈 것을 권유하기 위해 도쿄에 다녀옴.

1944년(53세) 3월 경기도 사릉에서 박정호와 농사를 짓기 시작함. 8월 제3회 대동아문학자대회에 김기진과 함께 참가함. 11월 저작 전부가 조선총독부에 압수되어 발간 중지를 당함.

1945년(54세) 일본 패망 후 사릉에 계속 머묾.

1946년(55세) 1월 돌베개 사용으로 인해 안면신경 마비와 고혈압을 일으킴. 5월 재산 보호를 위해 허영숙과 합의 이혼함. 9월 광동중학교에서 영어와 작문을 가르침.

1949년(58세) 2월 반민족행위처벌법에 의해 서대문형무소에 수감되었으나 병보석으로 출감함. 8월 반민특위의 불기소 처분을 받음.

1950년(59세) 6월 고혈압과 폐렴으로 병석에 누움. 7월 인민군에 의해 효자동 집이 차압되고 심문을 받음. 인민군에게 납북됨(12일). 10월 평양에서 강계로 이동하던 중, 심한 동상으로 사경을 헤맴. 폐결핵의 악화로 사망함(25일).

1952년 막내딸 정화 『아버님 춘원』을 집필함.

1975년 허영숙 사망함.

1991년 영근 평양을 방문해 이광수 묘소를 찾아냄.

1992년 조선일보사 미술관에서 '춘원 이광수 선생 탄생 100주년 기념 강연회' 열림.

주요 작품 목록

1. 시(시조 포함)

작품명	발표지	발표 연월일
옥중호걸	대한흥학보	1910. 1
우리 영웅	소년	1910. 3
곰	〃	1910. 6
말 듣거라	새별	1913. 9
나라를 떠나는 설움	대한인정교보	1914. 6. 1
망국민의 설움	〃	1914. 6. 1
상부련	〃	1914. 6. 1
새 아이	청춘	1914. 12
님 나신 날	〃	1915. 1
내 소원	〃	1915. 3
극웅행	〃	1917. 12
어머니의 무릎	여자계	1918. 9
삼천의 원한	독립신문	1919. 12. 18
미쁨	창조	1920. 5

작품명	발표지	발표 연월일
기운을 내어라	창조	1921. 1
너는 청춘이다	〃	1921. 1
원단삼곡	독립신문	1921. 1. 1
광복기도회에서	〃	1921. 2. 17
밤차	조선문단	1924. 11
반딧불	〃	1924. 11
벗	〃	1924. 12
흉년	〃	1924. 12
선물	〃	1924. 12
팔십 전	〃	1924. 12
붓 한 자루	〃	1925. 2
님네가 그리워	〃	1925. 3
꿈	동아일보	1925. 10. 9
새 나라로	삼천리	1927. 11
인정	문예공론	1929. 6
생과무상	〃	1929. 6
금매화	〃	1929. 6
석왕사에서	신광	1930. 9
새 여자의 노래	조광	1931. 2
누이	신가정	1933. 4
딸	〃	1933. 4
어머니	〃	1933. 4
귀뚜라미	여성	1937. 1
나팔꽃	〃	1937. 1
또 하루	〃	1937. 1
병중음	조광	1938. 9
조 박용철 군	박문	1939. 1
봄과 님	신세기	1939. 3
지원병장행가	삼천리	1939. 12

작품명	발표지	발표 연월일
어버이	신시대	1941. 1
부여행	〃	1941. 1
우리 집의 노래	〃	1941. 1
선전대조	〃	1942. 2
싱가포르 함락되다(일문)	〃	1942. 2
진주만의 구 군신	〃	1942. 4
전망	녹기	1943. 1
조선의 학도여	매일신보	1943. 11. 5
새해	〃	1944. 1. 1
새해의 기원	신시대	1944. 2
승리의 일	매일신보	1944. 7. 15
적 함대 찾았노라	신시대	1944. 12
모든 것을 바치리	매일신보	1945. 1. 18
나는 독립국 자유민이다	삼천리	1948. 8
사랑	새벽	1950. 6
부처나라	〃	1950. 6
간수	〃	1950. 6

2. 소설

작품명	발표지	발표 연월일
사랑인가(愛か, 단편, 일문)	백금학보	1909. 12
어린 희생(단편)	소년	1910. 2
무정(단편)	대한흥학보	1910. 3
헌신자(단편)	소년	1910. 8
무정(장편)	매일신보	1917. 1. 1~6. 14
소년의 비애(단편)	청춘	1917. 6
어린 벗에게(단편)	〃	1917. 7
개척자(장편)	매일신보	1917. 11. 10~ 1918. 3. 15

작품명	발표지	발표 연월일
윤광호(단편)	청춘	1918. 4
가실(단편)	동아일보	1923. 2. 12~23
선도자(중편)	〃	1923. 3. 27~7. 17
거룩한 죽음(단편)	개벽	1923. 3
허생전(장편)	동아일보	1923. 12. 1~ 1924. 3. 21
금십자가(미완장편)	〃	1924. 3. 22~5. 11
혈서(단편)	조선문단	1924. 10
재생(장편)	동아일보	1924. 11. 9~ 1925. 9. 28
H군을 생각하고(단편)	조선문단	1924. 11
어떤 아침(단편)	〃	1924. 12
사랑에 주렸던 이들(단편)	〃	1925. 1
일설춘향전(장편)	동아일보	1925. 9. 30~1926. 1. 3
천안기(장편)	〃	1926. 1. 5~3. 6
마의태자(장편)	〃	1926. 5. 10~1927. 1. 9
유랑(미완)	〃	1927. 1. 6~31
단종애사(장편)	〃	1928. 11. 31~ 1929. 12. 11
혁명가의 아내(중편)	〃	1930. 1. 1~2. 4
사랑의 다각형(중편)	〃	1930. 3. 27~10. 31
삼봉이네 집(장편)	〃	1930. 11. 29~ 1931. 4. 24
처(미완)	해방	1930. 12
무명씨전(단편)	동광	1931. 3
이순신(장편)	동아일보	1931. 6. 26~ 1932. 4. 3
흙(장편)	〃	1932. 4. 12~ 1933. 7. 10

작품명	발표지	발표 연월일
수암의 일기(단편)	삼천리	1932. 4
유정(장편)	조선일보	1933. 10. 1~12. 31
그 여자의 일생(장편)	〃	1934. 2. 18~ 1935. 9. 26
이차돈의 사(장편)	〃	1935. 9. 30~ 1936. 4. 12
천리 밖의 애인(단편)	야담	1935. 12
애욕의 피안	조선일보	1936. 5. 1~12. 21
모르는 여인	사해공론	1936. 5
드문 사람들(단편)	〃	1936. 5
황해의 미인	〃	1936. 6
만영감의 죽음(단편, 일문)	개조	1936. 8
그의 자서전(장편)	조선일보	1936. 12. 22~1937. 5
공민왕(단편)	〃	1937. 5. 28~6. 10
사랑(장편)	박문서관	1938. 10
무명(단편)	문장	1939. 1
상근령의 소녀(단편)	신세기	1939. 1
늙은 절도범(장편)	〃	1939. 2~1940. 2
꿈(단편)	문장	1939. 7
길놀이(단편)	학우구락부	1939. 7
육장기(단편)	문장	1939. 9
선행장(단편)	가정지우	1939. 12
난제오(단편)	문장	1940. 2
옥수수(단편)	삼천리	1940. 3
진정 마음이 만나서야말로(장편, 일문)	녹기	1940. 3~7
산사의 사람들(단편)	경성일보	1940. 5. 17~24
김씨 부인전(단편)	문장	1940. 7
세조대왕(장편)	박문서관	1940. 7
그들의 사랑(미완)	신시대	1941. 1~3

작품명	발표지	발표 연월일
봄의 노래(장편)	신시대	1941. 9~1942. 6
원효대사(장편)	매일신보	1942. 3. 1~10. 31
가가와 교장(단편, 일문)	국민문학	1943. 10
파리(단편)	국민총력	1943. 10
군인이 될 수 있다(단편, 일문)	신태양	1943. 11
대동아(단편, 일문)	녹기	1943. 12
사십 년(미완)	국민문학	1944. 1~3
원술의 출정(단편, 일문)	신시대	1944. 6
두 사람(단편)	방송지우	1944. 8
소녀의 고백(단편, 일문)	신태양	1944. 10
서울(장편)	태양신문	1950. 1~

3. 산문(문학론, 논설문, 수필, 기행문)

작품명	발표지	발표 연월일
국문과 한문의 과도시대	대한흥학보	1908. ?
금일아한청년과 정육	〃	1910. 2
문학의 가치	〃	1910. 3
특별기증작문(일문)	부(富)의 일본	1910. 3
조선 사람인 청년에게	소년	1910. 6
독립 준비하시오	권업신문	1914. 3. 1, 8, 15, 22
재외 동포의 현상을 논하여 동포 교육의 긴급함을	대한인정교보	1914. 6. 1
지사의 감회	〃	1914. 6. 1
동정	청춘	1914. 12
대구에서	매일신보	1916. 9. 22~23
동경잡신	〃	1916. 9. 27~11. 9
문학이란 하오	〃	1916. 11. 10~13
조혼의 악습	〃	1916. 11. 23~26

작품명	발표지	발표 연월일
교육가 제씨에게	매일신보	1916. 11. 26~12. 13
농촌계발	〃	1916. 11. 26~ 1917. 2. 18
위선 수가 되고 연후에 인이 되라	학지광	1917. 1
오도답파여행	매일신보	1917. 6. 29~9. 12
혼인론	〃	1917. 11. 21~30
부활의 서광	청춘	1918. 3
현상소설 고선 여언	〃	1918. 3
숙명론적 인생관에서 자력론적 인생관에	학지광	1918. 8
자녀중심론	청춘	1918. 9
신생활론	매일신보	1918. 9. 6~10. 19
일본의 오 우상	독립신문	1919. 11. 11
일본인에게(상)	〃	1919. 11. 15
일본인에게(하)	〃	1919. 11. 20
독립전쟁과 재정	〃	1920. 2. 7
세계적 사명을 수한 아족의 전도는 광명이니라	〃	1920. 2. 12
국민개병	〃	1920. 2. 14
독립운동의 문화적 가치	〃	1920. 4. 20
문사와 수양	창조	1921. 1
중추계급과 사회	개벽	1921. 7
팔자설을 기초로 한 조선인의 인생관	〃	1921. 8
소년에게	〃	1921. 11~1922. 2
예술과 인생	〃	1922. 1
금강산유기	신생활	1922. 3~8
민족개조론	개벽	1922. 5
계급을 초월한 예술이라야	〃	1923. 2
민족적 경륜	동아일보	1924. 1. 2~6
우리 문예의 방향	조선문단	1925. 11

작품명	발표지	발표 연월일
중용과 철저	동아일보	1926. 1. 2~3
문학의 부르와 프로	조선문단	1926. 3
조선 문학의 개념	신생	1929. 1
나의 속할 유형	문예공론	1929. 5
선구자를 바라는 조선	삼천리	1929. 12
섬기는 생활	동광	1931. 2
여의 작가적 태도	〃	1931. 4
단결공부	〃	1931. 4
지도자론	〃	1931. 7
조선 민족 운동의 삼 기초 사업	〃	1932. 2
비상시의 비상인	〃	1932. 11
조선 민족의 개념	사해공론	1933. 5
조선민족론	동광총론	1933. 6~7
『흙』을 다 쓰고서	삼천리	1933. 9
나의 문단생활 삼십 년	신인문학	1934. 7
톨스토이의 인생관	조광	1935. 11
문학과 문장	삼천리	1935. 11
도산의 인격과 무대	〃	1935. 12
다난한 반생의 도정	조광	1936. 4~6
소설가의 준비	〃	1936. 9~1937. 2
『무정』 등 전 작품을 어하다	삼천리	1937. 1
산가일기(일문)	동양지광	1939. 8
문학의 국민성(일문)	경성일보	1939. 11. 14~17
조선 문화의 장래(일문)	총동원	1940. 1
신체제 하 조선문학의 진로	삼천리	1940. 1
국민문학의 의의	매일신보	1940. 2. 16
창씨와 나	〃	1940. 2. 20
내선일체와 국민문학	조선	1940. 3
황민화와 조선문학	매일신보	1940. 7. 6

작품명	발표지	발표 연월일
예술의 금일 명일	매일신보	1940. 8. 3~8
나의 교우록(일문)	모던일본	1940. 8
심적 신체제와 조선 문화의 진로	매일신보	1940. 9. 4~12
배움의 감격(일문)	경성일보	1940. 9. 19
조선 문예의 금일과 명일(일문)	〃	1940. 9. 30
내선 청년에 고함(일문)	총동원	1940. 9
동포에 고함(일문)	경성일보	1940. 10. 1~9
얼굴이 변한다(일문)	문예춘추	1940. 11
지원병 훈련소의 하루	총동원	1940. 11
문사부대와 지원병	삼천리	1940. 12
신체제 하의 예술의 방향	〃	1941. 1
신시대의 윤리	신시대	1941. 1
일본 문화와 조선	매일신보	1941. 4. 22~5. 1
근로와 문화	〃	1941. 6. 28~7. 3
인고의 총후문화	〃	1941. 7. 6
사상 함께 영미를 격멸하라	신시대	1942. 1
국민문학 문제	〃	1943. 2
올바르게 사는 법	〃	1943. 3
병제의 감격과 용의	매일신보	1943. 7. 28~31
대동아전쟁의 교훈	녹기	1943. 8
학병에게 감사	매일신보	1943. 12. 10
학병에게 보내는 세기의 감격	〃	1944. 1. 17
절ᄒᆞᄂᆞᆫ ᄆᆞᄋᆞᆷ	신시대	1944. 7
청년과 금일	〃	1944. 8
전쟁과 문학	〃	1944. 9
반도 청년에게 보냄	〃	1944. 10
대동아문학의 길	국민문학	1945. 1
전쟁과 문화	매일신보	1945. 1. 26~2. 1
소개기	〃	1945. 7. 1~7

4. 단행본

작품명	발표지	발표 연월일
검둥의 설움	신문관	1913
서라벌 정벌기	발행처 불명	1916
무정	신문관	1918
개척자	홍문당서점	1922
조선의 현재와 장래	〃	1923
춘원단편소설집	〃	1924
금강산유기	시문사	1924
허생전	〃	1924
젊은 꿈	박문서관	1926
재생	회동서관	1926
신생활론	박문서관	1926
삼천리강산	삼중당	1926
마의태자	박문서관	1928
일설춘향전	한성도서주식회사	1929
3인시가집	삼천리사	1929
이광수시편	〃	1929
단종애사	박문서관	1930
혁명가의 아내	한성도서주식회사	1930
이순신	대성서림	1932
그 여자의 일생	삼천리사	1935
인생의 향기	홍지출판사	1936
흙	한성도서주식회사	1936
이차돈의 사	〃	1937
문장독본	대성서림	1937
그의 자서전	조광사	1937
애욕의 피안	〃	1937
사랑	박문서관	1938
조선문학독본	조광사	1938

작품명	발표지	발표 연월일
군상	한성도서주식회사	1939
이광수단편집	박문서관	1939
반도강산	영창서관	1939
춘원서간문범	삼중당	1939
수필과 시가	영창서관	1939
춘원시가집	박문서관	1940
세조대왕	〃	1940
문학과 평론	영창서관	1940
유정(일역)	모던일본사	1940
가실(일문)	〃	1940
유정	한성도서주식회사	1940
愛(일문)	모던일본사	1940
수필기행집	조광사	1940
내선일체수상록(일문)	중앙협화회	1941
同胞に寄す(일문)	박문서관	1941
삼봉이네 집	영창서관	1941
사랑(일역)	모던일본사	1942
조선국민문학집	동도서적	1943
유랑	홍문서관	1945
도산 안창호	태극서관	1947
꿈	〃	1947
나—소년편	생활사	1947
돌베개	〃	1948
나—스무 살 고개	박문서관	1948
선도자	태극서관	1948
나의 고백	춘성사	1948
원효대사	생활사	1948
방랑자	중앙출판사	1949
사랑의 죄	문연사	1950

작품명	발표지	발표 연월일
사랑의 동명왕	한성도서	1950
이광수전집	삼중당	1962
이광수전집	우신사	1979
문학에 뜻을 두는 이에게	〃	1983
독립신문: 춘원 이광수 애국의 글	문학생활사	1988
민족개조론	우신사	1993
진정 마음이 만나서야말로	평민사	1995
춘원 이광수 친일문학선집 II	〃	1995
무정 외	동아출판사	1995
흙	〃	1995
동포에 고함	철학과현실사	1997
대도	해난터	1998
도산 안창호	범우사	2000
춘원서간문범	마루	2003
바로잡은 『무정』	문학동네	2003

참고 문헌

이광수는 한국 근대 문학사상 가장 많이 연구된 작가이다. 따라서 이광수의 대표작 중 하나인 『흙』 역시 민족주의, 계몽주의, 농민문학, 친일문학, 등장인물론, 작가론, 문학사 등의 학문적 · 비평적 논의를 통해 빈번히 다루어져왔다.

물론 이러한 관심은 이 작품이 발표되던 당대에도 예외가 아니었다. 이를테면 『흙』의 연재가 끝난 직후 염상섭은 「시대착오의 지도 원리──춘원의 『흙』을 읽고」(조선중앙일보, 1933. 7. 30)를 썼으며, 백철은 「이광수씨 근작 『흙』에 대한 소감」「『흙』에 나타난 창작 태도와 묘사」「인물의 성격 취급과 도덕적 완성」「『흙』에 나타난 이데올로기 방향」「『흙』의 중단과 기타 감상 수제(數題)」(조선중앙일보, 1933. 10. 17~21) 등을 잇달아 발표해 좀더 본격적인 관심을 보여준 바 있다. 한편 민병휘는 '농민소설로서의 대조'라는 부제가 붙은 「춘원의 『흙』과 민촌의 『고향』」(『조선문단』, 1935. 6)에서, 민촌이 "내 고향의 일은 우리들의 손으로"라는 슬로건을 겂으로써 "농민소설로서 성공"한 반면에, "춘원은 도회인들을 움직여 농촌을 도와주는 식으로" 작품을 썼다고 평가했다.

그런데 민병휘의 예에서 보이듯이, 『흙』은 주로 브나로드 운동 등과 관련된 농민문학 또는 농촌소설의 관점에서 논의되어왔으며 이는 종종 부정적인 평가를 낳았다. 예컨대 홍효민은 「귀농운동의 관념화」(『인문평론』, 1941. 1)에서, 『흙』이 "춘원이 의도하는 바 귀농운동을 이렇게 하였으면 어떨까 하는 문제를 제시"한 것이라고 규정하며 이 작품을 『고향』과 비교한다. 즉 홍효민은 "두 작가가 가진 바 이데올로기에서 오는 차이"로 인해 『흙』은 "조선의 현실을 전적으로 표현할 수 없었던 것"이라고 논한다. 김동인 역시 『흙』의 농민문학으로서의 한계를 말한다. 즉 김동인은 『흙』의 등장인물과 구성을 자세히 분석하거나 '살여울'을 '달여울'로 표기하는 일과 같은 작가의 혼동을 지적하면서, "도회인이 책상머리에 앉아서 상상으로 생각하는 조선 농촌의 고민과 현실과의 새에는 상당한 어긋남"(『춘원연구』, 신구문화사, 1956)이 있을 것이라고 쓴다.

이와 같은 비판적 견해는 「위선과 패배의 인간상」(김현, 『세대』, 1964. 10), 「일제 하 한국 휴머니즘 비판」(송욱, 『동아문화』 5호, 1966), 「농촌 현실과 오늘의 문학」(염무웅, 『창작과비평』, 1970년 가을호), 「농촌소설 별견」(김치수, 『현대 한국 문학의 이론』, 민음사, 1972), 「농민소설의 변용 과정」(정한숙, 『아세아연구』, 1972), 「『흙』의 서사와 그 의미」(이선영, 『동방학지』 83집, 1994) 등에서도 발견된다. 즉 김현은 허숭의 "시혜적(施惠的) 의식"과 위선, 더 나아가 "아주 음험한 에고이스트적인 바탕"을 비판하고 있으며, 송욱은 『흙』에 나타나는 "목가적이며 회고적 민족관" "관념적 윤리관" "현대적 지성의 치정화" 등을 지적한다. 염무웅은 "이광수의 흙이 발표된 것과 농촌진흥, 심전개발(心田開發), 자력갱생, 농공병진, 남면북양(南棉北羊) 등의 그럴싸한 구호를 내건 우카기(宇垣) 총독의 취임이 시기적으로 거의 일치"함을 논함으로써 『흙』의 창작 배경에 문제를 제기하고 있으며, 정한숙은 『흙』이 『상록수』(심훈)와 마찬가지로 "당시의 농촌 사회가 직면한 특수한 외적 사정을 완전히 별개로 하고 농촌 내부로부터 농촌을 구한다"고 함으로써, "정물처럼 장치된 농민의 초상화 정도를 제시하는데" 그쳤다고 평가한다. 또한 이선영은 『흙』이 "한국 농촌의 이상촌화, 계급간 대립의 극복, 자본주의 생산양식의 실현 등에 대한 작자의 소망을 반영한 것"이지만, 이 모두는 식민지 체제와 예속자본주의 속에서 관념적으로 추구된 "해결 아닌 해결"이었다고 논의한다.

그러므로 이러한 논의는 「『흙』과 『고향』의 원천 고찰」(오양호, 『한민족어문학』 1호, 1974), 「희생과 구원의 논리」(김용성, 『인문논총』 7호, 1979), 「『흙』의 시대 인식과 미의식」(이주형, 『이광수연구(하)』, 태학사, 1984), 「대립된 현실과 화합에의 이상」(신헌재, 『국어교육』 51호, 1985), 「『흙』의 귀농 의식」(구인환, 『이광수 소설 연구』, 삼영사, 1987), 「『흙』과 민족 갱생력」(『이광수 문학과 삶』, 한국연구원, 1992) 등에서 시도된 『흙』에 대한 긍정적인 평가와는 대비된다. 즉 오양호는 『흙』이 러시아 문학의 영향 하에 씌어진 것인 반면, 『고향』은 "일본을 발신국으로 하는 사회주의 리얼리즘의 한 대표적 작품"이라고 주장하면서, 『흙』이 "민족 재생의 길을 계도하려 한 민족문학의 전범"이라고 규정한다. 이주형은 『흙』이 "지식인의 자기 인식과 갈등"을 통해 "계층적 융화"를 의도하고 있으며, "숭고와 비장"에 바탕을 둔 미의식을 보인다고 논하거니와, 이때 계층적 융화에 대한 지적은 신헌재의 논의와도 상통한다. 왜냐하면 신헌재는 『흙』이 "대립된 사회 구조를 부정적인 것으로 보고 이를 화합의 단계로 이끌어야 한다는 작가적 비전"을 제시하는 것으로 평가하고 있기 때문이다. 구인환은 "개인적 삼각 갈등과 집단적 대립 갈등의 이원적 구조"를 통해 "조선주의적인 지향 의식을 살여울에 터 잡게 하는 작품"으로 규정하면서, "구조적 이완이 있으면서도 향락적 도시 지향을 귀농 의식으로 전환케 하여 새로운 가능성을 제시"했다고 논의한다. 한편 윤홍로는 『흙』의 시대 인식과 창작 배경, 그리고 '귀농 의식과 과도기의 결혼관' '조선혼과 민족의식' '도산 사상의 영향' '종교적 재생력' 등과 같은 『흙』의 의미 계층을 논의하면서, 『흙』의 대중소설적인 면과 더불어 "사랑과 용서와 인내와 실천, 희생과 봉사 등에 구원되는" 작품의 "종교적인 의미"를 강조하고 있다.

한편 김윤식은 "근대 소설사 중에서 큰 주제군을 형성하는 농촌소설 혹은 농민소설의 머리에 놓이는 것"(『이광수와 그의 시대』, 한길사, 1986)으로 『흙』의 문학사적 위치를 규정한다. 또한 김윤식은 『흙』을 이광수의 삶 및 채수반 등과 관련된 수양동우회의 운동 노선과 본격적으로 연결시키며, "춘원에게 있어 『흙』은 동우회의 실천적 모습이었다"고 논한다. 즉 여기(餘技)로 작품을 썼던 이광수에게 『흙』은 "본기에 가장 접근된 것"이었다는 것이다. 따라서 "『흙』의 내용이 유치하고 신통찮은 것으로 보인다면," 그것은 "춘원이 애써 주장한 동우회

이념 자체의 유치함, 신통찮음을 말해주는 것"이라고 김윤식은 평가한다.

『흙』에 대한 비교적 최근의 논의로는 홍혜원의 「이광수의 『흙』 연구」(『이화어문논집』 17호, 1999)가 있는데, 이는 작품의 서사 구성 원리와 서술자의 유형을 분석함으로써 『흙』의 근대성을 고찰하고자 한 연구이다. 여기서 필자는 "낙관적 시간 의식을 기반으로 한 연대기적 통합축과 이상적 욕망과 일상적 욕망의 교체인 계합축에 의해" 『흙』의 스토리가 구성되는 동시에 "교화성을 강하게 가진 서술자"에 의해 담론이 구조화됨으로써 "다중적 초점화와 다층적인 시간 서술이 가능해진다"고 논의한다. 더 나아가 홍혜원은 "진보적이면서도 보수적인 시간 의식과 이중적 욕망 구조 안에서 갈등하는 인물의 행동은, 작가인 이광수가 인식한 근대의 경험을 반영한 것"이라고 결론짓는다.

이 외에 가장 최근의 논의로는 이 책에도 요약되어 실린 「『흙』, 민족과 국가의 경합」(이경훈, 『인문과학』, 2005)을 들 수 있다. 여기서 필자는 『흙』에 구현된 근대 및 근대적 민족 형성 과정의 복잡한 양상 및 그 한계를 분석하려고 노력했다. 즉 이 글은 위에 제시된 수많은 글들을 통해 비판되거나 옹호되어온 민족의식의 실체와 그 심리적 구조를 좀더 명확히 제시하기 위한 시도로 볼 수 있다.

기획의 말

한국문학전집을 펴내며

오늘의 한국 문학은 다양한 경험과 자산에서 비롯된 것이지만, 그중에서도 우리 앞선 세대의 문학 작품에서 가장 큰 유산을 물려받고 있다. 그럼에도 우리는 가끔 우리의 문학 유산을 잊거나 도외시한다. 마치 그것 없이는 살아갈 수 없는 소중한 물을 쉽게 잊고 사는 것처럼 그동안 우리는 우리가 이루어놓은 자산들을 너무 쉽게 잊어버리고 있었는지도 모르겠다. 인기 있는 외국 작품들이 거의 동시에 번역 출판되고, 새로운 기획과 번역으로 전 세계의 문학 작품들이 짜임새 있게 출판되고 있는 요즈음, 정작 한국 문학 작품들을 체계적으로 정리하지 못하고 있었다는 점을 최근에 우리는 깊이 반성하게 되었다. 그리고 이러한 때늦은 반성을 곧바로 '한국문학전집'을 기획하는 힘으로 전환하였다.

오늘의 시점에서 '한국문학전집'을 기획한다는 것은, 우선 그동안 양적으로나 질적으로 괄목할 만한 수준에 이른 한국 문학 연구 수준을 반영하는 새로운 시각이 전제되어야 할 것이다. 그리고 '우리 것을 지키자'는 순진한 의도에서가 아니라, 한국 문학이 바로 세계 문학이 되는 질적 확장을 위해, 세계 문학 속에서의 한국 문학의 정체성을 찾는 일을 간과해서는 안 될 것이다.

이번 기획에서 우리가 가장 크게 신경 썼던 점은 크게 두 가지이다. 하나는, 그동안 거의 관습적으로 굳어져왔던 작품에 대한 천편일률적인 평가를 피하고 그동안의 평가에 대한 비판적 평가와 더불어 새로운 평가로 인한 숨은 작품의 발굴이었다. 그리하여 한국 문학사를 시기별로 구분하여 축적된 연구 성과들 위에서 나름대로 중요한 작품들을 선별하는 목록 작업에 가장 큰 공을 들였다. 나머지 하나는, 그동안 여러 상이한 판본의 난립으로 인해 원전 텍스트가 침해되고 있는 심각한 상황을 고려하여 각각의 작가에게 가장 뛰어난 연구자들을 초빙하여 혼신을 다해 원전 텍스트를 확정하였다는 점이다.

장구한 우리 문학사의 주옥같은 작품들을 한자리에 모아, 세대를 넘고 시대를 넘어 그 이름과 위상에 값할 수 있는 대표적인 한국문학전집을 내놓는다. 이번에 출간되는 한국문학전집은 변화된 상황과 가치를 반영하는 내실 있고 권위를 갖춘 내용으로 꾸며질 것이며, 우리 문학의 정본 전집으로서 자리매김해 한국 문학의 전통을 계승하고 발전시키는 데 기여하고자 한다. 이 기획이 한국 문학의 자산들을 온전하게 되살려, 끊임없이 현재성을 가지는 살아 있는 작품들로, 항상 독자들의 옆에 있게 되기를 기대한다.

(주)**문학과지성사**

01 감자 김동인 단편선

최시한(숙명여대) 책임 편집

수록 작품 약한 자의 슬픔 / 배따라기 / 태형 / 눈을 겨우 뜰 때 / 감자 / 광염 소나타 / 배회 / 발가락이 닮았다 / 붉은 산 / 광화사 / 김연실전 / 곰네

극단적인 상황과 비극적 운명에 빠진 인물 군상들을 냉정하게 서술해낸 한국 근대 단편 문학의 선구자 김동인의 대표 단편 12편 수록. 인간과 환경에 대한 근대적 인식을 빼어난 문체와 서술로 형상화한 김동인의 주옥같은 작품들을 만날 수 있다.

02 탈출기 최서해 단편선

곽근(동국대) 책임 편집

수록 작품 고국 / 탈출기 / 박돌의 죽음 / 기아와 살육 / 큰물 진 뒤 / 백금 / 해돋이 / 그믐밤 / 전아사 / 홍염 / 갈등 / 먼동이 틀 때 / 무명초

식민 치하 빈궁 문학을 대표하는 최서해의 단편 13편 수록. 식민 치하의 참담한 사회적 현실을 사실적으로 전해주는 작품들. 우리 민족의 궁핍한 현실에 맞선 인물들의 저항 정신과 민족 감정의 감동과 울림을 전한다.

03 삼대 염상섭 장편소설

정호웅(홍익대) 책임 편집

우리 소설 가운데 서울말을 가장 풍부하게 살려 쓴 작품이자, 복합성 · 중층성의 세계를 구축하여 한국 근대 장편소설의 대표작으로 꼽히는 염상섭의 『삼대』. 1930년대 서울의 중산층 가족사를 통해 들여다본 우리 근대의 자화상이다.

04 레디메이드 인생 채만식 단편선

한형구(서울시립대) 책임 편집

수록 작품 논 이야기 / 레디메이드 인생 / 미스터 방 / 민족의 죄인 / 치숙 / 낙조 / 쑥국새 / 당랑의 전설

역설과 반어의 작가 채만식의 대표 단편 8편 수록. 1920~30년대의 자본주의적 현실 원리와 민중의 삶을 풍자적으로 포착하는 데 탁월했던 채만식. 사실주의와 풍자의 절묘한 조합으로 완성한 단편 문학의 묘미를 즐길 수 있다.

05 비 오는 길 최명익 단편선

신형기(연세대) 책임 편집

수록 작품 폐어인 / 비 오는 길 / 무성격자 / 역설 / 봄과 신작로 / 심문 / 장삼이사 / 맥령

시대를 앞섰던 모더니스트 최명익의 대표 단편 8편 수록. 병과 죽음으로 고통받는 인물 군상들을 통해 자신이 예감한 황폐한 현대의 징후를 소설화한 작가 최명익. 너무나 현대적이어서, 당시에는 제대로 평가받을 수 없었던 탁월한 단편소설들을 만난다.

06 사하촌 김정한 단편선

강진호(성신여대) 책임 편집

수록 작품 그물 / 사하촌 / 항진기 / 추산당과 곁사람들 / 모래톱 이야기 / 제3병동 / 수라도 / 인간단지 / 위치 / 오끼나와에서 온 편지 / 슬픈 해후

리얼리즘 문학과 민족 문학을 대표하는 김정한의 대표 단편 11편 수록. 민중들의 삶을 통해 누구보다 먼저 '근대화의 문제'를 문학적으로 제기하고 예리하게 포착한 작가 김정한의 진면목을 본다.

07 무녀도 김동리 단편선

이동하(서울시립대) 책임 편집

수록 작품 화랑의 후예 / 산화 / 바위 / 무녀도 / 황토기 / 찔레꽃 / 동구 앞길 / 혼구 / 혈거부족 / 달 / 역마 / 광풍 속에서

한국적이고 토착적인 전통 세계의 소설화에 앞장선 김동리의 초기 대표작 12편 수록. 민중의 삶 속에 뿌리 내린 토착적 전통의 세계를 정확한 묘사와 풍부한 서정으로 형상화했던 김동리 문학 세계를 엿본다.

08 독 짓는 늙은이 황순원 단편선

박혜경(인하대) 책임 편집

수록 작품 소나기 / 별 / 겨울 개나리 / 산골 아이 / 목넘이마을의 개 / 황소들 / 집 / 사마귀 / 소리 / 닭제 / 학 / 필묵장수 / 뿌리 / 내 고향 사람들 / 원색오뚝이 / 곡예사 / 독 짓는 늙은이 / 황노인 / 늪 / 허수아비

한국 산문 문체의 모범으로 평가되는 황순원의 대표 단편 20편 수록. 엄격한 지적 절제와 미학적 균형으로 함축적인 소설 미학을 완성시킨 작가 황순원. 극적인 사건 전개 대신 정적이고 서정적인 울림의 미학으로 깊은 감동을 전한다.

09 만세전 염상섭 중편선

김경수(서강대) 책임 편집

수록 작품 만세전 / 해바라기 / 미해결 / 두 출발

한국 근대 소설의 기념비적 작품인 「만세전」, 조선 최초의 여류화가인 나혜석의 삶을 소설화한 「해바라기」, 그리고 식민지 조선의 현실을 담아내고 나름의 저항의식을 형상화하기 위한 소설적 수련의 과정을 단적으로 보여주는 「미해결」과 「두 출발」 수록. 장편소설의 작가로만 알려진 염상섭의 독특한 소설 미학의 세계를 감상한다.

10 천변풍경 박태원 장편소설

장수익(한남대) 책임 편집

모더니스트 박태원이 펼쳐 보이는 1930년대 서울의 파노라마식 풍경화. 근대 자본주의 사회의 이데올로기와 일상성에 대한 비판에 몰두하던 박태원 초기 작품의 모더니즘 경향과 리얼리즘 미학의 경계를 넘나드는 역작. 식민지라는 파행적 상황에서 기형적으로 실현되던 근대화의 양상을 기층 민중의 생활에 초점을 맞춰 본격화한 작품이다.

11 태평천하 채만식 장편소설

이주형(경북대) 책임 편집

부정적인 상황들이 난무하는 시대 현실을 독자적인 문학적 기법과 비판의식으로 그려냄으로써 '문학적 미'를 추구했던 채만식의 대표작. 판소리 사설의 반어, 자기 폭로, 비유, 과장, 희화화 등의 표현법에 사투리까지 섞은 요설로, 창을 듣는 듯한 느낌과 재미를 선사하는 작품. 세태풍자소설의 장을 열었던 채만식이 쓴 가족사소설의 전형에 해당한다.

12 비 오는 날 손창섭 단편선

조현일(홍익대) 책임 편집

수록 작품 공휴일 / 사연기 / 비 오는 날 / 생활적 / 혈서 / 피해자 / 미해결의 장 / 인간동물원초 / 유실몽 / 설중행 / 광야 / 희생 / 잉여인간 / 신의 희작

가장 문제적인 전후 소설가 손창섭의 대표 단편 14작품 수록. 병적이고 불구적인 인간 군상들을 통해 전후 사회 현실에서의 '절망'의 표현에 주력했던 손창섭. 전쟁 그리고 전쟁 이후의 비일상적 사태를 가장 근원적인 차원에서 표현한 빼어난 작품들을 선별했다.

13 등신불 김동리 단편선

이동하(서울시립대) 책임 편집

수록 작품 인간동의 / 홍남철수 / 밀다원시대 / 용 / 목공 요셉 / 등신불 / 송추에서 / 까치 소리 / 저승새

「무녀도」의 작가 김동리가 1950년대 이후에 내놓은 단편 9편 수록. 전기 작품에 이어서 탁월한 문체의 매력, 빈틈없는 구성의 묘미, 인상적인 인물상의 창조, 인간에 대한 깊이 있는 통찰이라는 김동리 단편의 미학을 다시 한 번 경험할 수 있는 기회이다.

14 동백꽃 김유정 단편선

유인순(강원대) 책임 편집

수록 작품 심청 / 산골 나그네 / 총각과 맹꽁이 / 소낙비 / 솥 / 만무방 / 노다지 / 금 / 금 따는 콩밭 / 떡 / 산골 / 봄·봄 / 안해 / 봄과 따라지 / 따라지 / 가을 / 두꺼비 / 동백꽃 / 야앵 / 옥토끼 / 정조 / 땡볕 / 형

고단한 삶을 살아가는 순박한 촌부에서 사기꾼에 이르기까지 다양한 삶의 모습을 문학 속에 그대로 재현한 김유정의 주옥같은 단편 23편 수록. 인물의 토속성과 해학성, 생생한 삶의 언어와 우리 소리, 그 속에 충만한 생명감을 불어넣은 김유정 문학의 정수를 맛본다.

15 소설가 구보씨의 일일 박태원 단편선

천정환(성균관대) 책임 편집

수록 작품 수염 / 낙조 / 소설가 구보씨의 일일 / 애욕 / 길은 어둡고 / 거리 / 방란장 주인 / 비량 / 진통 / 성탄제 / 골목 안 / 음우 / 재운

한국 소설사상 가장 두드러진 모더니즘 작품으로 인정받는 「소설가 구보씨의 일일」을 비롯한 박태원의 대표 단편 13편 수록. 한글로 씌어진 가장 파격적이고 실험적인 작품으로 주목 받은 박태원. 서울 주변부 중산층의 삶이라는 자기만의 튼실한 현실 공간을 구축하여 새로운 소설 기법과 예술가소설로서의 보편성을 획득한 작품들이다.

16 날개 이상 단편선

김주현(경북대) 책임 편집

수록 작품 12월 12일 / 지도의 암실 / 지팡이 역사 / 황소와 도깨비 / 공포의 기록 / 지주회시 / 동해 / 날개 / 봉별기 / 실화 / 종생기

근대와 맞닥뜨린 당대 식민지 조선의 기념비요 자화상 역할을 하는 이상의 대표 단편 11편 수록. '천재'와 '광인'이라는 꼬리표와 함께 전위적이고 해체적인 글쓰기로 한국의 모더니즘 문학사를 개척한 작가 이상. 자유연상, 내적 독백 등의 실험적 구성과 문체로 식민지 근대와 그것에 촉발된 당대인의 내면을 예리하게 포착해낸 이상의 문제작들을 한데 모았다.

17 흙 이광수 장편소설

이경훈(연세대) 책임 편집

한국 최초의 근대 장편소설 『무정』을 발표하면서 한국 소설 문학의 역사를 새롭게 쓴 이광수. 『흙』은 이광수의 계몽 사상이 가장 짙게 깔린 작품으로 심훈의 『상록수』와 함께 한국 농촌계몽소설의 전위에 속한다. 한국 근대 문학사상 가장 많이 연구되고 있는 작가의 대표작답게 『흙』은 민족주의, 계몽주의, 농민문학, 친일문학, 등장인물론, 작가론, 문학사 등의 학문적·비평적 논의의 중심에 있는 작품이다.

18 상록수 심훈 장편소설

박헌호(성균관대) 책임 편집

이광수의 장편 『흙』과 더불어 한국 농촌계몽소설의 쌍벽을 이루는 『상록수』. 심훈의 문명(文名)을 크게 떨치게 한 대표작이다. 1930년대 당시 지식인의 관념적 농촌 운동과 일제의 경제 침탈사를 고발·비판함으로써, 문학이 취할 수 있는 현실 정세에 대한 직접적인 대응 그리고 극복의 상상력이란 두 가지 요소를 나름의 한계 속에서 실천해냈고, 대중적으로도 큰 호응을 불러일으킨 작품이다.

19 무정 이광수 장편소설

김철(연세대) 책임 편집

20세기 이래 한국인이 가장 많이 읽고 가장 자주 출간돼온 작품, 그리고 근현대 문학 가운데 가장 많이 연구의 대상이 된 작가 이광수의 대표작 『무정』. 씌어진 지 한 세기가 가까워오도록 여전히 읽히고 있고 또 학문적 논쟁의 중심에 서 있는 『무정』을 책임 편집자의 교정을 충실하게 반영한 최고의 선본(善本)으로 만난다.

20 고향 이기영 장편소설

이상경(KAIST) 책임 편집

'프로문학의 정점'이자 우리 근대 문학사의 리얼리즘의 확립을 결정적으로 보여주는 이기영의 『고향』. 이기영은 1920년대 중반 원터라는 충청도의 한 농촌 마을을 배경으로 봉건 사회의 잔재를 지닌 채 식민지 자본주의화가 진행되어가는 우리 근대 초기를 뛰어난 관찰로 묘파한다. 일제 식민 치하 근대화에 대한 문학적·비판적 성찰과 지식인의 고뇌를 반영한 수작이다.

21 까마귀 이태준 단편선

김윤식(명지대) 책임 편집

수록 작품 불우 선생 / 달밤 / 까마귀 / 장마 / 복덕방 / 패강랭 / 농군 / 밤길 / 토끼 이야기 / 해방 전후

'한국 근대소설의 완성자' '단편문학'의 명수. 이태준은 우리 근대 문학의 전개 과정에서 결코 간과할 수 없는 역할을 담당했던 작가 가운데 한 사람이다. 문학의 자율성과 예술성을 상실하지 않으면서도 현실 문제에 각별한 관심을 보여주었던 그의 단편은 한국소설사에서 1930년대를 대표하는 것으로 인정받고 있다.

22 두 파산 염상섭 단편선

김경수(서강대) 책임 편집

수록 작품 표본실의 청개구리 / 암야 / 제야 / E선생 / 윤전기 / 숙박기 / 해방의 아들 / 양과자갑 / 두 파산 / 절곡 / 얼룩진 시대 풍경

한국 근대사를 증언하고 있는 횡보 염상섭의 단편소설 11편 수록. 지식인 망국민으로서의 허무적인 자기 진단, 구체적인 사회 인식, 해방 후와 전후 시기에 대한 사실적 증언과 문제 제기를 포함한 대표작들을 통해 횡보의 단편 미학을 감상한다.

23 카인의 후예 황순원 소설선

김종회(경희대) 책임 편집

수록 작품 카인의 후예 / 너와 나만의 시간 / 나무들 비탈에 서다

인간의 정신적 순수성과 고귀한 존엄성을 문학의 제일 원칙으로 삼았던 작가 황순원. 그의 대표작 가운데 독자들의 가장 많은 사랑을 받은 장편소설들을 모았다. 한국전쟁을 온몸으로 체득하면서 특유의 절제되고 간결한 문장으로 예술적 서사성을 완성한 황순원은 단편에서와 마찬가지로 변함없는 감동의 세계를 열어놓는다.

24 소년의 비애 이광수 단편선

김영민(연세대) 책임 편집

수록 작품 무정 / 소년의 비애 / 어린 벗에게 / 방황 / 가실 / 거룩한 죽음 / 무명 / 꿈

한국 근대소설사와 이광수 개인의 문학 세계에서 중요한 의미를 갖는 단편 8편 수록. 이광수가 우리말로 쓴 최초의 창작 단편 「무정」, 당시 사회의 인습과 제도를 비판한 「소년의 비애」, 우리나라 최초의 서간체 소설인 「어린 벗에게」, 지식인의 내면적 갈등과 자아 탐구의 과정을 담은 「방황」, 춘원의 옥중 체험을 바탕으로 씌어진 「무명」 등 한국 근대문학의 장르와 소재, 주제 탐구 면에서 꼼꼼히 고찰해야 할 작품들이다.

25 불꽃 선우휘 단편선

이익성(충북대) 책임 편집

수록 작품 테러리스트 / 불꽃 / 거울 / 오리와 계급장 / 단독강화 / 깃발 없는 기수 / 망향

8·15 해방과 분단, 6·25전쟁으로 이어지는 한국 근현대사의 열병을 깊이 있게 고찰한 선우휘의 대표작 7편 수록. 평판작 「불꽃」과 「깃발 없는 기수」를 비롯해 한국 근현대사의 역동성과 이를 바라보는 냉철한 작가의식이 빚어낸 수작들을 한데 모았다.

26 맥 김남천 단편선

채호석(한국외대) 책임 편집

수록 작품 공장 신문 / 공우회 / 남편 그의 동지 / 물 / 남매 / 소년행 / 처를 때리고 / 무자리 / 녹성당 / 길 위에서 / 경영 / 맥 / 등불 / 꿀

카프와 명맥을 같이하며 창작과 비평에서 두드러진 족적을 남긴 작가 김남천. 1930년대 초, 예술운동의 볼세비키화론 주장과 궤를 같이하는 「공장 신문」 「공우회」, 카프 해산 직후 그의 고발문학론을 담은 「처를 때리고」 「소년행」 「남매」, 전향문학의 백미로 꼽히는 「경영」 「맥」 등 그의 치열했던 문학 세계의 변화를 일별할 수 있는 대표작 14편 수록.

27 인간 문제 강경애 장편소설

최원식(인하대) 책임 편집

한국 근대 여성문학의 제일선에 위치하는 강경애의 대표작. 일제 치하의 1930년대 조선, 자본가와 농민·노동자의 대립 구조 속에서 농민과 도시노동자가 현실의 문제를 해결하고자 하는 주체로 성장하는 과정과 그들의 조직적 투쟁을 현실성 있게 그려낸 작품. 이기영의 『고향』과 더불어 우리 근대 소설사에서 리얼리즘 소설의 수작으로 꼽힌다.

28 민촌 이기영 단편선

조남현(서울대) 책임 편집

수록 작품 농부 정도룡 / 민촌 / 아사 / 호외 / 해후 / 종이 뜨는 사람들 / 부역 / 김군과 나와 그의 아내 / 변절자의 아내 / 서화 / 맥추 / 수석 / 봉황산

카프와 프로문학의 대표 작가 이기영. 그가 발표한 수십 편의 단편소설들 가운데 사회사나 사상운동사로서의 자료적 가치가 높으면서 또 소설 양식으로서의 구조미를 제대로 보여주는 14편을 선별했다.

29 혈의 누 이인직 소설선

권영민(서울대) 책임 편집

수록 작품 혈의 누 / 귀의 성 / 은세계

급진적이고 충동적인 한국 근대의 풍경 속에 신소설이라는 새로운 서사 양식을 창조해낸 이인직. 책임 편집자의 꼼꼼한 텍스트 확정과 자세한 비평적 해설을 통해, 신소설의 서사 구조와 그 담론적 특성을 밝히고 당시 개화·계몽 시대를 대표하는 서사 양식에 내재화된 일본적 식민주의 담론을 꼬집는다.

30 추월색 이해조 안국선 최찬식 소설선

권영민(서울대) 책임 편집

수록 작품 금수회의록 / 자유종 / 구마검 / 추월색

개화·계몽시대의 대표적인 신소설 작가 3인의 대표작. 여성과 신교육으로 집약되는 토론의 모습을 서사 방식으로 활용한 「자유종」, 구시대적 인습을 신랄하게 비판한 「구마검」, 가장 대중적인 신소설 가운데 하나로 꼽히는 「추월색」, 그리고 '꿈'이라는 우화적 공간을 설정하여 현실 비판의 풍자적 색채가 강한 「금수회의록」까지 당대의 사회적 풍속과 세태의 변화를 민감하게 반영한 작품들을 수록했다.

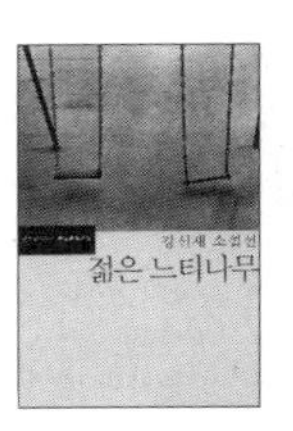

31 젊은 느티나무 강신재 소설선

김미현(이화여대) 책임 편집

수록 작품 안개/해방촌 가는 길/절벽/젊은 느티나무/양관/황량한 날의 동화/파도/이브 변신/강물이 있는 풍경/점액질

1950, 60년대를 대표하는 여성 작가 강신재의 중단편 10편을 엄선했다. 특유의 서정적인 문체와 관조적 시선, 지적인 분석력으로 '비누 냄새' 나는 풋풋한 사랑 이야기에서 끈끈한 '점액질'의 어두운 욕망에 이르기까지, 운명의 폭력성과 존재론적 한계를 줄기차게 탐문한 강신재 소설의 여정을 한눈에 볼 수 있는 기회다.

32 오발탄 이범선 단편선

김외곤(서원대) 책임 편집

수록 작품 일요일/학마을 사람들/사망 보류/몸 전체로/갈매기/오발탄/자살당한 개/살모사/천당 간 사나이/청대문집 개/표구된 휴지/고장난 문/두메의 어벙이/미친 녀석

손창섭 · 장용학 등과 함께 대표적인 전후 작가로 꼽히는 이범선의 대표작 14편 수록. 한국 현대사의 비극에 대한 묘사를 바탕으로 하면서도 잃어버린 고향, 동양적 이상향에 대한 동경을 담았던 초기작들과 전후의 물질적 궁핍상을 전통적 사실주의에 기초해 그리면서 현실 비판적 성격을 강하게 드러낸 문제작들을 고루 수록했다.

33 메밀꽃 필 무렵 이효석 단편선

서준섭(강원대) 책임 편집

수록 작품 도시와 유령/깨뜨려지는 홍등/마작철학/프레류드/돈/계절/산/들/석류/메밀꽃 필 무렵/삽화/개살구/장미 병들다/공상구락부/해바라기/여수/하얼빈산협/풀잎/낙엽을 태우면서

근대 작가의 문화적 정체성이 끊임없이 흔들렸던 식민지 시대, 경성제대 출신의 지식인 작가로서 그 문화적 혼란기를 소설 언어를 통해 구성하고 지속적으로 모색했던 이효석의 대표작 20편 수록.

34 운수 좋은 날 현진건 중단편선

김동식(인하대) 책임 편집

수록 작품 희생화/빈처/술 권하는 사회/유린/피아노/할머니의 죽음/우편국에서/까막잡기/그리운 흘긴 눈/운수 좋은 날/발/불/B사감과 러브 레터/사립정신병원장/고향/동정/정조와 약가/신문지와 철창/서투른 도적/연애의 청산/타락자

한국 근대 단편소설의 형식적 미학을 구축하고 근대적 사실주의 문학의 머릿돌을 놓은 작가 현진건의 대표작 21편 수록. 서구 중심의 근대성과 조선 사회의 식민성 사이에서 방황하는 지식인의 내면 풍경뿐만 아니라, 식민지 조선의 일상을 예리하게 관찰함으로써 '조선의 얼굴'을 담아낸 작가 현진건의 면모를 두루 살폈다.

35 사랑 이광수 장편소설

한승옥(숭실대) 책임 편집

춘원의 첫 전작 장편소설. 신문 연재물의 제약에서 벗어나 좀더 자유롭고 솔직한 그의 인생관이 담겨 있다. 이른바 그의 어떤 장편소설보다도 나아간 자유 연애, 사랑에 관한 작가의 생각을 엿볼 수 있는 작품. 작가의 나이 지천명에 이르러 불교와 『주역』 등 동양고전에 심취하여 우주의 철리와 종교적 깨달음에 가닿은 시점에서 집필된, 춘원의 모든 것.

36 화수분 전영택 중단편선

김만수(인하대) 책임 편집

수록 작품 천치? 천재? / 운명 / 생명의 봄 / 독약을 마시는 여인 / 화수분 / 후회 / 여자도 사람인가 / 하늘을 바라보는 여인 / 소 / 김탄실과 그 아들 / 금붕어 / 차돌멩이 / 크리스마스 전야의 풍경 / 말 없는 사람

1920년대 초반 자연주의, 사실주의적 색채가 강한 작품 세계로 주목받았던 작가 전영택의 대표작선. 이들 작품에서 작가는, 일제 초기의 만세운동, 일제 강점기하의 극심한 궁핍, 해방 직후의 사회적 혼돈, 산업화 초창기의 사회적 퇴폐상에 대한 자신의 경험을 소박한 형식 속에 담고 있다.

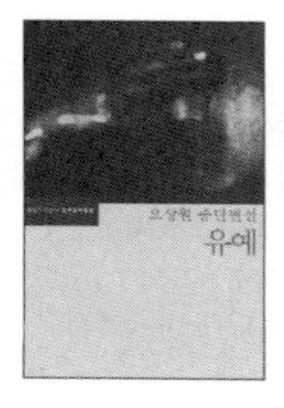

37 유예 오상원 중단편선

한수영(동아대) 책임 편집

수록 작품 황선지대 / 유예 / 균열 / 죽어살이 / 모반 / 부동기 / 보수 / 현실 / 훈장 / 실기

한국 전후 세대 문학의 대표 작가 오상원의 주요작 10편을 묶었다. '실존'과 '행동'에 초점을 맞춘 그의 작품은, 한결같이 극한 상황에 처한 인간 존재의 의미를 묻는 데 천착하면서 효과적인 주제 전달을 위해 낯설고 다양한 소설적 실험을 보여준다.

38 제1과 제1장 이무영 단편선

전영태(중앙대) 책임 편집

수록 작품 제1과 제1장 / 흙의 노예 / 문 서방 / 농부전 초 / 청개구리 / 모우지도 / 유모 / 용자소전 / 이단자 / B녀의 소묘 / O형의 인간 / 들메 / 며느리

한국 농민문학의 선구자로 평가받는 이무영의 주요 단편 13편 수록. 이들 작품에서 작가는, 농민을 계몽의 대상이 아닌, 흙을 일구는 그들의 삶을 통해서 진실한 깨달음을 얻는 자족적 대상으로 바라본다. 이무영의 농민소설은 인간을 향한 긍정적 시선과 삶의 부조리한 면을 파헤치는 지식인의 냉엄한 비판 의식이 공존하고 있다.

39 꺼삐딴 리 전광용 단편선

김종욱(세종대) 책임 편집

수록 작품 흑산도 / 진개권 / 지층 / 해도초 / GMC / 사수 / 크라운장 / 충매화 / 초혼곡 / 면허장 / 꺼삐딴 리 / 곽 서방 / 남궁 박사 / 죽음의 자세 / 세끼미

1950년대 전후 사회와 60년대의 척박한 삶의 리얼리티를 '구도의 치밀성'과 '묘사의 정확성'을 통해 형상화한 작가 전광용의 대표 단편 15편 모음집. 휴머니즘적 주제 의식, 전통적인 서사 형식, 객관적이고 냉철한 묘사 태도, 짧고 건조한 문체 등으로 집약되는 전광용의 작품 세계를 한눈에 살필 수 있는 계기.

40 과도기 한설야 단편선

서경석(한양대) 책임 편집

수록 작품 동경 / 그릇된 동경 / 합숙소의 밤 / 과도기 / 씨름 / 사방공사 / 교차선 / 추수 후 / 태양 / 임금 / 딸 / 철로 교차점 / 부역 / 산촌 / 이녕 / 모자 / 혈로

식민지 시대 신경향파·카프 계열 작가로서 사회주의 리얼리즘 문학을 추구한 작가 한설야의 문학적 특징을 잘 드러내는 단편 17편을 수록했다. 시대적 대세에 편승하며 작품의 경향을 바꾸었던 다른 카프 작가들과는 달리 한설야는, 주체적인 노동자로서의 삶을 택한 「과도기」의 '창선'이 그러하듯, 이 주제를 자신의 평생 과제로 삼아 창작에 몰두했다.

41 사랑손님과 어머니 주요섭 중단편선

장영우(동국대) 책임 편집

수록 작품 추운 밤/인력거꾼/살인/첫사랑 값/개밥/사랑손님과 어머니/아네모네의 마담/북소리 두둥둥/봉천역 식당/낙랑고분의 비밀

주요섭이 남녀 간의 애정 문제를 주로 다룬 통속 작가로 인식되어온 것은 교정되어야 마땅하다. 그는 빈민 계층의 고단하고 무망(無望)한 삶을 사실적으로 재현하는 데 탁월한 기량을 보였으며, 날카로운 현실인식과 객관적 묘사의 한 전범을 보여주었고 환상성을 수용함으로써 보다 탄력적인 소설미학을 실험하기도 하였다.

42 탁류 채만식 장편소설

우찬제(서강대) 책임 편집

채만식은 시대의 어둠을 문학의 빛으로 밝히며 일제 강점기와 해방기의 우리 소설사를 빛낸 작가다. 그는 작품활동 전반에 걸쳐 열정적인 창작열과 리얼리즘 정신으로 당대의 현실상을 매우 예리하게 형상화했다. 특히 『탁류』는 여주인공 봉의 기구한 운명의 족적을 금강 물이 점점 탁해지는 현상에 비유하면서 타락한 당대의 세계상을 여실하게 드러내주고 있다.

43 벙어리 삼룡이 나도향 중단편선

우찬제(서강대) 책임 편집

수록 작품 젊은이의 시절/별을 안거든 우지나 말걸/옛날 꿈은 창백하더이다/여이발사/행랑자식/벙어리 삼룡이/물레방아/꿈/뽕/지형근/청춘

위험한 시대에 매우 불안하게 살았던 작가. 그러나 나도향은 불안에 강박되기보다 불안한 자유의 상태를 즐기는 방식으로 소설을 택한 작가였다. 낭만적 환멸의 풍경이나 낭만적 동경의 형식 등은 불안에 대한 나도향 식 문학적 향유의 풍경으로 다가온다.

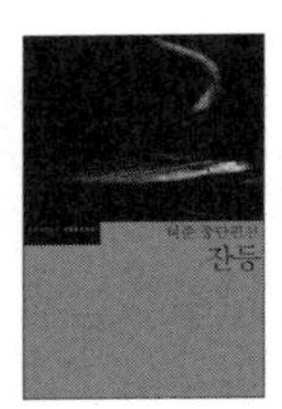

44 잔등 허준 중단편선

권성우(숙명여대) 책임 편집

수록 작품 탁류/습작실에서/잔등/속습작실에서/평대저울

한국 근대소설사에서 허준만큼 진보적 지식인의 진지한 자기 성찰을 깊이 형상화한 작가는 없었다. 혁명의 연성을 기꺼이 인정하면서도 혁명과 해방으로 인해 궁지와 비참에 몰린 사람들에 대해 깊은 연민과 따뜻한 공감의 눈길을 던진 그의 대표작 다섯 편을 한데 모았다.

45 한국 현대희곡선

김우진 김명순 유치진 함세덕 오영진 차범석 최인훈 이현화 이강백

이상우(고려대) 책임 편집

수록 작품 산돼지/두 애인/토막/산허구리/살아 있는 이중생 각하/불모지/옛날 옛적에 훠어이 훠이/카덴자/봄날

한국 현대희곡 100년사를 대표하는 작품 아홉 편. 1920년대부터 1980년대까지 각 시기의 시대 정신과 연극 경향을 대표할 만한 희곡들을 골고루 선별하였고, 사실주의 희곡과 비사실주의희곡의 균형을 맞추어 안배하였다.

46 혼명에서 백신애 중단편선

서영인 책임 편집

수록 작품 나의 어머니/꺼래이/복선이/채색교/적빈/낙오/악부자/정현수/학사/호도/어느 전원의 풍경—일명·법률/광인수기/소독부/일여인/혼명에서/아름다운 노을

일제강점기 한국문학을 대표하는 여성 작가이자 사회운동가인 백신애의 주요 작품 16편을 묶었다. 극심한 가난과 봉건적 인습의 굴레에 갇힌 여성들의 비극, 또는 그로부터 벗어나고자 하는 의지를 섬세한 필치와 치열한 문제의식으로 그려냈다. 그의 소설을 통해 '봉건적 가족제도와 여성의 욕망'이라는 해묵은 주제가 오늘날에도 여전히 풀리지 않는 과제로 존재하고 있음을 알게 된다.

47 근대여성작가선
김명순 나혜석 김일엽 이선희 임순득

이상경(KAIST) 책임 편집

수록 작품 의심의 소녀/선례/돌아다볼 때/탄실이와 주영이/경희/현숙/어머니와 딸/청상의 생활—희생된 일생/자각/계산서/매소부/탕자/일요일/이름 짓기/딸과 어머니와

일제강점기 한국문학을 대표하는 여성 작가들의 주요 작품 15편을 한 권에 묶었다. 근대 여성의 목소리로서 여성문학은 봉건적 가부장제에서 벗어나고자 개인으로서 여성의 자유로운 선택을 가로막는 온갖 질곡에 저항해왔다. 여성이 봉건적 공동체를 벗어나 개성을 찾아 나서는 길은 많은 경우 가출, 자살, 일탈 등으로 귀결되었지만, 그럼에도 여성 자신의 힘을 믿으면서 공동체의 인습에 저항하고 새로운 공동체를 지향하는 노력이 있었다. 여기에 식민지라는 조건 속에서 민족의 해방은 더 큰 과제이기도 했다. 이 책에 실린 여성 작가의 작품들은 신여성의 이러한 꿈과 현실, 한계를 여실히 드러내 보여준다.

48 불신시대 박경리 중단편선

강지희(한신대) 책임 편집

수록 작품 계산/흑흑백백/암흑시대/불신시대/벽지/환상의 시기/약으로도 못 고치는 병

여성의 전쟁 수난사를 가장 탁월하게 그려낸 작가 박경리의 대표 중단편 7편 수록. 고독과 절망의 시대를 살아내면서도 현실과 타협하지 못하는 결벽성으로 인간의 존엄을 고민했던 작가의 흔적이 역력한 수작들이 담겼다.